山青卷白云

女翻译与王维

（上）

青溪客 著

浙江文艺出版社
Zhejiang Literature & Art Publishing House

第八章	第七章	第六章	第五章	第四章	第三章	第二章	第一章
应恐流芳不待人	于君敛衽无间言	玉树宫南五丈原	洛阳女儿对门居	鬈发胡儿眼睛绿	诸天雁塔几多层	转日回天不相让	玉碗盛来琥珀光
101	088	077	070	048	035	018	001

第十六章	第十五章	第十四章	第十三章	第十二章	第十一章	第十章	第九章
西出阳关无故人	莫遣重歌浊水泥	凉州七里十万家	玉面添娇舞态奢	何时提携致青云	歌哭悲欢城市间	洛阳城阙天中起	行尽青山到益州
197	178	164	158	147	136	121	106

第二十四章 惟向眼前怜易落	第二十三章 月华偏照此时心	第二十二章 欲知起望相思意	第二十一章 日忧蕃寇却忘机	第二十章 美人美酒长相逐	第十九章 且须一尽杯中酒	第十八章 此地空余黄鹤楼	第十七章 可怜幽愤为谁娇
287	277	266	250	233	224	216	207

第一章
玉碗盛来琥珀光

"我没有听我母亲和兄弟们的话,而是按你说的来了长安。我听信你的话的那一天,肯定惹恼了神灵!我嫁猪嫁狗也比嫁你强!过去的三年里,我有五次机会可以跟着商队离开,可是我付不起二十个金币的路费!我们母女已经穷困得要去终南山帮人砍柴了!"[1]

高鼻深目的粟特女人操着粟特语,声嘶力竭地怒吼着,仿佛我是她的丈夫一样。这一通书信写下来,我额间汗水涔涔,讪讪笑道:"妙泥姊姊,你既已困窘至此,写这封家书的资费,我便不收你的了……"

妙泥怒吼完毕,好整以暇地抬手整理鬓发,腕上的银镯在日光下灼灼闪耀:"阿妍,我若不说得骇人听闻,那痴人岂能前来长安与我团聚?长安这样繁华的所在,连龙首渠的水都好似淌着金子,岂不远远胜似在于阗过那苦日子?"说着将五个鸡蛋放进我面前的篮子里,扬长而去:"今日新科进士游慈恩寺,是雁塔题名的日子,你还不赶紧去瞧瞧那些郎君哪!凭你的美貌,万一瞧中了哪个,勾勾手指便够了吧!"

我擦了擦汗,苦笑:也好,今日便提早收摊。

大雁塔离西市远得很,我搭了辆驴车,晃晃悠悠许久,才到了曲江附近。这长安的慈恩寺与大雁塔我已游览多次,每回都是为了看那人的画作与题名。大殿东廊从北第一院,有他的壁画;大雁塔第一层入门第十块青砖处,有他进士及第时的题名。[2]

我从21世纪来,却是唐人王维的粉丝。

大雁塔在慈恩寺中,由九层砖石垒成。慈恩寺本是皇家道场,是唐高宗李治为长孙皇后祈福而建,寺院精洁无比,花明柳媚,复阁重楼。寺中更有个巨大的莲池,只是此时莲花还未开放,自是只有一片烟水。慈恩寺与旁边的曲江杨柳垂地,桃杏烧春,平时就是长安仕女游赏览胜之地,寺中还有变场,常有僧人讲述变文以娱信众,称为"俗讲"。俗讲很像后世的弹词、评书,多由僧人结合佛经故事与俗世伦理,讲唱出来,颇有箴劝世人之意,又能吸引游客。

这日进士游街,来看热闹的男女更多,连这么大的道场都难免有些拥堵。我远远跟在进士们身后入塔,只见他们逐个取笔蘸墨,在墙上"开元十七年进士科"几个字后,题写自己的姓名、郡望,眉宇之间掩不住的意气风发。

唐时每年到礼部参与进士科省试的人常常多达千人之众,最终也不过取士二三十,录取率只有百分之二三,比后世的常春藤高校招生还要严格,也难怪这些进士如此得意了。及第之后,有烧尾宴、闻喜宴、樱桃宴,更有月灯打球、杏园探花,还有这雁塔题名。庆功活动繁多而盛大,处处彰显新科进士的尊荣。

他们自热闹他们的,我却只停在"开元九年进士科"的那几行字面前,揭起笼罩题名的碧纱,将"王维,字摩诘,太原人,年廿二"几个字细细摩挲。青砖的冰凉触感沁润手指,心头一点赤诚的火焰,亦随之渐渐清冷了些。

我以我的愚顽与忠诚爱他,却不敢去见他。

进士们题名之后,逐层上塔,我默默跟随。越登楼梯越是狭窄,塔身越是逼仄,窗外风景却是越来越廓落壮丽。终南阴岭秀,碧嶂插遥天。终南山色正是葱茏青翠的时候,千里横黛,数峰出云,南面的秦岭苍苍莽莽的轮廓,北面平日只隐约看得见的大明宫,此时都在明亮日光中勾勒出清晰的姿态。

"昨日闻喜宴上的那个胡姬真是美貌,不独肤色雪白,双眼碧绿,直如瑟瑟一般,含情脉脉,也不知是平康坊哪曲的。"有个进士笑道,话语中还带着几分醉意,我不由得皱了皱眉。

"郑兄说的是安十娘吧?安十娘是教坊的人,并非平康北曲那些收了钱财,便肯轻易相顾的女郎。你须得好生敷衍,才能得到眷顾。"另一个进士笑道。

"哎,卢兄,你说,为什么把绿宝石叫作'瑟瑟'呢?"另一个一脸学究气的进士道。

"亭亭山上松,瑟瑟谷中风。"那卢姓进士摇头晃脑,"瑟瑟乃风声,只是如何变成宝石的呢?"

"许是乐器'瑟'之叠音。"

"正是!也许是瑟上装饰宝石,渐成风气,因而便成了'瑟瑟'。"

"只是为何要用叠音呢?"

"也许还是风声之意,形容宝石让人一见倾心,如同饮茗一般,双腋风生。"

我在21世纪时就熟习波斯语,对中古波斯语有些了解——所以学粟特语也很快,能为粟特女人写家书——听他们越说越是胡扯,忍不住道:"波斯语中,'琉璃'发音乃是[ʃiʃeh],音近'瑟瑟',故而胡商向唐人贩售珠玉时,为形容宝石之光灿若琉璃,借用了'瑟瑟'二字,与郎君适才所吟的刘桢诗句'瑟瑟谷中风'中的'瑟瑟'含义实无关涉。"

众人纷纷看我。

"小娘子博学!"

"如此美貌兼如此学识,莫非是五姓之女?"

"可是五姓之女出门,身边岂会不带仆从?"有人小声道。

这问题让我很尴尬。

在这个时代,人们默认,有学识的女郎必定是贵族女子。这没有错,平民女子也能与男子一样受到良好的教育,那是很多、很多个世纪后才有的事。我从小到大都是优等生,来了唐朝之后骤然发现,知识和身份不相匹配,是一件很痛苦的事。对于帝制时代的平民女性来说,知识完全改变不了命运,我这样的,就叫作心比天高,命……呸呸,总之,我这个优等生现在只能在西市摆摊,代人写家书,写一封收五个鸡蛋,读一封收一个鸡蛋,用柳条制作简单的牙刷,在唐朝人平时使用的牙粉里加一点点薄荷,尽力模拟佳洁士薄荷牙膏——这些就已经是我作为一个穿越女的人生巅峰了。咳,不管怎么说,改良牙粉也很重要的,对不对?来到唐朝,我最不适应的就是气味,毕竟,绝大多数普通人的口腔卫生都很堪忧。

"阿妍?!"忽然有人叫我,声音既惊又喜。

我一怔转头,目光正好撞上一双急切而温柔的眼眸。对方的脸上除了惊喜,还有一丝愧疚:"阿妍,你……你……你竟活着!"眼中流下泪来。

我莫名其妙,定睛看他。那人生得极为俊逸,系着软脚幞头,身着青色官袍,腰间系一条鸦青带子,益发衬得腰窄肩沉。以我刚才听到的,他仿佛是领着新科进士来题名的、前几科的探花郎之一。唐时新科进士宴席上,通常指派最为年少俊美的二人,前往曲江杏园探得最美的两枝杏花,这二人便称为探花郎。

"阿妍!我的阿妹!你这一年可去了哪里……"那人不顾眼泪沾湿了衣襟,伸手便来拉我,我慌忙避开:"郎君,你怕是错认了,妾绝非令妹!"我孤身穿越来到长安,哪儿有什么亲眷。

只是,这人如何知道我单名一个"妍"字?

那人纠缠不休,我越是不认,那人越是不放,直到惊动了寺里的管事僧人,将我与他带入一间静室。

这时新科进士们题字早已完成,便各自去聚会了,静室中只剩下两个管事僧人,与我和他两人。那人向管事僧人合掌为礼,道:"某姓崔,名颢,字明昭,现在御史台为监察里行。此女姓郁,名妍,行九,乃某从母之女。"

"崔……颢?"我低声惊呼。

想不到我来到大唐,见到的第一位才子竟然是崔颢?史书有载,崔颢娶妻只择美者,稍有不如意,动辄休妻。想不到,这频繁去妻、声名狼藉,却又才华横溢的诗人崔颢,竟是如此眉目秀雅、仪态风流。

……也想不到,他莫名其妙地非说我是他什么姨母家的表妹。

管事僧人显然亦曾听闻他之才名,郑重还了一礼,命人奉上茗饮,才道:

"崔里行说这位女施主乃是令妹,女施主却说她在长安绝无亲眷。请问女施主父母现在何处?崔里行不妨拜会一下女施主的父母。"

"妾身去年路遇盗贼,头部曾遭重击,醒来后什么都不再记得了,也不知双亲今在何处,孤身漂沦长安而已。"我在21世纪父母双亡,此时不由有些眼热鼻酸。

这套说辞,我也不是第一次用了。我意外穿越,自然没有户籍。无力缴纳赋税而逃离故土,因而失去户籍的流民浮户其实很多,但我在21世纪受着法治教育长大,不能接受自己的黑户身份。于是,花了几个月,勉强学会了中古汉语发音之后,我便去了县衙,靠着这套说法取得了户籍。

僧人眼眸微转:"女施主既然容貌、姓字皆与崔里行之妹相同,且又忘尽前事,只怕当真便是崔里行之妹。崔里行不妨举证一二,或可有益于她回忆旧事。或者,两位不如前往万年县廨,请县尉决断。"

崔颢端起茶汤一饮而尽,缓缓道:"当年家母早亡,从母待我甚厚,时时馈我饭食,又为我缝制衫袍。五年前我尚未考中进士,未及补报从母深恩,从母却已……却已罹患重疾。表妹早失所怙,父族凋零已久,无人托付,从母病危之际,我曾允诺,来日必定为表妹寻得一户好人家。表妹十六岁上,我将她许嫁蓝田郑县尉之子,岂知郑家小郎缔婚之前,忽染重病。郑家仁厚,知道孩儿已无生理,便悔了婚,劝表妹改换人家。表妹忠贞,于去年三月五日在终南山投崖自尽,遗体不曾寻到。谁想,谁想,你竟然活着!"说着不住拭泪,清俊容颜沉痛万千。

男人生得俊朗也很有用啊……纵使我知他频繁休妻,人品低劣,却也生出几分怜惜。怜惜之外,我心中又漾起丝丝缕缕的惊慌。

他那表妹与我容貌姓名相同,又都在一年前从各自的时空里消失,我们莫非交换了不成?

我一顾日影:"妾身实非令亲,但也实在无暇前往万年县衙。如今已交未时,往来县衙又要半日,若是误了宵禁……教武候们捉去可不是顽笑的。"

崔颢只是不肯放我走,僧人眼中分明也涌起怀疑,一直劝我跟他去万年县衙。我灵光一闪,从静室的书架上取下一张蒲州熟纸,又研开了墨,抬手写了几个字:"崔里行想必认得令妹的字迹。若妾书法与令妹不同,崔里行便不要纠缠了可好?"

我学的字体在后世不算独特,在开元十七年却绝不会有人与我书体相同。崔颢皱眉打量我写的"咄咄怪事"四字,显然很意外:"你……她学的是卫夫人,一手小楷婉丽曼妙,确与此不同。"他话音未落,我抬腕便写,不一刻掷笔道:"则妾身的小楷比令妹的如何?"他轻声读道:"洛阳女儿对门居,才可颜容十五余。良人玉勒乘骢马,侍女金盘脍鲤鱼。啊,这是王十三兄年少之作……"[3]

管事僧人赞道:"雄浑古雅!檀越年纪尚轻,竟已自创一种书体,当真不凡。"我破天荒有几分羞涩,连连摆手:"这种书体,妾也是学来的,和尚万勿误会。"

崔颢眉间微见迟疑:"这……她的字确与你有别……但是……"他忽然想起了什么,道:"昔年上元夜,我带阿妹出门观灯。雪深路滑,阿妹跌倒石上,我护持不及,致使她右臂为石角划破,有一伤疤,约二寸长。"

我瞪大眼睛,猛地掀起衣袖:我手臂上确实亦有一道二寸长的伤疤。多年前我父母带我出游,出了车祸,伤疤便是那时留下的。我在那场巨变中亦失去了父母。

管事僧人和旁边的另一位僧人齐齐转过脸去,我才发觉自己公然袒露小臂的举动太失礼,连忙放下了袖子,心里却是骇异不堪。

难道……难道我当真与崔颢的那位表妹互为镜像不成?

旁边那位僧人轻咳了一声:"我今日请了颜家的一位郎君来我院中,讲论书法。不如,请颜家郎君来看一看这位女郎的字,他或能解释,为何这位女郎的书体有此大变。"

"颜家?"慈恩寺是长安首屈一指的皇家道场,这里的管事僧人自是博闻多识,"自南朝以来,琅琊颜氏多有精于书艺者,每以草隶篆籀为世所称。这位郎君是琅琊颜氏的子弟?"

琅琊颜氏……

我的心跳蓦地加快,快得成了两倍速。

那位僧人笑答:"是。这位郎君正是颜之推的后人。颜郎的笔法出自他母族殷氏,而他的舅祖,便是垂拱、永昌年间的名家殷仲容。"

管事僧人道:"快快!将颜家郎君请来。"

那位僧人只过了片刻便回转来,身后跟着一位二十左右的少年。少年穿着士人的襕衫,襕衫由价格低廉的葛布制成,足下踏的则是一双麻鞋,装束可谓俭朴到了极处,人则生得骨格挺秀,浓眉大眼,一派刚正之气沛然溢于颊边眼底,双唇紧抿,面容端肃。这短短的几步路,他每一步都踏得极为沉稳,使我想起幼年时在大海边看到的石堆。海边除了细软的沙,还有坚硬的石堆,苍茫的天地之间,潮来潮去,风住风急,一刻不停地冲刷击打着石头,石头却一分一寸也不曾移过。

而这个年轻男子就是这样。他哪怕走着路,也让人无端觉得,他是在静静地坚守着什么。僧人引他与诸人见礼,唯有我动也不动,双腿一软,简直要跪倒,口中喃喃道:"颜……颜颜颜鲁……颜……"

如果你从八岁学习书法开始,就有这么一个人格偶像,他以杀身成仁、忠君报国而为后世所知,他的名字只要出现在你脑子里,就会让你立刻挺直脊背,抬头收腹,并且迅速联想到正人君子忠臣烈士,天地有正气杂然赋流形,舍生取义死而不挠,岁寒然后知松柏之后凋也,而这位人格偶像——后来被称为"颜鲁公"的金紫光禄大夫太子太师上柱国鲁郡开国公颜真卿——现在站在你面前,注意,是活着站在你面前。他双眉紧锁,目光严厉,尚带几分稚气,很礼貌地对你说:"小娘子别无兄弟,叙亲论辈,表兄为长。小娘子孤身漂沦,却不肯依附表兄,是陷崔郎于不义也。"

你能如何?

我能如何?

我只能乖乖装作认下表兄。

崔颢心机深沉,先是当着颜真卿的面问我住在哪里,且又怕我说的不是真正住所,一直跟着我到了西市。为此,他甚至误了回家的时刻。长安惯例,黄昏时分,坊门在三百声街鼓之后关闭,于是他在西市找了个旅馆凑合了一宿。

过了两日,他出现在我的摊子面前,手中拿着一张状纸,笑吟吟地:"阿妍,我已将你的户籍迁回我家了。"

"……"

长安城由自北向南的朱雀天街分为长安县和万年县,我户籍在西市,属于长安县,他家则在万年县境——"长安县尉、万年县尉……允了?"

司法公平呢!?

程序正义呢!?

我人都不在场,就随便迁我户口?

"万年县尉是我们乌台副台主的私人。"他悠然道,毫不避讳,"至于长安县尉……以你那份籍书上所写情由而论,显然是我阿妹无疑。阿妹没有去处,依附阿兄,乃是再常见不过的事,又不曾违背大唐户婚律,长安县尉为何不允?何况,他在蓝田有数十顷良田,你阿兄答允了不去弹纠他。"

乌台便是御史台的别称。汉时御史台外多植柏树,又有很多乌鸦,所以人称御史台为柏台、乌台,亦有讥笑御史们心黑如乌鸦之意。他这一段话揭露了多少大唐官场之弊,我数不过来,只呆问道:"副台主?"

"便是李中丞,讳上林下甫。"

李林甫的这位下属,每日在御史台视事完毕,出了皇城,总是不直接回家,而是跑到西市来,坐在我的家书摊子前,瞧着我干活,跟个监工似的。每有人经过,他见人家面色憔悴,便笑着招呼人家:"长安居,大不易,写一封家书,诉诉苦衷,岂不好?"若是人家形容得意,容光焕发,他便招呼:"近来舒心顺意,写一封家书,与家人报喜,岂不好?"

偏他目光锐利,问到的都是些异乡人,至于家在本地、不需写信的长安人,他一个也不曾问到。男子们倒也罢了,若是女郎家被他招呼,大多含羞带笑,不忍拒绝。

"你不必如此……"我心情复杂。他官阶不高,但怎么说也是官身,跑来替我招揽生意,实在不成体统,我简直担心他要受吏部处分的。

哎?我为什么在替他担心?

"大唐律例,官员五品以上,不得入市。"崔颢笑道。

"我知道。商贾者贱业，身份贵重的官人们踏入市肆之间，不啻自污。"我嗤笑，"所以？"

"所以你可要珍重我替你揽客的日子——你阿兄来日身居高位，穿上五品高官的绯袍，纵是想再来西市看你写家书，亦不可得。"崔颢懒懒道。

祝你成功。我暗自翻白眼，却又好奇："可是你如何分辨得出哪些是异乡人？"

他望了望天："因为我也是异乡人。"

"……哦。"我低下头，在昨天刚买的几个奈果里，拣了一个品相较好的丢给他。

他咬着红艳艳的奈果，喜滋滋地："果然，阿妹待我最好，就算什么都不记得了，也还是待我好。"

"……"好想把果子抢回来。

转眼自春徂夏。虽然迁了户籍，我照旧住在西市，他却也不逼我同他回家。这一日他又在我的桌案前闲坐，而我几乎已将招徕客人的任务彻底移交给他，只管闭目养神。忽有人高声笑道："阿妍！"

竟然是妙泥。她春风满面，身边是一个中年胡人男子。我连忙起身，换了粟特话问候："妙泥姊姊！这是你的丈夫吗？"

"嫁猪嫁狗也比嫁你强"的丈夫？

"正是！那泥达，这位小娘子姓郁，是我的好朋友。"妙泥叫丈夫与我见礼，又凑到我耳边小声说，"他早就想来长安了。我的信还没送到于阗，他已先动身了——幸好他不曾收到那封信，不知道我骂他骂得那么凶恶。"

"我就说嘛，这才三个月，从长安到于阗，一来一回哪有那么快。"

"三月不见，怎的遇上了个如此俊俏的郎君？"妙泥瞧了眼崔颢，笑得诡秘。

"……表兄。"

一表三千里的表兄。

"表兄好啊，嫁娶不必避忌，又比旁人亲近。"妙泥一副什么都懂的样子，只管打量崔颢，用汉话笑问，"郎君青春多少？可还在读书应举吗？家中可有娘子?"

崔颢今日休沐,只穿了件普通的士人襕衫,看不出官员身份,也难怪妙泥有此一问。他眼中闪过一丝笑意:"劳娘子动问,某在朝中为官,虚度二十六载,如今无有妻室。我听阿妍说,她平日常蒙娘子看顾。某身为兄长,不胜感念。"说着,向妙泥行了一礼。

"唷!还是个官身哪!"妙泥吃了一惊,赶紧还礼,眼睛转了两转,"不知郎君是几品的官阶?做的什么官?若是与掌管东市西市的太府丞要好,看在阿妍的情分上,还请多照拂我们啊!我就是米家布肆的……"

"米娘子,我在御史台做里行。太府丞我也相识,若有机缘,定当代为引荐。"崔颢非常耐心。

妙泥更高兴了:"阿妍,你这位阿兄,可真是个好人啊!这样的男子,多么难得!"

"你怕是喝了一斗酒,才说出这种话。"望着她的背影,我小声嘀咕。史书里写得明白,崔颢数次娶妻又数次去妻,这样也叫好男人?

崔颢听见我自语,却不以为意,笑了笑:"当年永宁坊那家酒肆可还记得?你最爱喝那里的黄酒,这几日他家黄酒新熟,不去喝吗?"

我喜欢喝酒,却不知他真正的表妹也是个好酒的主儿。见黄酒让我有些动心,崔颢乘机道:"明日我与人约了喝酒,你也去吧?"

"可是……"虽然听说男女同席也是所在多有,但我不是饮妓,又非女婢,和男人一起喝酒,恐怕大逆不道吧。

崔颢笑道:"无妨。除了孟兄,余人你皆自幼熟识,情如亲眷,纵是你不记得他们,到时我重为介绍,也就是了。"

也是,何况我现在"孀妇"的身份太过尴尬,与寻常未嫁少女不同,其实也没什么好避忌的。就是当坊里正来查问,恐怕也会怜我命苦,懒得问我什么不守闺仪、无行无耻之罪。

"孟兄?莫不是生于襄阳,曾经幽隐鹿门山的那位……"孟浩然?他可是我眼中唐代诗人里最接近陶令气韵的一个啊……王维曾为他画像,后人形容那肖像"风仪落落",想来不假——他可是能教李白这等狂人说出"高山安可仰"的人。又有书载他"颀而长,峭而瘦",不知确否?

第二天崔颢早早自官署归来,领着我走入永宁坊。我老远就嗅到清甜的酒香,随他折进一家门首飘着小旗的酒肆。那店主肤色苍白,是个胡人,汉语却说得纯熟:"王校书与另几位在楼上待崔郎来哩。"

楼上用屏风另行单独隔出数间,靠近角落处有几人席地而坐,见崔颢进来,纷纷招呼。崔颢介绍我道:"这是我家阿妹。"他回眸示意我行礼,面上的微笑,温和得像这夏日里渭水上的风。这一瞬间,我忽然没那么讨厌他了。

也只一瞬间。我依着他的介绍一一见礼。

"一年不曾见到阿妍了。"今日的东道主是校书郎王昌龄,他那张脸总是带着些笑意,那笑意也温厚,并不故作含蓄或豪爽,一双眉峰永远挑成一个恰到好处的弧度,再高便狂了,再低便怯了。他虽才三十几岁,但据说多年来身世坎坷,鬓边已隐隐有了几丝斑白,反显得稳重踏实。

"这位是孟襄阳。"意态闲淡的孟浩然,素衣草鞋,和雅洁的崔颢形成极鲜明的对比,颇有质胜于文的朴实感。他只望了我一眼聊为回礼,便又自顾仰头将一盅酒倒进嘴里,金黄的酒汁沿着他的嘴角淌下来,一滴滴泛着晶莹的光芒。

崔颢笑道:"孟六兄待女儿家还是这般不客气,可这位是我阿妹,不可怠慢。"又指着末座着皂衣的一人道:"这位是……"

那人拱手含笑:"王十三维,同孟兄一般,布衣。"

妙年洁白,风姿都美。

伴随着众人的谈笑声,薛用弱《集异记》里形容他的这八个字适时跳入我脑子里。其实他已不再是"妙年"了;此时的他,大概已有三十来岁了,可是——可是这又有什么关系呢?

我该庆幸呀,庆幸我没有穿越到某个人的身体里,而是带着自己的脸,自己的容貌,自己的心在大唐见到了他!我错乱荒谬而且欣喜地想着,竟然有那么点儿想哭了。

这就是开元盛世呀,这就是那个人呀!

我好像有好多好多的话想说,却一句也说不出来。

以后的岁月会很长吗,以后还有说出来的机会吗?

你为什么不穿白衣?白衣不是才最合了你那行到水穷坐看云起的隐逸姿态吗?

你为什么要穿白衣?什么颜色的衣服不是都能被你穿出那份风致吗?

我狠狠地打量着这个人,他的眉与眼,颊与唇,细致宁静,就像是……长安城的月色。

他的脸,还不如崔颢的俊美——我并不忌讳承认这个——但是他只一拱手,一扬唇角,不知怎么就有一种与崔颢绝不相同的风流气韵,似乎刚刚从乌衣巷某间高高的大门里走出来,要去赴什么清谈之会。

真好,我终于见到他了……真是的,他怎么才让我见到他!

我匆促地低下头,我不敢再看。我怕我被这巨大的欢喜和悲伤冲垮。

像个木偶一样,我娴熟地遵守唐人礼节,与王维见了礼,他笑道:"我离长安赴济州时,你还未足十岁,大约早忘了我了——难怪认了这许久。"

"怎么能忘?"我笑着迎上他的目光。

崔颢笑道:"阿妍竟然见到王十三兄,便忘了阿兄我,实教我伤心、伤心极啦。"他拿过一只莲花木杯,斟满递给我,我险些被呛住:"阿兄容貌俊朗,胜似古之卫玠。"

"当真?"崔颢眉毛一挑。我不喜他的轻薄样子:"看杀卫玠,不是美事,我不看阿兄才是为了阿兄好。"崔颢愣了一愣,王昌龄打圆场道:"阿妍忘了许多事,过些日子慢慢想起来,便更加亲近哩。"王维亦笑道:"是了,如今阿妍大了,通身气度竟与从前大不同。"

我一抖,竟怕他夸我。我惶然,一笑:"喝酒,喝酒。琥珀酒酿制不易,莫要辜负。"所谓琥珀酒,指的是酒液色泽鲜亮的黄酒。唐时的酿酒工艺还难以保证酒曲纯净,酿造过程中,酒曲混入其他微生物,致使酒色变绿,常称"绿酒""绿蚁",酒质未纯,量大价廉。而琥珀酒鲜黄透亮,较为珍贵,不惟价格不菲,味道亦甚清甜,色泽更是"玉碗盛来琥珀光",有一种油汪汪的质感,像新割的蜂蜜。

他们开始讨论时局与文学。我插不进话,就猛喝酒,并偷看王某人。眼看着他早早搁了杯,孟浩然脸上都泛起了微红,王昌龄说话渐渐说不清楚,我依然清醒,崔颢也还悠然自若,面不改色。

孟浩然终于抬起头来,看着我道:"好了不起的女郎家——能喝倒我的,你是第一个……哦,第二个。第一个是李青莲……"我笑:"李青莲?他好似十分倾慕孟兄。""倾慕?"孟浩然笑了笑,"青莲诗才甚高。"

他这表现大出我意料之外。他和李白的关系,和后人猜想的莫逆之交似乎还有距离。

崔颢笑道:"空喝酒实在无趣,他家的果子也无甚吃头。"他嫌弃地瞧了一眼案上的花糕,"胡人嘛,当行出色的终究还是羊肉。他家的炙羊肉,我许久不曾吃了,咱们不割几斤来吃吗?"说着便招呼店家切肉。王昌龄道:"才在官司会食回来,我是吃不下了,你胃口真好。"

"吃他们做的饭食能吃饱,少伯兄你的胃口才真是好!"崔颢大倒苦水,"皇城各司的食堂,御史台的分量最足,滋味最恶。我是吃不完的,每日取了饭,都要先倒出来一半还给公厨,早晨必要带一二枚蒸饼到台里。庖宰多半是我们台主的私人。"

王昌龄反驳道:"我吃过你们御史台的饭食,明昭你休不知足。秘书省的公厨,早在魏文贞公为秘书监时,就已恶名在外了。百年懿范,御史台及得上吗?去夏有一回做了冷淘,有七八人食后上吐下泻。故而今年他们可不敢做冷食了。"

我目瞪口呆,听着盛唐的两大才子抱怨食堂。

只是,现下孟浩然和王维,一个应试不第,一个有功名而未仕,是个所谓的"前进士"——发明这词儿的唐人可真刻薄——而那两个已经是公务员的家伙,却大肆抱怨中央机关的食堂,是不是不太好?我方欲岔开话题,崔颢已笑道:"孟兄,你少喝些。"孟浩然摇头,淡淡笑道:"我孑然一身,便是醉死西京,想也无人在意,只不过白白花用钱财赁房罢了。"

这话说得凄冷,一时席中默然。半晌崔颢开言:"孟兄才高当世,便如桂林之一枝、昆山之片玉,何愁来日不能考取。百里子亦曾亡秦走宛,秦穆公赎他只消五羖羊皮,朱买臣五十富贵,终于位列九卿——孟兄何忧思之深耶?"他收了嬉笑之态,这番话说得诚恳。只是朱买臣不得善终,以这例子劝慰别人当真合适吗?我偷眼瞧孟浩然,却见他并无不豫,王昌龄甚至微微点了点头。

倒也是。对这个时代的男人们来说,名传后世远比淡泊一世、保全身命重要。

王昌龄道:"我当年也曾上书吏部李公求谒,并无半点回音,每每独坐流涕,幸得严给事为主司典贡举,方蒙拔擢。人之在世,难免危苦,孟兄且请宽心。"

他说的李公是李元纮,严给事则是与张九龄交好的严挺之。两人素所不谐,严挺之主考那几年,选拔出来的倒都是一时之秀。我再看王维,只见他眉峰微蹙,双唇紧抿一语不发,吩咐送酒的胡姬取了笔墨过来,挥毫在壁上写下几行字。

"杜门不欲出,久与世情疏。以此为长策,劝君归旧庐。

醉歌田舍酒,笑读古人书。好是一生事,无劳献子虚。"

这诗我读过的,可是万万没想到,有一天我竟会有幸亲睹它被创作出来的过程。

这首诗是以草字写就。牙白的墙壁上,乌黑的墨迹真实而醒目,钩与折的姿态,悠扬潇洒,却又富于节制的意味,像他挥洒书写时手臂的动作一样完美。那手臂被裹在皂色的衣袖里,只在衣袖垂落时露出几寸手腕,就像诗句中的不甘之意,被束缚在这端庄利落的墨迹中,只在偶然的一捺一挑间展露。他的草书是二王的底子,但是多其父之内掖森严,少其子之开拓散朗。这人,——过得很拘束吧?

"诗是好诗。"孟浩然第一个打破了沉默,他的嗓子总像是喝酒喝多了,带着点破声,"你劝我回去。可是你呢?以你之才,也还有兴作那子虚之赋吗?作了,却又献与谁看?"

短短一语,室中忽然又沉默下来,气氛一时显得甚是尴尬。盛夏的凉风透入室中,那风直吹得满室酒香馥郁,似诱人于一晌沉醉之后,再图一晌沉醉。

半晌,王维才只一笑道:"说是劝你,也是劝自家。因为,孟兄,我对这个时世……"他顿了顿:"终归不死心。"

崔颢则指着酒家端上来的羊肉道:"孟兄,休只喝酒,吃些肉垫一垫也是好的。你与少伯兄俱是鳏男,须比不得王十三兄家有贤妇,亦比不得我家有贤妹,还宜珍爱自身。"

连孟浩然也失笑。王维笑道:"我尝向我家娘子说道:'崔明昭万般皆好,只是为人轻薄,不算君子。'我家娘子还替你分说哩,却不知你连她也要攀诬。"

娘子……

他是有娘子的。我知道。

我还知道,他的娘子姓崔——他集中多有给他内弟的诗,而他内弟姓崔。

但是,亲耳听到他以他的声音说出"娘子",亲眼看到他说出那两个字时的温存笑意……

那是不一样的。

有那么一霎,我像是失了魂魄。

这时楼下传来一阵喧哗。我咬着嘴唇,装作凑到窗前去看热闹,只见楼下一个绯袍中年男子正揪着一个胖胖的青年人,口中骂道:"你又跑到永宁坊来听什么故事!"那中年男子肩宽腰挺,矫矫如渊渟岳峙,瘦削的脸上自有一种精明强干的气度,平时该是不怒而威的,只是此时大动肝火,却失了风度,骂道:"怎不好生在家读书!"

崔颢"扑哧"笑了,低声道:"副台主当年以门荫入仕,自恃早达,每以不学为荣,现今却怪自家的儿郎不读书?"

"副台主——"

李林甫?!

想不到我第一次见到这位著名的盛唐奸相时,他竟然在打孩子。

崔颢、王昌龄脸上都是满满的笑意。显然,李副台主这种行为另有内情。只听李林甫怒道:"我送你到吴兢处研习国史,不是要你四处听什么故事的！不读书也罢了，你为何不随我学习政务民情！"他的胖儿子辩解道："父亲大人，听故事亦可知道民间疾苦，变文亦可抒写民情……"李林甫伸手揪住他的衣裳，气道："你还同我胡白！故事难道能告知你大唐法令有多少条已经过时，须当修订？故事难道讲了大唐税收一年几何？讲了各处官署要用掉多少纸张？讲了大唐有几处河堤、几处关防亟待修葺？为人不学实务，与耳聋目盲之人有何分别！"说完将他揪进一辆四匹马拉的华丽马车里，带走了。

他这话我竟然颇感认可。

崔颢道："那是李中丞的第五子李崋，他酷爱读史，故而李中丞将他送到史官吴兢处学习国史。只是他除了爱读史书外，也爱听街头巷尾的民间故事传奇，一月里总有半月流连于长安巷陌之间，搜集各色传说故事，并写入变文之中，由慈恩寺的法师讲唱出来。"王昌龄笑着补充："且他的变文写得极好，描摹人物，宛然如生，述说因缘，劝人向善，故而法师每回讲他的变文时，慈恩寺的戏场里便一座难求。我们同僚常有人辗转求他为自家眷属预留几个座位的。"

这架势堪比后世的著名话剧，一票难求。合着这是个不爱功名，只爱写小说的官二代？李林甫一生弄权，结果生个儿子最爱写小说，只怕要气得吐血了吧？崔颢懂我心思，笑道："副台主最重实务，安能忍受儿子这般不务正业？恐怕也正是为此，他才气得抛却脸面，当街教子。"

"重实务？"孟浩然重复道。崔颢正色道："正是。前些年副台主为国子司业时，颇振纲纪，现在御史台亦是兢兢业业，惕厉非常，每以国家法纪为念。"[4]

我一时难以想象开元十七年的李林甫的形象是这样的。

他不是"口有蜜而腹有剑"的奸臣、权相吗？

王维忽道："少伯兄，明昭，下回你们帮我也求两个座位——我带我娘子去听。"王昌龄满口说好，崔颢张罗着也要带我去听，我道："王……王十三兄，你待你娘子，真是恩深爱重。"王维笑容中闪过一缕苦涩，却只点了点头。

孟浩然放下酒杯，低声道："你……你娘子的病又重了？"

王维长叹一声，将盏中酒水一饮而尽，幽深双眼中光辉黯淡："孟兄既然看出，我便亦不相瞒。我娘子痨症日重，医家都云她……命不足半年了。我为人丈夫，却不曾教她享过半日富贵，能带她及时行乐，也是好的。"

注释：

[1] 内容改自斯坦因1907年在敦煌西侧烽火台遗址发现的第1和第3号粟特文古信札。信札由伦敦大学的Nicholas Sims-Williams教授释读，内容详见：https://depts.washington.edu/silkroad/texts/sogdlet.html。

因中古汉语的发音与现代汉语差异极大，为了还原时代感，本书人物对话中涉及波斯语、粟特语或阿拉伯语专有名词的地方，尽量全部按照中古汉语发音呈现，先用中古汉语发音读出相应语言的发音，再转写为汉字。譬如，写信者名字的粟特语为Miwnay，"妙泥"系中古汉语音译。

[2] 慈恩寺大殿东廊从北第一院有王维壁画，见(唐)张彦远著、俞剑华注释《历代名画记》第3卷第61页，上海：上海人民美术出版社，1964年。唐朝素有进士及第后在雁塔题名的惯例。

[3] 本书所引王维诗文，除《相思》一首采用《万首唐人绝句》版本之外，均引自(清)赵殿成《王右丞集笺注》，上海：上海古籍出版社，1984年。

[4] "开元中，右相李林甫为国子司业，颇振纲纪。洎登庙堂，见诸生好说司业时事。"(唐)封演撰、赵贞信校注《封氏闻见记》第5卷第40页，北京：中华书局，2005年。

第二章
转日回天不相让

亲眼见到倾慕多年的诗人,当然是一件幸事。

——也只能是一件幸事。

其余的想法一概不必有。

我笔落如飞,又写完了一封家书。正要交给客人,崔颢忽道:"慢!"他接过那张纸,提起笔,涂掉了信中的两个字,在旁边重写了一遍。我狐疑,凑过去看时,悚然一惊,立时出了些冷汗:"多……多谢。"

唐人的避讳比较严格。这封信里"葉六郎"的"葉"字从"世","但求"的"但"字从"旦",分别犯了太宗李世民和睿宗李旦的名讳,理应用缺笔或改形的方法避讳。我毕竟不是唐人,才只来了一年,唐人深入骨髓的习惯,在我来说却是刚刚习得的规矩,一不留心,便可能犯下大错。

崔颢笑了笑,把信纸卷起来递给客人。待客人离开,他才道:"阿妍有心事?"

"没有。"

真的没有。

他也不再问,只笑道:"今日且到此为止吧,我领你去吃樱桃饆饠。"

"小娘子的表兄真好!"收弃物的老人恰巧经过,拖着一只刚收来的破铁锅,口中夸赞崔颢。

崔颢心情不错，随手解下自己的油衣——今天下了场雨，才停了不久。他将油衣送给老人："路上湿滑，老丈多留心。"

"你倒是豪阔。做官真好。"我酸酸道。他那件油衣轻薄致密，显然是官署里发的好东西，说送人也就送了。

"做官哪里好了？做官难，在御史台做官尤其难。里行又是御史台中最卑微者，公务烦剧，人人都说，里行之职，有如合口椒，毒性最大，就像你阿兄这样；升为监察御史之后，毒性才少一些，变成开口椒；到了殿中侍御史，就是生姜了，虽然辛辣，但是无毒；再到侍御史，则是脆梨，甜甜的——"

我翻个白眼。

"可是，里行的俸钱也不少，买得起饆饠请阿妍吃。"崔颢话锋一转，"走吧。"

崔颢真正的表妹爱吃辅兴坊张家的樱桃饆饠和胡麻饼，张家的饆饠在辅兴坊是最贵的，樱桃饆饠又是他家饆饠中最贵的一种，可也当真贵得有理由。所谓饆饠，是有馅儿的小点心，里头除了肉也偶有放果馅的，张家的做法格外不同，将樱桃捣得碎烂成泥，浇在面饼上，手法倒很像后世舶来的比萨。总之，这么贵的食物，若非崔颢带着，我自己是不会去吃的。

长安城的街道大多是裸露的黄土，雨后地面难免泥泞。我们俩深一脚浅一脚地绕进饼肆所在的巷子，崔颢自去店门前排队，我只管四处乱看。樱桃饆饠贵，售卖樱桃饆饠的饼肆自然也开在比较好的地段，这条街上的商肆里卖的东西，我基本都只敢看看而已。

"真正从波斯来的枣子，入药最佳！不是南海出产的假波斯枣……"

"昆仑黄！这可是林邑的昆仑黄，上上品！郎君且看这琉璃一般的光色！"

"这面瑞兽葡萄镜……"

这时不知何处传来一阵浓郁的蔷薇香味，在雨后的清朗空气里格外明显，极具侵略性，香得我几乎眼前一黑。附近的行人们纷纷驻足，寻找香气的来源："好香！"

我也跟了过去。蔷薇香气来自一家香药店铺，店主是一个大食商人，面前摆了只琉璃缶。那琉璃缶甚至并未打开，缶口用蜡密封着，却仍是香气馨烈。店主正向一位妇人介绍："大食的蔷薇花与中土的不同，气味馥郁。为了这一缶蔷薇水，要蒸几百上千斤蔷薇花瓣。整个长安，不，整个大唐，都没有更香的蔷薇水了！洒几滴在衣袂上，过了十几日，香味仍然不散。"

那位妇人年约五旬，穿着锦半臂和小袖衫，配一条碧罗裙，衣衫式样寻常，但面料精美，做工细致，显然是出自朱门绮户的高贵女眷才有资格穿用的。她端详着琉璃缶，笑道："委实是好物，只是……"转头似乎要问婢女什么话，却忽然变了脸色，"我、我有些气短——"

她伸手抚着胸口，呼吸越来越急，又是咳嗽又是喘息，手指不自觉地抓紧了衣料，张开了嘴，大口大口地喘着，显见得呼吸十分艰难，越喘越是费力，脸色逐渐发青。

变起俄顷，挤在店里看热闹的几个人都吓住了，纷纷退了出去：贵人家的女眷在这里出了事，他们也怕惹上麻烦。店主惊慌不已，一迭声道："我去叫医人来！"

"快将车拉进巷子里来，送娘子去寻医！"两个侍女连忙吩咐候在店外的车夫。

这时贵妇人的神情已经痛苦到了极点，身体也微微蜷缩起来。我忍不住上前两步，指着那只琉璃缶对店主道："你且将蔷薇水带走，走得越远越好！"

店主怔了一下。我催他："快拿走！"

他连忙小心翼翼地捧起那只琉璃缶，出了店门。我扯过店里的一架胡床，放在外面路边，反手关上了店门，对侍女道："且勿挪动你家娘子，只扶着你家娘子坐下。"

侍女们愕然看着我，我急道："危急之际，还要在意什么仪容！"

——胡床形制类似后世的马扎，直接坐在胡床上的行为，以时人的标准来说过于粗俗随便，贵妇们大多无法接受。想了想，我也理解这种心理，于是又几步蹿到隔壁的衣肆，取了一顶女子的帷帽给贵妇人戴上，遮住她的脸。

侍女们如梦初醒似的,将贵妇人扶着坐下。

我让侍女站在贵妇人身后,扶着她的腰背,让她身体得以放松,自己则蹲在她面前,隔着帽檐垂下的薄纱和她的眼睛对视,引导她控制呼吸频率:"娘子,不必惊骇,以鼻吸气,再从口中呼出。吸、呼、吸、呼——"

贵妇人平静了几分,紊乱的呼吸渐趋平稳,身体的颤抖也渐渐止住了。我又从旁边的店里讨了碗水,递给她:"慢慢喝,喝两口。"

过了一刻钟,贵妇人差不多完全恢复了正常。她由侍女搀扶着,起了身,说道:"小娘子活命之恩……"

她的声音还很沙哑,我不顾礼节,打断她:"娘子不要说话,回家好生将养吧。"

侍女们对望了一眼,先后道:"多谢小娘子救治我家主母。""小娘子可知我家主母这是什么病症?"

"'救治'二字不敢当。纵使我不插手,你家娘子多半也能好转,我不能以此居功。"我摇了摇手,"至于病症,我不是医者,不敢妄言。不过,以我观之,也许未必真有什么病灶,也许……只是你家娘子嗅不得蔷薇水的气味,与之相斥而已。"

有些香水香料能够引发过敏和哮喘,这在21世纪不是冷门知识。我以前有个同学就是如此,症状和这位贵妇人一模一样。只要离开过敏原,这种症状一般可以自主缓解。所以,我试着撤走过敏原,再引导她调节呼吸,让她喝水以平复情绪,果然奏效。

说来,也怪大食的蔷薇水太纯正馥郁。

"蔷薇水?嗅不得蔷薇水的气味?"贵妇人听了我的话,语气里透出几分惊愕。

"是。有些人嗅到蔷薇水,轻则咳嗽流泪,重则难以呼吸。"

贵妇人沉思了一会儿:"原来如此。那可有什么法子吗?"

这问题问得奇怪。她就这么执着于蔷薇水吗?贵人们的思维方式,我一个穷人无法理解。我道:"没有旁的法子。娘子只能改用别的香料。"

"改用别的香料。"贵妇人重复了一遍,点了点头,"我知道了。"

她们还要问我姓氏和住址,我赶紧谢绝,溜去找崔颢了。

崔颢才买完饼,听了事情的始末,沉默片刻,问道:"你可曾将你姓字说与她们?"

"不曾。"

他松了口气:"阿妍,以后遇见这样的事,休要轻易插手。"

"……嗯。"

"西京的贵人多,烦扰也多。救好了,贵人未必承你的情;若是未能救好……"他没说下去,我也明白。

"究竟,他们的死活,与我们无关。你平安无事,比什么都要紧。"崔颢总结道。

只是这件事,到底还是给我惹来了我们意想不到的麻烦。

又过了二十余日,长安便进入一年中最热的时节了。真正需要为了生计奔波的人们,只能顶着炎炎赤日在外奔走,而我则是想收摊就收摊:我一直是个"月光族",每天给人写家书收来的鸡蛋,除了自己吃两个之外,全部拿去跟附近几家食肆的肆主换钱,此外我也偶尔帮西市的胡商们做口译,只要赚够了房租和三餐,再多一文钱我也懒得挣,更加没有什么攒钱做巨贾的野望。

大概是因为我从来没把大唐帝国看作我的故乡吧。

盛唐的气韵固然令后人怀想,但当你真的到了这里之后,你会发现,你作为平民百姓所能接触到的这部分世界,不华丽,不雍容,而且贫穷、脏乱、灰头土脸。

长安城中,除了少数的权贵,没人有资格建造两层以上的楼阁,因此,你目之所及,最高的建筑除了几座佛塔,便是北面的皇城了;然而,大明宫的丹凤门不是给你走的,望仙台也不是让你登上去望仙的。平康坊是不少高官的宅邸所在,长宁公主故宅改造的马球场,也并非寻常人能随意纵马打球的地方。长安城,或者说一个典型的帝国,通常包含三层世界:皇族与权贵的世界,中低层官员的世界,普通百姓的世界。如果说第二层世界中的人尚且有迈入第一层世界的可能,那么,第三层世界,则是一个彻底无人关心的、史官也不会费多少笔墨去记述的世界。这个世界若当丰年,会被简单地概括为"忆昔开元全盛日,小邑犹藏万家室",遭逢战乱时,反而还能被多提及几次:暮投石壕村,有吏夜捉人;汉家山东二百州,千村万落生荆杞……

我从科技发达的21世纪骤然落入第三层世界,这个世界物资匮乏,卫生恶劣,我对它没有太多归属感。

——所以我和胡人们混在一起,还更舒坦些,毕竟,我们都是外乡人。

扯远了。总之,近几天,我的摊子前,陆续出现了一些人。有我认识的,也有我不认识的。他们往往会跟我聊上几句,但话题起得并不自然,也不像是来找我帮忙写信的,而更像是……更像是在审视和探究我这个人。

"阿妍,你来长安多久了?"一个布肆的女肆主问。

这个问题涉及我的来历。我不动声色,只管笑:"徐娘子才识得我吗?我去年就在西市了,你怎的又来问我?"

过了一天,又有人问到我计数的习惯。

"小娘子,为什么你计数时,不画'尚'字,而是写一个'口'字,再加一撇?"

"问我这个作甚?"我的手在桌案底下颤了颤。

我父母是工程师,留过学,有一些在国外养成的小习惯:计数时,他们往往是画一个正方形,再画一条对角线,正好是五条线。我继承了这种习惯,计算收到的鸡蛋时,经常以此法计数。但是……

唐朝人是画"尚"字的,因为这个字有十画——唐人楷书并不折笔,每一折都要重新起笔,故"尚"字正是十画。

终于有一天,一个孩童喊出了个中缘由,或者说,喊出了他们所以为的真相。

"因为你是狐怪!"

他的母亲连忙将他拽走。孩童犹自叫道:"阿娘,你昨日就是这般与我阿耶说的……"

"狐……怪?"我呆住了。

那孩童开了第一枪,大人们也就敢说了:"是啊!他们都说你是狐怪!"

越来越多的人不再掩饰,公开聚拢在我的摊子周围。这酷热的天气,突然变得更加难以忍受了。

"你每日晨起,在院子里抬腿伸臂的,形状很是不雅,又是做什么?"另一个邻居问。

"那是……"我擦了一把汗,没法说那是第二套广播体操"雏鹰起飞",只能道,"那是五禽戏。"

"那不是五禽戏!也不是道家的导引之法!"有个医者反驳道。

"一个小娘子,做出那般的怪模样来,着实不像良人。"

"听说这个小娘子还自家做了揩齿的器具和牙粉,都是长安人不曾见过的式样。"

"不然一个汉人女子,为何要学胡语,还和胡人们一处厮混?如今只有胡人来学汉话的,几曾见过汉人学胡语、蕃语?"

"我……"我解释不了。波斯语是我穿越前的兴趣爱好,因为我父亲曾经被派驻伊朗。

"生得美貌,却又行止古怪,多半就是狐精了。"有人掷地有声地总结。

"该当禀报巡街的武候,将她拿去长安县的官署。"一个妇人道。

"不要脸!"妙泥匆匆挤进人群,把我挡在身后,"陈三娘你合上嘴吧!你丈夫那日多看了阿妍两眼,你就记恨在心,还当我们不知道吗!如今倒来借机生事,好不要脸!"

陈三娘脸上一红,反唇相讥:"你是胡人,你自然护着她。"

"胡人怎的?胡人不是人吗?"妙泥道。

"胡人是人,可你身后的是狐精……"

我是真不明白,我怎么转瞬间就变成狐精了。

"正是了。她刚来西市时,连人话都不大会说。我记得,她说自家是外乡人,不会说关中话。可笑,我们西市,天下哪里的人没有?便是南边最远的广州、琼州的人,我们也见过,可没听过哪里的口音如她那般。"

我猛地站起,倒退了两步。

我当然不是狐精。但他们这一通莫名其妙的大闹,反而歪打正着:我的来历,确实有问题——我不属于这个世界。我的口音,也就是普通话,是唐人所没听过的。我咽了口唾沫,慌张中口不择言:"我……我是御史台崔里行的表妹。你们不能这样说我。"

官和民之间是有鸿沟的,我搬出一位官员来为自己背书,群众总算沉寂了片刻。然而很快又有人出声道:"我曾听见你对他说,你不是他的表妹。"

"……"那是崔颢刚"认回"我的时候,他每日都来我的摊子前坐着,我烦得很,反复告诉他,他认错人了。那原是真心话,此刻却成了证据。

众人又闹了起来,说崔里行是教狐精迷惑了。

"你才教狐精迷惑了!"人群外传来一声断喝,崔颢冷着脸走了进来,"哪个说我阿妹是狐精?"

他把我带回自己家。

长安居大不易并非虚言,他的住处也是租的。他开了前门,示意我先进:"一亩之宅,实在不算宽阔。阿妍记得我当日为何执意税下这所宅子吗?"

我表面镇定,心里却恐慌极了,什么话听在我的耳朵里,都像是他在考校我是否唐人:"不、不记得。"

过了前院和门房,便是一个颇为廓落的院子。三间正房、两间厢房,加一个院子,是长安城中的寻常宅院格局,占地约有一亩,在后世来说很不错了,他说不宽敞,大约是以官员们的标准来看的吧。

他指着院里的两棵樱桃树,笑道:"正是因为喜爱这两棵树。"

两棵树甚是高大,攒柯比叶,绿枝浓荫。此际已是六月下旬,照说已过了樱桃的季节,但这两树大约属于晚熟的品种,枝头果实累累如珠,饱满红润,映着明亮日光,甚是炫目。

"吃樱桃。"他拖了一架胡床过来,喊我坐在树荫里,自己则不紧不慢地拉低了树枝,摘了樱桃,就丢进手边的木盆里。

我不能理解他为何全然不提方才的事情,但也不敢说话。过去的一年,我学本地口音,结识周围的人们,去县衙取得户籍,费了很大的力气。我以为我已经在这里站住了脚,但事实远非如此。随便几个小小的细节,就能将我暴露于众人的怀疑之中。

我毕竟不是这个世界的人啊。

而眼前的这个人,名义上的"表兄",名垂千载的《黄鹤楼》作者——我和他也只认识了几个月,我不能冒着更大的风险,在他面前继续暴露自己,于是只能沉默而已。

仆人打了井水来,我接过木盆,清洗樱桃。他皱了皱眉,好像想阻止我,但到底没有,只是接着采摘。他摘我洗,配合得竟也很默契,直过了两刻钟光景,樱桃装了半盆,他才止住,取水擦洗已被染得微红的手指。这举动简直一点当官的架子也没有,让我紧绷的心情莫名松懈了些。

他擦着手,语气漫不经心:"你看起来像我的表妹,说话像我的表妹,举动也像我的表妹,那你就是我的表妹,不是什么异类。"

我不合时宜地笑出声。

崔颢作势把盆子夺走:"我好好说话,你却笑我。不给你吃了。"

"不是……"我清了清嗓子。崔颢方才的话,让我想起了那句西方谚语:如果一个东西看起来像鸭子,走路像鸭子,叫起来像鸭子,那它就是鸭子。

笑过之后,我说:"可是,我的书体,和你表妹不同。"

我很难形容我是抱着什么心态说出这句话的。我正在遭遇一场身份危机,毋庸置疑,我需要一个更靠得住的身份。彻底成为他的表妹,就是一个好办法。但我知道我并非他真正的亲人,所以,又忍不住要提醒他。啊,我从前并不是一个这样别扭的人啊。有什么比活下去更重要?接受这个简直仿佛为我量身定做的新身份,不是最好的解决方案吗?

好像……

好像是因为见到了那个人,就变得不一样了。

我想留在这个世界,想再次见到他,但又不想做一个不诚实的人。

"遭逢大难而不死的人,忽然有了新的技艺,这是很寻常的事。如果你当真不是阿妍,那……"崔颢斜了我一眼,轻描淡写,"等她回来,我便将你赶走。"

我又笑了。

"好。"半晌,我捡起一个樱桃放进嘴里。

唐时的樱桃远远没有后世经过长期择优培育的樱桃品种优良,总带着些难以消解的酸涩,我一直不大爱吃,但此时和他对坐在树下,吃得倒也开心。

他给我解释了我被当成狐精的缘由。

"什么?"我无法相信,"李中丞的儿子……将我写进变文了?"

崔颢也很无奈:"是。"

他说,李林甫那个热衷写变文的胖儿子在街头采风时,听说了一位贵妇人被蔷薇露诱发喘疾的事,也听说了我出手"施救"的始末。李林甫的胖儿子觉得这个出手相助的小娘子挺不错的,于是灵感大发,给她安排了一整套身世——

"我六世之前是天竺国的一位王女,素日虔诚修行,持法布施?我所布施的沙门,正是佛的前世?"

"……是。"

"但是有一日,这位王女,也就是'我',因嫉妒而发嗔怒,烧掉了一个蔷薇园?顺带烧死了花下的许多生灵……呃,虫蚁?而佛的前世,那位沙门,恰好在那个蔷薇园中?"

"……是。且那位沙门,因你的缘故,不幸葬身火海。"

"我因此恶业,七世转生畜生道?此世我是一只……狐精?"

"……是。不,不是,不是狐精……"

"我七世以来常行善事,救人性命,于是这一世我终于往生极乐,到了西方世界?"

"……是。似乎……你为王女时长期布施,深结善缘,因此,西方世界早有你的位子。"崔颢叹了口气。

我是该吐血,还是该谢谢李林甫的这个胖儿子?他好歹给我安排了一个极乐世界的名额呢。

"那一世我烧掉了一个蔷薇园?他这……从何处想来?"

"你那日救了那位夫人,又说是蔷薇露使那位夫人的喘疾发作,像是很熟悉蔷薇的习性。李主事——李中丞家的这位郎君在兵部做主事——大约由此认为,你与蔷薇,当有……夙缘?"说到最后,崔颢抬头望天,也是一副不知如何评论此事的表情。

"那他又为何说我这一世是狐精?"

我甫一问出口,立刻反应过来:我一个汉人女子说着胡语,混迹于胡人之间,李林甫的胖儿子由此联想到狐精的"狐",是极正常的事,盖因"狐""胡"音同,甚至"狐臭"一词也是由"胡臭"而来;唐人的狐精故事里,狐女往往善媚,出没时经常化身为"白衣妇人",或者身着"素衣",而我,不巧,长得挺漂亮,且因为穷,经常穿没什么颜色的衣服;狐精们使用的,都是人类不认识的文字,而我那个画正方形对角线计数的习惯,也的确并非时人所有的……苍天,再说下去,我本人都要觉得这真是一只狐精了。

"罢了。"我摆了摆手。李林甫是御史台的副台主,崔颢则是御史台的底层官员,我是崔颢的"表妹",从任何一个角度考虑,都没法跟副台主的儿子计较。

崔颢道:"实则,李主事的想法,每与常人不同。在他看来,有情众生,不分贵贱与种类。因此,他将你写作狐女时,自以为并无不妥,况且他还隐去了你的名姓。谁料慈恩寺的法师讲了这篇变文之后,西市的人竟然认出了你。他已经向我致歉,但是……"

李林甫这个儿子还挺有平等意识的,根本不像现在的人。我见崔颢为难,忙道:"小事而已,阿兄不要担心。"

西京人民也是很忙的,而且他们每天都有新鲜的事件可听,有任何一个国家首都的人民所必然有的嗅觉,这使得他们不断被新的风向吸引,就像我家乡的出租车司机大爷们,都是天生的政治评论员。一个小人物的新闻,迟早会被人遗忘。

按照崔颢的吩咐,为了安全,接下来的数日内,我只能窝在他家里看书。印刷术尚未普及,准确地说,或许尚未出现,因此书籍皆由书手或个人抄写。崔颢的书也有很多是他未入仕时自己抄的,一手欧体字端方瘦硬,与他平素风流谐谑的形象很不一样。

于是我又想起那一日，那个人的字迹。他学过谁的字，读过谁的书呢？在21世纪时，我常想，一个人要去过多少地方，看过多少山水，见过多少人和事，才能蕴养出那样的审美，写出那么独特的诗句。

真想亲口问一问他啊。

这天，我展开一卷《杂阿含经》，然后，第二百八十六次发现我是真的对佛学不感兴趣。正打着哈欠昏昏欲睡，家门外忽有人叫门，声音高而急："万年县捕吏！开门！"

捕吏？县尉手下负责缉拿犯人的小吏们？他们来干吗？

崔颢上班去了，家里除了几名仆婢，只有我一个能做主的人。我抹了一把脸，出去应门："二位有何事体？"

两名胥吏打量着我，那种目光让我本能地不舒服："此处可是御史台崔里行宅？"

"是。"

"你是崔里行的从妹郁氏女？"

"是。二位……"

"我等奉县尉之命，传你去万年县廨。"小吏往西一指，不容分说，"走吧。"

"请问……"

"难道要县尉相候吗！"另一个小吏呵斥。

县廨入门处的前院据说是巧匠宇文恺主持建造，连墙砖的纹样都似比别处精美些。门隘狭窄，日光照不进来，虽当盛夏正午，却隐有丝丝凉意。这原是堪称巧思的设计，但此刻我只觉得冷，微微战栗。万年县尉，可以类比后世我家乡的市公安局东城区分局局长。一个混迹西市的寻常女子，何德何能，被他点名叫来？或者说，我犯了什么了不得的大罪？

"那女郎，你便是郁氏女？"县尉坐在几案后，语调充满威严。长安城里的官多，万年县尉这官儿说大不大说小不小，也许面对比他官阶更高的人时摆不起架子，但对待我们第三层世界的平民，则是气势十足。

"是，妾身姓郁。"

"你今年十八岁,行九,曾许婚郑氏,后因郑氏郎君病重而未得成婚。你现住常乐坊十字街南,通晓诸蕃语,年来在西市与人写家书为业。"他似乎对我的经历已经很清楚了。

"是。"我越来越不安。

"你本是狐怪,在长安市上惑乱视听,使妖人聚众。"

"少府!"我猛然抬头,"我不是狐怪!我何曾做过这样的事!西市又何曾聚集过什么妖人!"

"妇人忘形,何敢同大唐官员相尔汝!"县尉厉声直斥,因我说了个"我"字。

我按下恼怒,垂眸谢罪:"情急失仪,幸少府勿罪。妾乃生人,绝非精怪。"

县尉冷冷道:"一年前你初到西市时不通人言,过了数月,方才逐渐习得,此事有许多人可以作证。"

"妾身原籍汴州,不识秦音,并非不通人言。"

"从前在西市与你同住的人说,你每两三日便要沐浴,为人写家书所得的钱,有半数用于买柴烧水,几有入不敷出之虞。你如此好洁,难道不是因狐精化人,以此掩去身上狐臭?"

烧水用的柴是我花钱买的,碍着谁的事了不成?你们唐人没那么爱干净,我自己爱干净也不行吗?为了保持我的卫生习惯,我就选择做月光族,怎么了?我按捺火气,好言好语地解释:"少府,流言起于驾部李主事所作、慈恩寺法师所讲的一篇变文。李主事作那篇变文,是为了劝谕世人,变文中写的女郎,不过是个凭空捏造的天竺女子罢了。且变文非妾所作,亦非妾所讲,一切与妾无涉,愿少府明察。"

"还来攀诬李主事!可见李主事见事极明,果然兽类不知廉耻。"县尉斥责,"狐怪异类,自恃姿媚,迷惑人心,行悖乱之事!谁不知如今百姓多事狐神,你迷惑人心,是想要众人供奉你吧!"

我没忍住,发出一声嗤笑:"倒要感谢少府赞我'姿媚'。"

这种莫名其妙的精怪之说实在太蠢了。这位县尉,难道就是想坐实了我是狐怪？这对他有什么好处？

等等，他说李崿"见事极明"？那天崔颢迁我户籍时，曾说万年县尉是他们副台主李林甫的私人……是了，万年县尉是为了讨好李林甫，才要极力论证我是狐妖，他儿子李崿写的变文没有错，没有给人带来麻烦！

县尉一愣，似是没想到我一个平民女子，竟敢公然貌视他作为官员的权威，当即大怒："野狐无礼！"

一个捕吏连忙趋前，对县尉轻声说了什么。县尉点了点头，捕吏们便上前来拽我，显见得是要对我动刑的意思。我大声道："少府！我家阿兄也是官身，你无端拷掠，于律不合，不怕我阿兄弹纠吗！"

"牝狐媚黠，崔里行一时为你所惑，明知你非他表妹，却执意带你回家。只消你离去，他自会醒悟，到时只怕他还要谢我。"县尉冷笑，俨然已经将所有事都考虑到了。

我拼命挣扎，但我身体再好，究竟不可能胜得过两个男子，简直连手臂都要被他们掰断了。

"少府且住！"

"放了我阿妹！"

两个声音同时在门口响起。

崔颢大步走了进来，跟在他后面的人白白胖胖，正是李林甫那个儿子李崿，两人身上皆是官员们视事时惯常穿着的常服，大约是刚离开皇城就赶来这里了。

李崿向县尉叉手为礼，满脸愧色："少府，我那篇变文中说郁小娘子这一世是狐怪，只是戏言而已，请少府放过郁小娘子吧。况且，我也写了，小娘子最后还是到了西方世界，可见，少府就算信了我的变文，也当相信小娘子是个好人……"他姿态拘谨，语言混乱，右脚不安地蹭着地面，白白的额头上渗出了汗水，映着射入堂中的日光，分外明显。说了这些，他又转过身来向我道："某姓李，名崿，在家中行五。崿平日好作变文……这一回作了那篇变文，不意给郁小娘子惹来偌许烦恼，崿……与小娘子请罪。"嗓音有些滞涩，他连忙又轻轻一咳，清了清喉咙，深深低头，谦恭得几乎可以说是卑微，没有一点顶级官二代的自矜。

我用另一只手抚着剧痛的手臂,心情很糟,不想说话,但这位是李林甫的儿子,我和崔颢得罪不起:"无妨,李主事多虑了。"

李崟闪过一丝更不自在的神情,似乎觉得这句话是在讽刺他:"我……崟托了慈恩寺的法师,请他们当众澄清……只是、只是流言已经传开,一时难以遏制。但……但崟还会再想法子的。"

崔颢拉住我,仔细打量半天,反复问我有没有受伤,才转头对县尉道:"下官品秩虽低,却也是朝廷的官员,大唐的士子。少府欺凌下官家人,无乃太过!"他每天都是一副脾气极好、行事圆滑的样子,此时不掩怒意,连我也惊了一惊。

他和李崟进来之后,县尉大概是意识到了自己没有拍对马屁,对李崟加倍和颜悦色。但崔颢官阶更低,他对崔颢可不用太客气,冷淡道:"家人?郁氏女是崔里行的表亲,并非家人。崔里行是进士出身,却连亲疏远近的道理也不知吗?且我只是将郁氏女叫来讯问而已,自问并无不合律条之处。"

所谓家人,在中国古代,或指一家之内的亲人,或指家中的奴仆。我这种一表三千里的亲戚,不能算作家人。万年县尉跟崔颢较这个真,严格来说也无不可,但他那副神情着实让人愤怒。崔颢勃然作色,张口欲言,李崟忙道:"此事尽是我的过错所致,两位不要争了。既是误会,少府可否放了小娘子?崔兄、郁小娘子,且请宽一宽心,容我好生补报两位。"又不住道歉。

走出县廨时,我望向前院的门隘,忽而想起,当年太平公主与薛绍成婚时,便是在这万年县廨设了婚席。因门隘太窄,往来的宾客又多,负责婚席的人曾一度主张拆除这座前院,最后高宗皇帝发了话,说宇文恺所建工事多有奇巧,不必拆毁。有人在这里设宴,甚至可以拆掉它的建筑,有人则被拉到这里约谈,甚至被上刑,这就是第一层世界和第三层世界的区别呢。

"阿妍?阿妍?"崔颢担心地叫我。

我如梦初醒,勉强笑了笑:"无事。阿兄怎么来了?"

崔颢简单说了原委,原来是家中的仆婢见捕吏将我带走,便去了朱雀天街上守着,俟他视事结束,一出皇城,便截住了他。他当即反身去找了李崟,一同前来。万年县廨在宣阳坊,离皇城不远,因此他们才来得及在我遭遇更恶劣的事之前赶到。

而至于万年县尉为何传我来此……

崔颢迟疑了一下,表情既尴尬又内疚。我苦笑:"阿兄还待瞒我?"

我的猜测是对的。

李崒那篇变文本意是宣扬佛理,但传着传着,就变了样。李崒本人早已出面澄清,但于事无补。这些日子,狐妖惑人的流言传遍了长安城,只是我被崔颢保护得很好,对此浑然不知而已。这原本不是大事,盖因唐人一向相信狐怪故事,传说中,贺兰进明就娶了一名貌美的狐女。但一个朝臣的儿子写变文公然宣扬狐怪之说,致使流言四起,是严重违反圣贤教化的事情。李林甫现在还没成为后来那个独揽大权、无人敢言其非的宰相,政敌们不惮于攻击他。有人攻击他,就有人维护他。维护他的方式之一,就是将我鉴定成真正的狐女,证明李崒并没有写错。

太没意思了。

跟着他回了家,关上院门的一刹那,我才终于松懈下来,躲进房间里一通大哭。我也不懂我哭什么。

我感到对不起崔颢。

他被我牵连了。李林甫是他们副台主,且李崒的态度又放得很低,想来,他又心疼我这个"表妹",又没法跟李崒计较,必定很难受。

我感到危险。

我远离故土,来到此地,小心隐瞒身份,努力学习他们的语言,在西市也认识了一些朋友。但我依旧是个异类。那些细小的属于现代人的习惯,在某个时刻,突然就给我带来了巨大的危险。当我面对万年县尉,为了自保而说出"我家阿兄"四个字时,我似乎获得了什么,又抛弃了什么。

从前的我呢?那个成绩优异的名校学生呢?

要做崔颢的表妹,做一个真正的唐人——唐代女人——吗?

我擦了擦汗水和泪水,低头凝视地面。铺地的方砖上原本烧有纹样,但是早已被踏平了。

崔颢隔着窗喊了我几声,然后走了。将近黄昏时,他又一次喊我,我揉着眼睛,怏怏开了门,惊得倒退两步。

站在我面前的,有崔颢,还有……

王维。

一身士人襕衫的王维。

"阿妍,走吧。"

他叫我阿妍。

我像是中了邪,迷迷糊糊地跟着他和崔颢出了门。

第三章
诸天雁塔儿多层

走在盛唐两大顶尖诗家的身后，听着他们低声谈笑，纵然我心情郁郁，这座都城的意义，却瞬间豁然明朗。我没那么讨厌这个城市了。这个城市啊……这个城市就是云里帝城双凤阙、雨中春树万人家，就是相逢意气为君饮、系马高楼垂柳边，就是新声一段高楼月、圣主千秋乐未休。

要是能一辈子……一辈子跟在这两个襕衫身影的后面……可该有多好？

黄昏时分，西京城暮霭半卷，霞光万道，连空气都好像温柔起来。才从皇城官署返家的官员骑着健硕的骏马一路驰来，卖花的少妇轻快地走过街巷，额上微黄一片，反射夕阳灿丽的光，窄腰裙子颇具胡风，走动时腰身微颤，自然而然地颤出一种婷婷袅袅的味道。年迈的老人正在和人切磋残局，更有西域相貌的乐师坐在地上拨弄琵琶，清越明快如碎石击打溪水，引得一群人围坐在旁，闭目细听。坊内的小路边，树下已有人摆开了低矮的食案，将深红的李子、樱桃和紫玛瑙似的葡萄排开，与邻人友人们对坐谈笑，借以消脱炎热的夏夜。

这是个有无数后人追思怀想的朝代，这是个有无数后人凭吊的城市。

愿为五陵轻薄儿，生在贞观开元时。斗鸡走犬过一生，天地安危两不知。那是因为，长安的开元，开元的长安，真的如此繁盛美丽呀。

是的……一个温柔着、热闹着、哄乱着的长安城。

可我……可我呢?

这时王维拐进一条绿柳成荫的巷子里,笑道:"到了。"崔颢又嘱咐了我几句,方才离开。

王维引我走入中门,高声笑道:"瞧是谁来了!"我眼前一亮,只见堂前栽了大朵大朵的芍药,粉白红紫诸般颜色无不齐备,更有两朵并生茎上的稀罕品种,明艳宽大的花盏压低了枝茎,沉甸甸地低着头,反而别有一番艳极盛极的雍容谦逊之态。[1]

"阿妍!"短短两个字,声音由惊愕转为明快的喜悦。

真好听啊。像一碗调得最最恰当的槐花蜜水,再多一勺蜜就太甜,再多一点水就太淡,清肝明目,解毒润肺。那嗓音虽然带着一丝显而易见的喑哑,却反而多了一份柔韧,那是从一个病弱之躯中生出的凝定和执着。

那个声音的主人——

她是我见过最美丽的女人,没有之一。

博陵崔氏啊!这个女子,让人一看便知是那高华风流的崔氏后人。

她的腰很细,细到她浅蓝色的衣衫无法掩饰。她的脸色和嘴唇都有些发白,显然重病在身。她不像我在坊间所见的很多女郎,她们丰满、妩媚,大唐的风韵从她们的每一根发丝流泻到每一根手指,再写满在甜美的笑容里,哪怕化着诡怪特异的时世妆,也特异得快乐,生机勃勃。

但她依然是从容的,优雅的,不容任何人轻视的。

史书上说王维"丧妻不再娶,孤居三十年"。看到这个女子,我就理解了这句话。经历过这样的美好,还有什么样的美好能入得了你的眼?诀别了这样的美好,想再放脱这个尘世的一切乱枝芜叶,岂不是会变得非常容易?

生命的前十几年里,我一直是同龄人中的佼佼者。学业也罢,容貌也罢,我曾在我的小小范围内优秀着,也骄傲着。

此刻,我不想再看见她。尽管她这么美好。

我低头搓着自己的手指和手掌。与人写了一年家书,风里来雨里去,我的手是我最不喜欢的部位,手指生硬,掌纹粗糙,全无女性的柔腻细嫩之美。

她是一面镜子,将你自己的不完美如数映照其中,避无可避。长安城的晚霞太过灿烂耀目,我眨了眨眼,于是有一滴水落下,浸湿了我的掌心。

我痴痴望着她,直到身后王维轻咳了一声。她眸子一转,笑道:"是了,听说阿妍忘了从前的事。我姓崔,名瑶,行七。你和我的交情很深,我方嫁与他时,便识得你了,那时你才七八岁,整日追在我身后,说'喜欢瑶姊'——待我慢慢分披与你。"

"我看不必。"我和王维皆道。我回顾,他笑:"阿妍且说。"

"瑶姊你这般美。"我平心静气,"我见了你,就喜欢你。七八岁时如此,今日亦复如此。美貌便是交情,哪里还要叙什么交情呢?"

崔瑶又笑:"这个小女郎口中有蜜!过来。"

她取了手帕给我擦脸,动作轻柔,低声责怪:"何至于哭成这样?悲怒伤身,哭这件事啊,向来是'其益如毫,其损如刀'——你看,你这般美的眼眸,哭了就不美了。"说完,她又狡黠地笑起来:"不过你年少,精气足,今日哭了,明日又一样美。"

"……瑶姊,你的口中才有蜜。"

她哄我吃饭,又陪我睡觉。

天啊,我才认识她几个时辰!可是这个傍晚,加上这一夜,与她在一起的时间里,我竟然……竟然完全没想起王维。

我忘了她是他的妻子,也忘了他。

崔瑶,瑶姊——她怎么会是这么可爱的一个女人?

这个时代,除了那些知名的帝王将相,才子诗人,除了我一直倾慕的王维,竟然还有这么可爱、这么灿烂、这么有趣的人?

第二日她早早叫醒了我:"快去洗脸,今日我们出去。"

"瑶姊真好看。"我真诚地说。

她斜靠在螺钿妆台上,垂头端详着一柄乌木梳子。内室的窗帷放下了大半,只从下半部分的窗扇里,被拉成长条形状,投射在茵席上。洒进来的日光足够明媚,所以室内即使是太阳照不到的地方,也充满了温柔幽静的气息,并不阴冷蒙昧。而崔瑶低垂的侧脸,松松挽着的长发,摆弄着梳子的白玉般的手指，与这个既不过分明亮也不显黑暗的房间，恰恰构成了一幅光线、色彩的调和全部臻于完美的油画。

她为我梳头。她细腻的手指偶尔碰到我的肌肤，温热的气息轻轻拂过脖颈，我心中竟有一种怦然的悸动。然而闭上眼仔细感受时，却可以察觉她的呼吸隐约有一丝急促。

"瑶姊，你的身体……"我不安询问，换来一声低斥："坐稳了！"

我合目，沉溺在她轻细的碰触和气息中。那份悸动，逐渐变成清甜而温暖的情绪，直至睡意昏昏。忽而，我的右颊被什么东西拍了下，睁眼看时，原来是那柄梳子。她用它指了指案头的妆镜，随即笑盈盈地持起另一面镀银手镜，再次转到我身后。

两面镜子交相映照，我的目光凝滞了一刻。

崔瑶给我梳了个双鬟望仙髻。我的头发本来就不很厚，近来心火大盛，更是大把大把地掉，这几乎和变文事件一样，成了我另一个不能提起的心病。而我又讨厌假发义髻，所以也不适合梳惊鹄髻之类需要较大发量的发式。

但现在——镜中我的发量竟然显得相当不少。这发型梳在我头上，虽无绰约清丽的望仙之态，倒也雅致秀逸，而且极衬我的脸型和气质，尤其是在我脸上的怨气已经消融了十九之后。双鬟望仙髻的梳法，是将头发分作两束，再以黑色头绳发带，将发束绕成双鬟，盘在头顶。若是缠绕不当，双鬟显出一截截的勒痕，反为不美。不知她是怎么梳的，双鬟毫无勒绑过的痕迹，线条优美形状自然，好像我的头发天生就是为了梳这个发式而生的。

崔瑶吁了口气，伸手又笼了下我的鬓角，扬声叫人。一个叫如焰的婢女应声而入，手捧着一叠衣裳。她们给我穿了一条联珠纹的单丝罗裙，和一件泥金云罗短襦。短襦相对低调，而裙子的图案就过于活泼明快，繁复得好像把壁毯和地毯穿在身上似的。联珠纹由波斯传入中土，任谁穿上这种花纹的衣裳，都难免像个热情奔放的西亚少女。

她蘸了螺子黛，在我眉端描了描，镜子里，我的眉形便俏丽飞扬了许多。她笑道："我知你不喜铅粉、花子，就只画画眉吧。"又在我眉间扑了些黄粉，作为额黄。我惊叫道："太多了！"

还没来得及细看镜里丫头身子小姐装扮的人，崔瑶已经换了衣裳出来了。她端详着自己的作品，随手又从妆奁里取出一支钗子，斜插入我双鬟之下的发间，钗头两颗柔润的明珠登时为毫无点缀、一色漆黑的头发增色不少。镜中的女郎乌发雪肤，清眉秀目，双鬟望仙髻婉媚可喜，纤细的腰身被罗裙衬得颇为可人。我知道我美，却不知我在崔瑶的手下可以变得这么美。

崔瑶颔首，微微笑道："如梦，叫你阿耶套车。""去哪里？"我惶惶地问，没得到任何回答。

今日原是官员们的旬休日，而且炎夏之际，长安的人们最爱往城南去——城南地势较高，清凉去处多，人们或于乐游原上登高望远，或入终南山饮泉听风，城中车马比寻常多些，路况不太好。但王家的车夫驾车相当平稳迅捷，行进很快。崔瑶阖着眼，向左倚着车帷，始终不大说话。我侧着身子，生怕弄坏了这身我肯定赔不起的衣裳，也怕碰乱了漂亮的发型。我有意掀起车帷看看到底是往哪个方向去，可是唯一一面透光的车壁和帷幕被她倚着，我只能两眼一抹黑，静听车厢外的声音。王维的马蹄声不紧不慢地走在前面，很有节奏感，而身旁女子的呼吸，也是这样舒缓而有规律，使人平静。这到底是怎样的夫妻俩？

"休怕。"崔瑶用微凉的手指轻拍我的膝盖。忽而车速减缓，随即车身慢慢停了下来，王维在外笑道："下来吧。"

骤然下车，正午的阳光刺得我有些眩晕，眼前发黑，然而扑入眼来的粉墙，以及院内卓然耸出的九层青砖塔身，使我瞬间认出了这是什么地方。

我转身，盯着王维夫妻俩。

领我到这里来做什么？是这里的老和尚胡乱讲变文，使大半个长安城都以为我是狐妖，使我差点被万年县尉动刑！

崔瑶踏前一步，将手放在我的肩上。她的身量和我差不多，可经她这一按，我顿感自己矮了。她柔声道："今日宣灵上人讲变。"

王维笑着补充："快讲完了。你随我们进院。"

我一扫王维，发觉他的鬓发和服饰也作了一番修饰，鬓角比昨日更平整，天青色圆领长袍极衬肤色，腰间束着黑色丝绦，平添几分端凝之气。

这是干什么?特意打扮一番,带我回到事故发生地,进行脱敏治疗?

我气道:"我不去。"

王维淡淡道:"你能一世不来慈恩寺吗?"

"只有长安人稀罕罢了!"我大声反驳,"不来又如何,龙华会就不作了吗,盂兰盆会就不办了吗?"

"既然不来也不如何,那来又如何?"王维平静地反问。他的音量不高,然而"来又如何"四个字仿若洪钟,撞得我耳膜嗡嗡作响。我有一瞬失了神。

来又如何?

来又如何!

做错事的不是我,我何须怯懦逃避、羞耻惭愧?

我看向王维,而他毫不迟疑地回望。阳光从终古不变的湛蓝天空投下,掠过大雁塔的塔尖与四角,越过光华耀眼的琉璃瓦,透过高大柏树浓密的枝叶,洒在他微笑的侧脸上。他笑起来可真好看啊。

寺中时有前来进香的仕女走过,语笑清脆如滚珠溅玉。望着无忧无虑、娇俏明媚的她们,我心头不觉涌上自惭,初时的勇气泄去不少。

"阿妍,你比她们美。你说是不是?"崔瑶在我耳边低笑,最后那句则是朝王维问的。王维精通音乐,耳力绝佳,所以虽站得稍远,还是听个分明,目光在我脸上一转,随即落在崔瑶身上,笑道:"你们两个都是美人。"

我心中某处一酸,随着他们走到戏场边。讲变已近尾声,王维没有进去,而是跟一个小沙弥说了几句话。小沙弥疾步而去,不多时,便带着一位年长的僧人来了。

那位僧人皮肤黝黑,五官轮廓明显,是印度人的长相,容色庄严。王维合掌行礼:"大师愿意相助,弟子不胜感激。"

年长僧人摇了摇手,端详我的面容,过了数息,他才道:"小娘子另有来处。"

我一慌,刚要说什么,却听他又缓缓道:"但小娘子气格清正,是人身而非狐类。你来历奇异,却与此间有缘,我自无坐视之理。"他将"此间"二字咬得稍重,像是在暗示,他说的不是这间寺院,而是……这个世界。

我又怔住了。

王维笑道："阿妍，智法师称许你哩。"

"智法师？"

僧人低眉，道了声佛号："我本名跋日罗菩提，华名金刚智。"

"金……"我瞪大眼睛。

我对佛学极其缺乏兴趣，但因自幼倾慕王维，也读了些佛教史，知道盛唐时有三位印度高僧来到中国，成为中国密宗祖师，被后世誉为"开元三大士"，分别是善无畏、金刚智及金刚智的弟子不空。而我眼前这位，就是大名鼎鼎，被皇帝和武惠妃召见过的金刚智？

这时讲变已毕，男女听众们陆续走出戏场，意犹未尽地讨论："今日的变文又是李中丞家的郎君写的。""李五郎的变文写得好，上人讲得好，真是珠联璧合。"

李峄在人群中望见我们，露出个腼腆的笑容，叫道："智法师！王十三兄！郁小娘子！"

见金刚智在此，讲经的和尚和其他僧人纷纷过来见礼，听众们也将目光投到这边。而"郁小娘子"这个称呼一出，立时又有不少听众的视线被引到了我身上。有人偷偷告诉同伴"正是那狐女"，也有人评论我的相貌，诧异金刚智法师为何与那个狐女立于一处。我暗自皱眉，却听金刚智微微提高了声音，问道："小娘子喜爱什么吃食？"

议论声低了下去。众人俨然都在琢磨他的话有什么深意。

"樱桃饆饠。"我茫然答道。

"小娘子喜爱什么花木？"他又问。

"茉莉与兰花。"我更加茫然。

"小娘子喜爱什么人？"他抛出第三个问题。

周围更静了。一只鸟儿飞过澄净的天空，羽翼矫健。余光里，有崔瑶纤细清羸的身影，和站在她身边的王维。

我顿了顿，答道："我喜爱……爱好佛法的人。"

对面的高僧忽然笑了。他温声道："小娘子很好。吃饆饠，赏素馨，亲近佛徒,都很好。"

我记得他是密宗祖师,不是禅宗的啊,可是他怎么这么爱打机锋?他的话我一个字也听不懂。

"听说,智法师说话时,理无不通、事无不验,连宫中的贵人也信他的论断。可他今日何以竟与一个狐女说了这么多话?"有人悄悄问。

"智法师何等人物,焉能不辨人狐?我瞧这小娘子不是什么狐女。智法师说了这些话,多半是看出了这小娘子生具慧根吧。"他的朋友也小声道。

"也是。前些日子,城里都说这个小娘子是妖狐。可她若是妖狐,智法师怎会如此称赞?爱吃樱桃饆饠,喜爱茉莉花……分明就是个寻常小娘子嘛!"

"寻常人家吃不起樱桃饆饠。"

"那是你家。这个小娘子出身寻常,相貌仪态却不寻常,她阿兄又是官身——来日她嫁入贵人家里,可不就常有樱桃饆饠吃了?"他们越来越跑题,听得我哭笑不得。

"我是南印度摩赖耶国人,听说大唐佛法崇盛,故而泛舶前来。我在海上历尽风浪,花了三年,方才到了广州。圣人敕令,将我迎到慈恩寺。自那以后,我便在两京弘扬佛法,翻译经典,又在所住的寺院中设大曼拏罗灌顶道场,度化四众,至今已逾十载。"金刚智娓娓述说他的经历,"这十年间,我也常常想念故乡。你可知那是什么心境吗?"

想念故乡的心境。

我懂的。我当然懂。

"但我在此地的事,还没有做完。所以,我不会走。"金刚智说。

"法师有大愿力,令人敬佩。"我由衷道。

"小娘子也有想做的事,只管放手去做吧。事毕之前,不要想其余的事。"他的眼神清亮而慈蔼,语调有安定人心的力量,"做完了事,你的许多疑惑,便都不再有了。"

"可我,我不知道我想做什么事。"我喃喃。

由于穿越,读书生涯被生生斩断。我还能做什么呢?

金刚智合掌,向我微一点头,就离开了。信众们有的跟了上去,请教他佛法,有的则只是安静地目送他。

而我依然在想他的话。

"自那以后,我便在两京弘扬佛法,翻译经典,又在所住的寺院中设大曼拏罗灌顶道场……"

我望着金刚智的背影,追了几步,喊道:"法师,我……"

"阿妍!"崔颢匆匆挤了过来,"我原想陪你一同来的,奈何今日公务太多,对不住,对不住。你梳这样的发髻,真好看。都好了吗?"最后一句,他问的是王维。

王维一笑:"幸不辱命。以后,大约不会有人再疑心阿妍是什么狐怪了。至于发髻,是阿瑶为阿妍梳的。"

崔颢连忙向崔瑶叉手为礼:"多谢崔七姊姊!"谢了好久,又向我道:"阿妍,前两日你心绪不佳,我没和你说——裴太守的夫人邀请你我上门,就在今日。"

"……裴太守?谁?"我摸了摸自己的鬓发。

事实上,直到坐在裴宅的席上时,我还没彻底搞清楚状况。

裴家在长安的宅第轩敞幽深,正堂装饰尤为华丽。每人面前的食案之上,分别摆着酒菜与酥山。主人巧施心思,并不取那些油腻肥腴的猪羊鸡鹅之类食材,而只将一些时令蔬果,做成精致的菜馔、果子,如金糕糜、樱桃饼、香芹羹之类,供众人佐酒。白如雪岫的酥山上也点缀着鲜妍的樱桃和葡萄,清雅又诱人,而荤菜只上了一道鹿脯,一道羊肚包子鹅与一道驼蹄羹。若是旁的高门子弟,或不识风雅之辈,只怕还要嫌这些菜太过寒素,轻慢宾客,但今日来的是我与崔颢。崔颢自是风雅的;我虽穷,却也大概明白怎么伪装风雅。

那位被大食蔷薇水引发哮喘的贵妇人,是宣州刺史裴耀卿的夫人。裴家为了表达谢意,请崔颢与我赴宴。

席上除了裴夫人,还有她的儿子裴综与裴皋。裴综年纪稍长,裴皋年纪倒与我相仿,说话一板一眼,别有一种古板的有趣。裴综问道:"方才我听阿郁路过我家池台时,念了'鱼戏新荷动,鸟散余花落'两句,我很是喜爱,未知这两句诗出于谁手?"

这诗是谢朓的。在王维等人出现之前,谢朓的五言诗无人可及,尝享数百年之盛誉,也是王维、李白的学习对象。李白十分崇拜谢朓,不独有"中间小谢又清发"的评断,更是时常"我吟谢朓诗上语""令人长忆谢玄晖"。我有心逗趣,笑道:"裴公是宣城太守,这诗恰好亦是出自一位宣城太守笔下。诗人嘛……是裴公之前,史上最有名的宣城太守。"

裴夫人与裴综二人一愣,随即会心,崔颢也是面带微笑。唯有裴皋依旧糊涂着,怔怔道:"史上最有名的宣城太守,难道不是鄂国公尉迟敬德吗?"

在唐朝初年,尉迟敬德确实做过宣州刺史。众人大笑,裴综笑道:"我这个阿弟,自小随家父在外,流转各地,不在长安长大,故而最是关心实务,也最是不爱诗赋文史。他关心粟米的价格,青弋水的汛期——青弋水是宣州一条河水——却最不关心长安伶人们近来最爱唱谁的绝句,长安的女郎们爱听什么变文哩。"裴皋无从辩驳,苦笑而已。

酒过三巡,裴夫人郑重道:"李中丞家的小郎爱写变文,我们都有所耳闻。没想到,此番他又写变文,竟酿成了这样的局面。阿郁近来,受了好大惊吓吧?我近一月都在南山避暑,直到前几日回来,才听说了这件事……未能相助,实在对不住。"

"夫人太客气了。"我和崔颢先后说。崔颢笑着向我解释:"裴夫人回来后,立刻遣人来问过我了。但我已寻了王十三兄,他能请动金刚智法师,因此我便不敢劳动裴夫人了。"

裴夫人点了点头:"阿郁,那一日多亏你施救。财帛不足以表我谢意……我听崔郎说,你早失怙恃,而我一见你便觉亲切……我没有女儿,一直想要一个你这样的女儿。你愿意吗?"

"什么?"我一惊。如果真是救命之恩,裴家这样报答也就罢了,但……我斟酌着措辞:"多谢夫人赏识……但我所做的事,实在算不得施救。我那日便说了,使夫人喘疾发作的是蔷薇水,只要将其撤去,纵使我没有插手,夫人也能自行好转。"

崔颢亦在绣垫上微微欠身："颢明白夫人的感激，但我二人一向敬重裴公，此番阿妍偶然帮了夫人，唯有欢喜庆幸而已。我兄妹并无求报之意，当不得夫人的盛意。"

"唉。"裴夫人轻声一叹，"这件事……并不止如此。阿郁帮助我的，也不止于此。"

她挥手令仆婢们退下，才说道："宫中的惠妃，你们知道的吧？"

武惠妃嘛，武后的侄孙女，李隆基现在最宠爱的女人，我当然听过。

"去年，自西方来的使团进奉过一瓶大食的蔷薇水，圣人赐给了惠妃，惠妃便时常熏用，毕竟……天子殊恩，非他人所能比。"

很明显，收到这么贵重的赏赐后，即使受宠如武惠妃，也忍不住炫耀。

"有两回，我入宫谒见惠妃……"裴夫人顿了顿，补充前情，"以子焕如今的品级，我尚不足以常常入宫。但裴相的夫人和我有些私交，有时便叫我同去。裴相的夫人，是武三思之女。"

她说的裴相，是今年拜相的裴光庭。裴光庭和裴耀卿分别属于河东裴氏的中眷裴和南来吴裴，虽然隔着房，但裴耀卿从小就是神童，入仕后又是一位能臣，裴光庭大约也很欣赏他吧。而裴光庭的夫人是武三思的女儿，武惠妃则是武三思的堂侄女，彼此亲睦，更是可想而知。一个由贵族统治的帝国就是如此，朝中谁和谁都沾着点亲戚——我在脑子里理清了这些复杂的关系，才后知后觉地想到一个问题："那……那夫人入宫时，嗅到惠妃身上的蔷薇水……"

使团进献给皇帝的香水，想想就知道是纯度很高的好东西。但纯度越高，东西越好，让裴夫人闻到，反而成了……

我忍不住打了个寒战。

裴夫人苦笑起来："是的。我每回入见，总是难免咳嗽、流涕，每每失态……却又不知是什么缘故，真是难堪极了。后来，惠妃竟以为，我或是有意不敬，或是……天生与她不合。"

崔颢和我对视了一眼。

"那一日我在西市，见到蔷薇水，想到惠妃，便随意看了看，谁料喘疾竟发作了。幸得阿郁救治,又告诉我,那喘疾与蔷薇水有关……想来,我在宫中时,症状不十分凶猛,是因为我们的座席,距惠妃有丈余远。"裴夫人总结道。

"然则,惠妃那里……"我真心实意地替她担忧。看过史书就知道,武惠妃和后来的杨贵妃不同,绝对不是什么温柔无害的女子。

裴夫人笑得俏皮:"既然明白了是蔷薇水的缘故,那我就只有两件事可做啦。第一,暂不入宫谒见。第二,我寻了几种难得的西域异香,托了玉真公主,转送给惠妃。子焕这个人,很爱节俭,但我们家里,毕竟也还有一些底子……寻几种奇香,不算很难。"

我和崔颢都笑了。这一招很厉害:她不好直接献香给武惠妃,便借了玉真公主的手。玉真公主身份贵重,是李隆基的同胞亲妹,却只爱修炼道术、引荐才子,从来不掺和后宫和前朝的争斗。而且,公主是女子,皇帝压根不必像忌惮兄弟一样警惕她。因此,公主在皇帝面前很有面子。公主愿意送香给惠妃,惠妃必然也乐于承情,拿来使用。这样,裴夫人再入宫时,遇到惠妃又用蔷薇水的概率,总归会低很多。

"所以,阿郁,我们家里的境况不算困窘,有钱给你裁衣裳,买簪环。你要不要来做我的女儿?"裴夫人的话语,出现了一个奇怪的转折。

"这个……"我张了张嘴。

"你看,这样隐秘的事,我都与你说了。你如果不来做我的家人,我怎么放心?"裴夫人笑眯眯,一本正经地摆出一套毫无道理的逻辑,"至于子焕,我已经写信问过他了,他的心思与我一样。"

崔颢笑了一声:"阿妍,裴夫人如此美意,你便应了吧。"

"我……"我一个孤女,突然多出一对地位很高的养父母——而况裴耀卿的人品水准,是经过了史书盖章的——看起来是件天上掉馅饼的好事,但我已经成年了,对于这么重大的转变,一时感觉难以接受。权利和义务是相伴的,庇护和规训也是相伴的,这点我很清楚。

崔颢和"我"到底只是表兄妹,而且我们都没有父母长辈,这样的家庭关系比较松散,给了我相当程度的自由。但若要进入一个正经的唐朝家庭……

我总觉得,那会是一种束缚很强的体验。

"阿郁,可否讲一讲你的顾虑?"裴综问道。

我想了想,最终决意实话实说:"多谢裴公和夫人。但是,一则,我本性近于野人,行径乖张,恐使裴家蒙羞。二则,我今日听金刚智法师说了几句话。他说他入唐以来,弘扬佛法,翻译经典……我很羡慕。我也想在西市,或者寻一处尼寺,做一些译语的事,使外国与大唐的典籍、风物可以互通……夫人大约不知,我会说一些胡语,也很喜爱学习各种蕃语。这样的事,于裴家的女儿,恐不适宜。"

"尼寺?不可。"崔颢瞥了瞥我。

裴夫人思索了一会儿,说道:"你从前的事,我在家书中,也与子焕说过了。他和我,皆不觉得你是乖张之人……至于你想做译语,我们却是不知。"

"鸿胪寺的驿馆与典客署,都有一些胡人帮忙做事,内中也有女子。虽然女子在外做事,总归不大方便……但那里究竟是朝廷的官署,较西市或者尼寺之类的所在,好上许多。女子不可为官为吏,连流外官亦不可得,但阿郁既然喜爱蕃语,就去做个通译,想来无碍。"裴综说道。

一直没出声的裴皋插话道:"依我看,若是阿郁担忧自己一个女子在外做事,名声上于裴家不利,在鸿胪寺的时候,不以裴家人自居,也就够了。"

"六郎!"裴夫人和裴综同时瞪他,似乎觉得他这个"不以裴家人自居"的提议过于冒失。我倒是有点想笑,裴皋能一下子就抓住重点,并提出合理的解决策略,未来一定是个实干家。

"可以。"崔颢下了决断。裴夫人大喜,当下取了历书来,选了一个日子,约定在那日行收我为养女的仪礼。

回到家里,我向崔颢抱怨:"你为什么就替我应了?"

崔颢深深地看了我一眼,把簪着茉莉花的幞头摘了下来:"那一日万年县尉随意派遣捕吏来捉你,这样的事,我不想再看见了。"

注释:

[1] 钱起《故王维右丞堂前芍药花开,凄然感怀》:"芍药花开出旧栏,春衫掩泪再来看。"可知王维家的堂前种有芍药。

第四章
鬈发胡儿眼睛绿

过了几日,崔颢陪着我踏入了鸿胪寺。

鸿胪寺的典客署,专司迎送蕃客使节之务。若有病者,便遣医给药;若有丧者,便给予所需,乃至协助操办丧礼;若皇帝赐给使节们物品,便教习使节们朝圣面谢之礼;每有使臣来访,就要勘问他们的土地、风俗、衣冠服饰、献贡、道里远近。典客署的典客丞考了我几句简单的波斯语和粟特语,便将我分到了勘问风土人情的部门做个译语人。他原本不欲令我一个女子接触太多杂务,只让我协助其他译语,做做笔记,但我骨子里是个现代人,其实并不介意这些,因此也乐于帮忙做各种迎送、招待的杂事。

鸿胪寺配有专职译语二十人,女子自是不能做专职译语。但有唐一代四方来朝,入贡的使节商团极多,二十人远远不足应付诸事,因而便需要许多我这样的"临时工",因没有编制,故而性别倒是无碍。译语多为熟习汉语的胡人,而因为粟特人天生擅长经商兴贩,多有东入唐国者,且粟特人又有外语才能,故而这些翻译胡人又以粟特男子为主,汉人女子如我却是极为少见了。

只是裴家与我都没想到,鸿胪寺虽然往来多是识礼之辈,但男子多的地方,却另有一样坏处——

"阿郁,你随我回了何国如何?我可以向蜜呾罗神起誓,绝不卖掉你也不会典押你。如果你想结束婚姻,你也将持有自己的财产以及来自我的一笔钱!如果我们的婚姻结束,无论是谁提出的,我都会将你送回你的保护人处。"

——蜜呾罗是祆教教义中真理和契约的保护神。"蜜呾罗"是唐朝话发音,后世则多译作密特拉。

"休听他的!阿郁,我会为你提供食物、衣服和首饰,让你在我的房子里有地位,像一个高贵的男人对待高贵的女人那样对待你。我绝不会娶另一个妻子!"

"他们都不是真诚的!我以胡天之名发誓,我会为你留在唐国。你的保护人是不是那天来送你的表兄?我会向他奉上贵重的礼物和诚挚的心意,求他将你许配给我。"

——胡天乃是祆教最高的神明。

此种对话,频频在译语工作的间隙以胡语上演,我啼笑皆非。

"大唐律令,华夷不婚。你们专心做事,休得胡缠。"一个祖上出于康国的女子康九娘用汉语轻斥他们,"阿郁才只来了一月,你们不要惊坏了她。"

说起来,很巧的是,康九娘行九,而崔颢的表妹在族中排行也是第九,所以我也是"九娘"。

"夷狄之辈,一入华夏,受华夏仪礼风俗所化,便为华人。"有人反驳她。

我自知长得不错,但实在想不到,由于会说胡语的汉女太少见,我一入鸿胪寺便受到粟特男子们的倾力追捧,就连吃饭时,那些胡人译语们,也争着将官署配给他们的食物分给我——胡人热情的确是他们的传统,但这也太夸张了。

康九娘嗔道:"你们住嘴吧!依照唐律,胡人即使在这里娶了妻妾,也绝不能将她带离大唐国境,我不信你不知道。你说什么'随你回了何国',不就是口头上轻薄人吗?"

"我家在西市有两间波斯邸,还有五间商肆,但我是译语人,不算商贾,生了孩儿也能入仕的……阿郁,你瞧,我说了这么多,可不只是为了轻薄人。"

"且住,且住。"我叹着气,语调一本正经,"我从前的未婚夫在成礼之前便已去世,我如今不想嫁人。再说我孀妇之身,数奇运蹇,你们不要沾惹我吧。"这望门寡妇的身份,我现在用起来倒也得心应手。

康九娘皱眉,拍了拍我的手:"阿郁你不必如此……总之,你们再这样,我就去告诉赵丞了。"她拿出"找领导"的杀手锏,他们果然安静了些。

我又好气又好笑,望了望典客署外摇曳的紫薇花影,继续低头做事。最近的主要任务,是将译语们勘问远客风土人情时的笔记整理之后,再交给他们复核。笔记大多是速记而成,笔迹潦草杂乱,故而我需要与译语们频繁沟通,这工作不可谓不琐碎。但琐碎之中,往往能生出恬淡的安全感来。皇城内遍植柳槐,轻风舒卷,清凉阵阵,一切都很好,好得简直像个梦。

我忽然想起,好一阵子没见到妙泥了,改天我要去找她说说话。崔颢待我很好,裴家也待我很好,但似乎,异乡人和异乡人在一起才最放松,和妙泥在一起时如此,在典客署里亦如此——到底什么时候,我才会把这儿当成家呢?

"那位日本遣唐使井真成,你们记得吗?"典客丞走到我们公房的门口,问道。

众人纷纷道:"记得。""几日前去世的那位。""听说他和晁衡是乘同一艘船来的,入唐十几载,一直想回家乡,却没能回去。""也是,他在唐国没有做官,自然不像晁衡他们那样乐不思蜀了。""'乐不思蜀'这话,怕不能这么用吧……"[1]

"咳咳。"典客丞咳嗽了一声,"近来天气暑热,凶礼要尽快办好,司仪署已经选了落葬的日子,就在几日之后。你们谁有余裕?去西市的凶肆,替井真成买一方志石和志盖。明日秘书省著作局将志文写好,就要叫石工刻字了。"

南北朝以来,为死者制作墓志成了很重要的风俗。墓志包括"底"和"盖",放在下层的"底"刻有志文和铭文,志文记录墓主的生平,铭文的内容则是赞美墓主的德行,大多是一些颇为虚伪的谀词。上层的志盖,一般刻有"唐故某某郡某某府君墓志铭""大唐故某某州某某县令某君夫人某氏墓志并序"之类的标题。贫寒百姓或许无力负担买志石、请人写志文并刻字的开销,但对于稍有身份地位的唐人来说,墓志已是葬仪中绝不可少的部分。井真成是遣唐使,如今客死异乡,大唐朝廷按照规制,应当出钱出人给他办丧礼,墓志当然也不能少。

但鸿胪寺的译语们以粟特胡人为主,大多是祆教徒,而祆教徒的丧葬习俗与汉地迥然不同。在死者去世后,他们通常将死者遗体放在山林中,等到食腐动物吃光了遗体上的肉,只剩遗骸,再将遗骨进行安葬。入华的胡人们也有如汉人一般为死去的亲属制作碑志的,但相对而言还是少数。也不知他们是不熟悉这些,还是嫌天太热,总之,典客丞说完话,一时没人接腔。

我见他有些尴尬,自告奋勇道:"我去?"恰好我刚整理完一卷笔记,便把纸卷起来,交给一名译语。

典客丞松了口气:"但你是女子,西市人多,只怕有所冲撞。"

我一脸无所谓:"我是孀妇,不在意那些。"

"那你去吧。志石要拣尺寸小的买。"典客丞吩咐道,微微侧身,压低了声音,"井真成不曾入仕,朝廷也只是追赠他为尚衣奉御,所以,志文可写的不多。"

尚衣奉御是从五品的官职,管理皇帝冕服,没什么实权,往往由和皇帝本人关系不错的贵族子弟担任,若是作为追赠的官职,算得上惨淡了。我应了声"是",确认道:"买最小的吗?"

"也可。"

出了门,一阵热浪扑面而来——这还没到中午最热的时候呢!幸亏鸿胪寺在皇城边上,我一出了皇城,连忙戴上帷帽。轻纱垂下,阳光便不那么刺眼了。

我家乡是个超大城市,城市热岛效应明显,每年夏天的"桑拿天"极为可怕。唐朝虽然处于地球平均气温较高的温暖期,但今时今日的长安,其实也没比我的家乡更热。这种热,只要遮去了阳光就能忍受。我开开心心地走到西市,耳中听着各色口音、各种外语,鼻端嗅着香料、食物、牲畜体味混合而成的那种独属于西市的气味,只觉亲切。

想去找妙泥,但得先把事办完。西市的凶肆都在一条街上,这条街我也是第一次来，感到很新奇。店铺门口大多摆着假花、假果之类，制作逼真，甚至有用粉捏成的人俑、用面制成的鸟兽，跟后世葬礼上用纸扎的房子、智能手机很相似。店里亦有用黄纸制成的"金钱"和用白纸剪成的"银钱"，肆主反复强调"这是好纸，凿成的纸钱绝无破损，不像那些破纸剪的纸钱，亲人到了阴司也不能用，忍饥挨饿"——说起来也跟后世没多大区别。我被指引到一家卖志石的凶肆，见肆门前放着几束茅草，忍不住问："这茅草是用来做什么的？"

"有的人死在异乡，亲人又没法子将他们的尸身带回来，就只好招魂埋葬了。到时我们将茅草扎成人形，放在棺中。"肆主耐心解释，目光落在我的红裙上，"看小娘子不像丧主，是代别人来的吧？要买什么？"

"是代别人来的。我要买志石——尺寸最小的。"

"我家的石料是西市最好的，各种石料都齐备。有终南山的石料，还有远一些的武功山……"他说了一大堆，又指着叠放在店铺显眼处的石料让我看，"至于这边的志石，都是前人用过的。"

"前人用过的？"这玩意儿还带再利用的？我怔了一下。

"长安附近的白鹿原、凤栖原、神禾原上，墓地最多。有些碑石的文字已经磨灭，有的人家就取来做柱础，我们也拿来做新的碑石。"肆主作为唐朝人，显然并不忌讳这些，不觉得是什么不吉利的事，我便也释然，低头仔细看时，只见几乎所有志石上都预先刻好了浅浅的细线格子，买家只需要请石工刻上志文，可谓非常方便了。

"……至于石工，我家也有用惯的匠人，端看小娘子是想用我家的工匠，还是自己寻人了。志石和志盖嘛，小娘子要一尺半？二尺？二尺半？"

我被他说得发晕："要……要最小的。"

"那就是一尺半了。"肆主指着一套最小的志石和志盖道。

"这种志石大约能刻多少字的志文？"我数了数志石上的格子，每行十六格，一共十六行，十六的平方是……"二百五十六字？"志石的第一行还要留给墓志的题目，那么正文部分就只剩二百四十字。井真成的人生再简单，也不至于连这点字数都填不满吧？崔颢和王维都是知名文士，常常帮人写墓志,我听崔颢说过,一般的墓志至少有五六百字。

会不会太少了……我犹豫着,肆主又建议道:"小娘子若嫌太小,就买二尺的如何?"

"二尺的太大了。"我瞧了一眼,摇头,自己试着抱了抱那块一尺半的志石,却没抬起来。肆主吓了一跳:"小娘子你做什么?"

我讪笑,没好意思说我刚才突然犯蠢,忘了这是唐朝,还当是从前上学时需要自己动手搬东西的日子呢:"我再去旁的店里看看。"

"西市再没哪家比我家的石料更齐全了。"肆主不以为然。

到最后,我发现他说得对,于是在他家买了那套一尺半的志石和志盖,叫肆主跟我一起送回去。路上经过妙泥的布肆,我进去跟她匆匆说了几句话。妙泥又搬出了她的老一套:"阿妍,你也该嫁人了!你看,我丈夫来了长安,我做事也比从前便利多了!妇人家独身活在这里,可有多辛苦?有个丈夫护着你,下次也没人敢说你是什么狐妖了。那日的事,啧啧,我想起来就生气!我瞧你那个表兄就很好……"

"我那表兄秉性风流。"我听得头疼,赶紧截住她乱点鸳鸯谱的言论。

妙泥瞪大了眼睛,褐色的眸子又清又亮:"那可不成!有些风流男子,人品十分不堪,嫁猪嫁狗也比嫁他们强!"

我笑了起来。她骂男人,骂来骂去只有"嫁猪嫁狗也胜过嫁你"这一个套路。

"那你既然入了典客署,寻个好的男子不难吧?你可有心仪的人吗?"她又问。

心仪的人?我无声地叹了口气,看了看天色:"我先走了。"

"哎?吃过饭再走啊!"妙泥在身后喊道。

我带着肆主把志石和志盖运回皇城时,典客丞正在忙。他匆匆一瞥那块志石,道:"不错,送去秘书省吧。"

我自觉办成了一件任务,心情很好。康九娘却是欲言又止的模样,半晌才用粟特语对我说道:"阿郁,你是女子,买志石这种事,本来就不该你来做,以后不要做了。"

"为什么?"

"他们都不去做的事,你也不要去做。"康九娘皱眉,"我们是女子,永远也不可能像男子一般。在典客署里,我们是最微贱的,对上面的人而言,我们无名无姓,可有可无。我们这样的人,很容易招来责备。"

过了几天我发现,她说得对。

"你们听说了吗?秘书省著作局的人将赵丞讥嘲了一番。"

"讥嘲赵丞?为什么?"

"听说,著作局的人写好了志文,石工刻的时候,却无论如何也刻不满志石,只好空出了最左边的四行。"

"什么?我记得阿郁买的是最小的志石,这么小的志石也不能刻满?"

"是啊,听说他们写的志文只有一百七十来个字。"

"墓志哪有这么短的!著作局的那些著作郎都是应试入仕的文士,最擅长做文章,难道连二百字也写不出?笑话!"

"井真成在大唐无亲无友,著作郎们对他在生时的事全然不知,因此写不出来吧。"

"那也是他们的过错啊!"

"不过,我们典客署经常迎送外族使节,所以一向最受轻视,这又不是什么新鲜事。著作局虽然不是什么机要的官署,但典客署还不如他们清贵呢。"

典客署中议论纷纷。赵丞走了进来,脸色不愉,四处扫视一阵,叫我过去:"阿郁。"

我心惊胆战:"赵丞……"

他一抬手,止住了我要说的话,丢了三四卷文书给我,叫我整理校对之后,再将笔记进行润色。

以我们惯常的情况,每日能校一卷已是极快的了。而且我们原只负责校对,润色并非我们分内之事,当由专职译语来做。但我惹了典客丞不高兴,还能怎么办?他迁怒于我,我难道还能高喊冤枉?只能分秒必争地做事罢了。

我才整理了半卷文书，就到了结束视事的时间。三卷文书，我是绝无可能做完的，只能带回家做。康九娘无奈道："你将一卷与我，待我帮你校，明日一早与你。"我心中一暖，笑道："典客署里你待我最好。"

"那典客署以外呢？"康九娘随口问。

"我的表兄，养父母，还有……"

崔瑶。

"你可有心仪的人吗？"妙泥那个问题忽而又在心头响起。我该怎么说呢，我心仪一位对我真的很好很好的姐姐，一位真的很美丽很可爱很温柔的姐姐的……夫君？

我用手背抹了一把脸，打开食盒，默默吃饭。

午饭既过，大家先后离开，崔颢又在典客署外面等我。我跟着他回家——自从上次的狐妖事件后，崔颢就勒令我继续住在他家，给出的理由很充分，说得也很动情："阿妍，你户籍既已迁回我家，便长住在这里吧。你一个女郎家，别户而居，究竟不是长久之计。万一再有上回那样的事，我也好照拂于你，不然，我如何对得起从母？"

回家了也还是接着工作。

接下来的数日，我都不得不加班加点地工作。

"拂菻国有十二名高贵臣子，共同治理国家。国王的车边，经常有人带着一只囊袋，如果百姓有了灾厄苦恼，便将事情写在纸上，将纸投入袋中。国王回至他的宫殿里，打开袋子，分辨事情的是非曲直。拂菻国王是选择贤明之士而举立的……"这一日我又在房里埋头对着文书，低声自语，斟酌字句。眼见得红日西斜，我却还没弄完手中这卷文书，心头不由得有些委屈。我自穿越来到唐国，一直凭着自己的双手吃饭。我写家书的摊子前虽然偶尔也有人寻事，但托赖周围摊主们帮助，终究都能解决。我日出而作，日落而息，不会被人这样无休止地使唤。

我因熟习波斯语的缘故，对于唐国的民族、边境和外交问题一向颇感兴趣，目前这份能接触到许多外族人的工作也算合我心意。只是每日被典客丞这么使唤，我实在是吃不消。昨天裴家来人，说圣人赐下了简州贡来的柑橘,裴夫人叫我去吃,还想和我说说话,我都不得不回绝了。

唐朝橘子很贵的!我想吃橘子!我越想越委屈,委屈得甚至偷偷哭了。

那些著作郎连二百字的墓志都写不出来,也太蠢了!外国人的墓志应该也有常用的典故吧,西戎的由余投降秦穆公,匈奴王子金日䃅来到大汉归顺武帝,这里凑一凑那里凑一凑,也不止二百个字了!该加班的是他们,不是我啊!我这是受了什么无妄之灾!我愤愤地把没润色完的一卷文书推到地上。

这时崔颢隔着房门叫我,我慌忙擦掉眼泪。他站在门口,手里捧着一个纸包,包裹还未打开,那混合了酸甜果香与肥美肉香的味道,似乎就已在这不大的房里弥漫开来。

"这是你最爱的樱桃饆饠,趁热吃。"他眸光在我面上一转,轻声笑道。只是此刻我压根无心欣赏美味,嗯了一声,胡乱将饆饠送进嘴里。崔颢弯腰,似不经意地将那卷文书捡了起来。我心中一惊,生怕他看出什么,连忙接过,低头继续工作。这情景,完全就是在21世纪做学生时一边吃着比萨外卖,一边准备考试的样子嘛!

崔颢走过来,俯下身在我旁边看了看,突兀道:"这是什么?"他身上传来一阵清浅的沉水香气,这种高贵男子常用的香料,在他身上却仿佛别有一种潇洒清朗的风调。

不知怎么的,我脸上微微一热。嫌他碍事,我含含混混地道:"每有远客使节入贡,典客署依例要问他们当地风土人情,做成记录。"

崔颢又问:"译语人记录时为求速记,笔迹多半潦草,你们校对之后,仍要送去与他们复核?"我颇为意外,看了他一眼:"正是。"想不到崔颢于工作上的事倒很精明,我只说一句,他便猜出了其余的部分。

"润色多半不由你们做吧?"

"我们只校对、誊录,润色要由辞采较佳的译语来做。"

崔颢沉声道:"你分明在润色。然则典客丞在为难你了?"

我苦笑一声,抬头看向他温润的眼眸。崔颢了然,盘膝坐在茵褥上,读着文书,口中吟道:"有贵臣十二人,共治国政。常使一人将囊随王车,百姓有事者，即以书投囊中，王还宫省发，理其枉直。其王无常人，简贤者而立之。"[2]我一愣，登时明白他随口吟咏文言，便是在润色我的文书，连忙飞速誊录下来。

"国中灾异及风雨不时，辄废而更立。其王冠形如鸟举翼，冠及璎珞，皆缀以珠宝，著锦绣衣，前不开襟，坐金花床。

"其殿以瑟瑟为柱，黄金为地，象牙为门扇，香木为栋梁。其俗无瓦，捣白石为末，罗之涂屋上，其坚密光润，还如玉石……"

他口述，我誊写，配合默契，待到月上东天的时分，我们已将一整卷文书润色完毕。我伸了个懒腰，姿态甚不雅观，然后突然意识到他还在一旁，倒有几分不好意思，掩饰着将樱桃饆饠递给他一块。他顺手接过，我才想起饆饠已凉，伸手便要取回："叫人热一热……"他将饆饠送入口中，细细咀嚼咽下，笑道："我的心最热，吃冷食也无碍。"

我喊了一声。西市的少女们吃他这一套，见了他就"色授魂与，心愉于侧"，我可不是。

如是过了十几日，在崔颢的帮助下，我润色文书越发熟练，竟不再需要康九娘帮忙了。典客丞每日接过我交给他的文书，粗略扫过，都只是点点头，俨然懒得给我任何反馈。这天，他破天荒赞许道："阿郁聪敏多才，文书无甚疏漏。"

我们女子在官员们的眼中一向连身份低微的小吏们都还不如，纯粹就是打杂的，根本不能进入他们的视线。这次典客丞竟然开了金口称赞我，我也不由雀跃，却听他又道："十日前到长安的大食使团，你知道吧？"

"知道。"

这个使团被安顿在宫外的客馆，前几天在麟德殿谒见天子，进呈礼品，又参与了宫宴，这才算是在皇帝面前挂了号，接下来还要在长安停留一段时间。

典客丞道："他们在京城的这段时日，就由石明达、你和康九娘看顾吧。康九娘和你是女郎家，心思比男子精细，使团的人若有什么短缺，你们及时周转。"

这是要让我们两个女子给使团当生活助理，围着一堆陌生男子打转？换成真正的唐朝女人，大约完全无法接受，但我倒是无所谓，而康九娘是粟特胡女，对名节问题看得也很淡，再说还有粟特译语人石明达这个男子在场，没什么要避嫌的。当下我们领了差事，就去找使团的人。

使团的人今天正好在典客署，接受常规的勘问：每有蕃客来到京城，典客署都要询问他们本国山川风土的情况，做成笔记，并绘制地图。古代的地图没有什么精度可言，典客署能做的，也只不过是问一问他们，从他们来的地方到长安距离多远、路径如何，再问一问他们国家有哪些山川，做个记录而已。

我和康九娘立在那间公房的门口，静静听着两个粟特译语人勘问大食使者们。会说大食话的人很少，而往来西域的商人中又以粟特人居多，粟特语因此成了西域商路上的通用语，因此他们现在是在用粟特语沟通。这几个大食人的粟特语也不太流畅，双方对话进行得很慢。我听了一阵，忍不住暗自摇头。

这些大食人来自遥远的叙利亚。据我在后世掌握的地理知识而言，从他们的家乡到长安，要经过巴格达、伊斯法罕等城市，跨过乌浒水——或者叫阿姆河——越葱岭，沿天山，经过疏勒和焉耆，入玉门关，到达凉州，再从河西到京师。

葱岭以东的这部分路线，大唐朝廷早就了解，只是对于葱岭以西的部分不甚熟悉，因为那边不在大唐的势力范围内。然而这几个使者半天也说不清楚，从自己的国家到葱岭，究竟有哪些路径和山川："我们走了很久很久！走了好几个月！""跨过了一条河，但不知道那条河的名字。我们经过的时候，正值那条河的汛期，真是太可怕了！啊，那愤怒的河水！""不过，我们在路上，见到了用美丽的火鼠毛织成的毛毯，将它带到长安，献给了你们的君主。""我们经过了狗头人国，那里的人都长着狗头，每到月亮升起的时候，他们就……"

我听不下去了，叩了叩门，走了进去。

这间公房是专门用来接待外国使团的，地上铺着柔软的氍毹，两边相对放着数把高背椅。唐人在正式的场合都要跪坐,盖因坐在椅子上垂下双腿的样子,在他们看来极不雅观,那些椅子是为不惯跪坐的外国使者而放置的。每次看到那些椅子,我都极其眼馋,于是最近我也求着崔颢去找工匠,做了两把,每天回家进了自己房间就能解放双腿,简直快乐似神仙……咳,扯远了。

大食使者们和两名粟特译语人分别坐在两边。使者们穿着白袍,肤色晒得黝黑,鼻子很大,胡须浓密,典型的阿拉伯人长相,说起话来一派热情洋溢的态度。两名粟特译语人面前的几案上摆着纸笔,纸上记的东西不多,显然问得并不顺利,两个人愁眉苦脸的。我向他们俩点了点头,转而问那几个大食使者:"山或许没名字,水一定有名字。你们说的那条河,是不是拂剌河?"

"你说什么?"使团的首领一怔,继而笑着问道。

"我说,你们渡过拂剌河之后,没经过底渠罗河吗?"我也笑吟吟地反问。[3]

使团首领顿了顿,逐渐收起了那种质朴的笑容,身体微微后仰,靠在椅背上,皱起了眉头,用一种锐利的目光打量着我。

空气忽然变得很安静。两名粟特译语人和康九娘惊愕地看了看我,又看那几个使者。

"世上根本没有狗头人国这样的地方。使者们用这些话欺骗我们唐人,是不是过分了?"

过了半晌,使团首领才开口,换了一副高傲的语气:"一个国度有哪些山脉,有哪些河流,有哪些平坦的道路,有哪些险要的关卡,本来就该是秘密。只有想要表达臣服的时候,一个国家才会向另一个国家献上地图。我们的国家和你们的国家是平等的,我们见到你们的皇帝时也不会下跪,为什么要将我们国家的山川风貌说给你们听?"

大食使者们谒见皇帝的时候往往平身而立,不肯下拜,说自己在本国也只拜真主,不拜国王——据说前几年来的使团就是这样,当时还引起了一通争论,直到中书令张说打圆场,说大食风俗不同,不宜苛责,皇帝便特许他们不必下拜。他们以此作为推托的理由，倒不大好反驳。

一名粟特译语人试图缓和气氛："每逢外国使团入唐，鸿胪寺循例都要询问这些，没有旁的用意。"

"我们不是日本、新罗之类的藩国，不应当受这样的询问。如果我们真的如实告诉你们，那么，万一有一天，我们的国家和大唐成为敌国，我们或许会因为今天说的话而后悔。"使团首领辞色凛然。

"我们没有刺探你们国家军情的想法。大唐朝廷规矩如此，我们也只是依照上官的话来做事罢了。"另一名粟特译语人石明达道。

"你说你是石国人，是吗？"使团中的一位使者突然开口，声音温和，语意却是咄咄逼人，"我们的国家治下有近三千万的臣民，西到遏烂达鲁思，东到突骑施和印度。康国和你们石国，都已经臣属于我们的王朝。那么，你身为石国人，是该为唐国朝廷做事，遵守唐国的规矩，还是遵守大食的规矩呢？"[4]

来自石国的石明达和祖籍康国的康九娘同时变了脸色。饶是粟特胡人一贯长袖善舞，圆滑机敏，对待这种直接打脸的话也难以保持心平气和。而我呢，一时也不知说什么：阿拉伯帝国现在由倭马亚家族——"白衣大食"——统治，处于对外扩张的高峰期，他们确实有平视大唐的资本，至于石国和康国这些中亚小国，他们也的确可以藐视。呼罗珊总督屈底波率领大食军队攻陷康国，不过就是十几年前的事。

脚尖不着痕迹地在氍毹上蹭了蹭，我吸了口气，慢慢用我不甚精熟的粟特语道："你们经玉门关，到凉州，再到长安，一路上所见的风物如何？你们也见到了我们京城的景象，也曾列席皇宫的宴会。我们国家民众的生活，京城的气象，皇宫的奢华，并不输于这世上的任何国度吧？"

使者们没说话，只是审视着我。我继续道："波斯有诗歌和琉璃，有华丽的织毯，大食有宝石和黄金，有动听的乐曲和精纯的蔷薇水，而大唐呢，有丝绸，也有歌诗，有稻米，有最好的人才。因为唐人过得不错，所以想知道天下还有哪些地方，那些地方的百姓生计如何，那些地方有怎样的山水和景致，有哪些鸟兽、哪些土物。譬如，我们大唐的岭南，有个叫容州的小州，那里的人,喜欢吃水牛的肉,又把牛胃中半烂的草做成齑,混着盐和姜来吃。这样的事,长安的人很爱听。我们问你们家乡的事,也是一样的意思,未必就是想要扩张疆土。你们的国王派人来到这里,不也是为了让大唐和大食了解彼此的事情吗?"

"但是,"那个说话很不客气的使者道,"你如何使我们相信,你们只是想知道我们的山川和风俗呢?"

我很想翻白眼,心里道:我是个世界史爱好者,你们的地理和风俗我读过很多很多,只是我的知识都是从后世的书里学来的,很多国家、城市、山川的名字都和如今八世纪的叫法不一样,我自己也对不上号,不然我大可不必求着你们说,直接把读过的内容告诉典客署就行了。

"你们来的时候,可曾经过梵衍那国的都城?即使你们没有走那条路,你们想必也听说过,梵衍那国都城的东北方向,有两尊立佛的石像——两尊很高很高的石像?"我问道。

使者们皆是一愣,意外道:"往来波斯、印度、大唐的商队,路上常常经过梵衍那国。你连那两尊石像也听说过?"

我当然听说过。巴米扬大佛高数十米,是世上最大的立佛像——在它们被炸毁之前。

"我们国家一位叫玄奘的僧人曾经到过那里。他说,梵衍那国的王城有十余间寺庙,千余名僧人,那两尊佛像高一百四五十尺,由黄金和宝石装饰,灿烂无比。我没有见过,想不出那该是什么样的宏伟气象。长安与梵衍那相距万里,路途艰辛,住在长安的唐人们,也大概一辈子都没有机会见到那两尊佛像。"说到这里,我的嗓音也有些微不可见的哽咽。玄奘亲见过的巴米扬大佛,毁于2001年3月。它们承受了十几个世纪的风雨,却毁于塔利班的炸药。像我这样成长于21世纪的人,注定不能亲眼看到它们了。从这个角度看,现代人虽然活在交通便利的年代,却甚至不比唐人更幸运。我咽下这种无人能够理解的情绪,抬起头笑了笑:"所以,请给我们讲一讲你们长途跋涉的见闻吧,讲一讲那两尊佛像上装饰的珠宝,拂剌河的汛期,讲一讲……那些我们去不了的地方。"

许久，使团首领的脸上露出了一个比初时更真诚的笑容，话里带着些打趣的意思："在我们的国家，女子是不能像你这般露出脸庞的。"

"从前我们也是这样。不到一百年前，女人出门时还要戴上幂篱，幂篱很长，能将全身都罩住。后来因为幂篱实在不便，才换成了比面纱更短的帷帽，如今的女人们也经常戴帷帽，尤其是出身高贵的女人。"我笑了，"我嘛，出身并不高贵。"

"出身不高，才会被派来跟我们打交道，是吗？"另一个使者笑了起来，"梵衍那国的佛像，我没有留意，因为那不是我们的神。不过，来的路上，我最喜欢的，是一个叫作'千泉'的地方。那个地方在怛罗斯和白水城之间，不高的山上涌出一千眼泉水，泉水又最终汇成一条河水，向东流去……"

两名粟特译语人立即拾起笔，蘸了墨，开始在纸上记录。

有了这个"不打不相识"的开头，接下来的时间内，我们三人与这些使团成员相处比较融洽。他们想吃鱼，我们就替他们向鸿胪寺要鱼。他们想吃本地的食物，我们就领他们去西市，吃水花冷淘，吃雕胡饭，吃咸阳的水蜜梨，吃炙羊肉——他们不吃猪肉，吃的肉类以牛羊为主，但唐廷禁止随意屠宰耕牛，牛肉并不易得，所幸有唐一代北方人多吃羊肉，烹调羊肉的手法够丰富，因此他们也吃得开心："没想到长安的人也吃炙羊肉，竟然还有专门用来炙羊肉的铁床！回去之后，我一定要告诉国王和我们的亲友，在唐国的都城也能吃到鲜美的羊羔肉。"

"在长安附近，同州的朝邑县，有一道叫'苦泉'的泉水，水很咸，人不能喝，羊却能喝，喝苦泉水长大的羊无不肥美，我们今天吃的就是朝邑的羊羔。俗话说'苦泉羊，洛水浆'，就是说苦泉水养大的羊，美味如同洛河水酿成的酒浆。"石明达解释道。

康九娘这会儿没参与他们的话题，而是取了一张胡饼，用饼将手指和刀刃上残余的油脂擦拭干净，又把那张饼撕成小块，一点点吃掉。

"你可真是节俭。"我小声称赞她。

她满脸无奈，同样轻声道："别打趣我了，我一个人在长安，没有亲眷，没有丈夫，又不像你有个好哥哥，自然只能过省俭的日子。"

我从来没问过她家里的情况，闻言一愣，刚要说话，却听一个使者问道："洛河是哪条河？也在长安附近吗？"

康九娘已经换回了平日那副淡漠的表情，摇头道："我们有东西两座都城，长安是西京，洛阳是东京。洛河是黄河的支流，经过洛阳城。洛河水酿成的酒好喝，河中的鲤鱼也很好吃。"

"是，有人说'洛鲤伊鲂，贵于牛羊'，就是说洛河的鲤鱼、伊水的鲂鱼，比牛肉、羊肉还要珍贵。"我补充道。

有位使者想起什么，好奇道："我们在路上曾经听一个粟特商人说，唐国的皇帝不允许百姓吃鲤鱼。那天你们带我们吃了鲫鱼，而没有吃鲤鱼，我还以为就是这个原因，但是刚才听你们说的话，好像唐人也能吃鲤鱼？"

石明达惊讶道："我们那天吃的不是鱼脍吗？唐人认为，鲫鱼最适合做成鱼脍，所以我们选了鲫鱼来吃。那个商人为什么说唐人不吃鲤鱼？"

使者费力回想了半天，摊开手，神态夸张："我只记得，他说和唐国皇帝的姓氏有关，但我不懂唐人的话，因此没有记住鲤鱼和皇帝之间有什么关联。"

我们三个面面相觑：说的莫不是李和鲤谐音，所以唐人不吃鲤鱼？

"没有这种事，以讹传讹罢了。"我笑道，"否则我们的诗人，为何会写'侍女金盘脍鲤鱼'的句……"一语未毕，忽而顿住了。

要解释唐人吃鲤鱼，有那么多典故，为什么我脱口而出的，还是王维的诗句？见到崔瑶之后，我不是已经决定忘记他了吗？

我为什么要记得这么多关于他的东西？他现在不只是我自幼所知的那个活在遥远唐代的诗人，不再是一个叫"王维"的符号了。他是个活生生的人。这个人，是别人的丈夫，别人的父亲。

我为什么要记得他的事？

你可以爱一个诗人，但你能爱别人的丈夫吗？

你可以爱一个你认识他，他不认识你的公共偶像，但你能爱一个你认识他，他也认识你，他的妻子和女儿也认识你的男人吗？

从前我隔着一千三百年的光阴，吟诵"红豆生南国，秋来发故枝"，想象他的笑容和声音。现在我和他住在同一个城市,站在同一片天空下,住处仅仅相隔几坊,清楚他有多高,爱喝什么酒,见过了他提笔写字时的姿态。

但我离他更远了,也更害怕了。

直到送走了这个大食使团,我依然找出各种乱七八糟的理由婉拒崔瑶的邀约,直到崔颢也忍不住问:"阿妍,你既有暇赴裴夫人的邀约,为何不去见崔七娘子?"

我彼时正站在院里,弯腰对着水盆中的倒影扶正发簪,闻言动作一滞。

水中的螺髻银钗随波轻漾,恍惚间,我在心底自问:为什么我梳双鬟望仙髻更好看?为什么她知道我梳双鬟望仙髻更好看?为什么……我不知道?

过了片刻,我才低低道:"这些时日我很累。若非因为裴夫人是长者,我连裴家也不想去。"

崔颢摇头道:"若不想去,直说便是,不要勉强……我看得出你很累。典客署的事,不做也罢。你毕竟是女郎家,我实在怕那些男子冒犯你。"

我张了张嘴,就听他又道:"你别多心,我不是那种泥古不化的兄长。你不想嫁人,我也不强要你嫁人。你爱读书,爱学蕃语,尽可以在家读书,也可以学蕃语。你喜欢游历,待我将来做了外州的官,也带上你,一同远游。我只是想,你一个女孩儿……你别笑,在我眼里,你好像……好像还是从母膝下的那个女孩儿。皇城里人事纷杂,你……我官阶卑微,万一又有上回那样的事,我怕我护不住你。"说到后面,崔颢自嘲地笑了,转而举目西眺。

向晚的天空被分为两半,一边是浓烈而丰盈的金红,一边是浅淡的蓝与新月的白。他闭了闭眼,嗓音发沉,整个人似乎浸在了渺远的回忆里:"世人都说,进士科难考,然而一旦考中,脚下就有了青云梯,成了直入翠微的仙才。我考中了进士,做了官,又能如何?竟然连自家妹妹也无力护持。王十三兄八年前进士擢第,做了太乐丞,当年秋天就无辜被贬济州。我那时便懂了,世人的话都是欺人的。"

"上回的事",指的自是我被指认为狐妖并带到万年县廨的事。崔颢难得露出这种忧愤之态,我一时愧疚无已。我被说成狐妖,又惹来那些无妄之灾,是因为我是穿越者,有一些唐人所无的小习惯,这和崔颢没有关系。我不是他的表妹,却让他为我操心自责,委实不该。

但要说就此不去鸿胪寺,我也不太愿意。在典客署里打下手,帮忙跑腿,这事说来卑琐,却能让我施展长处。这个世界,女子能做的事不多,我纵然知道自己的行为离经叛道,也难以割舍。他像是清楚我的想法,叹了口气:"罢了。若是有人为难你,你便抬出裴家的名号来吧。"

裴家……我真能借用裴家的名号吗?

裴家是河东著姓,到了魏晋南北朝之际,分成了西眷裴、洗马裴、南来吴裴、中眷裴、东眷裴等几个房支。裴耀卿家的南来吴裴这一房,比西眷裴和洗马裴稍逊,却也是人才济济,贵盛非凡。在我心里,这种高门是和我这种普通人无关的,虽然撞大运得了裴夫人的眼缘,我也断不敢觍颜以裴家人自居。而且,贵族门庭比寻常百姓更看重家风和名声。裴家新认的养女在鸿胪寺给一群胡人打下手,时不时还给外国使团当生活助理——这事说出去,岂不是让裴夫人被贵妇人圈子笑话?

我能想到的,崔颢也能想到。他仍旧微闭着眼,淡笑道:"养女嘛,进可攻退可守。"

他说得含蓄,意思倒很明白:养女说起来固然不如亲生女儿,但也正是因为不是亲生女儿,反而自由得多,且裴家势大,稍微借一点名头,也就够让人不敢欺负我了。我胡乱应了,又听他道:"我看裴夫人是真正与你投缘,你也不必过于顾虑。"

"好……至于表兄你……"我犹豫着,笨拙地捡起方才的话头,"你如今官阶不高,可是你今年尚不满三十岁,焉知日后的光景?不必说丧气的话。你又聪敏,又年轻,又有才华,又有好姿貌好气度,不知有多少人羡慕你。"

更何况,你来日还会写下《黄鹤楼》那样的千古名篇。

崔颢睁开眼睛,失笑道:"阿妍长进了,懂得阿谀了。听说昭武九姓的胡人生下孩儿,便在孩儿口中放石蜜,因此他们长大后个个工于言辞。你日日与他们混在一处,也学会了这一套吗?"

"口中有蜜?"我哼了一声,"瑶姊也说过。"

崔颢笑了，随意道："崔七娘子那一日给你梳的发髻很好看。"

"你也说我梳双鬟望仙髻好看。"我自语。

"什么？"他没听清。

我摇了摇头："我知道了。过几天，我考过了，便去瞧瑶姊。"

虽然我只是个打杂的，且又是女子，但若要长期留在鸿胪寺，也要考一种类似于转正考试的东西。这种考试并不正式，只是为了考校我们的语言能力。鸿胪寺和礼部关系紧密，问礼部借了礼部南院的一间贡院做考场。于是我虽身为女子，无缘科考，却也能在进士们考试的场地过一把瘾。贡院分东西两廊，地铺单席，如今正当初秋，坐下来甚觉清凉。但礼部举行考试，多在正月、二月之间，彼时长安仍是春寒天气，若又遭逢雨雪，想必那些应进士试的仙才栋梁们要被冻得瑟瑟发抖，真是不当人子。

为杜绝内外通传消息，贡院四周修有棘篱，一派森严，故而贡院在后世亦被称作"棘闱"。我望着墙上爬满的荆棘，心知这棘闱之内，便是王维当年也坐过的地方。

我识得他时，他已三十出头。我不曾得见他二十岁时的少年韶秀风姿，亦不曾有幸得知，那少年的瘦硬肩颈，曾经挺成怎样的弧度，那少年的胸中，又曾经含蕴怎样的激情。从十五岁起，他便游走两京权贵府上，被诸王视为师友，二十岁时又高中进士。可那如同矫矫珍木的秀挺少年，只不过一年之后，就在朝堂斗争中坠落尘埃，被谪济州，苦叹"纵有归来日，多愁年鬓侵"……那时的他，可曾想起自己入青云、登天梯时的仙姿？可曾记挂过长安这座热烈着、丰艳着也欲望着的都市？

这时考卷发下。我连忙展开试卷，但见卷子上三道大题。

第一道是要将《离骚》中的一段翻译成蕃语，这却难不倒我，无非要在心中将它翻成白话文，再译成波斯语和粟特语，我提笔便写，很快答完。

第二道是要将波斯语诗歌译成汉语：

"亚历山大从那里率军向中国挺进，一站接着一站，大军不停地前进。他下令给自己的文书大臣，让他给中国天子写一封信……"[5]

我扑哧一笑，这段是每个熟悉波斯语的学生都应该熟悉的：10世纪的著名波斯诗人、号为波斯"诗坛四柱"之一的菲尔多西,曾经写作长篇史诗《列王纪》,内中讲述了亚历山大向中国进军,假扮使者去向中国天子挑衅,被中国天子设法化解的故事。菲尔多西还没出世,那么,这段诗歌,显然就是《列王纪》中相应部分的母题了。

这段诗歌出现在这里,恐怕多有鸿胪寺的人奉承皇帝李隆基着意开边,赞美四疆战事的意思。所以恐怕我得写得"颂圣"一些才好。我用五言古诗的风格译道:"黩娑志在远,烟尘满地起。中原好山河,胡马趋如蚁。忽召舍人来,信书出蛮垒……"[6]

第三道题则最为复杂,是一段从汉文译成波斯语的墓志,要我们将它还原为汉文,越贴近原文者得分越高。此题难在对应试者的文采要求极高,需要懂得墓志骈四俪六的写法,才能更好地恢复汉文原貌。我一见此题,手心先出了一层薄汗。我仔细看去,发现这段文字是初唐时中书省蕃书译语史诃耽的墓志,写他"好像温热的风,温暖了一千里的百姓"。

我咬了咬嘴唇,忽地想起了在慈恩寺的那一日。那天金刚智和我打了一番机锋,还称赞了我几句,在场的好事群众终于相信我不是狐妖,于是立刻对我这个和他们一样的人类失去了兴趣,只管簇拥在金刚智周围,想多看一看这位平日里深居简出的高僧,希望听他说上两句佛法。

崔瑶在和一名熟识的妇人说话,我站在王维身边,心情惶恐紧张,又恐被他发觉,恰巧余光瞥见雁塔底层砖龛中的《大唐三藏圣教序》碑石,随便寻了个话题:"听说你与你阿弟夏卿都为人写碑文、墓志。你是怎样写出那些骈四俪六的字句的?"

有一枚榆钱落在王维的衣袖上,他随手拈起,笑道:"缺钱了,就写得出来了。"

"……"我结结实实地噎住了。

他好像被逗笑了:"我教你。从《文选》中取十几篇赋,熟读百遍。除了《两都赋》《三都赋》之类,嵇中散的《琴赋》,陆士衡的《文赋》,江文通的《别赋》,也要读。胸中有了底子,只要勤加习练就可以了。碑志中多有一些套语,文臣就是'富才博古,闻一知十',武官就是'广度恢恢,雄锋耿耿',男子尽皆'果行毓德,服义佩仁',女子无不'德昭彤管,训穆兰闱',没什么难的。作文时,只管用一些宏大的词句,一句话说不完,就分两句来说,写得长了也无妨,毕竟,"他轻咳一声,说得很正经,"碑文越长,'作碑钱'越多。"

"作碑钱"便是文士们为人写碑志时收取的润笔之资。他就这么坦坦荡荡地告诉我,他们写文章也灌水？他们也骗稿费？

"多……多谢。"我愣愣地,挤出两个字。

"是该谢。"王维又笑,"阿妍,我可是将谋生的法门都告诉你了。"

总之,我回家后,取了崔颢房中的《文选》来读。王维的话说得直白——过于直白——但确实有用。我对这种文体的语感,短时间内有了极大提升,但我没想到,这么快就用上了。

我颤颤巍巍,提笔在纸上写出译文:"乾封元年,除虢州诸军事、虢州刺史。寒襟望境,威竦百城,扬扇弘风,化行千里。君缅怀古昔,深惟志事,察两曜之盈虚,寤二仪之消息。眷言盛满,深思抱退,固陈衰朽,抗表辞荣……"[7]

交了卷子,我起身,出了考场,往崔瑶家的方向走去。

注释

[1] 关于井真成的信息、他的墓志及相关分析,参照[日]石见清裕著、王博译《唐代的民族、外交与墓志》第11章,西安:西北大学出版社,2019年。

[2] 这几段关于拂菻国的文字,取自《旧唐书》卷一九八拂菻国部分。但这并非作者偷懒:实际上,官修史书中关于较偏远的国家的信息,大多正是以本文所描述的这种方式获得的。

[3] 拂剌河即幼发拉底河,底渠罗河即底格里斯河。此处系用中古汉语发音读出阿拉伯语发音,再转写为汉字。

[4] 遏烂达鲁思,即伊比利亚半岛。此处系用中古汉语发音读出阿拉伯语发音,再转写为汉字。

[5] [波斯]菲尔多西著,张鸿年、宋丕方译,《列王纪全集》第462页,北京:商务印书馆,2017年。

[6] 这段五古由作者自译。鬹婪,唐代翻译"恺撒"的译法,参见马小鹤《唐代波斯国

大酋长阿罗憾墓志考》,所撰《摩尼教与古代西域史研究》,北京:中国人民大学出版社,2008年。

[7]史诃耽的墓志,参见罗丰《固原南郊隋唐墓地》第209页,北京:文物出版社,1996年。

第五章
洛阳女儿对门居

"这里针脚粗了。"崔瑶就着正午的阳光检查完手中的衣料,懒懒道。

如梦连忙接过,瞟了眼白纻短袄的里子,分明密实得拆也拆不开来,一时苦了脸:"娘子真是细心。"

阿家的冬衣,安能轻忽了去?崔瑶叫她取了针线来,自己伏在案头,用刃只有一分长的小剪刀剔开线头,重新缝过。

手中的料子轻而细密,里头裹了丝絮,一针又一针,刺入料子的时候不太容易,有细微的哧哧声,不用心是听不见的,而她早已养就随时随地注意一切人声,或忽略一切人声的习惯。在安静里,她半俯着身子,低着头,将全副精神灌注在这件短袄上,光阴便如水一般,从针尖上悠悠流过。

嫁作王家妇,是在长安,身为王家妇,初次为王家的人缝冬衣,却是在济州。

他被贬济州时,她怀孕八月。去济州要先到洛阳,再坐船沿黄河一路东去。她纵然受得住凛冽的秋风,也耐不得船行颠簸。她生在洛阳,亲近洛水,但黄河风浪滔天,有孕的妇人不能承受那样的舟船之苦。在长安生产,有阿家照料,总归比孤零零跟他去好些。

她家也是博陵崔氏的旁支,父亲的宦途却不如意,终于司户参军一职。母亲唯有她一女,生下她三天就撒手人寰,父亲没过几年也去世了,伯父决定将她接去教养,此后她便一直住在长安,又在长安出嫁。她永远挂在脸上的微笑,永远无可挑剔的仪态,待人滴水不漏的风度,固然是蕴于崔氏女血脉中的本能,却更是由那座巨大的都城陶熔铸就。

郡望博陵,生长东都,嫁在西京,她从来没想过有一天她会去济州。但是生了孩儿两月,她便决定动身追随他到任上,连阿家也劝她不住。阿家是她堂姑母,父亲的从妹,比寻常姻亲更亲厚。

她的阿家崔氏,为四儿二女六个孩儿奉献了所有的精诚,其余的时间则花在诵经听讲上。她不是在操劳儿子们的衣食,就是在抄经,或者准备即将送入寺里无尽藏院,用于供养佛祖的食物、器具。依照唐律,父母尚在时兄弟不可分家别籍,在长安的王维、王缙兄弟,当然要与母亲一同居住。兄弟俩回到家里时,永远有干净的祙衣、温热的果子,羊乳永远不冷不热,恰能入口。崔氏依然保留着儿子们开蒙时读过的书卷,并且在书上细心绘制图画,用来给年幼的孙辈识字。她单薄的身躯中,像是有无穷的气力,她脸上的笑容,从来不会止歇。她常穿青色的葛布衣裙,那一抹深青的身影游走在庭院各处,像头顶上的天空般让人习惯。

作为母亲和主妇,阿家堪称完美,完美得有时令崔瑶感到恐慌。

崔瑶行至济州,正是一年里最冷的时候。济州临着黄河,冬日里既潮又冷。两三月的孩儿最闹人,一夜总要醒三四次,纵有乳母婢子照看,做母亲的也往往整夜不得安眠。她早早起了身,在昏暗的室内缝着袍子,到了下午,眼睛痛得流泪。

他回来时天已黑得透了,进了门,又向后退两步,待身上的寒气消尽了,才走近她。她则已挑亮了灯,瞧见他脸色苍白,端上一盏热水,笑道:"先吃夕食,再来试这个。"从身后拎起袍子。

他似惊似喜:"我不识你有此刀尺之能。"

"你小视我!"崔瑶抿嘴一笑。

"我十五岁到长安之后,也于杂务诸多留心。可从没见过哪个妇人能如我母亲一般手巧,缝衣又快又细——除了西市那些专事制衣的娘子。"他赧然道。

烛光在他俊美侧脸上投下阴影,他的话语温和又清晰,她望过去,却觉灯影黑得醒目,灯光亮得刺眼,他温软的话声也像在渺渺的虚空里割开了一道口子。她定了定神,笑道:"且吃夕食吧。"

王维嗅到饭香,颊边现出一丝微笑。这于极富涵养的他而言,实在少见,然而即使贵为五姓子弟,当此沉沦下僚、缺衣少食之际,也难以矜持如旧。崔瑶从长安带来不少白米,比济州当地的粗糙粟米要好。菜则只有些野菜和腌制的干菜,和她亲手煎的海鱼,那是她下午终于制好长袍之后,忍着双眼的胀痛,熏着烟气做出来的。

王维以比平常敏捷而照旧不失优雅的动作,夹起一筷鱼放入口中,半天才道:"美甚。"

崔瑶笑嗔:"两个字!悭吝。你道这是写碑文吗,一个字你要几贯钱呢?"王维也笑了,道:"你容我想想——唔,既焦且香,火候不长不短,增一分则太焦,短一分则少香。只是似乎翻动得略少了些,胡椒味不够深入鱼肉呢。我想起阿母虽是最擅炖鱼,煎鱼却也好,少年时在蒲州每能吃到新鲜黄河鱼,她只用盐和醋淡淡地烧,真是不上之美味。"

崔瑶眉毛微微扬了一扬,正好听见孩儿大哭起来,于是搁箸道:"我去看看。"起身进了内室。

如露亦如电啊……如今她的孩儿已经九岁,再不会无故哭泣,她的丈夫则在近几年的闲居生涯中变得越发沉默,除了必要的应酬,几乎只有在面对为数几个友人时,他才会隐约回到十年前华贵爽朗的状态。然而她知道他的眉间有了细纹,她曾见他拔掉鬓边的白发。那时他们在淇水边住,生计艰难却过得自在。她带他去东都看她的旧居,也曾和他一起徐行天津桥上,望着厚重巍然的端门,往来的马声人声直扬云外,震动桥下依依绿波。

她迎着河上的晨风,大声笑道:"我十一二岁时也曾听人传唱《洛阳女儿行》,那时只当作诗人乃是耄耋老者,才对笔下的洛阳女儿有如此揶揄,却又有如此怜惜。"他笑了一声,道:"忽忽十载已过,尘灰满面,当年作诗的王郎,洛城想已无人识得。此身未老而此心已老,你所言却也不谬。"她掏出袖中的菱花镜递与他:"哪里有尘灰,你尽胡呲。"他宽容地笑了,看向镜子的目光却忽然一凝,手指小心翼翼地比上了鬓角。那是一根白发。

当天晚上他对镜用小镊子把白发拔掉,并仔细检查其余的头发。她看着镜中他严肃的脸,有意缓和气氛:"亏得你平日说'凡所有相,皆是虚妄',我还道你真不在意这些。"他怔忡数息,随即笑道:"阿母尚在,我安敢先老。拔了白发,也是不教她伤心之意。"

她愣了一会儿,点头道:"你说的是。"过了片刻,她又没头没尾地说:"生男原比生女更好。"女儿总是要归于别家的,她到时就有自己的夫婿和儿女要照看,分不出来什么心思惦念母亲;而生个儿子,她便可以如阿家一样,不须忍受与爱子的分离,即使他娶了妻,她仍旧可以长长地、久久地照顾他人生的点滴,像洛城晚春的温暖气息,不动声色地渗入肌理,像淇水的采莲少女踏着暮色归家时的歌声,绵长轻柔,弥漫在山野和田园之间……

然而那是否就是她此心所求?

她没来由地累。她不曾唤过任何人阿母,她不敢认为自己明白那是一种怎样的情感。

"瑶姊……"忽地,一个清脆又带点迟疑的声音,在似远似近处响起。

她轻呼了一口气。哪怕在身体越来越沉重、精神越来越疲软的此刻,她还是能够在一息之间,从回忆中的暮春洛城回到初秋的长安。她似乎也变成了阿家那样永远妥帖的人——即使在丈夫面前。

她招呼如梦煮茶,自己则取了一颗鸡舌香,衔在口中,细细地咀嚼,掩住呼吸间的铁锈味:"阿妍来了?你整日劳碌,终于有暇踏入我这尘俗贱地。"

"若你家也是尘俗贱地,那……上一千年,下一千年,这世间再没不鄙俗的人了。"阿妍红了脸笑道,"我听说你阿家回来有几日了。不曾搅扰你吧?"不自觉地摆弄淡蓝短襦的袖子。

"阿家和十三郎携阿琤去荐福寺了,你且宽坐。"

崔瑶发现,她说了王维不在之后,阿妍的身体姿态就放松了些。

这女孩儿明显心不在焉。说了几句话,就呆呆望着窗外,细瓷耳坠微微晃动,在她白皙的脖颈上投下点点阴影——那般姣好,真当得一个"妍"字。她也有十八了吧?可未嫁的女郎,就是要比同龄女子显得年轻。

即使如此，阿妍也是异数。屡经摧折，还能保有这一份烂漫的女孩儿，崔瑶几乎从未见过。这种特质，若以两京贵妇人的眼光来看，纵有诗书之气调和，也未免有几分鄙陋的；但崔瑶不然，她甚至有些微妙的向往，想要坚壁筑室，保护这一份烂漫，她没能拥有过的烂漫。

崔颢虽然爱妹如命，又精细机敏，但看他的眼神，分明待她有情。这女孩儿则显然心属他人，只怕早晚要与崔颢别居。

到底什么样的男子，才能保她一生平安喜乐？

"阿姊，你家院里的文杏，果子落了。"阿妍忽道，"是你喜欢文杏树吗？"

"不是我，是阿家喜欢。阿家爱它长寿。阿玮不爱树，倒是爱树上结的果实。我记得，她四岁时第一次捡了白果，还问我能不能吃。"

阿妍拍手道："小儿女家，看到什么总是要拿来吃。裴家六哥还说，他小时捡槐树叶来吃，发觉味道不差，还叫仆婢们一起吃。瑶姊想必知道，槐叶虽然常见，未免寒凉，幼儿若无病恙，不宜食用的。仆婢惊惶，连忙禀报裴公。他自谓裴公必要责罚，谁知裴公只道：'君子处世，贵能有益于物。五龄稚子便有志学神农试百草，来日或可造福黎庶。'他似懂非懂，总之听着像是好话，以为就此免了责骂。不料过了几日，裴公带他从长安走马到蓝田——那时裴公还是长安令——教他将田间的稗草苗禾、蚊虫鸟雀全数认了一遍。蚊虫咬得他满身红肿，他又受了风寒，回家就大病一场。"

她口中讲着裴耀卿带裴皋到田间的事，手上比画，简直比高僧讲变还动听，崔瑶笑个不住，却听她又道："是以……咳咳，是以有人取笑，他识得的鸟雀鸡鸭，可比他识得的女郎还要多，去插秧施肥，恐怕也要比写诗著文更出色。"

"这笑他的人是你吧！"崔瑶笑道。

女孩儿眨眨眼："不不，我怎会如此诽谤六哥。裴家六哥可是与了我典客署差事的恩人。"

想到在宣城做刺史的裴耀卿，崔瑶道："我记得你说过，你喜欢谢朓谢宣城？"

"是啊。"阿妍扑哧一笑，"小谢可是除了裴公与尉迟敬德之外，史上最有名的宣城太守。"

"十三郎也喜欢小谢呢。他说他未第之时,曾经亲手抄录谢朓的诗集,作诗时也着意模仿。"

阿妍怔了怔,才缓缓道:"谢宣城才高如月,王十三兄敬重他的才华,也属自然。"

"如此看来,你倒是和十三郎趣味相似。等他回来,你们两个不妨谈一谈小谢。"崔瑶笑起来。

"不,不必了。我,我和王十三兄没有什么相似的。"

阿妍突兀地拒绝,眉间掠过一丝几不可察的痛苦和压抑。崔瑶一时似有所感,有意无意间将话锋递进一步:"你们都爱小谢,这难道不是相似?"

女孩儿没出声,伸手去拿茶盏,小巧耳珠上的耳坠颤得厉害,半晌方道:"小谢很好。"

病体沉沉,心境反而澄明胜于平日。崔瑶脑中豁然清朗,仿佛有哪一根弦绷紧又松开,再无半分怀疑。

但奇怪的是,她一点也不生气。是因为她快要死了吗?还是因为,这个女孩儿太天真,太明媚,显然还不知倾慕一个人要受怎样的苦楚?这种天真明媚,几乎让她怜惜。

——先来者对后到者的怜惜。

——军士对袍泽的怜惜。

——女子对女子的怜惜。

鸡舌香在口中嚼得久了,便渐渐泛出清苦的味道,和胸肺间的铁锈味混在一处,既苦,又腥,更涩。肺病是一种残忍的病,它不肯彻底毁掉你的外貌,因此你有时尚能心存幻想,但它又要从内向外浸染你,侵蚀你,撺掇你憎恶你的躯体,直到你连自己的呼吸都开始厌弃。

崔瑶的视线落在女孩儿的嘴唇上。女孩儿低着颈,两枚牙齿颤颤地咬了一点点下唇,反而显得唇色越加鲜润。那两枚细密洁白的齿,令她想起"齿如编贝"的诗句。不,比贝壳美多了。那样好的唇齿间,呵出的气息是怎样的?

她转过头,吐掉了那颗鸡舌香,仪态依旧秀雅。

有风吹过庭中的文杏树,带起簌簌的秋声。

"阿妍有兄如崔明昭,最爱才子实属常情。不过,你为何喜爱小谢?"

"我常想,小谢的那一双眼是怎样长的。"阿妍忘了手中还托着茶杯,微皱的眉头舒展开来,声调也拔高了些,脸上光彩焕然,"'余霞散成绮,澄江静如练',分明也不如何峭拔奇特,却叫人满口余香,我真想问他,究竟从何处想来!还有'苍翠望寒山''白水田外明'……都是凡人眼中所见,为何他写出来,便与别人的不同呢!"

"我却不如你爱才。若小谢还在世,你可要嫁他吗?"

阿妍嘟哝道:"他姓谢,他的妻姓王呀!都是高门贵族,我惹不起。再说,小谢告发他岳父谋反,致使他妻子恨他入骨,家里一团糟……哪个要嫁他。而况……诗人嘛!胆怯又小心,哪里比得上武将爽快!名门子弟又怎样……举手投足分毫不错,总是教我自觉粗俗。可恶!"

"说了这一大篇,你也不曾说,你自家想嫁不想。"她笑眯眯的。

女孩儿脸红了:"若是他也喜欢我……"

"你要一个胆怯的诗人喜欢你吗?"崔瑶洒然而笑,起身从她手中取下茶盏,捡掉她衣上的一根长发,动作温柔,"支起锅釜,不煮粟米,却煮河沙,那也随你乐意——听说河沙高温烧制,可成琉璃。"

"可若煮沙而欲成嘉馔,便是痴儿所为。纵经尘劫,终不能得。"崔瑶的笑意竟带着三分清冷,"阿妍,我喜欢你,阿家和阿琤也喜欢你。"

跪坐着的女孩儿猝然一挺身,眼中的惊慌和心虚一览无余。

"阿妍,诗人大多胆怯。可也唯有一个胆怯的人,才能平安一世,顺遂一世。

"阿妍,我不在意的。你别怕,也别哭。

"阿妍,哭了就不美了。来,擦了脸,我给你梳头发。"

第六章
玉树宫南五丈原

崔瑶的襦裙上绣的是几枝芙蓉,半放的花盏低压池面,瓣上犹带宿雨,灿然生姿,茎叶混同水色,一例绿得明艳,水纹一波波漾开去。这一方深浓的春色上,搁着她嶙峋的五指,手背上肌肤苍白,近乎透明,纤细的淡青血脉,历历可见。

我才惊觉,比起初见时的样貌,她瘦了太多。

但她还是那个她,当她抬起手用这五根手指抚摸我脸的时候。她的笑容里,永似浸着晓露春风的清澈气韵:"至于他,他会喜欢谁呢?他这个人,又谦抑,又骄傲。于他而言,女子只分'近'和'远',没有'喜欢'和'不喜欢'。而我,也不过是他的阿母之外,离他最'近'的女子罢了。"

"但若我死后再入轮回,或是极乐世界有缘与他重见……我要一个不同的来世。在那个'来世',我要冲他发脾气,要让他学鸟叫给我听,要逼他去采杏园的第一朵杏花给我。可是,轮回太累,来世太远,极乐又太渺茫。不如,你来试试吧,或许你会比我更好。"

年余之后的此刻,我想起那番话,仍是忍不住在心底喃喃:"不,不,没有,不会。"

我不停地否认着,向已经埋骨泉下的她。

那天,她问我:"你听说摩诘的名字很久了吧?"

"是……很久了。很多很多年了。"

我想起幼年时爷爷教我读诗,脆黄的书页上印着"红豆生南国",诗句的上方则是诗人的名字"王维"。规整的宋体字在灯泡柔柔的光里模糊而又清楚,从童年静谧的春夜,清楚到这千年之前的盛唐秋日。

"我能从你的眼里看出一点点。不,你别哭,别哭。"

"我,不,瑶姊,我,我不会,不会妄想了……"

"喜欢一个人,怎么能叫妄想?他又不是神佛,不是仙人,只是一个很好的人罢了。别哭了,来,擦脸。你想去蜀地吗?"

"蜀地?"

"他一直想入蜀游山,只是因为我染了病,才没有去。我听说蜀山最青,蜀水最灵,你替我游赏一番,也不错。"

崔瑶又给我梳了头发。那是她最后一次给我梳双鬟望仙髻。

急景凋年,岁华秋暮,似乎很快就换作了春花春雨,春草春莺。我望了眼坐在斜对面的王维,将思绪收了回来。

我此刻是在玉真观中。诗人王湾离京回东都洛阳,玉真公主为他办一场小宴。公主最爱有才华的文士,王昌龄、崔颢、王维、卢象等人都是她的座上常客。我是崔颢的表妹,亦是裴家的养女,故而也蹭到了参宴资格,去见识才子们。众多才子们月旦人物,指点江山,其风雅也不必尽说。而那位举荐了诸多才子的天子胞妹、高贵公主亦让我颇感兴味:她生得广额方颐,有此时的女子们最爱的那种丰腴,穿着没什么纹饰的道袍,看起来意外地恬淡可亲。

酒至三巡,门外突然传来一阵笑语。我有些吃惊:玉真观里看似热闹恣肆,但公主之尊非比寻常,人人慎于言行,连王昌龄这种素性纯朴之士,都比平日添了几分机警。是谁这样高声?玉真公主却似毫不吃惊,掩口笑道:"又是他来了!"

门外缓缓走进一人,布衣木簪——他那衣衫浑不知几天没洗了,头发也簪得不甚利落。他头部高仰,口中咬着一只莲花酒杯,那酒杯中的酒水正向他口中倾泻,酒汁沾湿了他口角,又一点一滴落在他旧旧的布衫上。

我的第一感觉是，这人好"旧"：他的布衣好旧，他的簪子好旧，他苍黄的肌肤好旧，连他杯里的酒汁在灯光的映照下也显得好旧。

可再看时，我又只觉这人好"活"。他一身的"旧"中，竟有一种藏不住的鲜活，如古柏振叶随风，如翠鸟高歌求和，如龙蛇游于天际，如鲲鹏飞落海角。他的两道浓眉好活，他专注望天的眼睛好活，他微微拂动的衣襟，他足下随意踏着的鞋履，都好活。

这人仿佛来自魏晋的游仙诗里，吞舟涌海底，高浪驾蓬莱；这人又仿佛是来自一千年后的品牌秀场，在众人的瞩目中洒落一地高傲与不羁。

不，这人与王维一样，只能是来自大唐。

只能是来自雍容华贵的唐国，诗人满地的唐国，剑气纵横的唐国，悲歌慷慨的唐国！

一个名字在齿间徘徊，我轻声："李……"

"李十二，你可来晚了。"玉真公主笑吟吟地吩咐侍女多加了一张食案，正在王维与王昌龄中间。哪知李白哈哈一笑，径自坐到了末座，笑道："公主勿要使我有杨炯之叹！"

他话音才落，玉真公主神色一滞，随即笑道："随你，随你。"席中也跟着静了一静。

我在21世纪时，便知王维和李白虽生卒年俱接近，且曾同时在长安活动，但两人的集子中却连一首酬唱之作也未留下，可见两人多半不和。

如今一见，当真如此：李白所说的"杨炯之叹"，显然指"王杨卢骆"中的杨炯说自己"愧在卢前，耻居王后"的话。用在这里，便是表示他愧于坐在王昌龄前面——李白对王昌龄还是佩服的——而耻于坐在王维身后。

我顿时又气又笑，气的是李白当众不给王某人面子，笑的却是……

他这种又单纯又恣意的态度，简直有点可爱。

我转头去看王维，却见他倒是神色泰然，自顾举起酒盏，饮了半口酒。王湾打圆场笑道："青莲，近来可作了什么新诗好句不曾？"

李白又饮了一杯酒，方道："我下终南山访友人，确得了一首诗的。"王昌龄笑道："快快吟来！"

今日与会的皆是诗家，玉真公主早就吩咐人在每一张食案前都放了纸笔。李白拿起笔来，却不蘸墨水，而蘸酒浆，在纸上且挥洒且吟咏："暮从碧山下，山月随人归。却顾所来径，苍苍横翠微。"李白方念了四句，席中已是一片叫好："'山月随人归'，妙！"

李白不由露出得色，续道："……相携及田家，童稚开荆扉。绿竹入幽径，青萝拂行衣。欢言得所憩，美酒聊共挥。长歌吟松风，曲尽河星稀。我醉君复乐，陶然共忘机。"

崔颢笑道："此诗皆是眼前之景，但若是换了我，我却未必写得出。"王昌龄道："太白此诗得陶令之气韵，却又别开生面，不似陶诗，尤其最后四句，固然直白，却使人神往。"王湾捋了捋花白的胡子，笑道："我却爱'绿竹入幽径，青萝拂行衣'二句，只两句便将田家出尘之味道出！"

最有趣的是正在王昌龄身旁添酒的那个小侍女。她肌肤苍白，鼻子挺俏，双目如海水般湛蓝，显见得是个胡女，也仿佛为李白才华所震撼，一脸崇拜地望着他。

我瞧着众人为李白的诗才倾倒，心中替方才被他拂了面子的王维感到不满，多看了王维两眼，却被玉真公主注意到了，笑问："阿郁，你可有什么心事？"

我一个普通人，骤然被这位大唐最贵重的公主点名，难免惶恐，只低眉答道："妾忝列此会，见诸位诗家风雅之状，如行山阴道上，目不暇接，私心敬慕之至。"

玉真公主扑哧一笑："小女郎家，说话谨慎如斯。难道女子便只能仰望他们这些诗家不成？我自幼学欧阳询的字，[1]长大了又学道，都是要与男人们比肩而已。我问你，你是崔郎的阿妹，难道崔明昭、王摩诘他们不曾教过你作诗不成？你也作一首如何？"

换作平日，我一听要在这么多顶尖才子——包括王维和李白——面前作诗，只怕魂魄都要吓丢了。可今日我喝了几口酒，胆气颇壮，且又听到她将王维也质疑了进去，便张口道："教过的。"

崔颢忙道："舍妹喝得多了，有些糊涂，公主，我来代她作吧！"公主笑道：

"不成不成,事关我们女郎家的颜面,不可由你代作!她纵是写得不如你们,也是寻常,我又不怪罪她,你怕什么?当年的崔郎,如今怎的变得这样琐碎?"

我取了笔在手,嗅着空气中酒味与熏肉、酪乳、菜蔬混杂的气息,心念仿若飞出了这幽深的楼宇,直直穿破暗夜与苍穹,云雾与春风。

"垂髫未解读书时,诵得郎君数句诗。"

我怕被人瞧出端倪,不敢看向他,可是写下这两句之后,我不由得闭了闭眼,将他的容颜在脑海中细细勾勒。

"丛莽烟波千里路,江湖风雨廿年痴。"

"终南长日人归晚,碛北征蓬雁到迟。"

"天地无情山泽老,白云岂为寄相思。"

我掷笔,众人将我的诗传与玉真公主,公主念了一遍,拊掌笑道:"好!好!好!我竟不意阿郁也是一位诗家!最后两句,何其深情!只你这诗是写与谁人的?"

"写与……"我微一张嘴,看见崔颢紧张的眼神,和王维读不出内容的目光,"我心中的一位诗家的。"

此时的王维,尚且未在终南山购置别业,也未曾去到塞北。所以,没有人能看得出我写的是他。

这场宴饮是通宵的。中夜,我走到廊下醒酒。玉真观里的杏花,白日里如锦如霞,夜里在灯光点缀下却也妖娆清艳。半天香雪中,正有个男子倚树而立,手中还执着酒壶,淡蓝襕衫上落了几片浅粉花瓣,风标清粹,卓姿韶举,犹似神仙中人。

一年来,我很少见到他。他的母亲很喜欢我,我有时去陪她说话,每次都避开他在家的时候,后来他便每每先出门去。

这时我趁着胸中那一点热热的酒意醺然而起,坦然将他细看。

快两年了啊。可这个人,还是我初见时的模样。

真好……有人说,繁华之地,流景易迈。可,总有什么是不变的、洁白的、平整的,让你在这瞬息即逝的时光里觉得安稳。

这个人,于我来说,便是整个唐国。

我真想好好叫他一声啊。

"王十三郎。"我突然说。

"在。"他温和地回应。

"王十三郎……"

"在。"

"怎么?"过了半晌,他见我再无动静,对着月光喝下一口酒,问道。

"只是想起了一句诗……'京师易春晚'。"

"你也怕春光老去?"王维笑了。

"可能只有你不怕吧。"我想翻白眼。

"是,我不怕。"他说,"荼蘼谢后,就快到赏荷的时节了,慈恩寺南池的荷花最美。再往后,南山有桂花,秦岭有枫叶,整个关中的天空都那么高广。入了冬,风烟俱净,举头一望,就能看见终南山的积雪……四时流转,每一刻都有好处,何必怕呢?"

"你说的都是长安城的景色。可是在我看来,久困一城,每年对着同样的四时之景,眼里见的是年年岁岁花相似,心里却明白岁岁年年人不同,这难道不令人生愁,不令人畏惧春光老去?"

"也是。那你想去哪里?"

"这世间,除了南山的桂花,秦岭的枫叶,还有武州山的石窟,剑南的山水,扬州的风月,黔中的密林,衡州的大雁,听凉州的埙、酒泉的马鸣和风啸,喝河东的酒、彭蠡湖的水……还有飒秣建[2]的金桃,史国的神祠,梵衍那国王城的立佛像。我想吃也想看……我哪里都想去,什么都想见识。"

意识流泻,像是院落里的溶溶月光,我所向往的那些图景,也化作没什么逻辑的话语,从喉咙里溢出来,然后没有方向地流入带着木兰香味的空气里。

"你想去的地方很多。"他评价道。

当然很多。那些都是大唐的风景,处于全盛时代的丝路上的风景。你不知道,在我生活的年代,有多少人渴望亲眼见到那些风景。而我呢,我也不想将它们轻易放过。你是个唐人,你怎么可能明白?怎么能懂我跨越千年、跋涉光阴的欣喜艰辛?

"我也想看剑南的山水。"没来由地,他抛出这么一句。

"邀子偕游。"这是他的第二句话。

"去听千里蜀江声。"这是第三句。

蜀?那个含溪怀谷、岗峦纠纷、流汉汤汤、天回云昏的地儿……

她看不到了。

我慢慢地笑了:"还有谁?"

崔颢从廊后绕出:"王少伯兄博雅闻名,因奉谕使蜀搜访图书,以校雠典籍,正好也去——还有我,只怕也能去。御史台的监察御史和里行巡视诸道,也是分内之事,我求一求副台主,只怕也能将我派到剑南。"

我这表兄,素来有一种神奇的魔力。他一出现,回廊中的气氛就似乎骤然一松。我倚在栏杆上,点点头:"好,就去听千里蜀江声吧。"

"听说剑南的美人极多,说不定你阿兄到了剑南,娶了一个女郎回家,便忘了你这个阿妹。"

换一个人说这话,我只会嘲笑他幼稚。但是王维偏有本事,将这话说得特别欠揍,甚或拉长了"阿妹"二字。我气得一时忘形,抬手想打人,却不料他一探手,自崔颢袖中抽出一支玉笛,不疾不徐地横在我面前。他这一横看似毫无威慑力可言,但如果我的手还保持着原姿势去揍他的话,我便会将手肘处的"麻筋"送到他玉笛管口之上。

"王十三兄,不得欺侮我阿妹!"崔颢瞪他。

"明明是你阿妹欺我。"王维若无其事地收手,"阿妍越来越凶恶了,一点也不像小时候的样子。"

崔颢哼了一声:"阿妍,以后不许和阿琤一起玩了。"

"好了好了,是我的错。"

我打断这没有营养的对话:"出游时,我还是作男装打扮吧。"毕竟女子出行多有不便。

如酥小雨浇得地面薄薄一层尽是春泥,马蹄踩入泥中又复抬起。

我着一身深青胡服,衣袖裤脚尽皆扎紧,随王维在光福坊的一处空地上习练骑马。崔颢匆匆跑来,手中拿着一叠公文模样的纸:"万年县已将'过所'批下。"

王维挑眉:"很快。"举步便向崔颢迎去。

"你,你休走!"我惊慌不敢移动,用力夹紧了身下母马。王维听而不闻。

一个小孩儿趁隙跑来,举起手中树枝,嬉笑着在母马臀上狠狠抽了一记——"住手!!"我大叫,勒紧了母马。母马性本温顺,但我勒得太过用力,母马仰头,走了几步,这时我一直夹紧马腹的双腿终于力竭,双腿一松,直接从马背上倒摔了下来。

这便是我何以要穿深青衣裳了。这些天一直在习练骑马,摔得满身伤痕,为防弄脏衣裳,只得穿深色。

然而身后的触感却并非泥地的坚硬泥泞。我撞进了一个有淡淡沉水香气的温暖怀抱之中,只踉跄两步,便站稳了。崔颢将我放开,气道:"王十三兄,下雨了为何还要习练?"

王维将文书递给我:"阿妍说想做男子,我便教她知道,要做男子,就得先学会受伤和忍耐。"

他已是第九十八次说这话。我翻个白眼,去看那文书,果然是盖着万年县令官印的"过所"。

通行证怎么会这么快批下来?我诧异,却见有具保人签字的那一页下方,赫然是"玄都三景法师"玉真公主的名字。原来是走了后门——我韦小宝状手舞足蹈:"细雨骑驴入剑门,兵发蜀中去者!"

西出长安入蜀,兴平、武功、岐山皆是必由之地,也是古来史籍中常常出现的名字。

可我晃悠悠骑在马上,耳中是蹄声和隐隐的渭水声,一时竟起不了怀古之情,只想着:可算是出了长安了!

——长安虽美极、虽盛极,可它究竟是作为"西京"存在着的。而一个城市,一旦成为"京",便不可避免地要承载起许多人的欲望、野心、利益和……失落。

这座都城是有资格,也有"王气"来将这些情绪担负的:它的城池由隋朝巧思绝世的宇文恺设计规划,倾一国廿载之力,方始修成;而于秀丽滋阜之外,它南面有终南山苍莽峻拔,雄踞关中,素称"九州之险",西北则有汉长安的旧址——夕岚说她小时颇在那儿的瓦砾堆中拣过些前朝旧物——咸阳原上一座座覆斗状的汉家陵阙,若于落照苍烟中望去,更发人千古幽思。

这个城市生来就是一座帝都。向晚时,纵身处高拔如乐游原的地儿,放眼望去,目之所见也只是迷迷的一片晚霞,在这围棋局似的纵横坊曲之中,由返家的官员们飞马后的尘灰,食肆中羊肉索饼热乎乎的香味,景教教堂大秦寺里刚刚燃起的灯光,平康里歌妓们正待卸去的口脂与头油的香泽,同在一只名叫"长安"的大锅里熬成的,在秦川原野上蒸腾而起的,一蓬醉红的、帝都式的晚霞。

而岐山县的晚霞,却又不同。它就那么红红地、又高又旷远地将自己铺展开来,悬在大半个天空中,使得这本颇多山的地界,也显出一份地广天高来。

这里的山都算不得高峻,可山的棱角与天的底色,却格外鲜明地分别开来,勾勒成古拙的线条,使我想起一些久远的传说。

黄帝的臣子岐伯居住在这里,钟山逸叟笔下的封神榜张贴在岐山上,上古神鸟凤凰一声清亮的鸣叫,兴盛了周室,酝酿了周礼,自此以后,宏大严整的周制,成为数千载华夏正统的源头……

而在凤鸣岐山的传说流传了许多年后的某个春天,的确又有一位凤凰般英才卓荦的良臣名相,曾经率来数万蜀汉儿郎驻扎此处,分兵屯田,铁马云雕共绝尘,柳营高压汉宫春。可也就在那个八月,他的生命和他的梦想,随着划过渭水之滨的将星,一同陨落在这片土地上,那声震关右的气势,短促得甚至跨不过一个冬天。

一千三百年前的岐山,也没有凤凰的啼叫,只有隐隐的鸡鸣、狗吠,和店里歇脚客人们的交谈声。这个小小的县城在富实丰饶的大唐,依旧贫困而脏乱地安稳着,和南边的五丈原遥遥相对,仿佛它们已如此相安无事地共同度过了几千年,而且还将一直相安无事下去。

店主人送来五福饼,五福饼是五种不同馅料的饼。我就着米粥吃了一个饱,却得知崔颢突然发起高热。我们问店主附近有无医馆,店主说这是为本地蚊虫所蜇,出去采了草药,熬成药汁,我们给崔颢灌下,过了半个时辰的光景,他的高热便渐渐退了。

我放了心,却仍是留在崔颢房里看顾他。岐山的春夜不同于长安,清旷微寒。室内一灯如豆,崔颢兀自熟睡,我则跪坐在榻边,望着窗外的月色,默背粟特语动词变位。

这时崔颢咳了一声,悠悠醒转,我忙问:"可要饮水吗?可要吃粥吗?"谁料他静默半晌,道:"阿妍,闲卧无趣,你教我一句波斯语如何?"我静思片刻,道:"区诃鞞区诃泥寐啰萨,阿澹鞞阿澹寐啰萨。""区诃鞞区诃泥寐啰萨,阿澹鞞阿澹寐啰萨。"他重复,竟无一字错漏:"是何意?"

"山与山不能相见,人与人却能相逢。"

"人与人却能。"他细细品味,笑了,"阿妍,你的波斯语究竟是何处学来?"

我的父母是工程师,父亲曾经被派到伊朗工作。我的手指在袖里握了握,心里五分惊慌五分黯然:"怎么,要考问你阿妹的来历?"

崔颢淡然道:"阿妍,你分明知我绝无此意。我接你回家那一日说过,你看起来像我阿妹,说话像我阿妹,举动也像我阿妹。我只是觉得……你投崖之后,仿佛有了许多故事。"

我不语。他续道:"从前的阿妍,心愿不外相夫教子。而你,不止熟习蕃语,在西市为人作家书,更入典客署,宁可无名无分也要留作译语。从前的阿妍,更加不会作诗……"

我心中一沉,当初为崔颢所认时,我本不稀罕他表妹的身份,可如今却也贪恋这身份能让我留在才子们身边。若为他当面揭破,我当如何?

他抿唇:"我也算熟读世间诗章,却不知,自汉徂唐,有哪一位诗家似你诗中所咏之人——终南长日人归晚,碛北征蓬雁到迟。"

我垂首,百感中来。万千话语涌上舌尖,额头轻汗渐染。此时我想起的,竟是穿越以来的种种艰难:竭力学习中古汉语发音;因无户籍,向长安县自首;在西市写家书,偶尔会遭人调戏;典客丞的种种为难……还有,那种无望的、罪恶的思慕……

　　我何尝不想将一切和盘托出?何况,自己终是窃用了他表妹的身份。我张口欲言,却为他手指按上我口:"我终是你的阿兄。山与山不能相见,人与人却能相逢。你我相逢,即是缘分,无论是自幼熟识之缘,还是中路相识之缘,我终当好自相惜。"

　　他话里意味深长,我心中如惊雷匝地滚过,一时怔怔望他,竟无一言。

　　这时王维敲了敲门,走了进来,见崔颢彻底退了热,松了口气:"总算你这里无事。"

　　我听这话像还有别的意思,便追问他。王维苦笑:"王大兄那个唤作绮里的小侍女……她听说武侯庙有李青莲的题咏,便偷偷跑去看了,至今仍未回来!"

　　我一顾外头黑沉沉的夜,不由慌张起来。

注释:

[1]由玉真公主为胞姐金仙公主书丹的墓志《大唐故金仙长公主志石铭》可见,玉真的欧体字功力甚深。志石现存陕西省蒲城县博物馆。

[2]飒末建,即唐人对撒马尔罕的译法。

第七章
于君敛衽无间言

暗夜沉沉，如无穷黑雾遮天蔽地，又如浓墨染尽三千世界。时有一两声虫鸣在窗外响起，反增清凄寡寂。及至三更将过，众人才将绮里寻回。

绮里自知有错，一回来便扑通跪倒："婢子有罪，婢子有罪，劳诸位郎君相寻！"她簪发凌乱，布裙亦有数处划破，秀丽面容在暗淡灯烛光中却只见惭愧不见懊悔。

王昌龄向来温厚纯朴，但为她担心了大半个晚上，此刻亦难免有几分火气："你何必要夤夜外出？"绮里怯怯道："婢子怕明日你们不肯携奴同去武侯庙，心中又急切，便想着自家跑去悄悄看了……"王昌龄管教自家侍女，旁人原不应插口，但王维与王昌龄格外亲厚，便打圆场道："你在武侯庙里看的是哪首诗？"

"是了，你若能将那首诗诵出，我便不责备于你！"王昌龄没好气。

绮里举手理了理鬓发，含羞道："是那首《读诸葛武侯传书怀》。'汉道昔云季，群雄方战争。霸图各未立，割据资豪英。赤伏起颓运，卧龙得孔明。当其南阳时，陇亩躬自耕。鱼水三顾合，风云四海生。武侯立岷蜀，壮志吞咸京……'"她滔滔不绝，竟将李白的诗全篇诵出，"何人先见许，但有崔州平。余亦草间人，颇怀拯物情。晚途值子玉，华发同衰荣。托意在经济，结交为弟兄。毋令管与鲍，千载独知名。"

我愕然,王昌龄亦哭笑不得。王维拊掌笑道:"大兄家的侍女,当真不输郑玄家侍儿!"

他用的是东汉经学家郑玄郑康成的典故。《世说新语》中说,郑家有一侍女不称郑玄之意,玄怒而命人拖曳,使之跪在泥中。须臾,有另一婢女经过,以《诗》中的句子相问:"胡为乎泥中?"受罚婢女同样以《诗》答复:"薄言往诉,逢彼之怒!"可见郑家上下之风雅。

王昌龄苦笑道:"罢了罢了。只是,你何以如此倾情于他的诗作?"

绮里轻咳一声,我心中已替她想出了无数种语文课上的标准回答:李白诗豪气干云,雄奇开张,想象瑰丽,纵横奔放,音韵和谐,流转如珠……

谁料绮里立起身来,提起裙裾,再度郑重下拜。她这一套动作做来如行云流水,别有一种胡人少女纤秾合度、窈窕娇婉的媚态,灯光虽暗,她少女风华却分毫不减。只听她毅然道:"婢子不独倾情于其诗作,更倾情于其人!"

"……"王昌龄与王维一时俱是无话,我亦想不到她胆大如斯。震愕之后,竟有丝丝缕缕的轻痛袭上心头,如天罗地网,紧紧相罩。她能将她待一个诗人的情意直白诉说,而我呢?

半晌,有人击掌:"好!"却是崔颢起了身,他穿着一身轻软的白色绸衫纨绔,夜里看去风姿俊逸,很有五陵少年潇洒之韵。他笑道:"朝霜语白日,知我为欢消。王大兄,何不成全绮里,将她赠与李十二郎?"

我亦张口,说的却是:"只是我听说李青莲待他娘子情深爱重,绮里,你要好生想想。"哪知绮里道:"妾唯愿随侍李郎身侧,既擎砚台,亦递酒杯。他有新诗,妾能先读为快,于愿便足。他是神仙一样的人物,妾何敢有非分之想!"

这正是我穿越前的多年夙愿,连"何敢有非分之想"的小心翼翼亦是一般。眼中渐湿,我举袂掩饰,鬓边细瓷耳坠晃动,轻触肌肤,微凉触感更增周身战栗。

我看向王昌龄,恳求道:"王大兄,你一向是个温良厚重的至诚君子……请你成全绮里吧。"

王昌龄笑道:"绮里到我家已有数载,我竟不知她有如此心胸。我不如杨素多矣,绮里却恰似红拂,巨眼识人。有婢如此,我亦感光彩。绮里,待我们游罢蜀地,你便去了李青莲家吧。"绮里大喜跪倒,呜咽道:"只是……只是婢子对不住郎君了。"

又过了一日,我们到了岐州雍县。王昌龄说当地有个藏书世家,祖上在三国时是魏国文官,历代子孙皆是爱书人,厚积广储,搜书无数,因此他借了秘书省的文书,登门拜访,我们余下的三人便去游览雍福寺。

寺中古木参天,人行其下,虽在暮春天气渐热之时,也自遍体生凉。这寺里香火颇盛,香客摩肩接踵。崔颢诧异道:"今儿虽是清和节,可也不致如此热闹。"

我们便去偏殿,不料偏殿里人更多,且都挤在一堵墙边。我挤过去,隐约见到墙上斑斓深艳,画有图。难道他们就是在看壁画?可那些壁画也似有些年头了,却有什么好看?

"吴生之名,果然不虚。"有人议论着向外走。

崔颢剑眉微扬:"原来有吴生的画在此!难怪,难怪。"我扑哧乐了。

"你不信?开元十三年今上封禅泰山,吴生随驾去了,路经东都,他与裴旻、张旭相遇,各陈所能。裴将军舞剑一场,张颠作书一壁,吴生画一壁,号为当世三绝,那真是……"

我微笑,并没告诉他,我想起的本来是另一件事。我随他们到玉真观赴宴时,听说观里有个和我年龄相仿的女子,自幼入道,心意笃诚,却只为去年见了一回玄元庙里的吴真人——这是道门中人对他的称呼——画的《五圣千官图》,就决意还俗要嫁吴真人。公主依了她的央告将她引见给吴道子,也不知后来怎样了。无论是绮里还是那女道士,世间粉丝之心,大抵类似。

既知是画圣的手笔,我自心痒难熬,毕竟当年的落魄小吏吴生,如今已是"非有诏不得画"的矜贵身份,画作等闲难见。

可从早晨到下午,直到王维和方丈谈说佛法说得我和崔颢都打起了呵欠,将钟楼塔院逛了好几遍,又讨了斋饭吃,壁画前依然是密密的一堵人墙。

我望着人墙哀叫:"不如再去讨一顿饭吃。"香积厨里斋饭虽然简素,却也美味别致,菘芥煮羹,稻粱炊饭,皆是甘美滑腻,用罢余香满口。

崔颢忍笑道:"只怕再吃一顿回来,人还是这样多。"

这时王维闲闲走来,背后还有两个僧人抬着梯子和木架,还有几个僧人拎着大桶颜料和画笔。我一见了然,心脏不由自主地狂跳。

我从未见过王维作画,就像我从来没听过他弹奏琵琶。这并非我一个人的遗憾,崔颢也说王维已有数年不动乐器了,画却是画的,只是随画随烧——"王十三兄说,画不当意,即当付之丙丁,而如今不当意者犹多"。

我想,作为艺术家和创造者,他大概正处于"蜕变期",虽则,从他一贯安静微笑的脸上,并不能看出这一点。

王维笑道:"方丈托我在东塔画壁。我多年不曾画壁,本拟谢绝,但听说你们讨了不少斋饭吃,我既无香火钱,借画结个善缘也罢。"

我被他揭破贪吃情状,恼羞成怒,便和崔颢帮助僧人们支好架子。香客们见到有人欲画,并不理睬,还有孩童天真笑道:"阿母,在吴生的画旁作画,是不是就叫作'班门弄斧'?"随即被他的母亲尴尬捂住了嘴。

王维向我们低声一笑:"我也这样想。"随即缓步登上那架子。

那架子颇高,两个僧人在旁紧张地扶着,王维笑道:"二位和尚尽可放手站开,不然弟子于心未安,恐不能运笔随意。"

他几步登梯,意态从容,旁边不以为然的香客们,便逐渐静了下来。有人低声道:"这位居士风度甚佳,莫不是长安来的吗?""也或者是五姓中人。"

崔颢笑嘻嘻道:"两位居士这话可差了。十方佛土,不论长安太原,无诸佛教化,不得清净,则莫非秽土。非要分出个地界来,可不就是有了分别心吗?"

那说话的二人脸红起来:"深谢这位居士的提点。"

门外风来,我见王维一袭白衣在若许高处轻轻拂动,毕竟胆寒,无心理会崔颢的卖弄,只道:"你猜……他要画什么?"

苏东坡有诗记述在凤翔的普门、开元二寺观看王维、吴道子壁画的情景:"何处访吴画,普门与开元。开元有东塔,摩诘留手痕。"那诗说的是开元寺东塔有王维的手迹,而在尚未到来的开元二十六年,李隆基下旨,在每一州营建一所开元寺,也有的州将一所寺院的名字改为开元——看来岐州那被改名开元寺的寺庙,便是这座雍福寺了。

崔颢轻松道:"鹭鸶。"

"你如何知道?"他口气笃定,我诧异。

"有人鹭鸶似的抻着颈子望他,这图景何等鲜活,王十三兄最爱山水虫鸟的姿态,怎会放过,定要画入图中!……罢了罢了,阿妹休气……我这不过是比兴之法,叫你不必惊惶,不必那般辛苦望着他。他脚下稳得很。"

只见壁前的王维取笔在手,右腕轻移,笔底生风,片刻间已画了一个人出来。那人身量瘦长,引颈做聆听之状。崔颢摆出目瞪口呆的模样:"他……王兄莫非真要画你……"我怒道:"那是个光头的僧人!"

旁边一个老者叹赏道:"居士所画,乃是孤独园众弟子听法的情状。只这几笔,已见得不同凡响。"

果然,王维笔法渐展,画下众人衣装神情皆不相同,却多是瘦骨嶙峋,眸光虔诚,听着端坐中央的佛陀说法。

众香客开始渐渐向王维所画壁前移动,吴道子的画前露出好大空隙,图画登时可见。我却无心回头,只凝目盯着王维运笔的右手,看这只白皙却有力的手如何抬起,如何落下,如何握笔运笔,如何蘸取颜料,如何勾、擦、点、染……如何完成一件足以震惊第一流艺术家如苏轼的杰作。

"阿母,这个班门弄斧的人,可委实画得像极了!画里的佛陀,好似时刻盯着我哩!"却是那小孩儿又在童言无忌。

众人挡住了架子,从我的角度看去,王维颀长的身形便似在空中踏步、停伫。可奇的是,他此时虽然高踞众人头顶上方,却并无丝毫高渺不可亲近之感。斜射进来的阳光,洒在他身周与佛塔中,那个浸在柔光中的白衣身影,一派安宁祥和。

识他两载,他的和蔼与谐戏,他的容止闲暇不拘小节,他的华贵风流仪态翩翩,我都多少见过了。可今天,他第一次使我想起后世那个最常被用在他身上的词——"禅意"。

他作画已毕,却迟迟不下梯,只举目端详那墙,忽然在高梯上转身回头:"阿妍,你说这画上,还少了些什么?"

那两道目光明若秋水寒星,落在我身上。众香客一同转头望来,我不由惶然。

还……还少些什么?

王维笑道:"听说你吃得多些,这画你自然也有一份。"

众香客大笑,我脸上烫了再凉,凉了再烫,冰火两相煎,眼中却只见得他言笑之际风神落落,直似一棵猗猗绿竹,却又如切如磋,如琢如磨。我冲口而出:"竹!画竹子。"

那壁上已画得满了,众人皆好奇王维要如何在这幅精美的祇树给孤独园说法图上,再画翠竹,却见他略加思索,唰唰几笔,便在那壁下方,园门之外,添了几枝竹子。这几枝竹子粗看倒也无甚稀奇,可位置却是绝佳,祇园顿时益增佛土清净之韵。

众人齐声叫好:"妙哉!"初时说话那年老香客捻须道:"依老朽所见,居士此画,不独画中佛陀阿堵传神,仿佛顾长康故技,而斯竹于斯园,更有张僧繇神龙得睛之妙也。"

王维又过了盏茶工夫,才将竹子全部画完。这两丛竹枝叶繁密,却枝枝有自,叶叶分明,待他下了梯架,众人一股脑地拥将过去观看。

"你可看吴生的画了。"王维推推发呆的我。

吴道子的画意与王维的绝不相同,雄浑翻涌,犹如惊涛骇浪,海雨天风,可细处也是极细腻工致的。我看得片刻,胸中烦恶:"不看了,不看了。"

"怎么?"崔颢关切道。

"他画中娑罗双树下,来听讲的那些什么蛮君、鬼伯……画得过于逼真了!"

"栈道千里,通于蜀汉,使天下皆畏秦。"范雎为秦相,极富创造力地命人在山壁上凿孔插梁,铺设木板,成为泽及千载的发明。

过了褒涂驿,我们牵马走上栈道。头顶栈阁缝隙中漏下天光,人和马的足底,木板发出沉闷而古老的响声,我却兴奋得又叫又跳。这可是陈仓的道路!我脚下的这一寸土地,是不是魏武帝的马蹄曾经踏过的?散落草丛,生满青苔的砖石,是不是郝昭坚筑堡垒时留下的?山边北流入渭的扞水,是不是司马宣王的军队曾经饮过的?

也只一日,便到了大散关。我们的马大都生长于关中平原,不耐山行,见大散关山路崎险,不肯向前。崔颢笑吟曹操的诗句道:"晨上散关山,此道当何难!晨上散关山,此道当何难!牛顿不起,车堕谷间。坐磐石之上,弹五弦之琴。作为清角韵,意中迷烦。歌以言志,晨上散关山。"如梦、绮里二人亦是长安人氏,十几年来走过的山只有终南山,且是随着主人游春踏秋,走些大路,几曾见过如此险要的关隘?不由得都面露难色。

最有趣的却是王昌龄。他哆哆嗦嗦,望着那与平地几成六十度角的山路,腿脚发软,喃喃道:"我不会死了吧?"天光明朗,俨然可见他额间汗出如珠。王维笑劝道:"大兄,没事。我们拉着你。"崔颢却笑道:"儿郎家葬身于山崖之险,虽不如马革裹尸壮烈豪迈,却也堪称风雅。"王维斥道:"你又胡白什么?你若死了,阿妍将如何?"

我不愿成为崔颢的负担与附属品,嗤道:"我和我阿兄想法一样。恋躯惜命,何用游山?与其死于床笫,孰若死于一片冷石也?"

"好气魄。"王维笑道,"不过不似你之口声。"

"……这是我一个……朋友说的话。"

崔颢颔首,赞许道:"如此脱略行迹的快意之人,想来也是个诗家?"

一时无法解释那位才子姓袁名宏道,在八百年后的大明朝才会出世,于是我转过身去慰问王昌龄:"王少伯兄,你……"却见他颤颤巍巍,苦着脸道:"绮里,快将纸笔来。"绮里奇道:"主人要纸笔作甚?"王昌龄道:"万一我、我死在此地,总要留下遗书,好教云容再嫁……"云容是他妻子之名,我们都大笑起来。

大散关的戍关士卒们查验了我们的"过所",就没再说话,漠然望着我们一行人裹足不前的样子——大约他们戍守险地,见多了这种情形。这时他们听出这是当世几位著名诗家,好奇相询,听说了这一行人的名姓,登时换了脸色,笑道:"某常听人唱'但使龙城飞将在,不教胡马度阴山',心中倾慕至极,也愿为国守卫边关,却不知写出这豪壮诗句的诗家竟然畏高,哈哈。"另一个士兵道:"某是吴人,某的阿妹最爱唱崔郎的《长干行》,'停舟暂借问,或恐是同乡'!"

啰唣半日,终归要走。崔颢与王维轮番拉扯着王昌龄,我紧随其后,过不多时,也便过了大散关,下山时我浑身也已汗湿。王维笑道:"我在陈仓时已打听过,此去西南四五十里,黄牛岭南有黄花川,驿道所经,别饶奇韵。"

第二日我们泛舟黄花川上。周遭川岭偕绕,水环山,山夹水,前后左右皆是青葱山色,小舟如行画图中,山水幽奇之处,竟很有几分我未穿越时,所游访的王维辋川别业景致的味道。有时水流湍急,小舟直似要迎面撞上山崖,下一刻就堪堪滑了开去,绕进下一段河水。众人皆多所游历,不畏舟行,独我虽然会水,却没见过这么颠簸的水路,勉力定神,直到黄花川将尽,我才放松了些。

东山密林之中,一条溪水蜿蜒奔下山来,溪畔野花无数,更有许多鲜艳蝴蝶绕溪而飞,光下蝶翅翻动,色彩变幻,绚丽难言。那溪水色作缥碧,清可见底,溪底白石粒粒圆润,透过这玉似的一溪春色与碧色,白者披着郁郁的青,青者含着浩浩的白。恰巧有个老农荷锄经过,王维拱手问道:"老丈,这溪水可有名字?"

那老农擦一把汗水,笑道:"劳郎君动问,乡间一条小小溪水,能有何名目!不过见它青得可爱,自来皆呼为'青溪'罢了。"

王维望水微笑,口中一时似自语,一时又似说给每个人听:"世间便是一条浅水,一小座山头,也皆是活物,合当有自家的名字哩。"

他平素斯文,却总是淡淡的,极少露出这种留恋眷顾的神态。我忽然觉得眼前这个人很远。

这个人线条温雅的侧脸,正沐浴在阳光里,温柔地微笑。可是他很远呀。

他钟爱天地与自然,却殊少在意本应是世间灵秀之所钟的人类。这当然是没有错的,可也正因为这没有错,所以,任何试图走近这个人的人都会感到无力,毕竟,自己永远无法变成他喜欢的东西。而当他们终于惋惜着,决定松开自己汗津津的手时,又被这个人仿佛有磁力的、和蔼的微笑吸引回去——哦,这真是……作孽。

瑶姊,你说过,若煮沙而欲成嘉馔,便是痴儿所为,纵经尘劫,终不能得。你也曾经是一个这样的痴儿吗?

当晚我们投宿农家。次日我睡到红日高升,却听王昌龄在门外说道:"晨起时便不曾见十三郎,可是走迷了?"

"怕是叫黄花川中的山鬼水神勾了魂儿。'闻佳人兮召予',他少不得就'捐余袂兮江中,遗余褋兮澧浦'……"这是崔颢。

就像在武侯庙可以寻到绮里,我们都知道哪里可以寻到王维。可王维不在黄花川畔的山脚下,也不在山里。眼看太阳将要落山,夕阳中黄花川波光粼粼,青溪明净如玉,二水一宽一细,光华交耀,灿丽夺目。我皱眉:"不会真是遇上什么水中女神了吧?"

"且歇一歇。"崔颢将我按坐在地。

我确实乏了,仰躺地上,半空尽是密密的枝叶,有桦树,有柏树,一林秀木长枝柔条互相缀连,织成一张绿绿的大网,兜在我们的头顶。

这时北边林中传来一阵长啸之声,清越明朗,直似崖端飞瀑,石上激泉。《神雕侠侣》中写杨过的啸声一派阳刚,奔腾汹涌,犹似千军万马,硬生生逼得瑛姑现身相见。我不知武学高手究竟如何,只是觉得比起霸道的杨过,目下这阵啸声才真让人舒服。

能听上一辈子也好。

那些随声翩翩飞起的蝴蝶和小鸟,显然也有和我相似的情绪。那清啸回荡深山,过得盏茶时分,犹自不绝。我如梦初醒,见崔颢双眸唇角皆蕴笑意,亦听得心旷神怡。

"'发妙声于丹唇,激哀音于皓齿。响抑扬而潜转,气冲郁而熛起。协黄宫于清角,杂商羽于流徵。飘游云于泰清,集长风乎万里。'古人赋中的啸声,大抵如是。"崔颢低低吟道。

我推他:"那阿兄也啸来听听。"长啸是名士们的必备技能,原理和呼麦类似,没有固定的旋律,很能用来彰显个性。

崔颢喟然道:"蒹葭倚玉树,我不为。"向啸声起处走去,我狐疑地跟着,沿着溪水走了里余,却见枝丫掩映之中,现出一抹浅浅的白色,如水底圆石,而那人正倚在树上,对着溪水发呆。

之前我一直嫌弃王维出来旅游还穿白衣,而这一刻我理解了。

他是特意为了山们和水们,才穿上白衣的。

崔颢扬声:"可有新诗?"

那人回头,含笑:"有。"折下一根竹枝,蘸着青溪水,在河沙上逐字写去:"危径几万转,数里将三休。回环见徒侣,隐映隔林丘。飒飒松上雨,潺潺石中流。静言深溪里,长啸高山头。望见南山阳,白日霭悠悠。青皋丽已净,绿树郁如浮。曾是厌蒙密,旷然消人忧。"

粒粒细沙在他手中翠枝下被划成安静的姿态,崔颢和我一时都无话。

"'徒侣'……说的是我和阿兄?"我试探。

"自然。"王维蔼然笑了。

你背了好多年的一首诗里,竟然有你本人的痕迹!我应该感到我此生圆满了吧?这世上还有更让人兴奋的事情吗?

可是……

"徒侣"之中,本来应该还有一个人的。

瑶姊……

我摇了摇头,掏出两个蒸饼递给他:"不饿吗?"

"喝这溪水就饱了。"咬了两口,王维果真掬水在手,就着溪水咽下。

在如此清幽之地吃蒸饼,实是仅次于焚琴煮鹤的不雅事体,而且绝不该是王维所为。可王维这个人啊,不论做什么,总能做得好像……它就是此时此地最该发生在他身上的事情。

可是崔颢做了件没那么正常的事。他转头走向山外。

"王十三兄,你的诗好。有你作诗,此地我便不作了。眼前之景,不能道也。青溪……留给你吧。"

我欲追,王维在背后悠悠道:"坐着。"

我待去追崔颢,并不仅仅是为着他话中那点怅然;也是因为,让我独个儿留在王维身边,此地此景,我手脚都不知往哪里放了。

俗,我真俗。就像南郭先生,穿着像模像样的衣裳,梳着古人的发式,没脸没皮地,混在一群大雅之士中间。

我真是唐人吗?

——可是谁能拒绝王维的命令呢?

他不说话,我也不说,直到他淡淡抛出一句话。

"这首诗,你读过。"

青溪的潺潺水声,好像突然变成了雷霆霹雳。

王维望着我的眼,淡然道:"你读我此诗时,殊无初读时的新奇之意。你爱它好,却似早就读过它。"

我噎住。这是到大唐以来,我第二次面临身份危机。

很多年前,我看过一本穿越小说。人们发现女主角不属于当世,于是认为她是妖物,将她的口鼻覆上一层层湿纸,活活闷死了她。

崔颢、王维或者王昌龄,都不至于这么野蛮。我只是,承担不起"预知未来"的分量。

"你这诗本就不新。"我梗着脖子抗辩,"'静言深溪里,长啸高山头'学的是陆机《猛虎行》的'静言幽谷底,长啸高山岑','绿树郁如浮'学的是谢朓的'池北树如浮'。"

王维失笑:"好好,阿妍真是知音者,且又博学之至,将我的矫饰全部拂去了! 可是——可是阿妍,你明明知道我所言非指此事。"

"你真的想听吗?"我涩然启齿,"我……"

"只要你想说。或者……"他把带着绿叶的竹枝递给我,"写在沙上。"

是因为写完之后,就可以擦掉,当作什么都没有发生过吗?

"何处访吴画,普门与开元。"我将那位尚未出世的宋代才子苏轼的诗写在河沙之上。青溪饱含水分的甘美空气,浸润鼻腔、喉咙和肌肤,颇能镇定心神,而我的小臂却在微微发抖。

写完这两句,我问:"看清了?"

他颔首。我足尖轻踢,字迹渐渐淡去,眼泪却滴落沙上,溅开微尘。

两年前,在永宁坊的酒肆里,对着盏中的兰陵酒,他低头微笑,笑里有薄薄的感伤。那感伤是矜持的,可也是真实的。他说:"我对这个时世终究……不死心。"那时,我是多么想说:"不要死心,不要。"

我是多么想让他知道,在他身后,有多少人夸赞着、仰望着他呀。

那日雍福寺一睹他画壁后,我便总有冲动当面对他念出这首诗。

一首来自崇拜者的诗。

"开元有东塔,摩诘留手痕。吾观画品中,莫如二子尊。"

他没有问我"开元东塔"是哪里——虽然雍福寺尚未改名开元寺。

"道子实雄放,浩如海波翻。当其下手风雨快,笔所未到气已吞。"

王维拊手,轻声道:"好文字,说尽吴生画骨。"

"亭亭双林间,彩晕扶桑暾。中有至人谈寂灭,悟者悲涕迷者手自扪。蛮君鬼伯千万万,相排竞进头如鼋。摩诘本诗老,佩芷袭芳荪。今观此壁画,亦若其诗清且敦。"

写完这段我亦愣住:这还是我第一次当着他面,写出"摩诘"二字。"摩诘"是他的字,但我从不以此呼他,当面每每只是含糊一句"喂",和人说起他时便是"王十三郎"或"王郎"。

"清且敦……"我抹到这三字时,王维叹息,重复道,"这位诗家,可以算得我的……异代知己。"

如果说自唐朝以降,一千年间,只有一个人配当他的知己,那么这人只能是大宋的苏轼。

"对,就是异代知……"我蓦地语塞,"异代"?他……他明白了?明白了多少?

"祇园弟子尽鹤骨,心如死灰不复温。门前两丛竹,雪节贯霜根。交柯乱叶动无数,一一皆可寻其源。吴生虽妙绝,犹以画工论。摩诘得之于象外,有如仙翮谢笼樊。吾观二子皆神俊,又于维也敛衽无间言。"

我随写随擦,这首苏轼的诗就这样迅疾地出现在沙上,又迅疾地消失,像周遭不时划过空山的清脆鸟鸣,只于这昏黄余照中的一片静谧里,留下一点浅淡缥缈的痕迹。

"难怪你看我时,总似乎与我相识很久,知道很多我的事情,而又怕我发觉你知道。"王维长长地出了口气,"当日阿瑶也这么说过。可是……别人的事,你好像所知也不多。"

这差别,自然不是因为我的"预知"能力有问题。可谁会承认是因为爱呢?

在21世纪,我读了许多关于他与唐朝的学术著作。而于别的诗人,不过如浮光掠影,稍稍一读。

"人之生世,皆有因果。你虽能知来事,可也不必以为负累,或是将他人的苦难,当成自家的咎责。欢欢喜喜的,笑闹顽耍,视事嫁人,休想那许多。只要……我作诗为文时,你不抢着说出我所想的句子就好,哈哈。"他笑道。

我鄙视道:"谁稀罕。你的诗我才不在乎!"笑着笑着,眼泪又要落下,连忙仰头看天。

他现今作的诗,我的确泰半是未读过的。所以他每作一首,我都如饥似渴地记诵下来。

"瓒佛呵寐施普尸替具黎。"我低声念了一句波斯话。

王维道:"你说什么?"

我苦涩一笑。我没有办法告诉他,安史之乱后,他的诗文已经十不存一。

那句波斯语的意思是,"每朵花后都有蜜蜂"。

恰如在大唐的盛世繁华,火树银花之下,却潜伏着将震动整个帝国的巨大危机。

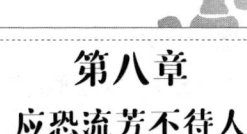

第八章
应恐流芳不待人

汉中一地气候颇似川蜀,温暖和润,虽当此春末之日,已渐有暑热气息。夹路槐花满树开放,皎白纤媚,使汉中竟有了点长安的味道:朱雀天街旁遍植槐树,长安人夏日最爱吃槐叶冷淘……

但那座繁丽宏伟的都城,于李适之的记忆中,却染着苦楚的暗色。他的祖父李承乾在那里被剥夺了皇储之位,又被判流放黔州,郁郁而终,未能陪葬昭陵;而他的父亲李象,本是皇太子之子,是太宗文皇帝亲口许诺过"即使承乾有腿疾不得继位,也当由他的儿子象继位"的高贵身份,一生却止于怀州别驾,又在则天朝被无辜罢黜。他的父祖葬礼有阙,是他三十余年的人生中最为痛心之事。

他的仕途比他父亲顺遂许多。他起家之后,自金州别驾、湖州别驾到右卫郎将,接着又为朗州刺史,奉旨剪灭武陵的盘瓠蛮族,现在通州刺史任上。他刚刚在汉中见了巡视诸道、考核吏治的按察使韩朝宗,韩朝宗对他赞不绝口,说要呈上表状,向圣人赞誉于他。

明日便要回通州了,这日李适之在城中稍稍闲逛。当地土贡除了柑橘、枇杷之外还有红蓝花,红蓝花可制胭脂,故而当地亦盛产胭脂。李适之看着妆肆的店主娘子们临门吆喝,心中不由一酸。他的妻子许氏已于前年去世,"之子归穷泉,重壤永幽隔",他是不知还能为谁购买胭脂了。

从人杨续见他对着妆奁肆发呆,知他心意,便提议道:"阿郎,何妨到沔水畔走一走?"他心想,闻说沔水风涛壮阔,主人见了,或可稍开襟怀。李适之豪迈放旷,倒也不纠缠于那点悲伤心绪,颔首说好。

沔水乃是汉水的上游,确是流汉汤汤,沛沛洋洋,望之天回,即之云昏。水势奔似白练,日光烈时,河上便泛出道道彩虹,烟雾蒸腾。又有白鸥向水而飞,不畏激流,时时冲下啄水。李适之望着水面大笑:"好水!"向后伸手,杨续及时递上酒囊。李适之天性好酒,可饮一斗而不乱,视事如常,见了好景好事,总要饮上几口,以慰肝肠。

李适之伫立河岸,且饮且歌:"桂棹桨棠船,飘扬横大川。映岩沉水底,激浪起云边……"杨续见他兴致高涨,悄悄退到一边。过路众人看他形骸放浪,虽也感奇怪,但见他瑰姿伟度,倜傥廓落,如皎皎玉山,幽幽宝树,连饮酒之态亦高绝超迈,也便不以为意。

这时旁边的杨续忽然一动,李适之虽在酒后,仍是不失机警,立时明白不妙,待回头时,颈中已有一丝凉意与痛感涌上,却是一把如雪利刃搁在他喉前,在日光下泛着寒芒。

那持刀胁迫他的人身手利落,且又以身形挡住利刃,路人看去便只似两人站在一起,是以也无人惊慌喊叫。杨续为难,不知是该欺身抢上,还是先听此人说话。李适之扬袖,示意他站远,问道:"你是何人?"

那人看去只似个寻常乡民,只是肤色较一般农人更为黝黑。他左手轻轻翻开衣领,但见衣领染作五色,李适之一见恍然:"你是盘瓠蛮族?"心知今日事必不得善了。

盘瓠蛮自称是高辛氏之时神犬盘瓠的子孙,衣着五色,赤髀横裙,长期盘踞武陵、长沙等地,前年李适之奉旨除灭他们,屡战屡捷,盘瓠蛮族几为之绝,却不想还有人跟到此地行凶。

那人颔首,以生硬的汉语道:"我叫连戈。你攻打我们时,我正在外乡,回家时已然家破人亡。"李适之道:"是以你悄悄跟随我,以图复仇?"

连戈极轻地点了点头。李适之又道:"我当日奉命前去,并非与你们蛮族有何私人仇怨。你为图报复,能蛰伏两年之久,亦是个大大的人才,不如到我手下,做个参军,来日自有高官厚禄。"

连戈道:"你说这些,也不过是诓我罢了。汉人奸猾,我早知道——石头不能做枕头,汉人不可做朋友。"

李适之正容道:"我当日也曾向圣人进言,与其剿灭,不如招抚,只可惜宰相们不肯采纳。"

连戈嗤笑,只道:"你能重创盘瓠的子孙,我只当你是个大英雄,不想也是贪生怕死之辈。"李适之凛然道:"我是太宗文皇帝的曾孙,大唐李家的血脉,岂会向人求活?"

连戈听得此语,倒也稍稍改容,淡然道:"我原想割了你的头颅祭祖。既然你有此气概,我便留你一个全尸吧!"抬足飞踹,正踹在李适之腿弯,李适之因顾忌刀锋,立足不稳,当即向左前方倒去,头下脚上,跌入风高浪急的滔滔洢水之中。

杨续见状便要跳下去救人,却被连戈挡住,缠斗起来。杨续心急,招招下的都是狠手,却不料那连戈极为善战,且又有拼命之势,杨续虽是在军中熬练过的高手,一时也竟不得脱身。他知主人不会游水,心中焦躁至极,这时耳中却听"扑通"一声,竟是又有人跳了下去。他知那跳水者多半是要相救主人的,心情稍缓,当下只作疏忽,卖个空门,连戈果然中计,被杨续击中肋下,委顿在地。杨续抢到河边,向下看时,只见水势奔腾,哪里还有两人的影子?

李适之落水之后,眼耳口鼻都浸泡在水中,眼中只见天光透过水波射下,晃成细碎影子,自家身躯却是载浮载沉。他平时机敏干练,此时也不免惊慌,张口欲呼,却喝了更多的水。他剧烈地咳嗽起来,鼻中和口中持续有水涌入。水中的时间过得似极快又似极慢,也只片刻之间,他的意识便渐渐昏沉,脑中飞也似闪过的,不是他李家的荣耀与暗淡,却是亡妻许氏的笑容。

许氏的父亲曾经有恩于他,后来他为湖州别驾时,途经广陵,探问许家情况,却得知对方已然去世。他素服吊问,许君的寡妻哭着说:"孤女未嫁,此最疚心。"年方弱冠的他问道:"我可以吗?"许君的妻子睁大眼睛,不知所措,看向旁边温柔静立的女孩儿,那女孩儿脸上唰地闪过一抹轻红,就像被胭脂染了双颊。

于是,那个羞涩微笑的女孩儿,便成了他十余年间的伴侣,直到死亡将他们分开。

这时他忽感身后有什么托住了他的腰,将他上半身慢慢举起。李适之已经有些混沌的脑中闪过荒唐念头:这汉水中安得有人,不是有上古神话中的鼋龟之类神兽前来相救了吧?随即便改了想法,背后那人显然力弱,因而只能抓住他的腰带,将他缓慢推出水面。他甫得自由,大口呼吸,孰料背后那人似是力竭放手,他又猛地跌回水中,吞了更多的水,意识也模糊了。

水流仍是急速向前,只这么一会儿便漂出里许。过了一阵子,他身子一轻,似是出了水,随即又被人磕磕绊绊地拖曳到高处。他仍不清醒,迷糊中感到唇上有什么凉凉的、软软的,是有人正向他口中吹气。他昏沉中只觉双唇上的触感极为怡人,不由得追逐着去吸吮舔舐。那人离了他双唇,按压他胸腹,他哇的一声,吐出许多水来,意识方才逐渐清醒。

他张睫看时,只见天已暗了,自己躺在河边的一块石头上,耳边仍是浩浩汉水的奔腾之声,眼前却有一个鬓发皆湿,着一身胡服的美貌女郎,抱臂看着他。他勉力起身,仍觉浑身乏力,喉间痛涩:"是小娘子救了某?"

那女郎颔首。李适之心中一颤,只觉对方抿着嘴唇、不欲多言的冷淡姿态很美,美得卓然。他素性昂扬,此刻却没来由地有些气弱,只觉自己周身尽湿的样子必定狼狈极了。他轻咳了一下,欲待说话,又猛然想到方才唇上那冰凉柔软的感觉,定是女郎的双唇了,一时不知该说些什么,神色尴尬。

女郎又道:"郎君绸衫锦带,应是有来头的人,想必会有仆从来寻你,你也不必怕迷路。妾身告辞了。"言毕,便起了身。

李适之急道:"小娘子缓行。活命之恩重于泰岳,某……"一语未毕,意识到女郎发音吐字乃是长安音韵,惊道:"小娘子是长安人?"

"长安人?"女郎微微一顿,才点了点头,"妾身出来久了,要回去了。"李适之拱手:"某现刺通州,却也是长安人。不知小娘子家居何坊何里,还请示知,以便某上门酬谢。"他平素不喜言及自身官职,此刻却怕这女郎就此离去,因而直言自己乃是通州刺史,也是望她求报之意。

对方自嘲地笑了笑："不必了，我没有家。"

李适之一愕："小娘子……小娘子不是长安人吗？"

"我也不知我家在哪里。"

"小娘子救了我，我……"

"不用酬谢了，你只当我也喜欢喝酒，才来救你的吧。"对方径自转身，举目望着落日光辉，嘴唇微动，似在低声自语。她说得极轻，他也只听见了几个字："……能救你……谁又能赎我……"

李适之听她语意悲凉，不觉怔住："赎？"这小娘子莫非是谁家的奴婢姬妾？此时着胡服的女子，确实多半是侍女的。又或者……又或者……她生得这样好，难道是平康坊曲中的女妓？待他反应过来时，女郎已走得远了，一身深青衣衫在夜色中隐没不见。

第九章
行尽青山到益州

在沔水救了人的事情,我不敢告诉崔颢他们,怕他们责怪我不顾自身安危去救别人。因此,我在外闲晃许久,直到衣衫头发全都干透,才回了我们在汉中的邸店,代价便是不仅差点犯了宵禁,当晚还发起烧来。

在榻上辗转难眠,我反复自思:我水性寻常,为什么要冒险跳河,救那素昧平生之人?

或许是因为我遥遥看到了他喝酒的样子吧。那个人姿容甚伟,饮酒时意态豪壮,俨然以酒为友朋。那种姿态,和李白有一种莫名的相似,亦与李白一样令人心折。而至于他说他是通州刺史,我却不放在心上。毕竟我救人也只因一时冲动,难道还要图什么补报不成?再说句轻狂些的话,我的养父裴公过两年便要拜相,因为上次的变文事件,李林甫的儿子也欠我人情,若要政治靠山,我也有了,何必贪图其他?

反倒是他问我家在何处,不免拨动情肠。这一路我与诗人们日夕相处,既时时觉得自己是个地道的唐朝人,又经常作为一个21世纪的来者,想到那即将席卷而来的历史浪潮。

我究竟是哪里人?

夜浓如墨,暗绿窗纱时为微风轻轻扣动。阶前的槐花不时坠落几瓣,如飞絮无声。

几日后，我们过了汉中、金牛，到了三泉县，沿嘉陵江顺流而下。弃舟登岸不久，便到了剑门关。蜀道难，是真难啊！峥嵘崔嵬，仓山隐天，岈崄回丛……一切形容蜀道之难的词句，都绝对没掺水分。登上剑阁时，休说王昌龄了，连我也怕得想写遗书。

我想象日后安史乱时，皇帝李隆基仓皇出逃至蜀中，"云栈萦纡登剑阁"的凄惶模样，心中戚然。史载王维因在皇帝出逃时扈从不及，而为安禄山军队所执，被迫受了伪官，此辱成为他人生最后几年无穷愧悔的来源。

我一人之力不能扭转历史，却也要守护我所在意的人们。我暗暗发誓，到时要让王维及时追上皇帝的车驾，也要让死于乱军中的王昌龄尽早避难。而至于崔颢，他去世较早，逝于天宝十三载，倒是不必赶上这场大乱了。我想到崔颢也要离我而去，只觉酸楚难当，不由得趋前几步，拉紧了他的衣袖。

又过数日，我们总算到了成都。成都确如左思《蜀都赋》中所写，是水陆所凑、丰蔚所盛之处，"栋宇相望、桑梓接连，家有盐泉之井、户有橘柚之园"。这座城市虽与长安、洛阳二京的庄严宏丽不同，却也别有一番既丽且崇的丰盛风流。锦江两岸人烟繁盛，高轩临山，绮窗瞰江，比屋连甍，千庑万室，人行江畔，犹若身在图中画里。

剑南节度使张敬忠素性爱才，听说王昌龄等几位顶尖诗家来到成都，不仅亲自批下文书，令王昌龄的搜书计划更加顺畅，又邀我们住到他宅中，更设宴相请。

席间他笑道："当年读到王十三郎的'拔剑已断天骄臂，归鞍共饮月支头'，只觉慷慨壮烈，心下起敬，又得知王十三郎作此诗时只有二十一岁……真是后生可畏。"

此时的大唐高官讲究"出将入相"，张敬忠是监察御史起家，入了朔方军幕，后来历领平卢节度使、河西节度使等使职，辗转主管数地军政，历经军幕风霜锤炼。如今他已近耳顺之年，挟一方节度之威，容止间却不失文气，令人一见便生好感。

王维笑道："未如节帅'五原春色旧来迟，二月垂杨未挂丝。即今河畔冰开日，正是长安花落时'。维从前听到伶人歌唱节帅此诗，虽感朔方天寒地冻之苦,却也心生艳羡,很想到军幕中经历一番。男子的功名,正应向马上取得。"

在他们身边久了,诗人之间的互相吹捧,我已听得腻了,当下只是默默喝酒,却越听越觉不对:张敬忠放着此行的中心人物、比王维更有诗名的王昌龄不问,却一直问王维的家事经历、性情癖好,且越问越是高兴似的。我缓度其意,心情逐渐沉重。

到了从武侯祠回来的那日下午,那只靴子终于掉了下来。小院的粉墙上题了一首诗,墨迹淋漓,笔力俊爽开张:

"时节易兮芳春,鸣碧柯兮鸟迁。薰风起兮南圃,步庭阴兮午圆。蝴蝶来兮翩飞,感岁华兮闻蝉。积愁思兮永昼,及深宵兮未眠。倚栏杆兮望月,何皎皎兮澄鲜。分明光兮四海,决浮云兮经天。渺河汉兮西运,与北斗兮周旋。彼冰肌兮桂魄,表万物兮清妍。举金樽兮可掇,忽绝远兮孤悬。伤高洁兮难近,恨余情兮不传。"[1]

这诗深得魏晋之风,甚是清冽,借对皎皎明月的倾慕,表达自己对心爱男子的思念与情意。"伤高洁兮难近,恨余情兮不传。"我反复咀嚼这两句,"这是谁写的?"

崔颢有意无意地看了王维一眼,轻声笑道:"张家五娘子写的吧。"

张家五娘子,就是张敬忠的女儿了,我不意外。王维的表情也很平静,平静得甚至有点刺眼。想来,女郎家的示爱,对他来说应该是很寻常的事吧。我笑了笑,径自进屋去了。

南方的蚊虫比北方凶恶,武侯祠所处的地方又是"锦官城外柏森森",草木多,蚊虫亦多。当晚我手上起了两块红肿,找了半天药,才想起药膏被崔颢拿走了。我不大习惯支使婢女,便自己出了房门去寻他。

节度使的官邸宽广,他和王维借住的院落,与我暂居的院子隔着一个小园。成都的暮春跟长安的初夏差不多,夜风暖暖的,偶尔拂动庭前的柳枝,洒落一地清影。这一条路上没有燃灯,许是因为月色正好。栏杆外种了蔷薇,密密的叶子侵上石阶,昼中看来是一片可爱的浓绿,在夤夜里却像是无数重深深浅浅的影,捧出了一团花香。我探身去嗅那蔷薇花,望着天上的月亮发了一阵呆。

倚栏杆兮望月、何皎皎兮澄鲜,举金樽兮可掇、忽绝远兮孤悬……这位张五娘子,是个爽快人啊。

不远处的亭子里有人说话。

"我家五娘在你们面前题诗……直如持布鼓,过雷门……未免贻笑于诸君。"是张敬忠的声音。

我不自觉地屏气静息。

王维的话音温润平和,一如既往:"节帅太自谦了。五娘子的字写得极好。"

"我听说汉武帝弦断,恰巧西海献鸾胶,于是以胶续弦,果然终日射弓,弦亦不断,武帝大悦。剑南虽无西海之遥,我家却有鸾胶之美,堪配良弓。不知王十三郎可有意获取?"

园中的鸟鸣和夜风静了片刻。蔷薇的气味太浓了,浓得发苦。

终于,王维的声音再次响起:"节帅在军中多年,自有识弓鉴剑之能。节帅家中可续断弦的鸾胶,定是上上之品。只是维一介书生,挽不开数石强弓,恐不堪使用如此上品鸾胶。"

张敬忠显然料不到王维竟会婉拒,顿了一顿,笑道:"我当年也是一介书生,手不能缚鸡。圣人初即位时曾想克复古礼,于九月九日赐百官在安福门射箭,我那时只射出了二十步远,大受同僚笑话。入了军幕后,我时常随众习练骑射,后来也能射一百步了……王十三郎若得鸾胶,续上好弓,将来必也有这一日。"

这便是以利相诱了。娶了剑南节度使的女儿,将来仕途定然是一路顺遂。

王维咳了一声:"节帅……"这时园外有人分花拂柳而来,步子很急,身后还跟着几个手执灯烛的婢女仆妇,仆妇们口中一迭声道:"五娘子!五娘子走慢些!"

我从花丛间隙望去,见来者是个女子。那女子约莫二十五六岁年纪,穿着银泥裙子、大红罗衫,身量颇高,眉眼雍容大气之余带着三分凛冽,气质既豪爽，又俊逸。

"五娘，回去！"张敬忠怒道。张五娘挑眉道："我不回去！我听你们谈了这半日，何不直说？王十三郎，我那日见你在城中游览题咏，故而心生爱慕。"

张敬忠苦笑："我这个女儿是我在朔方军幕中所生，故而染了边地女子的脾性，最是耿直。"却不打断张五娘的话语。

"得五娘青眼，维不胜荣幸感激之至。只是……维暂无续弦之意。"王维说。

张五娘道："妻为夫守丧三载，夫为妻居丧一年，便已经尽了礼制。我是寡居之身，与你正好匹配。你若不喜欢我，我自然无话可说，但望你听一听我的言语，看一看我的才德，再行决断。"

她说得掷地有声，清明磊落。

我一时很难形容我的心情。我羡慕她，又讨厌她。我羡慕她堂堂正正地表露心迹，又讨厌她这样堂堂正正。我原以为，在瑶姊之后，再也没人有资格和王维站在一起了。我不配喜欢他，别人也不配。

是的，我一直这样觉得。我轻易地决定和他们一起来蜀地游玩，正是因为，我本以为，这种"不配"，足以天然地阻断某些无望的、无谓的情感。但，这种"不配"，当真免我于困境了吗？被他教授骑马的时候，在水边看他赋诗的时候，我的心里真的从来没有妄念吗？

更何况，这个陌生的张五娘子，她站在那里，月光照在她的脸上——那种骄傲而光明的样子，也很美丽。她不配喜欢他吗？

还是，只有我不配喜欢他？

我为什么不配？是因为他太好，还是因为瑶姊太好？

那天，我在水中救的那个人，一直强调我救了他，他要报恩。但又有谁能从这罗网之中救我赎我？

我到底在干什么？

耳边忽而响起一声轻叹，旋即有人抓住了我的手臂。我一惊，却被来人捂住了嘴。对方做了个噤声的手势，我仰头，看清对方的脸，松了口气。

"为何还不睡觉？夜里的蚊虫较白日里还多，你又不是不知道。你站在蔷薇花边，莫非真当自己是李主事那篇变文里的天竺王女了吗——你烧死了蔷薇园里十万虫蚁，故而发愿舍身饲蚊，以赎罪愆？"崔颢把我带回院子里，丢了一盒药膏给我。

我暗自忐忑，生怕他看出我的小心思，强笑着掩饰："我这一世若是狐妖，就不该怕蚊虫才对……明日去哪里？要不，去江边看人濯锦？"

崔颢转身，踏着一地月影出门。他的幞头上簪着一枝茉莉花，小小的花朵映着清澄月光，显得越发洁白，衬得那簪花的人背影秀致高华。夜风送来一道清泠泠的语声："你若还不睡觉，明日我就把你送给那些织锦户，让你替他们濯洗。"

第二日，我们果真到了城中江边织锦户聚集的地带。这里除了遥遥的江水流动之声，便是时时响起的抛梭声响，连成一片。路上时有几个织锦女户聚在一处，拿着织锦样子，指指点点，研究纹样图案。我只感新奇，四处乱看，只是看了许久，却未免难受：这些织锦户织的是海内闻名、绚烂艳丽的蜀锦，自家身上却穿得破敝不堪，有的女户甚至连鞋子也不穿。还有织锦户一边干活，一边唱着我听不懂的歌。崔颢细听了半晌，道："唱的是，'耕则问田奴，绢则问织婢。织婢无所衣，田奴多饿死'。"[2]

成都织锦大多被官方垄断，朝廷派来的"作官"监管着城中的织锦户，这些织锦户是下层织工，而高级织工号为"长头"，负责起样。长头中很有一些波斯人和粟特人，参与设计织锦纹样。譬如风靡唐国的联珠纹，联珠圈内有肩生双翅的翼马、獠牙外露的野猪等图案，还有鸾鸟、花角鹿等纹样，便是源于萨珊波斯，出自这些织工之手。我向崔颢提议来锦江边，多少也是存着想和这些波斯、粟特胡人聊聊的心情。

我听说有个胡人长头，性情开朗，喜与人交，便一路打听着到了他家。长头见崔颢是个官员，连忙将我们迎了进去。我道过来意，又奉上了小礼物，闲聊了一阵，问道："我见有的织锦户好生惨淡，可是赋役太重了吗？"长头只摇头不语，我一问再问，他也不肯说，直到我改口以波斯语相询，他才放松下来，同样以波斯语叹道："墙中有鼠，而鼠自有耳。"

——这是一句波斯谚语,意为"隔墙有耳"。

我道:"你放心说吧。"

长头叹道:"你可知下等织户,有多少人熬白了头,熬盲了眼,得了疾患也无力医治,最终油尽灯枯,没了性命,也未能织成官人们要的锦?听说在长安的宫殿里,有的歌姬只是唱上一曲,就可以得到数匹锦缎,却不知寸锦寸金,这一匹蜀锦,要一个织锦户织上数月啊!"

遍身罗绮者,不是养蚕人,自古已然。这泱泱盛世,原是以小民们的血肉铺就,这光艳蜀锦,竟是由织工们的性命织成。我沉默了一会儿,换了话题,请教他萨珊波斯的织锦纹样。长头拿给我数张纸笺,上面画的是他祖父传下的波斯织锦图案,我大为感谢,当即将图案描了下来,预备带回长安,给典客署里的人们瞧瞧。

崔颢全程坐在旁边,没有出声。直到我们辞别了那个胡人长头,出了门,走到江边,吹了半天风,他才在澎湃的水声中说:"都说乱世中百姓不易,承平治世竟也如此。我也是大唐的官员,我真不知……"

他陡然止住了话头,似乎觉得说下去也没有意义。

我们闷闷地回了节度使官邸,正巧侍女端来了五色饮。这五色饮乃是大隋年间留下来的方子,以扶芳叶为青饮,楥檖根为赤饮,酪浆为白饮,乌梅浆为玄饮,江桂为黄饮,缤纷鲜亮,煞是诱人。

"这五色饮,似是将世间的颜色滋味尽数包罗容纳了。"我打起精神,见王昌龄拿了赤饮,就跟在他身后,取了乌梅浆。王维素来喜爱青、白二色,见白饮被崔颢拿了,就端起了细白瓷盏所盛的青饮,尝了几口,道:"扶芳叶甘而微辛,此饮却无苦味,大约是先以醋汁熬过,去其辛味,再以滚水加饧熬煮。"

王昌龄笑道:"十三郎真乃一知味人也。人生于世,辛苦的事太多了,吃食水饮,还是去了辛味的好。"

我和崔颢对视了一下。

我们还能避开苦味,有些人却永远不能。和他们的苦痛相比,我的那些情愫,大概不值一提。

接下来的几日,我和崔颢辗转于锦江边,和织锦户们聊天。崔颢把聊天的内容记录下来,预备回到长安后交给官长,但实际上,我们真正能做的事几乎相当于没有。成都平原素有天府之国的名号,粮米丰足,不缺菜蔬,冬日里又不似北地寒冷,寻常百姓再苦,也不至于熬不下去。织锦户们的艰辛,只是这个时代大多数平民的现状而已。他们习惯了一辈子被盘剥,其实也没觉得自己的生活有多么艰难,而且……高居庙堂的那些人,通常也不觉得这些百姓的生活有多么艰难。

　　简直像个死结。

　　这一日是个大晴天,我们有幸见到了入蜀之后久违的太阳。中唐时的柳宗元写"蜀犬吠日",绝对不是侮辱蜀地。来了成都十余日,有阳光的时间均摊到每天,最多不过一刻钟,换我是狗,乍然见到太阳这么稀罕的东西,只怕也要紧张得叫起来的。我们不好打搅晒着太阳做着事的织锦户,就早早回了住处。

　　王昌龄照例不在,去寻访藏书的人家了。而王维则入乡随俗,叫僮仆将书案搬到廊下,选了个既能借到日光,又不太刺眼的地方坐着,誊写整理近来的诗作。廊柱边的红蔷薇浓烈如火,映着难得的丽日,闪闪发亮,整个小院都浸在一种活泼泼的空气里,仿佛有什么在流动着,舞动着。蔷薇投了一点影子在他的脸上,那张脸庞便似比平日更多了些鲜焕和精致,偏他又垂着眸,沉思的神态,像西方故事里的美男子。

　　我的目光在他脸上转了转,便又落在院墙上的那首诗上。举金樽兮可掇,忽绝远兮孤悬。伤高洁兮难近,恨余情兮不传……

　　"这首委实精妙。"崔颢指着王维面前书案上的那张纸,叹道。

　　纸上抄的是王维在黄花川的青溪边作的那首诗。王维笑着说:"我那日即兴走笔,作了这首诗,一直未曾誊录下来,今日才想起。"

　　一个红裙的身影轻快地闪进了小院,手中拿着一个卷轴,身后则跟着两个仆妇。仆妇们拼命追赶女郎:"五娘,慢些,若是有一日回了长安,长安的妇人们可要笑——"

　　"笑便笑吧!我还瞧不起长安的妇人呢。"女郎径自走到王维的书案前坐下,动作豪迈,火红的裙裾比蔷薇更深艳。

王维搁了笔,微笑:"张五娘子有事?"

"我近来读《孟子》,心生疑惑,故而前来请教。"张五娘摇了摇手里的钿白牙轴卷子。

"张五娘子何不求教于节帅? 节帅深通经史,非我可比。"王维温声道。

"你是进士。何况我父亲公务烦剧,少有余暇。"张五娘见王维似乎还想说什么,不耐烦了,"请益经书而已,王郎又何必推拒?"

王维像是被她的不耐烦逗笑了:"请讲。"

张五娘将卷子面向自己展开了一半,又瞧了一眼对面的王维,皱起眉头:"你看得见吗?"

"《孟子》我都记得。无碍的——"王维一语未毕,张五娘已起了身,直接坐到了他身边。她指着卷子上的一处道:"许行的门徒来寻孟子,想要质问孟子,不料孟子发了一篇好长的议论,批评许行。他说,依照许行的学说,'布帛长短同,则贾相若,履大小同,则贾相若',就是说,许行认为,只要布帛长短相同,那么价钱便应相同,只要鞋的大小相同,价钱也应该相同。是这样吗?"

王维颔首:"是。"

崔颢拍了我一下,悄声问:"阿妍饿不饿?"俨然想要寻一个体面的由头避开,却被王维止住:"明昭和阿妍不要走,你们也一同来参详。"

张五娘又拧紧了眉头:"孟子说,许行的学说没有道理,因为'物之不齐,物之情也',货物有粗有精,不应同价,否则就会乱了天下。是这样吗?"

王维又道:"是。"

"可是,孟子最后还说:'巨屦小屦同贾,人岂为之哉?'意思是说,大的鞋子和小的鞋子同价,人们怎么会同意呢? 可是,许行没有说过这话呀。许行说的是,'履大小同,则贾相若',没有说大鞋和小鞋应该同价。这是孟子口误吗?"张五娘目光炯炯,抱着手臂,期待地望着王维。

王维看了眼我和崔颢,说道:"东汉赵岐为《孟子》作注,说此处的'巨屦'和'小屦'指的是好鞋和坏鞋,因此,孟子不曾说错。"

"赵岐的注？我读了。可我觉得，分明是孟子为了彰显他滔滔雄辩的气势，一口气说了那么多话，说到后来，将自己也说得发晕，不慎说错了。后世的人，只好替他遮掩。然后，众人便十分景仰，说《孟子》原本便是如此微言大义。"张五娘不屑道。

王维含笑道："这样想，也无不可。"

张五娘第三次皱眉："也无不可？若我错了，王十三郎就直说吧。"

王维怔了怔，不由失笑。他的面上，总是带着温恬的笑意，但这个瞬间，那笑意似是更真切了。蔷薇红亮照眼，他的眉目，也似越发舒展了。那是一种宽纵的神情，像长者对少者，像男人对女人。

也许是我想多了。

"我说得不对吗？"张五娘抿起了嘴唇。

"孟子究竟是孟子。孟子说什么，都有后世的人替他作注，而如何注解，则要看各人如何领会他的话。"王维说得含蓄婉转，倒也是默认了她的说法。

"是了，而且不论孟子说错什么，后世的人总能替他遮掩回来。"张五娘高兴起来，"我就知道王十三郎喜爱佛学，颖悟通达，必定不是那等囿于'圣贤'二字，不敢剖析经书的田舍汉。"她全程皆是学术讨论的态度，只说到这句话时，嘴角翘起，眉眼弯弯，是女孩子面对心仪的人的模样，说的内容却又十足真诚，并不为夸而夸，大方明朗。

这样的女性，大概没有人不喜欢。我低下头，只听张五娘又道："我细读完了《孟子》，最喜欢的一句是'如舜而已矣'。孟子说，我们都是寻常人，永远也比不上舜这样的人，但又如何呢？我们也只要尽力像舜一样罢了。我想，人就该如此，纵是做不到，也要尽力去做，如舜而已矣。"

她的语调斩钉截铁，眼神明亮坚定。可她瞧着他的样子，总让我觉得，那"尽力"的意味，或许不仅仅是针对志业。

王维的笑意仍旧和悦温雅："如舜而已矣，确是一句很好的话，很勇猛。"

张五娘走了，小院陷入岑寂，唯有两只黄鸟在柳树梢头彼此追逐，啼声脆快，如洒落了满地的碎玉。王维轻咳了声，拾起笔，转开话题："那日阿妍也在的，你来替我瞧一瞧有错漏也无。我年纪渐长，记性竟不如从前了。"

"危径几万转,数里将三休。回环见徒侣,隐映隔林丘。飒飒松上雨,潺潺石中流……"

他才誊了大约三分之一。纸上的字迹工稳秀美,不崩不骞,走的是薛稷的路子,隐有初唐之风。那种工稳的况味,原应是高华的、矜雅的,此刻看来却近乎刺眼。

他一定要这么稳妥吗?一定要这么妥帖吗?一定要对谁都这么妥帖吗?

我冲口而出:"你方才不是问有无错漏吗?"

"嗯?"

"无甚错漏。只是,"我点了点第三句,"我总觉得,这'徒侣'里,少了一个人。"

瑶姊。

她也想来蜀地的。她没能来。

一片蔷薇花瓣掉到案上。红色的花瓣,微黄的纸张,耀目的日光,甜润熏人的香气。旧恩恰似蔷薇水,滴到罗衣至死香——我想起宋人的诗句,想起那罐使裴夫人犯了哮喘的蔷薇水。

我们仍然活着,活着被这香气包裹缠绕。那个死了的女人,她喜爱并亲手栽植的花,是芍药。色美而无香,留不下气味,留不下痕迹,没了便是没了。

王维拈起那片花瓣,端详数息,无声地抬头。他与我对望,眸光幽邃而平静。

看啊,又是这样的平静。

我简直感到厌烦,也许是厌烦永远平静的他,厌烦对所有人都永远平静的他,也许是厌烦时时为这样一个平静的他所惑的……我。

"阿妍。"崔颢抓住我的手臂。

"让阿妍说。"王维又将那片蔷薇放下,放在了那张誊着诗作的纸上。

他的神情里,又有一点无奈和宽纵的意味了。

他宽纵我,也宽纵张五娘子。他为什么要对每一个爱慕他的女孩子这么宽和?

不,不是厌烦,而是恨。我恨他的宽和,恨被他宽待的所有爱慕者,包括我自身。那种宽和,是不是一种薄凉?对她的薄凉,也是对所有人的薄凉,掩于温和仪态之下的薄凉。

他为什么要耐心地教我骑马?为什么在青溪水畔那么温和地宽慰我?我想着,没意识到自己已经问出了口,也没意识到这一问有多刺骨:"你也这般宽纵她吗?"

崔颢吸了口气:"阿妍!"

他们都知道我说的"她"是谁。

王维沉默了许久——也许只有几秒钟。他站起身,掸了掸身上的襕衫,踏上了芒鞋,慢慢地走到阳光里。移动间,编织鞋子的芒草擦过砖石地面,发出细碎的声响。

襕衫是士人的装束,芒鞋却是隐者的爱物。很矛盾,像他现在的表情。

我越说越快:"那日你在市上,买了一面汉朝的铜镜。"

"嗯。"

"那面铜镜背面的铭文……"

"'愿长相思,久毋见忘。'"王维截断了我的话。

汉朝人铸造铜镜,往往在镜子背后镌上一两行铭文,文辞深婉郑重。[3]

我想问他:愿长相思,久毋见忘,你……

记得谁?又忘了谁?

他仰头向天,闭了闭眼,随即又睁开,转过脸,认真地看着我:"阿妍,你问得好。我很少这般宽纵阿瑶。因为阿瑶万事无不得体,不须我来宽纵。我……殊少有宽纵的机会。"

"宽和的姿态,于我而言,只是积久而成的习性与伪饰。我和明昭年少相识,你可以问他,我们在宁、岐、薛几位亲王的府上,是否……只能宽和待人。"他又道。

崔颢抹了一把脸,大踏步走了。

"这话,论理我不该说。但是,有时,我甚至想,阿瑶行事得体,使我不必着意宽纵她,实则……是一种幸事。因为,时日久了,我经常分不清,我的宽和,究竟是出于伪饰的习性,还是出于特别的爱护。我愿意宽和待人,但不愿以伪饰的宽和待阿瑶,待任何我在意的人。"王维将语速放得很慢,不知是为什么。

我说不出话。

"至于你,阿妍,我待你宽和,既是因为你是明昭的阿妹,也是因为,不止我阿娘和阿琤……阿瑶也很喜爱你。她说,"他将视线投向低垂的深绿柳枝,"她很喜欢给你梳头发。打扮你的时候,她很开心。她还说,阿妍有时聪慧,有时痴傻,反而比一味聪慧的人更加惹人怜爱。我想,她说得不错。"

"是这样吗……"我自语。

"总之,阿妍,多谢你。多谢你问我,多谢你……替阿瑶问我。"他的话语里,终于明明白白地显出一缕深浓的苦涩。

我胡乱点了两下头。

"至于张五娘子,我待她宽和,无非习惯罢了。你不要多心。"王维弯腰,襕衫的袖子拂过几案,那枚蔷薇花瓣便轻飘飘地落了下去,与阶下的落花混在一处。

我动了动嘴唇,立刻靠直觉答道:"我有什么可多心的?"

王维的动作陡然一顿。

"我失言了。"他说。

回到我住的院里,崔颢背对着院门,立在屋前。听见我的脚步声,他转身,双目灼灼地盯着我。

对王维一通质问之后,我感到彻骨的疲倦。但对上崔颢的眼神,我又一个激灵,不得不打起精神:"阿兄。"

崔颢忽然又笑了,但那笑意,也似是压抑着什么:"你知道现任通州刺史是谁吗?"

"啊?"我茫然。

"现任通州刺史,姓李,名昌,字适之,是贞观朝的废太子李承乾的孙儿。他的父亲是废太子的长子,原本该做储君的。"

"啊。"

"他尚未及冠，便做了官。有一次他经过扬州，去看望一个姓许的人，盖因许君曾有恩于他。他到了许家，才得知许君已然逝世。他问许君的妻子，家中可有什么待办的事。许君的妻子说，女儿的婚事还未定下，她很担心。他便问：'我可以吗？'于是和那位许家女郎结了亲，亲自来照料许君的女儿。"

"哦……"倒是好一段传奇。我懵懵懂懂，崔颢怎么突然讲起一位天潢贵胄的传奇逸闻来？难道御史台在搜集证据，要弹纠这个什么李太守？

"我可以吗？"崔颢又低声念了一遍这句话。

我有些发愣："啊，这位李太守很有魄力。这句话委实……"很像言情小说里会有的台词。不过，"你们男人也喜欢这种故事吗？"我接着说。

崔颢走近两步，脸上的神色很难形容，一时像是生气，一时又像是急切。他的幞头上照例簪着小小的茉莉花，在暖风中洋溢着清幽的香味。

我不觉踮起了脚，凝神嗅那香气——没有空调的唐朝夏天，最能安慰我的，就是茉莉花的清香了。这种气味，让我想起家乡，我真正的家乡。北京人爱喝茉莉花茶，自前清时已有之，每被南方人士讥为不知茶、不解茶。但在我心里，没有满院子的茉莉香，夏天就总像少了点什么。

所以，到了唐朝，见到卖花人卖茉莉，我要买两把；见到茉莉花丛，我每每闻上半天；崔颢几乎日日都簪茉莉花，但有时我经过他旁边，仍是忍不住驻足几秒。他可能觉得这种行为太蠢，伸出了手，发泄似的大力揉我的头发。我赶紧跳开，捂住头："做什么！"

这也不能怪我啊！这个时代基本没有花香味的香水，有的那些我也买不起，全是大食蔷薇水那个档次的。茉莉的香气留不住，可不就只能趁着花期，多闻一闻？

"痴儿。"崔颢嘲笑了我一句，语声迟滞数息，才道，"我看，我们回长安吧。"

我一呆："这就回长安了？"

崔颢笑了："不回长安也可以，反正，先离了成都。来了二十余日了，也该走了。再不走,你让王十三兄如何自处?"

"什么?"

"张五娘子常常来寻王十三兄,但张节帅……"崔颢望了望左右,凑到我耳边,压低嗓音,"并不十分中意王十三兄。而王十三兄碍于节帅的面子,又不能严词峻拒张五娘子。再留下去,不免尴尬。"

张敬忠不中意王维?我还从来没想过这一点,不过……看他的样子,的确是很有雄心的人。而王维并未在仕途上锐意进取,自从被贬济州以来,闲居数载,至今没有重新做官,其实未必入得了张敬忠的眼。

醒悟之余,我心神一弛:"好。"

崔颢目光扫过我的脸,又露出那种我看不懂的复杂笑意,似轻似重地重复:"痴儿。"

注释:

[1]作者不擅六言,此诗系朋友@大司空代作。在网易云音乐搜索"时节易",可以听到读者@王月泉谱曲演唱的版本。链接:https://music.163.com/song?id=1405354203&userid=52958566。

[2]前两句出自《魏书》卷五十三邢峦所引俗谚,后两句是作者所加。

[3]这两句铭文取自四川出土的一面汉代铜镜,见孔祥星、刘一曼《中国古代铜镜》第63页,北京:文物出版社,1984年。类似的同时带有"相思""毋忘"词语铭文的铜镜多出土于四川,其他地区较少。

第十章
洛阳城阙天中起

这一年的十月,天子就食东都洛阳,百官随同前往,鸿胪寺典客署也在其中。金方启序,玉律惊秋,这不是洛阳最好的季节,没有色若黄金的嫩柳垂在水边,没有千门桃李、馥郁春风,却是我第一次到洛阳。

大唐以长安为都,洛阳为陪都。"洛阳城阙天中起,长河夜夜千门里",这座在则天皇后掌权时期地位达到巅峰的古老城市,有画阁盈盈、花姣叶稠的上阳宫黄莺百啭,有横跨洛河、气势高举的天津桥眉月初升,亦有武则天下令修建的巍峨明堂光照云表。这座城市"控以三河,固以四塞",水陆皆通,五条官道通向四方,青槐绿水之间,食肆邸店夹道待客,酒馔丰美,来自西域的胡商带着驼队,卸下了蔷薇水、安息香等名贵货物,又在洛城满载光艳的丝绢,驼峰间负着鸡头壶、干粮袋起程。景教寺、祆祠林立城中,庄严焕炳,赫典华丽,碧眼雪肤的胡人男女出入其间,意态虔敬,已覆灭的波斯萨珊王朝的精致银币,乃至东罗马的圆形金币,都流通在识货的买家之间。

唐以后的人大多追思汉唐雍容气象,而唐朝的士人,时时恋慕的却是魏晋南北朝的高古和凛冽。王维写诗,多借鉴鲍照、谢朓、庾信等南北朝诗人之作。而崔颢则是个地道的北魏粉丝,他翻来覆去给我讲:隋唐的洛阳城不过是宇文恺的伪作,高贵的洛阳城仅存于北魏以及更早的朝代,而永宁寺塔的风姿,才是真正的洛阳气象。我笑问他永宁寺塔究竟如何,他张口便引

《洛阳伽蓝记》:"永宁寺浮屠去地一千尺,去京师百里,已遥见之。殚土木之功,穷造形之巧,佛事精妙,不可思议。绣柱金铺,骇人心目。至于高风永夜,宝铎和鸣,铿锵之声,闻及十余里……"

我拒绝他继续背书:"罢了罢了!那么如今的洛阳城呢?"

"如今的洛阳城……"他神神秘秘地凑过来,"建造宫殿时,会将小儿埋入夯土之中,以为厌胜。小儿埋下去时,还在哭叫哩。每到夜间,小儿哭声便会自夯土中幽幽传出……"[1]

"哇啊啊啊啊啊啊啊!住口!"我尖叫,连滚带爬地站起来跑出门,去赴裴家的约——这次的约会可迟不得,养父户部侍郎裴耀卿也在家。崔颢兀自在背后笑道:"我瞧阿妍还是梳双鬟望仙髻更美,何必要梳螺髻?"

"为了戴风帽哪!"我嚷道。

裴公在两京官员中算得上节俭,但裴家到底是累世名门,于饮馔之事十分讲究,菜肴做得精致甘美,不堕贵族气派。我拈起一枚水晶龙凤糕,细细品尝,就听裴公笑道:"何如?"

裴公今年五十一岁,头上系着中规中矩的乌纱幞头,颊边总是微带笑意,眼角纹路细细蔓延,并不显得气势凌人。秋日的洛城本自清寒,可他整个人,便似是一块温温凉凉的玉,单是这么看着他清瘦的侧脸,他绣着云纹的袖口,他不疾不徐的动作,就叫人无端觉得温暖踏实。

我实话实说:"我吃了这些,只怕回去就吃不惯自家的饮食了!"

"'由奢入俭难',阿妍是嫌我太奢了。"裴夫人笑道。

我谄媚道:"父亲现为户部侍郎,为天下度支,又提议安置流民浮户,为国挣得多少钱粮?自家吃得好一些,也属应当。"

此时官员、豪族乃至寺庙道观兼并农民田土的情况甚为严重,遇到灾荒或无力缴纳赋税时,许多农户抛弃自家的土地,离乡背井,依附于拥有更多土地的地主,成为流民浮户,使得朝廷税收损失严重。因此朝廷屡屡有意"括户",即进行人口普查,将田土重新分配——两年前宇文融曾经顶着重重阻挠,主持括户,检括出近八十万户,可谓成果斐然。裴公素来关心财政,和宇文融的观念不谋而合,他做上户部侍郎,亦是受了宇文融的举荐。但括户之举无异于与豪族争利,深受恨忌,以至于宇文融拜相不过百日即遭罢相,去年被贬崖州而死。裴公虽觉不平,却也无计可施,只能改行一些较温和的政策,譬如这次,他上疏建议皇帝,将检括出的流民们安置在尚无人居之处,让他们垦荒。

裴公笑了笑,沉吟道:"今年天子因关中粮食不足,又驾幸洛阳,我想关中地狭谷少,堂堂天子频繁就食东都,终究不是长久之策。"我听他话中有未尽之意,随口笑道:"父亲不是要……"一语未毕,不觉捂住了口:史书中裴公改善漕运之事,此时难道尚未发生?

裴公为人何等精细,锐利眸光向我投来:"阿妍有何佳策?"

我噎住,一时未生急智,只得老实道:"父亲难道不曾想过变陆运为水运,鼎新漕运?"

裴公苦笑道:"自然想过。贞观、永徽之际,禄廪不多,每年关东运粮一二十万石,便足以周赡。现今国家用度渐广,边兵所需粮草远多于前,官员亦较太宗朝为多,而百官俸禄又出于租调……"

裴皋在一边接道:"他们只知道说宇文相公专好聚敛,以媚圣人,但若是没有宇文相公这样的臣子,圣人吃什么,朝廷百官吃什么?何况,圣人喜好音乐,宫人有四万之多,音声人亦有数万,也都是要吃粮米的,宫中……"

"六郎!"裴公向他投去一记既嘉许又严厉的目光。裴皋一向只关心实务,为人殊无矫饰。他批评皇帝奢靡,虽有道理,却未免过于直白。裴公见他不说话了,叹了口气,续道:"这些年来,漕运粮食数倍于前,尚且不足。如今的漕运之法,是江淮粮食经水运到洛阳含嘉仓,然后由含嘉仓经三百里陆运,到陕州太原仓,再由太原仓转运到华州永丰仓和京城太仓。我想过在汴河与黄河交界处设一仓,转运江淮租米,却不知下一步该当如何。阿妍既提到变陆为水,想必亦有心得,说来看看。"

我只得硬着头皮笑道:"女儿听闻三门峡最是险恶。"

"三门峡?阿妍为何说起三门峡?不过,那里确实险恶。我听说,那三门是神门、人门、鬼门,尤以鬼门最恶,水道极窄,水流又急……"裴夫人道。

我实在不想说得太细,不想把在史书中看来的古人智慧窃为己有,便拼命暗示:"三门峡……若能绕过三门峡——"

"正是!正是!"裴公猛地搁下筷子,"在陆上开凿山路,越过三门峡之后,便可仍旧用船运粮!若在三门峡以东设一转运仓,再在三门峡以西设一仓,自三门东侧,经十余里山路陆运,送到三门西侧……"

裴皋接道:"再以黄河漕船送到陕州太原仓和华州永丰仓,然后由华州永丰仓运送到京城太仓。如此,则三百里陆运变为十余里而已。"

裴公拍案道:"三门的十余里山路,显庆年间已由苑西监褚朗开凿过,如今续凿想亦不难。好,好,好!我要写一封奏疏……"

"吃饭!"裴夫人嗔他,又吩咐婢女端上一道羹汤,调笑道,"我藏着这'十遂羹'呢,只待阿妍替你出了主意,才与她吃——阿妍真是聪慧!"

十遂羹由海紫菜、鹿角、腊菜、沙鱼等食材熬成,以鸡、羊、鹑汁及决明、虾等浸渍,耗时耗力,滋味绵密深长,我吃得很开心。裴夫人瞧了我一会儿,笑道:"阿妍,你方才不是说,吃了我这里的糕饼羹汤,就吃不惯崔家的饮食了?那你过来,随阿母居住,岂不好?"

"啊?"我努力咽下一口羹汤。

"你表兄不是要去河东了吗?代州寒冷,哪里比得上两京?我也舍不得你吃苦。"

我张了张嘴。代州?

裴夫人似乎误解了我的犹疑:"移居是大事,阿妍先问问你表兄。总之,依我的意思,你不要随你表兄去河东了,来阿母这里吧——你父亲宦游多年,我一直随他在外,最知道官家女子跟从父亲丈夫远游的苦楚。"说着,斜了裴公一眼。

"咳咳。过些时日我也要去河东、河北,军中不能带家眷,娘子只管安心留在洛阳。"裴公听完她的数落,向我道,"你既已做了我们的女儿,当然应该在裴家住。将来出嫁,也是要从裴家出门的。"

官员考课按例在秋天进行,每年一考,大部分职位的任期都是三考或四考,任期结束称为"考满",因此每年考后常有官员迁转调动,但我全不知道崔颢也要离京了。我压下心中的惊诧,转开话头:"去河北军中?"

裴公点头："圣人有意以信安王为河东、河北行军大总管，以我为副总管。"

"父亲千万小心……契丹人勇武善战，突厥、室韦人又多计谋。"我低首望着他襕袍下摆的素色暗纹，轻声道。

我待裴公情切，固然是因为早就读到过他的政绩：他精诚务实，在地方累有善政，后来佩玉服紫，加同中书门下平章事，改革粮运，开通河漕，由江南运粮入京畿，三年运粮七百万石，省钱数十万缗。但之所以去读那些事迹，却是因为另一个人……因为想了解那个人的一切，致使探索欲、好奇心不停蔓延，蔓延到与那个人相关的所有人事。

裴公在济州为官时，那个人曾是裴公的属官。后来裴公修葺堤防时，收到转任宣州刺史的敕令，却秘而不宣，直待堤成，方才将敕令取出示众而去。他的仁爱德泽遍及济州，故而济州百姓为裴公立碑，碑文便是由那个人来书写。如此，我怎能不知裴公、不敬裴公？

裴公吩咐侍女煮上张九龄从洪州寄来的西山白露茶，蔼声道："阿妍在鸿胪寺中为译语，想必知道极多外邦的事哩。何妨与我说一说，室韦、突厥是怎样奸猾。"

在史书中，裴公受命赍绢二十万匹，前往河北分赐立功奚人将士时，曾险些遭遇室韦、突厥的劫掠，幸得他机智，提前避免了与他们正面交锋。我不由犯难，是该将最好的做法提前说与他，还是让历史自然发展，让他自己想出那个计策？我不愿影响历史进程，可万一他自己未曾想出那个计划，他岂非可能葬身河北？最终我还是道："室韦、突厥长居北地，物资乏少，故而其性贪婪。若圣人哪日命父亲携带财货入河北酬军，则父亲不可不备。最好命人先期而往，分道并进，一日之内尽数送完，以免生变。"

第二日我满怀心事地离开裴宅。在门外上马车时，余光瞥见不远处一个女子匆匆走过，身影有些熟悉："阿康！"

康九娘裹着夹袄，鼻尖冻得发红，瞧瞧我，又瞧瞧裴家高阔严整的门楣："阿郁？你如何从裴侍郎家出来？"

典客署里没人知道我和裴家的关系，我三两句解释了前情，又让她给我保密。康九娘笑了起来:"要是赵丞知道了,定然十分后悔害怕——他竟叫裴家的养女去凶肆里买志石!还百般苛责挑剔!"我摇手,招呼她上马车:"我不是真正的裴家女儿,不好张扬……阿康你去哪里?咦,你如何知道这是裴侍郎宅?"门上虽有"裴"字,但两京有好多裴家啊,别的不说,宰相裴光庭也姓裴。

康九娘嫌弃我这问题太蠢:"洛阳和长安相似,高官显贵的宅邸往往距皇城不远。这尚善坊北面就是天津桥,过了天津桥就是皇城,坊里又都是贵人宅邸,薛王宅和故岐王的宅邸都在这里。这坊里还能有几个裴家?"

"倒也是。哎,那你来这里做什么?"

她一指旁边:"前些天鸿胪寺不是来了几个婆罗门吗?他们想去天宫寺,石明达就带他们去了。我听说天宫寺是高祖皇帝龙潜时的旧宅,就也跟去看一看。"

天宫寺是高祖李渊旧宅所改,一百年来,惠秀、神秀等很多高僧都曾经在寺中挂锡知任。我了然道:"吴道子的壁画你看了吗?"

"吴道子?"

我诧异,望她一眼:"是啊,天宫寺里有吴道子的画。你没看见吗?哪里有吴道子的画,哪里就有很多人。"我无法忘记在岐州时为了看吴道子的画,在人群中挤了好久的恐怖经历。

康九娘挑了挑眉,切换成胡语:"哪座寺里有壁画你都记得这样清楚,是因为那个人也常给寺院作壁画?"

"你……"马车里除了我和她,还有崔颢家的侍女夕岚!总算她谨慎,切换成了胡语,也没有直呼"那个人"的姓名。

"那个人没来洛阳?"

"没来。"

她老气横秋地拍拍我的手臂:"我上回说的话,你好好想想。他的娘子去世这久了。你喜欢他,没什么不能说的……况且你有裴家这样的倚仗,只要裴夫人疼爱你,你难道还怕配不上他?我看,是他配不上你吧。"

回了家,我劈头问崔颢:"你要去代州了?"

崔颢持着一卷以红琉璃轴装帧的细绢,见我回来,把卷轴一端塞到我手里,叫我帮他一起展开:"快来瞧瞧,这可是薛稷的画!故岐王宅里的屏风上就有薛稷画的鹤,我年少时,和王十三兄一同出入岐王宅里,亲眼……"

　　"我问你要去代州做什么!"秋日里琉璃轴触手冰凉,我皱紧了眉头。

　　"去代州都督杜公帐下。"崔颢舒展双腿,由跪坐改为箕踞而坐,周身也仿如蒙上一层尘垢般,多了三分浑不在意的颓废气息。他生得俊,作此颓态,倒不引人厌弃。

　　"突然去河东军幕……有什么缘由吗?"

　　"里行之职极为烦剧,俸钱又只有监察御史一半。里行们受不得辛苦,宁可另谋前程,去往边地军幕之中,求边将汲引,本是常事。我从前就与杜公相熟,自然去他那里,还能有什么缘由?"崔颢笑道。

　　他说得轻松,我却总隐隐感到怪异:"那你怎么不与我说?"

　　"我近来频频出入洛阳酒肆,心荡神驰,忘了和你说罢了,你别生气呀!如今虽非春日,然有雪肤花貌、知情解意的胡姬做伴,却胜于春日,直是熏熏然、昏昏然,我偶然忘情,也是人情之常嘛……改日你教我几句胡语,我也好用来讨好胡姬。是了,上次的那句'山与山不能相见,人与人却能相逢',便极好。"

　　他使出这套无赖嘴脸,我才真是无法可想。难道我还能跟他深入讨论与胡姬聊天的心得?只得怏怏道:"好。"

　　崔颢立起身,雪白足衣踏在地上,不染点尘。他把卷轴从我手中拿走,笑道:"罢了,罢了,瞧你,一时疾言厉色,一时又要哭似的——我们男人教你们女孩儿家心痛,可你们女孩儿,却教男人家头痛哪。"

　　"我……我总觉得你没说实话。"

　　崔颢叹了口气:"若说心事,确有一桩:我想带你同去,但又怕边地苦寂,天寒地冻,衣食粗糙。"

　　我又想翻白眼了:"没什么受不住的。"我是北京人,代州的纬度跟我家乡也差不多。

　　"不行。"他肃容,下了定论,"你就搬去裴家,如此,我虽不在京洛,却也能放心。"

我下意识地抓紧了他的衣角。

他今天的行为太像他该有的样子了,让我不安。这么说有些怪异,我知道——他不就是这样一个谐谑的、风流的、像个草木皆兵的老父亲一样替妹妹操心的人吗?

但,今天他的所有言行,就像……

就像在刻意强调和表演这个形象。

"在成都,我们见过江边的织锦户,你记得吗?蜀锦号称寸锦寸金,可织锦户的生计,却那样艰难。蜀中地产丰富,米粮充裕,百姓尚且如此,其他偏远贫瘠的州县又当如何?那日之后,我便时常想,我在御史台做监察里行,平日所做的,大多是些于民生无用的庶务,从案牍中读到的那些事,也未必是国朝此时此刻最重要的事体。那么,我反而不如径自入了军幕,如剑南那位张节帅一般——好歹,在边地所见的羽檄烽火,在军中所听的画角鸣镝,应该……尽是真实吧?毕竟,军中不是一个容得了虚文矫饰、欺诈瞒骗的所在。"他说得很认真。

"……好。"我闷闷道。

他像是受不了了,揉了两把我的头发,一笑:"好了,痴儿,你怕什么呢?你莫非怕阿兄像王十三兄说的那样,看上了哪个女子,娶了回来,就将阿妹忘了?代州地僻,大约没什么美人,你可以放宽心。且我只娶心爱之人,寻常女子,也不足以令我心爱。"

我被他这副插科打诨的模样烦得不行:"够了够了!"

光阴不觉,朝昏易过。

和崔颢的书信往复之间,已是四季光景暗换。这一年来,皇帝都在洛阳。说起来,李隆基堂堂天子,却总是因为关中缺粮,而不得不跑到东都,实在有点惨。但是皇帝再苦,也不如下面的人苦。自从裴公被派去河北,裴夫人担心极了,生怕他在河北吃不饱穿不暖,或者吃了奚人、契丹人的亏。直到他安然归来,她才放了心,仍是忍不住抱怨:"旁人都说,大唐官员当'出将入相',譬如故燕国公,虽为文臣,却能带二十骑兵直入突厥牙帐,做朔方节度使时，又领兵平定六胡州叛乱。依我看，都是胡说！故燕国公一生大起大落，三为宰相，在武后手里都活下来了，流放钦州也活下来了，那可是钦州！瘴疠肆虐的钦州！可见他的体魄该有多么强壮！子焕的身体，哪里有他那么健壮？哪里经得住这些苦累？我只盼子焕以后再也不必去边地了。"

"……"所以我这位养母抱怨的重点是，裴公不如张说健壮？我想笑又觉得不该笑。大概我的表情太扭曲，裴夫人噼里啪啦说完一大堆，又有些心虚似的："我也就跟你说说罢了。我这些儿女，不知怎的，半点也不像我，都跟子焕一个心性，最是守礼，绝不肯背后说人……若是教他们听见我这些言语，只怕还要反过来劝我这个阿母不要说人是非。尤其六郎！他最像子焕！"

于是她的话锋又转到了裴皋身上。我忍着笑，欲待安慰她一番，就听珠帘响处，裴公笑着走了进来："我明白了，你喜欢阿妍，是因为阿妍不像我。"

裴夫人瞪他："你这回在河北带着二十万匹绢去酬军，路上免受突厥、室韦劫掠，还不是因为阿妍机警，事先告诉你要小心他们？"

"是是。"裴公笑道。

"父亲自家也能想到的。"我赶紧否认，转身出了内室，把空间留给他们二人，隐约听得裴公道："王尚书病了，明日须得去他宅里探视一番。"

王尚书指的是户部尚书王晙，也是个"出将入相"的人物，入朝为相之前，打过吐蕃，抵御过突厥，做过朔方节度使，和张说一同带兵平叛，立的功劳其实比张说还大。裴公现下是户部侍郎，作为财政部的二把手，去看望患病的一把手，理所应当。

……但是裴公和裴夫人去探病，为什么要带上我？就算要带儿女去探望一把手，也该带裴皋他们这些已经入了仕途的儿郎，而不是我一个外来户干女儿啊？

第二天上午我依然百思不得其解。直到出了皇城，康九娘匆匆赶上来问我："你怎么了，走得这么快？"

我瞧了瞧周围，小声道："我阿母定要我随他们去王尚书家，我得早些回去。"

"王尚书？"康九娘怔了一下。

"户部的王尚书。"

"啊！王尚书！"康九娘脱口惊呼，又连忙压低嗓音，"就是那位'武称敌国，文乃时宗'的王节帅？'出则守于四方，入则式是百辟'的王尚书？"

我有点蒙。康九娘汉话说得好，但不通文学，突然说出这么文气的言语，简直换了个人似的。

"这是圣人授王尚书朔方节度使时的制书！"康九娘双眼亮闪闪的，全无平日的严肃。

我哭笑不得，她连这种官样文章都背下来了，想必是王晙的粉丝。果然她说道："我小时候在临洮，远远地见过王尚书。那时边境不宁，吐蕃人常来侵扰，劫掠我们的牛马。我阿娘就是因为受了惊吓，不幸……"说到此处，她面色一黯。

我很少听到她说起自己家的事，没想到这么惨痛，不由得握住了她的手。八月的洛阳还很热，她的手指却凉得吓人。静了一会儿，她转过头，望着天津桥下的洛水，两滴泪落到了河水中："我阿娘临死时，叫我跟着商队，到长安、洛阳来。两京既是都城，也是大唐的腹心，在两京居住，哪怕柴米更贵，到底不用日日担心吐蕃、突厥入侵。"

我试着岔开话题："那时王尚书还不是尚书吧？"

她点头："那都是十八年前的事了……他那时还是朔方军副总管，安北大都护。那年吐蕃十万精兵打到临洮，占了临洮的牧场，还掳走了我们许多人。王尚书只带了两千兵马，和临洮驻军会合，从中选了七百人，让他们穿上吐蕃人的衣服，夜里偷袭吐蕃。离敌军只有五里时，他令兵士分作两队，前方的兵士一旦遇上敌军，就大声呼叫，后方的军士则击鼓相应。吐蕃人一听，还以为有伏兵，又见了那些穿了蕃服的兵士，夜里分辨不清，竟至于自相残杀，死伤近万。若不是王尚书胜了吐蕃，我们只怕都……后来他还和薛将军，就是薛讷——"

"我知道了，我会替你好好探望王尚书的。"瞬间变身狂热粉丝的康九娘讲个不停，我都快走到裴家了，她还没说完。

康九娘拧紧眉头:"探望?王尚书……病了?"

"是,不过你也不必太过忧心……"我劝慰她。

"可是王尚书年纪也很大了吧?唉,我……阿妍,你……你能不能带我一同去瞧一瞧王尚书?我扮作你的婢子也好!"

"啊?"

"求你了。"康九娘擦了一把眼泪,又哭又笑的,"我想见一见王尚书,要是能亲口向他道声谢……不,不必了,我就看一看他。我心里一直将王尚书视作恩公,时常向胡天祝祷,祈求胡天庇佑王尚书平安康泰……"

于是,我禀报了裴公和裴夫人之后,康九娘扮成我的侍女,随我们去了王家。

王尚书的病确实不重,已经七十多岁的人了,说话仍是中气十足,全程都在和裴公热烈讨论朝事。王夫人则将我们两位女眷引到后堂招待。她和裴夫人相对谈笑,我就在一旁安分守己地坐着,眼观鼻鼻观心,时而附和着笑两声。

康九娘安静地站在我身后。她见到王尚书身体康健,应该很欣慰吧?可我总觉得她好像有些紧张不安,难道是见到了偶像,太过激动?直到她低声跟我说内急,我才恍然,赶紧让她去了。

这时王夫人笑道:"你家这个小娘子,委实好相貌。"

裴夫人得意道:"阿妍不止好相貌,工书法,又有巧思。"然后就开始给王夫人介绍我的长处,从书法夸到我自己调制的牙粉,"……清爽极了!比我从前用过的都好。"

王夫人笑起来,又问我喜欢哪个书家的字。我险些脱口而出"颜鲁公",又咽了回去:"妾最爱欧阳率更的书体。"颜真卿现在还是个没什么名望的年轻人,尚未成为世人皆知的书家,我便说了欧阳询这个绝对安全的答案。谁料我话音才落,就有个年轻男子的声音在屏风外道:"欧阳率更?就是那个母亲为白猿掳去,怀孕而生的欧阳询?"

"……"座中的气氛瞬间进入一种诡异的寂静。王夫人容色一僵,迅即呵斥道:"七郎满嘴胡呲!滚进来!"

一个锦袍青年绕过屏风,趋走而入:"祖母。"又跟裴夫人和我见了礼。王夫人冷声怒斥:"你胡白什么?裴侍郎家的女眷在此,你不知道吗?"

王七郎低头听训,一副老实的样子,嘴里说出的话就没那么老实了:"欧阳询的字写得好,相貌却像猿猴,连长孙无忌都指着欧阳询问,麒麟阁上为什么画了只猴子。有人说欧阳询的母亲为白猿所掳,生下了他,大约也不为无理。"

他说的,是自贞观时代流传至今的一个传说:欧阳询的父亲欧阳纥南征时带着妻子,结果妻子被一只专门喜好美女的白猿掠去,过了一年生了个孩子,就是长得像猴子的欧阳询。这完全是讨厌欧阳询的人瞎编的故事,后来有人据此写了一篇《补江总白猿传》。不晓得这位王七郎出于什么心态,在我们两个女眷面前提起这故事,也的确是不大像话。

王夫人痛骂了他一顿,又令他给裴夫人和我道歉,又赔了好一阵子的罪,留我们吃饭。我们是来探病的,无意太过叨扰,裴夫人又费了好多口舌婉拒。要离开时,康九娘才匆匆回来,脸色发暗,步态有些虚弱:"婢子有罪,婢子肠胃有些不适……"

裴公和裴夫人既知她是我的友人,自然也不会太苛责。裴公骑马,我们女眷便上了马车。裴夫人一坐下,便迫不及待地说:"阿妍,今日的事都是阿母不对!"

"啊?"

裴夫人叹气:"我素日听说王家七郎是个好儿郎,从前我也见过他的,不知他今日怎的无礼至此。王尚书犹在病中,阿母不好生事,不然,今日本应好生计较一番……阿妍别气,阿母再去打听别家的儿郎。我这些年不在两京,好多事我也不知,还要慢慢探问。女郎家择婿,门庭和才德一般紧要……"

"啊……啊?"

康九娘在一边听不下去了,凑到我耳边小声道:"不然夫人为什么要带你去王家?"

这原来……是一场相亲?

我又是惊诧又是尴尬,满心想问她:那你既然猜到了,怎么不告诉我……哦，她要是告诉我了，我肯定不会跟去王家，她就见不到偶像王尚书了。那种强烈的尴尬挥之不去，我抬眸看一眼裴夫人，又看一眼康九娘，最终只能岔开话题："你的肠胃不适，是受了寒吗？"

过了几天，我才鼓起勇气，对裴夫人道："阿母，我，我如今不想出嫁。我……我和阿兄说过。"我知道自己这个要求没有什么道理，声音也不自觉地放低了——但，崔颢也答应过我不必嫁人的。

裴夫人揉了揉我的头发："女郎家大了，怎么能不嫁？你如今的年纪也不小了。你阿兄走之前，曾经请我们为你寻一个才德兼备的儿郎。"

我惊呆了，全不知还有这回事："阿兄？"

"他说，他一去河东，只怕几年间不能回来，因此希望我们为你主持婚事。他说，你喜欢有才华的文士，但工于文藻的才子，未必就是好丈夫、好父亲。"

话语如雷声响彻耳畔，我猛地抬头。

"他当日说的是，'如晋时的陶渊明、南朝的谢宣城，俱有名垂后世的绝妙才思，但他们又有哪个适合做人丈夫呢？不怕夫人耻笑，颢年少时便有才名，但也因此，颢很清楚才高的男子，往往有哪些不堪之处'。故此，他请我们着意挑选，一定要选一个有才华又有德操的儿郎。"裴夫人絮絮说道。

这日下午，我们听到了一个令人惊异的消息：王畯昨夜去世了。

那天王畯的精神还很健旺，没想到竟会突然辞世。但据说他本来也是七十余岁的老人了，在这个年代已经算得上高寿，被一场小病带走，也不是特别难以想象的事，因此我并没觉得奇怪。几天后，我正在房中练字，裴公大步从外走入，语气急促地挥退仆婢："你们下去。"

我这才注意到，他甚至未及换掉身上的绯色官服。裴公一向爱洁，也注重仪表，每日回家都要先换上洁净的衩衣，绝不会像今日这样，甫一回家就直奔后宅而来。侍女退下后，他转眸向我："阿妍，那个姓康的娘子，你知道多少她的事？"

初秋午后的阳光热烘烘地从窗口洒进来，人浸在热热的空气里，喉头和唇舌只觉焦渴。心脏跳动逐渐加快，我咽了口唾沫："阿耶，怎么了？"

我这两日去典客署,都没有见到康九娘,听说她生病了。

"听说王尚书是深夜突发心疾而亡,但……我今日去吊问,他的长子王珽私下里和我说,那日夜里……"裴公斟酌词句,"似乎有人见过两个外人进了王尚书房里。那两个人身姿纤细,像是女子。"

我不太明白他的意思。

"王尚书虽然是文官,但他带兵多年,治家甚严,亦如带兵。他家的宅院布设了阵法,外人初次去时,若是无人带领,即使进了宅门,等闲也走不到正堂。王珽说,王尚书临终时,交代了他两句话。"

一股热风吹了进来,鼓动窗帷,帘上的金钩发出连绵的响声,听起来急慌慌的。

"'一切不必追究。我死后,如常发丧落葬。'"

"那两个女子是刺客?"

裴公不置可否,眉目间隐有一丝犹疑:"王珽没有想到我们身上,但……我如今细思,那个康娘子当日看似心绪激荡,却不像见到素日感激敬重的官长的样子。"

他在济州做刺史时深受爱戴,当地百姓还给他立了碑。关于一个平民见到自己崇敬的官长时通常是什么表现,他有经验,也有发言权。

我由跪坐的姿势直起身,站了起来:"那我去她家里寻——"话语戛然而止。

康九娘住在哪里,我竟然不知。我的手心有汗渗出:"她……她只说她幼年住在临洮,后来到了长安……她说家中境遇凄惨,我……我便不好细问她的家事……她说,家里只剩她一个人了。我若是问她……"她就会在不经意间把话题转到我的身上。

但……我还是不大相信,康九娘这么久以来都在骗我,更不敢相信,她求我带她去王晙家里,其实是为了踩点。

裴公凝神片刻,沉声道:"这两日,我们暂且不要惊动旁人,先听听王家有没有新的消息。你将她的年齿、籍贯、相貌等一应事迹写下,我遣人暗中去探查。"

但康九娘果真消失了,且,消失得很彻底。

我在典客署里不动声色地打听了几次,但正如我从前说过的那样,女子在这里是消耗品,所以,大家对她的消失没有任何疑心。因为女子注定不可能做吏做官,永远都是跑腿的编外人员,那么,即使离开,对官场来说也没有任何真正的损失。一旦忍受不了这既卑且烦的差事,悄无声息地离开也是很常见的事。

石明达与我一样,平日里和康九娘还算熟悉,但也全不了解康九娘的底细:"她家住在哪里,我也不知。我是个男子,总要避嫌的,怎么好去问女人的事?"

我好说歹说,托他帮我查了康九娘初来典客署时的身份文书,好容易找出了一个地址,告诉了裴公,裴公派人去找,结果又扑了空。

但查了几个月,终究还是摸索出了一些东西。

"她姓康。"

注释:

[1] 隋唐时期建造宫殿时将活着的小孩子放进夯土,确有其事。考古工作者在洛阳城一处隋唐宫殿遗址的夯土中,发现了小孩子的骨架,见吴涛《盛唐时期的东都洛阳》,《郑州大学学报(哲学社会科学版)》,1992年第6期。

第十一章
歌哭悲欢城市间

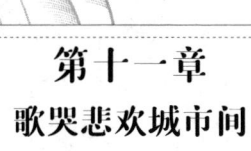

这话乍听之下,像是一句废话。

我迷惑道:"康……怎么了?"康国是西边那几个粟特小国中最大的,因此康是昭武九姓之首,并非罕见姓氏。

"六州胡叛乱首领康待宾及其余党康愿子都姓康。"

"六州胡?"我久在典客署中厮混,对边疆史颇有些了解,闻言脑中立刻串起了两条线索,惊得倒吸一口冷气。大量来自东突厥汗国内部的突厥人与粟特人归顺唐朝后,被安置在灵州、夏州南境的丽州、含州、塞州等六个州,这几个州便称为六胡州,以唐朝官员为刺史,这些胡人则被概括称作六州胡。十一年前,兰池州的粟特人康待宾与安慕容、何黑奴、石神奴等人反叛,率众七万,意欲北投突厥毗伽可汗。唐军将领率兵征讨,只两月就将康待宾捉住,送到长安。皇帝下令将康待宾腰斩,命在京的四夷使节都去观刑。之后叛军迅速拥立了康待宾的余党康愿子,继续与唐军周旋,又经过了一段时间,六州胡叛乱才被彻底平定。

而当时擒获康待宾,将其送到长安的唐军将领,就是时任兵部尚书的王晙。

裴公把几张纸摆在我面前,我飞快阅毕,颤抖着声音道:"她是六胡州的人,甚至混进了鸿胪寺……她是康待宾的亲眷吗?"

"康待宾是有一个女儿,但不知康九娘是不是。"裴公捋着颔下长须,"王尚书当年在兰池州杀了三万五千胡人。若这三万五千人里,有一些人的儿女活了下来,矢志复仇,也不足为奇。"

我想起什么:"那另一个女子呢?"

"没有消息。"裴公轻声一叹。

过了许久,我才慢慢梳理清楚这件事的来龙去脉,当然,也只是其中的一部分因由罢了。

康九娘的确是六胡州叛乱的余党。她不知用了什么法子,混进了鸿胪寺,又偶然发现我和裴家有关系——也许就是在最开始裴皋和崔颢送我去典客署的时候。然后,她状若无意地接近我,请求我带她一起去王晙的家里,因为王晙治家很严,她和同伙没法轻易混进他的宅子里。那一日王七郎出言无状,说不定也和她的同伙有关:少年人容易叛逆,经人挑拨,便随意对自己瞧不起的相亲对象无礼,其实也不是稀罕事。王夫人斥责孙儿,又花了一阵子赔礼道歉,我们在王家待的时间,就顺理成章地延长了,正好便于康九娘踩点。几天后,她和同伙谋杀了王晙,随即消失。

但我想不通的是,王晙如果是被刺杀的,为什么他又命令儿子不得追查刺客?

王家也果真没有声张。据裴公说,王珽也很为难,一方面他身为人子,父亲死得可疑,他不能坐视,但另一方面,王晙带兵近二十年,一向言出如山、令出必行,身死而余威犹在,王珽不敢不遵父亲遗命,且王晙一生勇毅,死后得到的谥号亦是级别很高的"忠烈",若被人发现他是死于刺客之手,且那刺客还是女子,实在堕了他的威名,王珽也不愿见到这种情形。

而裴公也没有将康九娘的事禀报皇帝,理由嘛,我多少能猜到一些。李隆基作为君主,猜忌之心不弱,他一旦知道六胡州叛党混进了皇城,又因裴家的关系而得以摸进王晙家里报了仇,朝堂上肯定要有很多人受到牵连,裴家也可能会被重责。裴公虽是忠直之士,却更是个有成算的实干家和政治家,又在意家族荣耀,不会为了自我感动,而去作无谓的牺牲。

不宣扬归不宣扬,考虑到皇帝和朝廷的安全,裴公说动了鸿胪寺卿,给鸿胪寺里的胡人们来了一通大清洗。典客署首当其冲，胡人译语全部被查了个底朝天，只留下背景毫无疑点、居于长安、洛阳至少已有三代的人，女子们也尽被赶走了。短时间内，没人替他们跑腿了。

我也回了家。

很难形容我的懊丧——是我交友不慎，给裴家惹了麻烦。至于康九娘，我被她利用，固然不开心，但，就像裴公说的，有三万五千人被杀，那么，有几个人的儿女来寻仇，不是很正常吗？那日在天津桥上，她说的那番话也许是假话，但那种痛楚……不像是假的。

我闷闷不乐地在家待了两旬有余，每天除了练字就是试着翻译唐人的诗歌。裴夫人赶我出门："阿妍不必自责了！若说有错，鸿胪寺的人没有弄清她的家世，他们的过错岂不是更大？你带她去王家，也禀告了我和你父亲，我们一时失察，岂不是也有错？下个月，圣人便要离了东都，去往潞州和北都，又要在汾阴祀后土，朝廷百官都得随圣人的车驾动身。可你这些时日，还不曾在东都好生游赏一番吧？龙门山的奉先寺，有一尊卢舍那佛，你去看了吗？那里还有褚遂良书丹的碑石，气势开张，你喜爱书法，不去吗？"

起个大早，一路向南，从定鼎门出城再走二十里，正午时分到了龙门山。盛唐时代的龙门石窟，彩漆金碧尚未剥落、石像未经分毫损毁的龙门石窟——果然是该来的。这是独属于唐人和穿越者的福利。

伊水两岸分别是香山和龙门山，隔水相对一如门阙，故而此地向有"伊阙"之名。石窟分布在河两岸，卢舍那大佛所在的奉先寺，就在水西的崖壁上。秋阳的光辉从伊水上方高高地投过来，洒在大佛身上，融入佛身金粉颜色之中，形成一种既庄严华贵，又不过分闪亮刺眼的颜色，让人一见便生出平静的欢喜。佛像的笑意温和含蓄，有距离感，亦有亲近感，我在佛像前左右晃了两圈，仰视大佛，不论从哪个角度看，那笑容都神秘如前，含蓄不改。我不信佛，也没有打算信佛，但此时此刻，面前是神情慈柔的大佛，背后是静默流去的伊水，头顶是高远明净的秋空，似乎生命也就能一直这样，在报身佛的注视之中，静谧下去，安好下去，直到……

"小娘子，能否让一让？"

这个时代又不能拍照,怎么还有人要占最佳位置?我转身,几步开外站着一个女郎和两个侍婢。那个女郎穿着缭绫衫子和泥金红罗裙,颈间戴着璎珞,通身富贵气息,容貌却是那种楚楚可怜式的美貌。说话的是侍婢之一,态度客气冷淡:"我家女郎想看佛像的背光。"

我不自觉地微一蹙眉。这个女郎我见过。

大约是误解了我的犹豫,侍婢又解释道:"我家女郎喜爱作画,这尊佛像的背光雕刻精美,女郎有意仔细观摩研判。"

我扫了一眼佛像背后层层延展的火焰纹。这尊卢舍那大佛的衣纹简洁质朴,佛身后的光焰便雕得格外华美细致,可能确实值得画家们学习。好吧,唐代没有相机,但作画嘛,四舍五入也就等于照相了,给她让一让好了。

我默不作声地退开几尺,心头微微不快。这个女郎想叫我让开,却全程都是令她的侍婢来交涉,仿佛不屑跟我说话似的,实在有些没礼貌……算了,两京权贵太多,惹不起惹不起。有时候我也真想像21世纪那些逃离北上广的年轻人似的,逃离长安洛阳,去凉州也好,去朔方也好——去朔方看看后来被称作云冈石窟的武州山石窟。唐代的龙门这样美,那么唐代的云冈,又该比后世美多少倍?要不,回一趟我真正的家乡北京,这个年代的幽州……

我胡思乱想着。然而女郎莲步轻移,经过我身边时,却竟然出声了:"小娘子,我好像见过你。"

她的声音柔婉又轻灵,语调也很轻柔,但不知怎么,我就是发自内心地不喜欢她。于是,我假笑道:"是吗?"

女郎垂眸,目光扫过我脚上的高头锦履。我浑身上下最值钱的便是裴夫人叫人给我做的这双红地宝相花锦履,亏她一下子就注意到了。她没画眉毛,只眼角涂了一抹浅红,眉眼盈盈处,越发显得娇怯怯的:"我喜欢作画,经常去寺里观赏揣摩诸位前辈名家所作的壁画。你是不是去过西京的慈恩寺?我仿佛在大殿东廊见过你。"

她笑得很友好,但我心中那种不适的感觉更浓了,甚至有点不想维持假笑。喜欢作画,或许是真的,但是,她明明跟我一样,对王维的画分外垂青,经常驻足于大殿东廊从北第一院的那堵墙壁前。还有,雁塔下开元九年进士科的题名,"王维,字摩诘,太原人,年廿二"的那一行题名……我也曾见到她如我一般,伸出手指将那行题名细细摩挲。

当日我布衣荆钗时,她没来搭讪过。今日我锦履罗衫,就入了她的眼吗?粉丝知道粉丝的心,女人知道女人的心。她想试探什么呢?我干脆利落地摇头:"对不住了,我不记得。"

对方顿了顿,笑道:"多半是我错认了。"

我打算去看褚遂良的书法,回身走出十余步,隐隐听得她在向侍婢解说佛法,语气依然柔和:"佛有应身、报身、法身。这一尊是卢舍那佛,便是报身佛,毗卢遮那佛是……"倒弄得我微觉羞愧,疑心自己是不是因为康九娘而草木皆兵了。

但康九娘的事,也的确足以成为我们心中的负担。接下来的两年,裴公没有放弃暗中寻找她,却也一直没有寻到。

这两年发生了很多事。皇帝回了长安后,第二年因为关中缺粮,再次东奔洛阳,赖着不走。裴公、张九龄、李林甫三人同时拜相,裴公又被委任为主管漕运的江淮、河南转运使。于是,他得以专心推行鼎新漕运的计划。他的策略说复杂也复杂,说简单也简单:多用水运,减少陆运,像我们之前聊过的那样,在三门峡开凿山路,其余环节则视黄河水情而定,能用水运就用水运,趁水情较稳时,将粮食送到关中,储备在陕州和华州的转运仓,当黄河浪急风高时,就从这两个仓调粮到长安,而从南方运来的粮食则暂存在河阴的转运仓里。虽然多设了几个转运仓,但运粮的各个节点变得紧凑多了,效率有了很大提高。

总之,裴公有机会去做自己想做的事,很开心,皇帝看到缺粮问题有望解决,也很开心。不开心的只有裴夫人,她把我薅过去,用力揉我的脸:"他的身子弱,如今又为了新设几个转运仓,一时跑去河口,一时又去三门,多么辛苦!回来的时候,想必又比走时清减了,唉……我记得,绕过三门峡、开凿山路的法子,是阿妍你提出来的?若是没人想出这个法子,他也未必去做这件事,更不必这样奔波劳碌!"

我一边竭力保护自己的脸,一边摆手。我可不敢居这个功劳,不敢窃裴公的策略为己有:"将三门水运变为陆运,这可是阿耶自己想到的。他于漕运一事用心许久,纵然没人说,他也要做这件事,阿娘大概比谁都清楚吧?他早些做完,就能早些回来陪阿娘,不好吗?"

裴夫人脸上一红,松了手:"说什么呢!什么陪……"

我嬉笑着跑了。

牡丹未绽,这尚不是洛城最好的季节,但洛阳的仕女们,早已如新枝上的点点玉蕊般,在这个城市里四处散开,享受着洛城春日的明艳芳馨。东风渐次吹过洛水,暗度花香,漾出闲云流水之趣。芳蹊绿草参差,细密柳枝垂地,连成一片柔柔迷雾,惑人眼眸。

这日我又收到崔颢家信,信末照例盼咐我:"代州春迟,边云凛冽。然妹得此书时,东都必已满城花发。烟浮草际,翠滴新叶之际,要当出门览胜,赏山乐水。勿负花期,切切!"信后还附了首诗,自吹自擂,说自己在河东定襄郡断狱,"小大必以情,未尝施鞭棰",审判案件俱以情理,不必动用刑责,就可审理清楚。

我反复摩挲他的书信,浮起笑意,叫来侍女夕岚——他走时将夕岚留给了我:"我们去瑶光寺吧。"汉魏的洛阳故城与瑶光寺均在唐洛阳城东。瑶光寺因距离唐洛阳城有十余里距离,并不为洛阳仕女偏爱,还是城内的福先寺、菏泽寺等皇家寺院游人更多。我却独爱瑶光寺中的两树桃花,思在花落之前去看一看。夕岚当即取了一个宝钿匣子,装上我的胭脂眉黛,又取了牙刷等物放入包裹,盖因当日来回甚难,故此要预备盥洗物品,在寺中精舍居住。

待到马车到了瑶光寺,已是午饭时分。其实洛阳仕女多不来瑶光寺拜佛,却也有个道理:北魏时不少皇室、高门女子在瑶光寺出家为尼,包括孝文帝废后冯清、孝明帝胡皇后等。但永安三年,尔朱兆入洛阳,纵兵大肆抢掠,当时有秀容胡骑数十人,入寺淫污寺中女尼,迫得女尼们纷纷还俗出嫁。自此后,瑶光寺颇获讥讪,京师俗语道:"洛阳女儿急作髻,瑶光寺尼夺女婿。"

但我作为21世纪来的人,没将这种事放在心上。说到底,那些女子亦非自愿为人淫污,为何要她们来承受夺婿之讥?况且瑶光寺绮疏连亘,朱柱素壁,极是幽静雅丽,又有一座五层佛塔,诚如崔颢最爱的《洛阳伽蓝记》所云——他走后我也将此书看得烂熟——"仙掌凌虚,铎垂云表"。此塔凌云而立,做工之妙,几可媲美永宁寺塔。

况那几树桃花纷纷灼灼,向日含笑,迎风送香,引得流莺舞蝶翩翩前来。有这般美景在前,谁还要理会那些愚夫愚妇的世俗言语?我方立在花树下发呆,想着王维"水上桃花红欲燃"之句。忽然,夕岚跑过来,激动道:"九娘,寺中的和尚要讲变哩!"

自从那年的变文事件后,我便对听讲变有了心理阴影。但看着小姑娘渴望的神情,我也只能一笑,同她步入寺中的变场。这变场远不如慈恩寺的变场之大,来听的男女信众也只百十来名,然大殿丹楹炫日,绣桷迎风,四壁又图以云气,画彩仙灵,亦足炫目。我望着壁上图画,想起那年王维在雍福寺画壁时的素衣身姿,心中不知是何滋味。

我已三年没怎么见过他,只知他经张九龄与裴公提携,前些日子从隐居的中岳嵩山入朝,当上了右拾遗。静思间,法螺吹起,前头香灯铺设已就,忽地钟声响起,听经众人一齐起身。有行者击打手磬,在前开路,监院手执线香,走在最后,侍者与都维那共同请出法师登座。

法师张口道:"忆昔刘项起义争雄,三尺白刃,拨乱中原。东思禹帝,西定强秦。鞍不离马背,甲不离将身⋯⋯"原来讲的是《汉将王陵变文》。我对这段故事本极熟悉,但听得法师音韵铿锵,口齿利落,倒也生了兴趣。只听他讲楚汉如何相争,刘邦如何窘迫,王陵与灌婴又如何前往楚军营地斫营,便如后世评书一般,紧处极紧,吊人胃口。

讲了半个时辰,乃是中场休息的时刻。夕岚在我耳边道:"讲变过半时,法师们常会讲些故事,留住香客哩!"果听那法师笑道:"汉将之事,虽令人感慨,终究已近千载。如今却有一段几年前的事,更加教人感叹欢喜。"有些人本来已经准备离开,听得此语,重又坐下。

只听那法师道:"现有大唐银青光禄大夫河南尹李公适之⋯⋯"他故意停了一下,显然知道河南尹这从三品的大员家中的隐秘,必会引得群众好奇。果然,洛阳仕女们听得这父母官的名讳,都不由得双眸发亮。

这从三品高官的名号,我自也有所耳闻。李适之为河南尹,因流经洛城的谷、洛二水时常泛滥,得圣人之命,修三陂以御之,三陂一曰积翠,二曰月陂,三曰上阳。此后二水再无力役之患,洛阳士庶甚为感激。

法师续道:"李公曾为朗州刺史,在任期间,讨灭地方蛮夷,之后历任唐州、通州、梓州刺史⋯⋯又迁陕州刺史。"

下面有女子哄笑道:"妾记不得这许多'州'!"众人一片大笑,那法师也无忤色,笑道:"今日老僧所要讲的事体,便是李公在通州刺史任上之事。"

众人渐渐寂静下来,唯我有一丝疑惑与熟悉之感涌上心头:通州刺史?

只听得法师又道:"李公早年在朗州时,曾剿灭当地的盘瓠蛮族。这盘瓠的由来,乃是因高辛氏时有一老妇,居王室,得耳疾,挑之,得物大如茧⋯⋯"我一阵恶心,周围仕女也纷纷露出作呕之态。法师续道:"妇人将其物盛于瓠中,又以盘覆之。不多时,那物化为犬形,其文五色,因名盘瓠。"

他接下来便讲李适之如何机智布兵,打败了盘瓠蛮族,不乏歌功颂德之意。此时圣人慕道贬佛,佛家信徒常结交朝廷官员,以求庇护,倒也不奇。我听得絮了,低声叫了夕岚,便欲起身,却听法师道:"怎料那盘瓠蛮族尚有余孽,其心不死,在李公到汉中述职时,跟随李公,将李公推落沔水之中⋯⋯"

我眉头一凝,又坐了回去。夕岚捂嘴低笑道:"九娘可知变文的妙处了吧?"我无心回答,只听那法师道:"李公坠落沔水,从人相救不及。沔水风高浪急,李公不能泳,身子载浮载沉,将为大鱼所噬。这时,忽有一个女子跃入水中,将他救起⋯⋯你们道这女子是谁?"

"是谁?""是谁?"众人纷纷伸长了脖颈,同声发问。夕岚也兴奋道:"莫不是观音菩萨?"

那法师笑道:"这位女檀越猜的正是,那女郎正是观音菩萨的化身!菩萨知李公乃是大唐李家的血脉,又为民殚精竭虑,惕厉非常,便施妙法,召神术,从大鱼口中将他救出⋯⋯且说那大鱼凶恶至极,然见了菩萨妙相庄严,亦乖乖伏倒,从此向佛,不再逞凶人间⋯⋯"

我断未想到我救的那人，竟是现为河南尹、后来又拜相的李适之！我无意间的善举，竟为大唐救了一位未来的宰相！若非身在寺院之中，我简直要给自己午餐加个鸡腿。

只是第二日我又到了附近的白马寺，听白马寺中的和尚讲变，变文中竟也穿插了这个故事。我心中生疑，向法师询问，却得知这故事是李适之命人抄写，送到洛阳寺院中，请和尚们代为传唱的。李适之大动干戈，到底是因为感念那所谓的"观音菩萨"之德，还是别有用意？我在白马寺中住了几日，又听僧人将这故事讲了两遍，仍是百思而不得其解。

莫非……他自称被神佛相救，是要为自己造势？可是他既是宗室子弟，仕途起点又高，又有什么必要造势？总不会是想造反吧？

"我原也没想领这件功劳，现他四处传扬，我更加不敢领了。"我站在摄摩腾的墓前，对夕岚抱怨道。

摄摩腾和竺法兰是中天竺的两位僧人，他们应汉明帝使者之邀，从西域结伴而来，越过沙漠，到了洛阳，在白马寺译出了《四十二章经》，死后也葬在寺中。这两位高僧是最早在中国译经的人，而我现在又做着翻译工作，便来拜一拜他们两位。

"啊！那个救了李公的人是九娘？"夕岚惊呼出声，又捂住嘴。

我撇了撇嘴，用极小的声音嘀咕："李公？"

我记得我那年见到他时，他年纪也不很大，今年都不知有没有四十岁，竟也要被尊称一声"李公"了？从三品的高官就是不同呢。我忍不住替裴公抱不平。要知道，裴公的仕途，已经是极为顺畅的了，他从小是神童，二十岁做了秘书省正字，一路未有半点蹉跎，三十几岁当上长安县令，这份履历在高官之中也算得上非常精彩。但这个李适之，也不知是不是占了宗室身份的光，升迁好像比裴公还快些。

身后传来一声轻笑："阿郁救了李公？"

我吓了一跳，连声否认："不是，不是。"转过身来，却见一名女郎含笑立在不远处，身姿纤弱，相貌娇柔，身边带着两个侍婢，正是王维的另一个崇拜者——我在西京大慈恩寺和东都龙门山见过的那位。是的，王维的另一个崇拜者。这么说听起来有点奇怪，但……这难道不是最直接、最清晰的描述方式吗？

当然，她有其他的身份。裴公做江淮、河南转运使，主管漕运，郑州刺史崔希逸和河南少尹萧炅是他的副手。而这位崇拜者，是崔希逸的女儿，在族中排行十五。去年年末，我在裴公家里，第一次正式见了随父亲来赴宴的她。

崔希逸给我印象很好，但这位崔十五娘，始终让我不大舒服。

她可比剑南那位张五娘差多了，我莫名其妙地想。但既然彼此知道了身份，该有的礼貌总是要有的。我微笑道："崔十五娘也来拜谒两位高僧的坟茔吗？"

崔十五娘笑着点点头："二位高僧跋涉绝域，来到中土，译经弘法，功德匪浅。我自幼喜好佛学，不能不来拜谒一番。"

"那，崔十五娘请自便。"我望了眼她手里的香，"狄梁公墓也在这边，我去祭拜了。"

崔十五娘好像每次看到我，都要多说几句："狄梁公？听说他在大理寺时一年内断狱无数，事涉一万七千人，竟无一人诉冤，想来，说他是大唐第一断狱能臣，亦不为过。阿郁有父如裴相，也难怪会敬慕狄梁公这样的干臣。"

"啊，是。"

大唐第一神探是来俊臣，才不是狄仁杰。我在心里讲着冷笑话，客气地走了。

好不容易在崔十五娘这儿遮掩过去，我仍然不懂，李适之大肆宣传有菩萨救他，是想做什么。做狐妖也就罢了，做菩萨？我没这个胆量。

这份疑惑一直持续到我回家——我一回家，便见家中众仆婢皆神色惴惴。裴公素来善待下人，是何事让众人不安？我悄声问时，侍女道："张相公来了，与阿郎在堂中争执哩……"望着手中的茗饮，一副为难之色。我顺手接过，道："我替你去送。"我至今仍未见过这位大唐名相，据说他风致绝俗，罢相之后，每选官员时，李隆基总是问："风度得如九龄否？"我借此一见，也是极好的，哪怕他正在吵架也行！

我走到堂下，只见得张九龄的六合靴与裴公的靴子并排摆在阶上。我深吸一口气,正欲入门,忽听得堂中有人道:"裴兄此言,我不同意!东汉崔瑗之兄为人所害,崔瑗手刃报仇;魏朗的兄长亦为人所害,魏朗白日操刀,杀其人于县中。二子父亲身死,本就冤枉,二子稚年孝烈,能复父仇,何其难得?断不可杀!"

我猛省,想起这是开元年间一段有名的公案。监察御史杨万顷冤杀张审素,致使审素二子皆流放岭表。他们逃归洛阳,手杀杨万顷于都城,又系表于斧,言父冤状,逃到汜水时,被有司擒获。张九龄认为二人纯孝,宜加矜宥。裴公与李林甫则认为该当杀之。

果然,裴公道:"国法不可坏。张兄,若此途一开,冤仇辗转相报,杀人者皆可免死,将置国法于何地?"

张九龄道:"孝子之情,义不顾死。世间谁无徇孝之心?谁无正道之念?二人父亲冤死,又无申告之门,此时国法又在何处?裴兄以国法为重,然国法不外人情,我辈读圣人书,何能罔顾书中宽仁之义!"

不独两位宰相辩得激烈。我每日在典客署中,也能见到大家为此事争执,还不时听到朝中关于此事的热议。其中之一,便是河南尹李适之以为二子孝行可悯,接连向圣人上了数封奏疏,言辞激烈,都是为二子辩护的。

我是与养父一样认为法不可废的,初时只当李适之和张九龄一样读了太多圣贤书,处事以仁善为本。后来又想,他剿灭盘瓠蛮族时,何曾手下留情?因此时常不解。直到有一日与养父说起此事,裴公屏退仆婢,轻声道:"李公乃是太子承乾之孙,怀州别驾之子……"

我登时大悟。李适之祖父、太子李承乾当年在宫闱斗争之中失败,含恨而终,太宗下令葬以国公之礼,最终李承乾也未能陪葬昭陵。而他的父亲李象,更是一辈子只做了怀州别驾这样的小官。他为人子孙,知道父祖经历坎坷,心中想必郁郁,因此见到二子为父报仇,才会如此触动吧?

这件事挑动着洛阳仕女的心弦。洛阳百姓大多如张九龄、李适之一般,认为该当活之。然而皇帝最终下敕,命令河南府杖杀二人。士民皆怜二子孝行,为作哀诔,榜于衢路,敛钱葬之于北邙山。众人又恐杨万顷家人掘二子的坟冢,便又为他们起了数处疑冢。

第十二章
何时提携致青云

霜华澄净碧空,露水结于疏树。晓寒轻浅,秋菊吐滋。塞鸿疾飞,叶落迟迟。

"珥笔趋丹陛,垂珰上玉除。步檐青琐闼,方幰画轮车。市阅千金字,朝开五色书。致君光帝典,荐士满公车。伏奏回金驾,横经重石渠。从兹罢角抵,希复幸储胥。天统知尧后,王章笑鲁初。匈奴遥俯伏,汉相俨簪裾。贾生非不遇,汲黯自堪疏。学易思求我,言诗或起予。尝从大夫后,何惜隶人余。"

面前的十数张纸上字迹端丽秀润,皆是他最擅长的隶书,翻来覆去,写的都是同一首诗——只有个别字句,有着极微小的区别。"究竟是该写'朝开五色书',还是'朝闻五色书'呢……"[1]他低声自语,望着最新写就的一张纸,仍是不甚满意,举笔意欲再誊,却发现手心已微微沁出汗来。

如今年事渐长,反而瞻前顾后,不若从前十五六岁,游走两京诸王府上时的从容了吗?他唇角微弯,露出浅淡嘲讽笑意,随即收束心神,垂眸念了几段《金刚经》。念毕,他一顾室角更漏,心知已耽误不得,轻叹一声,吩咐童儿将那张纸卷了起来,随他带去裴公的家里。

此时方当午后。他在马上不及细看洛城秋景,只觉赤日如金,双目亦为之眩。城中灿烂秋阳照着满街深黄树叶,将洛阳这座城池装扮得仿佛黄金砌就。

　　但愿……今日宴席过后，眼中所见的洛阳秋景，会更加怡人，他心想。

　　那年他十六岁，也在这座金色的城市里居住。那金色，是洛水映着灿丽朝阳泛出的道道金波，是白马寺大佛殿檐角的金色鸱吻，是岐王宅里歌姬头上的赤金发饰，亦是洛阳女儿们面前盛着鲤鱼脍的金盘……十六岁的他尚有着明澈如水的眼眸，这个城市富贵与贫贱共存，奢欲与饥馁交织的斑驳颜色映入他眼底，又原原本本、一无所易地反射出来，成为那首传唱洛阳垂二十载的诗篇："洛阳女儿对门居，才可颜容十五余。良人玉勒乘骢马，侍女金盘脍鲤鱼……城中相识尽繁华，日夜经过赵李家。谁怜越女颜如玉，贫贱江头自浣纱！"

　　裴耀卿在东都的宅邸清简寒素，只有四进而已，较之与他同列的李林甫俭朴得多。他早年在宁王、岐王府上，所见远奢于此，不免暗暗感喟："裴公身为宰相，为国度支，何必自苦如是！"他步入正堂，只见裴公已经坐在主人之位上。

　　王维慌忙低首，深深行礼，裴公虚扶道："王十三郎昔年在济州为我属官，原本亲厚。如今又何必拘束！"忙命人引他坐下。

　　他微笑道："礼不可废。维依相公的诲示，备下了一首诗，稍时献与张相公。到时若有疏漏，还望相公为维转圜，维不胜感激之至！"说着又从席上起身，向裴公一礼。裴公笑道："王十三郎的才力，众人皆知。又何必我来自不量力！"

　　不多时，张九龄也便到了，二人连忙起身相迎。

　　张九龄乃是韶州人，南人大多瘦小，张九龄的身量并不算高，比起裴公和他来都要矮了半头。然——谁会注意到他的身量呢？他有如此洁白的肌肤，有如此乌黑的双眸与鬓发！张相公走路时，便如芝兰玉树临风轻摆，他笑容展开的一刻，仿若洛水上的莲花徐徐绽放。他幞头上簪的芙蓉花，袖口上绣的蔓草纹，足下踏的六合靴，竟无一不是最好地贴合着主人的体态。

　　王维忽然想起那个小女郎。那个小女郎看他时的眼神，就仿佛他是世上最清俊的男子。

可,可——这世上还有什么人,能较张相公更清俊?

也只是看痴了一瞬间。早年在宁王府上锤炼出的从容,令他及时宁定心神,向张九龄深深一礼:"布衣王维,拜见张相公!"

这句话亦是经过精心挑选的:一般出自高门大族的人自陈姓名时,多在姓名前加上郡望,如他便当自称"太原王维"。但他知张九龄家世寒微,乃是岭南小族出身,一向不以门第为重,便不欲在张九龄面前自高身世。

张九龄将他扶住,笑道:"早闻王郎不独才高,人物更是风调绝俗,此日一见,果不虚传。"

只这一句,便令他心中大定:他早听说过,张九龄为人耿直,绝不轻易加誉于人,既已出口褒赞,想必便是真正欣赏。他笑道:"维在张相公前,便如以萤火之光,对日月之明。何敢更言'风调'二字!"

张九龄一笑入座。席间张九龄并不谈政事,却只闲闲说些文学掌故。所幸王维熟知坟典,倒也无所畏怯。酒过三巡,张九龄问道:"我听说王郎少年时在宁王府上,以一首诗作,救了一对夫妇,令其重圆,但我不曾有幸读到此作……可否劳王郎亲自为我解说斯事,并一诵此诗?"

王维眉心微动,怔了数息。

那是他十九岁时的事了。宁王李宪见路旁卖饼人的妻子纤白明媚,便强行厚赐饼师,将那女子带入自己宅中为妾室。过了年余,他重又想起,唤人带那饼师来,令他们夫妻相见。女子面对前夫,流泪呜咽,终无一言。宁王命在场诸人为此事赋诗,而王维的诗最先写成。众人传看他的诗之后,纷纷起敬,再不敢写。而宁王看了此诗,也将女子送回饼师家中,令全其志。

"莫以今时宠,能忘旧日恩。看花满眼泪,不共楚王言。"王维一字一句,悠悠诵出。

张九龄静思片刻,慨然拊掌,叹道:"写得好啊!三女之运命,尽皆熔于此一诗。"

裴耀卿笑道:"息夫人虽不幸为楚王所掠去,却一直不肯与楚王言语。此诗以息夫人掌故,比拟饼师妻子,确可谓恰当之至。只是我腹笥未如张兄与王十三郎之广……息夫人与饼师妻子之外,还有一女,当是何人?"张九龄叹道:"'莫以今时宠,能忘旧日恩'两句,乃是借用了冯小怜弹琵琶弦断时所作'虽蒙今日宠,犹忆昔时怜'两句。"裴耀卿恍然道:"是了,冯小怜为北齐后主高纬爱妃,后来高纬身死,周武帝又将冯小怜赐给代王宇文达为妾。小怜甚是受宠,不想也会发此哀音。"

张九龄颔首道:"正是。此诗名为《息夫人》,实咏饼师妻子,却又借用了冯小怜旧句,由此,三女虽时代迥隔,运命却教此诗系在一处——而全诗只有二十个字而已。咏息夫人的诗作中,尚未有篇幅如此之短,而意蕴如此之丰的。而王十三郎虽借用了冯小怜之句,却用'息夫人'作为诗题,则是因为——"

"以楚王而非荒淫无道的高纬比拟宁王,更为明智。"裴耀卿接道。

张九龄叹道:"王十三郎为饼师夫妇求情,却又并未激怒宁王,反而触动于他,可谓既有仁心,亦富急智!王十三郎这等才子,合当在朝中做事,为社稷邦国尽力啊。"

王维大喜,当下整理容色,起身郑重一拜:"贱子十年以来有意为官,只是器质鄙陋,无门而入。若张相公能鼎力相助,维必终身感念厚恩!"[2]盼咐童儿将那首诗取出,献给张九龄。

裴耀卿笑问道:"敢问张兄,不知左拾遗之职,王十三郎可还当得?"

"当不得。"张九龄读着诗,头也不抬地说。裴、王二人皆是一怔,却听他续道:"左拾遗当不得,右拾遗却当得。"

"好啊……"裴耀卿佯作不快,继而笑了,"我将王十三郎引荐给张兄,张兄反倒要与我抢人了。"

原来裴耀卿为门下省侍中,而张九龄是中书令,中书省的长官:左拾遗在门下省,而右拾遗却在中书省,张九龄说王维当得右拾遗,便是要王维来自己手下的意思了。

一时宾主尽欢。宴罢时已是黄昏,响过了街鼓,到了宵禁时刻,张九龄身为相公,自然可以夤夜于街上行走,还可叫开已关的坊门。王维则无此殊荣,只得宿在裴家。

侍女将他领到第三进的客房之中,笑道:"王十三郎便请在此安歇。"说着偷看他一眼,飞红了双颊,"今日来的人好多!"又奉上柳枝牙刷、细绢巾帕之类。

王维随口问道:"除了某与张相公,难道还有他人不成?"

"是呀,我家九娘请了李太白李十二郎君在家中盘桓,说是要将大唐歌诗译成胡语,传到外邦哩!"侍女笑道。

"九娘?"王维重复道。

那侍女以为他不识得,便笑道:"我家九娘是阿郎的养女,三年前移到我家居住。九娘又美貌,又和气,又聪敏,那年我家阿郎奉命带二十万匹绢前往幽州分发给奚族将领,突厥、室韦意欲劫掠,幸得九娘事前……"说到一半,忽然发觉对王维一个外男说这么多一个女儿家的事,不大妥帖,低下了头。

王维想了想,说道:"我与你家九娘乃是旧识,曾与她和她阿兄崔明昭一同入蜀。只是这几年来她多随裴公在东都,故此已长久不见。可否引我与她一晤?"

侍女望望天色,心道他与九娘虽男女有别,但如今辰光也还不算迟,当不违礼,便引他到了院落东侧的堂前。东堂是裴家人消遣、读书、闲坐的所在,有时也用来接待客人。堂前槐榆掩映,王维立在榆树的叶影中,听得堂中隐隐传出笑语。他见侍女要敲门,忙低声道:"我与他们皆是旧识,不劳烦小娘子了。"侍女怔了怔,见他坚持,便敛衽施礼而去。

堂中有一个女子笑道:"譬如说,你这句'峨眉山月半轮秋'的'半轮秋'……唔,就很烦。"嗓音甜润,又带着三分娇气。

他愣了一会儿,意识到,这个嗓音,自己已三年没有听见过了。

一个男子的声音道:"是啊,只得译成'峨眉秋、半轮山月'了——唉,波斯话固然极美,可若要将我们的歌诗译成波斯话,也不免颜色尽去……"正是李白那喝多了酒的嗓音。

女子又笑道:"我瞧倒不妨将'半轮秋'译成'一半秋':峨眉山月,占了一半的秋色……"

"如此,倒也新鲜! 只是山月的'半轮',总是译不出了……"

"就像……就像王十三郎的'山中一半雨'。这个'一半',其实也是译不出的。"

王维蹙起了眉:她念着他的诗句,但她的语调也罢,她说的话也罢,又好像和他毫不相干。

两人言笑晏晏,说的尽是诗歌译法,时而还插入两句波斯话。他不由得感到"隔"了。自他识得阿妍以来,她在他面前,便如一块玲珑水晶,每一面都晶莹剔透,一眼便可看尽。她的努力、她的赤诚、她的羞窘,都被他全数收入眼中。他以一个年长者的姿态,微笑着看她——那微笑中,固然有宽容和怜爱,可也未尝没有几分俯视:万事经过的年长者,对局促不安的年少者的俯视。

然而今日,他是那个局促不安的、受到俯视的年少者,而裴公和张公,是俯视着他的年长者。

他仿佛突然明白了她的感受。此刻,她与另一个男子说说笑笑,谈论着他们的志业,他才发现,这个小女郎身上,亦有他解不得、看不彻的一面。

从前他一眼就看得透她,是因为她愿意。她真诚待他,不肯掩饰,或者说,连掩饰都带着无可救药的真诚的笨拙,所以,她给了他看懂她的机会。但她自有她的世界。她的另一方世界,她也一样愿意慷慨地与他人共享。而那部分世界……他甚至从未了解过。

她的嗓音,原来这样清甜,而其他人同样可以分享这份清甜。

原来他和别人,也没有什么不一样。

从前他以为的不一样,大概只是由于,她总是那样真诚地看着他。

这一夜,王维直到很晚,都没有睡着。

第二日早晨,他早早辞别,回家去接母亲,一起去福先寺听讲经变。福先寺是皇家寺院,堂宇宏美,林木萧森。讲变结束后,听讲的信众三三两两从变场中步出,意犹未尽,讨论着变文情节。

"佛说:'无尽意!是观世音菩萨成就如是功德,以种种形,游诸国土,度脱众生,是故汝等应当一心供养观世音菩萨。是观世音菩萨摩诃萨于怖畏急难之中,能施无畏,是故,此娑婆世界皆号之为施无畏者……'如今听法师讲的,观世音菩萨果真显灵于人世间哩。"

崔氏悠悠念着《法华经》。她年已五十有余,穿着暗蓝绸衫,深青长裙,面上带着笑意,颇为慈蔼。她注意到,长子有些神思不属:"怎么了?"

王维双眉微凝,想的却是那年在汉中的事。那日阿妍回邸店甚晚,与他在邸店后园的小径上相遇。他问她去了哪里,她只说贪看沔水风涛,便误了回家时辰。可他自幼清心礼佛,又习练琵琶,五感敏于常人,与她擦肩而过时,分明嗅得她身上隐隐有一丝水气,低头看时,见她鞋袜也更换过了,而她当晚又发起烧来。他虽感异常,却未多想,只道她一个小女郎家也该有些小秘密,直到今日听讲,那个出自李适之本人之口的故事,明明白白点出了"观音菩萨"救李适之的时日——正是他们在汉中的时候!

他笑道:"儿子只是在想,这观世音菩萨,儿子似乎识得。"他语调清平,仿佛只是在说不相干的事。崔氏本拟笑骂"你胡呲些什么",然而她瞟了一眼长子微攒的眉心,便没有出声。

王维重新开始做官了。又一次过上了这种早起入朝视事、中午在官署吃完饭回家的日子,他并没觉得不适,但预料之中的那种欣喜,也没有持续多久。

这天的清晨,许多臣子照例聚集在皇城门口,等待门开。有的人还未用过朝食,于是急急吃着怀中揣来的蒸饼,不免又被人取笑道:"仔细如武后时的张衡一般,遭御史弹劾!"

——武则天时期有个叫张衡的官员,位至四品,将加一阶成为三品,却因见到路旁蒸饼新熟,买了一只在马上吃,而被御史弹劾,最终武后决定不允他升官。

众人一时大笑。吃蒸饼的人则面红耳赤,反驳道:"圣人英明睿智,岂是武后可比?"

在这一阵阵笑声中,王维见到河南尹李适之负手立在门旁,身上绣着如意纹的圆领紫袍熨得平整至极。他身量高大,兼且肩宽胸挺,这身紫袍穿在他身上,正是气势沉雄,腰间束的玉带在温煦朝阳下闪着淡淡光泽,衬得他于威武之外多了几分清润。王维见了他如此人物,也不觉暗自赞叹。在他面前,自己这身低阶官员的青袍,确乎显得寒微。

李适之留意到王维的视线,向他微一点头。王维彷徨片刻,走了过去,拱手为礼,笑道:"下官是中书省新任的右拾遗,姓王名维,字摩诘。"

"原来是太原王摩诘!"李适之官位虽高,平素却没有多少自矜的气息,笑得很爽朗,"君之才名,我亦有所耳闻。"

两人又客套了几句,王维道:"下官昨日随母亲听讲变,听说了李尹为观世音菩萨所救的事,实在感人。只是下官有一事不解……"李适之听他说起变文之事,又笑了:"王拾遗只管说。"

"下官只是不解,李尹何以得知那女郎是观世音菩萨的化身呢?莫非当时空中别有异象,譬如祥云梵唱不成?还是菩萨亲开金口,告知李尹的?"王维笑着问道。

李适之道:"实不相瞒,自我将那故事送到洛阳寺庙中传唱以来,王拾遗是第十八个有此一问的人了。"王维赧然道:"下官愚钝。"李适之忙摆手道:"非也,非也!便是再多的人问我,我也甘之如饴。实话说与王拾遗吧:我并不知那是否观音菩萨。我托洛阳寺院传唱此事,全为寻那女郎。若我寻不到她,我才只当她是匆匆一现的观音。"

王维犹豫数息,才道:"若李尹……寻到了那女郎,该当如何?"

"她是神仙一样的人物,"李适之苦笑了起来,"我何敢如何?自然是看她想要如何了。"

王维一惊,抬眸望着他。然而这时端门徐徐打开,众人纷纷拥入皇城,二人的谈话也被打断。

这半日过得极快。中午时分,各个官署中的众人例行共用了午饭,才逐渐结束视事,从皇城遍植槐树的大道上鱼贯而出。王维从中书省快步走过宣政殿与含元殿,只觉阳光炽烈,照得他略略恍惚,险些与正从门下省出来的裴耀卿撞个满怀。

裴耀卿见他神色匆匆,问道:"王十三郎来我这里,可是中书省有什么公务要交与我们?"王维这才猛省,歉然道:"不,下官……下官是有私事寻裴公。"裴耀卿见他踌躇,便转身折返,将他让进自己视事的公房。

门下省的结构与中书省相似,都是十二间公房两两相对,裴耀卿作为门下省长官,所在的自是位置最好的一间。王维在门口脱了靴子,踏入公房,只见房中一派廓落,并无多余陈设,只中间一扇屏风,案角一枚香兽。地上分两列摆着十余个锦垫,自是门下省众官员会集议事时所用。

他又后悔了,期期艾艾道:"下官……"抬眼却见那屏风非如寻常屏风般题着字或画着山水人物,而是画着一幅大唐疆域全图,周边的邻国也无不清晰历历,东有契丹、高丽,西有吐蕃、回鹘,昭武九姓诸国也在其中。他信口问道:"这屏风好精致!莫非是兵部所制,送予裴公的?"能掌握这样细致的疆域布局的,怕也只有兵部了。

裴耀卿一笑道:"不是。这屏风乃是我家的阿妍精心画就,呈与我的。她说我为转运使,鼎新漕运,若无有地图,不免行事困难,便画了此图。每有远客入贡,鸿胪寺典客署便要询问远客,图画彼国的山川风土,故此她熟知大唐四疆景况,将这些番邦也画得清楚。女子过问前朝之事,原是不合礼制,然而以她的才略……偶尔违背礼法,大约也无妨。"他说得谦抑,实则拈须微笑,得意无比。

"阿妍原是极聪敏的。"王维低声道。

"你怎识得阿妍?是了,她是崔明昭之妹,你与崔明昭交好。"裴耀卿恍然,又问道,"你来寻我,是为了何事?"

王维也不明白,自己怎么就走到门下省来了。

他退缩了。他清楚,裴公固然热衷实务,却更是一个极其在意礼法的人。裴公做州刺史时,见州人久绝雅声,不识古乐,便上奏请求增添乐器,教习古礼,皇帝给大哥宁王的赏赐每每逾礼,他也顶着风险,上疏劝谏,劝皇帝依礼减省。这样在意礼法的人,却说出"偶尔违背礼法,大约也无妨"的话……

裴公是很喜爱这个养女了。

王维搪塞了几句。裴耀卿微一颦眉:"这面屏风怎么了?你见了这屏风,就有些分心。"

"裴公……我听见了一篇变文。"王维说。

"变文?"

"是。李尹请法师们在洛阳寺庙中传唱一篇变文,那篇变文,是……"他试探似的,看了眼裴耀卿。

裴耀卿喝了一口酪浆:"我知道。那篇变文,又是李相的小郎君写的,就是那个叫崒的小郎。李尹说他想寻人,却许久未能寻到,李家的小郎就说,要帮他写变文。观音菩萨的说法,也是李家的小郎想出来的。唉,他前番写了阿妍的事,致使阿妍……"他到底是个道德君子,没有继续说出指责李崒的话,只是无奈地笑了:"这回,不知又是哪个女郎,要……"将"受苦"二字咽了回去。

王维也沉默了一会儿,才道:"裴公,李尹所寻的女郎,或许……就是阿妍。"

"……"裴耀卿将盛着酪浆的瓷盏放回案上,简直无法维持温文君子的仪态了。他的注意力甚至没有放在"河南尹寻的人是自家养女"这件事上:"又是这个李家小郎? 又来写阿妍? 业障!"

王维将那年在汉中的事说了一遍,着重点出了当时的日子。

裴耀卿思索片时,问道:"在你看来,那救了李尹的女郎,多半便是阿妍?"

"是。"

"还好。"裴耀卿轻轻吁了一口气,"不是什么恶事。这件事你和我知道便够了,别告诉阿妍。"

"嗯? 裴公是说……"

"前番他们传说阿妍是……"裴耀卿顿了顿,觉得难以措辞,"这回若是又传说她是观音菩萨,只怕有人要觉得,阿妍是专门作乱的妖人。传到圣人耳中……"

"若李尹亲自寻到了阿妍呢?"同为男子,王维猜得出李适之必定倾心于那所谓的观音菩萨,但他不大想在裴公面前直陈。

然而裴耀卿也清楚李适之的心意。一个男子这样大动干戈,四处寻人,不是为了报恩,就是因为钟情。而报恩嘛,又大可不必如此曲折,将一个陌生女郎说得天上有地下无。

——所以还是因为钟情。

"我无意令阿妍攀附高官宗室,但若是李尹自己寻到了,李尹……倒也不差。"他用一种公事公办的语气评价李适之。

王维清楚自己僭越了,却仍是忍不住问:"裴公是想,将阿妍……"

裴耀卿隐隐诧异,不动声色道:"李尹寻遍了长安巷陌,又在洛阳散布变文,请托寺庙,花了无数财力心力。我听说他素来豪迈,不拘细行,却这样用心寻一个人……大约很在意那个人吧。"

王维无言以对,却听裴耀卿又笑道:"原来和阿妍一同去蜀地的人里也有你,连我也不知。阿妍常常提及她阿兄,有时也说起王少伯,倒是很少说你的事。"

话至此处,已无余地。王维诺诺退出那间公房,只见门下省的官员们来来往往,穿梭于公房之间,每个人脸上都带着或凝重或轻快的容色,正是官员们视事时常有的模样。只是他们的神色,看在王维眼中,都仿佛是在嘲笑他的痴心妄想、不自量力。

注释:

[1]"朝开五色书"的"开"字一作"闻"字。这首诗是王维写给张九龄的《上张令公》,也有人认为是写给张说的。

[2]"贱子"的自称,来自王维献给张九龄的另一首诗"贱子跪自陈"。

第十三章
玉面添娇舞态奢

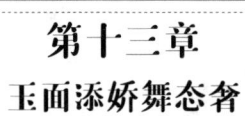

原野平缓开阔，垂柳青青，碧草无垠。幽州军营绵延十里，千帐相连，气势逼人，兵士们的铠甲与战刀，在骄阳下均自闪亮耀目。大军人数虽多，却纪律严整，平原之上，除了时而传来的马嘶鸟鸣，竟几乎只有轻风吹动草树的声音。

四月的幽州虽已入夏，天气尚不算热。安禄山的背心，却为汗水浸透。他双手反绑，跪在主帅营帐之前，望着端坐帐前的幽州节度使兼御史大夫张守珪。

那是他的养父，平日里原是极器重他的，但——谁教他触犯了军法呢？

他隔得太远，看不清张守珪的表情。他的背后，汗水不断渗出，蜿蜒而下，却为甲胄罩住，不能蒸发，使人格外难以挨受，下唇也咬破了，一缕细细血水自他的唇角滴下。然而此时，他完全无心去注意这些，脑中念头转得飞快，有如电光之速。

张守珪沉默了半日，终是吐出一个字，那个字他却听得无比清晰——

"斩。"

一旁的校尉利落地躬身："得令！"掣出军刀，走到安禄山背后，低声道："安将军，对不住了。"便举起刀来。

"且慢！"安禄山忽地暴喝，"我有话要说！"

张守珪站起身来,缓缓向前走了两步,扬声问道:"你恃勇轻进,大败于奚人与契丹。依军法合当斩首,复有何言?"

"大夫不欲灭奚、契丹两蕃邪!奈何杀壮士!"安禄山大声疾呼,声震四野,连平原上的野草,都似因他这一呼,而微微颤抖。

他知道这是他最后的机会。他大喊之后,便昂首看着张守珪,双目神光湛湛。

张守珪怒道:"我何尝不欲灭奚、契丹!只是军法所在,不得不行。你触犯军法在先,如何敢发大言,自居壮士!"

他面上俱是怒意,然安禄山听他盛怒,反而心中大定——张守珪若是铁了心肠要斩他,必无心思再说这些。而张守珪素来最是护短,他允安禄山自辩,便是存了活他之意。安禄山一抬下巴,大声道:"禄山到大夫帐下以来,先为捉生将,每与数骑出,辄擒契丹数十人而返。后又为偏将,而至平卢讨击使、左骁卫将军,与奚、契丹大小数十战,所向无不摧靡,非壮士而何?禄山愿戴罪立功,待到两蕃尽灭时,大夫再斩禄山不迟!"

张守珪又向前行了数步,直到跪着的安禄山身前,一双眸子回视于他。张守珪自少年时即为边将,在河西镇守多年,屡次大败吐蕃,杀人无数,兼且魁伟高大,一身神威凛凛。纵是安禄山自许骁勇,见张守珪盯着自己,也不由得心中打战,只是当此生死悬于一线之际,仍是不敢退缩,直直望着张守珪,眼中尽是真诚无畏。

终于,张守珪打破沉默,长声道:"你讨契丹失利,依军法当斩,但你素日勇锐堪为三军表率,我现今便将你执送洛阳。你是生是死,便由圣人一言而决吧!"

安禄山大喜,连连叩头,汗水从额上滴下,浸湿了地上的草叶。他嗅着青草的馨香,忽然没来由地想起,因自己生得肥胖——此时武将肥胖强壮原是为人所称赞的,但他也实在肥胖过度了——张守珪不止一次流露嫌恶之意,要他少吃些。他暗暗对自己发誓,若能逃得此劫,定要少饮食,多骑射。

然而,到了洛阳皇城那座幽深宏大的殿宇里,面对这个世间至高无上的皇权,那种境况……其实远比在幽州更令人难捱。

"穰苴出军,必诛庄贾;孙武行令,亦斩宫嫔。守珪军令若行,禄山不宜免死。"那个个子不高的宰相张九龄说道。

他跪在众人身后,只能看得见张九龄挺直的肩背,身上剪裁合体的深紫官服,和手中洁白的玉笏板。他自幼流离,读书甚少,不知那"穰苴"是什么典故,但孙武练兵,连吴王的宫嫔都斩了的故事,他久在军中,却是听过的,当下不由得两股战栗。

底下众人议论纷纷。那高坐堂上的天子,终于发话了:"我听张守珪说此将甚是骁勇,若就此斩首,不免可惜。"

安禄山心中一喜,却连大气也不敢出。他不敢看天子,只听得天子的声音甚是沉稳。

另一位宰相道:"前番张家二子为父报仇,圣人以法不可坏之理,杖杀二子。如今禄山依军法当斩,臣以为,军法亦如国法,不可轻废。"

这位宰相身材瘦削,想来便是裴耀卿了。

"臣与张、裴二公想法相左。臣以为,如今诸蕃未破,朝廷正在用人之际,禄山勇武异常,不合轻易斩杀。何如令禄山戴罪效力?"说话之人亦穿着一身紫袍,正是第三位宰相李林甫。

天子沉吟片刻,道:"那胡儿安禄山,你且抬起头来。"

众朝臣纷纷向两侧避开,让皇帝可以看清安禄山。安禄山抬头,只见天子双目如电,炯炯凝视着他,竟不由得险些又低下头去。圣人的年齿与他养父张守珪相似,眉目间也均有一种凛然难犯的威严,只是张守珪所挟,乃是多年为将,冲锋陷阵之威,而圣人所存,则是为天之子,以主神器的不上之威,两者相去,竟是不可以道里计了。只听得天子问道:"事到如今,你有何话说?"

安禄山昂然道:"回圣人的话,禄山本不畏死,只是禄山深受唐恩,尚未见奚、契丹两蕃为大唐所灭,心不甘耳!"

"巧语欺人!"张九龄嗤笑一声。

"守珪报说,禄山素习两蕃地理,知其山川井泉。今若杀禄山,守珪帐下岂非少了一得力之士?"李林甫道。

"禄山失律丧师,于法不可不诛!"张九龄扬声道。

天子道:"朕意亦同李卿。"

张九龄趋前一步,大声道:"臣观其貌有反相,不杀必为后患。"

"卿勿以王夷甫识石勒,枉害忠良!"天子顿了一顿,又道,"朕意欲削去禄山军职,令其在军中白衣效力。卿等不必复言。"挥手令安禄山退下。

安禄山小心倒退,直到殿门。他迈出那高高的门槛,方才轻舒一口气,望向洛阳宫苑之中花树掩映的琼楼玉宇——这是他第一次有幸入禁宫之内,眼中所见无不奢华,连大殿檐边的瓦当,花纹都富丽繁复。

九死余生,他心中却并无欣喜之感,只有一种难以言说的茫然与不甘。

他实是受够了这种生死系于人手的感觉。

"我们欲待前往饮妓家中。安郎可有意同往?"押送他前来洛阳的两名校尉笑问道。他们拟在东都休息数日,便归返幽州。

安禄山一路担惊受怕,又在宣政殿中经历了一番生死惊险,疲惫之至,本欲待在邸店中睡觉,但他不知怎的,只想好好看一看这个城市,于是应道:"善!"

到了诸妓群集的坊曲之中,三人才发现自己身上钱财都不算多,便只够在较入流的饮妓处观一曲舞,或是在不入流的卑屑女妓家中宿上一夜。那两名校尉低声商议后,便自去寻妓眠宿,唯安禄山打听一番,闻得妓中名响铮铮者,多居于偏东一侧,内中有一名唤罗团儿的,最是善舞,便自向东行去。

到得罗团儿家询问,原来罗团儿这日确曾安排下柘枝舞。安禄山只道可以观舞了,却不想一名锦衣侍女盈盈迎出,笑问他要名帖。安禄山岂有名刺?只得告罪道:"某乃幽州军中一小卒,因慕罗大娘声名,欲观罗大娘一曲舞……"竟比在宣政殿上的生死关头,还要忐忑几分。幸得那侍女见他人物不俗,也不敢自专,反身去问了罗团儿,便请他进去。

安禄山随着那侍女转入后堂,一路上只见堂宇宽静。庭中前后植有各种珍奇花卉,更有碗口大的牡丹开得艳极盛极,皆是安禄山在东北从未一见者。又有水流淙淙,声如溅玉,池中怪石垒成嶙峋峭壁,颇见主人胸中丘壑。

到得后堂时,锦筵已开。三声画鼓响过,舞乐便开始了。偌大的堂中四边坐满了人,安禄山也不及细看那壁上挂的波斯壁毯,几上摆的狻猊香兽,架上陈列的吐蕃银瓶,只感自己一身风尘,实在于这堂中脂香粉腻的氛围落落难合。

这时头戴缀着明珠的小绣帽,足穿一双红锦靴的罗团儿出场了。她姿态绰约,只一个踏步,一转眼眸,便现出风华万千,连眉间牡丹形状的花钿,都似活了起来。安禄山情不自禁便要叫好,但见得身旁众人均都不敢出声,便压住了喝彩的念头。

罗团儿身上的紫罗衫甚是轻薄,随着她的踏步不住抖动,教人想见那罗衫之下的无尽春色。这时画鼓声转急,她纤腰一扭,便踏着节拍飞舞起来,珠帽上的流苏也随之颤动。她不住变换姿态,时走时跪,时蹲时跃,时而甩动她长长的罗袖,时而向众人抛个眼波。她展开纤细的双臂时,便似要拥抱这世间一切的人事;她踢动穿着缬花绔的双腿时,便像要跨越这世间的千山万水。她的脖颈生得好看,每当昂头时,便在紫衫的衬托下显得格外纤长洁白。

安禄山咽了口口水。他只觉她的脖颈好美。

他爱上了这个女子。

不,他不是因她的舞而爱上她的:她的舞虽美,可柘枝舞本就是来自康国,他自幼见惯,他的妻子康氏也会跳。只是,他自幼所见的那些舞者,大多装扮寒素,没有罗团儿的罗衫绣帽,花钿锦靴。她们起舞的所在,也大多简陋,不及这堂中的高华之万一。

她的衣装,她的脂粉香气,她的窈窕舞姿,是京洛才有的。洛阳这个城市的繁华与美好,浸润在每一个居民的衣衫发肤、每一处坊里的青砖灰瓦之中,从洛水的道道烟波中透出,也从眼前这女郎的舞姿中透出。

她就是洛阳,洛阳就是她。

若我一朝为天子,当定都洛阳。安禄山这样想着,直到他被自己吓了一跳。

他定定神,继续看罗团儿的舞。这支舞已近尾声,罗团儿跳得更加急了,明亮的灯光下,她的影子仿若翩翩彩凤,她的腰身变得越来越软,淡紫罗衫早已为汗水湿透,贴在身上,更显得身姿曼妙,令人遐想。众人都盯着她纤细的腰肢看个不住,安禄山却直直盯着她美丽的脖颈。

他爱上了这个女子。

他想掐断她纤白的脖颈。

也许,占有一种事物的最好方式,便是毁了它。

那么,若要占有这个天下呢?

第十四章
凉州七里十万家

盛唐之时，河西、陇右二十三州，凉州最大，土沃繁而人富乐。后世学者曾说，河西之有凉州，便如中夏之有洛阳。凉州东有峡谷，西有草场，南有祁连山脉，北有戈壁大漠。祁连山上终年积雪洁白，每到夏日，山边却有融雪化水，飞流而下，汇聚成河，灌溉滋养着凉州一地。而北面的戈壁滩大漠孤烟，落日长河，景色更是奇绝。

凉州人烟铺地，间阎相望，桑麻翳野。葡萄酒熟，酒楼青旗扬展，楼下女郎当垆卖酒，楼中美貌胡姬伴客，往来的客商携带着宝石、丝绸、香料，在武威城中的市上交易，市中有人吹着筚篥讨赏钱，擅长西域莲花舞的"羌儿胡雏"们在宴席上、酒楼中翩然起舞，以佐酒兴……

长安虽也颇受胡风熏陶，终究不如凉州作为边塞胡风之炽。我这次来河西，其实算是假公济私：我们将大食使团一路送到凉州，他们离开后，我就在这里好一番游赏，将在鸿胪寺典客署里只听过、没见过的胡人风俗看了个遍。但是除了游赏之外，更有一件事，沉甸甸压在心头。

历史上，河西节度使崔希逸本与吐蕃边将乞力徐约定不再兴战事，使两国人民共同在边境休养生息，却因宦官赵惠琮假传圣旨而只得出兵突袭，大败吐蕃，自此两国盟誓决裂，吐蕃不复朝贡。崔希逸也最终愧悔而死。王维年谱中记载，王维以监察御史身份，于今年秋天出塞到凉州，就是为了宣慰大胜的河西将士。

我既然预知历史,是否能提前向崔希逸说明宦官乃是矫诏,从而阻止这场大战?为此,我行前特意向养父裴公要了他的名刺,只为见到节度使崔希逸。两日前,我已提前将名帖送到崔宅,约定明日上门谒见。

现在才只二月初,凉州冰还未化,仍是天寒地冻的时节,唯有饮酒可以祛除寒气。既知可以设法让唐蕃人民避开一场大战,我也自欢欣,便走向酒楼,欲待小酌一番。

我要了一壶葡萄酒,独自坐在楼头,喝了一阵,忽听得有几个士人为诗歌争执起来。其中一人道:"王摩诘的'拔剑已断天骄臂,归鞍共饮月支头'豪气万千,原胜于众人之作!"另一人道:"不若王校书'但使龙城飞将在,不教胡马度阴山'。"更有一人道:"二人之诗,皆不如王季凌的'羌笛何须怨杨柳,春风不度玉门关'!"

这时却有一个女子清脆声音道:"李太白之诗作非但不逊王摩诘、王校书、王季凌,且远过之!'明月出天山,苍茫云海间。长风几万里,吹度玉门关'几句一出,不止羞煞今人,也羞煞古人!"

李白现在的诗名,远不及王维、王昌龄、王之涣等人,是以她一发此言,士人们议论纷纷:"李太白?那是谁?""这几句确是苍凉壮阔,气势非凡。"

我回眸看时,惊呼道:"绮里?!你怎的在此?"

那女子肌肤苍白,鼻子高挺,正是王昌龄转送李白的那个粟特小侍女绮里!绮里见了我,也很惊喜:"我家主人要我代他来凉州寻访一位旧友。"

我见到故人,很是兴奋,招呼她同坐,对饮了两杯。绮里见我只是浅酌,笑道:"在蜀地时,九娘最是善饮,怎的今日反而不喝了?"

"明日有约,不便多饮。"我说。

绮里打趣道:"莫非是要见哪个男子?崔郎与王郎可知晓吗?"

我脸上发烫,压低音量,笑道:"你只管胡呛!实话与你说吧,我要去访的人是崔节帅。朝廷遣来的宦官赵惠琮要崔节帅出战吐蕃,但崔节帅本不必出兵。我正要去告知节帅此事,要他不必坏盟,两国边境平靖如前,岂不是好?"

绮里拍手道："若得边疆宁靖,自是再好不过!不过,九娘你是从何得知此事?又为何说崔节帅不必出兵呢?"

我一时语塞:"那赵惠琮……那赵惠琮……"那赵惠琮乃是矫诏,我因熟知历史,这才知晓,但这如何能说与绮里?当下只道:"喝酒,喝酒!"

我们又喝了几口,她一指窗外,赞道:"那个女子跳得真好!"

我探身看去,只见楼下一个卖艺的胡女在人群中跳柘枝舞。看了片刻,我回过身,笑道:"此舞甚有豪迈壮阔的边塞风调,然精细处仍是不及中原的舞姬了。"

绮里正为我添好一杯酒,笑道:"罢了,九娘见多识广,不比我这个小小婢子初到边关,见了什么都觉新奇。"

我拿起酒杯,扑哧笑道:"你是胡人,那么大约也算是西域人氏吧?到了河西,不觉得亲切吗?你家乡在何处?"

她低了头:"我父亲死得早,母亲携我在中原辗转流离,我也不知我究竟算是何处的人了。"

我甚悔问了这个问题,连忙劝她喝酒。绮里忽道:"我知九娘精熟波斯语与胡语。不知九娘可有心再学一学吐蕃语与突厥语,与我一同将我家主人与王郎、崔郎、王校书的诗译成蕃语,传到外邦?"

我一听,大喜过望,不觉拍案笑道:"你竟也作此想!"

当下我们絮絮说了半日,制订了许多翻译计划。

——然而世间的事,每有不当意者。

我好像睡了很久。眼前的世界什么也没有,唯有无穷无尽的黑暗,一层又一层。我在黑暗中拼命挣扎,却又被那泥沼般的黑暗拖曳、拉扯,而终于跌落下去,再也抬不起身,睁不开眼。躯壳和五感都似为那黑暗所封闭,只有撕裂般的头痛无所不在。

"九娘!九娘!你醒了!"夕岚扑到我身上,大哭起来,我这才看到她眼睛红肿,显然已哭过很久。

我吃力地抚摩她的头,勉强笑道:"休哭,休哭,我好得很。"

"好什么!你感染风寒,已经昏睡了五日了!"

"五日?!"我大吃一惊,忙坐起身来,只觉又是一阵头晕,却也顾不得了,"我要去见崔节帅!"

"我的九娘!"夕岚哭道,"我主人临行前将我送给你,便是要我好生服侍你的。现今你病成这番模样,我有何脸面再见我主人?!"

我来不及安抚她,只取了衣裳鞋袜穿上,跌跌撞撞就往外走,夕岚苦劝不及,只得随我出门。我到了城北崔希逸府上,府中仆婢却说崔希逸不在家。我问崔希逸何时回府,他们推诿再三,就是不肯实说,直到我怒而搬出养父曾为崔希逸官长的身份——裴公为转运使时,崔希逸是他的副手——他们才告诉我,崔希逸是出征去了。

我怔在当场,头顶如有一盆雪水猛然倾下。

那场靠偷袭而得到的大胜,终究还是来了。赵惠琮矫诏令崔希逸袭吐蕃,崔希逸不得已,发兵自凉州南入吐蕃境二千余里,至青海西,与吐蕃战,大破之,斩首二千余级,乞力徐脱身而走。

凉州城中人人欢庆,皆是大战得胜的欢欣气息。而我晃晃悠悠,走在凉州市集之中,无处可去。

我只是一个小小的穿越女,试图通过自己已知的历史,改变众人的悲惨命运于一二,然而就连这点痴心妄想,也终究不可实现吗?

那么,更大的战乱到来时,我真的还能在安禄山叛军的刀下,保全我想保全的人吗?

我捂紧了胸口,那儿揣着一本我最珍爱的书,一本从21世纪带来的书:《王右丞集笺注》。每当我痛楚时,每当我迷茫时,摸一摸这本书,便会获得力量。

可此刻,纵是这本书,也不能拯救我了。我跌跌撞撞地走着,迎面而来的路人无不闪避,我也不在意,只觉得身上好冷,张口呵出的尽是白气。我抬头,只见繁闹市肆之中一面青旗飘扬,正是那日我与绮里喝过酒的酒楼,便信步上楼,要了一大壶酒,只图一醉。

然而这唐朝的酒啊,度数太低!我醉不了——醉不了!

我一杯接一杯地将酒倾入口中,喝了半晌,仍是毫无醉意。我抬眸,忽见窗边一个穿一身圆领青袍的男子,也是如我一般,一杯一杯地喝着。他肩背挺得笔直,但那举杯的动作间,不知怎么地,就露出一种萧瑟来。我生出同病相怜之意,扬声对肆主道:"那位郎君的酒钱,算在我账上。"

那男子回过头来,虽似诧异,仍是冲我一笑:"小娘子美意,某却之不恭。"

我平日看惯了王维、崔颢,寻常的美男子再不能入我眼,然初见此人,还是暗赞了一声:好英武的人物!两道剑眉直飞入鬓,一双凤眼威仪深重,鼻若悬胆,鬓似刀裁,肩背挺直,一看就是行伍里熬练过的。我不由问道:"河西大胜,众人皆欢,郎君何以独坐寥落?"

"两国通好有年,各去守备,吐蕃畜牧被野,凉州土民安乐。如今盟约一朝破坏,两国自此再无宁日,某为大唐子民,有何可庆!有何为欢!"男子字字掷地有声。

这话真真说到了我心里,我断没想到,在河西还能听到如此议论。我不觉拱手,肃然起敬:"敢问郎君名姓?"

"某姓安,名重璋。未知小娘子尊姓?"安重璋起身,还了一礼。

"妾姓郁。"我亦起身,举杯走向安重璋,"崔节帅这场大胜……妾亦同安郎是一般的心思。"

"哦?郁小娘子作何想法?"

我低声道:"崔节帅本是忠厚之人,想来不愿做出偷袭之事。多半是来传旨的中贵人要崔节帅出征,崔节帅不得不为而已。"[1]

安重璋点头道:"是。想必中贵人欲求功劳,便向至尊奏称,吐蕃无备,节帅若行掩击,必有大获。"

"中贵人乃是矫诏……"这话我和任何人都没敢说过,此刻对着这素昧平生却与我想法一致的安重璋,却忍不住了。

安重璋想了想,摇头失笑道:"纵然他矫诏,你道他当真是矫诏吗?"

这话说得极绕,我受了打击之后反应迟钝,当下呆呆望着他。安重璋轻声道:"纵然此次崔节帅出兵当真是由于中使矫诏,至尊也必因他大胜,而欣悦至极,哪里还会去在意中使是否矫诏?"

他此语直如醍醐灌顶,我猛省道:"甚至……中使的意思,本就是天子的意思也说不定……"

安重璋道:"以某所见,多半还是中使矫诏。"

"此次崔节帅掩袭吐蕃,斩首二千余,吐蕃必然记恨,日后多半又寇河西。"我叹道。

安重璋苦笑道:"节帅颇识谋略,且河西近年兵马强壮,若是吐蕃又来,他当可击破之。但两国交兵,于我边民实无好处。此外,金城公主嫁在吐蕃,故而吐蕃与大唐得享数年平靖,但边事之重,岂能尽系于女子裙带?若金城公主一旦过世,只怕……"摇头不言,剑眉深蹙。

"安郎熟知军事,可是在河西军中吗?"我问道。

安重璋摇头道:"某如今不在军中效力,只是世代居住河西,善养名马,且家父曾为河西节度副大使,故而某亦曾随父辗转河西军中,于军事耳濡目染而已。实不相瞒,武德、贞观年间的凉国公安讳兴贵,便是某之曾祖。"

"原来安郎乃是凌烟阁功臣之后!"我一拱手,"难怪远见卓识,不同凡响。"

安重璋笑道:"只盼不辱家声罢了。倒是郁小娘子关心国事,远胜寻常女子,想必出自两京高门贵族。"

我笑道:"妾孤贱之身,岂有阀阅。只是妾在鸿胪寺典客署中为译语,故而听得不少边事。"

我和安重璋谈论许久,彼此都甚为心许。我自穿越到大唐以来,所见的尽是王维、崔颢、王昌龄这些诗礼自持的文士,还是第一次见到安重璋这样英气勃勃,又能与我会心讨论政事的武官。我们直聊到宵禁将至,约了三日后再见,便各自回家。

我回到家中,换下一身酒气的衣裳,蓦然怔住。

怀中那本《王右丞集笺注》呢?

数日来,我翻遍了衣裳和房间,也回那天喝酒的酒楼问过,也沿路寻过,都找不到那本书。我懊恼无及,只恨自己太不小心,竟失了除却王维本人之外,我在唐朝唯一可寄托情思之物。

这日转眼到了与安重璋约定的时辰,我心事重重,慢慢走向酒肆,却见安重璋早已在楼头候我了。他看向我的双眸光彩如前,仍是充满着大唐儿郎的自信与激昂,却也似乎多了几分我看不懂的内容。

我坐下,照旧点了一壶凉州葡萄酒。安重璋笑道:"我睹郁小娘子今日似有心事?"

我苦笑道:"实不相瞒,我失却一件紧要之物,难以心甘。"

安重璋笑道:"不知是何紧要之物?"

我揉搓衣角,低声道:"乃是一卷诗集。"

安重璋持着酒杯,在掌中把玩片刻,问道:"我们坐到那厢去如何?"一指旁边几间被木板隔出的雅间。我与他男女有别,又非亲眷,单独坐在房间里原是不合礼法,然我自与他初见,便甚是倾慕他身上的英武气息,心知他绝非会作奸犯科之人,便点了点头,招呼肆主将我们的酒菜挪到雅间之中。

坐定之后,安重璋抬眸,望向窗外,半晌没有说话。我本就有心事,也便不语。安重璋喝了两盏酒,缓声道:"我生长于边地,不知两京风物之美,只有在家父入京朝集时,随家父去过两次长安。"

我不知他为何突然说起这些,只默默听着。安重璋道:"朝集皆在正月,天寒地冻,我亦只见过冬日的长安早梅开放,不曾在草长莺飞、花发蝶舞之时看过曲江的烟水,亦未曾看过杏园中盛开的杏花。听说慈恩寺大殿南侧池中莲花别有洁净美态,每到夏日,青枝绿叶,菡萏齐秀,我却不曾见其生、视其长、睹其盛、惜其衰。"

我点点头:"长安的春夏原是极美的,然秋日时玉宇澄清,爽气袭人,终南山上树叶或黄或红,亦是不可多得的美景。"

安重璋道:"除却美景,长安城中更有人文之盛。西域的金桃盛在侍女捧上的银盏之中,小娘子们用两市妆肆买来的胭脂装点双颊,西市有人卖艺,吞火射箭,走绳顶竿,诸多花巧无所不用,待到上元赏灯之夜,更是'火树银花合,星桥铁锁开',游人如织,金吾不禁。长安除了最美貌的女子,最威严的君王,还有最卓荦的才子,最优异的诗人。我记得我少年时读到卢照邻的《长安古意》,心中震撼至极:'北堂夜夜人如月,南陌朝朝骑似云。南陌北堂连北里,五剧三条控三市。弱柳青槐拂地垂,佳气红尘暗天起。'好一句'佳气红尘暗天起'!当真写尽西京风流。"

我听他言语之中描绘出一幅长安美景,微笑道:"改日安郎若到长安,我愿带安郎游慈恩寺、终南山,并引安郎见见几位绝好的诗人。"

安重璋双眸忽地迸发精光,厉声道:"可叹长安美景如斯,小娘子怎忍心见它一朝毁于叛军铁蹄之下?"他手扶桌案,探身而前,一张英气逼人的脸离我只有半尺之遥。

"——小娘子,你告诉我,什么是'安史之乱'?!"

我大惊,骇然道:"你,你怎会知道安史之乱……你……你明明……"

你明明是古人,不是穿越者!

他从怀中掏出一物,丢到我面前。

——正是那卷清人赵殿成注的《王右丞集笺注》。

我拿起书,讷讷道:"你……你……"

"不错,我读了此书。"安重璋顿了顿,俨然对于把这种装帧形式称为"书"不大适应。唐朝传世书籍多赖手抄,且多为卷轴装,连线装书都尚未出现,遑论一本20世纪出版的铅印平装书。

"书中的注训提到,安史之乱中,叛军攻陷两京,安禄山在洛阳自立为帝。"

我心中惊涛骇浪不住翻涌,嘴唇颤抖,额头汗水渗出。

安重璋肃然道:"如今雕版印书只印佛经,清晰如此书者,我尚是首次得见,且这书中述说许多未来之事。郁小娘子,你究竟是何人?"

我此时竟不知是忐忑,是惶恐,还是松了一口气——

这世间,终于有一个人和我一样知道了那场终将到来的巨大叛乱,那场几乎毁了唐国国运的叛乱,那场被称为中国历史的转折点之一的叛乱。

这世间,终于有一个人,可以分享我的惊惶,我的担忧。

我泪水流洒,竟不觉伸出双手,握住了安重璋的手。那是一只握刀舞剑、按辔控缰的手,沉稳厚重,与王维、崔颢等人握惯了毛笔的手自是不同。

这只手,能够拯救这个国家吗?

安重璋反腕握住我手,沉声道:"小娘子休要流泪。既知将有如此大乱,我们精心预备,或可避免此乱。"

我听他言辞之中信心昭然,也多了些勇气,颔首道:"好。依我之心,恨不得早早杀了安禄山这厮。"

安重璋叹道:"杀了安禄山,未必不会再有他人作乱。"

我疑问道:"安郎何以如此说?"

安重璋道:"其一,若是杀了安禄山,圣人自会任命他人镇守幽州、平卢。此人难道便必定不反?其二,杀了安禄山之后,圣人若是改易策略,将原由安禄山所掌之兵分付他人,以分边帅之权,边将手中兵权变少,便再不能如从前一般,随意征讨四夷,边境还要时常为四夷所扰。是以若你我处在至尊的境地之中,也未必能作出更好的安排。"

我毕竟不如他熟知军政,听得此言,只觉甚是有理,不免泄气。

"话虽如此,我们还是应当预先杀了此贼。"安重璋道,"郁小娘子,你在长安不识得可向至尊进言的人吗?"

我苦笑:"我养父便是左丞相裴讳耀卿。但此时安禄山尚只是幽州军中一名偏将,若说他来日必反,有谁会信?况且……"我既知他已读了书中内容,也便顾不得泄露历史了,身子前倾,小声道:"况且圣人后来极为宠信安禄山,若有人言安禄山有反意,圣人便吩咐将此人执送幽州,由安禄山处置。"

"竟有此事?!"安重璋切齿道。

我戚然道:"是。李林甫在时,安禄山有所顾忌,尚不敢反。但李林甫去世之后,无人制他,新任宰相杨国忠又频频进言说安禄山必反,安禄山便以清君侧、诛杨国忠的名义,起兵谋反。"

"安禄山起兵之后,大唐的将领都有何人?为何容安禄山攻陷潼关?"

"封常清因带的是新募之兵,不能守洛阳,只得西奔潼关,闭关不出。圣人大怒,将封常清、高仙芝二人同日斩于军前。而后哥舒翰镇守潼关,因杀了圣人所派之人,为圣人所忌,圣人逼哥舒翰出战,哥舒翰终为崔乾祐军所败。"我思索道,"倒是郭子仪、李光弼的朔方军一出,大胜史思明。"

"看来此事关键系于圣人身上。"安重璋叹道。

"但君心难测,我们实难改易圣人之心。"

"或者我们从高将军入手，设法收买？"安重璋说的高将军便是皇帝最为得力的内宦高力士。

我点了点头，随即又摇了摇头："高将军受圣人厚赐，富有畿甸上田、果园池沼，等闲金珠珍宝恐是看不入眼的。我非家资巨万之辈，你虽富贵于我，所能拿出的钱财恐亦有限。纵使你我能收买高将军，安禄山难道不能？难道……难道我们要设法续李林甫之命，使安禄山一直不敢妄动？"我信口喃喃，随即苦笑："吞丹续命之事，究属虚妄。况且安禄山得以久掌东北之兵，也是出于李林甫的认同。"

我与安重璋商量半日，终是未能得出一个令人满意的结论。也是，想要避免安史之乱这么一场大战，岂是区区两人想个半天就能做到的？最后我气馁了，胡说道："若是不成，我去与安禄山为嬖妾，借机刺杀他吧。"安重璋忙正色道："郁小娘子万万不可！该为江山社稷舍命的是我们男人，岂能要你们女儿家自污身体，侍奉反贼？"

我本来也只是随口一说，安禄山肥胖不堪，怕不有二百来斤？我若要用美人计，自己的损失也太大了。我笑道："我一个女子与安郎谋算了这半日，安郎却还说不要女儿家出力？我单名一个'妍'字，安郎呼我阿妍便是，'郁小娘子'什么的，未免生分。"

安重璋从善如流："阿妍，我行五，你呼我五郎便是！"

我见他不拘俗礼，心中高兴之至，笑道："我此来河西，最欢喜的事便是结识了五郎这等人物。"

安重璋笑道："我亦荣幸之至！是了，阿妍，你还未与我说你究竟是何人哩。此书亦不类唐物，"他一指桌上那本《王右丞集笺注》，"书上写着'清赵殿成注'，'清'又是什么朝代？"

我深吸一口气，再度伸手，握住他的手掌，道："我……我实则来自大唐千载之后的朝代。"

安重璋似早已料到这个答案。他沉吟片刻，问道："你可是孤身来的吗？"

"正是。正是。"我忍不住流下泪水，"五郎，你不知……你不知……我漂沦了很久了。没有人知道，我整日为了安史之乱担惊受怕。我想救人……

我想救人。"

"我知道。我知道。"安重璋捏紧了我的手,"我们一起救。"

黄沙碛里,本无春夏。时光悠悠,金风渐紧,玉塞秋来。胡天一望,云物苍然。雨萧萧而牧马声断,风袅袅而边歌几处。武威南面祁连山顶的积雪被碧蓝的天空衬得格外洁白,平原之上有武人骑着肥马飞奔而去,而那马在苍茫大漠中小得像一只鸟,也有将领在戈壁滩上弯弓射雕,盖因秋高气爽,目之所及无不清晰,最是适合打猎。

自春徂秋,朝中发生了诸多大事:

三月,监察御史周子谅弹劾牛仙客非才,引谶书为证。圣人大怒,杖之朝堂后,流放瀼州,周子谅行至蓝田而死。李林甫上言:"子谅,张九龄所荐也。"于是张九龄被贬荆州长史。

太子瑛、鄂王瑶、光王琚被人诬构谋反,废为庶人,不久又被赐死,死不以罪,人皆惜之。

七月,大理少卿徐峤奏:今年全天下的死刑犯只有五十八人,可见圣朝平治清明。大理狱院向来杀气过盛,鸟雀不栖,近来杀气不复,院中的树上甚至有鹊鸟敢来筑巢了。百官上表称贺。皇帝归功于宰相,赐李林甫爵晋国公,牛仙客爵豳国公。

我无以想象张九龄被贬后养父与王维的悲伤与愤慨,只是难过自己不能陪在他们身边。但我……我也有一丝庆幸,庆幸自身如今僻处边地,不在京城,不必如他们一样直面朝堂政局的巨大变化。凉州的天那么湛蓝,瓜果那么甘美,多年后凉州被吐蕃占据,汉人流离失所的悲惨情景还未到来,在这与"金张掖"并称"银武威"的边陲重镇,我尽可暂享远离长安的清寂与繁华。

除了与安重璋合谋对付安禄山,及与绮里学习吐蕃语以译诗歌之外,平日里我全无他事。这日我想起,自己到了凉州数月,还不曾访过大云寺,便起了个绝早,迈步直向城北。

东晋十六国时期,河西的"五凉"除西凉之外,前凉、后凉、南凉、北凉均以凉州为都,也均崇尚佛教。经过五凉时期的经营,大云寺楼台连绵似云,香火不绝。大云寺本名宏藏寺,因在武后掌权时有僧人向武后献《大云经》,

武后命各州建一所大云寺，宏藏寺方改为此名。凉州大云寺内的花楼院有七层木塔一座，高一百八十尺，因与高高耸立的清应寺接近，各自直插天际，被称作五凉奇观。

我登上木塔，只觉胸襟为之一阔。这般意境，与在长安登大雁塔相仿佛，只是举目所见的景色，却全不同了：远处莽莽苍苍的祁连山脉在秋云缭绕之中仿若仙山，北面的戈壁滩则一望尽是苍黄颜色，近处市井稠密，人烟阜盛，大城之中，小城有七，说不尽的繁华气象。

第七层的佛龛中有文殊菩萨像一座。我素来不信神佛，然近来与安重璋密谋，事多不谐，此刻见到这位以智慧著称的诸佛之师，及他手中能断一切烦恼的金刚宝剑，不免有所感动，暗暗祝祷："但愿文殊师利菩萨借力，让弟子与安五郎想出妙策，拯救大唐于禄山精兵铁蹄之下。"当下深深下拜。

这时身后忽有一个声音笑道："小娘子许的什么心愿啊？"我听得那声音，心中剧震，回眸望去，只见一个男子一袭青衫，清眉朗目，笑看着我，风姿皎然如日月。

经年未见，他似老了许多。

不，他不是老了。他只是在一步一步地达到他最理想的境界。

"一愿郎君千岁，二愿妾身长健。"我起身，一字一句道，"三愿如同梁上燕，岁岁常相见。"

王维身子一震，迈步到我面前，深深拥住了我。

这是他第一次拥抱我。

许久，我方挣脱出来。我脸上发烫，只得没话找话："在菩萨面前，竟然唐突如是。"

"我又不曾受戒。"王维微笑。他这似是永远淡泊宁静的微笑，一直为我所暗暗诟病。我忍不住去戳他的脸："只管笑！笑什么！"

这下，王维永远完美的微笑终于有了一丝裂痕。他躲开我的手："顽皮！"

我与他并肩坐在塔中的台阶上。我看着他的脸，只觉连他眼角的纹路都是这般令人欢喜，便伸出手去触碰。王维笑道："为何一别数年，你仍是十八九岁的模样？阿妍，你莫不是仙人？"

的确,我有时揽镜自照,自来到大唐之后,镜中容颜竟似毫无变易。我想不透原因,但在心存侥幸的同时,也难免有一丝隐忧。

我竟怕,我不能陪着他一同老去。于是我强笑道:"一别数年,你也仍是那风度翩然的模样。我不要只看你这副面目。我要看你蹙眉,观你大笑,听你悲叹,闻你长歌。"

"风度翩然?"王维苦笑一声,像是想起了什么,转而又展眉而笑,"这些年来,我总是见不到你,如何给你看我蹙眉、大笑、悲叹、长歌的模样?"

"我不想纠缠于你。"我赌气似的。

"你不能纠缠于我,那——那我来纠缠你好了。"王维平静道。

我结结实实地怔住,嘴唇翕动,眼中有什么欲要滴下。

王维、王维,是王维啊!

他对我讲了这样的话!

一刹那,我只觉得,什么都值了。在大唐挣扎求存的担惊害怕,十数载相思的孤灯冷壁,全都值了!在21世纪时因喜欢时光迢隔的他而生的绝望,来到大唐后见到他与妻子恩爱非常时的苦涩,那些漂沦孤苦,痛苦无奈,全都值了!

他是一个多么好的人啊。喜欢这样好的他,会有什么不值得呢!

这一瞬间,我不合时宜地想起崔瑶的话。她曾说:"要他喜欢你,便是煮沙欲成嘉馔,纵经尘劫,终不能得。"

可——可说出了刚才这样的话的王维,岂是一个不会喜欢人的人呢?

他简直是世上最会喜欢人的人!

"你只管纠缠……你只管纠缠。"我的眼泪止不住了,"我只怕……我只怕我不够好,配不上你的纠缠。我怕你纠缠了两日便后悔了。"

"嗯……"他端详我半晌,最终道,"阿妍是不够好。阿妍小我十三岁,青春美貌,显得我老态毕现,此其一;阿妍通诸蕃语,而我只懂一门梵语,显得我闭塞寡闻,此其二;阿妍勇气逾常,显得我……"

我忙捂住他嘴,笑道:"当着菩萨的面胡呲,也不怕横造罪孽!"

他一拉我,跪在菩萨像面前,朗声道:"文殊师利菩萨在上,弟子王维今日向郁氏女所言,俱是发自真心。弟子日后必当尽心对待郁氏女,不令她有冻饿之忧,有流离之痛。"

我擦干泪水,亦向菩萨叩首,却又笑着埋怨道:"你为何要选在凉州对我说这些……"

王维露出疑惑的神色。我扑哧一笑,解释道:"以后我回想今日境况,定然时常想回到此地游赏一番,以纪今日之情。可回到长安之后,凉州路途遥远,岂能随意再来?譬如,你何不……何不在长安慈恩寺对我说这些?我便可常去慈恩寺,追忆你我定情之日。"

王维笑着拍了拍我的头:"那我在凉州时,每逢休沐日,都陪你来一次大云寺好了。况且,我以后在你身边,我们又会有许多可堪追忆的朝夕,何必拘泥于今日?"

"今日自是不同的。"我虽这样说,却也欣喜于他所许诺的许多朝夕,"你既已来了,想必已经见过崔常侍了?"

——崔希逸因为那场大捷,得了左散骑常侍的加官。

王维颔首。我问道:"崔常侍可还好吗?"他摇头叹道:"崔常侍因为背弃与吐蕃的盟约,深感愧悔,瘦了许多。他本是阿瑶的族叔,因此待我比他人亲厚,我故而得机向常侍进言,劝他休要自责。可若换我是他,只怕也要愧悔无及。我奉旨出塞,宣慰这场大胜,可崔常侍何尝想要朝廷的什么宣慰!"

我握住了他的手,安慰道:"朝中乱象纷纷,你出塞来,也是好事。"

王维点了点头,与我徐徐步下木塔,赏玩大云寺中的景致。他忽然笑道:"阿妍,我如今只是监察御史,你身为左丞相之女,可会嫌我官阶太低?"

我瞪大眼睛:"我不如瑶姊美丽聪慧,深通佛理,你可会嫌我鄙陋无知?"

王维沉默了一会儿,正色道:"阿妍,你可是在意我……我是鳏男?"

我摇头道:"是瑶姊识得你在前,我本就来晚了,有什么好在意的?况且……我能识得你,于愿已足。什么时候的你,都是最好的你。"

注释:

[1]中贵人、中使,指宦官。

第十五章
莫遣重欹浊水泥

　　崔希逸四十五六岁，双目天然含笑，眼梢微微向上挑起。这副长相原是带有几分风流轻倩之态的，但他实在太过消瘦，双颊深陷，眼中又带着血丝，这份风流姿仪，也不免尽成倦容。他是右散骑常侍兼河西节度使，穿着一身三品官员的紫袍，合当贵气凌人，但那紫袍衬着他过分瘦削的身材，却无端显出一种低阶官员的青衫才有的落拓。

　　他喝了口酪浆，笑道："未知裴公近来身子如何？那年裴公为江淮转运使，我为转运副使，常蒙垂训，时时记挂。我上月还遣人送了一对银瓶与裴公。"

　　我笑道："妾来凉州之前，他精神仍然很好。不论冬夏，每日早起，定要在庭院中演一遍五禽戏，舒展身体，才去视事哩。"

　　崔希逸以手加额，庆幸道："闻得裴公健旺，我当真欢喜。"

　　我恳切道："妾原不该冒昧进言，只是……妾之养父年齿长于常侍，又迭遭朝堂剧变，犹能爱惜自身。常侍又为何自苦若此，岂不令亲者痛而仇者快？逼迫常侍出征的赵惠琮，因这场大胜而得圣人厚赐，如今可是快活无比。"

　　"阿妍！"王维忙一拉我衣袖。崔希逸神色变了几变，终道："不妨。我听裴公说，阿郁通晓胡语？"

"波斯语与胡语乃妾当行本色,妾近来亦在习学吐蕃语与突厥语。"

"阿郁是裴公之女,我便也不瞒你——到赵惠琮回京师为止,我一直在探查于他。他逼我出战之前,在凉州曾收到大笔金银。"崔希逸悠悠道。

王维与我同时神容一肃,挺直了身体细听。崔希逸道:"但查到此处,线索便断。我想了想凉州城里的巨富之家,有财力拿出这些金银的人,并不太多。我已将汉人商贾查过一番,并无所获。再欲查问胡人巨富时,因种类有别,不好深入。他们商贩之间勾通联结,情状有若网罗,非汉人所能轻易探知。"我听到此处,已知道崔希逸要说什么了。果然,他又道:"阿郁既然解得胡语,可否代我混入胡人商贾之中,探查曾有什么人拿出一大笔金银贿赂中使?"

我正要答应,王维却笑道:"常侍吩咐,下官与阿郁无有不从。只是阿郁年齿尚稚……"我暗自翻个白眼,我只是看起来十八九岁而已,实际上我都二十几了,与开元这个年号同龄!他还说什么我年纪小?却听他又道:"……行事恐有不当之处。她虽当尽力,但若不能查得真相,还望常侍不要降罪。"

崔希逸大笑道:"王十三郎你果真谨慎!裴公曾为我官长,我却反而请他的女儿为我效力,已属罪过,又安敢降罪裴公之女?"唤来仆婢,低声说了几句话。

我心道,在这场大胜之后,吐蕃与大唐两国不和已成定局,纵然查出那背后贿赂赵惠琮之人,又有多大用处?崔希逸仿佛料到我心思,道:"若只是赵惠琮贪图天子厚赐的富贵,因而矫诏,那也罢了。我只怕他矫诏迫我出战,背后另有原因。"我听得此语,心中一个激灵,点首道:"正是。"

崔希逸笑道:"我怕你一个女郎家出入胡人商贾之间,多有不便处,王十三郎又忙于我幕中书记之务,不能陪你。故而我寻了一人与你同去,权当你的兄长,他世居河西,识得吐蕃语,且行事精细,或能助你一二。"这时门外走进一人,向崔希逸见礼。我定睛看时,只见此人英拔出众,剑眉星目,赫然竟是安重璋。我惊喜叫道:"五郎!"

王维一怔:"五郎?"我点头:"安五郎是大唐功臣安公兴贵之后,深通军事,善养马匹。"崔希逸笑道:"原来你们早已识得了。"

安重璋与王维互相见过。安重璋道:"某曾读到王郎之诗,心中甚是倾慕。"王维笑道:"安郎谬赞。某坐不能畅谈军事,行无以弯弓射雕,不如安郎多矣。"

崔希逸笑道:"罢了,你们休要客套。阿郁,你怎会识得安五郎?"目光投向我与安重璋,我笑道:"妾与五郎是在凉州酒楼相识的。当时常侍大胜,众人皆乐,唯妾与他二人不喜反悲,故而气味相投,由是相交。"崔希逸道:"如此,则我可以放心让你二人去查问胡商了。"

当下我与安重璋领命出门。王维又对安重璋拱了拱手,道:"阿郁年纪尚轻,且又素来娇养,行事恐有不周之处,还要靠安五郎多多护持。"

你才娇养,我吃过的苦比你多多了。我在心里说道。

安重璋道:"阿妍胸中大有韬略,非寻常女子可比。某亦会好生护持于她。王兄只管放心。"

王维目光一闪,笑道:"看来阿妍与安五郎果真亲厚,倒是我多虑了。"

"王兄一片好意,怎能说是多虑?"安重璋笑了笑。王维又客气了几句,才目送我和安重璋离开节度使的馆舍。

"这位王兄,也可谓十分挂念你了。长安的女郎们,想来都喜欢王兄这样的文雅君子?阿妍很有福气。"安重璋取笑道。

我窘迫道:"五郎不要说无用的话!快来谈胡商的事!"

安重璋一笑,忽正色道:"以后阿妍在他人面前,休要唤我五郎了。"

"为何?"

"这……"安重璋似有几分无奈,转开话头,"依你看,我们该当如何探查武威城里的胡人商贾?"

我思虑一番,道:"不如我们先与掌管武威市肆交易的长官通气,询问他城里有哪些胡商手头宽裕,拿得出足以买动中使的大笔钱财。"

我们拿到名单之后,安重璋先看了一遍,忍不住笑了。我不知他笑些什么,抢过名单来一看,也笑了起来。只见名单上写着三个人名与他们主营的产业,而安重璋的名字赫然在列:

浑英、宝石、丝绸、玉料；阿史那盈科、牛羊、马匹；安重璋、香药、名马。

安家早在安兴贵那一代就已汉化，到了安重璋这辈，外貌上的异域特点都不太明显了。但毕竟安家本是昭武九姓后人，故而这张名单也将他算在其中。大约正是因为这个，崔希逸碍于情面，才没有直接出面派人来查他们。

安重璋道："既然我亦在此列，容我将家中账册拿出，让阿妍查看。"

"罢了罢了。"我说。他若真有嫌疑，当日在酒楼上，也不会向我一个陌生人说出唐蕃开战、对两方都无好处的话啊！但安重璋坚持领我到他家中，取出公私两套账册。我为示公平，从崔希逸手下调了专司钱粮的参军来看账，结论是安家并无可疑的大笔开销。

安重璋洗清了嫌疑，方坐下来与我讨论。我苦思道："贿赂中使之人，必然提前预知了这场大战。那么，谁与中使来往过，谁在大战之中获利最多，谁便最是可疑。"安重璋颔首道："据我所知，中使来到凉州后，浑英和阿史那盈科俱曾与中使来往过，说是要仰赖中使之力，将自家商路延伸至长安。但此战之后，有几条商旅道路因此中断，浑英和我家皆折损不少，唯有阿史那家有所盈利。从前两国和好时，许多吐蕃牧人在边境放牧，遍野俱是牛羊，此战一起，吐蕃牧人匆忙离去，这些牛羊都为唐军所得，低价售与阿史那家，阿史那家又转手卖出，赚了一大笔钱。"

"则二人皆很可疑了。"我微感烦恼，"那我们先去寻浑英吧。浑英姓浑，莫非是铁勒族浑部的人？"

"是。"安重璋道。

铁勒是突厥别部，与突厥人几乎可以说是同文同种，由契苾、浑、思结等诸多部落构成，情况复杂。浑英所属的浑部可谓世受唐恩，早在贞观年间便有部族归唐，在武则天时期，也有一部分人，因不堪突厥汗国阿史那氏等贵族的压迫，内附大唐，由漠北南迁凉州，如今在河西的浑部，大都是这批人的后人。

安重璋一路上都没怎么言语，似是有什么心事。快到浑英家时，他才道："阿妍，依我之见，浑英……我们不必去见了。"

我诧异:"什么?"

"据我所知,浑英这一年来连赔数桩生意,未必有财力收买中使……"

"瘦死的骆驼比马大,"我脱口说出一句此时还没出现的俗语,掩饰着咳嗽了声,"你怎知浑英必定拿不出这些钱财?"

"既然来了,何不进来?"一个冷冰冰的声音响起。

突厥装扮的年轻女人站在门口的石阶上,抱臂望着我们。女人眼睛很大,薄薄的嘴唇有些干枯,两颊晒得发红,身上穿着灰黑的袍子和皮靴,黑发被潦草地结成辫子,一应打扮并无汉家女子的娇丽,既飒爽又冷硬。女人冷笑道:"我还道又是讨债的人上门来了,怎么是你?难道是带着新人来瞧我这旧人?"

我愕然,看向安重璋,低声:"你……你与……"

安重璋极快地冲我点点头,随即向女子道:"阿英,这位小娘子是京城来的贵客,你休得胡白。"

"京城来的小娘子?难怪气度不凡。"浑英的汉语说得略有几分生涩,却反而添了一种傲兀之味。

原来是旧情人见面?我只得硬着头皮,笑道:"浑娘子是凉州巨贾,富可敌州。我能得一见,很是荣幸。"

浑英没理我,笑了笑:"五郎,你可是听说了我这旧人如今身陷危难,故而来助我的吗?"

她话里讥讽的意味很浓,安重璋却像没听出似的,沉声道:"你若有什么吩咐,我自是尽力。"

浑英嗤笑道:"突厥俗话说,'妇人舍去恩爱而使自己头脑轻快'。我舍去和你的恩爱,头脑轻快多了,倒也没什么要你相助的事。"[1]

眼见得他们两个说不下去,我敛衽向浑英行礼:"我今日来寻浑娘子,原是有几句话请教。"

"你尽可以说,我却未必要答。"浑英解下腰间的酒囊,喝了两口,抹掉唇边的酒渍。

安重璋叹道:"这位小娘子是朝廷左丞相的女儿,阿英,你……"

"凉州天高地迥,朝廷远在千里之外,我不识得什么左丞相。就连崔常侍,我也不见得便要害怕。"浑英抬头望天,掸了掸袍子,举动间满是厌恶。

我清了清嗓子,换成了突厥语,正容道:"崔常侍为人厚道,泽被河西军民。浑娘子,你不喜他,可是有什么委屈?"

浑英似是没想到我会说突厥话,也没想到我会这么问她,怔了片刻,神情微转柔和:"我有一弟不幸流落吐蕃。"

只这一句话,我恍然大悟。边境重燃战火,流落吐蕃的汉地商人多半遭际堪忧,难怪她对与吐蕃开战的崔希逸一副反感的样子。

我点首道:"我明白了。你阿弟为何去了吐蕃?"

"阿弟想要买入他们的金器,带回凉州,再贩到陇右和两京。"浑英皱着眉头,又灌了一口酒。

其时吐蕃金器以冶制精巧而闻名,吐蕃与大唐贸易时,向大唐贩售金银器者不在少数。我思索道:"原来你们也做吐蕃的生意。"

浑英道:"这不是很寻常的事吗?便是他安郎不也一样?他家世代善养名马,难道便不买青海马,不买吐蕃的战马?"

她这话倒也有理。我还欲再问时,忽有几个人自旁边的斜街绕出,气势汹汹地冲了过来,口中喊着:"我们信了浑家的名号,才从你手里买了布,你却迟迟拿不出来!""我们等着这些布匹,是要给边军健儿们做冬衣的!我们如何向健儿们交代!""还没有冬衣穿,健儿们只怕要冻死,谈什么保家卫国!"

浑英见势,大声道:"请你们再宽限几日,我……"孰料最前面的那个商人一把抓住了她,叫嚷道:"还我们钱来!"紧接着又有两个商人冲向她,抓住她的手臂,高喊:"拿不出布匹,就还我们钱!用玉料和宝石来抵!"浑英一时又惊又怒,十分狼狈。

"且慢!"安重璋大喝一声,"住手!"

几人为他威仪所镇,怔了数息,随即又喧嚷道:"你是谁!""我们已寻了专司集市的官长!是官长许我们来向她讨债的!"

"我是浑英的友人。"安重璋平静道。

那一瞬间，我看到站在台阶上的浑英眼里闪过一丝失落。

安重璋又道："我姓安，名重璋。你们要什么，尽可向我来讨。"商人们想是听过他的名号，立即扯住他讨要说法。

我被挤到一边，只能苦笑：看来浑英破产属实，只怕也没有能力贿赂中使。那么，剩下的便只有那个姓阿史那的商人了？

安重璋初步替浑英料理了欠下的账，才喊上我离开。浑英在背后叫住他，顿了顿，才道："多谢。"安重璋叹了口气，只温声道："你多叫几个族人来和你同住吧。再有这样的事，你就来寻我。"

边地的秋日没有太多暖意，却有足够浓郁的色彩。远处祁连山顶的雪色连着云色，在阳光映照下，亮得极具侵略性，简直有些刺目。安重璋望着那片白亮的雪和云，闭了闭眼，低声道："我和浑英有过婚约。"

我颔首，一个是铁勒族人，一个是九姓胡人之后，这种外族婚姻很常见。

"阿英……她实则不喜汉人，也不敬重大唐皇帝。她说，浑部内附大唐，已有数代，可唐人仍然不肯像待汉人一样待浑部的族人……河西各族混居，边民有这般心思，也不足为奇，但……自从我曾祖凉国公起，我家一直忠于大唐皇帝。我很敬爱她，但又实在为难。"他说得委婉，但话中的无奈之意掩也掩不住。

浑英不能接受被区别对待，这其实是很多胡人都有的感受。而安重璋家是河西豪族，属于本地长官也要着意礼敬的地方大豪。他的曾祖安兴贵是凌烟阁功臣，到了他父亲这辈，虽不如曾祖风采闪耀，也曾做过鄯州都督，所以他是真正的土豪，又是官二代，没法代入浑英的情绪，也很自然。

政见不合导致的分手，一般是无法挽回的。我不知道如何安慰，也或许他根本不需要安慰，于是我只能向路边的饼贩买了一个加糖的饣追饼，塞给他。

我们约了过一日去寻阿史那盈科，便分开了。见时辰尚早，我便迫不及待地去寻王维。王维闻得我来访，连忙迎了出来。我故意挑刺道："你并非倒屣相迎，可见心中不甚以我为意。"

他喊冤："你只管胡白！我写字写到一半，且放下了来迎你。"我一顾他身上,果见他袖口处微染墨渍,遂笑道:"你写的什么字?"王维笑道:"是一首诗。我正在苦思其中二字。"领我走入室中,指向案上铺开的熟纸。我看时,只见那纸上写的是:

"单车欲问边,属国过居延。征蓬出汉塞,归雁入胡天。大漠孤烟直,长河落日圆。萧关逢候骑,都护在燕然。"

我回眸笑道:"你可是在苦思这'直''圆'二字?"王维笑道:"阿妍伶俐,一看便知。"我想起《红楼梦》里香菱学诗时对此诗的评价,叹道:"唯有此二字,才能教人眼前如见此景。"

王维道:"阿妍知我——我平生漫得诗人之名,实则最想做的还是画师。我平生愿望,便是教人看我的诗时,想到画,看我的画时又想到诗。"

诗中有画、画中有诗。这是宋朝苏轼对王维的评价,没想到王维本人也作此念想。

那一瞬间,我竟有些嫉妒苏轼。这个大宋朝的顶尖才子,对大唐朝的顶尖才子的理解和认知,原不是我一个庸常女子比得上的。有生之年,我真的能走近王维的内心吗?

像是要与苏轼竞争谁更理解他——与一个男人竞争,多么可笑啊——我赌气道:"你这诗最后两句,'萧关逢候骑'借用何逊的'候骑出萧关','都护在燕然'借用吴均的'将军在玉门',是也不是?"

王维拧了一把我的脸:"偏你什么都看得出,我简直……我简直……"

"简直什么?"

"简直教你看透了,在你面前一无所隐。"

我抬手,又去戳他的脸:"我要是有朝一日能真的看透你才好呢。可我若是看透你了,只怕就不喜欢你了。"

他笑着躲开:"今日的事如何?"

"今日……"我一想到浑英和安重璋相对的尴尬场景,就唉声叹气,"委实没想到,遇上了五郎的……"

"五郎?"王维玩味似的重复这二字。

今天上午,刚发现我和安重璋认识时,他也这样重复过一回的。我突然悟了安重璋为何让我不要当着别人唤他五郎，于是惶恐讨好道："我以后多多唤你十三郎。"想了想，又补充了句："再也不这般唤别的男子了。"

他慢慢研着墨，说道："阿瑶不会这样。因此……我竟拿捏不好分寸，是不是该和你计较。"

那墨锭是潞州的松烟墨，号称坚若玉石，纹似履皮，气如兰麝，是难得的珍品。但士大夫们所热衷的这些指标，在我眼中近于玄学。我只觉那气味并不好闻，而他的话声，也有些刺耳。

王维的话里，实则有三分取笑的意味，但在我听来，却像是暗示着什么。我愣了一愣，忽然无法控制自己的情绪。

我本来也不是一个长于自制的人。

"你动辄将我和瑶姊比，想来是忘不了她。既是忘不了她，那日又……又何必那样对我？"我望着他，尖锐地问道。

崔瑶尚在世时，我在她面前颇觉自卑，只是自她死后，我这份自卑一直深埋心底。这时被王维拿我与她相比，这份自卑登时如台风过境时的江海般翻涌起来。

浑英说，妇人舍去恩爱而使自己头脑轻快，果非虚言！我已经蠢成什么样子了！我越说越是哽咽："你明知我比不上她，为何又要向我示好？"

"我几曾说你比不上她？"王维也提高了声音。

"你说她绝不会如此！"我气道，"这还不是说我比不上她？"

"那我一个监察御史，自是更加比不上你左丞相家的养女了。"他抿了抿嘴唇，说道。

"你……你……我几时倚仗养父，瞧不起你？"我觉得这个人不可理喻。

"我那年曾经向裴公试探过。"王维放下了手里的墨锭，低眸望着砚台中的浅浅墨液，"他……他说你很少提及我。我想，你……心中没有我。"

"你……你说什么？你试探什么？"

他自嘲般笑了："今日看来，确是不自量力。你这样的女子，原是只有安郎那样英姿勃发的男儿配得上。"

我顾不得他的言语，大步踏到他身前，拉住他的衣袖："你试探什么？"

王维被我缠得无奈，只好答道："我想知道，裴公是否会将你嫁给旁人。"

我跌坐在地，只觉人间万事皆苦，却又万事皆甜。

"你坐在垫子上。"王维拉住了我，又取过一个软垫。半晌，我才憋出一句话："我……我从不提起你，是因为我太过喜欢你了啊……"

他动作一滞："你说什么？"

"我……什么也没说。"我愤恨道，竭力遏制哭声。

"你喜欢我？"

我简直要号啕了："否则我那日何必说什么'三愿如同梁上燕，岁岁常相见'！若是不喜欢你，我为何、为何要对金刚智法师说，我喜欢爱好佛法的人……我若不喜欢你，在玉真公主的宴席上，赋诗时为什么要写'垂髫未解读书时，诵得郎君数句诗'，那便是我啊，我自我垂髫时，便喜欢你了啊！"

他在我前方坐下，将我的头放在他的怀里，我闻到淡淡的檀香气味，又向那边蹭了蹭。他蔼声道："我不是有意将你与阿瑶并举的——但你们二人也非不能并举。"

我发出抗议的咕噜声。

"阿妍，我娶阿瑶时，只有二十一岁。虽然在诸王府上见惯了世态，却仍是个少年人，不解事得很。可她极为温柔晓事，全不像别的女子一般撒娇卖痴，也不惹我生气，便似我的母亲、我的好友一样。我……我那十二年，在男女情事上，竟无寸进。我那时以为，为人夫君，也便是这样了。"

我怔住，抬起头，呆呆望着他。他续道："直到识得了你。你又讨人爱，又讨人恨，我……我实在不知如何待你。阿瑶不会惹我生气，不会……这样，而你却会。"说到"这样"二字的时候，他两手分别拿起了我的两只手，用我的手指戳他自己的脸。

我便也加了一分力，揉按他的脸颊："哼。"

过了两日，我和安重璋去见阿史那盈科。阿史那五十几岁，虽然是突厥人，身上却颇有文雅之气，笑起来时又如安重璋所云，大方潇洒，令人一见而生好感。我向他叉手行了一礼，笑道："孟子曰：'源源混混，不舍昼夜，盈科而后进，放手四海。'阿史那君文质彬彬，想必令尊也是读书之人，方才为君起了这等清雅的尊名。"

阿史那盈科道:"多谢郁小娘子夸赞!先大人确曾读书,只是不曾入仕。某操此贱业,倒是有辱家风了。"

我笑道:"牛羊肉能吃,乳又能制酥制酪,于人大是有用。贩卖牛羊,怎能说是贱业?"

"郁小娘子言语利落,人也美丽极了。突厥俗语说'俏着红,娇着绿',意指女子若要妩媚,便须穿红衣,若要卖痴卖娇,便要着绿袄。然而郁小娘子不穿红,不着绿,只着一身素衣,也是仪态万千,倾倒众生。"阿史那拱手笑道。

一番互相吹捧完毕。我说道:"妾此来拜见阿史那君,是为购买醍醐。"醍醐便是从乳酪中提炼出的黄油,一桶牛乳只得几两醍醐,因此醍醐非常珍贵。

"凉州牛羊肥于长安,醍醐也确是优于关内,但不知郁小娘子想要几许呢?"阿史那问。

"妾想要五十斤醍醐,带回长安供佛。"我笑道。

"如今一斗米才十三钱,一两醍醐却要五十钱。五十斤醍醐,便是四万文,某与小娘子折去三千文,便算三万七千钱罢了。"[2]阿史那不愧是商人,张口便算出价格。

五十斤醍醐不过四万文钱,在21世纪,大约也就是小区门口一个小超市几天的营业额。对于一个富可敌州的富商来说,这笔生意简直不值一提,然而阿史那盈科却丝毫未有不愉之色。

我笑道:"三十七贯,将近妾父亲一月的俸钱了,妾要拿出这么多钱,却也有些为难。"

阿史那道:"郁小娘子言语爽气,且又是安郎的朋友,某愿让利于小娘子——小娘子分三月付清亦可。"

我笑语谢过,又道:"是了,妾闻说阿史那君雅爱书画?"

阿史那怔了怔,自矜地笑道:"正是。不瞒郁小娘子,某虽终日与牛羊为伍,然赏鉴书画的眼力,怕不输于长安的贵人哩。"

我笑道:"不知这幅字抵得多少钱?"回手与安重璋共同展开一张细绢,绢上题着字。阿史那盈科见了,先惊呼一声:"好字!"那幅字是隶书,端庄工丽,写的正是王维那首《使至塞上》。他凑近细看,边看边叹,用手摩挲细绢,露出一副简直恨不得亲吻那些字的痴态。

——我们从崔希逸处得知,阿史那喜欢书画,便预先做了准备。

阿史那看了半晌,终于道:"这幅字值得一万八千文。"

安重璋不懂书画,却帮腔道:"阿史那君也压得太低了,这幅字最少值得二万五千文。"

阿史那笑道:"太原王摩诘的字固然是最好的,只是还当配画。若小娘子能向王摩诘求得同题之画赠某,某愿将五十斤醍醐拱手相送。若小娘子能引某与王摩诘见上一面,某情愿倒送小娘子十斤醍醐。"

我扑哧一笑,暗道王维见人一面能得十斤醍醐,他以后多开几次粉丝见面会,岂不就发了? 心中却也明白物以稀为贵,他的书画不便宜,亦有少见于市场的缘故。他若要开见面会,名气便不值钱了。

当下我满口答应将他引荐给王维,还说定了给他王维的一幅同题之画。

下午我到王维的宿处,说了要他的画。他爽快答应,引我到他画案之侧,举笔点曳,布色斫拂,口中道:"前朝顾骏之筑构高楼,以为作画的所在。他兴致动时,登上高楼,撤去木梯,连家人也不见,且要时日明融晴朗,才肯含毫作画,若天气阴冷惨淡,则绝不操笔。"

这段故事我却还是初次得闻,甚感兴味。只听他又道:"慎于作画,不敢冒渎,如敬神明,固然是极好的,因此三百年来画师递相祖习,沿袭此举。但你可知,我作画赋诗为何不在意天日时令?"

我口唇一动,却又忍住。回答已在齿边,可该不该说出来?

"只要心静了,狂风飞沙,鸣雷闪电,也无碍画者心意上通神祇,下感幽冥,自成妙笔。若心静不了,纵然走入桃源仙府,也是枉然。"他自答己问,数笔落罢,半轮火红太阳跃然出于细绢上,"如今张公被贬,我心神已属不静,再求身外之境的安宁,又有什么趣味?"

这话竟像是"破罐子破摔"了。我喉间涩然,却只能道:"好圆的落日。"

"不错。"他再粗粗几笔勾勒出大漠烽烟。那烟是直的,可也真实得像是冲这绢上吹一口气,那烟便能随你气息飘动起来。然后,他在落日下的一弯河水边,画起树来:"这树唤作胡桐,塞外传说,它死而不倒不朽。"

我点点头:"颜师古为《汉书》作注,曾说'虫食其树而沫出下流者,俗名为胡桐泪,言似眼泪也,可以汗金银,今工匠皆用之'——说的便是此树的汁液。"后世所云胡杨,也便是此树了。

"不独能汗金银,还能入药,清热化痰。此树树干硬如金铁,堪为良材,枝叶可蔽风沙,汁液又能嘉益世人,实为难得。"

性情使然,他画长河,画大漠,虽都是壮阔风光,笔法总还是端正谨慎。然而画到那胡桐时,笔意忽变,一变而成伶仃瘦硬、虬枝铁干的凌厉险奇。绢上的夕照流水,都是远景,这数棵胡桐,便在这一片苍穹间傲兀地突挺出来,其蟠其曲、其虬其拗,其卓其挺、其贞其劲,无不分明。胡桐的枝干委实丑怪,而他又着意不画叶片,任凭这丑怪已极,却也苍劲已极的铁骨坚枝茕茕挺立,像没着外衣似的,可也真只有褪去了那些枝枝蔓蔓、繁乱芜杂的碎衣烂衫之后,这胡桐的瘦硬躯体方才现出无穷生机,肃然成大漠峥嵘之骨,默然成千载傲世之身。

"当真气体高绝,根骨妍绝。"我见他动作稍缓,终于出声道。

"赞它'高绝'那是分毫不奇,然而看得出'妍绝',殊为不易。"王维脸上微透笑影,盯着笔下胡桐,喟然道,"这胡桐,便似我们汉家的儿郎——虽然武人大多粗豪些,可总也是坚贞美丽的……你知我素来憎恶开疆辟土、征战杀戮,可……看到他们的脸,真会教你觉得,身为汉家天子使,宣慰他们的'胜',却也真是一番至为荣耀之事——虽然那'胜'实在荒唐。至于崔常侍……唉,也不消提了。"

崔希逸被迫辜负与吐蕃的盟约,怅恨无及。而此时朝廷文士高官,轻视边人蕃将,以之为不如中土华族,乃是极为常见之事,对这份信约便不以为然,也不能理解崔希逸为何要对吐蕃人守信。王维奉佛日久,并不轻鄙"蛮夷",更与崔氏一姓渊源深厚,因此对崔希逸深抱同情。

"牛左相做凉州都督时,颇谙节流之法,所省军费可以万计。崔常侍继任,发觉军储有余,并不当成自己的功劳,而是据实以报圣人。"

是的,崔希逸没有将牛仙客节省军储的功劳窃为己有,而是报给了皇帝。这是牛仙客被提拔的契机。

"常侍忠直仁厚,绝不负人,故为名士。可谁能料到他也有不得不负的一日?诚然,刀兵血火之际,'信义'二字不能常为凭仗,吐蕃也未必永守此盟。但二者结约本是真心,原可保得数年边关平靖,生民安乐,是我中华毁盟在先,无甚好说。常侍才兼文武,出为法将,入拜台臣,干略胜我千倍,他尚且有被迫抛弃本心之时,我一介小官,又如何能免?如今之朝堂,我当如何立足?"王维压抑着语调,究竟越说越是高声,继而将笔在案上重重一拍,那笔杆裂了开来。

"你看这画上只有胡桐流水,落日孤烟,不免寂寞。"我拾起另一支笔递给他,"塞上春迟,你画几只自南归北的雁,让它们飞入柳营,陪一陪去国离乡的儿郎们吧。"

他凝视我片刻,笑了:"好。"果然,他笔致再转温柔,轻轻涂绘空中几只归雁,那些雁姿态英健,羽翅夭矫,挟来春光无限。

我盯着那几只大雁,在他耳边轻轻说了几句话。王维笑道:"我未曾听清。"我又说了一遍,他仍是摇头表示没听清。我奇道:"你五感敏锐,怎会不能听清我说什么?"他笑道:"痴儿,你呵出的气好香,我想多嗅几回。"

"……我不理你了!"我转身出门,只听得背后他清朗笑声。

待到王维的休沐日,我便将他带到阿史那盈科家中。阿史那敬重王维,不独选了美貌歌姬来唱歌佐酒,还特地拿出了产自西域的金桃。桃子不宜存放,极易腐坏,故而金桃珍贵,更胜金银。阿史那说道:"突厥俗话说,将家中仅有的物事全部拿出来待客,便不算慢待客人。为了招待王郎,我也算是倾我所有了!"

席上我们将那幅画送给了阿史那盈科。阿史那盈科欣喜之至,连声道:"我有生之年,得将王郎的字与画制成屏风,终日相对,真是死亦甘心!"

王维笑道:"阿史那兄太抬举我了。改日阿史那兄若到长安来,我愿一尽地主之谊。"

阿史那盈科摇头道:"我已过知天命之年,身子不复健壮。长安路途遥远,我是难以轻易到得了。有王郎的字与画,我便如同想见长安的文学风流,倒也足够。"又捧出他珍藏的郑虔等人的画作,与王维同看,一时宾主尽欢。

我见气氛已差不多了,向王维暗暗抛个眼色。王维心领神会,便道:"我听说甘州有薤谷石窟,是十六国时郭瑀所造,经北凉多年经营,有千佛洞等胜迹,欲待前往一观。不知阿史那兄可曾听闻这薤谷石窟?"[3]

阿史那盈科也是信佛的人,闻言道了声"善哉",笑道:"甘州我亦曾去过!那千佛洞极是壮观,每一窟造像各各不同,却又都极尽精巧,可夺造化之功。更有吐蕃样式的药师如来佛坐像,在长安怕是瞧不到哩。"

王维露出向往之色:"可惜如今天寒,不然我当真要即刻动身了。也罢,待到明年三月,纵是甘州春晚,想亦到了冰开柳萌的时节,那时我再去游赏。"

阿史那神色微变,笑道:"王郎既是出使而来,也未必能待到明年三月吧?依我看,甘州虽天寒,却也并非不能行走。王郎不如及早去了吧。"

王维笑了笑,指着我道:"实是阿郁闹着我带她同去,却又身子娇弱,不耐苦寒。她在凉州,已是挨不得这寒冬了,听说甘州寒冷更甚于凉州,到时她可如何是好?"

阿史那盈科道:"若是秋冬实在去不得,那待到四月花开之时再去也罢。"总之话里话外就是要我们避开三月。

我微笑应下,心中已是有了答案。

出得门来,我与王维还未来得及说话,只见安重璋已等在外面。我伸手一指阿史那盈科的门庭,叹道:"月盈则亏,阿史那盈科也大意了。"

原来根据史书,明年三月,吐蕃又寇河西,崔希逸率军击破之。我因预知历史,故而故意令王维试探阿史那盈科。阿史那盈科坚决阻止王维三月出行,想是因为提前知道了吐蕃一方的军情。他无论是如何得知的,都必定与外族势力有着紧密关系,加上他本就有突厥血统,吐蕃与大唐开战,自是突厥所愿。

我替崔希逸查清了案子，心情有点沉闷。书画本是风雅之物，一个人对书家画家的敬慕，和出于这敬慕而希望对方避开祸端的一点真心，却被用来定了他的通敌之罪，情何以堪。且河西地区蕃汉混杂，吐蕃人、突厥人、回纥人、粟特人无所不有，情势复杂无比。若有人意欲引乱，河西轻易便能成为一个火药桶吧？

这些日来，我便只是与绮里翻译诗歌，以分散心情，连王维也不去见。这天翻译到他的《老将行》，我对其中的"试拂铁衣如雪色，聊持宝剑动星文"一联叹赏不绝。王维被后世认为是淡泊的山水田园诗人，但他也有"拔剑已断天骄臂，归鞍共饮月支头"的豪情，"莫嫌旧日云中守，犹堪一战取功勋"的壮志啊。

绮里看我发呆，笑道："你既这样惦念他，何不去见他一见？"我与她已经很亲密了，原是无话不说，而她也了解我与王维之间的关系。我脸上一烫，到底依言起身。

到了王维家，已是下午。他家的门虚掩着，我径自进了中庭，在门口脱鞋时，却见到王维的六合靴旁，放着一双鞋头镶嵌明珠的蜀锦绣履。我不由诧异，放轻了脚步，却听到房中隐隐传出笑语之声。

一个女子的声音笑道："奴数年来始终不大清楚染色时手腕该当如何发力，幸亏王郎教奴。王郎享誉两京近二十载，果非庸常画师可比。"

"崔十五娘天分过人，我只是稍加点拨，万不敢当娘子的褒赞。"王维道。

又是崔十五娘……我蹙起了眉。

她又笑道："奴发了大愿心，要为死去的蕃汉将士在天梯山石窟中作壁画祈福。若非王十三郎肯教奴作画，奴的心愿，只怕就不能得偿了。"

"难得崔十五娘有大愿心，我也愿略尽绵薄。"

"奴听说王郎为天梯山石窟作了两幅壁画，特意赶去看了。王郎的画作委实独具气骨，所画的那些天王、力士，令人既生欢喜心，又生敬畏心。"

"天梯山石窟？"王维显然一惊，"天梯山距凉州城百里有余，何必如此跋涉？"

崔十五娘笑道："在洛阳时，奴也常去龙门山的石窟观摩那尊卢舍那大佛呢。能够一观王十三郎的画作,百余里又算得什么。只是今日得十三郎亲自教奴作画,奴可不知有多欢喜。"

"十五娘子想画什么,我教你画便是了。你是阿瑶的族妹,我自当尽心。"王维慨然道。

我透过微微敞开的门缝,只见他伸手去拿画笔,崔十五娘的手也去拿笔,两人的手在空中碰到,又立刻分开。

过了片刻,崔十五娘才低声道:"瑶姊在博陵崔氏女中,也可算得美貌至极了。王郎未曾续娶,是因为……想着瑶姊吗?"

王维迟疑了一下,才道:"原是如此。"

我怔在门口,只觉得冷。

那日他与我分说之后,我已稍感好转。但此际他直承不再续娶是因为崔瑶,我仍是心中一寒:史书记载王维自妻子死后三十年不再娶,终究……还是为了她吗?

这时王家侍女如梦走了过来,笑道:"九娘来了,怎不进去?"堂中的话声稍微静了一静。少顷,王维迎出门来,笑道:"阿妍你怎的来了?"

我用力按捺,究竟没能忍住:"我来得不巧了。"

堂中的崔十五娘盈盈起身,向我叉手:"阿郁,你也识得王郎?"

我平淡道:"我是王郎的友人。"

安重璋那日说,他只是浑英的朋友。我记得浑英受伤的眼神,便不自觉地借用了这一说法。

在心底的某个地方,我似乎……想让王维难过。

崔十五娘道:"奴是王郎的门徒。他真是一位绝好的师父哩。"露出一个羞涩的笑。她仍如旧日一样,几乎未施粉黛,只在眼皮上方涂了一层轻浅的红。眸光流转之际,便显得无辜而乖巧。

王维一笑摇头:"崔十五娘是崔常侍的爱女,熟谙佛理,喜爱作画,且发下好大愿心,要为死去的吐蕃和汉人将士祈福。"

我跟着笑了笑:"你们且作画,我去去就来。"

王维还想说什么,我转身就走,踏上靴子,出了他的家门。他随后追来,急道:"你……你误会了?"

"我误会什么?"

他拉住我的手臂:"她是常侍的女儿,而我不过是常侍幕中的小小书记。我实在……我实在不好相拒。"

"常侍的亲生女儿,自然比我这个左丞相的养女贵重。你难以拒却,也是人情之常。"

他听我说得刻薄,也变了脸色:"我只是教她学画,并非待她……你何以竟作此想?"

我反问道:"你心思细腻不输女子,难道听不出她的意思?"

他望了望天,苦笑道:"我听出了她的意思,因此借阿瑶的名头拒却。"

"为什么偏要借瑶姊的名头?我便这么……"拿不出手吗?我想问,却又问不出口。

他是名垂千载的大诗人,诗画双绝,开创了南宗山水画,他的名句被21世纪的每一个中国孩子学习。在唐朝,他亦享有众多粉丝,其中不乏张五娘、崔十五娘这样的高贵女子。

而我呢?我只是一个会说几门外语的,为时人所轻的小翻译而已。我凭什么以为我能让他拿得出手?仅以与他相识的时日而言,我也远不能与崔瑶相比。

这时候,我甚至希望我喜欢的是某个普通人。他们不需要我去仰望,我可以理直气壮地要求他们,我不必把他们当作神坛上的神像一样对待。

"待一个人好,可以将她四处向人炫示,如同将合浦明珠捧在掌中;也可以将她藏在众人的目光之外,独专其美。"王维柔声道。

我喉间一哽。半晌,才道:"我要去敦煌。"

那是他笔下"西出阳关无故人"的所在。

我想在大漠的风沙中,在千佛洞庄严慈悲的佛像下,重新阅读和检视自己的心态。

注释：

[1]本书涉及的突厥俗语和诗歌，如无特殊说明，均引自马哈茂德·喀什噶里《突厥语大词典》，北京：民族出版社，2002年。

[2]开元二十八年，一斛米的价格不满二百钱，见《旧唐书》卷九。醍醐的价格难以考证，本文的数字系参照今天的米价和醍醐价格对比估算得出。

[3]薤谷石窟，即甘肃省张掖市的马蹄寺石窟群。

第十六章
西出阳关无故人

  武威到敦煌的路很远。在广阔无比的戈壁滩上，人无论行进多久，与远处天际线的相对位置依然无甚变化。我与绮里跟着一个到龟兹的商队骑马前行，但队伍的行进速度，是受行列中速度最慢的骆驼们的制约的；它们的脚步一下一下踏在充满沙砾的地上，是大漠中除了人言马嘶之外，最具规律的声音，使我有一种稳稳的安心。

  我年幼时曾经在书中读到，20世纪初瑞典探险家斯文·赫定在塔里木河上漂流探险，绘制大漠的地图时，曾经随身带着音乐盒，音乐盒中放着《卡门》或者瑞典国歌。歌声飘荡在大漠之中，偶尔引来几个牧羊人的惊讶注视。[1]我兀自追忆当年读书的情景，却听身边竟有人也唱起了歌。

  唱歌的人是绮里。她唱的是王昌龄的那首最能代表盛唐气象的绝句：

  "秦时明月汉时关，万里长征人未还。但使龙城飞将在，不教胡马度阴山！"

  绮里的脸色透出兴奋的微红，口边呵出白气，以汉语唱完，又以龟兹语唱了一回。商队里多有龟兹商人，而龟兹音乐最是名动天下，上到耄耋老人，下到三岁小儿，无不解歌，当下众人亦跟着唱了起来，歌声回响在这条商道上——这条商道也是后世所称的丝绸之路网络的一部分——惊散了几只离群的鸟儿。鸟儿哗啦啦飞起，转瞬在戈壁滩明亮湛蓝的天空中消失不见。

大漠是美的,可也是苦的;现在正值初冬,西北边陲尤为苦寒,虽不至于滴水成冰,却也极冷。我和绮里骑在马上数日,脚上已生了冻疮。匈牙利英籍探险家斯坦因就是因为在大漠中生了冻疮,只能动手术截去脚趾。我想起这事,不由惴惴,好在同行的商队带有药膏,施用之后过了几日,症状大见缓解。

　　走了十天,也便到了目的地。创作了荡气回肠的《敦煌》的日本作家井上靖,初次来访敦煌时说:"这就是我想象中的敦煌的模样。"

　　是的,无论是在21世纪,还是在唐朝,敦煌都没有让我失望。

　　诚然,在21世纪,敦煌的月牙泉已经没了水,全靠自来水续命;洞窟也只有几个对外开放,一窝蜂拥进洞窟的游人吵闹不堪,更有人在管理员的明令禁止之下偷偷拍照,每个人都被酷烈的阳光晒得焦躁无比。

　　但是,即使在那时,敦煌亦未曾让我失望。壮美的鸣沙山上流沙飞动,洞窟中的飞天身姿娇媚窈窕,反弹琵琶的姿态更是妖娆。在阳关故址,有一尊王维的雕像矗立着,挥舞双手的样子有些可笑。可是,作为他的粉丝,我仍是无端激动。

　　而千年前的敦煌,也如千年后一般,静默而喧闹。西出长安以后,它是丝绸之路的第一个重要节点,在此处,商道被横亘天地之间的茫茫沙漠分为南北两条,北路经西州、焉耆、龟兹等,南路经尼壤、于阗、疏勒等地。操着各种语言的人在此相遇又分开,有人出关,有人入关,各自去往天南地北。而留在此地的人们,则在艰辛求生之余,以自己的微薄积余为交换,向漫天神佛求一丝安慰。当地的统治者亦如此,不过,他们能拿得出的钱财远胜于寻常百姓,故而有余力在千佛洞中开凿层层叠叠的洞窟,为自家祈福。

　　这日绮里不在身边,我独自走在鸣沙山旁的千佛洞外。现在的千佛洞尚未经过中晚唐和五代地方统治者的苦心经营,开凿的洞窟数量无法与后世相比,但洞窟中的壁画大都是盛唐风姿,菩萨的发丝衣带无不细致雍容,每一窟又各各不同,堪称绝世的艺术珍品。

　　每一窟中,皆有虔诚的信众围着佛像作顺时针绕行,盖因"绕佛"与"绕塔"一样,是一种功德。右手被认为是更洁净的手,故而要向右绕行,才能保持右手始终对着佛像。

我徐徐走向后世被编号为第16窟的那个洞窟。晚唐时第16窟由著名僧人洪辩主持开凿,规模宏大,但在此时,第16窟还只是一个小小的洞窟,窟中连佛像也无,只有一洞初唐时的壁画,画的是佛在给孤独园讲法的场景。这是极常见的画面,但我盯着壁画看了几秒,忍不住跪倒洞中,眼眶中逐渐积聚泪水。

20世纪初期,在这个洞窟的甬道北壁,震惊世界的藏经洞被发现。看守藏经洞的道士王圆箓在英籍考古学家斯坦因和法国汉学家伯希和的哄骗与劝诱下,将藏经洞中数千件经卷以低廉的价格卖与他们,这些写本后来与德国探险家冯·勒柯克切割走的新疆壁画、美国学者兰登·华尔纳窃走的敦煌壁画一同流落海外,有一部分为法国国家图书馆收藏,亦有相当一部分沉埋于大英图书馆的库房中。

看起来,这些经卷写本只是换了个地方沉睡而已。可,孺慕敦煌佛国文化的我们,究竟该如何看待那个积贫积弱的晚清中国,该如何评判既是伟大学者,又是无耻盗贼的斯坦因与伯希和?又该如何看待那个本欲保护敦煌洞窟,却为了一点修缮资费而只得将宝贵经卷出卖给异国人士的王道士?而令评判他们变得更难的是,若敦煌经卷继续留在中国,它们也很可能毁于20世纪六七十年代的那场浩劫。

而我,而我——我在这盛唐的开元盛世之中,在崔颢与养父裴耀卿的庇护之下,偷得了六七年的安宁日子。我沉湎于儿女情长与诗歌文学,我忘记了作为一个公民的责任与义务。而敦煌,它又是中国历史上如此特殊的一个地点。它不止有千佛洞、鸣沙山,它亦有大名鼎鼎的归义军:晚唐时的敦煌人张议潮曾经在此起义,横扫沙州、瓜州、肃州、凉州等地,将统治河西垂六十载的吐蕃赶出大唐的土地,而他的军队,被朝廷封为归义军。

敦煌,它用许多个立着庄严佛像的洞窟,用它灿烂而屈辱的历史,用它哺育出的英杰人物,无声地提醒、质问着我。

尽管这个帝制国家不允许作为女性的我行使自己的政治权利,也不需要女性付出与男性相同的义务,我仍想要为它做些什么。

但……但我能做什么呢？十八年之后的那场惊天浩劫，那场足以改变中国历史的叛乱，此刻远未孕育成形。而安重璋上次也已经分析得很清楚了，纵然没有安禄山，难保不会有其他边将坐大，换成我们处在皇帝的位置上，也未必能够做得更好。

在鸣沙山千佛洞盘桓了数日后，我折返敦煌城内。敦煌的边地气息浓重，城里听得到各种外语，与凉州区别不大。我四处转悠，在摊子边听外族店主们与客人讨价还价，胡乱练习听力，快到宵禁时分，才回了住处。

绮里见我回来，笑道："看九娘的模样，是悟了佛法。待我整治饭食来。"说罢便出门去，买了一桌丰盛酒食。我怎能要她出资，定要还钱给她，又是一番推让。

晚上我与她对饮，饮的是西域的葡萄酒。绮里频频劝我酒，我识得她数年，从未想到她酒量竟然如此之洪，惊叹道："你不愧为李太白的侍女。"

绮里笑道："王十三郎的诗，你定然是每首皆爱了。可是我家主人的诗，你最爱的是哪一首？"

我沉吟片刻，道："此时此刻，我最爱的自然是那首《将进酒》了。"在21世纪时，中国科学院的博士生导师陈涌海曾抱着吉他，弹唱此诗，意态豪迈，视频一时在网上流传甚广。

我当即学着陈涌海的腔调，唱起了《将进酒》。这是21世纪的曲调，与唐朝习惯的编曲方式迥然不同，但绮里与我皆有外族文化背景，她便也不以为意，只当是龟兹或是什么地方的新奇调子。

"君不见，黄河之水天上来，奔流到海不复回。君不见，高堂明镜悲白发，朝如青丝暮成雪。人生得意须尽欢，莫使金樽空对月。天生我材必有用，千金散尽还复来……"我抱着酒壶，边唱边饮。此曲调子简单，绮里听了一遍，也学会了，与我一同唱了起来。

邸店隔壁的客人乃是一伙去西域的商队旅人，闻声亦按拍而和，又有人弹起琵琶伴奏，声如滚珠溅玉。他们的嗓子粗犷，歌声荡漾在敦煌的夜空之中。繁星点点，缀在深蓝色的天幕上，为静默的大漠添了一份璀璨与温柔。杯中的酒汁微微晃动，映照出天上的一弯新月。这酒杯只是邸店提供的粗糙木杯,不比李白诗中的金樽,我们的豪情却丝毫不减,一杯接一杯地喝,仿佛要饮尽世间的一切快意和甘美。

其实,李白的诗中,本来是有一种"朝如青丝暮成雪"的深愁的:他声称要"与尔同销万古愁",则必然先已承认,世上有万古长愁的存在。

但在这个热烈的夜晚,这种万古长愁,尽数被杯中的葡萄美酒释去、消解。将进酒,杯莫停——这是一个诗歌与艺术的国度,一个浪漫而多情的时代啊。

绮里又给我斟了一杯酒,悠然道:"大唐虽富有天下,却四疆不宁,时有战事。九娘你在典客署中每日见的皆是蕃客,又来了河西,见了这些蕃人,想必明白,蕃人并非唐人眼中的野蛮胡种。"我颔首:"唐人也是人,吐蕃人、突厥人、大食人也是人,除却典章制度、衣服言语,实在无甚分别。"

绮里击掌道:"正是。唐人无非生在唐国而已,若生在吐蕃,便要为吐蕃人做事。由此可见,为吐蕃人做事,或是为唐人做事,也无甚分别。"

我已有了些醉意,信口道:"话虽如此,但吐蕃与唐国连年交战,想来总有一方公义而有一方残虐。总要择得正义之师,为之做事,才不算助纣为虐。"

绮里那双湛蓝的眼眸转了两转,打量着我,笑道:"九娘太纯稚了,殊不知兵家相争,全无道义可言,正义之师也可行劫掠之事。"

我想了想,唐朝大将高仙芝在河西作战,劫掠财货甚多,便不再争论,只是笑了。

"九娘,你不是讨厌崔常侍家的那个十五娘子吗?"绮里又转开了话题。

我狐疑,差点脱口而出"你怎么知道",心间蓦然泛起一阵莫名的警觉。这种警觉很难被解释清楚,打个不恰当的比方,这就像是……你身处一片浓密的树林里,夕阳的光芒穿入丛林,照在随处可见的青苔上,你眯着眼睛欣赏这宁谧的景致,却忽然疑心起来,疑心你余光里的那块斑驳不是青苔,而是一只趴伏着的猛兽的脊背。那只猛兽,好像下一刻就要跳起来,向你冲过来了。你觉得自己在胡思乱想,但你仍然无法将那种疑心按下。总之,是一种非常奇异的危险感。

绮里从容地笑了，轻声道："既然讨厌她，不如杀了她，推给吐蕃人罢。你看如何？"

"你……你说什么？你要做什么？"我骇得彻底醒了酒。

"崔十五娘一死，我们自有法子令崔希逸出兵，边境必然大乱。这便是我要做的事。"她的嘴边带着一点讥笑的意味，前所未有地陌生。

她从未以这种模样出现在我面前过。平时，她不是在和我讨论诗歌，就是在讲述她多么崇拜李白的才华，无论怎么看，都只是一个单纯的、渴慕汉人诗歌的胡人女孩。

——然后，我猛然意识到，她说这两句话，用的是突厥话。

她和我相似，素日里突厥话并不熟练，可现在我听她的发音咬字，竟是纯熟至极，仿若母语。联想到阿史那盈科也是突厥人，我暗自打了个寒噤。莫非有突厥势力，在挑起大唐与其他国家的纷争？崔希逸与吐蕃的大战，竟然也是突厥人挑起？可绮里明明是粟特人啊……难道粟特只是她的伪装？但我听过她的粟特语，分明也是母语水平啊。

是了！那天，在凉州的酒楼上……我告诉她，我打算去拜访崔希逸，阻止他出兵。她笑着，叫我看楼下的舞姬……我回过头时，她已给我盏中添满了酒。

然后、然后我就大病一场，一睡数日，错过了找崔希逸的时机！

这一场唐蕃之战，有她的一份！她所图非小，阿史那盈科贿赂中使的事情，只怕也与她有关！

我咽了口唾沫，尽量装出淡定的神气："我是左丞相家的人，理当与朝廷一心，你何以认为我会答应你？"

"因为……"绮里洒然一笑，"你记得王畯的事吗？"

王畯？！

王畯的死，是她做的？

我战栗着向后挪了几寸。裙裾的布料和地毡相摩擦，生出隐约的燥热。

"我得以手刃仇人，说来也要感谢你。多亏你带着我从姊，进了王畯的宅子探路。"说到"仇人"一词时，绮里的眸光陡然变得极为凶厉，一双蓝眼睛在烛光里几乎发红,以至于,当她说到感谢的话语时,那种故作感激的姿态,其实只显得扭曲。

"王晙是你的仇人?"

"是。我是康待宾的女儿。"

康待宾,六胡州叛乱的首领,是被唐军将领王晙押送到长安,再被皇帝下令腰斩的。绮里是六胡州的人,这便能解释她为何虽是粟特人,突厥语却非常晓畅:在六胡州,粟特人深受突厥文化浸染,比起粟特人来说,更像是突厥人。

我思索着,问道:"王晙是你杀的,那又如何?"

"是你带了我从姊进王家。若是皇帝知道了这事,朝廷户部尚书之死的重责,九娘怕是担不起吧?而裴公却将此事完全压了下来,没漏出半点风声。裴公爱女之情,真是令人感心动念。"绮里不咸不淡地评论道。

这是想威胁我?用裴家这个"秘密",威胁我帮她做事?

"你想多了。"我嗤了一声。盘坐久了,双腿发麻,我轻轻按揉小腿:"父亲当然爱护我,但他毕竟没有只手遮天的权焰。不上报此事,说到底……是王晙自己的决断。"

绮里的瞳孔骤然缩小了:"你说什么?"

"我说……"我继续揉着小腿,偷偷瞟了眼两尺外的一架胡床,那是我手边最接近武器的东西了,"王晙死前,给长子王斑留了话,'一切不必追究,只管如常发丧落葬'。"

她的衣袖猛烈地扫过食案,酒壶和杯子尽数摔到地上,骨碌碌滚了开去,酒液浸湿了一小块地毯。邸店的隔音很差,隔壁的客人在睡梦中发出不满的咕哝声。

"他凭什么……他凭什么!"绮里咬着牙,压低了嗓音。

"他凭什么摆出一副谅解的姿态?我也觉得。他在兰池州杀了三万五千胡人。"我叹了口气。

这一刻,我说的是真心话。王晙是去平叛的,没错;王晙杀人,是为了所谓的北境和平,也没错;但是,三万五千条性命,难道是靠着"让仇怨到我为止吧"的逻辑,就能轻松翻篇的吗?

绮里死死盯着我,表情在忽明忽暗的烛火中显得狰狞无比。

我又咽了口唾沫,问道:"康九娘……近来好吗?"

"我不清楚。她报了仇就走了。"她不耐烦地说。

"她的仇……"

"她是我的从姊。我伯父也死在王晙的刀下。"

"我不能为你做事。"我低了眉眼,望向她擎着短刀的右手。那只手瘦削有力,指间还残留着一点日间抄诗时染上的墨迹。"但我许诺,我不会将你的事告诉任何人。"我接着说。

绮里发出一声冷笑。

"包括李青莲。"我顿了顿,"你有你喜欢的诗家,我也有我喜欢的诗家。在我眼中,叛唐,不是叛大唐天子,而是……叛他。所以,我做不到。"

烛花发出轻微的爆裂声。

许久,绮里伸手推开了窗扇,银白的月光立刻洒了进来。

"记住你说过的话。"她翻身一跃,跳出窗外,身姿在月光下分外轻灵。

敦煌的寒风里,只留下这样一句话。

我捂住胸口,张大了嘴,无声地喘着气。直到冷风将我全身吹了个透,我才颤抖着站起来。袜子踩在被酒水打湿的毛毡上,寒湿入骨,我打着哆嗦,一步步挪到窗边。新月已隐入了云里,尘世里一片黯淡。暗蓝的天穹下,唯有呼啸而过的风声。

报仇归报仇,但,引起战争,就是错了。抱歉,我不会遵守承诺的,我对着这浓黑如墨的人间说道。

第二日一早,我取了崔希逸让我帮忙查案时给我的手书,去寻敦煌县令,请县令以有重金失窃的名义,检查敦煌各个城门的出入人员,又派人在城中搜捕。但敦煌是边关重镇,各族混居,管理困难,就如长安的西市一般,能够藏污纳垢的地方相当不少——我刚穿越时没有户籍,便混在长安西市——更何况绮里外语流利,可以随便寻个隐秘的安身所在,我不能抱太大希望。

我带着县令派给我的士卒，在敦煌外族聚居的坊里，一家家问过去，问得舌敝唇焦。花了近十日时间，仍是一无所获，敦煌县令也未寻到绮里。可见，绮里大抵那日早早就离了敦煌。

我本与王维约了一月便回凉州，这日见实在耽搁不得了，便准备踏上归程，打算请崔希逸派下人手，在整个河西搜捕绮里。敦煌县令派来保护我的士卒笑道："郁小娘子来一回敦煌不易，何不去一趟阳关与玉门关走走，开阔心胸？"我虽心情郁结，还是点头同意。

玉门关和阳关这两座关城在唐时都不小，不像在21世纪时只余遗址。因着那句"西出阳关无故人"，我对阳关更为留意。现在普通民众不能像后世那样随意登上关楼，我便只好站在关内，望着关城门外一望无垠的大漠。

唐朝的阳关，还没有21世纪时那座可笑的王维塑像。关口秩序井然，守关士卒仔细查验来往的商队与旅人的"过所"文书，在文书上画上记号，允准对方出城或入城。

一支出城的龟兹商队中有个年纪尚幼的孩子，他似懂非懂地问母亲："阿娘，出了城，我们便再也不能回到长安了吗？"母亲温柔道："待你长大了，还是可以再到长安的。"孩子哭了起来，叫道："我不要走！长安有好多好吃的，有槐叶冷淘，有樱桃饆饠……"母亲抱住他，哄道："可是关外亦有广阔的天地呀。我们龟兹的歌舞是天下最美的，待得回了龟兹，你便可以每日听到世上最美的歌声，见到最动人的舞姿。无论长安还是龟兹，都有极美的风景。"

这时又一队商旅入了城，骑在马上的旅人大笑道："终于到了关内了！"他们商队的骆驼背上负着沉重的货物，大约是来关内贩售的。其中一人笑道："西域胡姬虽然肤白胜雪，身上却总有一股子膻味，怎比我汉家女儿娇嫩？如今总算是入了关了，我要去寻个汉人小娘子快活一番！"另一人笑道："我却爱胡姬碧眸似水，脉脉传情。"

不同的文化，不同的期待，不同的理想，如天上流动的洁白云朵，随着出入的人群，滚滚流出、流入这座宏伟的关城。这一刻，我几乎不屑那句"西出阳关无故人"了:在这个充满豪情的时代,一个人何必因关外没有故人而颓丧?

关内关外,都有大好的河山。

注释:

[1] 关于敦煌的历史和斯文·赫定等探险者们的故事,本章主要参考 Susan Whitfield 的 *Life Along the Silk Road* (University of California Press, 1999),及 Peter Hopkirk 的 *Foreign Devils on the Silk Road* (John Murray Press, 2011)。

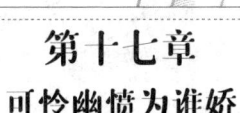

第十七章
可怜幽愤为谁娇

西北边陲的春日,更像是名义上的春日而已。这里全无鹅黄与嫩绿,只有星星点点的微微绿意,从墙角树芽中延伸出来。张敬忠的"即今河畔冰开日,正是长安花落时",原是极恰切的:现在的长安已是春意阑珊,而生活在凉州的人才刚刚换下冬衣。

这个三月,吐蕃果然又寇河西,崔希逸率兵击破之。绮里一去便无消息,纵然崔希逸派下人手,在整个河西地区搜捕,仍是不得。我给李白写了信,要他小心这个侍女。阿史那盈科被崔希逸寻了由头严查,一时生意萧条,如此发展下去,为另外几家巨贾所吞并,便是不可避免的了。

鄯州都督、知陇右留后杜希望攻破吐蕃新城,在那里设了威戎军,置兵一千戍守。杜希望为代州都督时,曾经汲引崔颢为他军幕中的书记。我趁着一次宴会上见到杜希望,向他探问崔颢的情况,听说崔颢身体甚佳,很觉宽慰。

入夏之后,我从王维处得到消息,李林甫就任河西节度使,萧炅为留后,而崔希逸转任河南尹,之前的河南尹李适之则成了御史大夫。崔希逸既然已调离河西,作为他掌书记的王维自然也要跟着他动身。

我舍不得离开河西,但我已在此勾留一年,也是该走了。我约了个日子与安重璋道别,相约日后在幽州共谋杀死安禄山的计划,便匆匆打包收拾。

夕岚看见了，笑道："我朝官人们大都宦游在外，每一迁转，便要长途跋涉。娘子们打点行李，随夫出行，原是极紧要的。九娘学会了这一套傍身的技巧，是要嫁给哪位官人呢？"我脸上一热，斥她胡说。

按照史书的记载，崔希逸因始终对吐蕃怀愧在心，这次调任后没多久便郁郁而终。这亦是我心中的隐忧——果然，上路之后，崔希逸的身子越来越差，后来甚至不能骑马，只能乘车。

这一日我们到了兰州，在驿馆歇下。驿馆离黄河不远，我就想拉上王维，去看看黄河的风涛——他是蒲州人，黄河经过蒲州，他亦对黄河甚有感情。然这时崔希逸却派了人来叫我。我微感疑惑，走到前院。

王维也在堂中坐着，我的注意力却仍是立即被引到了崔希逸身上：他的精神又差了很多，眼窝深陷，两颊深陷，法令纹也似比前一日深了，全不见了崔氏族人常见的俊美姿貌。我向他行礼时，他正在咳嗽，手中绢帕上染了殷红血迹。我心中不忍，开声劝道："两国交兵，乃是常事。常侍万万不要自苦了。"

他摇了摇头，将侍女遣了出去，望着窗外不语。我与王维不好说话，只陪着他静听外面的黄河涛声。半晌，崔希逸开口道："君不见，黄河之水天上来，奔流到海不复回。君不见，高堂明镜悲白发，朝如青丝暮成雪。"

他未对诗句发表任何评论，然沉痛之意呼之欲出。这与我在敦煌邸店中，以陈涌海的调子高唱此诗时的心境，自又不同。也许伟大的诗篇便是如此，能令不同心境的人，感受到不同的况味。

我这才注意到，崔希逸的头发，已全白了。

他又道："摩诘，你的母亲，可还好吗？"王维面色转肃，长跪道："劳常侍动问，家母安。"崔希逸道："你到河西大半年，令堂必定极是挂念。"王维垂眸道："家母书信中，每每嘱我添衣。"

崔希逸又沉默半日，直到窗外天色转黑，才道："我听闻令尊去得早，想令堂独自抚育你兄弟姊妹六人，定是辛苦之至。不知令堂可曾为你们兄弟，去求过他人？"

他的语声有几分飘忽，神色亦晦暗不明。王维沉思片刻，方道："常侍或许知晓,我与我的二弟缙,在我十五岁时,便离家赴长安,游走于诸王府上。那时母亲为了我们兄弟有人照应提携,亲自修书与长安的王氏、崔氏族人。我偷偷看了她的书信,只见言辞……颇为哀恳。"

当着崔希逸的面,我不好表露情感,却忍不住在座席上向他挪近了些。只是我柔情升起之余,脑中忽有电光闪过——

崔希逸、亲情、王维……

我周身一冷,听见自己问道:"常侍亦为人父,舐犊之情,想亦深重。常侍既有此问,可是有事要王郎去做?"

我的声音软弱又无力,甫一出口,似乎就已被黄河的狂风大浪吞没。

崔希逸停眸在我身上,悠悠道:"阿郁聪敏,不愧为裴公爱女。"他忽地起身,向我重重一揖。

我和王维同时站起。王维上前搀扶,温和道:"常侍有命,只管告知我们便是。""是了。常侍何必行礼,徒然令我惶恐。"我在袖中捏紧了手指,尽量不露出什么多余的表情。

崔希逸道:"摩诘,我时日无多,有一事不能不求你——你能否纳我女十五娘为你妾室?"他抬眸看着我们二人,眼中血丝在烛焰光芒中显得尤为可怜:"或者说,我求的……是阿郁。你能容得了十五娘吗?"

我立在当场,竟毫无半分惊愕。王维看了看崔希逸,又转目向我。

崔希逸续道:"摩诘,十五娘倾心于你。我早知你与阿郁……怕是不会娶她的。我打了她,也痛斥了她,可她……不肯回转心意。此事实乃我家门之耻,我不该拿这些话来为难你们。但……若她定要如此,我只怕……死不瞑目。"说到后来,神情越发羞愧,眼里漾出泪光。

王维道:"我和阿妍与她谈一谈,或能令她转念。"

崔希逸摇头叹道:"我的女儿我自家清楚。她认定的事,绝不改易。她小时学画,只因为不擅染色,直练了三天三夜,练好了才肯去睡。唉,她那日看见你与阿郁亲密之状,回家后便不思茶饭……我娘子去得早,我也不知该如何开解她。思来想去,只有请你收她为妾室。我知你与阿郁皆有仁心,必能宽待她。"

此时崔、卢、郑、王、李五姓之女极为矜贵,清河、博陵崔氏女的德言工貌更是名满天下,向来与人作配都是"抬头嫁女"。出身高贵如崔十五娘,安能与人当妾?若王维果真收她为妾,连整个博陵崔氏都要蒙羞。崔希逸有此提议,不是看中了我会自行退让,便是当真为了女儿的幸福,不怕自降身份。

我淡淡道:"十五娘是常侍之女,岂能甘心与人为妾?"

崔希逸又坐了回去,神态疲惫不堪。他抬起手,揉了揉鬓角,嗓音嘶哑:"她曾说,她若能为王十三郎奉箕帚,每日看到他的容颜,便是为奴为婢,亦甚甘心。不瞒你说,我一听她此语,便……鞭笞了她。我辛苦养她十九年,博陵崔氏的女郎,岂能与人为奴为婢?但我已将女儿养成这般性情,又能有什么法子……"

我听着面前这个父亲无奈的诉说,忽然有一种疯狂的想法:我何能因自己先到王维身边,就封锁其他女子接近他的门路呢?他是伟大的诗人和画家,他被许多人喜爱,原是再正常不过的事情。她们对他的喜欢,也许是不输于我的。我知道这种想法一点都不像是21世纪,一点都没有女权可言——可,可爱情,真的可以这样自私吗?

当然,最终打动我的,大概是崔希逸作为父亲的诚恳与心机。我甚至嫉妒张五娘和崔十五娘,她们都有父亲为她们出头、哀求。

而我,我的真正的父亲……已经在一场车祸之后,湮没在21世纪的火葬场的炼炉中了。

我转眸向王维道:"你自家决断吧。"

王维肃容,对崔希逸道:"常侍美意,维感念之至。但一来崔氏女为维妾室,不免令崔氏门庭失色。崔家既是常侍的崔家,亦是维的母亲与发妻的崔家,维断不敢使崔家蒙羞。二来,维当年向裴左丞求娶阿郁时,曾对裴左丞许下诺言,若能娶得阿郁,绝不另添妾室。三来,维本是鳏夫,此生能再得一阿郁相知相伴,已是上天垂怜,岂敢更有非分之想?"

崔希逸凝眸看他,脸上透出一点萧索的意态,叹道:"我早知你是不会答允的。唉,罢了……罢了!"

这时外面忽有一阵脚步声由远而近,有个仆妇奔进屋来,惊慌道:"阿郎,十五娘子自缢了!幸得婢子们发觉,将人救下,现已无恙。"

我们三人俱是一愕。崔十五娘竟然为了王维自缢了?

崔希逸猛地站起,因起得太急,脚下一个趔趄。王维连忙扶住他,他愤恨之下拂落王维的手,却又迟疑,冷声道:"你去看一看她。"

王维点了点头。我犹豫了一下,也跟着他走入崔十五娘的房间。

兰州驿馆的房间熟砖铺地,细布为帘,远远谈不上华美宏丽,只是齐整洁净而已。然而,有了崔十五娘这等美人在内,什么样的房间,都会变得灿然生辉。她穿着缭绫襦裙,外罩杏红单衫,如云鬓发上金钗光泽微闪,纤细手臂戴着一双白玉钏,斜倚在凭几上,似不胜衣,双眸泪光点点,细嫩洁白的脖颈间隐隐一缕红色勒痕,看去更添柔弱。

我能感到崔希逸一进屋,怒火瞬间转化为怜爱。他疾步上前,扶住崔十五娘双肩,哀切道:"阿婳,你可好吗?还痛吗?可有伤到喉咙?"崔十五娘举袂拭泪,强笑道:"女儿安好。"崔希逸又气又怜:"你……你何以如此痴顽?"

崔十五娘流泪道:"女儿……女儿不忍见阿耶为女儿求恳于人。阿耶一生艰难,又不得不毁了与吐蕃的盟誓,日日新添白发。女儿不能为阿耶分忧,已属不孝,岂能再使阿耶为了女儿低声下气?纵然那人是女儿心爱之人,也是不该。想来总是女儿不该活在这世上,不止连累了阿耶,更连累自家心爱之人……"说着低头掩泣。

崔希逸怒道:"胡吣!"见她垂泪,语气又不觉转柔:"你岂会连累我?"

王维亦道:"十五娘言重了。为人父母,纵然百般辛苦,只要能博得孩儿一粲,便足为欢。"

崔十五娘幽幽道:"若要博我一粲,甚是容易。只要你……"她顿了顿。王维轻声道:"好教十五娘知晓,维此心已许……"他转眸看我。崔十五娘抬手止住他的言语,却不看他,仍是低着头,轻声道:"只要你继续教我作画与佛理,到我能为寺庙作壁画为止……我也好为死去的蕃汉将士祈福。我身为人女,不能于朝堂上为父分忧,只能如此为家人消业了。"

我张口欲问,若只是要学画学佛,何必非要王维教她?长安的知名画师与高僧难道少吗?然而看了一眼崔希逸与王维,终是没能问出口。王维当即应了，又道："你日后万不可再寻短见了。"

崔十五娘凄然道："若非我自感无用，我也不会有自戕之念。你与瑶姊当年鹣鲽情深，纵然有时想得多了，也能宽慰彼此，想来……断不至此吧。"

王维脸上浮现出一丝温存笑意，微微颔首。

崔十五娘道："瑶姊深通佛理，多半很会开解人。我当年见她时，只有八九岁，然亦将她的风仪涵养铭记于心。"

王维温和道："阿瑶为人细腻温柔，说出话来，总如春风拂面。"

"我听说当年你被……被贬济州，瑶姊不远千里，追随而去，伴你在济州吃苦。"

王维叹了口气："彼时她生产未久，就追我到济州，辛苦之至。我……至今感念。"

崔十五娘笑了笑，又说："我听说你们的女儿容貌品行俱是出众，极似瑶姊，待我回了长安，你可要引我见一见她。"

王维道："这是自然。"

崔十五娘目光移向远处，似在怀想崔瑶的嘉容懿范，缓缓道："若我是男子，娶得瑶姊那样的佳人，一旦失去了她，定然也不思再娶。"

崔希逸微笑道："七娘的人品风度，在崔氏女中，原也少见。"

我听着他们三个缅怀崔瑶的风姿，只觉一阵痛楚。在场的几个人，不是崔瑶的族人，就是曾与崔瑶有极深关系的人。

而我，面对着崔瑶身上"王维的亡妻"这个无可超越的头衔，又能说什么、做什么呢？

史载王维"丧妻不再娶，孤居三十年"，他大抵不会娶我了。

——多可笑啊，我竟然想过他会娶我？

他是别人的丈夫，别人的父亲。他与我之间的关系，本就是靠我单方面的一腔思慕撑起来的。我与他，既没有甘苦与共的恩情，也没有血脉相连的牵绊。若不是我的思慕教他注意到了我，我在他面前的脸面，只怕还比不上与崔瑶同族的崔十五娘。

崔十五娘仿佛这时才看到我，笑道："阿郁想来也见过瑶姊的风采。我听说,当年阿郁为人写入变文,身陷风波,是瑶姊为阿郁精心打扮,带你到慈恩寺,澄清一切。"

我涩然点头,不去在意她话中隐隐的波澜。

王维笑道:"阿瑶一向最擅妆饰小女郎,那日阿妍经她之手,容姿比平日更美。"说着向我露出一个宠溺的笑容,我看去却只觉刺眼。

崔十五娘瞪大了眼睛:"我也想求瑶姊妆扮我哩!只是瑶姊已逝……王郎,你以后能否送我一个瑶姊用过的侍婢,也好教我习得瑶姊生前妆扮的手法?"

她说得小心翼翼,一副又渴望又觉得自己太冒昧的样子。王维和蔼道:"这有何难。"

我再听不下去,向崔希逸略略一礼,起身出门。这一次,王维没有追来。

到很晚,他方敲响了我的房门。窗外虫声唧唧,潮热的夏风吹进来,将他的容色显得越发温柔。温柔中,分明有回思往事带来的快慰。那种温柔简直戳心。

王维笑道:"我只是答应教她作画学佛而已,总算胜过请她来家里做什么妾室——荒唐!……你何以仍是不乐?"他话音里带着诧异的意味。

半晌,我才道:"你当她真的从此歇了对你的念头吗?"

王维蹙眉道:"她只是要我教她罢了,纵有什么念头,又能如何?"

我呆呆看着他。体物察人最是敏感的他,此时怎的就迷了心目?我气道:"你难道不知她是……她是为了多与你共处几日,徐徐图之?"

王维道:"你看她后来频频言及阿瑶,想是放下了心中执念。若是仍然待我有意,谈起我亡妻时,安能这般落落大方?"

我哀哀道:"你便听不出……听不出她言及瑶姊,是想要教我自惭形秽?"

"自惭形秽?"王维重复一遍,竟然笑了,"她能使你自惭形秽?你为何要自惭形秽?"

他学佛多年,见事甚明,向能切中肯綮,这两问原是直指人心。若我换个心境,或能有所启悟。

可我早已陷在这个名为崔瑶的巨大梦魇之中,如何能轻易抽身而出?我只恨他不理解我,气得哭道:"我为何不能自惭形秽?瑶姊……瑶姊……"

崔瑶是那么美好的人啊!

你经历过那么美好的女子,谁相信你能再对他人付出全部感情?且史书中你三十年不再娶,孤居一室,成为后世情深男子的典范。

王维伸手来抚我头,我晃身闪开。那一刻,我非常恨自己,恨自己让他对我说甜蜜的言语,做亲密的举动,恨自己玷辱了他理应为他亡妻保留终生的情感,恨自己让他走下神坛。

恨自己知道了他是一个有血有肉的人,是一个会被柔弱女子的眼泪欺骗的男子。

王维柔声道:"你不必介怀。阿瑶固然是极好的,可你也是极好的。"

可我不要做那个"也"极好的女子!

我想做他的唯一啊——就如《围城》里唐晓芙所说的:"我爱的人,我要能够占领他整个生命,他在碰见我以前,没有过去,留着空白等待我。"头一次,我不自量力地恨起了他的鳏夫身份。

他不明我内心所思,仍是强行摸了我的头。我止不住地想:他可曾也这样摸过她的头?他……是了,夫妻至亲,他一定不止抚过她的头发,还做过许多更亲密的事哩!

而我,而我,作为来晚的人,却又不能怀有分毫妒忌。既不能妒忌崔瑶,我便只好将怒火向可以发泄的人身上发泄。我冷冷道:"我不许你教她作画。"

王维苦笑道:"我知你必不乐意,可她亦是可怜人……"我冷笑:"她何处可怜?"

王维道:"她自幼失恃。我亦是幼失所怙,幸得母亲犹在。因此我见到失母之人,总是多几分怜惜。"

我心道:"我父母都不在了,难道我不可怜吗?"却不肯将示弱的言语说出口,当下只道:"你走吧。我要睡了。"

他颔首,笑了:"早些睡吧。女孩儿家睡得太晚,有损容貌。"

"有损容貌，倒也无妨。横竖我貌不如人。"

他笑道："她怎能与你相比？"

"我便是胜过她，也胜不过瑶姊。"我话一出口，便即后悔，自知中了崔十五娘的离间之计。他看了看我，肃容道："阿妍，阿瑶是我发妻，我识得她在先。我们结发十二载，所历甚多。"

我亲耳听他说出此话，心中不知是何滋味。我低声道："是啊，我识得你不过八年十一个月又三天而已。"

王维神色一震，抬眸看我。我将他推出门外，关上了门。

这日之后，王维与崔十五娘时常并辔而行，讨论画技佛理。他亦多次叫我过去同听，我一味推却。

跋涉近一月，终于到了西京。距离京城尚有数里时，我已遥遥望见那座巨大都城的高墙，脑中勾勒那如棋局般规整的长安街景，又想起王维那句著名的应制诗"雨中春树万人家"。

我对长安的记忆，几乎是被他塑造的。我讨厌这种感觉。

王维驱马到我身边，笑道："阿妍，胡语里长安叫什么？可也叫长安？"

"Khumdan。"我答道。

"阿郁真是渊雅。"崔十五娘也晃到了我们身旁。她骑着一匹颇为神骏的白马，美人如玉，银鞍白马，姿态极是得意："听说典客署里外族男子甚多，你们每日并肩同看文牍，想必十分亲近。不知可有人向阿郁示好？"

我没有说话。王维接腔道："窈窕淑女，君子好逑。阿妍才貌过人，有人倾慕也属应当。"

崔十五娘笑了："正是。若我是王郎，定然每日都要担心阿郁教人夺走。"

我甚是腻烦，拍马而前，径直向长安城去了。

第十八章
此地空余黄鹤楼

"你,你竟然无恙?!"

我望着笑吟吟的崔颢,震惊至极。

我刚刚回到长安,正在与养母裴夫人叙话,便收到崔颢的信,说他在江夏病重。我连忙动身,纵然已快马加鞭,仍是花了二十余日方到了江夏,简直怕他已病死了!

谁知他竟好端端地立在我面前。

"你我兄妹已有五载未曾久聚,五载之中,一共只见了三面。"崔颢笑道,"我思想自家阿妹成疾,安能说是无恙?"

我既气他欺我,又只能承认我们五年间确实聚少离多,他要我来看他一面,不为过分。

更何况……王维如今几乎日日都在教崔十五娘。我不想留在长安。

"阿兄叫我来,便是为了看你的吗?"

"我游历黄鹤楼,见此楼宏丽耸秀,极尽人巧,想阿妍你若只是困守区区典客署,以译事为念,实有负于这等美景,便叫你来同游黄鹤楼。"他指了指不远处的黄鹤楼,笑得狡黠。

我心中愁绪深浓,然看到他俊朗容颜上的笑色,也不由得舒畅了几分。

当天下午我们便去游赏黄鹤楼——老实说,若仅以规模而论,唐代的黄鹤楼并不及我的时代重建的那座。崔颢拾级而上,一边为我解说,诸如吴主孙权建造此楼,本作瞭望之用,三分归晋后,又如何为乡人传说,误传仙人曾在此地驾鹤返憩,那仙人又如何被以讹传讹,当成了蜀汉费祎,又是什么鹦鹉洲因在江中,唯有水落沙出时,能得一见,云云。

虽在21世纪听过这些,但他贯熟典籍,淹究野录,常有惊人妙语,非寻常导游可比,我听得心情怡怿。

江夏之地,在后世有火炉之称。此时已到六月底,天气原本闷热难当,但我们上到第五层时,只觉清风开襟,热气尽去。楼外云漠漠,树苍苍,水阔天青,激流千顷,涛声流入笔底,帆影落于樽前,菲菲江蓠,郁郁汀芷,高岑低丘,田畴市井,均是历历可窥。

此楼当真堪为荆甸楚天胜致之最。崔颢叹道:"虽未睹三山,便自使人有凌云意。"见我正凭轩遥望,若不经意地扯住我手臂,想是怕我失足跌落。

在这里,时间被傲视,古今代谢,人事往来,俱皆不值一提。浪花过后,英雄的干霄之志,总成云烟湮灭,唯有渺漫江水东流而去,浩浩瀚瀚,永无止歇。

我压抑着感慨悲歌的冲动,只是笑道:"荀令则虽有逸群之气,哪里及得上今人的胸怀!有晋一代,骨子里便萎弱,连羊公叔子这等贤人,登山思古时也难免说'如我与卿者,皆湮灭无闻,使人伤悲',好不丧气。我则待阿兄精骛八极,心游万仞,发煌煌盛唐之音。"

他适才所说的,是《世说新语》中晋人荀羡登北固亭时的话,因此我便说,晋人的襟怀不及唐人。

崔颢忍俊不禁,拍了拍我的头:"好大口气!宇宙匆匆,慨长思而怀古,亦属常情。晋人风度,你竟以'萎弱'二字蔽之,委实鲁莽……你要我作诗,嗯,作什么呢?"走到楼中,看历代的题咏。

黄鹤楼虽邻尘嚣,却不讧乱,此时只有几个白衣士子立在一面墙边,评点墙上的诗作,极口称赞。我好奇看了,是鲍照的《登黄鹄矶》——黄鹄便是黄鹤:

"木落江渡寒,雁还风送秋。临流断商弦,瞰川悲棹讴。适郢无东辕,还夏有西浮。三崖隐丹磴,九派引沧流。泪竹感湘别,弄珠怀汉游。岂伊药饵泰,得夺旅人忧。"

"鲍参军大才。"崔颢笑道,"但气骨确然稍弱。文帝爱作文章,且又十分自矜,认为别人皆不及他,于是鲍照故意自掩其才,为文多鄙言累句。人生如此,未免太累。"

那些士子听了他议论,难免不以为然,便问他名号。崔颢笑道:"汴州崔颢。"士子们知是《长干曲》的作者,大半肃然起敬。另有几个人却道:"轻艳之作罢了,不足一哂。"

我拉着他衣袖,低声道:"写首不'轻艳'的,给他们瞧。"

一向骄傲的崔颢,这回却只摇头而笑,听着书生们兴致勃勃地评诗、作诗——尽管都是些平庸之作——自己并不提笔。直到日影渐西,士子们走得干干净净,楼中一片静寂,只剩得浩然江风,和我们两个人。我不由有些急了:难道我竟无缘一睹这首名诗被创作的场面?

他见我大惑不解,笑道:"我的诗,不为俗人而作。三百篇第一首就说'窈窕淑女,君子好逑',言情赋爱又有什么错?可笑他们读圣贤之书,却不解书中之旨,有少年的身,却无少年的心。给这等人看了我的诗去,才是诗家之耻。"

——那我要是告诉你,你的诗句即将被未来的无数俗人口耳相传,抄写记诵呢? 我哂了一声。

那砚中还有士子们磨的墨,他取笔在手,蘸墨在粉墙上写了两句:"昔人已乘白云去,此地空余黄鹤楼。"[1]

他素爱端正的欧体,这两句却写的是草书,笔意飞扬。我出神地看着,他忽回头笑道:"写得如何? 俗也不俗?"

夕阳洒入楼内,他的青色襕衫沐浴在金黄阳光中,身姿挺拔俊逸,表情凝定自信。他大约并不需要我的回答,但我没忍住:"气势卓绝,起手便高人一等,怎么会俗!"

"好,依你的,不改了。"他没有思索,又题了句"黄鹤一去不复返"。然后,他自语道:"连说了三句废话,这第四句,我可要稍作斟酌。"信步走到轩槛之侧,游目楼外。

天际归鸦无数,暮云将拢。一切都与命定的轨迹完美相合。

说着要搁酒,他却只顿了一顿,就继续抬手写道:"白云千载空悠悠。"

那笔尖灵巧而从容地飞动,在墙上形成风骨峭拔的酣畅字迹。当第二个"悠"的最后一点点完时,我向后退了几步,直退到楼边。

这是这个男人创造历史的时刻,他该自己享有它。

我怕打扰了这一刻。

随着时光逝去,几十个年头后,这新鲜的墨迹,就将斑驳脱落,不复可辨,一百年后,这面墙可能会倒塌。到了20世纪,甚至连今日我们立足的黄鹤楼旧址,都将被建造长江大桥的工程占用。

但这个特别的下午,与这首诗,将更长久地存在下去。

这片土地上,古人已往,但所有来者,都会听说,在一个丰富绚烂的时代的某一天,有个人写下了一首叫作《黄鹤楼》的诗。垂髫稚子,耄耋老翁,哪个不会背一句"此地空余黄鹤楼"!

纪录片《大明宫》里有句话:"所有的荣耀都是过眼云烟,只有爱情和艺术是永恒的。"

他的诗,这件艺术珍品,必然将有无穷的生命力,直到最后一个中国人死去。

崔颢的诗名,注定不会盛于李白。人类的历史总是这样的:唱出一个时代的最强音的人,往往不是最为风流秀出的那一个。但那又怎么样?崔颢就是崔颢,独一无二的崔颢。天才的李白,还不是连续写了《鹦鹉洲》和《登金陵凤凰台》模仿他这首诗![2]

也许是明白我的心意,也许是真的沉浸在创作的快乐中,他独自立在那里,写下了这诗的后四句。

"晴川历历汉阳树,芳草萋萋鹦鹉洲。日暮乡关何处是?烟波江上使人愁。"

窗外的夕阳一跳,沉入了无尽的暮色里。轩敞开阔的黄鹤楼,画板朱檐的黄鹤楼,不知何时,竟笼上了一层淡淡的伤悒之味。我微微抖了抖,忽然第一次读懂了这首自幼熟读的诗。

"乡关何处是"?

我涌起一种同病相怜之感,走到他的身边。我轻声用普通话说:"有一种人叫'北漂族'……我们都是'唐漂族'。"

他自然听不懂,只是静默相望。

半晌,他问我:"我写得好吗?"

长江上渔火初明,楼中没有点灯,黑沉沉的。这一片夜色里,我含着眼泪,微笑凝视他同样黑如夜色的熠熠双眸。王子安的序,使滕王阁增色,而黄鹤楼,亦将因你此诗,永夸绝代。

"很好。它会是……唐人七律第一。"

从严羽《沧浪诗话》这样称赞它,到蘅塘退士编《唐诗三百首》取之为七律部分的第一首,《黄鹤楼》仅有的两个数得出的竞争者,是沈佺期的《古意呈补阙乔知之》和杜甫的《登高》。

前者辞藻精美,情致缠绵,叙写女子闺怨,则格局必然为小。而后者,是诗圣晚年笔力炉火纯青时的绝唱,四联对仗,工稳精巧,沉郁苍茫而又宏大旷远,但终归已是离乱后的哀音,衰残颓倦,不比崔颢此诗,纵有浅浅的愁绪,依旧句句都是盛唐。

"多谢阿妍。"他笑道。

我突然很愧疚。

那年青溪水畔沙上写诗的情景如在目前,那时我是多么渴望让王维知道,他将拥有无数的崇拜者。而对崔颢……为什么从来没想过给他鼓励——不论他是否需要?

"可它算不得七律。我写过《行经华阴》,你知道的,那才是正经七律。"崔颢笑了笑,拉我下楼,"我饿了。"

"此诗不遵格律,或许会遭人诟病,但亦将是你不拘格套,奇才为人赞誉之处。"我不管他有没有听,絮絮说下去,带着长江气息的夜风掠过鬓边,清冷凉爽。

云有影,树无声。湛湛长江,平如镜面。远岫烟销,正有一轮明月初上。

我与崔颢下了黄鹤楼,俱是心神清爽。本欲一叙聚少离多之情,可面对着长江之水,想说的话仿佛全不必说了。

"裴公没为你择婿吗?"他问道。

"啊……"我抓着衣角,觉得很尴尬,"阿兄你呢?你没结亲?"

他和离过一次,一直没有再婚。

崔颢道:"那年我早与你说过,我只娶心爱之人,而心爱之人,最难寻觅。"

他确曾说过此话。我却只不以为然道:"有些时候,你第一眼见一个女子,以为自己不喜爱她。可是多看几眼,多见几回,说不定也就喜爱了。"

崔颢淡笑一声:"当真吗?"明月朗朗,照着他的脸,他嘴角隐隐勾起一抹无谓的笑。我心中突地一跳,感到他将要说什么使我们再也回不去从前的话,慌乱道:"你……"

然而却已晚了。崔颢徐徐道:"你只将心比心吧:你从前不爱我,过了这么多年,还是不爱我。情爱之事,何能勉强?"

"……"

"记得那年我在蜀地说的那句话吗?"

"……什么?"

"我可以吗?"

"啊……你不是说那个什么李适之对他亡妻……啊……你……"我彻彻底底地噎住了。

他凝眸望我:"我对阿妍,慕艾多年。旁人见你美人如花、才貌两备,我却只见你跳脱顽皮、为情痴绝。我心爱这样的你,可也知道,我早晚会为这样的你所伤。我当年远赴河东军幕,既是为了求官,也是为了远你。虽然我放心不下你,可我总要自保。"

我茫然盯着他一张一合的两片嘴唇。那两片嘴唇薄薄的,世人说嘴唇薄的男子多半薄情,可……可他分明不像啊。我嗫嚅道:"你……你不必因为你从母的缘故,便要待我好。"

"我待从前的阿妍好,是因她年幼可爱,又每每依赖我,日日追着我跑来跑去。我要像一个兄长。可那年在蜀中,我便已察觉你并非从前的阿妍。我待你好,便只是因为想要待你好。我爱的,是这个长大了的、通晓诸多蕃语的阿妍,是这个有小心思的、会为心爱之人流连的阿妍。"他斩钉截铁道。

"阿兄,你既知……既知我有心爱之人,为何还会留恋于我?"

崔颢苦笑道:"阿妍,你爱恋他若许年,心中可畅快?"

我毫不犹疑地摇头。爱恋王维,是一件极苦极苦的差事。我先是遭遇了他完美的妻子崔瑶,接着又要面对那许多喜欢他的女子。而王维本人过于云淡风轻的态度,有时也让我疲惫不堪。

崔颢举起手来,细细抚摸我的鬓发,直似要拂过每一根发丝。他轻声道:"我只想,你爱恋他,心中却不痛快。或许……你哪一日,忽然想到与我相处没有那般不痛快,眼中便见了我。"

我悚然一惊。这几句话语,直是情深无限。我何德何能,得崔颢这等才子垂青至此?他是能写出《长干曲》《黄鹤楼》的大诗人,而我只是一个为时人所轻的小小翻译。初见他时,我甚鄙薄他频繁停妻再娶,心想他虽生得一副绝佳容貌,却也不过是个负心男子。然而随着彼此日益亲厚,我已将他当作一位极耐心的兄长、极谐趣的朋友。他打马球时挥杖如意的英姿,深夜陪我润色笔记时的体贴,乃至他袖袂间隐隐的沉水香气,都是我此生绝难相忘的点滴。我自问,并非全无感动,并非全无依恋。

然而,我心已有所属。纵然那人使我痛苦、使我疑虑、不安、悲伤,可我……仍是喜欢他啊。我不能忘记少女时节读他的诗时,那种深沉而广大的感动;我不能忘记与他初见时,他恬淡中含蕴沧桑的容颜;我更不能忘记与他谈天论地时,他舒徐而宽容的笑意。

毕竟,他还未到四十,还未到参透人生,写下"行到水穷处,坐看云起时"的境界;他也还未在朝堂与山水间求得真正的平衡,忘却烦忧,赋出"明月松间照,清泉石上流"。

我也许应该再给他一些时间。

思犹未毕,崔颢已笑道:"我今日说这些,不过是想要教你知道我的心意。我观你容色,便知你仍不会钟情于我。"他说得轻巧从容,却让我感到无上的愧疚,"只是阿妍,我别无他求,唯要你应我一事。"

"何事?"

"我可以如你所愿,寻觅好的女子,若有哪个女子的人品风度果真合我心意,我会求娶;但你亦要将你的目光、你的心意自他身上移开,多看一看其他的人,不要只苦苦思恋他。我大唐好男儿虽不甚多,却也不少,总有你看得中的、又不教你这样受苦的男子。"

我慨然点头。

自幼年读到王维的"红豆生南国"开始,我痴恋他垂二十载。有幸穿越到唐朝,有幸见到他本人之后,我的目光始终牢牢盯死在他身上。我是不是该让自己敞开心胸,见一见其他人,想来这也有益于我认真审视自己对王维的感情——我究竟是爱他成了惯性,还是当真非他不可?

崔颢微微笑道:"我听说幽燕之地,慷慨悲歌之士极多。你何妨北上游历一番?"

注释:

[1] 唐代天宝三载编成的《国秀集》,和同样编于盛唐时期的《河岳英灵集》中,这首诗的第一句都是"昔人已乘白云去"。

[2] 李白《鹦鹉洲》:"鹦鹉来过吴江水,江上洲传鹦鹉名。鹦鹉西飞陇山去,芳洲之树何青青!烟开兰叶香风暖,岸夹桃花锦浪生。迁客此时徒极目,长洲孤月向谁明?"此外,李白的《登金陵凤凰台》与《黄鹤楼》的关系也很耐人寻味:"凤凰台上凤凰游,凤去台空江自流。吴宫花草埋幽径,晋代衣冠成古丘。三山半落青山外,二水中分白鹭洲。总为浮云能蔽日,长安不见使人愁。"

第十九章
且须一尽杯中酒

屏风分隔出几块狭小空间，地上铺着细绵软垫，这就是酒楼里最好的座席了。李适之素于这些不大用心，随便坐了，只令店家取了一壶酒来，留了杨续在旁，余下的长随自在一楼堂中饮食。他跪坐在窗边，举目向外望去，但见周遭店肆虽繁丽不如西京，却也齐整有序。米肆、药肆、布肆之类自不必提，幽燕风俗尚武，售卖鞍辔马具的鞴辔铺子很多，而至于专卖铅粉胭脂的妆肆、存放物事的寄附铺子之类，亦是色色俱全。依律五品以上官员不得入市，故而他数年不曾到过长安东西二市，若非近来微服入河北赴任，也不会有这样坐在市肆中饮酒的机会，因此一时很觉新鲜。

这时正有一些士卒结伴来喝酒，呼朋引类的颇为热闹。他提起酒壶，忽听一个清脆的声音对酒肆主人笑道："这些士卒入市饮酒，肆主们全不惊惧，可见张公治军勤厉，兵不扰民。"恰好道出了他心中所思。李适之只觉那语声有点熟悉，循声转头，见是斜对的一桌。说话的是个女郎，背对着他，穿着牙白色的翻领胡服，下系同色波斯裤，腰束蹀躞带，是彻底的男装打扮，却更显出身姿清窈，肩背挺秀。女郎凭栏而坐，慢悠悠啜着盏中的绛红酒浆——她与李适之一般，点的也是河东的葡萄酒。幽州虽僻处塞北，然七月暑气犹炽，女郎时而掏出手帕来擦拭汗水，嘴里小声嘀咕着什么，李适之专心倾听，只听到两句："唐朝北京也这么热……奇怪……"

他不由困惑：北京？她说的是北都太原？那又与蓟县有甚相干？[1]

李适之兀自苦思那女郎的声音是在何处听过，却听楼下一阵喧哗，原来是两队士卒先后进了这家酒肆，而楼下只有几张食案，位子便不够了，两方皆不肯相让，于是争吵起来。只听一人道："分明我们先到，你们没长眼？只管纠缠，却待如何？"另一人道："不待如何，只是要你们别换一家。"先前那方怒道："不要脸皮！你们怎的不换？"后来那拨人便冷笑道："真是田舍汉！你当今日还是张将军在时的光景吗？你们这些人，只因跟随张将军的时日更久，就日日仗着将军的威势，欺凌我们。我等岂是为难你们？不过是做我们该做的事罢了！"

杨绾以目视李适之，李适之示意他不必动作，心下已然明了：张守珪性情慷慨豪迈，却有护短的习惯，先前那拨人多半是他还在瓜州时的旧部，随他辗转多年，想来平日多少有些骄肆，如今张守珪失势被贬，他们留在幽州，情势便难免颠倒了。沉吟间，两拨兵卒已是随时要展开械斗的架势。酒肆肆主见到他们剑拔弩张，显然积怨深重，也不敢多说。幽州虽然民风剽悍，毕竟民不敢与兵斗，楼下的酒客们贴着墙边溜走了一大半。楼上的人们因这些兵士堵在楼梯左近，却不大敢动，只是悄悄观望。

那女郎似乎感到絮烦，喝了一口酒，重重地将杯子放在食案上。双方情势紧张，正是一触即发的时刻，楼中死一般寂静，这一声便格外清晰。楼下的士卒们抬头看来，女郎自己似也被这一声吓了一跳。有幽州军那边的士卒开口调笑道："小娘子好大火气，莫非这些瓜州旧部里有你的情郎不成？他们可不疼惜女子，你不如嫁了我吧。"又有人道："小娘子快出去，刀枪无眼，你这般美貌，若是受了损伤，不免可惜。"

女郎按捺不住，冷冷道："我没什么火气，只是刚才还与人说张将军治兵严整得法，幽州军真是军容整肃，军纪井然，不过须臾，你们便打了我的嘴，我脸上有些痛罢了。"瓜州旧部里有人扑哧笑了，旋即生生止住，似是想到这一笑是将旧主张守珪也笑了进去，忙补救道："张将军韬略无双，最会治兵，奈何有些人天生不堪！"

幽州军出身的士卒们登时恼了，之前那个出头与瓜州旧部争锋、词锋最利的军士说道:"小娘子太轻狂了!竟敢取笑我幽州五万儿郎!""我们虽看不惯他们瓜州旧部,却不曾诽谤张将军。你却敢不敬张将军!""若是没有我们舍生忘死,在战场上与契丹人、奚人杀斗,你怎能在这里安坐饮酒!"

女郎道:"不然。我岂敢不敬张将军,岂敢不畏圣朝之军威?只是张将军一去,你们便滋事扰民,又要翻旧账来自相残杀,委实不似我幽燕之地慷慨悲歌的伟丈夫,煌煌大唐舍生忘死、保家护国的好儿郎!"她几句话说得讥讽中有正气,轻蔑中有凛然,一时兵卒们竟都静了几分。女郎忽然又笑了:"但若我这几句话就说得你们不再互相争斗,转而一同斥我不该辱及张将军,这番狂言……倒也值了。"悠悠站起身来,举步便欲下楼。

幽州军士们面面相觑,怔了数息,忽有一名军士踏出半步,冷冷道:"小娘子也知道自己说的是狂言。说了这些话,就想走吗?"女郎身形一顿,问道:"你待如何?"军士道:"也不如何,只要小娘子喝光这一壶酒,向我们道声不是,也就罢了。"顺手从旁拿过一壶乾和酒来,几步上楼,只踏得楼板沉闷作响。他身材高大,那女郎站在他面前越发显得清瘦纤弱。

李适之眉头拧紧,心想这些兵卒为她所斥,心中不甘,为了挽回一些颜面,竟要这样欺凌一个女郎?张守珪以在河西大破吐蕃之功转幽州节度使,镇守此地六年有余,更以巧计斩契丹将领可突干之首,名震幽燕,这等声势之下,倒也难免养出许多骄兵。他心念正转,却听女郎放声笑道:"休说一壶,十壶也喝得。但,请罪?我不愿意。"

此言一出,楼中众人登时喧哗起来。有瓜州军士道:"小娘子你休听他的,我替你喝!"肆主老丈颤声道:"小娘子,我家的酒极酽,你莫孟浪……"逼她喝酒的军士也颇感意外,对女郎道:"你若真喝得十壶,某等从此再不寻他们的晦气。"听他说话的语气,似是这一行人的首脑。

女郎一顾楼下,轻声数了数,笑道:"你们一共十二人,你们每人轮流喝一壶,每尽一壶,我便奉陪一壶,如何?只是,酒钱嘛……你们来出。"

午后日光明亮,她一转头,便露出了一张端丽清艳的侧脸。李适之一见之下,如遭雷击,不觉呆住。

女郎招呼店家打酒,为首的军士先取了一壶。他也不用杯,仰头以嘴相接,清澈酒水有如一条白线直贯入口,片时便将一壶酒饮尽。清酒杂质少于浊酒,更易醉人,且幽州风气本来好饮,楼中众人见他喝得爽快,个个大声赞叹,不止幽州军出身的士卒们生出骄傲之意,连瓜州旧部军士们的神情都缓和了好些。

女郎笑了笑:"壮士好生豪迈!"忽地转头向杨续一笑,眨了眨眼:"可否劳烦郎君为妾斟酒?"杨续一怔,想到女郎大约是寻个人在旁见证的意思,便以目光向主人请示,就见主人微微颔首。

李适之不清楚,自己是否该亮出新任幽州节帅的身份,为她解围。但见她嘴角微扬,清丽面容上的神色又是傲岸又是坦然,仿佛他若凭世俗权柄强行出头,反而是亵渎了她的这份夷然不惧。而同为好酒之人,他亦好奇:她当真十分善饮,还是别有妙法奇术?

杨续踏上前去,取过酒盏,斟满一盏,女郎接过,仰起脖颈,一口喝干。这时杨续已另取了一只酒盏斟满,女郎左手将空的酒盏放回桌上,右手同时接过第二盏酒,又是一口饮尽,如此五六次过后,一壶便尽。座中安静至极,只有酒液注入瓷盏中的哗哗声音。众人愈看愈奇,除了士卒们以外,连肆主老丈与尚未离去的酒客们,并李适之的长随们,皆是半担心、半好奇,瞧着女郎与幽州军的士卒们斗酒。

为首的那名军士见女郎喝完了一壶,拱了拱手,一语不发地下楼。楼下那个词锋犀利的幽州士卒抢着道:"第二壶是我的!"他却不学那鹰钩鼻以嘴接酒,而是随手取了一个盛汤饼的大碗,将一壶酒尽皆倒在碗里,双手捧碗便饮,咕嘟声中,一碗很快见了底。

女郎倚栏望着楼下的那个兵士,抬手抿了抿鬓发,弯起唇角:"幽州果然不负我望,盛汤饼的碗也这般大。"又向杨续一笑。

杨续心领神会,只管如方才一般继续斟酒,那女郎并不换什么花样,只是平平淡淡,一杯接着一杯,动作看似不快,却也只在数息之间,就饮尽了第二壶。

她嘴唇红艳如樱桃,不知是先时饮葡萄酒留下的痕迹,又或是生来唇色鲜润。酒液不绝流入她口中,润得双唇樱红之色愈浓,衬着白细双颊,牙白衫裤,更加明艳。李适之默默相望,想起她以双唇附在自己口上渡气时的情景——那时她口唇冰冷,想来,此刻喝了这些酒,大概不再那样冰凉了吧?

顷刻间,那女郎已饮了四壶,仍然目光清明,毫无醉态,只有脸颊略略泛红,额头出了一点细汗。众人看得呆了,有人好奇问道:"小娘子,你的酒量,是天生的吗?"女郎笑道:"天生的。"又有个幽州士卒笑道:"听小娘子口声,不似幽燕女子。借问小娘子乡关何处?也好教我们胸中有数,日后若遇见你同乡儿郎,便不敢放肆斗酒。"

李适之留神听女郎的答复,却见她愣了愣,双睫低垂,过了一会儿,方轻声道:"乡关?我是唐人。唐人便是唐人。"话音微颤,但又不似酒醉之象。她没有细说,众人倒不以为意:她一个孤身女子当众斗酒,已是离经叛道,为了避免惹祸,不肯详陈来历,也属寻常。

李适之却是心中一动。他虽粗放,却隐约感到,她这句平淡的话里,似乎含着极悲伤的意味。

那女郎又抬眸笑道:"不过,若诸位果然好奇,就只当我是酒泉人吧!"几百年前酒泉城中有泉,水味如酒,故而得了这个名字。她这机锋打得甚妙,不少人笑了起来。先时那个逼她喝酒的幽州军士,也破颜而笑:"酒泉去瓜州不远,小娘子的人品容姿,哪里是河西荒漠生得出来的?"便有瓜州军士白他一眼,呛声道:"河西荒漠又如何?瓜州瓜州,瓜州产瓜味美汁甘,连汉武帝也爱吃我们瓜州的瓜。瓜州女子吃瓜多,瓜州就养得出水润细巧、温婉柔和的美人,不似幽州多的是契丹、奚人女子,粗野不堪……"李适之听他一口一个"瓜"字,只觉今日听的"瓜"字比过去一年加起来还多。

女郎扑哧笑了,打断那个瓜州军士:"瓜州也罢,幽州也罢,总归都是唐国的疆土。瓜州现今不是吐蕃人的,幽州也不是契丹人的——那你们究竟为甚争?讨吐蕃时,你们是唐军,而与奚人拼杀时,你们除了幽州节帅的旗号之外,难道便不列大唐的旌旆?你们自家斗个不休,外人说起你们,却只将你们一例视为大唐的壮士健儿,难道分得清瓜州军鄯州军朔州军幽州军?"她说一句,便一口饮尽一杯,也亏得杨续手快,一盏连一盏地接上。她手中取盏搁盏,口中言笑不绝,速度虽快,言语气息却竟然不乱,说话间又尽一壶。

众军卒面面相觑,各自肃然。女郎示意杨续暂停,自斟了一杯,举杯向天,扬声道:"众位壮士何妨同饮一盏?"众人虽不明其意,却皆依言倒满了酒,擎杯在手。女郎慨然道:"圣唐并非无奸无盗,无战无凶。但自文皇帝以来,华夷同处,其乐融融,流民得所,耕织不废,府库殷实,稻米流脂,毕竟已开数百年未有之盛世。这一杯酒,便敬大唐!"

"敬大唐"的言语殊为新奇,然而在这番气势之下,休说诸位士卒,连李适之亦不觉有何乖悖常理处,不由自主地直身长跪。从祖父李承乾,到他只做了怀州别驾的父亲李象,他这一脉在皇权争夺中多所挫失,但他是太宗文皇帝的曾孙,胸中自也有一份李家儿郎睥睨四海、心怀天下的豪情在。他百感交集之际,众军士已尽皆饮尽杯中酒水。

李适之回过神来,站起身,才要张口为女郎说话,就见楼下一个男子走了进来。那男子是个胡人,相貌雄壮,浓眉阔口,不经意似的走了几步,踏入了诸位兵士围成的圈子。男子笑眯眯拱手向众人道:"小娘子海量!但人身脆弱,莫说是酒,就连喝多了水,也能撑坏肚肠。像某这样的粗人,纵是撑破了肚腹,也不相干,可小娘子青春美貌,若有闪失,岂不可惜?不如……余下几位一壶抵小娘子一杯,如何?"便有人附和:"正是。"更有瓜州旧部士卒道:"我来替小娘子喝吧!"

众人皆看向女郎与幽州军士们。有个武官向那男子一拱手:"郎君气度不凡,可也是幽州军的人吗?"那男子笑道:"是了。某姓安名禄山,是张将军的养子,今日路过市集,见几位同袍在此,便进来瞧瞧。某亦是张将军麾下旧人,故此大胆请求诸位同袍,看在某的薄面上,让小娘子少喝几口吧!再说,新任节帅就要到了,若是在此关头,闹出事来,我们的脸上……未免也不大好看。"

武官一愕,拱手为礼:"某常常听说安将军勇武多智,今日有幸见到,果然……喝酒是不必比了,小娘子与某比试吃汤饼如何?"

"……汤饼?"

武官笑道:"小娘子的酒量,某心服口服,某这一壶,小娘子不饮也罢。只是小娘子喝了这半晌,腹内无食,终究伤身,不如来与某比拼吃汤饼!"众人纷纷大笑,有人道:"还是刘二郎机智,比酒量我们输与这小娘子,比食量,可万万不输!""休说吃汤饼,吃饆饠、胡麻饼、蒸饼,某一概奉陪。""一个饆饠要两文钱,你自家吃吧!我还要留着钱做亲哩!我吃汤饼!""这么热的天,吃冷淘吧!""留什么钱啊,你倒不如待新任节度使来了,带我们多打几场,你多砍杀几个奚人,记功行赏,倒容易些!"

肆主老丈趁势端上了几大盘槐叶冷淘,那冷淘在井水里凉了半晌,凉入心脾。幽州军出身的士卒们分坐在几张食案吃冷淘,直呼痛快,瓜州旧部众也坐下饮酒,两拨人虽然有些尴尬,但初时彼此仇视的气氛确已消弭于无形。

李适之暗自一笑。他是初次做边关重镇的节帅,但他曾历任数州州牧,也与军卒们打过交道,知道大部分军士虽然粗鲁,但若有人酒量或拳脚上胜过他们,便往往可使他们敬服。

女郎瞟着幽州士卒们,嘴里低声自语。李适之勉力去听,却听她说的是:"我这么费力胡说,替这位新任节度使统战军中多方势力,可是他又没给我出场费,我图什么呀……算了,反正有酒喝。"虽然听不懂"统战""多方势力""出场费"之类词语,但李适之大致也猜到了话里的意思。他实未想到女郎怠懒至此,只觉啼笑皆非。

女郎向杨续一叉手,笑道:"多谢郎君替我斟酒。我无以为报,请郎君喝一壶葡萄酒吧。"将自己食案上不曾动过的一壶酒捧过来。杨续接了,笑道:"举手之劳,不足挂齿。小娘子若要道谢,我家阿郎也在此处。"

李适之早已站了起来,整理衣袍,张口欲言。女郎却不记得他,只微笑着施了一礼,便翩然下楼去了。李适之好不愕然,无数话语堵在喉头,却见那名唤安禄山的男子疾走几步,与她并肩说话。

他刚才来不及为女郎解围,却教安禄山抢了先,心头微觉不快。杨续忍俊不禁道:"主人,我去问一问,那什么'出场费'应须几何。"

"去吧。"李适之摆了摆手,又瞪他一眼,"你一向稳重,今日却这般……跳脱。"

杨续忍着笑下了楼,回来时禀告道:"那位小娘子听我发问,吃了一惊,不肯回答。我又追问,她似有些不耐,说道,'那就平康坊一处宅子吧!'说完就跑了。"

李适之沉吟道:"平康坊一处宅子?我大抵还是……买得起的吧?"抬头见到杨绩脸上的笑意,不由微窘,斥道:"你笑什么?"

杨绩笑道:"不敢,我实为主人而笑。"李适之没好气道:"为我?"

"如此善饮的人,漫说女子,男子之中亦极少见。主人从今得一势均力敌之酒友,岂不可喜?"

李适之一愣,以手加额,笑道:"她的酒量,她的酒量……确是令我惊喜。而酒后风度如常,更堪激赏。"他平日饮酒常以斗计,酒后决断公务亦是分毫不差,自然对同样酒后不失清明之人多加推许。

杨绩又道:"她虽着胡服,但吐属文雅,差遣我为她斟酒时又姿态大方……"李适之双眉微扬:"是了。她并非奴婢或客女。"自则天朝以降,女子作胡服打扮者,多为女侍。

"幽燕之地,杂胡众多,初时我还以为,她这样善饮,怕是胡女。但她又自承唐人,梳的又是未嫁之女的发式……更无甚不便处。只是要打发了那安禄山。"

李适之听杨绩越说越是不堪,仿佛立时他便要娶了她一般,窃喜之余,无端生出玷辱了那女郎的奇怪感觉,斥责道:"你晓得什么?这女子……我曾见过!"

杨绩一怔,随即明白了什么,眼中闪过震惊,垂首不敢再说。李适之骋目望着窗外渐渐西沉的红日与似乎比长安更高远的天空,耳中听着楼中觥筹交错的谈笑声,和楼下临街的商贾们用契丹、突厥等各种蕃语揽客的声音,鼻中呼吸着夹杂着葡萄酒香与饭菜香的闷热空气,心思渐渐飘远。

那年见她时,正是暮色昏黄的时分。但他记性卓绝,京城无论朝臣宗室,皆赞他堪与传闻中有"记事珠"[2]相助的燕国公张说并举,是以虽然当时她鬓发尽湿,且他神志犹未尽复,他仍是将她容颜记得真切。方才他无声贪看她侧脸,只觉她肌肤匀净透白,皎皎如西京大明宫蓬莱池上的芙蓉,容颜分毫未改,仍如双十年华。莫非她真是萼绿华一样的仙子不成?

而她那日曾低低自语:"谁又能赎我?"他因一个"赎"字,以为她是奴婢贱籍,甚或他人妾室,苦苦搜寻许久。然而如今看来,她分明不是。难怪他先以河南尹职务之便,后以御史大夫之贵,皆未能寻得她。那么那个"赎"字,当是救赎之意了。然而以她的阔朗洒脱,以她的酒量,这世上还有什么事能拘得住她?

她当众与军士赌酒的举动,在女子中可谓罕见,难免有轻浮无行的味道。但他原非循规蹈矩之人,否则当年也不会才见到懿娘就求娶她了——那时懿娘丧父不久,他既想报答她父亲对他的旧恩,又怜她孤苦,便向她家求婚。

懿娘去后,他一直无心续娶。他生性好酒,每日视事已毕,夜间多以宴饮为乐,休沐日不是出门走马,便是邀宴宾客,并不如何以女色为念,有了欲望亦不过随意向姬妾身上纾解而已。似这般惦记一个女子,是十年来的第一遭。这份情思他除了向好友房琯提及一二之外,便只有随他十几年的杨续知道了。

他才四十几岁,是本朝历任御史大夫中最年轻者,而御史台主向有"亚相"之称——他距离宰相也只一步之遥。

但他比她大太多了。

这时他竟隐隐生出一种不堪的想法:若她是奴婢或部曲出身,他反而可以轻巧以金帛将她换来,而不必在乎这些吧?他已是御史台主,此番又出任幽州节帅,还朝之后必将拜相,百官对此几乎心照不宣。朝中敢于悖他心意的官员宗室,应是屈指可数。哪怕她是宰相李林甫或牛仙客的姬妾,他亦未尝不能设法谋之。

他摇了摇头,嗤笑自己真是忘形了。

注释:

[1]唐代蓟县为幽州州府所在,在今北京市西。

[2]"开元中,张说为宰相,有人惠说一珠,绀色,有光,名曰'记事珠',或有阙忘之事,则以手持弄此珠,便觉心神开悟,事无巨细,涣然明晓,一无所忘。"《开元天宝遗事》卷一第14页,(五代)王仁裕撰、曾贻芬点校《开元天宝遗事·安禄山事迹》,北京:中华书局,2006年。

第二十章
美人美酒长相逐

我没有想到我这么早就遇到了安禄山。

而他,比王维还年轻几岁,有一双暗褐色的大眼睛,生得强壮肥胖,腰围很宽,比我更像刚喝了一肚子酒水的样子。他穿着一件灰色的圆领长袍,笑得温蔼可亲,并不真正像那个发起了安史之乱的、传统史家眼中的魔鬼。那个魔鬼曾经因为忠于唐廷的乐工雷海青不肯为他奏乐,而肢解了雷海青。

安禄山对我——乃至对整个安史之乱后的中国——意义太大,乃至于我全然不知该如何面对他。而安重璋又不在,我竟无人可以共谋。那年的戏语犹在耳边,我既有此机会,究竟要不要对安禄山施展美人计,接近他、诱惑他,从而杀了他?

我知道我生得漂亮,若是愿意用心,迷倒一个寻常男子,大约不难。

——但安禄山毕竟不是寻常男子。而且,安禄山后来做了杨贵妃的养儿,能得杨妃欢心,想来他也是极受女子欢迎的。若我要诱惑他,必须在他见过杨妃那等绝色美女之前吧?

那么,必须得趁早啊……我不及深想,笑道:"适才多谢郎君为我解围。"

"小娘子酒量惊人,某冒昧出言,还怕妨碍了小娘子施展哩!"安禄山笑道。

只这一句话,就能体现他是何等善言。他又道:"幽州在张将军治下,向来宁和安定。只是小娘子一个女郎家,在外饮酒,不能没有防人之心。"

我表示领了教诲:"听安郎说话,好似我的兄长,循循善诱。"心里对崔颢拼命道歉。

安禄山笑道:"那小娘子只管将我当作阿兄吧。我极乐意认下小娘子这个阿妹。"

我顺势道:"妙极。好教阿兄知晓:我姓郁,名妍。方才听闻阿兄是张将军的养子,想来阿兄定然也是一位英雄,才能被张将军收为养子。"

"什么英雄!"安禄山赧然道,"我本是柳城胡人,家世飘零,蒙张将军恩顾,才得上阵杀敌,与奚人、契丹人对抗。"

我改用胡语笑道:"阿兄人物雄杰,便是没有张将军,早晚也会有个李将军、王将军眷顾阿兄的。"安禄山惊道:"阿妹竟然解得我们胡人的言语?"我便自我介绍了一番,安禄山既惊且喜,待我更加亲热了,与我说起胡语来。我又笑道:"阿兄可有妻室?我也当拜见阿嫂。"

安禄山一拍大腿:"啊呀,我竟忘了!我今日出来,本是要与你阿嫂买些物事,向她谢罪的。"

我疑惑道:"谢罪?"

"军务繁忙,我前日竟将你阿嫂的生辰忘了。她气得狠了,将我赶出门外。我总要买些你们女子喜欢的物事,向她赔礼才是。"安禄山苦笑着,说到后面,脸上露出赧然之色。这份赧然在他一个身高八尺的肥壮大汉的脸上,实在不太协调。

想不到他竟然惧内,看来,诱惑安禄山的大计……任重而道远啊。我自告奋勇道:"阿兄只管带我去市集上,我来帮你挑拣。"

安禄山先是大喜,又露出难色:"我早些年在市上为互市牙郎,市集上识得我的旧人原多。若是他们见到我与你走在一处,只怕……只怕……"

"只怕他们要起了疑心,说与阿嫂?"

安禄山含羞默认。我不由得笑了起来,试着挑拨道:"我说一句不该说的话,阿兄豪杰勇武,有女子倾慕你,也是常事。阿嫂如此多心,委实不必。"说话时,我模仿着崔十五娘的神态,说得诚恳又乖巧,也不知自己这是在恶心谁。

安禄山道:"我有一妻一妾,已然足了。我若再纳,家中定然又要闹起来。"

我笑道:"阿兄既然怕市上的人见你我走在一处,那……我走在前面,阿兄走在后面。到时我挑好了物事,阿兄走过来,只作不识得我,抢先买下,也就是了。"

安禄山点头,果真跟着我去了市上。

……见到安禄山的第一面,是在帮他给妻子挑礼物,这简直称得上大唐奇遇记了。

我在市上挑拣了半日,没给安禄山节约预算,选中了一支贵重的玉簪。簪子雕琢精致细巧,钗头一只凤鸟展翅欲飞,鲜活无比,属于那种基本不会出错的礼物。安禄山依言买下,出了市集,才重又走到我身边。

我想了想,问道:"阿嫂姓什么?"安禄山短暂犹豫了一下,才道:"姓段。"

我在史书里看过,安禄山有原配康氏,又有一宠妾段氏。他起兵之后自立为大燕皇帝,将段氏封为皇后。那么,他说的这位"阿嫂",原来只是他的宠妾。

而安禄山那一瞬间的迟疑,想来也是因为,他不好当着我一个女子的面,承认自己过分宠爱妾室。我笑道:"阿兄不妨请妙手匠人,在簪头下方刻一个'段'字,她定然欢喜。"

安禄山喜不自胜,连连点头:"我素日在军营里,满眼皆是粗糙男子,全不知道该如何哄女郎家欢心,幸亏阿妹有以教我。"

"阿兄早年为互市牙郎,见的男女想来不少,怎的没有练成哄女郎家的本事?"我做出一副诚恳的样子,质疑道。

安禄山又笑了:"不瞒阿妹说,那时生得比现下俊俏,不须刻意,也能讨女郎家欢心。"

我强忍不适,谄媚着夸了他几句。安禄山似是被触动心弦,叹了口气:"那时……那时确有一个汉人女子钟情于我,只是胡汉迢隔,我又年轻穷困,她的父母不愿意。"

我凝眸看他侧脸,只见他神色中露出几分萧索。我有点被他的情绪传染,喟然道:"她父母以胡汉有别为由,不准你们结缡,固然是常情,但也实在令人心痛……阿兄在军中可曾遭人轻视过吗?"

我一向清楚胡人在唐朝的生活有艰难之处,很愿意和他们共情。安禄山垂首道:"阿妹既解蕃语,想必晓得,我们纵然身有长才,也时常要受汉人轻鄙。张将军为人亲切,对胡汉军士并无分别,但是军中汉胡杂处,于这些事上,有时难免起纷争。我父亲是康国人,母亲却是突厥人,我是异族通婚所生的杂胡,更易遭人轻蔑。"

我叹道:"我是汉人,于此体会不深,但我是女子,而女子历来不能为官,故而在典客署中无有进身之阶。我对阿兄的境况,也能明白一二。阿兄现在军中是何位分?"

安禄山笑道:"是平卢军兵马使。"

我其实对这段历史谙熟于心,早就知道他现在的职分,却仍是改容相敬道:"我竟然认了一位这样英武的兄长!"

"是了,我观阿妹梳的是未嫁女的发式,难道阿妹仍未出嫁?"安禄山问。

我说是。他打量了我两眼,说道:"阿妹若不嫌我冒昧,我倒可在军中为阿妹觅一壮士。"

我拍手笑道:"好极!只是要与阿兄一样雄杰人物才好。"

"我有甚好!"他大概受不了我一直吹捧他了,"我毕竟是胡人,来日进身终归有限。你若觅个汉人壮士,将来夫贵妻荣,必定不难。只是我听他们念过两句诗,说什么'可怜闺里月,长在汉家营',真是恰切……你到时只怕要多惦念了。"

他微带风霜之色的容颜上,倒是一派真诚。想来,现在的他还不曾想过,他有一日能兼三镇节度使,手握十几万大军,获得来自皇帝的无上荣宠。

我与他分别,回到邸店,独自对着窗户发呆。此时安禄山犹无恶迹,我杀他究竟该不该?我并非能违拗本心行事之人,今天敷衍了他大半天,已是竭尽全力。我真的能如愿接近他、杀死他吗?

我唤店家取来纸笔,开始给安重璋写信。

安禄山是平卢军兵马使，平日里少有闲暇，我便时时亲手做一些小食，都是双皮奶之类以现有烹饪条件做得出的新奇食物，带去他的官署找他。就连王维，也不曾享受过我这般着意体贴。

我北上幽州，没留地址给王维，故此不曾收到他的音书。我恨王维不肯远离崔十五娘，却也时常意识到，我处心积虑接近安禄山，想要避免安史之乱，终究是为了保护王维——那个在乱中身不由己，为叛军所掠的王维。

也正因此，我每每看到安禄山的脸，眼中反而好像映出了王维的面容。有一次，安禄山讶异道："阿妹，你看着我时的神气，好像又是欢喜又是哀伤。"

"是吗？"

我抬眸望向远方。幽州治所蓟县，就在后世的北京城西。时序已然入秋，天空明净如一大块琉璃，色泽比起八水环绕、水汽浓郁的长安，蓝得更加深浓。各色鸟儿在槐叶间钻来钻去，倒较炎夏时更活泼。这是郁达夫笔下故都的秋最美妙的时刻，只是唐朝的北京，尚没有后世的红墙碧瓦，城里看去，只是灰蒙蒙的一片砖瓦建筑。我望着这片深浅不一的灰，心中悲欣交集。

这是我的家乡。安禄山与史思明在此经营多年，深得当地人民爱戴，直到元朝，他们二人与安庆绪、史朝义还被人敬称为"安史四圣"，立有祠堂。甚至，到了清朝，仍有朝鲜使者在入京时见到安禄山庙。若我当真杀了安禄山，我的家乡又会变成什么样子？

我掩去忧思，问道："近日阿兄军务繁杂，累吗？"安禄山笑道："阿妹何必为我担心？我自能处分。不过，近日确有一些事，说来与我有些干系。"

我以目光相询。安禄山道："幽州城里建有两座祆祠，胡人们常去供奉。但近日有人竟在祆祠的神龛中，放了秽物……你也知道，此事于祆教信众乃是奇耻大辱，信众们仔细追查，发现竟是一个奚人军士放的。是以近来军中的胡人军士与奚人军士屡起争斗，我常要前往调停，好不辛苦。"

奚人与胡人向来无甚民族仇恨，那个奚族军士究竟为何要如此做？我皱起眉头。安禄山道："我们也问了那奚族军士……他只鸣冤不止，说此事绝非他所为。"

我思忖半晌,亦是不得其解,只得笑道:"阿兄快吃——我带来的小食都放得凉了。"

安禄山笑道:"我有数年不曾吃小食了,只是既然这是阿妹亲手所做,我必要吃。"说着掀开食盒的盖子,取了羹勺,一口一口啜饮起来。

啊,太难了。他吃得这么少,就算有一天我能弄到致死性很强的毒药,恐怕也毒不死他。我暗自苦恼,问道:"阿兄为何不吃小食?"

安禄山吃了几口,放下勺子:"我养父张将军嫌弃我太过肥胖,我故而不敢多吃。唉,养父因为牛仙童的事,被贬括州刺史……也不知他现下身子可好。"[1]语中之意甚是恳切。

越接近安禄山,越能——至少在表面上——感到他是一个非常诚恳的人。也许就是这种品质,让人如沐春风,让皇帝对他信任无比。

我觉得,这真是太有意思了。李隆基爱猜忌,多疑心,结果,看起来最诚恳的那个人,却将他骗得最惨。

外面传来一阵嘈杂声。安禄山怒道:"是谁喧哗?"他侧耳听了听,忽然脸上变色,仓皇四顾,指着堂中的帐幕道:"阿妹,快,躲到后面去!"

我怔住了。安禄山尴尬道:"是,是你阿嫂来了……"我登时明白了,装作惊奇:"我还未拜见阿嫂。阿嫂既来了,我岂不是该当拜会一番?"安禄山急道:"你快进去,她若见到有女子在,是不会听我分辩的……"

我做出恍然大悟之状,凛然道:"只要能方便阿兄,我做什么都是情愿的。"说着依言躲到帷幕后。

有人大步闯入,高声道:"那个贱婢在何处?"是个女子声音,清脆动听。安禄山赔笑道:"娘子,你怎么来了?我明日休沐,归家陪你,岂不好?"

那女子想来便是段氏。段氏似是见到了桌上的饮食,怒道:"老奴欺我!"哐啷啷几声,将食盒与碗筷打翻在地。安禄山慌忙道:"这是军中的庖厨送来与我吃的,并没有什么女子在此。"

"啖狗粪的老奴,只管胡呲!"段氏大骂道,"现放着贱婢做的食水,你还敢狡辩!张将军不许你多吃,你却肯吃贱婢做的果子!"

安禄山只得重复道："委实没有什么女子。"

段氏骂道："我倒要看看,是什么样的女子,敢抢我的夫君!"说着似是满屋搜索起来,不多时,便走到我藏身的帷幕之前。她猛地掀起帷幕,我便和这位后来的段皇后打了个照面。

安禄山的原配康氏是胡女,这个妾室段氏却是汉人。段氏相貌不错,身段亦甚美,是男子最喜欢的那种身材。她揭开帷幕,打量着我,一时没有说话。我行了叉手礼,笑道："拜见阿嫂。早听阿兄说过阿嫂,今日一见果然……"

"啪!"一个耳光准确无误地落在我的脸上。

我摸着脸颊热辣辣的,竟然愣住了。

段氏竟然出手打了我?!

我父母从小都没打过我,你段氏又算个什么东西?!

只是这时,在21世纪时看到的那些小说提醒了我,当然,崔十五娘的亲身示范也起了作用——

越是这种时候,越要表现得楚楚可怜、凄苦无助,才能赢得男子的心意。我得卧薪尝胆,直到给安禄山喂完毒药! 我当下飞快调整情绪,委屈道："我向阿嫂问安,阿嫂为何出手殴辱?"

"呸!"段氏照着我的脸就啐了一口,幸亏我闪得快,"你叫我阿嫂?便是善福坊的狎邪女叫我阿嫂,也轮不到你来叫!"

安禄山上前来拉段氏："阿妹确非那种不自重的妇人,八娘你何必打人?"又向我道："我给阿妹赔礼。"说着便向我一拱手。

我慌忙闪到一边,抹泪道："我怎当得起阿兄的赔礼?阿嫂有所误会,打我一下,原也无碍。"

段氏更是大怒,对着安禄山道："你竟向这个贱婢赔礼!误会?贱婢藏在老奴的堂中,鬼鬼祟祟,我难道冤枉了你?"

我垂泪道："阿兄说过,要为我在幽州军中觅一壮士,将我嫁他,可见阿兄待我,全无他意。阿嫂委实不必如此。"

段氏抬手指着安禄山,骂道："老奴!你还想将她嫁与你手下之人,方便你时时与她私会,是也不是?"这话说得太难听,连安禄山也忍不住皱了眉头:"八娘……"孰料段氏倏地一步跨到我面前,抬手就揪住了我的头发。

她手劲极大,我当即痛得说不出话,从假哭变成真哭,眼泪大滴大滴往下淌。安禄山连忙去扳她的手臂,他在军中多年,气力自然是有的,只是他可能怕太用力伤了段氏,故而一时他扳她手臂,她揪我头发,形成了胶着之势。

段氏揪着我头发,一路将我拖出堂中,直到阶下,方才大声骂道:"贱婢只管花言巧语!"

安禄山生出几分怒意:"八娘,这是官署重地,你在此欺侮一无辜女子,算得什么?快放手!"说着便来拉段氏,但段氏死活不松手,寸劲所在,安禄山大约也怕误伤了我,故而虽有一身武力,却也无可奈何。官署也有士兵守卫,然而他们想必都知道段氏是安禄山爱妾,未得吩咐,也不敢上来拉架。

我忍着疼,轻声道:"阿兄,你……你休说了。我只……只想你安好……若是阿嫂疑心,我便立刻出嫁,此后与你再不来往,唯愿你与阿嫂……白头偕老。"

罪也受了,脸也丢了,这么大的委屈,我不能白受。单只冲着这个段氏,我对自己准备毒害安禄山的愧疚和不安,就已经减了五成。治家不严也是大错,安禄山,这是你自找的。

安禄山一边去扳段氏的手指,一边斥道:"你休胡说,嫁人岂可这般草率?"段氏见他回护我,更是怒火冲天。她将我向门口又拉了两步,冷笑道:"我是平卢军兵马使的娘子,未必毁不得一个贱婢的脸!我毁了贱婢的脸,还有什么人敢娶她!"抽出发间金簪,向我脸上狠狠划下。

金簪挟着凌厉的风声,直逼我右颊的皮肉。

我惊得拼命后退,安禄山则去推段氏。千钧一发之际,有什么东西划过空中,簪子掉落在地,段氏缩回手腕,表情痛苦:"谁……"

这时,门口忽有一个声音传来:"我敢娶。我愿娶。"

那声音清醇如酒,令人不觉自醉。

我与安禄山、段氏同时抬头看时,只见来人生得瑰姿伟度,穿着紫色罗袍,幞头上簪着一朵浅红的秋海棠,腰间则佩着一柄长剑,自有渊渟岳峙的凛然之态。他脸上五官极端正,双目湛湛,如寒江冷月。

安禄山抢前一步,正要说话,段氏已叫道:"你又是谁?"

"银青光禄大夫御史大夫兼幽州节度使李适之。"那人挥手止住旁边欲言的从人,说道。

我突然想起,《三国演义》中刘备去见诸葛亮,自称"汉左将军宜城亭侯领豫州牧皇叔刘备",被诸葛亮的童儿漠然回复"我记不得许多名字"。此情此景大抵类似,于是我忍不住笑出了声。

此时的场景很是诡异:安禄山向那人行军礼,段氏张大了口,另一只手中仍攥着我的头发,而我莫名其妙地笑了。

那人似是注意到了我奇怪的笑,凝神望了我片刻,以目示意从人。我这才发现他那侍从眼神锐利,肩宽背挺,隐有一种久经行伍熬练的气质,正是那日在幽州酒肆中为我斟酒之人。我再凝眸看李适之时,才想起那日与他也曾匆匆一见。

一切皆在我脑中串了起来:寺庙传唱的故事中,彼时官刺通州的李适之为我这个"观音菩萨"所救;后来他又在酒肆中旁观了我斗酒之举,派人来问我"出场费"需要多少;今日他则干脆见识到了段氏捉打我这第三者,哦,不,第四者——段氏本就是妾室——的场景。

可是,可是他为何说愿意娶我?

这是我有生以来,说愿意娶我的第一个男人,可我几乎不认识他。

太滑稽了。

那个侍从踏上两步,安禄山慌忙挡在段氏身前,跪下哀恳道:"节帅,禄山的妾室鲁钝,得罪于节帅的……节帅的……得罪于这位小娘了,还望节帅饶恕!"又斥责段氏:"还不放手!"

段氏一惊,这才放了手。我跌坐台阶上,伸手轻轻摩挲头顶,只觉被段氏扯过的地方剧痛无比,而刚才被她从堂中一路拖出来,鞋子掉了,脚趾也磨得好痛。

……这真是太不体面了。

李适之缓缓走到我面前。我低着头,只能看到他穿着一双半新不旧的六合靴,靴面上点尘不染。他一伸双臂,竟将我打横抱了起来。

我惊得血涌上头,拼命挣脱,叫道:"李台主!"李适之只是不放,双臂虽非箍得死紧,却也不容我动弹分毫。他抱着我一路出了官署的门,我这才想到,被他这么一搅局,安禄山从此以后哪里还敢接近我?还谈什么给安禄山下毒?不由得怒火上升,张口责问:"李台主此番举动,近于挟持,可是大唐的律例所准许的吗?"

"若能长长久久地抱着你,我甘愿违反大唐律例。"他声音仍是平淡。

我闻言更是激愤,怒道:"你要带我去哪里?就不怕有人参劾你吗?"

李适之轻笑道:"我是御史台主,谁敢劾我?"他抱着我穿街过巷,将我抱到了幽州节帅官署的后堂,方才将我放下。

我本欲在给安禄山的食物中下毒,但毒药在唐朝,一如在后世一般,乃是管制物品,很难获得。但时人并不知道朱砂、水银这种炼丹的药材也能成为慢性毒药,所以,这些东西虽然昂贵,却不难买到。我打定了跟安禄山长期接触,给他喂这类药品的主意,却也终于因李适之的介入而不成。

难道安禄山真是要搅乱大唐的命定之人?

我简直要被这个意外气疯了,气到极处,一动也不想动,一句话也不想说。

李适之取来一柄玉梳,轻轻梳开我的头发,又在我头皮上涂上药膏。我紧闭着嘴,没有反抗,怕自己一动手就要犯下足以被砍头的罪行。接着他又唤来侍女为我更衣沐浴,给我的脚上也涂了药膏。

沐浴完毕,天色已晚。侍女又将我引入花厅,只见两张食案相对而置,上面早已摆好了酒菜,李适之已换了便服,跪坐在一张食案后。我嗤了一声,转身就走,却听他道:"与幽州军士斗酒数壶你尚且不怕,难道怕喝我这一盏酒吗?"

我倏然回头,恶狠狠地问:"大夫究竟有何用意?"

"我说了,我想娶你。"李适之抬手斟了一盏酒,站起身来,递到我手中。

"妾此心已属他人,恕难从命。"我握着酒盏不饮。

李适之双眉微微一挑,又斟了一杯酒,自己喝了,徐徐道:"自卿当年救我,我便视卿如九天玄女,万不忍见卿坠落凡尘,受人欺辱。而由今日之事观之,不论卿心属谁,他总归未曾善加护持——既然如此,何如由我来爱护于卿?"

他这一番告白,语气倒也可谓深挚。我压了压火气,只道:"妾并非什么仙人,那年救下台主的事,妾也早已忘了。妾身为救人者,只愿自己所救之人平安顺遂,诸事如意,没有旁的愿望。台主的心意,还是收回去吧。"

他笑了笑,拿出一封书信,放到我面前。

我见到那信是养父裴公的字迹,心生欢喜,到一边洗了手,捧起细读,却越读越是惊惶,心慌手抖:"这、这是,不,不是……"

李适之道:"我既查到郁卿乃是裴左丞的养女,便遣快马向裴左丞致信求婚,也向裴左丞讲述了当年为你所救,后来大肆寻你之事。裴左丞欣然允婚,还说我在幽州的时日里,他和夫人为你备嫁,待我回到长安,再行大礼。'舜不告而娶,为无后也。君子以为犹告也。'如今你也不算不告而嫁了。"

"……"我这回是真的要崩溃了。

此时父母之命高于一切,纵然……纵然王维有那么万分之一的可能想要娶我,如今有养父裴公的决定横在眼前,王维也……也是不会娶我的了。

况且……况且李适之既是李唐宗室,又是"亚相"之尊的御史大夫,其身份贵重,远非王维可比。以我在王维心中的分量,他难道肯为我出面相争?更别说还有个肯为他自尽的崔十五娘在中间挡着——自从他不肯远离崔十五娘以来,我们几乎已是音书隔绝的状态。

我遭受了一天之内的第二个巨大打击,望着屋顶说不出话。

李适之将酒盏送到我口边,我迷迷糊糊,张口喝了。他也不说话,只默默劝我酒。我虽有海量,可现在心情极差,头晕眼花,不多时竟已微醺。我隐隐觉得不太好,但此刻我万念俱灰,只想自暴自弃,仍是不停地喝着。李适之将酒杯从我手中抽出,柔声道:"我知卿不愿嫁我……"

"台主自重,勿要卿我。"我不想让他以亲昵的"卿"字称呼我。

李适之淡笑道:"卿自君我,我自卿卿。"

"台主……"我咬着牙道,"也可谓无耻了。"

李适之道："我与卿相失多年,如今蒙上天垂怜,得以再见,若还要我知耻而行事,是太为难我了。"他双眸之中光彩闪动,忽地一低头,直直吻了下来。

我酒醉后反应迟滞,兼且从未料到他竟做得出这等举动,未及闪躲,被他亲个正着。他口中有淡淡的酒香,唇舌火热,绵绵密密,直似要掠夺我口中每一分地盘。

我二十几年来从未与男子如此亲昵,惊怒之中竟也有几分新奇与战栗。我挣脱不得,只得狠狠咬他,直到舌尖尝到浓浓鲜血滋味,他仍是不放,手臂抱着我的腰,形成更加亲密的姿势。

我慌得哭了。他松了手,抚上我泪水纵横的脸,旋即又低下头来,吻干我脸上的泪水,轻声道："你尝起来,还像那年一样甘美。"

我愣了一愣,随即明白他说的是那年我给他做人工呼吸的事情。管他什么宗室子弟,御史台主!我举起手,给了他一个耳光:"若是世间人人如你一般,将那件事想得那样龌龊,便再也没有人愿意救人了!"

刚打完我就后悔了。我酒后无力,这一下打得并不重,倒像是在调情似的。他用手背按了按脸颊,缓缓道:"你救了我的命,想要怎样对我,我都乐意。"

"那就请台主毁了婚约。"

他肃容,道:"唯有此事我不能应。"

"我此心早有所恋。"我抓住他的衣襟,几乎是在哀恳。

"对不住了。"

这是他轻轻拂开我的手,起身走出花厅之前,说的最后一句话。

幽州很快就到了秋花惨淡秋草黄的时节。这一日我独自枯坐在窗前,增删数次,写就一封书信。带着书信出门时,却见邸店门口有了四名兵士,分列在门的两侧。他们见我出现,一齐问好。

我愕然道:"你们是什么人?"

其中一人答道:"某等乃是节帅遣来守卫娘子的。"

"娘子"这个词,既可指任何已不再年少的女性,也可以是下人对主母的称呼。我到唐朝后，容貌始终不随时间改变，现在仍是少女的样貌，通常被陌生人称为"小娘子"。那么此人的称呼，显是默认我是他们的未来主母了。

我冷笑一声："那么，我可否请你为我送一封书信到城里的驿站？"

那个兵士躬身接过。我笑道："有劳你了。这封信极为紧要，是我请父亲裴左丞退婚的书信，万不能有闪失。"

我公然挑衅李适之，也不知他会如何应对。

兵士转身去了，我才举步出了邸店大门，走向城北粟特人聚集的片区。剩下的三名兵士始终跟在身后，我也不去留意。我寻了一个相熟的粟特商铺，闪身进店，与他们用粟特语交谈了一番，从怀中掏出一封信函，交给他们，再三叮嘱，又装作买了一件首饰，这才离开。

只是，当天晚上，我就发现那封信函被放在我的面前。

我眼前一黑，怒不可遏。还未待我发难，李适之先开了口："卿心所属的男子，就是这个安重璋吗？"他以目示意那封信函。

送给裴公的那封信，我并不介意李适之知道。而这封信才是我真正想送出的信，是我以粟特语写就，送给安重璋的。信中不仅告诉了他我当下的处境，向他问计，还提及我们的密谋因李适之介入而失败。

我没料到，我们之间的关系，竟然被误会了。安重璋说到底只是凉州一地的地方豪族，而李适之手握重权，若是他想为难安重璋，那可太容易了。我脱口道："台主误解，我与安五郎只是知交……"

说完了我就想打死自己。以对面这位的心性，我说什么"知交"？

"安五郎？"他思考着，显然并不相信，"我行二，卿也唤我一声二郎如何？"

我蹙眉："不敢唐突台主。"

他目光回落到信函上，笑道："卿若不肯如此唤我，我便要给河西留后萧炅写封书信了。"

我霍地站起："你！"

他不为所动，仍是微笑着，笑容清浅。

半晌，我竭力从齿缝间挤出了那两个字："二……郎。"

李适之伸了个懒腰,笑道:"我视事终日,目痛神乏。得卿一唤,如饮醇醪,疲倦尽消。"

我厌倦道:"天色已晚,台主还不走吗?"

虽然唐朝各地皆有宵禁,但李适之身为三品高官兼本地最高军政长官,自不用担心犯夜。果然,他闻言笑道:"明日我休沐,卿不必担心我睡得迟。"

我没好气地道:"可我要睡了。"

李适之抱膝而坐,望着窗外皎皎明月,说道:"今日乃是我的生辰。"

我抬眸,却见他的表情依旧很平静:"我幼失怙恃,因此没有人记得我的生辰。直到我娶了懿娘……懿娘每年都为我做几道菜肴。"

我想问他这关我什么事,却忽而想到,他讲述的,是他作为一个鳏夫对他亡妻的记忆,而我……其实也想代入他的角度,想一想王维对崔瑶的心态,于是我没有打断他。

他又道:"也正因为幼失怙恃,我很早就要做一个男人。"

这也符合我对王维的认知,我不觉点头。他似是受到鼓励,继续说道:"但在懿娘面前,我却可以……"他有些不好意思,短暂地笑了笑:"我却可以做一个少年。似乎不论我做什么,她永是带着那种温存的、宽和的笑容。"

听起来……听起来又是一个瑶姊。

你们都有这么体贴、这么完美的第一任妻子,那又来向我示什么好呢?我提高了声音:"可我并不能让台主在我面前做一个少年。"

李适之道:"我的祖父恒山愍王、父亲郇国公葬礼有阙,一向是我心头之憾。我自幼便有做高官的心愿,因为,祖父当年的罪名是谋逆……"他叹息了一声,手指抚过垂落的袍角:"很难改葬。我唯有做了高官,入了圣人的眼,才能使圣人同意为他们迁葬。在年少时,我要做一个男人,是因为这个人世要我做一个男人。故而,遇到能让我做一个少年的懿娘,我欢喜之至。但如今,我的父祖已经追封,陪葬昭陵,圣人信重我,百官敬服我,我已不必再去做一个他人眼中的男人。我大可从心所欲,做自己想做的事。"

"做自己想做的事,便要强娶一个女子吗?"我张口问道。

李适之苦笑道:"裴左丞也是朝中高官,非我所能勉强者。卿父母之命俱在，怎能说我是强娶？我连问名之礼都行过了，岁末朝集之时，我便入朝去行了剩下的四礼。"

我一时语塞。

他又道："我想做的是，有美酒，便及时饮乐，有好女，便去聘娶。卿与我一样好酒，我甚欢喜。

"卿不能让我做一个少年，却能让我做一个男人。"

他以这句话结束，凝眸望着我，目光炽热。我暗暗心惊——作为一个成年人，我明白，那是充溢着倾慕和情欲的目光。

但男女气力有别，他又毕竟是位高官，我也无法强行将他赶出去。我强笑道："台主知道我解诸蕃语，可想听我用波斯胡语祝寿？"见他含笑点头，我便缓慢地说了一句波斯话。

"嗯……多谢了。你这样温和的时候，真是好看。今晚的月色好，你也好看。"他顿了顿，"难怪了……我听说，美人要在月下看，半凭双目，半凭绮思。——稗欤失罗蚕挈陀蓝川都罗耶弗担，阿礼鳜罗蚕挈陀蓝川都罗陀蓝。"

我猛烈咳嗽起来，既是因为受了巨大的惊吓，也是因为，这种境况，实在是尴尬得不能再尴尬了。

他后面说的一汉一胡两句话，都是波斯话中的谚语。第二句的意思是，"我不需要登仙，因为我寻到了你；我不需要做梦，因为我有了你。"

……我刚才对他说的那句祝寿词是："我不想嫁给你，你是个强盗。"

咳完了，我用手臂挡着额头，局促地笑了："台主也懂波斯话？"

"我幼时曾由一个胡人婢女照看，她有时以波斯话自语，或是对我说话。我当时不懂，长大了却还记得几句。"

唐朝幼儿沉浸式外语教学吗……我颇感意外："朝中解得蕃语的高官，台主怕是第一人吧？"

他颔首道："然我深觉庆幸。一来，解得一门蕃语，便如同进入一片新天地，可知这世上于大唐的仪礼风物之外，尚有许多种风物情思。二来，若我不解波斯语，与卿相对时，岂非会无趣许多？"

他这话说得倒也讨巧。他见我笑了,握住我的右手,柔声道:"我苦恋卿八载,卿却从未好生看我一看。"

我的手被他握着,只觉他用力并不甚重,并不似那日一般霸道,微感心安。听他说得恳切,我抬眼,认真看了看他。

不得不说,皇室李家的基因不差。他是李承乾的孙子,太宗文皇帝的曾孙,容貌也继承了传闻中唐太宗的英武气息,生得比军事世家的安重璋还要英朗。他年过四十,眼角边已有了细细的皱纹,面部肌肤却没有松弛的迹象,最易暴露年龄的颈项也没有岁月的痕迹。除了两道剑眉、一双星目之外,他面上最引人注意的,是一只悬胆般的鼻,不论是从正面看,还是从侧面看,线条都堪称流畅完美,亦有一种难以言说的少年气息——这也许就是他喜欢饮酒,却不令人反感,不像个堕落酒鬼的原因?

他轻声道:"是不是我老了,不堪与卿匹配?"

我吸了口气,点了点头。

他想了想,说:"那我去寻仙问道,服食丹砂吧!"

我吓了一跳:"不要!丹砂大多有毒,万万不可服食!世上绝无能令人长生不老之药,台主万万不可听信道士的话!多少人吞丹而死,殷鉴不远!"

"若是丹砂有毒,我服食之后得病死去,卿便不必嫁我了,于卿而言,岂非好事?"他似笑非笑。

……话是这样说,但是……21世纪长大的人,对科学知识有本能的尊重。这是我们的良心。除非对方跟我有杀父之仇,不然,我可真是没法接受这么反常识的死法。

至于我想用这个方法害安禄山……那是另一个问题了,唉。

李适之又道:"卿云世上并无不老之药,可八年来卿之容颜半点未改。可知我视卿为九天玄女,并无错处。"

言毕,他唤了人,取来一只酒壶、两只酒杯,温声道:"今日是我生辰,自懿娘去后,除儿女外,再无人为我祝寿。卿可能与我共饮一杯,以酒寿我?"

我擎杯在手,道:"台主想娶我,却又频频在我面前言及故世的妻室,以及儿女。台主便不怕我听了,心生抗拒?"

李适之正容道:"我既已向卿家求婚,便要让卿知晓我的事情。夫妻齐体终身,安能隐瞒藏匿?我不仅有过世的妻,更有五个妾室,一儿二女。卿心地温厚,必不苟待我儿女,至于妾室,我尽可遣散。"

这对于一个典型的古代男性来说,也可谓是惊世骇俗的允诺了。我心中忽然有了一些对王维的怨怼。

王维是一片广大的深海,看不见底。他几曾这般将他的内心向我敞开?我对李适之的话不置可否,只是微笑道:"好,愿台主座上客恒满,樽中酒不空!"举杯一饮而尽。

注释:

[1]《旧唐书》卷二〇〇:"(守珪)常嫌其肥,(禄山)以守珪威风素高,畏惧不敢饱食。"

《资治通鉴》卷二一四:"守珪重赂仙童,归罪于白真陁罗,逼令自缢死。仙童有宠于上,众宦官疾之,共发其事。上怒,甲戌,命杨思勖杖杀之。思勖缚格,杖之数百,刳取其心,割其肉啖之。守珪坐贬括州刺史。"

第二十一章
日忧蕃寇却忘机

边邑秋声正浓,槐花满地,天高云净,蝉响夕阳。

自那日起,李适之便包下了我所住的邸店,每天忙完了公务,都要来这里闲扯几句。这日他仍是言笑晏晏,眉间却隐有烦躁之意,这于性情廓落的他,倒可谓甚是稀罕。我说道:"台主若是记挂着公务,就早些走吧。"

他挑眉,笑了:"我记挂的事……嗯,我记挂的事,是郁卿不肯与我亲近。你若肯与我缱绻片时,我什么心事,也尽消了。"

"你……"我脸上发热,不觉咬紧了嘴唇,向后闪躲。

他将我的警备之态尽数收入眼中,大笑道:"我说笑的——但观卿容色,卿也甚是怀念?"

我猛地站了起来。

李适之举手道:"我不敢了。"当下徐徐说出一番原因来。原来幽州之地,各族混居,除了粟特人、突厥人,还有奚人、契丹人等等,各族间常有讧斗,且在李适之赴任后,讧斗隐然有增加的态势。继上次安禄山说的奚族军士在祆祠中放秽物的事情之后,他们又捉到了一个意图在祆祠中放火的波斯胡人。李适之惩罚了此人,却仍在为各族间的矛盾而担心。

民族问题确是大事。我问道:"这个波斯胡人可曾说他为何要在祆祠中放火?"

李适之道:"他说自家是景教徒,而祆教乃是异教……"

我了然点头,宗教原因是可以理解的。但……景教、祆教、摩尼教传入中土多年,并称"三夷教",在传播过程中,经文、教义方面常常互相吸纳。在武后统治的时期,景教更是一度佛教化。且波斯人最是擅长变通,在幽州的居住人数也属于弱势,一向安分守己,怎会突然就出现极端宗教分子?

我不由道:"台主可否让我去见一见这个波斯人?"说话时带了几分忐忑,盖因就像我说过的,李适之是个典型的古代男性,未必肯同意我一个女子插手这种政事。

谁料他思忖片刻,笑道:"卿熟谙胡语,若能替我问清他们究竟是如何想的,也是立了大功。"

我惊喜之余,难免疑惑:"台主怎的答应得这般痛快?"

李适之笑道:"裴左丞特地嘱咐我,不能以寻常女子视卿,而那日卿在酒肆中与幽州军士斗酒,为我平息军中内讧,我……更觉卿非寻常女子。"

我摇摇头道:"世上每一个女子,都能做出不寻常的事情,我只不过是较旁的女子更走运罢了。养父养母不曾拘束我,阿兄更是待我极宽容……"想起崔颢,我慢慢地笑了。

李适之看着我,忽道:"若是有朝一日,你与旁人提到我时,面上也有如此温存笑意,我便足了。"

我被他盯得有点窘迫,低了脸,却觉他的手臂猛然用力,将我带入他怀中。我惊得叫了一声,他却嘘声道:"休怕。"将我的头贴在他的胸口。

他手指穿过我的发,灵巧地拨了几下,将我的头发打散。我惊道:"台主要做什么?"他伸直双腿,将我的头放在他的腿上,笑道:"我从前读到《子夜歌》中的句子:'宿昔不梳头,丝发披两肩。婉伸郎膝上,何处不可怜。'心想女子披头散发之状宛若疯妇,有什么可怜可爱?最初传唱这些歌谣的人,大约皆是些田舍奴……如今见到卿鬓发如雾的娇媚情态,才知古人诚不我欺——当真是'何处不可怜'。"

我不知他要做什么,心中甚是惊惶,他却一指窗外明月道:"我曾听伶人唱过两句,'撩乱边愁听不尽,高高秋月照长城'。众人以为绝妙,我亦以为然。"

我强笑道："我还以为豪情如台主,会更喜欢王少伯同题的另一首:'胡瓶落膊紫薄汗,碎叶城西秋月团。明敕星驰封宝剑,辞君一夜取楼兰。'"

他不以为然："愁绪与壮怀,皆是人间常有之情,何必非要厚此薄彼?我以为,若不能正视愁事,便也不能真心欢悦。"

这话倒说到了我心坎上。我喃喃道："李青莲诗云'与尔同销万古愁',虽是豪气纵横,却也正是默认了人间本就有万古长愁啊。但台主天潢贵胄,又身居亚相之尊,竟然也能……明白这些吗?"

"天潢贵胄。"李适之低声重复了一遍。

他的手抚过来,将我的脸转向他怀里,我的眼里,便只剩下那片紫色的衣袍。烛火的微光照在官袍光滑平整的面料上,他的体温带来的热度,似乎越发明显了。我紧张地动了动,挣扎着想要坐起来。这个姿势,实在是……太暧昧了。

他用近乎耳语的音量说起了话,话里没有绮艳的意味："太宗文皇帝曾经说,即使太子有腿疾,不堪继承大统,也当由他的长子来继承。他的长子,便是我的父亲。"

"啊……"李世民最初有这种想法,不难理解。就连唐律也有类似的规定,选择下一代家主时,嫡子不能立,则立嫡孙。我下意识地扭头,然而他一抬袍袖,紫色的华贵衣料便盖在了我的脸上。

沉水香的气息将我包围了。

"天潢贵胄……"他的声音压得很低,像山中的深潭,平静而缺乏温度,"只有在你这一支离大统够远时,做天潢贵胄,才不是一件苦痛的事。"

"台主是说……"

是了,李隆基的猜忌心很重,他几个兄弟要万分谨慎,原本有资格登上帝位的李承乾的儿孙,当然得加倍谨小慎微。

我突然觉得,这个姿势,并不是为了暧昧,而是……为了让我看不见他的面容,看不见他说这些话时的表情。

"我虽然粗疏,却也早早就懂了这些。记得那日我曾说,我还年少时,就必须勉力做一个男人吗?"

"嗯。"

"我辛苦了很久、很久,才做完了我想做的事,给祖父和父亲做的事。做完之后,我没有那么辛苦了。可是,我又不知道自己该向何处去了,也不知自己想要什么。这番滋味,也不大好受。是不是很可笑?"他像是在为了维护骄傲而自嘲着。

我摇了摇头。

他撤去了覆在我眼睛上的衣袖,低下头,与我对视。他的目光灼灼,映着烛火,炽烈而温柔。

"郁卿……你是如今我目之所及的一切人事里,我最想要的。你可愿留在我身畔,与我同销这万古长愁?"

这真是个诗意的邀请,我一瞬间微微怔忡,甚至于……有些动心。

他想是捕捉到了这一瞬,取过案上的酒壶,倒了一杯葡萄酒。我想要坐起,却被他轻轻按住。他举杯含了一口酒,凑到我的唇边,将酒哺入我口中,我只得咽下。

酒水流溢在我与他的口中。他这次却不似上次那样急切,唇舌触碰之际,轻柔而又体贴。待得这个长吻终于结束,我睁眼时,几有望朱成碧之感。

他轻笑道:"那日粗莽,是我对不住卿。今日……卿可还满意吗?"随手抚摸我的脸庞。他的手指修长而不粗糙,碰触之际有一种细腻的况味,却让我蓦地想起王维的手指——王维自幼苦练琵琶,左手五指上原是生满茧子的。

我猛地坐起,从李适之的怀中挣了出来,满腔都是愤怒,对自己的愤怒。我不仅没有拒绝他,还被他一亲再亲。

他柔声问道:"怎么了?"

我一言不发,往外就走,被他拉住。"外边很冷,不要出去。"他劝说道,"你是……想起了旧人吗?"

我咬着牙不作声。

他擦掉我脸上的眼泪:"他很好吗?"

我一字一字道:"他较你好上十倍百倍,他是世上最好的男子。"

他却不以为忤,又问道:"他待你好吗?"

"自……"我硬生生咽下了那个"然"字,脑中尽是崔十五娘导致我与王维闹翻之事,却仍是抬高了声音,"自然极好!"

"极好?"李适之似是看破了我的心思,也不追问,只随意道,"你识得他多久了?"

这问题使我周身一颤——我掐指一算,自五岁读王维诗,初识他的诗名算起,竟已过了二十二年了。我如实说出,李适之沉默了片刻,又笑了:"人生不满百,二十二年着实是很长的光景了。便是我,二十二年前,所识得的也不是你,而是懿娘。我已年过四十,晚景将至,但我愿以接下来的二十二年,与你相伴,帮你忘却那个男子,可好?"

半晌,我才低低道:"天晚了,台主……回去吧。"

第二日,我便去见那个被收押在牢中的波斯胡人。

牢中潮湿阴暗,气味极恶,时有老鼠从我们面前蹿过。我以袖掩鼻,狱卒小心赔笑道:"女郎仔细些。"

那个波斯胡人被李适之依律杖责四十,此刻满身血迹污秽,缩在牢房一角。我张口以波斯语问道:"你痛吗?"

那人似是想不到我以波斯语相询,诧异地抬起头,露出脸来。这张脸上没有明显的波斯特征,但在唐朝定居的波斯人,多是当年来中土的波斯贵族的后裔,汉化已深,看不出西域痕迹也是寻常。

他也以波斯语问道:"你为什么会说我们的话?"

我笑道:"我是长安的译语人。你可还痛吗?"吩咐狱卒取来热水,为他清洗伤口,我则避出门去。待得狱卒为他包扎了伤口,我重又走入牢房。他似是舒服了一些,神色渐渐松缓。

我问道:"你为何要纵火焚烧祆祠?"

他眼中陡然射出狂热的光芒,大声道:"祆教以火神为尊,实是匪夷所思,误导世人。你既然会说我们的话,自该知道,移鼠才是世间唯一值得信奉的神。"

"移鼠",便是唐代景教徒对耶稣的译法。我接着问了他几个关于景教教义的问题,譬如:"末艳"——玛利亚——可是天主之母? 景教徒可用移鼠圣像?"无动无欲,则不求不为"的下两句是什么?[1]

他一一流利答出:末艳不是天主之母;景教徒不用圣像,只用十字架;"无动无欲,则不求不为"的下两句是"无求无为,则能清能净"……显然谙熟景教教义。

我又问了他几个关于波斯历史的问题,他也一一答出。我沉吟一会儿,笑道:"你确是一位虔诚的教徒,也难怪会对祆教看不入眼。祆教势力甚大,你们不高兴,我也明白。我会向节度使进言,让他适度遏制祆教,也会让他酌情考虑,再建一座景教寺。"

那人脸上现出喜色:"你真是我们的好朋友。"

我眨了眨眼:"只是我不知道,你们突厥人与波斯人究竟有什么深仇大怨,要这样嫁祸波斯人?"

那人脸色一变,怔怔望着我:"你……你怎么……"

——突厥语像韩语一样,有头音法则,如果一个词以 r 开头,则通常会在前面加上 a 或 o。这是草原上的一种习见发音方式,比如"俄罗斯"发音本如"罗刹",而后世的中国译为"俄罗斯",也正是因为汉语的翻译是从蒙古语借来的。

而波斯语并没有这种规律。此人的波斯话说得准确流畅,但我与他谈了一番教义,令他放松之后,他到底还是在不经意间露出了突厥语的发音习惯。

他忽地站起身,我惊道:"拦住他!"狱卒连忙冲过去,却已不及:那个突厥人一头撞上牢房墙壁,身体一僵,随即滑倒在地,鲜血从他的额角流了下来。

事实上,以头撞墙自杀,一般只会引起脑震荡,不会致命。但唐代急救方式落后,那个突厥人虽经全力救治,休克之后,仍是很快死亡。

我甚是懊悔:早知如此,就不该太早将真相说出,刺激了他。

李适之与他的属官们听了此事,一致认为他背后另有势力,他大约是怕暴露身份后，被那股势力折磨，故而宁可自行求死。

我想起在河西时，贿赂中使、挑起唐蕃战争的阿史那盈科也是突厥人，隐隐觉得不妙，当晚便说与李适之。李适之沉吟道："突厥有个颇富心计的权臣梅录啜，几年前给毗伽可汗下毒，毗伽可汗在毒发身亡前，将他杀死了。如今突厥内乱不断，想来应是自顾不暇，为何还有余力策反大唐国内的突厥人？"

我联想到绮里那熟练的突厥语，担心这次的事件也与她有关，蹙起了眉。我想将绮里之事说与李适之听，又疑心自己是太高看她了。她的手难道还能伸到这里来？

"郁卿？"李适之发现了我的踌躇。

我犹豫道："去年曾有个胡人侍女，自称是六州胡反叛首领的女儿，拿了刀，胁迫我替她做事……"

和绮里对峙的时候，我其实没怎么害怕。但是她走了之后……那一夜的银白月光，和她手中那把短刀的光芒，我似乎现在还能看见。我瑟缩着，咽了口唾沫。

他面色一变："你可曾受伤？"

"不曾。"

他抓住我的手臂，从上到下反复打量了我半天，才道："你疑心那个侍女与此事有关？"

我颔首："她能在崔常侍的追捕下逃离，想来颇有一些人手。我恐她正是意欲挑拨大唐与四邻，而幽州一地各族混居，又靠近边境，我若是她，也会选幽州下手……我识得绮里，台主若有要我相助之处，尽可告我。"

李适之笑道："监牢里有兵士守卫，我才允准你去。而这些贼子行踪不定，要探查他们的事，处处皆险，你还是好生坐在家中吧。幽州有那么多男子，怎能要一个女郎家为我做事？"

他毕竟也有古代人习见的大男子主义，我不再坚持，只管画了绮里的容貌——以我的素描水平，画了可能也没什么意义——叫他吩咐手下人多加留意，又告诉他："绮里最是喜爱李青莲的诗，台主或许可以由此入手。"

李适之沉吟道:"这个侍女竟还喜爱读诗……说到诗,不知卿最喜谁的?"

我心跳陡然加速,唯一想到的是要保护王维。王维只是个低阶官员,若是身居高位的李适之发现我心系王维,想要为难于他,我就犯下大错了。但我急切中又不知该说谁的名字,只得道:"蓬莱文章建安骨、六朝人物大唐诗,我什么都喜欢。"

李适之目光在我脸上一转,笑道:"卿的胸怀与酒量一般宽广,不输须眉。我打算举办一场赛诗之会,未知能否将绮里引出来。"

节度使要办什么事,总是比普通人更容易。过得十日,这场盛会便在幽州的市集中召开。市集中张灯结彩,搭了一座高台,周围留有充分的空地,给百姓观看。

幽州之地,不似两京诗礼浸润,普通百姓也对诗歌缺乏兴趣。但大家平日里缺乏娱乐,闻听节度使将要亲临观看这场盛会,无不兴致勃勃,携家带口,前来观看。一时高台被围得水泄不通,简直是搞恐怖袭击的最好地点。幸好我和李适之的属官早就提醒他,在市集的四面设下临时关卡进行安检,在高台附近的楼上也都埋伏了弓箭手,庶几可保不出大事。

赌赛规则是我帮忙定的,甚是简单明了:一方背出两句诗,另一方所接的诗中,须包含有对方的诗的最后一个字,如是反复,直到一方接不下去为止。所有参与的人,都可获得节度使李适之出资购置的一叠蒲州熟纸,作为小礼品,最终胜者则可获得八十贯钱。

开始上场的只有寥寥几个士子,我与李适之隐身在高台旁一间酒家的二楼上,看得意兴阑珊,直到有一个约莫三十岁的士子连续打败了数名挑战者,我才稍稍提起兴致,问旁边的人:"那个士子叫什么?"

有人回道:"那士子方才自报姓名,名唤杜甫。"

我精神一振,不想这就遇到了盛唐的又一位大诗人!李适之许是见到我的容色,笑道:"卿莫非是看中了那个士子?"

我顾不得他的取笑,只管死死盯着杜甫。只见杜甫向台下一拱手,笑道:"还有哪位郎君赐教?"举动间意态飞扬,正是年轻时的杜甫该有的恣肆之态。

这尚是开元年间,这个杜甫还不是天宝乱后吞声而哭的少陵野老,而是一个尚被盛世哺育着的自信青年,笑得随意又骄傲,露出洁白的牙齿,襕衫下摆随着秋风飘动,也自有一种"会当凌绝顶,一览众山小"的风流高举。

我真是爱绝了他眉间的那一抹骄矜。

一个女子的声音响起:"妾斗胆,愿与郎君比试。"此时读书被视为男子之事,群众见有女子应声挑战,不由得兴奋鼓噪。

我向后一靠。李适之拍了拍我的手背,问道:"怎么了?"我低声道:"是绮里。"李适之颔首,叫杨续通知弓箭手们做好准备。

粟特少女往往肤白胜雪,美貌逾常,年纪略长后则不如汉人女子耐老。经年未见,绮里的面貌依旧美艳,神态则更加从容了。她上台后,说了自己的名字,又向杜甫一礼。

杜甫还了礼,出句道:"天阙象纬逼,云卧衣裳冷。"这是他自己数年前游龙门山奉先寺所作。

绮里淡淡一笑,接道:"世人见我恒殊调,闻余大言皆冷笑。"

杜甫一愣,张着嘴,一时没有说话。台下有群众起哄催他,他才惊问道:"这是谁的诗作?"

绮里笑道:"这是妾家主人,青莲居士李讳白之作。"

"原来是李太白之作!"杜甫稍作思索,答道,"儿童相见不相识,笑问客从何处来。"

"君不见黄河之水天上来,奔流到海不复回。"

杜甫也接了两句李白诗:"虎鼓瑟兮鸾回车,仙之人兮列如麻。"

"磨牙吮血,杀人如麻。"

"百花仙酝能留客,一饭胡麻度几春。"

绮里继续以李白诗接道:"春风不相识,何事入罗帏。"

杜甫道:"帏屏无仿佛,翰墨有余迹。"

绮里仍然接了李白诗:"门前迟行迹,一一生绿苔。"

如是比拼了五十余轮,任杜甫出什么句子,绮里只以李白诗相对。最终杜甫向绮里一拱手:"早闻李太白诗名遍天下,不意他的妙句竟这样多,连他的侍女都渊雅之至。甫甘心认输。"

杜甫气量倒也不像传说中那么小,对一个侍女拱手认输,好像也没什么心理障碍——当然也有可能是因为,这个侍女是他极为崇拜的李白的侍女。

绮里站在台上,扬声道:"还有哪位郎君、娘子愿意赐教?"

她穿着绛红色的衫子和同色的长裙,衣襟映着她雪白的肌肤与幽州秋日明净的蓝天,色彩格外鲜烈,正是一个李白的粉丝该有的热烈样貌。她问了三遍,都无人接声,主持赌赛的官员看了眼李适之所在的窗口,李适之点了点头,那官员便待认定绮里为最终获胜者。

接下来会发生什么?

我屏气凝神,忽听另一个女子的嗓音从台下人群中传出:"我来接。"

我听出那女子的音色,心中一惊:她怎么来了?她若是掺进这浑水,该如何是好?

偏巧,那女子也穿了一身大红色的衣裳。她缓步上了高台,行走之际肩沉胸挺,英气勃发,气度洒然,正是多年未见的前剑南节度使张敬忠之女张五娘。

绮里出了句,张五娘句句都以王维诗接上。

"常存抱柱信,岂上望夫台。"这是绮里。

"孙登长啸台,松竹有遗处。"这是张五娘。

"不知明镜里,何处得秋霜。"

"高楼月似霜,秋夜郁金堂。"

"君不见高堂明镜悲白发,朝如青丝暮成雪。"

"清冬见远山,积雪凝苍翠。"

"却顾所来径,苍苍横翠微。"

"不得已,忽分飞,家在玉京朝紫微。"

如是八十余轮,这场比试最终成为一个李白粉丝与一个王维粉丝之间的比拼,群众在台下啧啧称奇。我亦看得心潮澎湃,无论是从公义角度,还是从私心出发,都盼张五娘胜过绮里。

我兀自紧张,忽然耳畔微热,是李适之凑过来道:"卿原来钟情于太原王摩诘的诗作?"

我吓得一抖,惊觉自己过于在意,流露了真实情绪。我急中生智,做出不好意思的样子——也确实很不好意思:"你的部曲还在,你……离我远一些……"

杨绫在旁赔笑。李适之不以为意地笑了,轻声道:"你的耳垂,当真皎白如玉。陶渊明作《闲情赋》,愿化身为美人的衣领、鞋履。换作是我,只愿为你的耳环……只是又怕我太粗莽,弄痛了你。"手指掠过我鬓边,极快极轻地点了点我的耳垂。

不待我发作,他已肃容示意杨绫收束包围圈。我经他指点,见到台下有十数名身着寻常百姓衣装的军士,慢慢形成一个圈子,围住了尚在台上的绮里。

绮里与张五娘尚在接诗,她的视线却向我和李适之所在的二楼扫来。我躲闪不及,与她的目光碰个正着,只见绮里嘴角上扬,微微笑了。我暗叫不好,忙唤李适之:"台主!"

说时迟那时快,绮里忽地一弯腰,从裙子下面拿出了一把匕首,两步到了张五娘身前,将匕首架在了张五娘脖子上!

张五娘虽擅骑射,但大约对近身搏击所知有限,一下子就被她擒住。台下群众大乱,纷纷向后撤去,眼看就要形成踩踏事故。李适之站了起来:"疏散百姓!"

杨绫向楼下诸多军士发出号令。军士们整理秩序,我则忍不住盯着台下的杜甫,看到他平安撤离现场,才松了一口气。绮里倒也不急,只是立在台上,笑吟吟的。直到百姓们逐渐离开,她才扬声道:"节帅既在楼上,可否赐见?"

我对李适之道:"她擒住的,是太常寺张卿之女。"李适之蹙眉,似也觉得此事有些难办,示意我留在楼上,自己则举步下楼。

他走到距离高台数丈的地方,问道:"你有什么话说?"

绮里身陷重围,眼望着台下雪亮刀光、锐利箭矢,似乎丝毫不以为意,只是笑道:"李台主今日为了妾设下此局,妾不胜感激。妾只想知道,台主是如何留意到妾的。"

李适之道:"你在幽州行事甚多,为我手下所察,原也不奇。"略去了我告诉他的部分不提。

"哦。"绮里点头,深深地笑了,"台主想必不知,我是六胡州首领康讳待宾之女。"

她竟然当众自揭身份!我背后一冷,深觉今日之事不能善了。

李适之挑眉道:"去年二月,圣人已下敕令,河曲六州胡受康待宾事牵连而散隶诸州者,听还故土。你既已蒙赦,何以还要作乱?"

绮里冷着声音道:"我父亲当初为王晙所擒,执送长安腰斩。我当时不过七岁,也在围观处斩的人群之中。他半个身子在地上滚动,挣扎了两刻钟,方才断气。唐人与我如此深仇,我岂能置之不理?"

李适之沉默数息,才道:"康待宾起事叛乱,性命不保,也是常理。你身在大唐国中,又喜汉诗,却又要叛唐,不是太自相矛盾了吗?"

"汉人可取者,唯有婉转歌诗、精美丝绸二者而已。酒不如草原上的酒浓烈,马不如草原上的马雄骏,人不如草原上的人诚朴。"绮里说。

当着众多军民的面,李适之大概无法跟她纠缠这种民族主义话题,只道:"如今你待如何?"

绮里道:"要我放了这位娘子,也甚容易。台主撤去包围,给我一辆马车,我到城外三十里后,自会放这位娘子回城。若是台主有旁的打算……"她简短地笑了一声:"那年我曾随旧主到蜀地,知道这位娘子是前剑南节度使之女。有这样高贵的女郎为我陪葬,绮里一个唐人眼中的卑贱侍婢、番邦胡女,也算没有白白死去。"

张五娘说话了:"为奴为婢,未必卑贱。你胁迫于我,倒很卑劣。"

绮里没有答话,将刀锋向前送了半寸。一丝鲜血顺着张五娘纤白的脖颈流了下来,张五娘咬紧嘴唇,一声不吭。

李适之的语气寒冷得可怕:"你这般行径,不怕连累你的旧主李白吗?"

绮里目光微滞,随即笑了:"他生于碎叶,长于蜀地,本就算不得你们中原人氏。他在你们汉人的世界,一直不甚如意……若是你们为难于他,我正好请他到草原来。"

李适之沉吟片刻,向军士们一挥手:"放她走!"军士们虽有些不甘,却遵从号令,向后退去。

绮里挟持着张五娘,慢慢走下高台。她一步一步踩在幽州半黑不黄的土地上,溅起细细尘土。我坐在楼上看去,只觉她每一步都走得极缓慢,每一步都踏在在场众人的心上。

秋风吹起,白云流动。寥寥清景,霭霭微霜。秋日的阳光一派安宁祥和,照耀之处却是暗流涌动,杀机潜伏。我看见杨续目中露出杀意,以目光请示李适之,而李适之微微摇头;我看见张五娘眉头紧锁,抿着双唇,步子却迈得稳健;我看见绮里唇角挑起一丝散漫又凄冷的笑意,似是全不在意自己正公然与唐帝国这个庞大的机器对抗。

就在那两个火红的身影要走出军士们的包围圈之时,这幽州大地上的明澈晴空中忽地响起两声锐响,一声更比一声迅疾尖锐——

两道响声过后,绮里手中匕首掉落,猛地放开了张五娘,跪倒在地。

她拿着匕首的那只手,被一支长箭射中,血流如注,而另一支箭射中了她的发髻,使她的头发彻底披散开来。

军士们一拥而上,将绮里擒住。李适之面色并未缓和,肃声道:"是谁不听号令,擅自放箭?"

"是某见机放箭,但某非台主所领之兵,因此并非台主的部众不遵号令。"另一处酒楼上有一个人徐徐走下,背负长弓。

我三步并作两步,跑下楼去,喊道:"五……"却及时反应过来,将那个"五"字吞掉了:"安郎!"

那人三十四五的年纪,英姿矫矫,眉目间颇有大漠男儿的雄健之气,正是世居河西的武官安重璋。他走到张五娘身边,问道:"娘子安否?某鲁莽出手,幸未伤及娘子。"

张五娘容色染上一抹微红:"多谢郎君相救,妾并不曾伤着。"

安重璋递上一块手帕,示意张五娘包扎颈间伤口。张五娘接过,笑道:

"郎君好箭法！改日妾可否向郎君讨教一二？"

安重璋爽朗笑道："娘子也爱射箭？'讨教'二字某不敢当，切磋倒是无妨。"

张五娘将手帕包扎脖颈上的伤处，眉头微蹙。安重璋问道："娘子还痛吗？伤得可深？"

张五娘赧然道："妾喜爱骑射，素日里受些小伤，皆是不以为意，今日却不知怎的，露了形迹，教郎君见笑了。"

安重璋道："人非铜铁铸就，受了伤焉能不痛？娘子一个女郎家，更不必逞强。"

放在往日，这话听在非常"女权主义"的张五娘耳中，她只怕要严正抗议。可此时，她只是眼波流转，笑道："郎君说的是。妾便听郎君的。"

我站在旁边，竟有一种不愿打扰的心情。安重璋一转头，看到了我，惊喜道："阿妍你怎的在此？"

这时李适之走近，安重璋便自我介绍了一番，又行了个军礼："重璋见有机可乘，抢了台主手下健儿的弓矢，冒昧射出，请台主降罪！"

李适之大笑道："安郎勇武若此，正是我大唐的好儿郎。我欲破奚、契丹，如何忍心责罚壮士！"又指了指我，"听说郁卿与安郎乃是好友，异日我二人成婚之时，安郎若在长安，定要前来相贺。"

安重璋神色一滞。张五娘更是惊呼出声："台主你……你与阿郁？"

我暗想糟糕，安重璋是我友人，张五娘是我的前情敌，都知道我倾心王维之事，若是一不小心说漏嘴，只怕要给王维带来天大麻烦。我忙向李适之身边站了一步，垂着头，轻声道："是。"李适之一顾我的脸，似是对我的态度甚为满意，笑道："不错，我与郁卿虽然尚未结缡，婚约却已由裴左丞做主定下。"

张五娘嘴唇翕动，似是一忍再忍，却终是扫了我一眼，微露嘲意："看来诗书之香，究竟比不上权臣列戟之贵。"

"诗书？"李适之抬眸。

安重璋忙道："绮里野心不小，台主将如何处置她？"

李适之望了望被兵士们捆绑起来的绮里，说道："大唐边境数件事体与她相关，须得好生讯问。"随即下令将她押送到蓟县的牢狱里。

我沉浸在生怕李适之发现我心系王维的慌乱中，一时没再听他们说话。直到我和安重璋随李适之回了官署，李适之道："卿与安五郎既是好友，何妨好生一叙。"

我这才得了与安重璋单独说话的机会，内心却也惊诧于李适之突然这样大度。

安重璋迫不及待道："我收到阿妍你的书信，便匆匆赶来了。你说你遇上了安禄山？"

我一共给他写过两封信，第一封是在刚遇到安禄山之后写的，第二封则没能送出去。

我苦笑，将我想接近安禄山，却被他妾室殴打的事情说了一遍。一个月以来，我孤身在李适之身边，无人可以商量，此刻终于见到了安重璋，自是欢喜无限，于是又将李适之向我养父裴公求亲之事一并说出，请他为我军师。

安重璋蹙着眉，断然道："你只能嫁与李台主，也最好嫁与李台主。"

我还指望安重璋帮我计划退亲，听得此语，不由愕然。安重璋道："裴左丞家的女儿，要嫁与当朝'亚相'御史台主，是两位重臣联姻。这般重要的婚事，必然是经过了圣人同意的，不能轻易毁去。纵是毁了婚约，难道王十三郎身为监察御史，还敢觊觎自家上官御史台主的心爱之人吗？是以我说你只能嫁与李台主。"

这道理我并不是没有想过，但是从别人的嘴里听到，只觉得更加烦躁。安重璋有些不忍心似的，续道："况且我见李台主看你时的目光，待你爱恋甚深。你虽未与我说过，但你心爱王十三郎多年，只怕也是苦多甘少。阿妍，王十三郎的性情，过于……"他略略挑拣了一下词语："淡泊了。在俗世的事情上……求官也好，旁的也好……他不像一个勇毅的人。"

我皱起了眉，有点想指责安重璋，但是没有出声。

他似乎打定了主意无视我的反应："而李台主既有佩玉服紫之贵，又有痴心待你之诚。世间有情的男子最是难得——既有矫健的雄鹰愿为你低首,又何必勉强去追逐高飞的鸿雁呢?"

"鸿雁?雄鹰?"我刻薄地笑了,想起了张五娘"诗书之香不及列戟之贵"的讽刺,"他是高官,所以是雄鹰。是这样吗?"

安重璋叹了口气:"痴儿,痴儿!且听我一句吧:王十三郎,也不过是个寻常的男子。他有寻常男子的贪心,也有寻常男子的懦弱。你若只管将他看成世上最好的男子,总有一天将大失所望。"

注释:

[1]唐代耶稣和玛利亚的译名,参见敦煌发现的景教经文《序听迷诗所经》。经朱谦之先生综合羽田亨等学者的观点,该经即为《移鼠迷师诃经(Book of Jesus Messiah)》,见朱谦之《中国景教》第116—117页,北京:东方出版社,1993年。

第二十二章
欲知起望相思意

我酒量很大,真的很大。

唐朝的酒度数低,理论上,我比后来杜甫写的《饮中八仙歌》里的那八位,都更接近千杯不醉的境界——包括诗中"饮如长鲸吸百川"的李适之。

但这些天,我好像一直醉着,从来没醒过。醉了便睡,睡醒再饮。醉到不辨晨昏,醉到把帷帐扯下来当被子盖。

心与眼,俱是迷茫一片。

和安重璋分享了安史之乱的惊天秘密后,我就非常、非常信任他了。

我得承认,我识人的能力一向不行。康九娘接近我别有目的,绮里看起来是个爱诗如命的人,却也藏着长长的獠牙。所以说,在这个时代,在能够称为"朋友"的人里,安重璋是我目前最信任的人之一了。然而现在,连他也劝我认清现实,不要再念王维,我……

怎么说呢?除了喝酒,其实不知道自己还能干什么。

或许有一个选择:安心接受这份被塞到我嘴里的录用通知。

这份工作,薪水丰厚到超出我的想象,社会地位也绝对够高,工作量又低,除了七天二十四小时随时待命的工作制,以及很难辞职之外,没什么缺点。这位雇主特别慷慨,绝不会解雇你。你什么都不需要担心了,公司会解决掉你的一切后顾之忧。不能辞职也没关系,亲友们都说,这家公司,是你可以好好待一辈子的所在。

这家公司,并不在我最想去的行业。诚然,无须讳言的是,我也考量过,换一个行业,好像并不是全然不可接受的事。安重璋不也是这个意思吗?

但是,可以就此将一辈子的每分每秒都卖给这个行业、这位雇主吗?再好的工作,要二十四小时待命,还不能辞职的话⋯⋯

"到底是这个公司太像牢狱,还是⋯⋯我太矫情?"我又喝了一口酒,认真地自问。但也许,我只是发出了一句模糊的咕哝而已。

因为,李适之坐在对面,叹着气道:"牢狱?郁卿⋯⋯你是问那个胡女的事吗?"

——那一日,绮里被送往牢狱的途中,有人将她劫走了。

我摇摇头,没有关心。

"你⋯⋯罢了,喝些茶汤吧。"对面的人似乎在喊人来煮茶。我用手撑着地面,努力站起。

"你要做什么?"他也起身,扶住我。

我踉跄着,走到榻边的妆奁旁,找来找去:"有茶⋯⋯"

"好好,我来找。"他让我坐在榻上,在妆奁中摸索了一会儿。

然后⋯⋯

总之,在我下一次比较清醒的时候,我已经身处一间很豪华的居室之中了。

"此间是⋯⋯"我用手背抹了一把脸,望着帐钩上垂下的银薰球。大概是我坐起的动作给床榻带来了少许震动,薰球缓缓转了几下,看得我发晕。

陌生的侍女递上干净的手巾,恭敬道:"是节帅的馆舍。节帅忧心娘子,就将娘子带回来了。"

"⋯⋯知道了。"

我洗了脸,洗了澡,刷了牙,更清醒了一点。但我现在不太喜欢清醒的状态。这种状态下,一天的时间会显得更长,或者说,太长了。一天是可以很长的,我甚至想不到该怎样填满它。于是,我让侍女拿酒来。

侍女为难道:"节帅说⋯⋯"

"又是节帅。"我打断她,"节帅有没有说,来日我便是你们的主母?你只听他的,不听主母的吗?"

侍女张了张嘴,跪了下去:"不,娘子,奴……"

"不……我错了,对不住,对不住。"我伸出手,去拉她。

她惶惑地出了房间。

我竟然成为一个倚仗身份,欺凌奴仆的人了。我还是21世纪的人吗?又或者,我这样威胁她,代表着……我也有点想要这份工作?

我用双手捂住了脸。

侍女回来的时候,带来了酒。

我又开始喝了。

直到李适之结束了公务回到后院,我仍在一杯接一杯地添着酒。他皱着眉,夺过了酒杯。我试图抢,没成功,便懒得再抢了,低头坐着。

"安五郎究竟与你说了什么……你就成了这副样子?"

我默然不答。他不再追问,让侍女取来清水喂给我,又亲自用温水浸了巾帕,擦拭我的脸。

秋风吹起了窗帷,现出天际一轮秋月。

这月色真好啊。长安的月色,那个人所见的月色……是否也是如此?

"那日我听张家的五娘子接了一句'高楼月似霜',诗中所咏的,想必便是此刻之景了。"李适之突然说。

我听到那个人的诗,心头一热,身体反而更冷了,打了个寒战。

李适之温声道:"卿……冷吗?"

很冷,很冷。冷极了。

"可要我为卿暖一暖吗?"

呵。

他只当我是默许,便抱住了我。

暖和了一些……真的暖和了一些。我向那热源凑近了几分,张开了手。

"郁卿……"

"嗯?"

"这是卿初次抱我,我……我好欢喜。"

"嗯……"

"你那日说,我和你年岁不堪匹配……但我说,我可以求丹药来服食,你又不许,说丹砂有毒。"

"嗯。"

"那你为什么……你……你在服食丹砂吗?"

"嗯……嗯?"我睁开眼,懵懵懂懂。

他抚着我的背:"你的妆奁中有丹砂。"

记忆成了碎片,在脑中轮番闪过,我"啊"了一声。我把妆奁里的朱砂当成了茶末,差点拿来煮茶喝——这种行为可能有点恐怖,也难怪李适之要将我带回来。我仍旧处在混沌中,抹了一把脸,直起上身,举动迟滞地凑到他耳边:"我想喂给……"

他宽阔的肩膀骤然抖了一下,旋即伸手捂住了我的嘴。

我瞪大眼睛。干什么?我只是想凑近一点,别让外人听见我想害安禄山而已。他这是干什么?

半晌,他移开手,轻声道:"你不要说了。"

我莫名其妙,环顾除了我与他再无第三人的房间。以安禄山现在的势力,总不至于将眼线布到节度使的后宅里:"台主,我是说,我想……"

他用力吻上我的嘴唇,竟是不许我再说一句话。他的动作激烈得近于粗暴,我退缩着,而他不容我退缩,直到他的手覆上我的衣带。

我想不明白。为什么啊?为什么他可以这样对待我?

我就真的得接受这份工作?

如果我只能接受这份工作,如果这位雇主注定要这样对待我,我是不是最好……尽快适应?

毕竟……身体就只是身体而已。是这样吗?

在某一个空隙,我喘着气,慌乱地给出一个拖延的借口:"等一等,台主,我……我想沐浴。"

他的神情,原本是一种近似于痛苦和狂热交织的表情。我说了这句话,他怔了怔，神色反而松缓了些许，吩咐仆婢去烧水。

侍女想要帮我涂抹澡豆，我连忙道："我自己来。"

澡豆是一种复杂的混合物，通常用大豆末做基底，加上一些去污的成分。面前的这盒澡豆泛着丁香、青木香、沉香等诸般香料混成的气息，是我平时绝对用不起的高级产品。但我的注意力又一次放在了别的地方：端着澡豆的，是我醒来时见到的那个给我拿了酒的侍女。我发现，几名侍女之中，她年纪最长，容貌亦胜于同侪。浴毕穿衣之际，我望着她问道："你可是台主的侍妾吗？"

侍女容色一滞。我心头了然，走出浴房，李适之在门口等我。他头发湿润，仅以一根玉簪束起，显然也沐浴过了。我洗了澡，精神好了不少，竟然生出了打趣他的心思："台主的侍妾好美。"

他一愕，柔声道："卿若是不喜，我明日便遣她走。"

我瞥见侍妾惊惧的眼神，呆住了："我没有那样的意思……"

李适之反复问了我两次，才露出相信的表情。他拉着我走进内室，像是急于让我参观室内的装饰似的，一时指着案角的金鸭香兽说"这是前任节度使张公留下的"，一时又指着帐边垂下的银薰球说"这是我自长安带来的"。

为什么说个没完……他大概也有些紧张？

他紧张什么呢？在这段关系里——假设这也能算一段"关系"——他不是占据着绝对的权力地位吗？

我低声笑了。

他见我展颜而笑，似是终于放了心，搂住我的腰，将我的身体放到了榻上。

锦帏初暖，绣被高堆。就在他逐渐动情，意欲解我衣裳之际，我迷迷糊糊地问道："台主，以你的权势……难道还怕安将军吗？"

他的动作一顿："什么？"

"我说，我要给他吃丹砂……你为什么不让我说下去？"

"你是说，你的丹砂，是给……安禄山吃的？"烛光从半掩的床帏缝隙中透进来，微光中，他凝眸俯视我的眼睛。

我看不懂他眸中的情绪:"是啊。"

"不是给我?"他问道,问完就像是后悔了,将脸转向一边。

"……什么?"

"是我的过错。"他亲我的脸颊,"我……"

我浑身发冷:"你以为……你以为……"

你以为我是想要给你喂丹砂,想要毒害你?

所以,你听了前半句,就不让我继续说下去,你亲我,摸我……

因为你觉得我是在针对你,你就可以如此对待我吗?

你位高势大,我就要被你如此对待吗?

而正因为他位高势大,我竟然就害怕得不敢问他,就自己给他的行为找了借口,就怯懦地承受他这样的对待!

他停止了亲热,扶着我坐了起来:"是我的过错。是我的过错。"

我伸手将床帏彻底拉开,继而抱住膝盖,把脸埋在双膝间。

"求你,不要气恼……"他的声音局促。

"是我求你。"我疲惫地说,"台主,你那么喜爱我吗?我不想这样。一定有别的法子的……我不想这样。"

李适之没有接话。半晌,他才道:"为什么要给他吃丹砂?"

"安禄山……面有反相,异日必兆边陲之祸。张子寿公也曾说过。"我强打精神。

"反相?"

时人大多比较相信反相、反骨这一套,连皇帝李隆基也喜欢自称相师,给别人相面。我点点头:"是。台主……应当逐斥他。"

李适之沉思道:"我会留意的。"却没有再多的承诺。

当然了,他处理政事颇有原则,不会因我一个寻常女子的请求,而贸然处置一个很有才干的将领。但让他留意安禄山,已是我能做到的极限了。

内室烛影摇红,周遭全无秋夜的萧瑟之意。而我,却只想到了王维的那首《秋夜独坐》:

"独坐悲双鬓,空堂欲二更。雨中山果落,灯下草虫鸣。白发终难变,黄金不可成。欲知除老病,唯有学无生。"

我终于还是不能伴在他身边吗?他终于还是会在某个清冷的秋夜,独坐空堂,望着镜中人鬓边的白发,写下这样哀凉的句子吗?

他已四十岁了。距离他去世,还有二十二年。未来的二十二年中,一定还有无数个这样寂寥的秋夜,无数根再也变不回黑色的白发,让他不得不忍耐吧?

他该怎么办?

连日来麻木的心,骤然感到了一阵痛意,我甚至未曾注意李适之何时穿上了外衣。他在我额头落下一吻,用被子将我包裹住:"好生睡吧。"随即走出内室,只留下我独自蜷坐在榻上。

我望着红罗帐角垂下的银薰球发呆。薰球中散发出沉水香的气味,幽幽细细。李适之的内室中,皆是他平日使用的器物,榻上是他的软枕与锦衾,甚至连我鼻端所吸入的,也是他惯常薰的香气。我周围尽是属于他的一切,就像为他的权势所包围的感觉。

厌恶自己。前所未有地厌恶自己。厌恶得想毁灭自己。

我在迷乱中下了床,赤足踏在地面上,竟也不觉寒冷,慢慢走到外间。那个侍妾坐在胡床上,见我出门,连忙起身,笑着问道:"娘子要什么?"

我看着她,没说话。她隐约有些发怵,强笑道:"娘子冷吗?"取了一件袍子披在我身上,又取来鞋给我穿上。

"幽州城里最高的佛塔在何处?"

侍妾不解其意,回答道:"妾听人说,幽州开元寺塔甚高,有七层。"

我点了点头:"立在塔上,所见的景致定然极美。只是……不知比凉州大云寺内花楼院的佛塔何如。"

侍妾愣了愣,赔笑道:"妾并不曾去过凉州。"我又点头:"那座佛塔有一百八十尺高,号称五凉奇观。你若有机缘,不妨去看看。"侍妾慌忙跪下,颤声道:"娘子……娘子此话,是要使阿郎遣散妾等吗?"

"不要跪……也不要担心。"我自语似的,小声道。

鸿声断续,清天杳远,柳影萧疏。秋日的清寒,似乎只要一瞬间就能覆盖整个世界。

这幽州的开元寺塔虽高,却只是一座普通的木塔,不似岐州的开元寺塔,有王维留下的壁画。那年看了他作画后,在黄花川的青溪水畔,我面对着他,在河沙上写下苏轼对他"吾观二子皆神俊,又于维也敛衽无间言"的评价,做了跨时空的两位才子交流的媒介。

那些记忆,如今都转成萧索。裴公的回信到了,果如安重璋所料:裴公云他心意已决,且这场婚事经圣人首肯,已无毁约的余地。除此之外,他又说了许多李适之如何堪为我良配的话。

我懒懒倚在佛塔第七层的柱子上,瞧着秋日照耀下的大地。即使到了这一刻,我还是无法不想到他的句子——"暮云空碛时驱马,秋日平原好射雕。"

那时我们在凉州。他作为节度判官,随着崔希逸去走马,在一望无际的平原上看到武将们打猎。他极为兴奋,接连写了《出塞》和《观猎》两首诗。

后人只知他王维是"诗佛",是很"禅"的,很"淡泊"的,是一个"山水田园诗人"。可谁知道他写下"忽过新丰市,还归细柳营"时,眼中闪过的浓烈激情呢?谁见过他吟出"试拂铁衣如雪色,聊持宝剑动星文"时,眉间凝聚的英发意气呢?

王维,从来就不只是一个书生,一个所谓的"诗佛"。钱锺书老先生说他是"小的大诗人",何其不公。

即使到了此刻,我仍然在为他生命的广度和深度而感喟。只可惜,他的生命再广,终究容不下我的存在;他的生命再深,终究深不过我与他之间,被现实划下的巨大鸿沟。

我低首看了看身上的衣裳。这是我当年初见他时,所穿的白色衫子、鹅黄襦裙。虽然我十分爱惜,但毕竟十年已过,襦裙已有些掉色了。我着意将它熨得平整,穿在身上,仿佛又回到了酒楼初会的下午,又看到了那个仿若刚刚从乌衣巷里走出来的闲淡身影,又听到了崔颢向别人介绍他"阿妹"的话语声。

崔颢会很难过吧?

但我……顾不得那么多了。在唐朝折腾了这么些年,实在有点累,有点没意思。

一阵大风吹过,吹得我的脸很疼。我捡起一支炭笔,在墙上信手而书:

"霜天欲裂满城风,谁在山河浩气中。韩子文章伤苦贱,魏王谈吐漫浑雄。三更缥缈君如月,半路蹒跚我似蓬。拟续八哀才力短,唯将清泪送高鸿。"

我站起身来,走到塔边。秋风吹动我的衣角,天地广袤,远处的西山露出苍翠的轮廓,遮蔽了我向更远处投去的视线。

举目见日,不见长安。回头下望人寰处,不见长安见尘雾。如果跳下去,是不是就可以回到21世纪?回到那个没有王维,可以让我静心做回一个学生的地方?

"阿妍,你可否先听我弹一曲琵琶?我还不曾为你弹过琵琶。"

有人在我背后说话。

隔了半晌,我才缓缓回过头去。面前的男子一身青衫,衣上征尘犹在,嘴唇干燥,眼中血丝分明。他向我伸出了右手。

那只手就那么悬在半空中,像是一个让我回到尘世、回到大唐的召唤。

我没有动。

"我八岁起学琵琶,至今三十二年,较你的年岁还要多哩。我极擅琵琶,你要信我。听我一曲,可好?"他絮絮叨叨地说着。

我从未见过他这样啰唆。

"我家阿母也很惦记你。她问你去哪里了。阿玙——她出嫁之后,你还没有见过她吧?她怀了孩儿。

"我今夏吃到了荔枝。荔枝虽是新奇,可我看也没什么好的。我依旧更爱樱桃。只是,樱桃吃得多了,容易内热。

"我看中了宋之问的一处别业,嗯,就是武后朝的那个宋之问。别业在蓝田的山谷里。谷里的河水蜿蜒流淌,有如车辋辐辏之状,故称辋河,山谷就叫辋谷。

"我在终南山里,得了一首新诗,自家甚是得意,我诵与你听。'太乙近天都,连山到海隅。白云回望合,青霭入看无……'"

"我是真心恋慕李台主的。"我打断他。

他顿了顿,随即笑道:"你恋慕谁也好,我只想——我只想要你先下来,听我一曲琵琶。"

"你我之事,已成过去。我早已不喜欢你了,你走吧。"我加重了语气,也不知道他会不会听进去。

我若是死了……而李适之又发现我与他的关系的话,说不定会为难他。是以,我不如与他早早切割清楚,让他离开。

王维苦笑道:"阿妍,便是你不喜欢我了,难道我便能看着你轻生吗?再说……"他艰难地一顿:"——我喜欢你啊。"

"你住口!"我厉声斥道,"你走。"

王维恍若未闻,踏前一步,朗声说道:"阿妍,你不要轻生——就算是为了我对你的心意。你那日在凉州大云寺的塔上曾说,'一愿郎君千岁,二愿妾身长健',你可都忘了吗?你可要长长久久地康健啊。"

"王监察,你对我的郁卿有何心意?"李适之强压怒气的话音在楼梯上响起。

我身体一抖,险些坠落。王维眼疾手快,上前一把拉住了我的手臂,将我从栏杆上带下。

李适之走上前来,注视着我的脸庞,哑着嗓音问道:"卿难道真有轻生之念?是有什么难过的事吗?是我待卿不好吗?"

我垂首不语。李适之等不到回答,便厉声向王维道:"王监察,向自家台主的未婚妻子述说心意,难道这就是你太原王氏门庭的教养?"

王维抬头直视着他,目光炯炯,反问道:"台主,你既心爱郁氏女,又向裴左丞求她为妻,为何不善加照拂?为何使她有此绝命之想?郁氏女性情俊爽,非轻易求死之辈。你究竟做了些什么,使她竟然宁可轻生?维虽不才,也断不会将一个弱质女子逼到如此境地!"

他青衫落拓,在李适之华贵雍容的紫袍身影面前,原应显得有些卑弱。可此时他气势凌厉,连李适之竟也一时失语,最后只道:"这是我们未婚夫妇的事，又与你有何相干？"

王维冷冷道："郁氏女虽是台主的未婚妻，却也是维好友崔明昭的阿妹。明昭与维交情深厚，有通家之谊，维便如郁氏女的长兄一般，自然也管得。"

李适之也冷声道："王监察好一张利口！你说了这么多，难道不是因为你心悦她？"随即看向我："你告诉我，你们之间，究竟，究竟……你们在凉州……"却是说不下去。

"王监察，谁许你对自家台主这样无礼？"我仰头望着王维，看到他眼中的光忽然一黯。他的品格本如安重璋所说，像是高飞的鸿雁。

但现在……他似乎更像一只羽翼折断了的大雁，我乱七八糟地想。

我自顾继续说了下去："我没有轻生之念，只是累了……坐一坐罢了。台主，我少年时喜爱王监察的诗，且他本与我阿兄交好，故而我也曾倾慕他。后来年纪渐长，已然知晓什么样的男子真心待我好，什么样的男子值得托付，台主……不必相疑。"

李适之凝视我许久，点了点头。我又道："王监察以为我要轻生，故而尽力拦我，是一片好意。台主不要责怪他，好吗？"

他沉吟片刻，应了声："也罢。卿甚少求我，偶然求我一回，我总要应了卿的。"

我弯了弯唇角。

李适之转过头，森然道："王监察，你若再来纠缠郁卿，我也并非不能效李右相，贬你黜你。或者，桂州、潮州边陲下县的县丞，你自家选一个去做吧！"语中之意，竟是以将王维贬谪到瘴疠之地为要挟，表示自己也可以像李林甫一样下重手。

我心中大惊，忙道："王监察你还没听见？还不快走！"

王维望了我一眼，向李适之长揖道："维多谢台主留情。"转身走下塔去。

李适之伸手拥住我，低声道："我还道卿当真要轻生。若是我又做了错事，卿只管责我打我，也皆使得。只是不要……不要这样。"

我木然点头，眼中所见的，却是那个正走出幽州开元寺大门的人影——正午的秋阳照在他的青衫上，没有半分暖意。

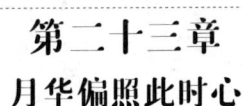

第二十三章
月华偏照此时心

霜风漠漠,秋声如雨。温暖潮润的长安,秋天比边地来得更迟,可终究是来了。

裴左丞家与御史大夫李适之即将结亲的消息,在这个秋天传遍朝廷。整个御史台都在议论着台主十余年未曾续娶,却忽然向裴家求配之事。多年前台主曾为裴家养女所救的故事悄然流传开来,众人在视事的间隙,纷纷猜测那裴家的养女该是何等神仙人物,才引得台主又是重金寻索,又是以中馈之位相报。

唯有王维一言不发。

监察御史职位虽低,却足够清贵,属于常参官,照例要参与每一次朝会。这些日来,朝会结束之后,他每每听到朝臣们恭贺裴公,裴公亦是含笑以答,接下每一句祝贺的话语。有时下朝后,裴公与他一前一后走出紫宸殿,两人视线在空中遥遥相接,裴公会露出一个意味不明的眼神。

那眼神中似乎有歉意,却更有一种对自己所作的选择的笃定。

王维也是一个父亲。在某种意义上,他是认可裴公的选择的。

他知道,自己既无台主的贵重,亦无台主的深情。

而那个清瘦姣美的影子……就让她留在开元十七年的酒楼上吧。他这么想着,却无可遏制地想起那个少女见到他时的眼神。她好像识得他很久很久了,又好像有很多很多故事想要说与他。

他从没有见过,一个人的眼神可以那样欣喜,又可以那样哀凉。那种炽烈,是自幼矜持的他所不曾有过的。她像一团火,又像一首诗。

他大约再也没有机会,听她说她的故事了。

他在含光门外上了马,只觉身下的坐骑颠得他有些眩晕——可朱雀天街的路分明再平坦不过。一路到了家,他才发现门外停着一辆马车,马车上挂的帘子是素色布料裁就,装饰也隐隐透出居丧的意味。

他恍然,想起今日原是约了人的。

那人在庭院中踟蹰着,听得他进门,迎上来道:"王郎回来了哩。"她穿了一身素白的衫裙,发间只簪一枚银钗,笑得温柔却又不失谨慎,正是一个还在服丧的女儿所应有的分寸——去年夏天崔希逸病逝,故而崔十五娘至今还在丧中。

王维按捺住心头莫名的烦躁,露出一丝微笑,与她并肩走入堂中,在画案前一张已画了半幅破墨山水的细绢前坐定。破墨画法乃是他独创,以墨色浓淡表现云霞烟岚、远山近水的光华变幻,自有"草木敷荣,不待丹绿之采"的清韵。他欲向崔十五娘展示的,也正是这幅破墨山水的画法。

只是他运墨半晌,频频出错,不是点得太轻,就是染得太重。直到最后,山石的棱角、树木的枝叶都画得愈来愈不像,他只得搁下了笔,一时无言。眼中望去,画上浓淡交织的墨色,成了一团团扰人心神的云雾,飞舞来去,令他如坠幻境。他眨了眨眼,深深吸了口气。

崔十五娘起身捧了茗饮,递到他手中,笑道:"我观王郎今日似有心事。"

"也无什么心事。"王维将茶盏放在案上。

女郎注视着细绢道:"依我看,纵是这一张毁了,王郎也不必颓丧,再画一张便是。"

王维心头忽地涌起一种强烈的抗拒,断然道:"必有补救的法子。"

崔十五娘定睛看他,问道:"王郎心绪不定,可是为了阿郁的事?"

王维吃了一惊,想不到她竟会单刀直入地问出来,难免生出一种隐秘为人所揭破的感觉,竟有几分恼怒,没有接话。

崔十五娘柔声道:"阿郁为人豪爽风流,引得男子恋慕,原是再寻常不过的事情。唉,她想必有她的苦衷,王郎也不必怨她。世上的女子,不慕富贵的还有很多。"

"在我眼中,阿妍绝非贪恋富贵的女子。"王维说。

"……"崔十五娘噎了噎,"可她要嫁给李台主了。"

王维道:"台主待她情意弥厚,裴左丞将她托付给台主,正是应有之义。"

"她与你相识在前,却又要另嫁他人,非贪慕富贵而何?"女郎问得诚恳,俨然只是在讨教一个问题。

"御史台上下皆知台主英明,若是阿妍只为富贵而委身台主,台主定然看得出来。"王维说得平淡,心中的不愉却已几乎达到了极点,但他自己也不清楚,这份不愉是因谁而起。不愉之后,他又一次觉得后悔了。

女郎放软了语调:"她与李台主年岁相差甚多,竟然也肯嫁给李台主。"

"若是真心恋慕,年岁稍差又有何妨?"王维道。

崔十五娘似是为他此话所触动,抬眸望着他,欢喜地笑了:"那么,我与王十三郎也差着一些年岁,王十三郎……你是不在意的了?"

她与王维年纪差得不小,若要匹配,照理该是她介意,可她只软软问他是否在意,仿佛自己的心意毫不重要一般。这样一个美人,虽是素服银钗,未加装扮,却只增楚楚可怜之态,又这般软语恳求,实是一番令人动心的情态。王维却只一蹙眉道:"十五娘子,休要顽笑。"

崔十五娘哽咽道:"我也是真心恋慕王郎。王郎……瑶姊早已去了西方极乐,阿郁也嫁了别人,你的眼中……"

"世间少有你这般根骨绝佳的弟子。"王维温声说,"你学什么都极快。这一年多以来,画理与佛学,我能教你的,已尽教与你了。作画这件事,你日后多加习练即可,或者也可向郑趋庭请教几回。至于佛理,慈恩寺与荐福寺,都有几位著名的高僧,我过两日就为你引介。"

崔十五娘大惊,颤着声音道:"我……我只想平生都做王郎的弟子。"

王维正色道:"你我男女有别,原不该如此。只是我受常侍所托,我亦为人之父,难以拒却常侍一片慈父心肠,故而教你一年有余。如今你也该出师了。"

"难道、难道你便从未有片刻……片刻对我动心吗?"

崔十五娘语声凄楚,眼里却透出一点发狠的意味,但王维说完了话,就移开了目光,并没有注意到。他轻抿嘴唇,过了一会儿,方才吟道:"茕茕白兔,东走西顾。衣不如新,人不如故。"

"人不如故……"女郎又怔了半晌,整个人都似浸在一种萧索之中,"若说人不如故,你最惦念的理应是瑶姊,可你又……可你又……"

在她的质问下,王维心头一跳,似乎终于想清了什么道理。他咽了口唾沫,道:"我想,若是阿瑶神灵不远,定也愿意见到我觅得阿妍这般女子。"

当晚,他独坐在中堂发呆。

转眼就已二更。长安的夜并不算很静,秋夜的风声,庭中树上的鸟鸣声,隔墙的儿啼声与捣衣声,坊内酒家与妓馆的嬉笑声,都历历分明,钻入他这个听觉极为敏感的人的耳中。

然而他只觉得好静。这是一种从心里、骨里、喉咙里、齿腭间生出的静。

静到简直让他焦躁了。

他也不唤童儿,亲自动手,挑亮了灯烛,取纸磨墨,在一张淡红纸笺上,以他最擅长的隶书,写下陶渊明那组著名的诗篇——

"霭霭停云,濛濛时雨。八表同昏,平路伊阻。静寄东轩,春醪独抚。良朋悠邈,搔首延伫。

"停云霭霭,时雨濛濛。八表同昏,平陆成江。有酒有酒,闲饮东窗。愿言怀人,舟车靡从。

"东园之树,枝条载荣。竞用新好,以怡余情。人亦有言:日月于征。安得促席,说彼平生。

"翩翩飞鸟,息我庭柯。敛翮闲止,好声相和。岂无他人,念子实多。愿言不获,抱恨如何!"

写到"岂无他人,念子实多"时,他稍稍踌躇,却仍是写了下去。写完之后,他端详了一会儿,将纸笺卷起封上。

他可以放心地睡觉了。

然而睡到中夜,他又猛然坐起身来。远处酒楼的谈笑声嬉闹声都已没了,只有捣衣声仍一下一下地响着,似要敲在人的心上。

母亲应该已经睡熟了吧?而阿玚——他已嫁为人妇的女儿——是否也正在酣然熟睡之中?

他想起了台主的紫袍,他想起了他身为人子与人父的责任。

他下了榻,疾步走到案前,拿起那封信端详了片时,将它放到烛焰上。烛焰顿时仿若一张觅到了食物的兽口,将纸笺与封套尽情吞噬。光焰陡然变得明亮,照亮了这间已多年未有女主人的卧室,也照亮了他不辨哀乐的容颜。

一庭月华满。皓色正明,清光直入罗帏。

可庭院的男主人,却睁着双眼,直到月色渐渐为晨星启明的璀璨光亮所代替。

他平静地唤童儿进来为他换衣,又擦了牙、净了面,凉水使他微痛的双眸舒服了几分。他整理着身上那一袭属于低阶官员的青衫,准备走向那座巨大的皇城,开始又一天的视事。

童儿熟练地将案上残留的纸张灰烬拭去,那张几案重又变得清爽干净。笔墨的旁边,只放着两卷佛经。

然而,纸张易焚,愚痴难断;佛经可读,贪爱难除。

他最终求得了按察幽州的机会。

然后……他去见了她。

她坐在开元寺塔的栏杆上,神情漠然。她总是鲜活的、欣悦的、活泼的;他没有见过那样的她。

所以他几乎是怒斥了台主。他想,每一个喜爱她的男人,所喜爱的,应该都是那份鲜活的气息吧?难道台主不是?台主怎么能够坐视……不,台主做了什么?

坐在幽州的官署里,王维用力揉着太阳穴,却仍是觉得眼前一片昏茫。才四十岁,视力已经衰退了吗?他自嘲地想着。

事实上,他也不懂自己为何会做这样的事情——他明知台主身份非比寻常,居"亚相"之尊,有宗室之贵。区区一个监察御史与之相比,说是以卵击石都嫌不足形容。

若是一切都早一点……若是在当年的青溪水畔,他就拥住她;若是在去岁的凉州郊外,他就亲吻她……她是否就不会属于他人?若是他早早放下他太原王氏子弟以风度自矜的习气,他是否……就不会后悔?

是的,他不相信她已全然忘记了他。他不相信一个曾以那样复杂的眼神望向他的少女,会真的全然忘记他。然而此刻,他还能做什么呢?

他猛然起身,走出官署。

午后的阳光淡淡地照在他身上,他却感受不到什么暖意。幽州的天气干燥清爽,与长安不同,与他的故乡蒲州也不同——他生长于蒲州,蒲州离黄河极近,气候潮润。

而蒲州……自从二十多年前离开,他就没有再回去过了啊。

那个有着清澈而好奇的双眸,在惶恐和兴奋中,打马驰离蒲州城门的十五少年,已经不再有了。一入长安,他的身与命,便永远属于长安——奢华着的、意气着的长安,欲望着的、熬煎着的长安。他注定要与同样居住于那个巨大都城中的人们往来、谈笑、纠缠。

——直到死去。

王维裹紧了衣衫。他不想这么早就回到孤灯冷壁的馆舍,于是信步向市集中走去。

幽州的市集在城西,虽远不如长安的西市繁华,但胡族杂居,更有许多长安少见的奚人、契丹人,独特之处,与凉州的市集倒有几分相似。

他忽地忆起在凉州时与她同到市中的场景。她操着不甚晓畅的突厥话与店主讨价还价,直到他忍不住了,将她看中的两支簪子都买了。她却一顿足,笑嗔道:"我不过是想习练突厥话罢了!"可惜啊,他只粗通一门梵语,始终未曾了解过她的世界,那个由多种语言带给她的广大世界。

自与她相识,便是她一直在走近他,一直在努力地想要了解他的生命。他自来受惯了女郎们的倾慕,起初也是不以为意的。他开始留意她,是因为她看向他时的眼神。

她生得美,毋庸置疑。可世间的美人,少有美而不自知的。

唯有她——她看向他时,就像完全忘却了她自己。她自己是美是丑,似乎在那样的眼神里,都变得不再重要。被那样的眼神望过,作为一个男子——不,作为一个人,大约此生就不该有任何遗憾吧?

然而他依然难以压制心头的痛憾。

阿瑶说过,她喜爱阿妍。她说,阿妍有时聪慧,有时痴傻,反而比一味聪慧的人更加惹人怜爱。他彼时以为,阿瑶只是暗示他,她死后,他可以将目光转向那个小娘子。

如今他明白了。阿瑶才是见事最明的那一个。

他摇了摇头,继续向市集的深处走去,直到他散淡的目光被一处酒肆吸引。这家酒肆热闹得不合常理,门前竟然排起了长队。想必是卖什么好酒的所在吧?他望着楼头招展的青旗,淡淡笑了笑,便欲绕路,却有两个路人的交谈声飘了过来。

"某初来幽州,敢问老丈,那朱家酒肆,为何如此兴隆?"

"咳!好教郎君知晓,我们幽州的节帅李台主,与他的未婚妻子,便是在朱家酒肆重逢的哩!那位小娘子那日在酒肆中与军士们斗酒,为节帅平息了一场内讧。那日,老朽也在……"

王维嘴唇一颤,停下了脚步,加入了排队的人群中。

他近于贪婪地听着其他酒客的议论。

"我听说,那位小娘子生得极美?"

"嘘!议论节帅的娘子,你不要命了?"说话的人压低了嗓音,"不过,那位小娘子确是'青春美貌'……这可不是我说的,是那日为小娘子出头的一位将军说的。"

"我不信,一个女子,怎能有那般海量?"

"我看节帅就是因此而钟情于她吧!听说节帅的酒量也如鲸鱼一般,若是娶得一个这样的娘子,岂不是就没人管束他喝酒了?两人日日对饮,想想就美呢!"

"节帅又不是你!你休要臆想了,难道堂堂节帅,三品高官,饮酒时还和你一样,受娘子节制?"

"错了!连太宗朝的房玄龄,凌烟阁图画的名相,尚且惧内哩!但……节帅果然胸怀宽广。若是我的娘子在街头与男子斗酒,我定要好生管教她。"

"我听说这位娘子的父亲乃是当朝左丞,难怪为人恣肆。长安贵人们的生涯,我等粗人原是不懂……"

他随着人流缓缓向前,逐渐排到门口。肆主老丈将他引到二楼一张不大的食案前坐下,歉意道:"今日酒客太多,只剩这张食案了,郎君见谅。"

王维点了点头:"听说节度使李台主的……未婚妻子,曾经在此与人斗酒?"

肆主对这种问题显然已经习惯,笑道:"正是。郎君可要打一壶那日那位小娘子所饮的乾和酒?"

他应了一声。老丈很快上了一壶酒,与几样佐酒的小菜。

王维是北方士族子弟,这产自河东的乾和酒,他原也是饮过的。这壶酒算不得上品,只是味道却似乎格外不同。他把玩着手中的杯子,想象着这是她那日用过的酒盏,又在脑中细细勾勒她那日的风姿举止。其实他身为王氏子弟,一向默认女郎家的行止应当端庄有度。阿妍性格豪放,时常游走于世俗所允许的边缘,原本并非他所喜的。

就好比,他与阿瑶,可以静默相对,一日无话,亦不觉尴尬。而阿妍,总是或喜或嗔、或笑或闹,不是在鼓着嘴戳他的脸颊,就是像乳燕般投入他的怀里,让他没片刻清闲。

可是,她不论做什么,都好像恰切无比,都好像是彼时、彼地最合理的做法。她是一颗明珠,他怎能期盼世间只有他一人识得她的璀璨光华?所以,他几乎也没那么恨台主了。

更何况,台主与她都爱饮酒,定然颇为投契吧?他细品口中酒液,似是第一次从这种苦苦的汁液中尝出别样的味道,只觉入口微苦,苦后余辣,而那一抹辣终又辗转成悠悠的甜,甜得就像他从未尝过的、她口中的津液。

他觉得他有些痴狂了。周遭的酒客们高声谈笑,议论着新任节度使与他未婚妻的奇缘。拥堵的酒肆里，唯有他一人沉默不语，只是一杯接一杯地喝。不多时，他便有了一种微醺的感觉，只是这感觉并未使他舒畅半分。他的头痛得更加厉害了。

上一次喝醉的时候，他只有十九岁。

宁王李宪强买饼师的妻子为姜室，又在一年之后安排他们夫妻会面。女子流泪不止，夫妻二人相对无言。而宁王竟然还要在场的他们为此事赋诗——在他十九年的人生里，他从未经历过如此令他作呕之事。

他以他的急智与才华，作出了那首著名的《息夫人》："莫以今时宠，能忘旧日恩。看花满眼泪，不共楚王言。"令宁王李宪大为感动，终于将女子还给饼师。

那日回到家后，他令童儿打了三升酒，将自己关在房中，一直喝到了第二天早晨。那是一个春日，他至今还记得，他睁着痛涩的双眼，恰好看到窗前一片杏花徐徐飘落。那片轻粉的杏花堪堪落在长安春雨过后的黄泥上，顿时失却了洁净的娇态。他怔了半晌，起身沐浴，洗去身上的酒气，穿上一件新的襕衫，又去赴岐王府上的宴会。

那日过后，他的心底与眼中，就已经失却了少年之气。

他再不允许自己喝醉。

他早早地成了一个温文持重的男子，活成了一个称职的儿子与长兄。他为弟弟尚未娶妻而焦急，接了许多写墓志的活计，只为给他们积攒聘娶新妇的金帛。

他注定没有李太白那么恣肆的人生。

二十六岁那年，他曾在深沉的暮色里，望着太行山连绵不断的山脉，他曾看见河水在山边悄无声息地流过，看着飞鸟们在落日余晖中抖抖羽毛，飞入那幽暗又广大，隐秘又诱人的山林。

然而，他知道，自己没有资格像它们一样。

就像，他没有资格放纵自己一醉。

可今天、可今天，他只想醉倒在这边关重镇的酒肆里，醉倒在她曾逸兴遄飞，倾倒众人的所在。

他感到，那个十九岁的少年的魂魄，似乎又回到了他的身体。他十九岁的悲愤，十九岁的凄凉，十九岁的热忱，十九岁的倾慕——尽管他在那时并没有倾慕过任何一个女子——都在一夕之间回来了。

　　他好悔。他认识她太晚，晚到他已经活成了一个有着无尽的负累的男子。

　　他一杯一杯地饮着，直到楼头月华渐满，皎皎如练，洒在他的鬓角，仿佛将他的发染成斑白。

第二十四章
惟向眼前怜易落

自那日过后,我畏惧李适之会迁怒王维,便收拾起了自戕的念头,尽量不再违拗他的心意。他要我随他游乐,我便去;他要抱我,我也不抗拒。演着演着,也便习惯了。长久下来,倒也形成一种微妙的平衡。能睡觉的时候,我都在睡觉。每天睡到中午,被叫醒,洗漱,吃一点饭,然后继续睡。

张五娘这个颇富英气的女子,终于为一个英气的男子所折服,我乐见其成。他们有时强行拉上我一同出门游赏,我懒得动,但偶尔也乐意做这个电灯泡。过了半年多,他们就走了,所以,我没法与安重璋讨论杀安禄山的事了,而况我现在做什么都没有兴致。于是此事一时搁置。

这一搁置就是近两年。其间我也曾向李适之再次进言,但他和前任节度使张守珪一样,也认为安禄山有将才,不忍轻易贬逐之。

直到开元二十九年,安禄山设法厚赂河北采访使、御史中丞张利贞,张利贞便在皇帝面前盛赞安禄山的才干。八月,皇帝有命,安禄山为营州都督,充平卢军使,两蕃、渤海、黑水四府经略使。如此一来,纵是李适之想动他,也轻易动不得了。

安禄山在天子心中的地位,初初显露。

九月,天子命李适之还朝,改任他为刑部尚书,他由是成为当朝尚书中最年轻者。得了敕令之后,他向我笑言:"'尚书'不及'台主'好听,卿不得唤我'尚书',只准唤我'二郎'。"

不数日,我们动身上路。一旦回到长安,我就得结婚了——在这个时代应该叫"嫁",但我不喜欢这个字。

渡过黄河时,李适之亲自扶我上船。我隐隐听到岸边有浣女的歌声,随口问道:"她们唱的什么?"他侧耳听了听,也听不真切。他的部曲杨续是技击高手,耳力过人,答道:"她们唱的似是,'红豆生南国,秋来发故枝。劝君休采撷,此物最相思。'"

我的手在李适之的手里一抖。他关怀道:"可是风太大,卿觉得冷了?"将外衣除下来给我。

是啊,我忘记了,王维去年已迁殿中侍御史,冬天被派到岭南,监督岭南选举地方官员的流程。他应是在那里见到了又称"相思子"的红豆,故而写成此诗。

我默然,举步上船。后世的曹寅,曾有"家家争唱《饮水词》,纳兰心事几人知"的沉痛句子。王维的《相思》传唱黄河南北,然而他的心事,又有几人知道呢?而我,而我,大概已经没有去猜度他的心事的资格了——我太软弱了。我没能拒绝另一个男子牵我的手,也没能拒绝对方给我披上的外衣。

我仍然厌烦这样的自己,但我得活着。

这一路上,我的耳中始终回荡着浣女的歌声,迷迷茫茫,也不知是如何回到京畿的。唯有马车到了春明门前的一刻,我仿佛才意识到了什么,在宽敞华丽的马车中猝然站起身来。刘禹锡曾有诗云:"莫道两京非远别,春明门外即天涯。"他说,一道城门,将长安城内与城外分割成两个世界。是的,一旦进了这座春明门,我就会成为身旁这个男子的妻子,死后也将与他同穴而葬。

在我活着的时候,我还会听见那个人的诗传唱于闾巷之间,或许还能在某些宴会上与他相逢,看一眼他鬓边是否又添了白发。除此之外,我只能以想象来勾勒他的辋川别业,只能在梦境中经历那"明月松间照,清泉石上流"的清景,从歌儿舞女的口中,听到他的新诗旧句。

不过,我们同样活在长安,我们也将同样死在长安。

这是我唯一感到幸运的一点。想通了这一点,这座春明门,也就没有那么让我害怕了。我重又坐下,心中有踏实的绝望,和绝望的踏实。

李适之笑道:"卿回到长安,心绪好了许多哩。"

我点头,没有说话。他亲了亲我的脸颊,叹气道:"可是回了长安后,卿为我新妇,便要与人交游了。"

我不是真正的高贵裴家女儿,对于那些场合,我既不耐烦,也没有应对的能力,闻言不由拧紧了眉头:在幽州时,我的工作任务只包括应付他一个人,回了西京,又多了敷衍外人这一项内容。

他想了想,说:"也不打紧。以我如今的官阶,除了牛左相家、李右相家与几位尚书家的女眷,并几个内命妇、宗室女,你也不须敷衍什么人。辛苦你了……其实我也不想回来的。一旦回来,我便有好些日子不能常常见你了。"

我回到裴府,与裴公和裴夫人相见,各种流泪感叹,也不必尽言。

没过几日,就有数道名帖递到我面前。其中一张泥金帖子带着降真香的气息,来自一位我万万拒绝不得的贵人。裴夫人说,我与李适之的事传开后,玉真公主对我起了极大的兴趣,直呼想要一见这位倾倒当朝亚相的女郎。

我捏着那张帖子发呆。公主会不会记得,当年这个女郎也曾有幸列席她的宴会,写了"天地无情山泽老,白云岂为寄相思"的句子,直诉对她宴会中一位才子的倾慕?

这日李适之破例早早离开官署,驱马到了裴家,接我一同前往长安城西北的玉真观。

唐睿宗在位时,下令为他入道的两个女儿各起了一座道观。二观皆在辅兴坊,以二位公主的封号为名,叫作金仙观和玉真观。二观过于宏丽,且建造时每每夺取民宅用地,一时引起不少臣子的反对声,然而睿宗爱女之心甚笃,到底还是将这两座道观建成了。

玉真观本是工部尚书窦诞的旧宅,经重修之后,更是琳宫金刹,凤楼鸾阁。我记得,当年初来时,我像是进了大观园似的,满心新奇,四处偷看。当然了,我偷看得最多的……是曾经出现在这里的一个人。

"怎么了?咬着嘴唇做什么?"

我一瞬间微微怔忡。是了,说话的人不是他,而是此刻走在我旁边的这个男子。

"只是有些累。"我摇头。

"卿吃一二杯酒,便早早退席吧。公主若要说什么,自有我担着。"

我闻言,心中毕竟也有几分感动,笑了:"我怎能什么都要你来担?"

他夸口道:"贵主是贵主,但也是我的再从姊,不会苛待于我。"

——再从兄、再从姊指的是与自己有共同的曾祖而年长于己的人。他和公主,的确拥有同一位曾祖父,也就是太宗皇帝李世民。

说话间,已到了公主设下宴席的正堂。公主坐在堂中,笑道:"李二郎,你们也真是情投意合,有说不尽的话呢。怎么,在我观里这么短短一段路,还要彼此扶持吗?"

我不敢细看公主容颜,只是一瞥之间,便觉公主竟似分毫未老。她一身绣着如意云纹的浅蓝道袍,姿态潇洒,仍是十年前那个高贵女郎的模样。

李适之含笑道:"贵主尊荣,宫观占地广阔。我家的小娘子身子弱,一路走来未免疲累,我自当相扶相携。"在座的贵妇们都笑了,公主也忍俊不禁:"你年纪也不小了,如何反而像初娶新妇的少年人一般?快快成婚吧,我等着瞧,瞧你还能做出什么痴傻事体。"

另一位和公主年纪相仿的贵妇笑道:"小娘子生就一副好姿容,我见犹怜,难怪李尚书爱宠如是。"

"娘子此言差矣!我家的小娘子除了姿容,更有无数的好处。"李适之说。

贵妇扑哧一笑:"我劝李尚书快去与男子们喝酒,休为你家的小娘子出头了。不然,今日列席的女眷们,只怕不肯饶了她。"

贵妇们附和起来。李适之顶着她们的目光和言语,硬是多嘱咐了两句:"卿若要寻我,只管叫侍女来。"我窘迫得几乎是求着他赶紧走,他才走了。

这下我可是处在风暴中心了。贵妇们不停问我,我和他是如何相遇的,又促狭地暗示，我与他在幽州相处两年，只怕也做了不少亲昵逾矩之事。我骨子里是个上不得台面的野人，如何吃得消她们这般打趣，且她们的打趣，都是极文雅且意味深远的。我状况好的时候，尚且难以应对，何况现在呢。勉强挨了半个时辰，我便借口更衣，逃了出来。

秋风乍起，吹得我清醒了些。我把侍女甩开了，信步在观中的池台馆阁边乱走，想象着才子们在此聚众谈笑的场景。走了约莫一刻钟，才发觉自己离主路越来越远。

罢了，正好多在外面混一阵子，回去之后用迷路了的借口搪塞也就是了。

绕过一道回廊，忽然有隐隐的饮泣声传来。我一点都不想掺和进任何人的隐秘里，于是转身就走，但是——

那个哭着的人，听见了我的脚步声，已经惶惶地抬起了头，眼神与我相撞。

那是一个女郎，抱着双膝，坐在一丛芍药旁，双肩一抽一抽的。

好漂亮。真的很漂亮。眼睛、鼻子、嘴唇都漂亮，放在一起更漂亮。而且……很健康。肌肤白腻丰润，眼眸亮得像小孩子的眼睛，头发浓密得让任何女人羡慕。

在大部分人营养不良，皮肤、发质和体态都很糟糕的年代，乍然见到一个健康漂亮的美人，那种震撼是碾压式的。迟钝了许久的脑子和心，被什么东西击中了。

"太真？"我望着她身上的道袍，试探着道。

那女郎点了点头，疑惑道："小娘子是……是谁？如何识得我？"

她的声音好娇好脆，像是最柔软的春风，又像是最精致的瓷器。

我深深地凝视她，过了片刻，才道："我姓郁，是裴左丞的养女，行九。"

我所没有说的是——我从一个所有人都知道你的地方来。在那里，人们为你拍电影、电视剧，你的生活细节被争相传说，你丰艳的容貌与体态，和这个璀璨绮丽的盛世一样，使后世的中国人穷尽了他们的想象力。这盛世是一口沸腾的鼎，王维与李白的诗、裴旻的剑、吴道子的画，与你的容姿，都是鼎中不可或缺的调料。

杨玉环想了想,拍手道:"是你!我听过你的事。听说你十分受李尚书爱宠,满城的女郎无不艳羡。"她现在二十二三岁,举手投足之间,似是稚气未消,但这份稚气与她绝艳的容颜交织,反而形成了一种既娇气、又魅惑的独特气息,让我有点不想离开她。

"也不至于吧……"这说得也太夸张了。

杨玉环摆了摆手:"他爱重你,这比什么都紧要。"

"是吗?"我苦笑,"可是……我——我另有喜欢的人。"

不知为什么,面对着她,我总觉得,我是可以说实话的。

杨玉环瞪大了眼睛。她的黑眼珠本来就大,瞪眼的时候,更像个懵懂纯稚的孩子了。她怔了一会儿,又流下泪来。

我慌忙道:"你不要哭——你怎么了?有谁惹你不快了吗?哎,你不要哭——"

半晌,杨玉环方收了啼声,幽幽道:"我、我与你是一样的人……"

我听得一惊。后世的史书与此时的小道消息都告诉我,她现时已经被皇帝李隆基看中,故而皇帝命令本是寿王妃的她,以为皇帝亡母窦太后祈福的名义,出家为女道士。

她说她与我是一样的人,意思就是……

我一顾四周,见没人靠近,方才道:"太真,这些话,你万万不可对人提起了。"杨玉环却似压根没听到我说什么,只是自顾自道:"他今夜又要来与我私会了,可,可我……"

我蹲在她面前,两只手扶住她的肩膀:"既是他要来见你,你快去盥洗打扮吧。"

她抬起眼眸,静静地看着我。被她的眸光相望,我只觉心底好甜,又好软,甚至有些想亲吻那双甜甜的眼睛。

漂亮美好的女孩子,可以治病。她能治我的病,那么,也一定能治别人的病。难怪李隆基要从亲儿子的手里将她夺走……天啊,我要是皇帝,我也会忍不住夺走她。

"谁能——谁能抗拒他呢……纵是我没有见过他年轻时的样子,也能猜想当年临淄王的英姿。三十年太平天子呵,谁能抗拒他呢!"

我默然不语。

她又道:"可是……可是——"

我捂住了她的嘴。她的嘴唇在我手心轻轻翕动,像蜻蜓的翅,像翠鸟的翎,挠得我痒痒的,连心里也似痒了起来。我硬着心肠,沉声道:"没有什么'可是'。我要应付的是刑部尚书,你所要应付的,可是当朝天子。你也知道,他是三十年太平天子——这三十年的太平,岂是寻常人可以造就的?"

李隆基杀伐果断的手段,不论是史书里,还是现实中,我都听过太多了。

她颤了颤,乖巧道:"我明白了。小娘子,我——我只是想有个人说话。这观里——这观里好冷。我一个人……我怕。"

温言软语,偏有无尽凄伤。我喃喃道:"他……他还会陪你二十年的。"

杨玉环诧异地瞥了我一眼。我这才意识到我说漏了嘴。安史之乱中,她在马嵬坡香消玉殒,距今大约十七年。

想到她会死,我并不感到特别难过。这样极致而纯粹的美,不能够久留世间,也是常理。我宁愿相信,她的魂魄,当真去了海上的仙山,在虚无缥缈的仙境间获得了永生。

这时裴家的侍女寻了过来。我叹了口气,又强调道:"太真,太真,你要记得我的话。"

她点点头:"多谢小娘子。"我这才起了身,回到席间。

这场宴席过后数日,李适之邀我去看他置办的新家。按照他的说法,我当年和幽州军士斗酒,帮忙平息了一场内讧,这是他给的"出场费":彼时我低声自语"新任节度使又不能给我出场费",他事后派杨续来问我,我信口胡说"平康坊一处宅子也就够了"。结果,他真的在权贵聚居的平康坊买了一处宅子。

他絮絮说着这套宅子本是前朝什么宰相的旧宅,他向其后人买下,又在宅子中遍植我喜欢的茉莉与兰花,还在宅中的两棵樱桃树下埋了几坛酒,待十年后与我同饮。

竟然已经规划到了十年后的事吗？这样看来，人的一生倒也很短。

这座宅子极深，我走了一半就累了，靠在园子里的山石上休息。李适之笑道："一娇一态本难逢，如画如花定相似。此情此景，合当有酒。"吩咐侍女倒酒来。

转瞬有人递来了酒，是那个我在幽州见过的美艳侍妾。

他说过要遣散她们，我没有同意。出于公心，我不愿见到亲子分离的景况。出于私心，我想，结婚后，我大概有义务和他做亲密的事……那时，有其他的女人、其他的选项，他有没有可能……就不强求我和他亲密了？

这个想法很自私，我知道，所以，我没有和人说过，也不敢说。

我接了酒在手，慢慢啜饮。

"好痛……"一杯酒尚未饮尽，咽喉和食道附近，忽然有剧烈的疼痛蔓延开来。然后……我也不知道过了多久，也许只有两三秒——身体开始战栗，我痛得坐也坐不住了，蜷成了一团。

"怎么了？"我听见李适之在问我，但是我没法回答。

好黑。好像……连天色都变暗了，变黑了。

要是晕过去就好了，就不必受这样的苦楚，我迷迷糊糊地想。过了一会儿，疼痛稍减，随之而来的是胃部的抽搐感。我仍旧蜷着身子，手指按在胸前，指甲掐进了肉里，这样的刺痛，似乎能够让我稍稍分心……那种抽搐感实在是让人发疯。残余的神志使我强挣着起来，为自己催吐。催吐过后，抽搐感减轻了一点，然而四肢又逐渐变得麻木无力，整个人只觉得恶心，像喝了泔水一样恶心。

李适之好像在逼问那个侍妾。她说了什么，我也没听清。他踢了她一脚……然后又将我抱上了马车。

他去了一位医官的家里。医官见了我的情状，连忙拿来数枚鸡卵，取了蛋清，和了水让我饮下。我饮下不久，又吐了一场，这回的确好了一些，只是全身仍旧处在麻木的状态中。

李适之惶然问道："我家娘子中的是什么毒？"医官道："以下官所见，似是砒霜。"说话间捋着花白的须髯，似是有些为难，"下官已尽力施救，但砒霜之毒……难以尽去。"

急性砷中毒虽有解毒方法,但都是后世的西方医学才有的,甚至还可能涉及血液透析。中古时代的中国,绝不可能有除根的解决方法。能够保命,我已经很庆幸了。医官又吩咐童儿取来数种草药,煎成汁让我服下。

当晚李适之将我送回裴家,我便一直处在昏睡中,甚至出现了谵妄的症状。三五日后,我偶尔清醒,听说我的养父母均是雷霆震怒,要求彻查此事。崔颢更是不顾自身官阶低微,去质问我那位尊贵的未婚夫,为我讨公道。李适之一改素日里恣肆率性的习气,低声下气地点头称是。

裴夫人时时向我讲述事件的最新进展。据说那天经手了那杯酒的所有仆婢,包括那个侍妾,其过往历史与人际关系都被挖地三尺,细细筛过,仍是未有结论。

然而我似乎竟不是很关心真凶是谁。无论真凶是谁,他都帮我推迟了婚礼,我暂时仍能保有自由之身,不必去李家做新妇、做继母。

我只管在裴家躺着。醒着的时候,我有时会取来一两首今人的诗,胡乱翻译几句,记在纸上。我也拜托崔颢为我带来王维最新的诗文,放在榻边。此时此刻,我更加思念王维,思念他那我至今未有机会见到的辋川别业。

孟城坳、竹里馆、辛夷坞、欹湖……这些辋川别业的胜景,在我昏昧的脑海中浮浮沉沉,染成一幅清远的山水画,一个安于这盛世之外的雅致梦境。

崔颢常来看我,多半只是坐在榻边不说话。然而在我少有的清醒时刻,我总能看到他鬓边星星点点的白发。我说:"阿兄快将白发镊去,休要教我嫌弃。"

"这些日来,有人的白发生得比我还要多。"他将视线转向窗外,悠悠道。

我半晌不语,最终却只是笑道:"李尚书?"

崔颢凝眸看了我一会儿,方道:"阿妍从来不是狠心的人。你的不狠心,你的狠心,全都交付给他一个人了。"

到头来,还是这个便宜表哥最懂得我?

"休哭。"崔颢强笑,"我不说了。"

我挣扎着伸出手,拉住了他:"说。"

崔颢犹豫片刻，终是低声道："他上个月在蓝田买下了宋之问的别业，你……你出事之前，他正请我和裴十郎共同为他的别业诸景取名。"

我万般话语在舌尖辗转，却半个字也说不出，只能向侍女要了纸笔，在榻上支起身子，写下那烂熟于胸的二十景名字——

孟城坳、华子冈、文杏馆、斤竹岭、鹿柴、木兰柴、茱萸沜、宫槐陌、临湖亭、南垞、欹湖、柳浪、栾家濑、金屑泉、白石滩、北垞、竹里馆、辛夷坞、漆园、椒园。

鸡距笔的毫尖拂过纸面，如同轻轻拨动心头一缕不可说的情思。我吹干墨迹，将纸递给崔颢："他看了自会懂的。"

崔颢将纸揣入袖中，取笑道："若是教李尚书知道，我的前程可就尽毁了。不过，你是我的阿妹，我也不怕得罪于他。"他和那个人皆是仕途蹭蹬，离开代州后在许州扶沟县做了几年县尉，回到京城后转为监察御史。

我扑哧笑了："你不怕他？连我都怕他。"

"李尚书爱重你，并非作伪。就连阿兄，也未必能做得更好了。"崔颢说。

"可是……他不是他。"

崔颢皱起了眉："阿妍……你为什么只在意你求而不得的人？"他说完，像是又后悔了："我……"

"阿兄，你几番停妻再娶，又是为了什么呢？"我平心静气地问。

崔颢不答。

"你说你只娶心爱的人，所以你一旦发觉你不再喜爱这个人，便觉索然无味，甚至于数次出妻再娶。你的'执'在此处，你心中的缺憾也在此处。所以，我虽然觉得你不该那样待那些女子，但也不曾常常责备你。因为我想，责备你……也无用。"

他伸手入袖，摸了摸那个写着辋川别业诸景名字的纸卷："就像……我责备你也无用，是吗？"

"嗯……是。阿兄，你是我在大唐最亲的人，你将我从西市捡回家……我愿意听你的话，你也愿意听我的话。但是，我想，有些事，纵然我们愿意听亲人的话，也仍然无以身体力行。因为……我想，一个人的'执'，只能自己破除,或者……自己成就。没有一个人可以填满另一个人的缺憾。"我想了想,又笑起来,"在我的家乡,人们说,这是'矫情'。"

"矫情?"他念了一遍,不大理解似的。对于唐朝人来说,"矫情"这个词,还没有后世华北方言里"无病呻吟"的贬义。矫是矫饰、矫作,矫情就是掩饰真心,或者,故意违反世俗常情。

"嗯。总之,他们说的,也没有错……你看,我在西市给人写家书,没什么余钱,钱都用来买柴烧水沐浴了,哦,还有,自制牙粉和牙刷……彼时我眼中所见的'执',就只是要日日沐浴和揩齿而已。后来你将我捡回家,我又有了裴家这样的倚仗,总归不必担心买柴的钱了,能经常沐浴,然后,我就又有了其他的'执'。"

人大约只有衣食丰足的时候,才放不下自己的"执"。但人类可不就是这样——这样矫情吗?

崔颢也笑了:"王十三兄定然想不到,他在你心里,和沐浴、揩齿这两件事是一样的。"

"咳!沐浴和揩齿是很紧要的,非常紧要,非常紧要。我可是西市第一狐妖……每日都要沐浴,不然就要现出原形了……"

我又睡着了。

时间一点点推移,我的症状并不见好,反是越来越重。据医官说,我的肝肾都受到了损伤。在无尽的昏睡中,我时常梦见过往生涯中遇见的各色人等。有时我会梦见安禄山起兵,他的爱妾段氏做了大燕皇后,比从前更加善妒,害尽了安禄山身边的美女。有时我会梦见李隆基在马嵬坡令高力士勒死杨玉环,她双眼紧闭,舌头从嘴里伸出来,再不复昔日的绝代风华。有时我也会梦见一些几乎不太识得的人,比如杜甫。我梦见他在乱后的曲江头行走,春日煦暖照人,而他却在为了破败的国家而偷偷抽泣,又不敢放声哭。

只是不曾梦见过他。

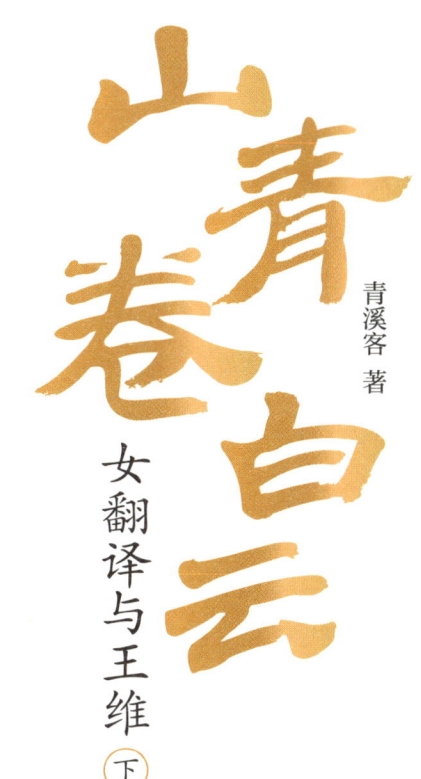

青溪客 著

女翻译与王维

下

浙江文艺出版社
Zhejiang Literature & Art Publishing House

第二十五章	灵药壶中必许分	001
第二十六章	他生未卜此生休	006
第二十七章	闻道辋川多胜事	021
第二十八章	莫上慈恩最高处	030
第二十九章	星河好夜闻清佩	035
第三十章	一自香魂招不得	047
第三十一章	未识君臣际会难	052
第三十二章	冯唐已老复何论	057
第三十三章	都是人间戏一场	070
第三十四章	长爱清华入诗句	089
第三十五章	知有从来天子尊	094
第三十六章	到此谁能与问天	099
第三十七章	明镜台前别作春	105
第三十八章	俞压人头不奈何	122
第三十九章	燕台一望客心惊	142
第四十章	渔阳鼙鼓动地来	155

第四十一章	笳声万里动燕山	162
第四十二章	九重城阙烟尘生	170
第四十三章	天街踏尽公卿骨	184
第四十四章	凝碧池头奏管弦	190
第四十五章	履胡之肠涉胡血	197
第四十六章	岁岁年年人不同	202
第四十七章	为龙为虎亦成空	213
第四十八章	琥珀酒兮雕胡饭	226
第四十九章	有国有家皆是梦	238
第五十章	劝君更尽一杯酒	252
第五十一章	当时只记入山深	264
第五十二章	春来遍是桃花水	271
第五十三章	何须生入玉门关	278
后记		284

第二十五章
灵药壶中必许分

"传说那女郎善妒,要李尚书遣散姬妾,活生生教母子分离,故而才惹得侍妾连命也不要了,狠心下毒……"

"当真?我听说那女郎一向不拘小节,在典客署时,便招惹了许多男子,还都是胡人男子……怎么她竟敢要李尚书遣散妾室?"

"女子啊,近之则不逊,恃宠而骄也是寻常……"

"有人说郁氏女原是狐女,自有媚人之能……"

秋夜寂寞,对于在皇城中留值的人来说,更是清冷难耐。如此清秋冷月,也只有聚在一处闲谈,勉强可以消解一二。

王维拿着几份文书,走到与御史台相距不远的秘书省的一间公房门口时,听到的就是几个校书郎的闲聊。

他蹙起了眉。

然而他最终只是平静地敲了敲门。房中的闲聊声寂了一寂,随即有人来开门,是一个姓张的校书。张校书见是王维,笑了笑道:"王侍御来了?快坐快坐,尹正字带了湖州的顾渚紫笋来,茗汤刚刚煮好。"

不待他说,王维也嗅到了房中的茗香。煮茶的人按照时人的习惯,在汤中加了姜片、胡椒等物,虽然掩去了紫笋本来的香气,但茶汤既热又浓,大约很能抵御秋夜的清寒。他不着痕迹地皱了皱眉,笑道:"那我可要叨扰了。"

尹正字起身倒了一碗茗汤，又道："可惜没有盐。"王维笑道："不妨。"喝了几口茗汤，方才逐渐将话题引到他们方才的讨论上，王维道："近来左丞相家的养女中毒之事，真是传得沸沸扬扬。"

另一个姓崔的校书较为直爽，也不顾同僚的眼色，笑道："我们正说这事哩。众人都云，左丞相和李尚书必有一争。左丞相虽然不再参知政事，但到底有统领百官的名分，而李尚书呢，又是迟早要拜相的……这两位争斗起来，必然好看。嘿，王侍御你既曾为裴公的属官，又曾是李尚书在御史台时的属官，这倒是巧了。"

他心直口快，一言道出了朝中因裴、李两位顶尖高官结亲不谐，而隐隐起了波澜的局势。王维笑道："裴公与李尚书二位，均是堪为国之柱石的贤臣、良臣，也都是待僚属极好的上官。"

"哎哎，王侍御你这么说可就无趣了。"张校书笑道，"你既曾为裴公属官……可曾见过那女郎？是否真如传闻一般，有天人之姿？又或者……当真是狐女吗？"说到后面，他压低了声音。

王维道："我确曾见过她几面。狐女之说，应属虚诞……我记得已故的金刚智法师曾经嘉勉于她。至于她的姿容，我不敢置评，只知有人为她倾倒，宁愿……不再娶妻。"

众人都兴奋起来，要他继续讲下去。他喝了一口茗汤，润了润嘴唇，说道："郁氏女为人甚是宽和，不像善妒的人。"

崔校书诧异道："咦？众人都说，那女郎好妒，方才惹来大祸。"

王维摇头："李尚书待她爱宠如斯，难道她竟要去嫉妒几个姬妾？侍妾听说家中将有新的主母，暗生惶恐，故而以讹传讹……也非绝无可能。"

尹正字小声问道："可若非她善妒，妾室何至于投毒？以蛊、毒杀人，可是唐律十恶之一啊，那侍妾竟敢犯此重罪。"

王维也低声道："据我看，此事背后只怕还有他人。侍妾处于深闺，如何能购得砒霜这等剧毒？只怕是有人要陷害李尚书，使李尚书与裴左丞失和。"

男子闲谈时，除了与女子相关的故事之外，最爱听的便是阴谋了。众人纷纷点头，崔校书却仍是不解："我听说那女郎不守闺训，与许多男子过从甚密，四处游走，还学什么胡语……这样的女郎，如何能教李尚书如此心许？"

"这种女郎，多半在男女情事上都有些过人之处，不是那些端方自持的女郎可比的。要教男子倾心，也不是什么难事。"有人笑道。

王维心中恼怒，笑道："郁氏女端方与否，我不甚知晓。不过我记得，在河西时，她曾为已故的崔常侍询问突厥胡商，探得当地胡商贿赂中贵人的阴私。此外，不是有人说，她曾在酒肆中与军士斗酒，平息了一场讧斗，故而深得李尚书青目？想来也是，李尚书英明过人，岂能只因美色便痴迷至此？自是因为她性情德行俱佳。"

众人静默半晌，崔校书道："可……可郁氏女不在家中备嫁，反与李尚书在幽州同进同出，终是德行有亏。"

王维望了望窗外的明月，重重一咬下唇，方才笑道："他们是未婚夫妇，便有些亲昵之举也是寻常。难道你崔校书去北里南曲时，见到心仪的女郎，就能忍得住吗？"

崔校书在平康坊南曲有个钟爱的刘娃，只那刘娃心气高傲，要他苦苦求了两月，才允他登堂入室。众人纷纷大笑，崔校书脸上红透，嗫嚅道："王侍御何苦取笑我！"

第二日是休沐日。王维起了个绝早，向城西北的玉真观来。到得门口，递上名帖，守门的人便放他进了观。

这玉真观他自是轻车熟路：十几岁时在诸王府上游走，他也曾被岐王带来见过玉真公主，之后便成了公主的座上常客。他的琵琶绝技，与他的清雅诗文，都成了公主宴席的绝妙点缀。

但今日，他要见的不是公主。他径自分花拂柳，到了玉真观西南角上的一间静室前，立定身形，朗声道："弟子王维求见焦炼师。"

过了一刻钟，有位道童打开了门。他仍是立在门口，直到室内传来一个微带沙哑的女子声音："进来吧。"他才提起青袍的前摆，低头走入。

室内陈设简素，一角放着紫檀琵琶和玉笛，也不知道是主人为了斋醮仪式准备的，还是自家平素弹奏吹弄的，壁上则悬了一把剑。静室正中间有两面细绢屏风,一架屏风上绣着草书,连精通书艺的王维也看不懂,那是什么字样。他照例不敢细看室内陈设,只恭恭敬敬地在堂中的蒲团上坐定。

半晌,屏风后那个有点沙哑的声音才又说道:"十三郎为何来见我?"

王维恭声道:"弟子的上官的女儿中了砒霜之毒,维……觍颜向炼师求药。"

屏风后的人嗤笑一声,王维登时脸上泛红。他挣扎片刻,说道:"弟子……弟子不合欺瞒炼师。此女……实在是维所心仪的女子。"

焦炼师笑道:"你十年前为你的妻子向我求药,诚恳无限。如今怎么又为另一个女子求药?"

王维沉声道:"弟子为妻子求药,是想与妻子长相厮守。弟子为此女求药,却是为了她能与他人长相厮守。"

对方的嗓音未有波动:"我的药难以重制,与人一份,便少了一份。"

"弟子知炼师在人间已历无数春秋,自是见惯生死。但……但弟子也知炼师心肠柔软,必不忍心见此女玉碎,见弟子白头。"

焦炼师不语。王维又恳切道:"炼师若肯赐药,不只是救了此女,也是救了她的未婚夫婿李尚书,与她的养父裴左丞。"

"难道不是也救了你吗?"女道士的话里带着明显的嘲谑。

王维沉默了一阵子,方道:"炼师说的是。弟子的前半生,为亲族与他人而活;而今半生已过,后半生,只想为自己而活。

"弟子后半生的头一件事,是要使家母安度晚岁。第二件事,便是要亲见郁氏女安乐,直到……直到弟子死去。

"是以,弟子斗胆,请炼师赐药。"

王维从蒲团上站起,又深深下拜,向屏风后的女子行了稽首大礼。

焦炼师淡笑道:"你记得吗,你少年时,曾问我谢朓是个怎样的人?"

"记得。"

屏风后的女子是个得道之士,活了已有三百岁。他第一次知道这个事实时,唯一忍不住问她的,就是:他所喜爱的诗人小谢,究竟有着怎样的情性与容仪。

焦炼师道:"我当日告诉你,小谢是个怯懦的人。那时我心里想的,其实是——难怪你王十三郎喜欢小谢,你与他,分明是一样的人:从不肯行差踏错,从不肯吐露心意,只敢在诗里隐约透露一丝丝心事。"

"他的谢家,你的王家,都成了你们的禁咒。"

王维不敢反驳,只静静听着。

焦炼师又道:"没想到啊,没想到。你年过四十,竟勇敢起来了。

"望你面对心爱之人时,也能如此勇敢。"

她以一句既像嘲谑,又像鼓励的话语结束了对话,命令道童取来药箱,拣出药物,又叫道童递到王维手中。

三板光滑的纸板上,皆有八粒凸起的透明封套,封套里面是白色的药丸。王维看着纸板上奇异的文字,问道:"炼师,此药可有名字?"

"青霉胺。"屏风后的女子懒懒道。

"青梅案?"倒也是一个清极美极的名字哩。王维想着,小心将纸板收入袖中。

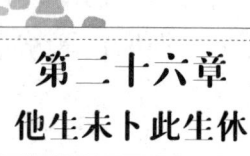

第二十六章
他生未卜此生休

经李适之苦苦恳求,裴公和裴夫人才允许他偶尔来看我一次。他见我时,每每满面惭色,但是,唉,说实话,我没有立场责怪他。甚至……我会隐约觉得,我因为他的缘故,遭了这场无妄之灾,说不定算是一种赎罪,赎了我不想跟他结婚,却又没法抗争的罪过。我这样子,是不是也算对得起他了?

这日,他着了一身素服,来了裴家,请见裴公和夫人,又将我也叫了出去。

裴公问道:"李尚书,你有什么事?"许婚以来,裴公私下里一直叫他"李二郎",现在把称呼也悄悄换掉了。

李适之沉默片刻,忽地撩衣跪下。

"李尚书!"饶是裴公一世为官经历甚多,也露出震惊的神色,伸手去扶,他只是不肯起来。这些日子,他老了许多,此时垂着头跪在地上,素白衣衫与鬓边白发相映,看去很有些凄惨。

我有一点隐秘的快意,也有一点戚然的怜悯。

裴公慢慢收回了手,问道:"阿妍中毒的事,你有了头绪?"李适之动了动嘴唇,艰难道:"裴公明察,我……我确有了一点头绪。但……但请裴公勿要追问了。"

"此语何解?"裴公勃然作色。

李适之只道:"是我的过错。是我……未能护持郁卿周全。"

裴夫人皱起了眉："李尚书，你可是遇上了难事？你若是遇到什么难处，裴家也当倾尽全力。"

"夫人……"李适之抬眸，望了望他们，"我只怕裴公与我加在一起，也不足以推倒这棵大树。"

裴公愕然，静了数息，收起怒色："你是说……"

李适之看着他的眼睛，点了点头。

"是他……"裴公喃喃，"他……何以如此待我，何以如此待我？"

他是河东裴氏的后人，名门子弟，且自少年时便享有神童之誉，做官又早，风度仪态一向绝佳。只是此时，他永远挺直的后背仿佛一瞬间垮了不少，现出一种难以形容的老态。

李适之低声道："他不愿见我与裴家结亲，怕我们相扶势大，想要我们两家生出嫌隙。"

裴公又沉默了许久，才说道："我将阿妍嫁给你，原不为你的紫袍玉带，更不为与你结盟，只为你爱重她，觅她数载。若我早知今日，我……我……唉，你起来吧，不要跪着了。"

李适之依言起身，叹道："我也不知，我那一身紫袍玉带金鱼袋，到头来，还未为她挣来公侯夫人之贵，却先挣来了一盏毒酒。我身为刑部尚书，竟对自家的凶案无可奈何。"

我头脑原就不大清醒，在旁边听得满头雾水，问道："二郎……我是中毒的人，你好歹也与我仔细分说。你们说的那人，是……"

"李林甫。"裴夫人握住了我的手，又给我加了一件外衣。

我一惊，登时明白了他们的所有顾忌。李林甫当年凭一己之力，就能斗倒张九龄与裴公两人，现在李适之尚未拜相，裴公则已不问政事，两人确是争不过专权多年、根基已深的李林甫。

李适之望着案上的香兽，徐徐道："我查了许久，终于查到我那个妾室早年落难时，曾为李右相家的一个仆从所救。我再去问，她知道抵赖不过，便全招了……她说，那个仆从要她毒杀你，但你心肠柔善，不肯赶她们走，她临时起意，减了药量。"

我怔怔道:"那、那……阿耶和二郎,你们意待如何?"

裴公冷声道:"他想要我们两家失和,我们偏偏不令他如愿。"

李适之猛然抬头:"我只道……我只道裴公一怒之下,再不肯将郁卿许我。"

"待你拜了相,再完婚也不迟。"裴公下了结论,"待你拜了相,手中才有可与他分庭抗礼的权柄。"

朝中的官员们已经传遍了,都说左相牛仙客病入膏肓,待他一去,李适之多半就要登上侍中之位,以四十余岁的年纪成为宰相。

李适之连忙应允,又高兴地看了我几眼。我发愣道:"那个侍妾……"

"杖杀。"裴夫人断然道。

李适之与裴公也无异议。

"我毕竟没死,能否……"

"以毒杀人是唐律十恶之一,绝不可轻纵,何况她要害的是未来主母,阿妍不可心软。"裴夫人说。

当日下午,我从崔颢处收到了一份神秘的药物,据说可疗砒霜之毒。我打开装药的螺钿匣子时,只惊得险些从榻上掉下来——这、这白白的药丸,是后世的药啊!

我抓住崔颢,不停追问:"这药物你究竟是何处得来?"崔颢本不欲说,后来见我实在急了,才道:"是……是他从焦炼师处求来的。"

"先生千岁余,五岳遍曾居?"我诵出王维当年在泰山送给焦炼师的诗句,崔颢果然点了点头。

原来是焦炼师啊。听说,她是个不老不死的女道士,李白、王维、王昌龄、李颀,都很崇拜她,皆曾以诗相赠。又有人说她生于齐梁时,所以,纵使没有"千岁余",二百岁肯定有的。

真有不老不死的人吗? 还未穿越时,在笔记中看到类似的人物,不论是正好活在这个时代的张果,亦即传说中的张果老,还是后来的陈抟,我都只是笑笑翻过,以为古人愚昧。但是我的身体,的的确确经历了这样大的时间跨度,而且居然没有在广阔的时光隧道中被扭曲被绞成碎片,或者被丢到哪个我不认得的平行时空。

这使我再也不相信什么不可能的事情。这个焦炼师,分明就是与我一样来自后世。

我在榻上坐起,脱口道:"你,你去帮我问她……"

傻表哥被我的神情吓着了:"问什么?"

问她知不知道"地振高冈,一派溪山千古秀"的下一句是什么!问她知不知道宋元明清!问她知不知道德意志和不列颠!问她知不知道鸦片战争和抗日战争!问她知不知道卤煮火烧和豌豆黄!问她知不知道阿西莫夫和《三体》!

崔颢一脸怔忡,与我对视。我望着他清俊而懵懂的脸,忽然又感到无比消沉。

我心里的这些……这些纠结……唐朝人怎么会懂呢?开元时代的唐人——怎么会懂呢?

他们甚至还不曾经历安史之乱。他们聚在一起,热闹着,开心着,他们吃,他们喝,他们在元夜赏灯踏月,他们在上巳放歌纵马。南北朝的动荡时局早已远去,成为前朝的故事,未来的战乱、恐惧、饥饿还没有来,这百来年的快乐简直像一座孤岛,突出于漫漫无际的历史海洋之中——尽管,过了这座岛,还要在茫茫天海之间漂沦许久,才能寻到下一座岛屿……

我仰头,日光洒入窗格,将一切涂抹成暖柔的淡金色。秋日的阳光不似夏天温热,却纯净了许多,这是大唐的阳光,绚丽,广阔,如有质感。这阳光容得下一切雄心,也能涵容在某一些瞬间骤然萌生的、低婉忧伤的情绪。我胸中有什么在喷涌。

我很想抱着那个从未谋面的焦炼师大哭、大笑,就像抱紧我的时代。

在最初的兴奋和激越过后,我慢慢平静下来。有什么东西不期然从我的脑海中涌现,那是刘慈欣的《三体》中,主人公阐述"黑暗森林法则"的场景:

"宇宙就是一座黑暗森林,每个文明都是带枪的猎人,像幽灵般潜行于林间,轻轻拨开挡路的树枝,竭力不让脚步发出一点儿声音,连呼吸都必须小心翼翼;他必须小心,因为林中到处都有与他一样潜行的猎人,如果他发现了别的生命,能做的只有一件事:开枪消灭之。在这片森林中,他人就是地狱,就是永恒的威胁,任何暴露自己存在的生命都将很快被消灭,这就是宇宙文明的图景。"

连21世纪都未必能接受一个穿越者,更何况唐朝?若是唐人知道我是穿越来的,只怕会将我拉去烧死。我掩藏自己的身份,学习唐人的一举一动,连思维也强制转换成他们的思考方式,并且每时每刻维持,其感受大概就跟在黑暗森林中潜行的猎人一样。

不,我不能向那个素未谋面的焦炼师暴露我的穿越者身份。

我定定神,问道:"这药叫什么?"崔颢笑道:"说是叫什么'青梅案'。"

"青霉胺啊。"我对青霉素类药物不过敏,当即和着温水,将药物吞下。

服药后几天,我的病情逐渐好转,不再昏睡,只是大约因为服药太晚,恶心和头痛始终不见消减。我吃不下饭,很快就瘦得只剩骨头。

病情缠绵间,一整年便过去了。

天宝元年八月十四日,刑部尚书李适之拜相,兼兵部尚书、弘文馆学士、光禄大夫、上柱国、渭源县开国公。

香熏罗幕,暖成烟雾,火照中庭,灯烛满筵。唐中宗年间韦巨源拜相后,办了烧尾宴,此后新任宰相们皆要举办宴会,席上水陆珍馐无不齐备,奢靡非常。此风持续了二十年左右的光景,到了开元年间,方被废止。

是以,李适之的这场宴会,虽在他拜相之后举行,倒也并不能叫烧尾宴:他既没宴请皇帝,也没宴请在朝的所有官员。他请的,只有门下省的僚属们——他为左相,是门下省的长官。纵是此类宴饮可能有些逾制,但圣人宠信他,且知晓他虽好饮却不误事,也便不管。

宴席在曲江边上,距离杏园不远的一处山亭中举行。门下省的官员们大都带了女眷前来,是以男女分开饮乐。女眷们的宴饮,李适之交由我主持。我虽在病中,也不得不打起精神。至于宴会本身,也没什么可说的,左右不过就是那些东西:敷衍和被敷衍。

"妾一向听说左相的娘子好姿容,今日一见,娘子竟比他们所说的还美。"一个录事的娘子奉承道。

我现在瘦成这个鬼样子,这话就算是奉承……她说着不亏心吗?我抿了抿唇,笑道:"娘子不必唤我'左相的娘子',我们尚未成婚呢。"

录事娘子笑道:"是妾冒犯了。可是郁娘子生得这样年轻,依妾所见,只想叫'小娘子',可又怕唐突了娘子。"

一众女眷点头应和,又作势向我讨教保养的法子。我努力地笑着,一一应答完毕,取杯欲饮,却猛然一怔:杯中酒液波光盈盈,映出我来到唐国后分毫未老的容颜。

她说的"年轻"……看起来是真的。

许是因为容颜不老,我多年来保留了一种愚顽的少女心态,想爱便爱,想恨便恨,从未有过真正的危机感。

在后世的老人们中间,有一句颇可笑的俗语,"人过三十天过午"。在21世纪,人的寿命大大延长,三十岁不过是人生又一段旅程的开端罢了。对我这种一直未老的人而言,世上显然尚有无数快乐待我发掘,那些快乐,可以像空中逐渐铺开的霞光一般,从容地铺满我的世界。

但……但在此刻,望着那片霞光,我却有一种难以形容的恐慌,一种我此生的乐趣大抵止步于此的感觉。我依旧年轻,但某种意义上,我好像被困在这个年轻的躯体中了。

我又感到疲倦了。

借口更衣,起身退席。这样,那些娘子也可以随意说话了。

此际并非杏花春浓的时节,曲江池上唯有残荷枯叶随水轻轻浮动。我望着眼前的枯荷,心中一动,轻声念诵晚唐李商隐的绝句:"荷叶生时春恨生,荷叶枯时秋恨成。深知身在情长在,怅望江头江水声。"

似是在应和我的吟诵——山亭里官员们的宴饮之所,忽然传出一阵和婉的琵琶声。琵琶声起得微弱,却始终不断,渐转清越。那琵琶调清声亮,曲子是极欢快的,乍听之下让人不觉微笑。

"阿郁吟的什么句子?我也想听听。"一个爽朗的声音从身后传来。我病中精神不济,吓得一抖,转身看时,才见那人身量颀长,浓眉高鼻,手中拿一只酒壶,身上的灰色衣衫尽染酒渍。

正是李白。

自我上一次见到李白,已过了许久。但巧得很,李白与我一样,亦是个根本不会改变的人:他举止间的幼稚,他语气里的豪情,都似永远不会改变。难怪贺知章说他是"谪仙人"啊,仙人岂会受俗世的影响而变化呢?

"闾巷间听来的句子罢了。"我怕影响到李商隐的著作权,言语间将此事淡化,又问道,"你几时来的长安?"

李白一昂首,笑道:"七月来的。我蒙圣人深恩,如今在翰林院做供奉。"语意甚是骄傲,像个向小伙伴炫耀玩具的蒙童。

我扑哧笑了:"那,我唐突了,原该称你李供奉的。"

李白也是一笑:"我听你语声中颇含愁绪。如此盛世,如此佳日,你又以如此富贵兼如此美貌,世间乐事,集于一身,何必愁苦?"

琵琶声仍在继续。听得久了,我却隐隐觉得,那欢愉的乐声里,分明已展开了一份销魂蚀骨的哀切。那哀切似是旅人走在大漠风沙中,屡屡抬眸,却看不见半点绿洲的影子;那哀切似是无定河边的唐军将士,向晚之时,坐在城头,遥想那一片长安的月。

那哀切,似是一赴绝国、讵相见期、视乔木兮故里、决北梁兮永辞,又像是舟楫路穷、星汉非乘槎可上、风飙道阻、蓬莱无可到之期。

那哀切,似是一切都结束之后的再见,又似是一切都尚未开始时的再见。

——当今之世,弹得出这种调子的,怕只有一个人。

我默然半晌,方道:"总不过一句'怅尘事兮多违'耳。"

李白笑道:"我倒是极信奉东晋葛洪的话,'我命由我不由天,还丹成金亿万年'。"

他说得轻巧,我竟有些怨气了:"你笔下多写女子闺怨,难道不知这世间的女子,尽多无奈?譬如……譬如这琵琶声,看似在近处,实则远隔天海。跋山涉水,亦不可到。"

他茫然不解,我也不与他仔细分说,只低首静听曲声。过不多时,那曲声低了下去,却仍有一缕缠绵的余韵,轻轻柔柔地缠绕在人的心头。

我这才惊觉自己已是泪流满面。

"你……你休哭,这里有一壶尚未动过的好酒,你可要饮上一杯?"李白笨拙地安慰。自中毒后,我谨遵医嘱,已有一年不曾畅饮,这时望着渐上东天的明月,却未曾犹豫,接过酒壶,对着壶嘴一气饮下。他抚掌大笑:"好!好!阿郁善饮,那么这世间,还有什么能够束缚你呢?每到不乐时,便直入醉乡吧!"

我与李白在曲江边席地而坐,谈古论今,大言不惭,倒也快慰。晚风吹过池中的枯荷,水波在月下泛起清凌凌的光,那边宴席上的谈笑声便显得很远,仿佛是另一个世界的事。

然而忽然有一阵嘈乱的惊叫响了起来。我皱着眉,转头看时,却也吓了一跳。山亭处一片红亮,空中更有滚滚浓烟升起,在夜空中格外显眼。竟然……竟然是起火了!

我和李白都跳起身来,三步并作两步,向火场赶去。起火的那一处,是男子们宴饮的厅堂。旁边就是曲江,仆从们取来一桶又一桶的水,前去救火,火势却不见减弱。

幸好,席上的官员们已经全部撤离。所有人都被吓得醒了酒。有一两个人被烟熏得有些发晕,但没受什么伤。倒是有一个佐酒的歌姬逃跑不及,被火燎到了衣衫——她们的衣衫原就单薄,她手臂上的肌肤被灼伤了一块。对于以色侍人的女子,这无异于飞来横祸,她捂着脸哀哭起来。

然而在大火之中,能保得性命,已是万幸。我让人带那歌姬去处理伤口,自己立在火场边,望着通红的火焰,一时怔住了。

有人将我拥进了怀里:"你站远一些。"他匆匆在我头发上落下一吻,"幸好女眷那边无事,卿也无事。"便又去指挥仆从灭火。

厅堂门口一声裂响,竟是堂中的柱子被烧得倾倒在一边,恰恰斜在门边,阻住了出门的路。我一惊,跟旁边的一个官员确认道:"堂中的人,可都出来了?"

那官员擦了一把脸,将歪到一边的幞头扶正,苦笑道:"我是最后一个出来的。我出来时,并不曾见到另有他人在堂中。"

我低声问道："王补阙可曾出来？"

王维今年转左补阙之职，也属于门下省。

那官员揉了揉太阳穴，神色忽转惊惶："他……他弹过琵琶后，饮了几杯酒，不久便醉了。他……他似未曾出来。"

他未曾出来？！

我的心一瞬间提到了喉咙口。我脱下自己的蜀锦外衣，在仆从打来的水中浸透，穿在身上，又撕下缥绫衫子的下摆，也浸了水。那官员大惊道："娘子，你……你……"

我无暇解释，也无法解释，只是深吸了一口气，用缥绫碎片捂住口鼻，径直奔进了火场之中。

绕过那根柱子，进了厅堂的一刹那，我的眼睛登时被熏得剧痛——到处是黑沉沉的浓烟，隐约可见几件乐器凌乱地散落在堂中，其中就有一面琵琶。我一见琵琶，连忙东绕西绕，绕开着火的屏风与帷幕，奔了过去，幸得那琵琶旁边不曾有人。

只在火场中待了片刻，我身上的外套便已被烤干。我大声呼喊着"王十三郎"，努力检视目光所及的一切。天色已晚，堂中又充满浓烟，虽有火焰，也很难看清一定距离之外的东西。我只得从厅堂的一侧走到另一侧，注意经过的每一寸地方。

那官员所言倒也不错，我未在堂中见到任何人影——但也未曾见到他。

他是不是喝醉了，吸进了太多浓烟，故而晕厥了？

我不停地流着眼泪。但这不是因为激动和害怕：我压根没有时间激动或害怕。这些眼泪，是被烟熏的。火场里的烟原来可以这么呛，这么浓，我以前还真不知道。

"王十三郎！""王维！"我喊了半天，却得不到半点回应。一面屏风被火烧得倒了下来，差点倒在我身上。我险些没能闪开。

危险极了……危险极了。简直可以说是左支右绌。

然而，烧灼声毕剥作响的厅堂中，始终无人应答。

他或许早已离开，只是没人注意到？可……可我不敢赌这万分之一的侥幸。我走到厅堂一头,再慢慢折回,走向另外一头,细细搜索。

堂中火焰愈来愈明亮,温度也早已超过了人体能够忍受的极限……也许只是我以为的极限,我不确定,总之,我一张嘴,喉咙就被滚烫的热气填满了、烤干了。我张着嘴,但好像发不出声。黑烟更浓了,我突然很想睡觉。

哎,这样睡过去的话,很多麻烦事,就再也不存在了。

"阿妍、阿妍!"有人在某处叫我。我的脑子又清明了一点。

浓烟之中,赫然立着一个青衫身影。火太大了,我听不出他的音色,但那个身影,是我所熟悉的。我踉跄着跑了过去。

他将我连扶带抱地带出火场。逃出火场的一霎,厅堂轰然倒塌。

"我……我只道你死了。"我用力咳了半天,终于能够说话了。

"我没有死。你……你也没有死。你这痴儿,你的鬓发都灼焦了。"他说。

是我还没有彻底清醒吗?我瞧着他的脸,只觉得陌生。我又看了一会儿,甚至还伸出了手,摸了摸他的脸,这的确是他。但……但仍然很奇怪。是哪里奇怪呢?

是了。我知道了。他的幞头也歪了。

"你也有仪容不整的时候吗?"我发出一个真诚的疑问。

"有啊。"他整理好幞头,笑了,"在凉州时,你怪我待你不够诚恳,连你上门都没有倒屣相迎,如今见我如此狼狈,总不会怪我了吧?"

"不怪了。能见到你狼狈的样子,我也真是三生有幸。"我评价道,抓起他的一只手,把它贴在我的脸上。

放下那只手时,我发现,那些官员和歌姬早已不见了。李适之立在清冷如霜的月光中,静静地望着我们。我悚然,一步踏到王维身前。王维亦向前走了两步,挡在我前面。

半晌,终是王维先开了口:"左相若要降罪,请降罪于维一人。岭南漠北,任左相驱遣,维绝不敢辞。"

李适之仍是不言,只看着我。他的眼睛生得极好,双眸明灿深湛,美于常人,只是此时那双眸子显得越发锐利,却又令人看不懂其中的情绪。

我心中不是不颤抖的,但,退无可退。我咬牙,撩起裙裾,向他跪下:"是我先去寻他的。你若要怪罪,就怪我吧。"

他的目光更加复杂,却终究渐转平静。他走上前来,将我扶起,柔声道:"我们回家。卿可冷吗?"解了外衣,仔细披在我身上,又为我掖了掖衣领,擦干净脸上被浓烟熏黑的地方。他牵着我向园外走去,仿佛此事全未发生过。

他的表情和举止实在太过于平静,简直像是大海最深的水域。深海的水压,我听说过,但没见过。我不确定自己能否承受。他若是大发雷霆,我尚且不至于这样害怕。

我嗫嚅道:"你……你……"

"我们回家。"他轻声道。

他将我带回了那座为我而买的宅院。宅院幽深,花园里的山石、拐弯处的角门,皆在静夜中注视着我。宅中处处有灯光,然不知怎的,整座宅子却仍是显得黑黢黢的。

他将我带进卧房,温和道:"侍女在外面,有事叫她们就是了。"并不看我,举步便要出门。

我怕极了,却知道此事毕竟未了,当即开口道:"左相,今日的事——"

"唤我郎君。"他停在门口,没有回头,语声缓慢而平和。

"郎……不,左相……我,我不能。"

室内银灯高燃,在各色精雅的器物上洒下静谧的柔光。案角狻猊吐出一缕缕不浓不淡的沉水香气,正是他身上惯熏的气味。我却从未觉得这沉水香气令我如此不安。

他重复道:"唤我郎君。"这句话仍是一字一字地从口中吐出。

我低声道:"我心匪石,不可转也。我心匪席,不可卷也。"

"哐啷"一声巨响,却是他猛然伸袖,将几上一只插着茉莉花的细瓷瓶拂落地上,打得粉碎!他倏然转身,漆黑的长鞡靴底踏过雪白花朵,将细嫩蕊珠碾作尘泥。

——因我喜欢茉莉,他自来也是极珍爱茉莉花的。

他停在我的面前,伸手捏住我的肩膀。我吃痛,却不敢叫出声。他以同样的力道,捏我的手臂,继而向下,触碰我的腰和腿。

"你……你要做什么?"我躲闪着,颤声问他。

他冷冷道:"三年来我舍不得碰你,将你的身子看得如珠如玉,你却将这副身躯轻易弃捐,去救别的男子!我只想知道,你可也会痛!"

我不敢说话。他又道:"既是如此,我不如便要了这副身子吧!"说着将我抱起,扔在榻上,信手拉下了罗帐,扯开我原就被火烧得七零八落的外衣,"你与我做了真夫妻,我便饶他不死。"

我耳中轰然一炸,难以置信地望着他,但他并不似在说笑。

"好……好。"我说。

他解下自己腰间的玉带与金鱼袋,除去了外袍。然后,他亲吻我,抚摸我。

他说,他可以饶王维不死。这一刻,我想起了在玉真观里抽泣的杨玉环。

他的动作既温柔,又热烈,如果用在一个与他相爱的女子身上,只怕会是极令她欢愉的。我尝试着接受,甚至尝试着去享受。男女之间的事,不就是这样吗?不就只有这些吗?

不……不行。这太难了。

"左相……二郎……"我软弱地恳求他,"不要。你,你不是这样的人……"

"我不是这样的人?那你告诉我,我是什么样的人?"他停下了动作,几乎是吼了出来。

"你英明,果决,做事很快,待属官很亲切,待我很好,也是让我有时安心,有时……畏惧的人。"我小声回答,语速很快。大片的肌肤裸露在外,我很冷,但他的眼神令我不敢把锦被拽过来。

"我让你畏惧……我让你畏惧吗?分明是我畏惧你,我怕你嫌恶我。"

"左相!"我简直要笑了,"我明白你的心思,可是,你是左相啊!从前是台主,现时是左相。位高势大的那个人是你!就算我不恋慕你,甚至嫌恶你,左相,你仍然一无所失!"

"位高势大,就不能畏惧了吗?"他反问,"你知道吗?我恋慕你,就是因为畏惧。在洎水,你将我救了起来,那日以后,我就想,我不能没有你……没有你的时候,我常常像是浸在水里……那一日的洎水里。有你在我身边,我就不怕了。什么都不怕了。"

"你怕什么?"

我仰着脸问他。

他抬眸望着帐边的银钩,眼神略略失焦:"斯时斯世,常令我有溺水之感……世上有很多人,但我只有自己罢了。平日里我尽可以做一个勇毅果决的人,但是浸在水里的时候……我只有自己罢了。"

"左相……"我呜咽了一声。

"当初我说,我可以遣散姬妾。那时我也觉得我是疯了。你只当我有意取悦你,但,不是,不是为了取悦你,你晓得吗?我是……是想将我能做的事都做了。将一切事都做了,你大约……大约就愿意留下了。你和我所习见的女子们不大相似……这世上哪有喜欢胡语的唐人女子?我连你喜爱什么都不知道,何谈取悦?在宅中栽素馨,种兰花,不过是我唯一力所能及的事罢了。"

"……多谢你,我……"

"有时候我想,你简直像是两个人。一个你,什么都喜欢,爱喝葡萄酒,爱看武州山的石窟,爱南山的柳叶、渭水的秋风……还有一个你,什么都不喜欢。你不喜侍女碰你,不喜熏香,连牙粉和揩齿的柳枝也要自己做。"

"因为……"

因为本来就有两个我啊。一个我渴慕煌煌盛唐,一个我长于21世纪。

他转而问道:"我让你安心,又是因为什么?"

"因为……你待我好。"我垂眸,感到羞愧。

"那个人,他,王维——他待你不够好吗?"

我想了想,修正了自己的答案:"不是的,是不一样的安心……你恋慕我,什么都给我,平康坊的宅子也买了,我自然安心,因为你待我好。可是,如果有一天,你不喜爱我了,那么我仍旧什么也没有——我说的不是宅子,不是金玉宝货,而是……总之,我恋慕他,和他在一处的时候,我看着他;他不在眼前的时候,我想着他。我的心里是满的,他喜爱我也好,不喜爱我也好,我总是……很安心,不,更安心。你明白吗?"

"你……"他咬着牙,半晌才说出一个评语,"痴傻吗?"

我惨然笑了:"是,左相,我也觉得我痴傻。很久以前,我就知道我痴傻。可是,我还没有寻到别的法子。"

"郁卿……不要痴傻了,不要痴傻了。"他俯身,将脸埋在我的颈边,轻声软语。

我说不出话。

"我会让你欢悦……我取悦你,你告诉我如何取悦你。你告诉我,你喜欢什么……这样,你喜欢吗?或者……这样?"他不断尝试着,改变力度。

好热……好冷。他的呼吸和触碰带来燥热,但在燥热之外,似乎又有一种深寒,从心里的某处,没完没了地漾上去……浮起来。我打着寒战,期待接下来的事情快点结束,甚至未曾注意他何时停下了动作。

他俯视着我,幽深的眼眸中没有情绪。周遭一片静寂,唯有灯烛的火苗闪动着。也不知过了多久,他坐起身来,披上外衣。

难道、难道他变了主意?难道——他要对王维动手?我仍记得他方才的话。

我拉住他:"你,你……你不……"急切间,竟伸出手臂,抱住了他:"我……我愿意,你……你不要……"

他紫袍下的身躯微微一震,语气却很平稳:"这是你第二次抱我。"

"……对不住。"我放开了手。

他抬手,按住眉心,这动作使他显出前所未有的老态。

"我可以毁弃与你的婚约。"

我向后一靠,不敢置信:"你——你说什么……"

"我不娶你了。"他的语声平缓。

他的语气,像是在与另一个自己告别。我披上锦被,低声道:"那……那你……"

"但你须应我两件事。"

我点头:"左相尽管说,我无有——"

"第一件,你不能嫁作王维的妻。你可以为妾、为外室,却唯独不能做他的妻。"

"为、为什么……"

他也不理我,自顾继续:"第二件,我要你从此隐瞒名姓,弃去身份,对外只说裴家女儿急病而亡。"

我周身一抖,却也知道,我们的婚约既已经过圣人李隆基,且已满城皆知,那么,没有一个足够可靠的理由,确也无法退婚。

但、但为了这个,就要从此放弃我的身份?放弃我的姓,放弃我的名,放弃这个我父母给的,从小被人叫到大的称呼?

放弃所有附着在"郁妍"这个名字上的意义?

我咬紧牙关,一时无法回答。

他要我从此只活在王维的身后,再也不能以独立的身份出现在人前。他要我从此活成一个影子,一缕空气。

你既爱他,我便让你只能爱他,再无别的事可做——这大约就是李适之的意思。

我哀恳地看他。但他的神情告诉我,这是他最后的条件,无法改易。

"我愿意。"我说。

话音方落,灯烛燃尽。轻微的爆裂声后,室中陷入黑暗。残雪般稀薄的月光,从窗格里悠悠地洒进来。

李适之的声音似是浅浅一颤:"你当真愿意?"

"我愿意。"许是黑夜使人的思路清晰,我益发笃定。

"我错看你了。"他嗤笑,"俗气。我以为你是一个最鲜焕的女郎……你想喝酒就喝酒,谁也不怕。如今,你为了一个男子,竟然也……我错看你了。"

他从榻上站起,一步一步地向外走去,走到门口时,忽地回头:"郁卿——"

我张了张口,终是报以沉默。

暗夜的庭院里,响起他的歌声:"山有桂兮桂有芳,心思君兮君不将。忧与忧兮相积,欢与欢兮两忘!"歌声回荡在空阔的院中,便有鸟儿扑啦啦从枝头飞起,绕着树干飞了几圈,振翅不知向何处去了。

第二十七章
闻道辋川多胜事

李适之要我不准嫁给王维,又要我装作病死、隐姓埋名,其实是试探我,试探我是否足够坚定。但实际上,"急病而死"确实是我目前最好的选项:如此,李适之的面子可以得到保全,裴家也不必受到影响,而王维呢……若我仍旧顶着"与李左相订过婚的裴家养女"这一名头与他来往,他定然也会受到极大的压力。

尽管裴公和夫人对我与李适之的决定甚为不乐,到底还是在我的哀恳面前点头同意。于是,我所有的身份——裴家的养女,李适之的未婚妻,崔颢的表妹,典客署的小翻译——就这样消失于一场"急病"后。

丧事结束后,我搬到了王维家里。

那日李适之黯然离去后,我心里的某一块地方,总有点空落落的。

我毕竟负了他。

且……史书记载他日后会在权力斗争中失败,自杀而死。这令我更是愧疚。在刚认识他时,我想过要设法阻止此事发生——如今我只能暗暗发誓,到时定要劝他不可轻生。

现在,我只能躲在家中喝酒。除了喝酒,我也没别的事情可做了。

"娘子,不可再饮了。"王家的侍女如焰忧虑地看着我,我听得这个称呼,更加烦躁。我何曾是他们的主母"娘子"?

如焰也是王家的老人儿了。十几年前我初识王维时，她与如梦都才不过十三四岁，叫我"郁小娘子"叫得极是亲热。

　　花落水流，燕飞云逝，天人一样的崔瑶香魂已远，王家被称作"娘子"的人，竟然成了我。尽管没有名分，不能做他真正的娘子，但这仍是我前世今生哪怕最狂热的幻想中，都不曾有过的场景。大概，只为了这份极致的幸运，我也该勉强自己振作吧。

　　我令如焰将案上的酒具收起，净了面，上了妆，又换过衣服，以除去身上的酒气。待我做完这些，王维正好回来，我笑迎上前。他见我精神有了起色，也很是高兴，笑道："今日怎的这般好兴致？"

　　我打起精神，笑道："能与十三郎相见的每一日，兴致都是好的。"

　　如焰在旁扑哧一笑。王维也不由得笑了，遣散仆婢，抚摸我的头发，低声笑道："你这小娘子好生会说话！可是如胡人一般，小孩儿生下来就吃石蜜饼，将口唇润得甜甜的吗？"

　　我笑道："你尝上一尝，可不就知道了？"

　　王维显然一怔。这些日来我虽住在他家，却与他并无任何过分亲密的举动。盖因我心中对李适之有愧，他又因我为他放弃身份，而感到亏欠了我，故而近来相处之际，彼此皆有些客客气气、拘谨疏离的意味。此刻他听我这般言语，先是愣住，随即将头低下，轻轻亲我。

　　他的吻温柔而细密，像是温山软水间的一缕清风，又像是春夜的一段月光。在这样温柔的包围中，似乎连因亲吻而生出的呼吸困难之感，都成了令人越发兴奋战栗的催情药物。直到彼此渐渐熟悉，他才更进一步，稍转急切，手指也由我的脸颊，抚摸上我的鬓发、后颈、后背。

　　我既紧张又欢愉，脑中却不期然闪过那日被李适之抚摸身体的场景，只觉他的手似与李适之的手重合，一时羞愧、内疚、懊丧诸般感情交织。我到底是对李适之感到愧疚，还是因为我曾经允许别的男人触碰我的身体，而感到对不起他？我心中煎熬，用力推开了他，咬紧嘴唇。

　　王维一愕，望了我许久，眼中泛起理解与悲悯，柔声道："我……我不会勉强你的，你……你不要怕。"

这"不要怕"三字,竟让我骤然在满厅堂的阳光中哭了出来。我情难自制,越哭声音越大,直到王维轻声劝道:"好啦,好啦,我……我刚亲过你,你便哭成这般,我以后……哪里还敢亲你?"

我收了啼声,颓然跪倒在地,只为了他话里的"以后"二字。

照说,他许诺了我世上最美好的"以后"二字,我该是极快乐的——可是、可是,那"以后",既是我与他的"以后",也是有李林甫、安禄山的"以后",也是大唐王朝终将陷入危机的"以后"。

我忍不住扑上前去,抱住了他。他被我这一扑,弄得险些站不稳,后退两步,笑着嘀咕道:"你突然扑过来,好重。"我作势拧他。他笑道:"重一些,岂不好吗?"的确,唐人虽不见得以肥胖为美,却是喜好肌体丰艳、纤秾适度的女子的,连王维也不能免俗。他望了望日光,笑道:"我久不曾到辋川。明日我休沐,我们同去蓝田如何?"我含笑应允。

我们花了两个时辰的光景,到了骊山、蓝田山相接形成的辋谷。一入谷口,峣、篑二山壁立,隔水对峙,我不由诧异。车前道路曲折婉转,与我少年时探访所见,竟无多大分别,想来是千年来此地少有变乱大事之故。只是自山中流出的辋河,清澈澄碧,不似新中国时的浊黄,水势也比后世盛出许多,乡民多有乘舟来往的。辋谷险隘,谷中凿山麓为径,路既不平,我们便弃车寻船,泛舟逆流而上。

划船的老人是辋川村民,笑道:"亏得二位坐了我的船,不然车马可难进谷。因这'三里匾'是凿石而开,崎岖难行,我们素日走惯了,还不觉累,这位娘子可是走不了的!"

王维道:"有劳老丈。不知此地何以唤作'三里匾'?"

"这一段险路只有三里,故有此名。过了这三里,则敞阔许多。"

峣山、篑山甚是巍峨,各峰危耸秀出,接天连云,将辋河水夹在中间。河水环辏有若车轮,曲折回转,山峦交夹之际,常似无路可通。我身在船上,竟也觉两边绝壁险隘逼人,肌肤隐隐感到阵阵凉意。水畔岩壁石形奇诡,颇多魏晋时的摩崖石刻,"文革"中修路时它们被炸毁,21世纪时已不可见了。我贪婪地看着石上图形,默默回忆多年前为了他而查找的资料。

"你好似来过此地。"王维似也贪看景色,半晌,忽然开口。

"那年我十六。"我感慨太多,不经意间说了实话。

那年我只十六,高三刚刚毕业,却已经迷恋这个人好久好久了。既然迷恋了那么久,当然是要到辋川的。他亲手所植的文杏树,牵系他晚岁生涯十余年的辋水沦涟,还有……他的坟墓……怎么能不想去看?

回首算来,皆如一梦。

我望着身边真实的、呼吸着的他,心中只觉既酸又甜,趁舟子不注意,凑上前去,在他颊边落下一吻。他握住我的手,带点惩戒似的轻轻挠我手心。

舟子笑道:"二位,此谷狭窄,辋河自东南流下,到此受阻,水流积聚成湖,前面便是湖边。此处乃是辋川一带,最为开阔之地。"他因收了王维不少钱,解说颇为尽心,又道,"二位在此登岸,再走入山,便容易多了。不是我不愿再载二位,只是贵客既为访景而来,自然是想自家走一走的。二位且走且看两边的景色,必不疲累。"

我们道谢上岸,举目一望,果见前方有湖,碧波浩漫,四面青山连绵如障,白云不绝飘动,山中的溪涧与辋河水,俱皆奔流注入湖中。南岸虽亦有人家村落,可因湖面太广,遥遥看去,竟是辨识不清。出了三里隘,再遇这欹湖湖水,果然胸襟开朗。王维徐步走去,叹道:"裴十郎素喜玩水,当会喜爱斯处。只观此一湖,已可知此地必为人间佳胜。是了,你在给我的书信中,为何将此地起名欹湖?"

——他的好友裴迪在族中排行第十,因此我们都叫他裴十郎。

从湖上吹来的风清凉湿润,令人通体舒爽。我笑道:"它湖底高低不同,且又形状狭长,故此唤作'欹湖'。王十三郎看遍佳饶山水,怎的这般轻易便足了?秦岭区区一块山洼,竟然得你如此殊誉,若是山神有知,也不知有多光彩。"

王维笑道:"你又来取笑我。这'山洼'你不是也喜欢得紧吗?虽然这山水未必当真冠绝天下,如嘉陵江水,巫峡云雨,皆可胜它,但与我心意契合,却委实难得。我交朋友,不也是只求同声同气吗?人之一世,难求的不就是'心安'?"

我心里一动。这么大的天地,这么长的人生,欲求一时一地的安心,亦已为难。何况一世一生?我清清嗓子:"欹湖湖底西南高,东北低,故此西北露出石滩,洁白可爱,咱们去瞧瞧。"

白石滩附近水位甚低,清可鉴人,水流击打石上,声响有若钟磬。滩中不独白石,亦有五色石子,映着日头和水光,华灿耀目,明润可喜。水涯石畔,尚有许多绿色蒲草,巴掌大小,正堪一握,随风拂动,青翠可怜。

几个农家少女抱着衣服来湖边洗,见了我们两个生人,非常好奇,乌亮乌亮的眼睛骨碌碌转个不住,只在我们身上打量。她们的目光并不似长安女郎们或娇俏或含蓄,或大胆或婉转,而只是一味天然纯粹,却反而更教身处这目光中的人难以自处。王维素来自称"崔明昭的面皮厚似城墙,我的面皮又厚似他的",也被看得别扭了,问我道:"你上次在信里写的'孟城坳',却在何处?"

我暗暗好笑,瞧着他不甚自然的脸色,慢条斯理道:"宋武帝刘裕挥师西来,执姚泓而灭后秦,收复长安,经由辋谷,见山水颇似江南,便在此筑了一座小城,名唤孟城。他帐下兵士多是江南人氏,思乡之时,便可来此小住。虽然他究竟没有留住长安,不过这城遗址犹在。"论起辋川的历史沿革,现在的我比他熟悉得多。

他认真听着,显得很有兴致,只是不知这认真里,有几分是为了掩饰被少女们围观的不自在。

"只是……我也不识得道路了……"谷中整体形势变化虽然不大,但新中国时,这孟城遗迹早已不见,此时的湖汀浦溆、林薮陂池,那时也俱成田垄,我当然无法辨认今日的道路。

王维理了理衣裳,走过去向少女们拱手问道:"请问小娘子们,听闻此地有南朝所筑古城,不知过了这片湖水后,该当如何走?"

不料少女们见他搭话,反而个个飞红了脸,面面相觑,又看了他几眼,拾起衣服,娇笑着四散跑开。王维碰了个钉子,苦笑道:"咳咳……想来少有外人至此,故此她们怕生。"我哈哈大笑:"久闻王十三郎风度有如玉树琼枝,连公主尚且赞不绝口,如今却沦落到为人所嫌的境地,女郎家避之犹恐不及,可怜啊可怜。"

这时有个少女飞快跑回，叫道："郎君，你向上去，有一块高平阔落的地方，便是孟城，不过也只剩得几间空屋啦。"她说的是秦岭乡音，我久居京畿，也只勉强听懂了七八成。少女说罢，便欲跑开，王维忙叫住她："小娘子，这孟城如何走法？可是向北去吗？"那少女脸上又是一红："我也不知南北。"王维愕然道："那你们如何辨别方向？"少女笑道："我们只看地上日影，便知方位。"转身跑了。

少女身影袅娜，一旦融入了山间树影，便再也看不清楚，只余下谷中白云缓缓飘浮。

王维愣了片刻，见百十步远处植有乔木，树荫浓密可喜，掩着几间茅屋，就过去叩门问路，半日才弄清楚方位，回过头来叹道："上古帝王无怀、葛天之民，想来也不过如此了吧。"

"怎么？"

"无怀氏、葛天氏治下的臣民是何等自在，你我无由见之，但由此处乡民，倒很可推想一二。有位老丈平生未曾出过辋谷，'大业''贞观'之类的年号，他家人也是全然不知。'乃不知有汉，无论魏晋'，原来……"王维似惊异又似怅然，"不只是陶令的编造。而你看此间良田沃地、郁林清川，渔樵俱可，又与《桃花源记》所言大是相似。"

我们依指点向东，走了好有两刻钟，见着一片翠色葱茏的秀丽山岭，便是华子冈，为辋谷北侧的最高点。攀上这山，我不免疲沓，坐下来休息，极目四望，欹湖的数顷湖波，山间的云光树色，俱皆收入眼底。

"是先去那孟城，还是先去那里？"王维指着远处高坡上，那古城城口的一小片屋宇。

我起身遥望，见那片房屋乃是唐制，却似有了些年头。虽然山居房屋大多简素，可也能看出它不似现时建筑的严丽宏盛，而是初唐式的廊落朗肃。远远看去，有不少鸟儿在房顶结了巢，飞进飞出。我蓦地反应过来，那该是宋之问的别业了："先去孟城也罢。"

古城城门已然破败不堪，我们先后走入，只见这城果然很小，大约只有几里方圆,但城墙低矮,因此身处城中,也可望见周遭坡地,视野很是开阔。城中久无人居,满地杂草间还散落着当年驻兵们留下的物事,几百年前的刁斗、吊锅、饭釜,甚至有已经锈蚀不堪的刀枪。王维拾起一根枪来,抚摩着枪尖道:"好铁。"

忽地,树叶沙沙微响,有只猫从他身旁一棵桦树上跃下。猫和那些少女倒不一样,见了外人也丝毫不惧,摆了摆尾巴,径自奔来,眼睛亮闪闪地打量我们,似乎在比较谁是好相与的那个。最终它喵呜叫了声,跳上了王维的衣襟,将头在他袖间轻轻挨蹭,姿态甚是轻松惬意。王维冲我得意一笑。

这里天蓝如洗,清爽的秋日轻风掠过城墙的缺隙,发出轻微的呜呜声,却并不骇人,反而有一种特别的清幽之致,仿佛连你的心也被这呜呜的风拂得平整了。那些年我混迹幽州时,常常听见城头上有人吹埙。这种呜呜的风声,乍一听也很像埙声,却没有那份哀凉之气。刘裕的故事,虽也可感可叹、可悲可慨,但身在如此安详阔朗的地方,我却是起不了什么吊古伤怀之思的,当下只望着城下的幽林穹谷发呆。刘裕攘袂而起,挞伐定乱,这一代雄杰留下的故迹,现今却成了猫狗、禽鸟们快乐游弋的所在,这种对比竟奇妙地和谐。

"上去瞧瞧?"王维目光示意城边的戍楼。那戍楼形制简陋,想来并非战事瞭望所用,而只是为了兵士们可以登高望乡。他走过去,推开了门,过了片刻,才扬声道:"过来吧。"门户久封,乍开之际,常有大片尘灰扬起,他自是有意待灰尘落定,才呼我进去。我一向知他体贴,仍是忍不住冲他笑了笑。

那楼底有一间小小斗室,大约是戍卫休息吃饭用的。时过境迁,房里的桌与榻下生满草绿色的细弱叶蔓,碧莹莹地延伸出来,寒意隐隐,四壁则成了蛛蝨的领地,满满的都是形状规整的蛛网,也不知这些虫子已在此定居、繁衍多少年了。我素来胆大,看了一眼,也觉得吃不消,连忙上楼,却见王维取出巾帕,擦净城堞上的灰,坐了上去,身体倚在青灰色的砖墙边,双腿则伸到城外,悠悠晃着,看得我心惊:"你……你不要那样坐。"

"摔不死。"王维笑着一指城下,"偌大一片软草。"

我趋前,果见城墙不算太高,大半坡细软青草有若锦绣,连绵展开,显无危险。但他这坐姿委实骇人,我哼道:"你且自在。待我推你下去,不死也摔断腿。"

"阿妍天眼已开,漫说六道众生诸物,若近,若远,若粗,若细,诸色无不能照……"他顺口引述《大智度论》中的文句来吹捧我,"既然连未来之事都能知晓,想必也知道,她这辈子都舍不得将我推下去。"

"住嘴!不怕佛陀见怪,折我薄福?"

王维凝望远方,脸庞的轮廓为远山所衬,格外沉静清宁:"你知晓未来之事,那么……你知不知道,我将来还能……与你相守多少年?"

我猛然捏住他的手。他这话是在间接问自己什么时候死了。

而他在死前几年,会经历安史之乱,会被拘禁,在乱后又会被下狱。想到他的那些经历,我的心便痛得仿佛被揪住——为了我爱的人,我真的恐怕只能再去尝试扳倒安禄山了。可我现在连裴家养女的身份也没了,有何资本去扳倒安禄山?

我算什么?力图只手回天的人?不,任何人在"历史"面前都渺小如蚍蜉。蚍蜉撼大树,尚且是不自量力的可笑事,何况……何况与这包含了、掌控了我们的"历史"本身对抗?我究竟有多少胜算?

他见我沉默,伸臂揽住我的腰,笑道:"是我的不是。"我下意识地向旁边一躲——我去年从幽州回长安的路上,始终与李适之同车,而他最爱以这个姿势相抱。

王维对我的闪避微感诧异,却也不多问,只抚了抚我的肩膀。

下山时我们经过宋之问的别业。那片园庐门户紧掩,栋宇间鸠鹊乱飞,在偏西的太阳下,很有几分萧条。宋之问那首《蓝田山庄》他也记得的,当下背诵出来:"宦游非吏隐,心事好幽偏。考室先依地,为农且用天。辋川朝伐木,蓝水暮浇田。独与秦山老,相欢春酒前……宋延清眼力不凡!他这山庄选址极好,你看,此处正堪俯瞰辋谷山景。"

我想起宋之问生平事迹,一时惘然。宋之问旷世才子,诗文人人传诵,最终却被李隆基赐死,未能"相欢春酒前"。王维眸光在我脸上转了几转,笑了笑:"你又感慨了。何苦?他此身已死,荒垄黄泉之下的枯骨,永远也不会知道有个美人替他伤怀。而千载后的人,也未始能够解得美人今日的伤怀。"他语句虽涉调笑,却似别有深意:"人来人去,千年万年,总不能使这辋川烟景有丝毫损益。悠悠天地,古人来者,既然同是过客,又何必为他人怆然?"

我固然觉得受益,口中却道:"维摩诘居士又来传法了,哼!"

欹湖之上,残阳在水,宽阔的湖面反射着阳光,闪闪发亮,显出一种苍茫浑蕴的灰白色。"'日落江湖白'……"我想起他的句子,心情好了些许,"你喜欢'青''白'二色,因此常用,却偏能用得这般巧妙,没有见过大片水泽的人,断断想不出,夕照本是晕黄,照射碧波,如何成了'白'。"

岚雾濡衣,风烟振气,我在惬意中举目看向另一端的飞云山。山麓流泉激石,葩华竞秀,又是一处清幽绝丽的地界,且是辋川的最高点。然而时间所限,今日去不了了。

——不去也好。飞云山畔是他异日埋骨之处。

徒步出了三里匾,遇上等候我们的车马,我先上了车。他仍回目遥望,低低吟道:"出洞无论隔山水,辞家终拟长游衍。"

"不要辞家了,将你阿娘也一同接来吧。"我笑道。

第二十八章
莫上慈恩最高处

长安的小雪是极令人惬意的,密密无声,霏霏有韵。南山的山顶,在冬日也更加清晰,积雪凝苍翠,又是一番令人心胸开阔的景象。只不过,朱雀天街是由黄土铺就,寻常小雪落下融化之后,会使道路更加泥泞,颇不利于出行。街上行走的人们,脸上多少都带着一点倦色。

然而这点泥泞对乘马车的贵女来说,原不算什么。崔十五娘抱紧了手中的暖炉,时而掀起车帘,看一眼外面的景色。一面面高耸的青灰色坊墙,将长安分割成许多个规整的小块,路旁的槐树,在雪后格外清冷。但其实,这条路两旁的景物,她已经烂熟于胸了。

马车到了慈恩寺。她被侍女扶着下了车,缓行入寺。她戴着浑脱帽,穿着翻领胡服,衣装厚重,却越发显得身姿袅袅婷婷,且她面容清丽,很是引来一些香客的瞩目。但她目不旁视,径自走到大殿东廊从北第一院。

院内墙上画满了壁画,有佛说法、涅槃等诸般景象,她走到其中一面墙边。这壁画画的是佛陀涅槃的景象,佛陀合目静卧,身边侍立的诸弟子表情悲痛无及。壁画用笔简练,寥寥几笔,便将佛陀入寂时的平静祥和之态,刻画得如在目前。

崔十五娘端详着壁画,又伸出白皙的手指,去细细触碰壁画的笔触。雪后的墙壁极凉,她却感到一种难以言说的温暖。看得久了,她几乎觉得,画师将佛陀的安详画得太过真切,以至于诸位弟子的悲伤,反而显得多余了。作画的人,像是在淡淡地看着世间众生,甚至……或许有几分轻嘲。他到底是怎样的人,才能在少年时代作此画时,便对佛陀的入寂——这个分明属于晚年的事件——如此感同身受?他到底是怎样的人,才能……好像是期待着晚岁的到来,毫不在意自己的少年青春?

她好想了解这个人,好想走近这个人呵。

她立在画前半晌,纤细的身材在清澈的冬日显得格外单薄。来往的香客们,有时会奇怪地看向这个长久伫立画前的女子,她也不在意。

在这冬日的清冷中,她体味着只有他与她的这一刻。

是的,只有他与她。

那个女子终于死了。

那个曾经与她一样,在他的题名与壁画前驻足的女子,终于死了。

再过一阵子,待此事彻底淡去,她再重新上门,请他教习画技,他定会乐意的吧。她涂着嫣红口脂的唇角悄然翘起,勾勒出一个极美的弧度。

在画前直消磨了几刻钟,她才徐徐走出院门。她一双妙目打量着寺中的朱楼古殿,寒松碧池,随即目光又投向大雁塔上。她一向畏高,但她今日情绪极好,便举步向塔边走去,侍女小心翼翼地跟在身后。

进门时,她也照例看了一遍那人进士及第的题名——"王维,字摩诘,太原人,年廿二",方才上塔。她登上第七层时,微觉气喘,便停下了脚步,不再登剩余的两层。

天光尚早,她俏立在塔中,望着东方温润的晓日。

渭水寒光,摇动藻井,玉峰晴色,上于朱阑。九重宫阙,参差可见,百二山河,表里可观。

这景象啊……她从未觉得,这座她生长的城池壮丽至此,美好至此。而那个人的才华与风度,则是这座城、这个盛世最好的装点。他是一块温润的好玉,而她,决意要拿到那块玉。

已经很久了……很久了。

他已经有些老了……但她还是想要。

拿不到,就不甘心。

她心情很好,笑问侍女:"我每隔旬日都来这里,是不是有些痴傻?"侍女奉承道:"世间似十五娘子这样痴心的女郎家,再也没有了。他定会识得十五娘子的诚心的。"

崔十五娘颦眉,心底暗骂一声"蠢材",没再说话,默默想道:"我岂止要他识得我的痴心?我更要他的痴心!"

她转眸,望着塔下慈恩寺旁的杏园。当此季节,杏园一片萧疏,唯有枯枝残叶,更无有春日里游人如织、莺花争笑的景象。但她此际心中高兴,眼中看去,任何景物皆有一番光彩。

她方欲走到另一扇窗户前,忽然眼帘中撞入两道相携而行的身影——

那两个人缓行于杏园中,也不知在欣赏些什么。男子一身青衫,举手投足无不有一种潇洒清贵之态,眉目温雅,是那个她魂梦相系的人。而女子则戴着帷帽,帽檐轻纱坠下,掩住了容貌。

但崔十五娘自幼习画,眼力何等锐利,且此时站在高处,视物清晰,登时便认出了那女子纤瘦的身形。她脑中如有惊雷炸响,手指按住了窗台,脱口喃喃道:"怎么会?"

那个她恨绝了的女子,不是、不是死在了一场暴病之后吗?

一阵清风吹过,掀起了那女郎的面幕。女郎立即将面幕压下,但她仍是轻易得见对方的容颜:肌肤透白,五官姣好,正是那个她连在噩梦中都不想见到的女子。

那个女子……那个女子,竟然未死?!还……还与他在一起?

一种前所未有的怒意熊熊而起,几乎要烧透她的胸腔。

她骗了她。她声称自己已经死了,却脱身而去,欺骗了所有的人,也包括她。

……不,是他骗了她。她看向那两人,只见男子伸出手去,给那女郎整理面幕,还隔着面幕捏了那女郎的脸一把。那两人亲昵的姿态看在她的眼中,直是无比刺目。

她咬紧了唇,嘴唇被咬破了,渗出比口脂更红的血滴,牙齿也沾上了口脂。她自小受着崔家的教训，无论何时，都不能丢弃高贵的姿态。是以即使此刻，她亦保持着静立的姿势，没有出声，更没有冲下楼去，只有原本娇艳的面目，因扭曲而显得无比狰狞。

但她面对着窗格，是以也无人看得到她的神情。

过了许久，她才转过身。侍女只觉主人此际的容颜、气度似是哪里不一样了，却又想不出究竟哪里不同，只是无端打了个哆嗦，垂下头。崔十五娘淡淡一笑："走吧。"

下塔时，崔十五娘对墙上的进士题名再未一顾。

三日之后，她约了右相李林甫的女儿李十一娘小聚。李十一娘素日里极受李林甫宠爱，在长安的贵女间深受奉承，是以若非崔十五娘与她自幼便有交情，也是约不到她的。

崔十五娘亲手煮了茗汤，又加了羊乳、盐和胡椒，递给李十一娘："我听说李右相为了朝廷政事，甚是辛苦。"

李十一娘随意喝了两口，懒洋洋道："我家大人虽是辛苦，但如今左相也为他分去了许多辛劳。"

所谓分劳，便是分权——李林甫与李适之争权，原是朝中公开的秘密。崔十五娘不着痕迹地一笑："听说左相向来精干。"

李十一娘浅浅皱眉，声音薄淡："文皇帝的曾孙，原与旁人不同。"

"我没有见识，平素不过爱读书作画罢了，不懂什么政事。"崔十五娘笑起来，"我竟只羡慕那裴家女儿，得他深情相待。"

"左相当初为那女子倾倒，长安无人不知。可她死了之后，他也未有多少痛楚之意，反是广纳妾室，夜夜笙歌，朝朝宴饮。可见这世间的男子，大多薄情寡恩。"李十一娘把玩着手中的瓷盏，微微唏嘘。

崔十五娘轻声道："若是那裴家女儿当真死了，他倒也称得上薄情。"

李十一娘听得这话似乎别有深意，搁下茶盏，抬眸问道："你说什么？"

崔十五娘弯了弯唇角："我也不敢说——只是我前日在慈恩寺，确是见到了与那裴家女儿极为相似之人。世间岂会有容貌相像至此的人？以我所见，只怕、只怕……"

"只怕什么?"

"只怕是……那裴家女儿的魂魄不散?"崔十五娘挑眉。

"魂魄?"李十一娘抖了一下,望了望窗外的冬日暖阳,又将茗汤捧在手心里暖着,"世间哪有魂魄可以久住人间? 耳食之谈!"

崔十五娘笑道:"也未必没有。我瞧那裴家女儿,较生前更美貌,别具媚态,眼眸一转,连我一个女子,亦为之骨酥魂消……她纵然是鬼,也是个好看的女鬼,倒令我好生艳羡。"

李十一娘放下茶盏,捂住了耳朵:"你休得吓我!"

崔十五娘笑着起身,绕到她身边,轻抚她的后背。直到李十一娘将手拿开,崔十五娘才道:"不是我要吓你。你只想,若不是魂灵未散,那便是她当真未死。若她当真未死,那裴家和左相可就是犯了……"她压下声音,用气声说出"欺君之罪"四个字。

"左相是文皇帝的曾孙,何等才干,怎会甘冒如此奇险?"她的语声充满引诱之意,却又清甜娇柔,仿若一盏甜酒。

李十一娘终于逐渐反应过来,眼睛眯起,笑道:"阿婳,我要多谢你了。"

崔十五娘一脸茫然:"谢我? 谢我什么?"

"不只我要谢你,我家大人只怕也要谢你哩。"李十一娘满面春风,匆匆道了别,便走出门去。裙裾过处,掀起一阵清冽的莲花香味。

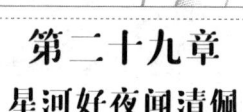

第二十九章
星河好夜闻清佩

转眼到了腊日，王维请崔颢来家里喝酒。是夜风雪甚大，路阻难行，他便留崔颢住下。腊日朝官们有三天的假，我这表兄也乐得留下喝酒谈天。

喝完了酒，总要有些娱乐。我是生手，只在旁看着他们分两组弹棋：王维的弟弟王缙和妹妹王绚，王维与崔颢。所谓弹棋，乃是一方不大的棋盘中间隆起，放置棋子，双方皆有十二枚子，红黑各半，红者为贵，黑者为贱，一枚红子抵两枚黑子，以己方棋子掷打对方，以掷落棋子的枚数较多者为胜。棋子以玉制成，分量不沉，因此细微之处甚至要比后世的斯诺克台球更加考验眼力和手劲的。

崔颢这会儿已经只剩一红一黑两子，双眉都蹙到了一起，紧张地盯着王维执子的手指。他指尖按在棋盘上，不自觉地轻轻叩击着，然后似乎又意识到轻微的震动也会影响棋局，连忙将手移开。

王维手扶桌边，半倾上身，拈起一枚黑子，笑道："这一次可是'杀人辽水上，走马渔阳归'了！"顺手掷出。

泛着柔光的黑玉棋子划出一道简洁的弧线，不快也不慢地飞上棋盘，咔的一声轻响，接连撞上两子，只见两黑一红三颗子一同落下，盘上登时只余下王维的六枚棋子。

"又输了……还是一箭双雕！"崔颢一敲棋盘，恨恨，"你当真是世家公子？怎么活像市上的赌徒？还借我的诗句笑我……我回去就把那首《游侠篇》烧了！"

王绚利落击掉王缙的最后一子，拍拍手道："明昭兄警句流传海内，妇孺皆知，纵使烧了几张字纸，也还是妇孺皆知呀。"王绚性格爽利，我很是喜欢她。

"明昭，你也知道，输给我，不损你的颜面。我们画匠，整日练的就是'丈山尺树，寸马分人'这些技艺，眼力自然好些。"王维笑着拍他的手臂。

崔颢侧身让开："你兄妹俱是恶人！一个起哄一个帮腔。欺我无妹？阿妍你来。"

颤巍巍的我片刻间被王维打落四红一黑五子，不由气急败坏，可接着他掷来两颗红子，全都落空，观局的王缙笑叫："阿妍，快快！大哥要输！"我大喜，伸手取子，抬头却撞上王维的目光，那目光既纵容，又温厚，还有点像大人对孩子似的"不跟你较真了"。

——原来如此。

谁要你让！谁稀罕你让！

我怒从心头起，恶向胆边生，于是索性屈指噼啪几下，把他的所有棋子全都打落，转头向崔颢邀功："喏，'长驱救东北，战解城亦全'！"

王维怔了一下，放声大笑："哈哈哈，好，这也叫'弹'棋嘛！"

我斜他一眼，起身走到窗前。

室内生着炭火盆，温暖如春，我后背微微汗湿，窗外长安的雪夜却是寂静的。这个城市啊，热闹的时候，连厚重的明德门，都关不住它带着胡麻饼味的欢闹声，一旦静下来，也是这样千门万家俱静的。

洒空深巷静，积素广庭闲。

这一闲就闲了十天之久。直到这日，王家迎来了一位我想不到的客人。

来人身态丰腴，这些年来想是养尊处优，容颜并不见风霜痕迹，反而比当年我识得她时更年轻丰盈。她进了正堂，神色焦急，也来不及拂掉袍上的雪花，张口就道："阿郁！"

我惊得站了起来，望了望门外，又不由向后退了两步。

"你……你……你去了哪里？你还敢……"

她利用我和裴公、夫人去探病的机会，混进了当时的户部尚书王畯家里，和绮里一起报了仇，杀了王畯。十年来她一直藏得很好，怎么今天竟突然现身？！

"阿郁，这不相干。"康九娘摆手，"我今日来，是想……"

"你险些连累了裴家，怎能说是不相干！"

她看了我一会儿，长长叹气："罢了。"

小雪轻盈如解舞，飘落时悄无声息。她便在这一片清寂中娓娓道来。

然而，她越说，我越吃惊："你说你一直藏在……李右相家中？"

"是。"

"你……你做了李五郎的……"

"是，我做了他的妾室。他丧妻后并未再娶，身边只有我一个人。"

"就是那个爱写变文的……"就是李林甫那个爱写变文的胖儿子？

"是。我常伴他入市肆中，搜集故事，写入变文。他写变文时，若有语句不能决，我亦陪他苦思。变文送给寺里的法师之前，我总是先听他讲一回，若是文中有不当之处，便告诉他……待得法师讲变之日，我亦随他前去听讲，向听讲的女眷们询问心得……"

康九娘五官生得素淡，且她从前在典客署里时，除了跟我聊天，一向没什么表情，越发显得面目寡淡。此刻她讲着这些话，不经意间，略略扬起了唇角——人的表情，真是复杂而微妙：只是这么一点点变化，整张脸便鲜活得像是另一个人了。

她的汉话也说得更精确了。

"你……你很喜欢陪他写变文？"我问道。

"也不是很喜欢……"她像是在斟酌词句，"不是。自从我父亲的事以后……哦，你已经知道了吧？我的父亲，就是阿失替的伯父，也死在王畯手下……自从我父亲死了以后，我很少觉得哪件事有趣。五郎喜欢写变文、讲经变，这些事在我看来，也无甚意趣。但是……嗯，你明白吗？他作变文时，所怀抱的热忱，那种深入其中的兴致……让我……让我觉得很好。"

"阿失替……"这是绮里的胡语名字吗?

波斯语里,Ashti是"平靖"的意思。边疆平靖、国家平靖……

"你喜欢他作变文时的样子。"

康九娘犹疑了一下,点头:"大约是吧。他父亲,李右相……有时很生气,因为他不知道怎么做官,也不大爱做官。李右相责备他,但他也不觉委屈。他只知道笑,笑着吃酥山,吃羊肉羹汤,做文章。我看着他的样子,竟也觉得好……嗯,应该是欢喜吧?自从我父亲的事以后……我长久不知什么是欢喜。他怎么就能一直那样欢喜呢?"

"……嗯。"我张了张嘴。

"总之,我今日来,是想要告诉你……李右相已经知晓你未死的事了。"

李右相……李林甫。

我脑中轰然巨响。

"我那日在……在李右相家的园中,听得李家十一娘子与李右相说……说你未死。我听十一娘子的意思,是要李右相将此事告知圣人,使圣人降罪于左相与裴家。"

我只觉口中阵阵苦涩。其实我的"死",更像是一种符号化的性质。只要我甘愿放弃了裴家养女的身份,让裴家养女"死去",不能嫁给李适之,那么我这个人死与不死,本质上区别不大。这也就是当初李适之那个提议的本意。

但这些都建立在天子对他不起疑心的前提下。李隆基刻薄寡恩,众人皆知。这样一个帝王,若是发现他的近臣李适之和裴耀卿两人欺瞒他,该怎么想?该怎么对待李适之与裴公?而若是李隆基查出我现今住在王维家,被王维收容,他又会怎么对待王维?

我一个人,难道竟要为了我想与王维厮守的小小愿望,而害了三家人,害了养父、养母、害了李适之、害了王维、崔老夫人、王缙、王绽?这一刻,我眼望窗外飞絮似的雪片,有点想吞下一剂毒药,将假死做成真死,不要连累他们。

康九娘想是看出了我的心思,连忙抓住我的手腕。她急道:"你……你勿作他想。若是当真不成,你便逃去幽州军幕。你的蕃语又好,混迹蕃人之中,定能遮掩得住。"

她此计虽好,却只能保我一人,不免连累裴家与李家、王家。我勉强定神:"那李十一娘是从何处得知我未死之事的?"康九娘道:"这个我却不曾听到。阿郁,你……你要当心。"我心中惶急无助,却也感动:"你……你何以要冒险前来告知我此事?"

康九娘低声道:"胡人女子一向受人轻鄙。汉人男子喜爱胡姬美色,既有所图,便不十分苛待我们;而汉人女子,则未免格外轻视厌弃胡女……我当日所识得的汉人女子中,唯有你从未轻鄙我。而我……王畯的事,是我害了你。我总要尽力补报……这些年,你过得很好,我也没有什么能够赎罪的。如今知道了这件事,我不能坐视。"

我深受震动,半响方道:"多谢。"

"那我走了。"康九娘说。

"绮里……阿失替……她在哪里,你晓得吗?"

她摇头:"自从王畯的事后,我再也没见过阿失替了。阿失替说我报了仇,便没了志气,什么也不想了。可我本来就只想报仇——对不住了,阿郁。"

我送她出门。上马车前,她忽然叫我:"阿郁。"

"怎么?"

她想了想,又自失地笑了:"罢了。"

"你说。"

她蹙起眉尖,褐色的眼眸望住了我的眼睛。一片雪花擦过她的衣襟,随即飘落雪地,与地上的雪混在一处。

"阿郁,胡人和汉人,真的不一样吗?"她用胡语说。

我将手缩回袖子里。我感到深重的歉意。

"如今不一样,以后……很久很久以后……就是一样的了。"

送走康九娘后,我对着雪景思忖一番,渐渐有了考量。

我沐浴梳妆,薄施脂粉,换上了王维素日最爱看我穿的那身白色衫子、鹅黄襦裙——这是我初见他时着的衫裙。我揽镜自照,只见微黄的铜镜中,那人肌肤匀净,眉目含情,颊边带着轻浅的绯色,大概……足以令男子喜欢。

王维回家时,看到的便是这样一个我。他微微凝眸,却也没有多问,想是只当我心情好,坐下来与崔老夫人和我一同吃饭。

若父母尚未俱丧,依照法律,兄弟不可别籍而居。是以,他的二弟王缙与弟妇便住在隔壁,但平时倒也不会经常一起用饭。

饭后,我和王维又陪着崔老夫人讲了一会儿朝野趣闻,直到天色渐黑,崔老夫人累了,回房歇息,只余我与他两人。

我起身,缓缓走到我的卧房门口。王维笑道:"怎的今日睡得这般早?不与我谈讲一番吗?"

"谈讲……好呀。"我抬袖,做了一个邀请的姿态,"你进来谈,可好?"

虽是隔着近一丈的距离,我仍是察觉,他的呼吸一滞。

我很满意。

他顿了一顿,笑道:"善。待我去沐浴一番,免得身上风尘冒犯了女郎的闺阁。"

我掏出妆镜,又点了点唇上的口脂。他回转来时,已另换了一袭素白的衩衣,头发以一根白玉簪束起。我看着他,满心欢喜。

这……是爱情吗?

康九娘瞧着那个小胖子李埵的时候,是否……也是这样欢喜?

呸呸,我面前的人是王维,这样超逸出尘的王维。我怎么能想到那个小胖子?

大约我的欢喜溢于颜色,王维笑道:"怎么?"

"我的郎君真是好看。"我轻声说。

王维脸上竟然闪过一丝轻红,转过脸:"小娘子一张口还是这般甜。"

我的房间他也是第一次进,举目四处打量,又取过我案上的书卷翻弄。他书家本性,对我写在屏风上的巴列维文书法深感好奇,看来看去。

中古时代,波斯语可用巴列维文、摩尼字母和阿维斯塔字母书写,多数时候用的是巴列维文。但王维当然不认得这些。他好奇的神态,在我看来竟是格外可爱。我笑道："波斯语这样的胡语，也有书体之别。"

他点了点头："进了你的卧室，便如见了另一个我素日所不得见的你哩。"

"那你见到另一个我，心中想的是什么？"

他又笑了："我只想，她尝起来是不是与你一样的滋味。"

"你这人……"我纵是存了挑逗他之心，闻得此语，仍是脸上一烫，"脸皮好厚！"我想要扭过头去，他却不容我转头，捧住我脸，亲了下来。

他这次吻得不同从前，竟不给我分毫退让的余地。我在唇舌的紧密交缠中渐感窒息，伸手推他，却被他箍得更紧。他长于诸般乐器，习练多年，指腹甚是粗糙，抚弄我的脸时，带来奇妙的麻痒感。

我意乱情迷，又欢畅无限，却听他笑道："我以诗画名世，却也是琵琶名家。"抬手解开了我的衣带。

他离开了我的唇，我终于可以喘一口气，慌乱地拢着衣襟："琵琶？"

"小娘子品鉴一番我的琵琶之技，如何？不知小娘子想要拢、捻，还是挑、抹？"

"你！"

我将脸埋进他怀里。

"方才我见你得意极了，怎么此时又怯了？快说，想听宫调，还是商调？不过，以如今之势，多半……不是你听我，而是我听你了。"他又笑。

我羞耻极了，扯过被子将头盖住，却因他这"琵琶"的取笑，不期然想起那年在幽州，他容颜憔悴，求我下来听他一曲琵琶的场景。

哎……这一种两心相悦的欢情，委实无可替代。诗歌和小说没有骗我呢。

莫负好时光，原来不是一句虚言——欢悦的时间总是过得飞快。

岁暮阴阳催短景，天涯霜雪霁寒宵，依然是雪满长安的时节。凛冽的雪片，落上贵人的貂裘，亦湿了平民的短袄。我裹着袍子，捧着手炉，没带侍女，站在慈恩寺的一间僧院中，目视天边一抹惨淡的红日。过了一个多时辰，直到我双腿也麻了，方隐隐听到一阵前呼后拥的开道声，似是有什么贵人前来。

　　我揉了揉已有些僵了的手指,从怀中掏出一支玉笛,横笛就唇而吹。这支玉笛是王维家藏的绝品,音调清越明亮,却并不尖锐,笛膜是特制的,在冬日里也不会开裂。

　　这支曲子很特别,调起时轻倩俏皮,又由轻倩渐入温文,再由那斯文韵致中,延展出一抹不容轻忽的昂扬之志,矜傲之怀,旋律前后呼应,却又层层推进,一层亮似一层,令人听而忘俗。

　　我一曲吹罢,静立当地。过了片刻,有一个劲装打扮的部曲匆匆走进僧院,见到我时愣了一愣,似是未想到吹笛者是个女子。他走到我面前,行了一礼:"方才吹笛的可是小娘子吗?我家主人想问小娘子,适才所吹之曲,是何人所作?曲名谓何?多谢小娘子!"

　　我轻咳了一声,说道:"此曲的名字,我已写在纸上了,请转交你家主人,他一看便知。"从袖中掏出一张折起来的纸片。那名部曲又是一愣,接过纸片,转身快步走去,似是还嗅了嗅、抖了抖那张纸。

　　我一掸衣上的雪,又整理鬓发,顿了两下微感僵硬的脚。不多时,那个部曲回转来,神色间甚是客气:"我家主人请小娘子过去一叙。"我点头,随着那个部曲走向旁边的另一个院落。

　　慈恩寺的冬日是极美的。古松枝叶上缀着点点皎白的雪花,寒风来时吹动绿竹叶片,声响飒飒,斑驳竹影不住晃动,更是气象萧森,衬着朱红楼阁,可谓清雅富贵,兼而有之。我却是无喜无忧,只默然看着路上的景色。

　　到得那间僧院,我轻提裙裾,跨过门槛,只见一个紫袍玉带的高挑身影,立在院中的一棵大树下,背对着我。他摆了摆手,部曲便退了下去。我深吸一口气,却未言语。紫衣男子也不出声,僧院一时陷入静默,只远处钟磬声清晰可闻。

　　过了半晌,紫衣男子才说道:"今日虽有雪,却不甚冷。"语声竟极平静,甚至还带着点笑意。我轻轻一笑,仍不说话,直到他转过身,上下打量着我。我也不避他的视线,只管将他眉目细细看来。

　　我早说过,皇室李家的血脉极好,连远房宗亲,都生得比寻常人更俊男子已是五十后半的年纪,身量却不见佝偻,仍是挺秀如松,站得笔直。他鬓发似是染过,不见半丝白发。一般的老年人染了发,那乌黑的双鬓总归会与容颜、身形的老态不大匹配,但这男子的容颜却全然没有这种不谐。他双眸炯炯,毫无疲态,眼角的鱼尾纹弧度向上,唇角微弯,总似带着三分温柔煦暖的笑意,颏下一缕齐整的长须,又平添几分儒雅。

他见我不语,又问道:"小娘子可冷吗?"

我浅笑,叉手行礼:"等了相公许久,委实很冷,所幸相公肯与妾说话。"

"小娘子要说话,何必来寻我这暮年老叟,岂不无趣。"

我真心笑了:"相公风仪,令妾心折。'暮年老叟'四字,未免太过自谦。"

他摇了摇头:"小娘子自是不知我这垂暮之人的烦忧。一样的风物,在你与我的眼中,都未免有些不同。"

我想了想:"也是。譬如这雪,在妾眼中,是晶莹剔透的美景。在相公的眼中……"

"嗯?"

"自然是丰年祥瑞了。相公关心民生,近年来又花了许多时日辛苦修正律条,自不会如妾一般浅薄,只懂赏景。"

"说到关怀民生,我远不如裴子焕兄,他别出心裁,鼎新漕运,为关中解了粮食不足之难。"他的表情真挚,对我养父当年的功绩充满了肯定和敬慕。

我答道:"妾家大人与相公是一般的心思,都只盼天下百姓更加安乐罢了。"

李林甫闻言,唇角笑容弧度不变,将手中字纸撕得粉碎。纸屑随风飞舞,很快坠落尘埃,混入雪泥。

——那字纸上,写的是"立寿王,废太子,左相黜,韦坚死"十二个字。

正是李林甫直到如今还不为人知的隐秘心愿。

"既然裴兄与我是一般的心思,何以竟要遣你来见我?我与他共事多年,他有什么言语,本可与我直说的,何以这般见外。"李林甫言中之意,倒是以为我是养父裴公差来的了:他自是不会相信,他的心思竟为一个素未谋面的女子道破。

我又笑:"妾身今日来见右相,与裴家无涉,与左相亦无涉。妾只是想与右相谈谈音律,赏赏雪景罢了。以妾现时的身份,在右相面前,连蚊蚁也还不如。右相肯赐见,妾已是心满意足。"

"千里之堤,溃于蚁穴;蚊虫叮咬,可致人死。小娘子怎好说蚊蚁无用?"

"想是因为右相知道蚊蚁并非无用,故而要将天下碍眼的蚊蚁赶尽杀绝?"我词锋忽变,双眸直直盯着李林甫。他神色不为所动,温煦道:"小娘子想也知道,我喜好鲜衣怒马,华服丽裳。人穿着华服丝履时,总是想要眼前世界诸事清明,一片豁亮,故而难以忍受身边有蚊蝇飞舞。何况……这蚊蚁背后,更有巨兽。"

我直视着他:"小小蚊蚁,也有自己的心愿,未必就肯坐以待毙。"

李林甫像是有些惊讶,挑了挑眉,笑道:"既是蚊蚁,抬足碾死便是。我老迈昏聩,又事务繁多,实无暇顾及一只小蚁的心愿。"

我抬手,用掌心温暖脸颊:"右相可曾读过《战国策》?"

李林甫摇头。

"夫专诸之刺王僚也,彗星袭月;聂政之刺韩傀也,白虹贯日;要离之刺庆忌也,仓鹰击于殿上。若士必怒,伏尸二人,流血五步,天下缟素。"我悠悠道,"恰如相公所云,小小蚊蚁,也有噬人之心。若是倾尽全力,垂死一搏,纵是不能流血五步,也未尝不能使相公感到一些痛痒。相公何贵,蚊蚁何轻?在那样小的生灵身上空耗辰光,实在有辱相公的贵重。何妨轻抬靴履,放彼离去?"

李林甫唇角弯的弧度更大了。他抬起双眸,更加专注地端详着我,像是在看什么新奇的东西。被他这么看着,我也胆寒,却不肯示弱,只是含笑以对,甚至还举手理了理鬓边簪的绢花。

许久,他才笑道:"你这小娘子,也当真有点趣致,难怪左相为你倾倒。连我也想将你聘作我的儿妇了……你或能辅佐我儿,青云直上。"

"生在相公家,便是最大的福气,还要靠一个寻常女子辅佐?相公太抬举我了。"我莞尔,"不过……妾从前是左相的未婚妻子,与他乃是一辈。如此算来,难道右相竟要生生做了左相的父辈不成?"

李林甫笑道:"不然,难道我自家纳了你？我姬妾盈房,再多一个如你这般别具味道的美妾,也不坏……只是整日都要提防着你刺杀我,不免无趣。"

我虽知他是玩笑,仍是忍不住一颤。他见我微现惊惧,才露出几分开怀之意:"小娘子孤身来见我,我只当你无所怕惧。原来你也有怕的事吗？"

我坦然道:"妾如今与心爱之人相守,恨不得与他相携看尽世间好景。当此情深之际,自是心中充满怕惧。既恐心愿不谐,亦畏好景不长。"李林甫笑道:"王郎才高当世,人亦清俊,却不是为官之材。但能与你携手烟岚之间,弹琴按笛,也不失为佳偶。"他说王维不是为官之材,我倒也甚感认同,是以并没有反驳。

他又问:"我若放你远去,可有什么我意料之外的奇趣吗？"我咬咬牙,低声道:"右相当真能够允诺,不在圣人面前言及妾未死之事？"

他稍一停顿,笑道:"你先说吧。"

我犹豫片刻,终是说道:"来日代右相者,乃是杨姓。"

"杨姓？"李林甫捋着长须,似在衡量我此话的真假。

我问道:"右相是否曾在梦中见到一白皙多须、貌类裴宽之人,取代了你？"他瞳孔骤然一缩,默然不语,显然被说中了心事。我郑重道:"此人并非裴宽,而是一杨姓之人。"

他蹙起眉头,似在回想朝中有哪些姓杨的官员。[1]

我敛袂,又施一礼,便拟离开。他止住我,笑道:"我倒想知道,若我不应你,你将如何施为？"

"右相若是要将妾未死之事禀告天子,以动摇左相,便是借了天子的疑心。此计原本甚妙:世间最难消的,便是女子与帝王的疑心。但……"我取出一枚开元通宝,拈在指间,"世间的铜钱,无不有两面。天子既能疑心左相,也便能疑心右相。只要依法施为,也使天子对右相生了猜忌,便如一道不破的铁门,终于有了裂隙,余下的事情,只要交给众人便够了。右相权势之盛,如天心月圆,照映万里,但恐怕也有无数人,正在暗自等待月亏的一日。"我将那枚开元通宝递给他。

李林甫似是不以为忤,伸手接过钱币,沉吟数息,捻须而笑:"世间的铜钱,皆有两面——这话有趣,可是小娘子自家想出来的吗?"我笑道:"这话乃是西域以西的外邦俗谚。"他微一颔首,忽地想起了什么:"是了,你方才吹的曲子,究竟是何人所作?"

我没有答话,笑着出了僧院。李林甫虽是传说中"口有蜜而腹有剑"的奸臣,却也自有他的才华。他既擅绘画,又精乐理,皆是家传的技艺。是以,我今天故意以一首现世绝无的曲子吸引了他。

那人名叫李志辉,是21世纪的作曲家,而曲子……则叫作《小桥流水人家》。

在李林甫看不到的地方,我轻喘一口气,随手将袖内藏的一小块金子塞得更深了些。看来,我用不着吞下它了——

那日我请王维共赴巫山,原也是因为,我存了事情不成,便寻死路的决心。

注释:

[1]《旧唐书》卷一〇六:"初,林甫尝梦一白皙多须长丈夫逼己,接之不能去。既寤,言曰:'此形状类裴宽,宽谋代我故也。'时宽为户部尚书、兼御史大夫,故因李适之党斥逐之。是时杨国忠始为金吾胄曹参军,至是不十年,林甫卒,国忠竟代其任,其形状亦类宽焉。"

第三十章
一自香魂招不得

"昨日圣人召见入等的六十四人，令他们入宣政殿，亲自试之。你们可知后来如何？"兵部的一间公房里，几个主事用过了饭，正在谈天，一个姓杨的主事压低了声音说道。

李崿摇了摇头。另一个姓郑的主事取笑道："李主事是右相之子，右相又领着吏部尚书之职。吏部的事体，李主事如何尚不及我等清楚？"李崿笑道："郑兄也知，我素日只爱写变文，无有经世之才，不得我家大人欢心。兼且我家大人位高事烦，并不肯与我多说。"

他这话过于诚实，郑主事暗自摇了摇头，笑道："我听说，张奭手持试卷，过了一整日，连一个字也写不出哩！"李崿与杨主事同时倒吸一口凉气。杨主事低声道："张中丞有宠于圣人，吏部宋侍郎、苗侍郎为了讨好张中丞，便将他的儿子张奭在冬集铨选中取作第一，冠于六十四位入等者，也难怪群议沸腾。他们此举，确是难以服众。"

李崿道："我家大人虽领着吏部尚书之职，但他常说，要让僚属们放心做事，官长便不该事必躬亲，故而将吏部选事悉数委于宋、苗二侍郎，却不想……二位侍郎竟做下此事。是谁将此事禀明圣人的？"

郑主事道："我听说，是前些日入朝的平卢节度使安禄山禀告圣人的。他可也真有胆色，竟不怕得罪于吏部。"杨主事年资较深，知道前些年安禄山被皇帝免死的事情,笑道:"安将军向得圣人宠爱。开元年间他因贪功冒进,作战失利,依律当斩。幽州节帅张守珪将军遣人将他缚送入朝。圣人爱他勇武,免了他死罪哩。如今却也做上节度使了。算来,我与他年纪相仿,但我才能有限,却只怕要老死主事一职了!"当下端起茗汤来喝。

郑主事年纪轻,释褐不过两三载,经他叙述,才知晓这段故事,感叹道:"这位安将军运数绝佳。我还听说,他觐见圣人时,说及一事,教圣人甚是欢喜哩! 他说,去岁秋天,营州有蝗虫食禾苗,他焚香祝祷,道:'臣若操心不正,事君不忠,愿使虫食臣心。若不负神祇,愿使虫散。'果然就有一群鸟儿从北飞来,立时将蝗虫吃尽。"

李、杨二人一时俱是感叹无比,杨主事道:"此事……近于虚妄,只怕……有违宣父不言怪力乱神之旨了。"言下之意,是指安禄山有意编造,借以邀宠。

李崒却只默默在脑海中勾勒大片蝗虫食噬禾苗、安禄山焚香向天的场景。郑主事取笑道:"李主事可是又欲将此事写入变文了?"李崒嘿嘿一笑,肥白的脸上泛起红色,挠了挠头:"郑兄敏慧。"

杨主事笑道:"李主事仅凭一人之力,这些年来就作了几十篇变文。这般痴爱变文,也当真前无古人,后无来者。"

"这些变文……"李崒摇头,"这些变文并非我一人所作。"

杨、郑二位主事同时投来疑问的目光。李崒笑道:"庙堂之上的三省官员,闾巷之间的贩夫走卒,已逝的与在世的诸位史家,无不为我助益。若是无有他们的种种事迹与言语,我便无从取材。"二人点头,只听李崒又道:"此外,我家中更有一人,助我良多。此人为我搜罗各色流言异闻,亲笔抄录,分为士人、朝臣、市井、闺阁等诸多类别,又为我每一篇变文,向香客们听取心得,回家后与我共同参详,观我增删,为我披阅……"

"当真难得! 不知此人是谁?"郑主事赞叹道。

李崒笑道:"是我的妾室,却更是我的知己。"

杨主事笑道:"如此女子,世间难得。李主事定要好生待她。"李崒郑重道:"这个自然。将来我到了老迈不堪之时,也要同她一直将变文写下去哩。"郑主事听得悠然神往,叹道:"可惜我家中无有这般知情解意的妻妾,只有鸠盘荼罢了!"

三人说笑一番,看了看日色,便起身回家。

李宅就在平康坊东南隅,出了皇城左拐,沿着春明门街走过务本坊便是,因此李峄每日入皇城视事时习惯步行往返。但近来天气寒冷,他骑马来去,只求速速到家。在安上门外上了马,一路驰过已被分割变卖的长宁公主故宅和球场,以及香烛凋零的阳化寺,过不多久,也便到家了。他就近在侧门外下了马,自有人出来替他牵着坐骑。李峄匆匆走入宅院,院内园林嘉美,竹木丛萃,虽在正月,仍是绿意森森。他也无暇去看,只想着怎么与康九娘将安禄山之事写入变文,回到自己住的侧院,在堂前台阶上踢掉靴子,进门便叫:"九娘!九娘!"

这时内室里脚步声响起,随即有人走出。

李峄一见,不觉大愕:"你们……你们怎的在我的内室之中?"

走出来的竟是两个男子,身材雄壮,面容沉肃,乃是李林甫身边的两名部曲。两人向李峄行了礼,其中一个生得老成些的道:"郎君的妾室窃取了主人的明珠,人赃俱在,已教主人下令处死了。"

李峄听懂了他说的每一个字,却不知道这几句话是什么意思。他脑中空荡荡的,甚至还咧开嘴笑了笑,问道:"你是说……"那部曲似是全未想到他这般反应,当下只得又重复了一遍:"郎君的妾室康姬,窃取了主人的珍宝。故而主人大怒,令某等……"

李峄尖声打断:"你说……处死?!"他推开部曲,跌跌撞撞地奔入内室,果见榻上静静仰卧着一个人。

不,九娘只是在午睡罢了。

他一步一步走到榻前,轻声唤道:"九——"那个"娘"字滞在齿间。

她颈间浓重的青紫之色,与她面上残存的痛苦表情,同时撞入了他的眼帘。

他瞪大双眼,心中的焦虑一瞬间升至巅峰,喃喃道:"九娘,你快醒来!"伸手去推她,去轻拍她的脸,去拉她的手。

然而她却再也不会回应了。

她卧在榻上,脸庞微微扭曲,舌头从齿间伸出了一点儿,倒像是她平日里吐舌头、做鬼脸的表情一般,甚至显得有三分俏皮。李崒颤抖着手,去摸她的左胸,却没有心脏的搏动。他又将手指放在她鼻前,仍是感受不到她的呼吸。

他抬起头,举目四顾。冬日的阳光虽是惨白的,却也有几分浇薄的暖意,遥遥温暖着他的脸。变文的初稿整理过了,誊了一份放在案上,想来是她抄写的。案角的香兽口中吐出缕缕香烟,烟气又慢慢消散在空中,只留下经久不散的暗香。

这一方小天地,一切都是他所习惯的样子。李宅原本是卫国公李靖的宅邸,华丽幽邃,在京城鲜有其匹。然而这座宅子里,只有这一方天地是他的,是他这个不思进取、只想写变文的李家五郎的,这里让他觉得安心。他在此苦思、落笔,在此与她谈讲。

然而她不同了。她已经死去,不再会说会动、会笑会闹。

死!李崒从来没有想过她会死。他忽然向后退了几步,骇惧地看着榻上躺着的那个人,好像那个人不是她一样。是啊,那个人——那个死人——怎么会是她呢?她今天清晨,还叫他起来用朝食哩!她说不吃朝食有损身体,故而她从来不许他贪睡不用朝食。

那个死人……那是一个死人。那不是她。

不……那就是她。

李崒不知道自己是怎么到了父亲跟前的。他只知道自己一直抱着她,穿梭在李家的亭台池榭之间。他生得虚胖,不爱骑射,臂力不强,但是他一路将她抱到父亲跟前,竟未觉得分毫疲累。

他见到了父亲。他竟然不知该怎么开口。

父亲穿着一件素雅轻便的裋衣,坐在一张长条几案之后,脊背挺得笔直,读着一份文牍。他的姿态……像是世上没有任何事,及得上那份文牍重要。

李崒深深望着父亲。父亲一向喜爱华服宝马,此刻所服的裋衣,简直过于简素了。但李崲觉得,那暗色的裋衣,竟比他平日常穿的紫袍更刺目。

他身着独属于大唐高官的鲜亮紫袍时,李崲会记得,他不只是父亲,更是一位宰相。但他此时穿的只是一件男子们在家时常穿的裋衣,素朴而清简。

穿着裋衣的他,穿着裋衣的父亲……

他不就该是一位父亲吗?

一位父亲……一位父亲怎么可以如此?

半晌,李崲方听见自己开口:"阿耶,你不能杀死九娘。"

他说的是"不能",就好像她还没死一般。

父亲抬起头,望向他和他手臂中抱着的人,却并未放下文牍。

他重复道:"你不能杀死她。"

"我再为你纳两个妾室。我院里的女子,甚至圣人所赐的女乐……凭你看中了谁,取去便是。"

李崲仍道:"你不能杀死九娘。"

父亲神色一动,温声道:"我知你很喜爱她……"

"你为什么杀死她?!"李崲大声哀哭起来。他将脸庞贴住怀中她已无温度的脸,两行眼泪落在那张脸上。

他不记得自己哭了多久,只知道父亲一直没有说话。当他的哭声渐渐停歇时,父亲才又道:"你喜欢作变文,就纳两个聪敏乖巧的女子,让她们整日里伴你作文——"

"我只要九娘。我只要九娘活转来。"李崲打断了他。

不知为何,在他近四十年的人生中,他对这个人人都觉和蔼可亲的父亲,素来只有敬畏,极少亲昵。自幼时起,他甚至不敢正视父亲的脸,遑论在父亲面前做出小儿女的痴娇之态。也因此,他自小便不讨父亲的欢心。

这是他第一次这样逼视着父亲。

"你是我的儿子,你要知道什么样的人不能留在你的身边。康氏窃听我与十一娘说话,致使我的谋算外泄。康氏——"父亲又拿起了文牍,不再看他,冷冷丢下最后四个字,"百死难赎。"

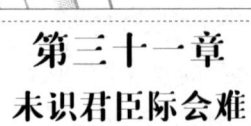

第三十一章
未识君臣际会难

李适之立在紫宸殿的门口,等待中贵人相传。他鼻端隐隐嗅到降真香的气味,这气味似乎渗透了这座便殿的一瓦一木——圣人是道家的信徒,紫宸殿里也熏着这种道家常用的香料。殿门口的千牛卫们面色冷肃,目不斜视,腰间佩刀,外衣上绣着瑞牛等走兽,倒与降真香高华静远的气息有一种微妙的不谐。

然而李适之也没有心思仔细打量他们。

一来,作为左相,他经常出入宫禁,与这些千牛卫也甚熟悉,深知他们看似端肃,实则都是娇养的贵家子弟,素日里极爱胡闹。

二来,他脑中仍自回响着李林甫前几日的话。那话似不经心,却令他瞬间汗湿后背。

"郁女……果真娇俏伶俐,胸有机锋,非寻常美女可比。也难怪你为之魂不守舍,这样的美人……还是活着好。"

李林甫说的时候,仍是如平素一般,口角微弯,挂着温蔼的笑色,甚至还拍了拍他的肩膀,仿佛在说:"我虽老朽,却也尽知你们这些后辈爱慕美人的心思。"这本是男人之间不论老少,都极常见的调笑,却教李适之心脏狠狠一颤。

他知道郁卿未死之事了?那……他岂不是会禀告圣人,说自己与裴家欺君？自己拜相之后，一向与他争权，他心中不满，必定趁着此事构陷。

整整三天，李适之食不甘味，夜难安枕。偏偏裴耀卿已于上月寿终辞世，他也无法与裴家商量，该如何应对李林甫。他越发惊惧，索性邀了好友房琯来家，向他和盘托出当年自己隐瞒圣人之事。房琯大惊，埋怨了他一番，给他的建议却是——及早向圣人坦承此事。房琯说的是："圣人是难得的英主，待臣下则每多猜忌，不似太宗文皇帝。你看当年与诸王结交的臣子，尽遭贬黜。若是右相禀告圣人，而圣人发怒，以欺君之罪责你，你将何以承受天子之怒？是以，你不若自家向圣人坦承罪过，痛哭自责。"

李适之从未想过这个对策，皱眉凝思："可圣人……可圣人当真不会降罪于我吗？"房琯叹气道："你毕竟是左相。事已至此，我想圣人也不见得会为了一个女郎过于责怪。但你定要动之以情，只说自家待郁女着实情深，不忍见她与她心爱之人分离，故而出此下策。"

李适之深思一番，只觉并无更好的计策："圣人自家爱绝了杨氏女，而杨女原是寿王妃，圣人也曾为此所困……想来圣人也能体谅我的心意吧。"房琯点头："圣人先对贞顺皇后倾心，又为杨氏女所倾倒，也是一位痴情天子。"贞顺皇后是武惠妃的谥号，在武惠妃去世之后，皇帝曾消沉了一段时日。

"那……那圣人若是责罚郁……"李适之犹豫道。

"李左相！"房琯拧紧了眉，"郁女如何，裴家如何，皆是命数！你管得了吗？还有那个男子……我虽不知是何人，但郁女既然弃你而取彼，这便是他们的命数，敢做下这等事，就该自家承伏！"

李适之想了想，苦笑道："那个男子，也是你的友人……你也要替他想一想。"

房琯呆住了："是谁？"他交游甚广，一时想不出来，"韦中丞？张侍郎？"他说了几个姓名，李适之摇头道："罢了罢了，你猜不到的。"

房琯说的韦坚、张垍之流皆是勋贵，以他所见，能够令一个女子抛弃当朝左相的，朝中大约不过寥寥数人。他欲待再猜，李适之止住了他："你若能猜到，郁卿……也就不是郁卿了。"

"你……卿？她是旁人的卿！你当日若硬起心肠，不能娶之，则索性杀之,也不至于有今日之祸!"

两人相对无言许久,李适之道:"我请人求一求杨氏女吧。"

他做了一切准备,然而也没有万全的把握使皇帝宽宥他,故而他此时亦甚惴惴。

"左相,大家宣你进去哩。"宦官边令诚走了出来,微笑道。

——"大家"是宫中之人对皇帝的称呼。

李适之向边令诚拱手一笑,打起精神,抬足跨进紫宸殿高高的门槛,穿过层层软罗帷幕,走入降真香浓郁的殿内深处。

皇帝坐在紫檀几案后,手中正拿着一卷奏疏,见他进来,笑道:"坐吧。"李适之道谢坐下,只觉身下绵软的锦垫,今日竟似硌得他格外不适。他咽了口唾沫,启齿道:"臣见瑞雪可喜,直入新春,想来今岁定是一丰年了。"

皇帝打量了他一眼,笑道:"关中积蓄既丰,朕便可不必巡狩东都了。"

之前关中粮食不足,皇帝时常要就食东都洛阳。裴耀卿鼎新漕运,意图使江淮粮食顺畅无阻,运入关中,李林甫与牛仙客也曾筹谋乎,亦是为此。李适之正要为裴家和自己说话,故而借机笑道:"故裴丞相革新粮运,以实关内,可谓巧思。"

皇帝昂首,视线投向虚空,脸上露出怀悼之色,叹道:"裴卿只较朕年长四岁,却去得这样早!'春露不染色,秋霜不改条',大抵说的就是他这样的人品吧!"李适之点头附和,却听皇帝又笑问道:"你与他家养女结亲不成,难道不思再择好女,以续断弦吗?田舍翁多收十斛麦,尚欲易妇,你身为大唐宰相,何以中馈犹虚?"

李适之万万想不到皇帝竟会先提此事,心中叫苦不迭,疑心李林甫已将此事禀告了皇帝。他又不敢贸然向皇帝发问,只得答道:"臣待裴家养女情深,不愿再聘他人。"

皇帝望了望他,叹道:"我李家固多痴情之人,也是李氏应有之劫。"说此话时,嘴边却有一丝温存笑意,显是想起了那使他深深爱恋的杨氏女。

李适之见他心情似乎不差,暗地里咬了咬牙,起身离席,转又跪倒在地,扬声道:"臣万死,有事奏禀,还请圣人降罪。"

皇帝道："你只管起来说吧。"拿起案上的白玉麒麟镇纸，随手摆弄。

李适之依旧低头跪着，禀道："圣人明鉴，那……那裴家养女，并未死去。是……是臣见这桩婚事尽人皆知，无法毁婚，便出此下策，令她假死遁世，以解除婚约。"

皇帝沉吟片刻，问道："你们为何要毁弃婚约？"

李适之听皇帝语声温和，仍是不敢掉以轻心，恭声道："那裴家养女与臣性情不合，实在不宜结为夫妇。"

皇帝骤然抬起双眸，定定望向他。他低着脸，看不见皇帝的神情，空气中的沉默让他稍稍有些窒息。他不敢抬头与皇帝对视，却感到对方的目光投射在他身上。不知怎的，这两道他其实根本未曾得见的目光，竟使他想起皇帝还是临淄王的时候——那个杀伐果断、平定内乱的临淄王。

他隐约明白了她当时的心绪。

在他的权势面前，她只能为那个男子周旋，而此刻，在全天下最有权的人面前，他也只能为她周旋。

他又想起了房琯的话。是的，若是他当日硬起心肠留住她，当真……也不必遭遇今日的困境了。

君臣二人静默了很久——也许只是数息——他终于忍不住了，叩头道："臣……不合欺君。臣甘心毁去这桩婚事，乃是因为那裴家养女她……她并不爱恋臣。"

皇帝"啪"地将白玉镇纸丢在案上，好像听到了什么极好笑的事，放声笑道："她便是不爱恋你，又有何妨？她嫁为你的新妇后，终日只能与你相守。天长日久，情意自生。纵是她待你无情，也终归要奉你为夫君，死后也只能与你同穴。你是李家男儿，是大唐宰相，却怎的怯懦如斯，只为她不爱慕你，便任她弃你而去？"

这是皇帝今日第二次提及他大唐宰相的身份。这一次，语气添了三分凌厉。

李适之的额头上渗出汗水，暗叫不妙。他只想着对皇帝坦白，以求尽早脱罪，却忘记了皇帝的性情，更忘记了李唐皇室一脉常有的习惯：只要能得到想要的女子,他们素来不管旁人的心意。

　　太宗文皇帝何等英主,却也强纳弟妇;平定高句丽与西突厥、为大唐赢得最大疆土的高宗,立了父亲的妾室武才人为皇后;而自己眼前这位雄才大略的圣人,更是准备将自己儿子寿王的妃子迎入宫中……他怎会相信自己竟能将心爱的女子让给他人?他怎会相信自己与裴家之所以欺瞒他,并非因为另有阴谋?

　　皇帝的问题,李适之不能不答。他抿了抿唇,说道:"臣对她确是'中心藏之,何日忘之'。但她若与臣相守,必将郁郁寡欢。臣……不忍。"

　　"只为着这份不忍,你就宁可欺瞒朕吗?依朕看来,那女子妖媚惑人,才是使你失了心智的祸源,不妨赐她一死。"皇帝的话中仍是带着笑意,仿若闲叙家事,李适之却打了个哆嗦,惊得重重叩头:"计由臣出,与裴家和她绝无半点干系。圣人若要降罪,请罪臣一人!"

　　皇帝没有回应,李适之便一直叩着头。他额头的肌肤触在冰凉的莲花纹熟砖地面上,一下又一下。直到他前额发红,眼目晕眩,皇帝方才笑道:"罢了,朕若强要赐她死,倒不免令你我君臣生分。"

　　李适之忍着头晕,连声道:"圣人宽仁,臣感激不尽。臣唯有更加用心国事,以报主恩。"

　　皇帝笑道:"是了,那女子所爱的男子是何人?你以四十余岁之龄登上相位,这世间还能有几个及得上你的男子?"

　　李适之犹豫了下,便听皇帝道:"怎么,你到了此时,还要瞒朕吗?"李适之只得道:"那男子……是一诗家。那女子性喜读诗,臣的紫衣玉銙,在世人眼中是君王恩泽、无边富贵,在她眼中,尚不及那男子的一袭青衫,两篇新诗。"

　　皇帝摇了摇头,摸了摸颏下的胡须,淡淡道:"这世间竟有不慕权势,只知读诗的女子吗?"

　　李适之听出了他话中一丝轻浅的怀疑,却不知该如何分说。实则,他也觉得……她确与旁人不一样。

　　皇帝又道:"朕若要降罪于你,便只能一同降罪裴家。裴卿新去,尸骨未寒,朕又岂能当真做什么?罢了罢了!"

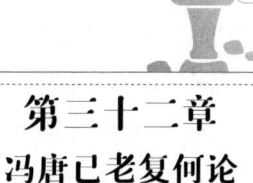

第三十二章
冯唐已老复何论

宿雨初停，春风如酒，吹动了袅娜的柳枝，吹开了女郎的笑靥。长安城的人们，无分贵贱男女，纷纷出城踏春。白鹿原上的片片春芜，几乎被马蹄踏平了。终南山里林深树密，幽花渡水，寒泉碧溪泛起浅浅涟漪，清亮的水面照映着这天宝盛世的一张张笑容。曲江之畔，杏园里的杏花已经绽放，浅粉的颜色仿佛少女情窦初开时，白嫩肌肤上那一抹羞中带俏的色泽。

这三年来，我与王维甚是相得。自从我与李林甫谈话之后，就没有再生出什么新的事情，我只管窝在家里。午夜梦回，迷迷糊糊地睁开眼，看一看身边的那个人，伸出手来拉一拉他温热的手，也就噙着微笑，安心地继续睡去。

王维是我最疯狂的梦想，是我最满足的现实。

闲暇时，偶尔也会梦到从前的那些事情，也会念及典客署里的那些人，暗自嘀咕自己把外语全忘掉了。这种时候，我便翻译几首诗，抄写下来，妥善保管：只要这些诗卷没有在战火中毁掉，它们就可以经由商路，传到异域。

只是，自从正月以来，我便记挂着一件事。

李林甫一直希望寿王被立为太子，结果皇帝立了年长的忠王。他畏惧太子来日会为难自己，心中始终有动摇东宫之志。而李适之的好友韦坚是太子妃的哥哥，又与陇右、河西节度使皇甫惟明交好。韦坚当年做转运使，政绩斐然，有入相之志，能够威胁到李林甫，而皇甫惟明则曾劝皇帝驱逐李林甫，为李林甫所知。故而，李林甫派人密切注意二人的动向。今年正月十五夜，太子出游，与韦坚相见，而韦坚恰又与皇甫惟明在景龙观见面。李林甫命人揭发此事，说韦坚作为国戚，不应与边将勾结，意欲以此证明太子有结交边将的自立之心。多疑的皇帝将韦坚贬为缙云太守，皇甫惟明则因离间君臣之罪，被贬播川太守。而韦坚与李适之关系甚好，李适之定会受到影响——实际上，史籍记载，他后来被贬，便是因为李林甫说他和韦坚是朋党。我惦念着要警示李适之，但我此时与他音信隔绝，宰相门庭深深，我也不知该如何送信。

这日王维回家比平日晚些。我笑道："库部的事务，竟较御史台更繁杂吗？"他已于今春转从六品上的库部员外郎，隶属兵部，不再在御史台了。王维笑道："近来王将军在青海、积石与吐蕃作战，又讨吐谷浑于墨离军。虽然俱是大捷，兵部仍是有许多事要做。"他说的王将军乃是名将王忠嗣，王忠嗣代替皇甫惟明为河西、陇右节度使，兼知朔方、河东节度事，可谓杖四节、制万里，天下劲兵重镇，皆在掌握。

我转到他身后，轻轻为他按揉太阳穴。揉了片刻，他脸上倦色稍去，捉住我的手，笑道："你的手太软，力道不足。"我撇了撇嘴，索性甩了手："我又不似你，弹了三十余年的琵琶，执了三十余年的画笔，手上自然有力气。"王维将唇附在我耳边，低声笑道："我的手有没有力气，你自然是最晓得的。"

"你……你这样无耻！"

他放声大笑，笑了好一会儿，方道："算起来，我有好些日子不曾见到裴十郎了。待我作首诗送与他。"

王维待裴迪之情，凡是读过他与裴迪酬和之作的人，无有不知晓的。当下他回转房内，花了些时间，作好了诗，叫我进去赏读。

我心里回忆着他那些送裴迪的诗作，不知他此次写的是哪一首，口中取笑道："诗中定是抒写你待他的相思之情了。"

他一愕，笑道："你果然能知未来之事——"拿起案上的纸笺给我看，写的是：

"不相见，不相见来久。日日泉水头，常忆同携手。携手本同心，复叹忽分襟。相忆今如此,相思深不深?"

我读了一遍,又着意拉长声音,重复最后两句:"相忆今如此,相思深不深。可知你待裴郎思情深厚,待我却过于熟稔,故而只有厌倦了。"

他叫屈道:"你只管胡白。我几曾厌倦你?"我笑道:"我不管。你写了诗给他,也要为我做些事,我才知道你的心。"

他端详我,沉吟道:"你的眉生得好,也不必我为你画;你的唇不点而红,也不用我为你点。这可愁煞我了。"

"怎么你给裴郎写诗,轮到我,就只有这些女子闺房之事?"我嫌弃道。

"我见到你,想的便只有闺房之事。唔,或者该说,你委实好看,让我想到的,多半只有闺房之乐。"

"你!"我作势不再理他,他忙拉住我的手:"是了,我为你作一幅画可好?我将你摹写入画。"

"你擅山水,少画人物,素日里画的都是袁安、伏生这些高士……如今却要来画我一个无名女子?罢了,我承受不起。"

——王维的《袁安卧雪图》《伏生授经图》[1]都是名作。他笑道:"画你才是第一紧要事。袁安卧雪,美人卧榻,各有其美。"

"啊?不必了,不必了……"

"你只管卧着。"

他将我按在榻上,不许我动,仔细看我侧卧的姿态,过了半日,才走到画案边,开始以炭笔打草稿。

我很不好意思,阖上双眼,装作自己在睡午觉。室内极是安静,除了他的笔尖落在绢上的细微沙沙声,便再无一点响动。我不知不觉,却也当真睡着了。

待我醒来时,天色已黑,房中早已燃上了灯烛,他仍在画案前工作。我翻身坐起,道:"明日再画吧,当心你的眼睛。"

他伸了个懒腰,笑道:"北窗聊就枕,南檐日未斜。攀钩落绮障,插捩举琵琶。梦笑开娇靥,眠鬟压落花。簟文生玉腕,香汗浸红纱。夫婿恒相伴,莫误是倡家。萧纲这首《咏内人昼眠》的况味,我今日算是明白了。"

萧纲这首诗，写的是妻子午睡时的娇态。他写妻子的玉腕印上了席子的花纹，香汗浸透了红纱的睡衣，笔调过于细致，后人读来难免脸红耳热。我窘迫道："你们这些作诗的人，向来不大正经。"

他起身，走到榻边，低声道："你可是冤枉我了。我若当真不正经，看着你横陈榻上的娇态，如何还能安分守己，静心作画？"

"你！"我站了起来，忽然想到什么，心里一沉，"我可否求你一事？"

"你我之间，难道还用得到'求'这个字？"他笑了，想了想，"那么……定然是十分困难的事了？"

我犹豫片刻，终于道："左相他与韦太守要好。我怕右相进谗，说他二人乃是朋党，害了左相。你……你可否请左相小心些？"

他侧过头看我，黑漆漆的眸子中光彩闪动，慨然道："好，我去见左相。"

"若是右相发觉，连你的前程也会蒙尘。你……你竟这般爽快。"

他笑道："我自小心些，也便是了。"

王维尽了力，我也尽了力。但……

有些事，大约就是天意？

四月，李适之因为韦坚被贬，而惶恐不堪，自请罢相，被任命为太子少保，不再参与政事。他到底还是与太子捆得越来越紧，也注定会成为李林甫眼中，除了韦坚、裴宽之外的另一根钉子。

数月之后，将作少匠韦兰、兵部员外郎韦芝为其兄韦坚诉说冤情，且引太子一同求情。皇帝更加愤怒。太子畏惧，请求与太子妃韦氏和离。皇帝再次将韦坚贬为江夏别驾，韦兰、韦芝皆贬岭南。李林甫于是进言说韦坚与李适之等人结党，致使韦坚被流放临封郡，李适之贬宜春太守，太常少卿韦斌贬巴陵太守，嗣薛王李琄贬夷陵别驾，睢阳太守裴宽贬安陆别驾，河南尹李齐物贬竟陵太守。韦坚的亲族朋友，被流放贬黜的共有数十人。

李适之出京的那天，我早早到了灞桥上，静立相待。时当七月，灞桥上的柳枝已不如春天时的鲜嫩娇绿，而是染了一丝暗沉的郁色，透过我朦胧的面幕看去，更显出几分夏日且尽，盛极将衰的味道。

我手攀柳枝，想起十几年前在洒水救起李适之的场景，回思若许年来的波澜风雨,不由感喟。

　　这时,一列不长的车队驶上了桥。其中一人骑着一匹白马,身着深青衣衫,鬓发间星星点点的微白,神容憔悴委顿,正是李适之。他见到我的身影,挥手令车队停住,翻身下马,径直走了过来。他立在我身前三尺之处,却迟迟没有说话。

　　只是数年未见,他竟似老了十余岁。我甚觉神伤,张了张嘴,他先开了口:"你来送我,他可知道?"嗓音有些沙哑,语意却甚是关切。我点头:"他知道的。他教我好生宽慰你。"

　　李适之望着远处的天空,微笑道:"他既不介怀你与我相见,也不怕己身受到牵累。他有如此心胸,我当年输于他,确属应当。"

　　我低声道:"我怕牵连王家,不敢除去面纱相见,还望你宽宥。"转头从如梦手中接过一杯桑落酒,递给了他。他接过,饮了两口,将杯子还给我,笑道:"我素日不爱饮桑落酒,总嫌它味道寡淡。现时我才明白,酒要平淡些,才有真味。"

　　我含笑道:"'左相日兴费万钱,饮如长鲸吸百川,衔杯乐圣称避贤。'有人将你写入《饮中八仙歌》,说你是八仙之一。你要喝浓烈些的酒,才配得上你的仙姿。"

　　"衔杯乐圣称避贤,衔杯乐圣称避贤……这作诗之人只管为我遮掩!我自家也曾作了一首绝句,你不妨听听。"他吸了口气,缓缓咏道,"避贤初罢相,乐圣且衔杯。为问门前客,今朝几个来?"

　　他这诗,说的是自己罢相之后,昔日的客人们因畏惧李林甫的势力,再不敢上他门来的情景。我涩然道:"近年来朝堂乱象迭生,你又是太子一党,自是要为圣人所忌。趁此机缘,远离朝堂,也不是一件极坏的事。"

　　李适之向桥边走了几步,俯视灞河的滔滔流水,说道:"我虽有些薄才,却不擅争权夺势。当初我做到御史台主,就当止步,只是难免贪心,弄到今日这般境地。"

　　他当初想做宰相,也有部分原因是我中了毒,他想要更多的权力,以在李林甫面前保护我。我柔声道:"身为臣僚,想要为国尽忠,施展襟抱,原是理所应当的。"

他扶着桥栏,腰间玉佩轻轻碰撞白石栏杆,发出清脆的响声。他静了一会儿,低低道:"你看这河山……"喉间浅浅发出一丝叹息。

我随着他的目光看去,只见曙色和风之中,烟绵碧草,萋萋而长,薄金阳光洒在秦川原野上,漾开浓浓的暖意,蒸腾起了片片淑和之气,而在更远处,终南阴岭秀拔,碧嶂遥插天际,更有那我们看不见的曲江池馆,锦鲤青萍,烟水秀媚,千花万叶,垂于宫墙。

他又道:"我曾意气风发,立在大雁塔上俯瞰这河山,想要与圣人一同,教这河山更加繁华秀丽,只为我自幼生于斯,长于斯,我……爱绝了这河山。"

的确,这河山,是美得让人心碎肠断的河山。

——亦是他从此或许再也不得见到的河山。

我忍不住走近了他,微微扬声道:"我求你一事,盼你答允。"

李适之仍是望着京畿的景色不语。他背对着我,我也看不见他的神情,只得继续说道:"你是文皇帝的曾孙,是大唐李家的好男儿,自有一身铁骨。我盼你来日不论遇到什么事,都……绝不可起轻生之念。"

他身体一震,转过头来。我隔着面纱与他对视,诚恳道:"人身难得,你万万不能轻易弃捐你的性命。"

他目光在我的面上逡巡,半晌,方苦涩道:"你是第一个这般劝我的人。你不愧是我所……你委实知我解我。可我不能应允你。"

我大惊:"为什么?"

李适之道:"两汉高官,一旦知道自家将要下狱,往往及时自戕,以免以公卿之身,经历廷尉的折辱。我虽不如前人轻生死、重荣辱,却也未必能够忍受失势之后,所要面对的诸般事体。"

是啊,汉朝的萧望之、朱博等高官,都是为了保全自己的声名而自杀的。他若要这样做,也只能说是颇有上古之风。但……但我怎能眼睁睁看着他去死?我急道:"你……你想想你的儿孙。你若死去,他们便要受人欺辱。"

他苦笑道:"圣人虽寡恩,却不至于在我死后,仍然为难我的儿孙吧。"言中之意,竟是死志甚坚。我也顾不得什么了,脱口道:"可右相他会折辱、凌虐你的儿子。他做事向来赶尽杀绝,你并非不晓得——韦太守已经被贬,他却仍不甘心,定要将其流放。"

李适之皱眉,似在犹豫。我哀恳道:"你……你能不能,只当是为你的儿孙,忍上一回?"历史上,李适之死后,他的儿子李霅迎父丧至洛阳,李林甫寻了理由,将李霅杖杀于河南府,下手不可谓不狠辣。

他瞧着我的脸,叹道:"如今我反而庆幸你当初离我而去,今日不必与我一同受辱。王郎中固然未必能登上高位,但……纵是当真穿上了紫衫,也难免一朝失恩之厄。他谨慎适世,定能平安一世,也足以为你遮蔽风雨了。"

男人看男人,常比女人看男人更犀利。李适之说王维"谨慎适世",倒是概括得极好。王维为人圆滑小心,对李林甫亦有奉承。数年前百官随皇帝去温泉,李林甫向他索讨和诗,他违心称赞李林甫"词赋属文宗",可见他处世的圆融之处。然而也只有王维这样的人,才能在当下的世道里自我保全,勉强讨一份生涯。

我看着他鬓发苍苍的容颜,心里涌起一种无以名状的难过:"李郎,你……你不要自戕。"

李适之终是摇了摇头:"我这一生,既为我祖父和父亲迁葬,使他们陪葬昭陵;又曾服紫袍、佩金鱼袋,入鸾台凤阁;又曾遇见了你。我这一世,委实不算空活。且我已过知天命之年,便是就此死去,也不为夭。"

我几番劝解,他却始终不肯应我,我不由得焦急,只觉历史究竟正在向着我所知的方向发展。眼见着一件件事都按照我所知的情形进行下去,我对安史之乱的隐忧又一次被唤起。我抬眸望向他初时所指的秦川原野,只见得素柰花开,绿榆枝散,草树云山,宛如锦绣。这河山,难道必定要被安禄山精兵的铁蹄踏过?

我,我也爱绝了这河山啊!

我咬牙,强忍泪水,慨然道:"罢了罢了。你若死,我……我便为你报仇。"李适之神色一变,连连道:"不可!不可!你……你一个女子,怎能与他相抗?你不要胡闹。你只管在王郎中家里,与他好生过活。"

我心意已决，不再听他的话，只道："你也该上路了。圣人下了敕令，叫流贬人等须日驰十驿以上，不准在道逗留。"

"好……该走了，是该走了。"李适之自嘲地笑了，忽而叫道，"杨续。"

"主人？"他的部曲应了一声，走到我们旁边。

"以后，你就跟着郁……郁娘子，到王家居住吧。"

"主人！"杨续愕然。我在李适之身边时，对他印象很深：他一向精干，做事沉稳，鲜少露出这种震惊的神色。

而我也很吃惊："不必了，他随你日久，你……"

"我不在的时候，她的命令，便是我的命令。不要让她受伤。"李适之没理我，对杨续道。

杨续深深望了他一眼，撩衣跪下："是。谨遵主人吩咐。"

李适之又对我说："圣人知道你未死的事了。"

"什么？"我身体骤然绷紧，"李右相……"

他摇头："我后来才得知，他实则未曾向圣人进言。他骗了我……我惊惶之下，自行向圣人坦承了。你别怕，贵妃替你向圣人说了话。那时贵妃未得册封，还在道观里……她竟愿意助我，我初时也未想到，而后才明白，她帮的是你，不是我。"

我怔了许久，只听他又严肃道："为我报仇的事，不要想了。"

我沉默以对。

"若你实在想，就……嗯，他哪一日即将失势的时候，你推他一把，也就是了。"李适之说。

我折下一枝柳条，放在他手里："我深盼君留下，来日仍可与我共此朝晖。"这里的"留下"，倒是"留在世间"之意了。

他的表情终于有一丝软化，低声道："我只盼你儿女绕膝，长命百岁。"说完，翻身上马，从我身旁疾驰而过。青袍如草，白马如练，在驿道上越来越远，再也看不见了。

我眼中含了许久的两泓泪水落了下来，砸在砖石桥面上，没有半点声音。

接下来的几日，我躲在家里，心情很差，而王维忙于公务，也没有多少时间在家。不过,这一日他回得甚早,还带回了一位客人。

这位客人穿着绯色官常服,身形高挑,眉目肌肤却又有关中世家子弟的沉静匀细,举动轻逸,正是现在中书省任中书舍人的苑咸。苑咸现今是右相李林甫的私人,但他弱冠之时,却是先被张九龄表荐的。因此,他与同样曾被张九龄举荐的王维向来亲厚。

苑咸一到王家,先去拜见了崔老夫人,便被王维领进堂屋。我为他们煎了剑南的蒙顶石花,将茗汤先递与苑咸。他打量我一眼,低首接过,对王维笑道:"有如此姿仪绝俗的美人相伴,王兄还能静心奉大雄氏之学,可谓修行深厚了。"

王维望了望我,促狭道:"我家的美人虽好,却不爱禅理,一听佛经便觉困乏。苑郎的娘子,与你一般爱好佛学,不是更好吗?"

苑咸叹道:"我家娘子穷究无生之学,素日里焚香奉佛,较我更痴。为此,她不独不肯与我亲近,还说百年之后,也不肯与我同穴而葬哩!"[2]

王维也有些惊诧,微一挑眉,笑道:"罢了罢了,身后之事,谁能管得?"

我在旁听着,心中却不由一动。他百年之后,定然是要与崔瑶合葬的吧?

然而这惆怅也只是一瞬。生时我能有机缘与他把臂同游,已是百世修来的福分。而死后的事,正如他所说,谁能管得?

这时王维似乎感受到了我的心思,视线向我投来,含着几分温柔笑意。我报以一笑,静静跪坐在一边,为他们添着茗汤,却听苑咸又道:"是了,说与王兄知晓:我近来习学梵语,每日手书贝叶经文,以此自娱。"

王维笑道:"我也曾习得几句梵语,只是文法艰难,早已搁下。苑郎入教实深,竟然习了梵语。"

苑咸叫苦道:"梵文的文法着实艰难。我也是胡乱跟随慈恩寺的和尚们习读的。"

"苑郎为中书舍人,知制诰,这是顶要紧的职事,素日里想必琐务缠身。如何还有工夫频频前往慈恩寺习学梵语?"王维笑问道。

苑咸叹了口气,眉目间颇见萧索。他蹙了蹙眉,道:"不瞒王兄,如今我实是厌烦为官。我每日里写的,大都是为李右相谢恩赏的文章。圣人腊日赐了右相药物,我要作一篇文章;圣人赐右相鹿肉,我还要作一篇文章;圣人赐右相车螯、蛤蜊,我又要作一篇文章。整日里便只是这些细务……我实觉郁郁,也只好向梵文禅理之中逃避一二。"

王维道:"你小我十岁,却已穿上了绯袍,又曾随李右相修《大唐六典》。你既仕途得意,便自然要历些艰辛。"说着话,向案上扫了一眼。我见他目光,已知他心意,起身走到案前,挽起袖口,为他磨墨。

他取了笔,笑道:"我来作诗,赠与苑郎吧。"当下笔走龙蛇,在展开的蒲州熟纸上,写下一首诗:

"名儒待诏满公车,才子为郎典石渠。莲花法藏心悬悟,贝叶经文手自书。楚辞共许胜扬马,梵字何人辨鲁鱼?故旧相望在三事,愿君莫厌承明庐。"

这是个崇尚捷才的年代。"两句三年得"的苦吟,在此时还是不入流的。崇尚琢磨句子的杜甫,还只是个青年诗人,影响不了整个文士圈子的喜好。王维自少年时起,便在诸王府上经历了许多需要捷才的场合,现在他虽已年过四十,反应之速仍是不输当年,这首诗写得极快。

他将纸递给苑咸,苑咸且看且吟,读到最后两句,笑道:"王兄竟说望我成为三公,也可谓高看我了。"

末两句"故旧相望在三事,愿君莫厌承明庐",是说苑咸的故旧如王维,皆盼苑咸来日可得三公之贵,故而希望他此刻不要厌烦在朝为官。承明庐乃是汉代承明殿旁的屋宇,是侍臣值宿所居,正合了苑咸眼下中书舍人、天子近臣的身份。

王维笑道:"苑郎迁转甚速,不似我久未升迁。以你之才,来日成为三公,也并非不能。"

苑咸沉吟片刻,也取过毛笔:"王兄当代诗匠,又精禅理,赠我以诗,实令我受宠若惊。我也回王兄一首吧,只是王兄不许笑我。"又瞥了瞥我,笑着补充:"小娘子也不可笑我。"

他走笔成诗,将纸递给王维。王维目光落在纸上的一刻,我分明感到他的神色微妙地一滞。王维极擅社交,是天生的演员,最会隐藏情绪,永远挂着一副温和的笑容——我名之为"太原王氏式的笑容"。若非我与他已熟稔之至,只怕也是看不出来他这一瞬的分神的。

只听王维笑着念道:"'莲花梵字本从天,华省仙郎早悟禅。三点成伊犹有想,一观如幻自忘筌。为文已变当时体,入用还推间气贤。应同罗汉无名欲,故作冯唐老岁年。'你竟说我是'仙郎'。世间岂有四十余岁之仙郎乎!"

我扑哧一笑:"你们二位,俱是仙郎。"

王维瞧了瞧我,笑道:"小娘子既这般说了,我便再回苑郎一首。"当下也不取笔,只思索片刻,便长声吟道:

"何幸含香奉至尊,多惭未报主人恩。草木岂能酬雨露,荣枯安敢问乾坤。仙郎有意怜同舍,丞相无私断扫门。扬子解嘲徒自遣,冯唐已老复何论!"

他念到最末一句时,嗓音仍甚温润,语声却现出一丝微微的清冷。苑咸的神色也是一凝,随即道:"王兄才四十几岁,便自认'冯唐已老'了吗?"

王维笑道:"正是。我比来唯独记挂三件事:奉养老母,陪伴美人,体悟禅理。"

苑咸也大笑:"既拥美人,又悟禅机,王兄果非凡士。"两人又说笑一番,苑咸便告辞了。王维送了他出门上马,方才回转,对着案上的那两首诗发呆。

我走过去,轻轻按揉他的双肩:"'入用还推间气贤'……他有向李右相引荐你之意?"

王维喟然道:"他亦是一片好意。"

我问道:"然你以'丞相无私断扫门''冯唐已老复何论'之句相拒,却是为何?"

他反手握住我的手,我只觉他掌心微凉。他涩然笑道:"阿妍,李右相的气焰如日中天,官人们若要晋身,必出于其门。可我心却实不愿为他所用。"

我静静听着。他又道:"你中毒系他所为,此其一。其二,他……权势太满,有如月盈,想来定有倾颓的一日。"

我心中惊诧。王维在我眼中臻于完美,无一处不好,无一处不妥帖,但我也看得出,他向来没什么政治才华和敏锐嗅觉。然而此刻,他却点出了李林甫未来的命运。

他又道:"他秉权十余载,动循格令,衣冠士子,非常调无仕进之门。这原本是极好的,但如今的朝政皆由他把持,陈左相虽在门下省视事,众人却只去见李右相,不去见陈左相。"

他说的陈左相,是陈希烈。陈希烈上任以来,形同摆设,万事皆由李林甫决定。

"大权集于李右相,他为了稳固权柄,便屡起大狱,迫害他人。长此以往,总会有人想要他落败。数方争夺权势之际,朝政必然不稳。李右相若能一直将权柄握在手中,倒也罢了;否则……我瞧贵妃的从兄杨钊,并非善类,只怕会是取代李右相之人——以贵妃之盛宠,来日杨家必定权倾朝野。而杨钊之才干,却又不如李右相远矣。"

我愕然道:"你……你什么都知道。"不问朝事、只知禅理的王维,淡泊避世、"亦官亦隐"的王维,竟然将朝政看得清楚。

也是,他早岁便游走于两京的贵族圈子里,耳濡目染,自然会养成对朝事的悟性。那么,他一直仕途蹭蹬,虽年过四旬,品级却不如小他十岁的苑咸,想来……就是因为他不愿意了——不愿去逢迎,不愿放弃那一份"松风吹解带,山月照弹琴"的心思。

"荣枯安敢问乾坤"之句,便表明了他的心意:天地虽能主宰我的命运,我却不愿为了自身的荣枯之事,强去叩问天地。

这又何尝不是一种独属于王维的清傲?

王维听我称赞,却无半点喜色:"我若当真聪明,就该去交结杨钊。但我不愿意。"

我听他话中甚有低沉之意,也不知如何安慰,只能陪他静坐,默然望着窗外的文杏树。秋日风急,树叶簌簌而落,在室内也听得清晰。

过了半晌,王维说道:"有一件事,我尚未告知你。"

他语气平淡,我心脏却突地一跳,隐隐生出不祥的预感。

"宜春李太守……到郡三日,吞药自杀。"

注释:

[1]《伏生授经图》,据传为王维所作,但作者究竟是谁,实则并不确定。此画现藏于日本大阪市立美术馆。

[2]苑咸妻子因为信仰问题,不肯与苑咸合葬,最终葬在距离苑咸四十尺处。夫妻各起一坟的情况比较少见,苑咸后人怕人误会,在写墓志时特地澄清,具体参见胡可先《新出土〈苑咸墓志〉及相关问题研究》,《清华大学学报(哲学社会科学版)》,2009年第4期。

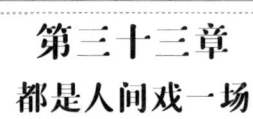

第三十三章
都是人间戏一场

李适之终究还是死了。

那个治理洛水,使谷洛无患的河南尹,那个坐镇幽州、外敌不侵的御史台主,那个饮酒之后分毫不乱,视事如常的左相,终究还是死了。

玉碎珠沉,兰摧香断。

我竭力忍住欲流的泪水,向王维道:"你可能带我去见一个人?"

他拉住我的手,忧心道:"你要见谁?"

我微笑道:"我自来喜欢谢朓的诗才,只是他早已仙游。你能否带我去见一个见过小谢的人?"他眸光一转,登时了然,捏了捏我的脸:"你这小娘子,说话倒绕。"

过了几日,他将我带到了玉真观西南角的一间静室里。

在等待静室主人的间隙,我安静啜着微带苦味的决明子茶,举目打量堂中的陈设。两架六扇屏风一前一后,第一架上绣的是一幅地图,第二架上绣的则是草书。我细看那地图与草书时,唇角不由得泛起笑意。

过不多时,屏风后响起略带慵懒的女子语声:"王十三郎,你来见我,是为何事?"

王维在座席上微微前倾身体,恭敬答道:"弟子今日带了心爱之人前来。她一直感念那年炼师赐药之德……此外,她敬慕小谢的诗才,想听炼师亲口讲说小谢的为人。故而弟子冒昧,搅扰炼师清静。"转头看我,示意我跟对方打招呼。

我深吸一口气,迟迟没有说话,直到王维眼底泛起不解之意。我咬了咬嘴唇,冲他一笑,开声向屏风后道:"Hello...world."

那人静默了片刻。

这一刻,简直比我穿越过来的十几年还要漫长。

她终于起身,从屏风后转出。我亦随之站起。

——青丝如雾,肤光胜雪,果然不似活了二百年的人呵。只有那一双幽深无比的眸子,说不出是深沉还是高傲,温和还是倦怠,抚慰还是讥诮。一双看厌了兴衰成败的眼,就是这样的吧。

"多久了?"许久,我用很克制的声音,言简意赅地问。

"萧道成称帝的那一年开始。"她同样以普通话答道,只是口音稍稍生硬,想来是太久不曾说过普通话的缘故。

我笑道:"那你确实见过谢朓。"

"小谢比你的王十三郎好看多了。"焦炼师忽然俏皮地笑了,原来她的表情鲜活起来时,是如此灵动。她随即向王维笑道:"你且出去候着。"

我这才想起王维的存在。他见我和焦炼师似乎一见如故,并开始用奇怪的方言交谈,也没表现出多少惊异,大概已经习惯了焦炼师的特立独行。他笑应了一声,转身出门。

"程序员很多,但能把13世纪的哥特体写得这么像样,还长得这么漂亮的程序员,我没见过。"我笑道。

堂中第二架屏风上所绣文字形状龙蟠虬结,赫然正是用哥特体写的"Hello, World":这是每一个初学编程的人必然学到的第一行程序,意为"你好,世界"。

"对,我不是程序员。"焦炼师坐了下来,"我只是个江湖骗子。"

我被她噎得说不出话。半晌,才想起一个很重要的问题:"你怎么活了这么久?"

"我也不知道。"她摊了摊手,"估计你也能。"

"不要说得好像'你也能吃碗米饭'一样随意好不好!"我又被噎住,无力地抗议。难道是异时空的时光不能作用于穿越者的身体?

那难道我也能见识汴京城的风流梦华,临安城的三秋桂子?不……我也要旁观黄巢之乱,我也要亲历五代十国?

我会在他死去后独自经历这些?

我打了个寒战,忍不住摇头,喃喃道:"不要,不要,不要。"坐倒在地,取过茶盏,我猛灌了两口温热的茶汤。

她微笑,眼神似讥讽又似同情。我轻声道:"所以你要当道士,是吗?"

当道士,遁入神仙洞府,只有山中的日月烟霞,云雪风露,是恒常不变的,是可以令你忘却时间的……是这样的吗?

"不是。"她很斩截地回复,"当江湖骗子,只是为了讨生活。"

我费了好大力气,才没把刚喝入口的决明子茶汤喷出来,却到底是岔了气,咳了半天。跟她交谈,就像吃脆甜的水果,不知不觉就会轻松愉悦起来,这甚至与我们共同的成长背景无关。

焦炼师随手抱过琵琶,手指轻拂,乐音流泻而出,优美中有哀伤,平淡中有温柔。我望着她,叹道:"你琵琶弹得真好。"只是转轴拨弦三两声,已胜过了当日王维所奏。竟然,就连王维……就连传说中曾一曲琵琶震惊玉真公主的王维……也及不上焦炼师这随手几拨。

"干我们这行的,什么都得懂一点。"她轻笑。我茫然:"哪一行?"

"江湖骗子啊。"

"……"

"你要是有二百年的时间用来学习,你也能做欧阳询、褚遂良、曹妙达、王长通。"她的声音中忽似有一丝感伤,可接下来的话立刻将那种感伤抹平了,"不过待久了你就会烦。这群小毛孩穷折腾,琵琶的制式几十年就有些改动,每次都要重新适应,也很无聊的,后来我就不改了——不跟着他们改,一直照着初唐的弹法来。然后他们反而更尊重我了,人嘛,都是厚古薄今。"

我扑哧笑了。连连被她的妙语震撼,我险些忘了自己此来的目的。我笑道:"我想求你一件事。"

"你说。"

我犹豫片刻，咬牙道："我想杀李林甫。"

她似乎并无意外。我续道："但我已经没有了之前的身份……与人交往之际，颇受束缚。我想请你帮帮我，至少……让我有资格经常出入玉真观，能与来这里的人说上话。"在来之前，我全没想到焦炼师是个这么直接的人。聊了半天之后，我想，向她坦承自己的心意，恐怕是与她打交道时的最好选择。

焦炼师笑道："你可知道我为什么能活二百年吗？"

我蹙眉："为什么？"

"因为我从来不管闲事。"

"……"我断没料到她会拒绝得如此干脆。

"须弥身大安知痛，云梦胸宽不贮愁。"焦炼师长吟道，"这便是我的人生态度了。"

我怔了半晌，方笑道："你做江湖骗子为生，总归也要有人肯被你骗才行。玉真公主就是心甘情愿被你骗的一员，你难道愿意看到她们李家的朝堂乌烟瘴气？"

焦炼师笑道："她李家又有什么好了？脏唐臭汉不是白说的，这样的江山，倾颓了也便倾颓了吧，我可没有什么'为天地立心，为生民立命'的高尚情怀。"

我心念急转，笑道："可你活了二百年这么久，肯定也有一种乐趣帮你维系着生活，否则你看着熟识的人一个个死去，自己却死不了，早就得了抑郁症了。"

她投来询问的目光。我淡然道："便是——看戏的乐趣。"

她颊边泛起浅浅的笑意。我说道："你看惯了人事自然发展所导致的兴衰成败，估计也会想看看人力作用下的故事发展吧。"

焦炼师难得地点了点头，笑道："我的确从未看过被穿越者干预的故事。"语气中仍是带着一丝玩世不恭的意味。

我说："我不求逆天改命，只求害了李林甫，为许多人报仇。实不相瞒，我要为之报仇的人里,包括我的前男友。这出大戏,结合了男女情事、朝堂政治,更有穿越者的苦心孤诣。你不觉得会很好看吗?"

她挑了挑眉,唇角微扬,揶揄道:"上帝呀,凡人怎么都是傻瓜!"

——这句话有点耳熟。我仔细想了想,哦,这话出自莎士比亚的《仲夏夜之梦》。

我抬眸望了望堂中的第一架屏风——那屏风上绣的,正是大不列颠全盛时期的地图。焦炼师穿越之前,想来与英国和英国文学甚有渊源。当下,我亦以莎翁《哈姆雷特》中的名句笑答:"这是一个礼崩乐坏的时代,唉!倒霉的我却要负起重整乾坤的责任。"

焦炼师又笑道:"一只麻雀的生死都是命运预先注定的。"此语亦出自《哈姆雷特》,意指我的努力不一定会成功。

"黑暗无论怎样悠长,白昼总会到来。"我以《麦克白》中的句子作答。

"二百年了,你是头一个与我谈论莎士比亚的人。我可以帮你。"她说。

我大喜,却听她又道:"只是,我自己绝不收徒,以远灾祸。"

"那……"

她微笑道:"我将你引荐给持盈法师,如何?"

持盈乃是玉真公主的号。玉真公主已于两年前求去公主封号,并且归还封邑,但她是睿宗之女、天子之妹,仍是命妇之中地位最为崇高者。我若能入玉真公主的眼,则与人交往时,当真大为便利。我喜不自胜,笑道:"多谢你,多谢你!"

焦炼师笑道:"只是,我有一个条件。我要你——"她脸上浮起一个笑容,"将这出戏做得像莎士比亚的戏一样好看。"

作为一个活了二三百年的江湖骗子,焦炼师很懂得该如何举荐人。她只对玉真公主说了一句话:"此女根骨似我。"就引得公主认真打量起我来。

公主虽诧异我与当年左相的未婚妻容貌相似,却在焦炼师的巧言之下,相信了我只是与那位小娘子有宿缘而已。况且我多年来容貌分毫未老,玉真公主也想不到我便是当年之人。

此后,我便有了光明正大的理由,频繁出入玉真观。公主时作长夜之会,宴饮高朋。兴罢酒阑时,我亦曾在廊下撞见神色寂寥,独对晚风的她。

"月色好看吗?"她问我。

"但愿月下洞识天机,大光明罩紫金莲。"我勾勾唇角,轻声答道。为了做个称职的江湖骗子,我翻了不少道家典籍,打起机锋来倒也似模似样。

"呵……你还有机缘。我的心……已经不能是'紫金莲'了。"

"……"我张了张口,"法师一心向道,净心妙悟,怎能说此心不是紫金莲?"

——玉真公主已去了公主封号,故而只许我们叫她法师。

"我这些年来,越是修炼,越是感觉时光之速,道术之遥。长生之事,渺不可求,因此我极想握住'当下'。"

"不知法师眼中的'当下',是什么呢?"

"才子的谈笑与诗章,道家的光明和清净,曲江的春水,雁塔的夕照,镜里青鬓无斑,道气绵绵不死,都是我眼中'当下'最美的景致。可这'当下'呵,我越是拼命去抓,手中就越是漏得一无所有。明晚我还可召他们作诗,可作的诗,也不是今日的诗了。我不知道我在等谁,也不知道还有谁来……"

我听着她这一番剖白,大为震动。公主是天下最为尊贵的金枝玉叶,然而在面对时间、宇宙这些宏大的概念时,她心头的清冷彷徨,亦与寻常人毫无二致。我思忖片刻,谨慎答道:"明日之诗,固非今日之诗,但经过百年风雨漂染,在百年后的读诗之人看来,却都是一人一时之作,无甚分别。可见世间虽无恒常之事,但将目光放宽到百年、千年、万年,定论却自然不同。法师只须寻到自家眼中的'恒常'即可。"

公主望了望我,笑了:"小女郎,你这番谈玄之能,是王十三郎所授,还是天生便有?"

长安的春夜并不算冷,公主索性同我一样坐在地上。廊下温软的风吹过,花丛中细小的花苞在风里缓缓绽放。

我矜傲笑道:"皆是我自家习得,与王十三郎无涉。"

公主拊掌笑道:"善!善!我们身为女子,总要有些骨气才好。不过王十三郎待女郎们一向颇多同情,与俗世男子不大相似。"

"王十三郎他……世上当真有《郁轮袍》这首曲子吗?"我鬼使神差地问。

《集异记》中说,岐王令他怀抱琵琶,穿伶人衣裳,在公主面前弹了一曲《郁轮袍》,使得公主惊艳不已,将京兆府解头的名额给了他。我虽与王维相识多年,却从未问过王维本人。盖因我只怕此事确有,而万一这事在他心中又算不得太光彩,我问起来,便不大好看了。

"自然有。"公主抱膝望月,容色一派平静,"那首曲子是我偷听到的。兄长那日并不知我要去他宅里……我进了大门,遥遥闻见琵琶声,一时竟什么都忘了,蹑着脚走到堂外听着。直待曲罢,我隔着窗户就问,方才奏乐之人是谁。王十三郎怀赍琵琶,越众而出。我问他:'你还有旁的技艺吗?你可作诗吗?'兄长拊掌大笑:'阿妹,你常诵的"妆成只是薰香坐""尘心未尽思乡县"之句,便是此人手笔呀。'取笔令他誊些得意佳作来,果然,我多所熟诵——起先还以为是古人作的。兄长……兄长已经去了……"

原来是这样的吗?我等了许久,再无下文,却见公主倚着廊柱,已经睡过去了,长长的睫毛轻颤着。

我召唤侍女,让她们为公主披一件外衣,又举步回到正堂附近,徘徊等待。过不多时,有一个身量修长的青衣男子走了出来,步履舒徐,显是在消散酒气。我只作不经意般,缀在他身后两丈左右。他走到观中花树浓密处,向我回头笑道:"这位小娘子也跟了某一路了,可是有话要说吗?"

一天月光透亮,将他容颜照得分明。他年约四十来岁,生得白皙清秀,颏下一缕美髯,长相原是绝佳的。只这一开口,却有一种油腻的轻薄之感。我强掩心头不快,笑着扯起公主这面大旗:"妾不曾入道,但时常跟随公主修习。"

对面那人改容道:"小娘子是公主的弟子?某姓杨名钊,现在检校度支员外郎任上,兼侍御史。"

我等了他一年有余,才终于等到。熟读唐史的我,对他现今的底细可比他自己还清楚:"早闻杨侍御才干口辩俱是上上,今日终于一睹侍御风采,不胜欢悦。"

杨钊听得此语,欣然道:"小娘子未免过誉了。倒是小娘子容貌风采俱佳,在京城中也是难得一见,钊却不曾识得,想是因为钊远自蜀地而来,见识鄙陋。"

我笑道:"人皆曰杨侍御是贵妃从兄,由贵妃举荐,方有今日之官阶……"见他眸光渐转晦暗,我不疾不徐地一转话锋,"但妾一见杨侍御,才知那些都是妄言。以侍御之人才,何愁无人做那韩荆州?"韩荆州便是韩朝宗,以善荐人才而闻名当世。

杨钊靠裙带关系上位,却一向不爱听人这样说,我便另辟蹊径夸他。他果然欢喜,笑道:"小娘子虽在红尘之外,却对红尘俗事也看得通透。"

我与他互相吹捧了一会儿,表面上甚是相得。我夸赞道:"蜀中的山水灵秀冠于天下,才养得出贵妃与侍御这般人品风仪。"

他面色自得,笑道:"钊的资材虽只庸常,贵妃却真是人间所无的仙姿绝色。"

我笑道:"贵妃之盛宠,固然是凡尘女子能得到的极致。而侍御身为男子,自然也会受到寻常男子所无的恩遇。"

"多谢小娘子吉言,但钊如今在侍御史任上,已是心满意足。"

枝头春莺啼哢,细密娇婉,掩去了我与他说话的声音。我踏近一步,低声道:"妾所说的恩遇,乃是……一人之下万人之上的恩遇。"

杨钊瞳孔一缩,笑道:"小娘子说笑了。"

我轻声道:"侍御不久便将以称职迁度支郎中。明年,侍御将兼领十五余使,转给事中、兼御史中丞,专判度支事。"

"小娘子——"他语音轻颤,显然将我当成了别有用心的人,"钊并无这等雄心……"

我打断他:"若侍御当真有此一日,请来玉真观寻妾,妾另有话要说与侍御。"说着转身出了花丛,施施然离开。

第二日我回到家中,对着墙壁发呆。结交杨钊这一任务初步达成,我却没有感到喜意,反而有几分愧疚——对王维的愧疚。

我决意扳倒李林甫,固然是为了韦坚、李邕等许多惨死于李林甫手下的冤魂,但也唯有我自己才清楚我内心深处真正的动力。虽然我与李适之的关系结局堪称惨烈,但他曾经对我的珍视和宽纵,都是出自一片真心。他以知己待我,我也想要以知己的立场,去为他做一些事情。连他的儿子李雪都在迎灵的路上为李林甫所杀,我没法安坐静观。

此外,我与李适之是不错的酒友。在幽州相处的那两年,我也曾和他一起尝试新酒,琢磨什么样的酒该配什么样的酒杯。我借用《笑傲江湖》中祖千秋对令狐冲所言,告诉他梨花酒当配绿玉杯,玉露酒当配琉璃盏,他也听得兴致勃勃。

于是,这一日,我破例备了一壶葡萄酒。王维回到家里,闻到酒香,问道:"今日有什么好事?"

"每日能见到我的郎君,便是最大的好事。"我笑道。

王维唇角一弯,笑道:"我已经识得你十余年了,仍然每每惊诧于你口齿之甜。"转过房中一幅绘了山水的锦屏,去换衣裳。

我望着那幅他绘制的嘉陵山水——那是十年前他游蜀地之后所作——并非没有懊悔。便与王维做一对寻常男女,不要冒风险,不要卷入朝局,难道不好吗?

王维换了衩衣出来,拥我入怀,一时没有说话。我将头埋在他的怀中,嗅着他身上疏淡的檀香气味,甚觉满足。半晌,我方笑道:"我们喝酒如何?"

他颔首,取了两只夜光杯出来,将绛红的酒汁倾入杯盏,与我对坐而饮,说些闲话。

"'葡萄美酒夜光杯,欲饮琵琶马上催。'此情此景,该听你弹琵琶才是。"我说。

王维笑道:"你听了焦道士的琵琶,还想听我的吗?"

我抬眸,笑道:"焦道士固然技艺绝伦,可我家郎君的琵琶,独有清致,岂是旁人可比?"

他举手投降,抱了琵琶过来,信手拨弄,指底明澈乐声有如美玉清溪,令人虽在长安城中,却忽起离尘之想。他弹了一曲,笑道:"我饮酒时,常想到……那年在幽州酒肆中,听说那是你与人斗酒之所,便特意点了一壶你喝过的乾和酒。"

我想起当年之事,不觉喟然:"你那时独自在幽州酒肆之中饮酒,定然极不快活。"上前抱了抱他。

他亲我的脸颊,低首叹道:"说来还要感谢故去的左相。我能与你厮守,多亏他割爱成全。"我想不到他竟提起李适之,有些发愣。王维又道:"他待你,也可算得上极好了。他身后凄凉,连儿子都教李右相杖杀,你心中可有愤恨?自他死后,你便不曾饮过酒。"

我怔住,说不出话。王维的目光染了酒意,却显得越发清明笃定,如他手底的乐声一般清澈:"你是我的枕边人。你的心思,我焉能不晓得?你想为他复仇,是不是?"

"……是。"

"好,我陪你。"

我呆呆望着他。

"但……等到阿母去世,我为阿母终丧之后吧。"他说。

"好。"

"阿母尚在,我们不要惹祸,万一殃及阿母……"

"好。"

我抱紧了他。

他又弹起了琵琶。乐声悠悠流着,流过长安的春夜与冬日,流过辋川的白石与青草,一直流过几个春夏。

天宝九载三月,他的母亲崔老夫人去世。他离朝丁忧,隐居辋川。

他居丧期间,我不好与他共同居住,只能偶尔去看一看他。

——他变得很瘦很瘦。

这一年的年底,安禄山入朝,受了无数厚赐,皇帝更命令在长安亲仁坊为他起一座宅院。春日来时,我终于设法约见了安禄山,踏进了这所宅邸。

"一别数载,阿妹越发秀雅了。"他命仆婢端来茶果,笑道。

我拿起茶杯,饮下一口茗汤,温热茶水滚过咽喉,熨帖暖润。我举目看四周陈设,只见银平脱屏风旁边的架子上,摆着小玛瑙盘、金花银盆之属,安禄山身上则穿着紫细绫衣,皆是他生日时皇帝与贵妃所赐。

当年我在幽州时,以及离开幽州以后,都与安禄山保持着联系。他因我与李适之的关系,一度对我过分谨慎奉承。但我只作与他投缘,时而去寻他喝酒,摆出性气相合的样子,表面上也算是交下了这个朋友。连诈死的事,我都没有瞒着他。只是,从前我孑然一身、无牵无挂,只想寻个机会毒杀他,而现在我年纪渐长,又与王维情投意合,行事时不免考虑许多,况且,在与他交结的过程中,也一直有些下不去手。

安禄山这个人……给人的感觉太诚恳了。我知道这听起来很可笑,但这是真的。

我将茶杯放回案上,笑道:"东平郡王'河岳诞宝,雄武生材,万里长城,镇清边裔',是国家的栋梁之材。郡王还肯拨冗见我这个小小女子,我当真感激之至。"那几句话,是皇帝前两年封他为柳城郡开国公时的圣旨里的。

啊,这时的安禄山,还是国之长城呢!

他挠了挠头,局促道:"你只管胡呲。安禄山岂是那等忘旧之人?你若再称我'郡王',我可要赶你出去了。"

我扑哧一笑:"不敢了,不敢了。阿兄近来可好?此次入京,能留多少时日?"

"咳,圣人要我多留几日,伴他打球、走马。贵妃也要与我叙话——是以今日与阿妹不能久谈,还望阿妹宽宥。"

我笑道:"阿兄蒙圣人、贵妃深恩,自是要尽心相报。这一年来边疆诸事可定?阿兄前番与我的书信中说,有意一举平定奚、契丹。"

安禄山笑道:"我入朝时献奚俘八千人,圣人命吏部在考课之时将我评定为上上。"

他说话时志得意满,脸上微现骄矜之色。春日的阳光穿过珠帘,洒在他的面容上,显得他一张浓眉大眼的脸正气凛然。若非我是穿越者,我大约也会相信,他永远都会是一个忠贞报国的将军。我压下心中的复杂情绪,笑道:"这个我也从王十三郎处听说了,还未恭贺阿兄!至于契丹,阿兄可有意举兵攻打?"

"自然要打……只是我手下兵力虽足,却似乎也不足以毕其功于一役。"

安禄山犹豫道。

我望着他堂中悬挂的大唐舆图,问道:"阿兄何不与朔方军合流,共同征讨契丹?"

安禄山面色不喜反忧,吞吞吐吐:"阿妹,我亦曾有此想,只是……只是……"

我奇道:"现今的朔方节度使乃是李右相,他一向信重阿兄。阿兄何以为难?"

安禄山叹道:"但李右相只是遥领朔方军。真正统领朔方军的,乃是朔方节度副使阿布思……哦,他如今是奉信王了。"

我歪了歪头:"奉信王率部来投大唐,其意甚诚。怎么他竟不愿与阿兄共抗契丹吗?"

他将目光投向旁边的香兽狻猊,见它口中香烟渐淡,抿了抿唇,也不叫人,站起身来,走到香兽身边,打开盖子,向贮香盒中新添了两丸紫藤香。他重又合上盖子,静立在香兽旁,嗅了几口香气,这才回到我对面坐下:"不瞒阿妹,我与奉信王一向不甚相得。奉信王自恃才干,不肯与我协作。"

我恍然道:"我一直听说奉信王美容貌,多才略,却原来是这样的人吗?那他委实有负圣人之恩。"

安禄山意甚愤慨,道:"我也曾说过要与他共同出兵,他竟以为我妒忌他,有心暗加谋害……便不肯借我兵力。"

我缓缓举起茶杯,望着洁白无瑕的细瓷杯身,与杯中红褐色的茶汤,却不就唇相饮。沉思了一会儿,我叹道:"难的是奉信王与李右相极为投洽……"

他眼中闪过一丝精光,却只道:"李右相劳苦功高,奉信王独独敬服于他,也是应该。"

"独独——"我咬重了这两个字,"敬服李右相吗?那可又将圣人置于何地呢?"

安禄山的双眼生得大且圆,看人时总似带着三分无辜。此时他便这样无辜地看着我,却不接话。我缓慢饮了两口茶汤,笑道:"南北朝时,北魏人不爱饮茶,却爱酪浆,将茶称作'酪奴'。但有唐以来,好茶之风盛行,连阿兄这样原本出身东北的人,也爱饮茶了。如今若有人称茶为'酪奴',未免不识时务。"

他点了点头。我又道:"一入圣朝,心中眼中,便该只有一个圣人,这方是识时务者所为。"

"但李右相秉权多年,圣人的心意,便是他的心意。"安禄山目光闪动。

"圣人是圣人,李右相是李右相。李右相私下做的事情,可未见得尽是圣人授意,譬如……李右相与阿布思约为父子之事。"

后世史书记载,安禄山与杨国忠共同诬陷李林甫认阿布思为养子,可见此事是假。我现在说出,也只是暗示安禄山往这个方向思考而已。谁料他笑道:"阿妹说的事,我仿佛也听过。李右相与奉信王约为父子,也许……是为了稳固大唐在突厥的根基?"

时当晚春,他话中却带着一丝清冷如冰的意味。我抬眸,望向安禄山的眼睛。他褐色双眼中依然充盈笑意,就像说的只是一件寻常事。

"奉信王的部众皆是同罗人……"我想了想,"阿兄手下也有些同罗将士,自然较我更明白奉信王的事。他是否会叛归漠北,阿兄也清楚。"

安禄山朗声笑道:"我一直以为阿妹性好饮酒,且又通晓胡语,故而与我投契。我却从未想到,阿妹竟然这般知我心意。那阿妹可知我此刻想的是什么?"

我抿唇,顿了顿才道:"我不知阿兄此刻想的是什么,却知道李右相想些什么。他固然信重阿兄,却绝不肯以阿兄为相,只因阿兄乃是胡人。"

他面上现出憾色,沉声道:"我虽得盛宠,但只要李右相在,我便要受他钳制。"

当然了。史书里说,安禄山入朝与李林甫谈话时,每每汗湿重衣。

我笑道:"恰如阿兄所云,李右相把持朝政多年,原是劳苦功高。他已秉权近二十载——也该引退了。"

他沉吟道:"若是阿布思叛归漠北,则李右相与他约为父子,便与谋反无异了。只是朝中多是李右相夹袋中的人物,只怕……想以此动摇他,不甚容易。"

我闭目静思，只闻得帘外落花簌簌。许久，我睁开双眼，笑道：“阿兄若要成事，只怕还要借助贵妃与杨中丞之力。”

安禄山微显不屑，道：“杨国忠？性子又急躁，又没有什么才具，不过一个托庇于女子裙带的无能之辈，竟也能盘踞朝堂了！”

"李右相年老，杨中丞又甚有野心，我瞧阿兄不如先借杨中丞之力，与其共倾李右相，再徐徐图之。"

他很快调整情绪，认同道："正是如此。"举目看向那幅大唐舆图，目光久久落在朔方军上，不肯移开，"今秋我便率领大军讨伐契丹，到时请奉信王同出步骑。以他疑我之深，必当复叛。"

"但愿阿兄讨契丹一举得胜。"

"只是……"安禄山盯住我的脸，"阿妹为何要为我画此计？"

我心中陡然一痛，并未掩饰情绪，低声道："当年李台主待我甚厚。"

只这一句，他已是了然，温言道："李台主为幽州节度使时，待我们这些将士亦是极好。他那样的人，实不该去得那般早。"

我站起身："阿兄要去见贵妃，我便不叨扰了。"

安禄山吩咐人打包一些时新果子、宫花、器物送给我，笑道："多亏阿妹点拨。我今日定要请贵妃引我与杨中丞一晤。"

我笑了笑，出了门，踏上马车，一路出城，到蓝田，入辋谷。王维听我说过要去见安禄山，一望我的脸，便露出一个微笑："观你容颜，我便知今日事谐，不必更问荣枯。"

我与安禄山打了半天机锋，原有一种浓浓的厌烦之感，但这种厌烦，却在看到他微笑的瞬间冰消雪融。我伸手，抱住他的腰，将脸贴在他的脸上。

母亲崔老夫人去世后，他这一年在辋川居丧，容貌老了不少，清俊的脸上透出一点苍黄，与一种中年式的微倦。然那种微微的倦，却反为他增添了一二分人间烟火气，令人一望之下，就隐隐随着他一起生出倦意，沉沉地放松下来。看着他的脸，你也会想要眯着一双倦倦的眼，同他坐在山边水畔，遥遥看着山外的凤城帝阙、人间棋局。握着他的手，你便也想要唱起歌，一曲属于水穷处、云起时的歌，一曲超越人世、超越时间的歌，那曲调，就像是山中的泉水、栏里的鸡雏。揽住他的腰,你就也想以颊、以唇贴紧他的脸,感受他肌肤的温度,在齿颊相接的温柔之中,铭记永恒、也忘掉永恒。

又一个春日——天宝十一载的春日——来临时,王维结束了服丧,回到朝中。三月二十八日,吏部改名文部,他做了文部郎中。从五品上的职事官,可以说是不错了。

在这个职位上,他安静地熬着,参加各种有意义的、无意义的活动和仪式,在皇帝赏赐百官樱桃时作应制诗。这完全是一个平庸官僚的生活常态,但我有时觉得,这大概就是他所求的。他对时局不再有什么指望了。

夏天到来之际,他请来了一个人。那人踏进堂屋的一刻,我几乎惊呼出声。

我没有想过李峘会瘦成这个样子。之前他完全是个小胖子,可如今却瘦到了比常人更单薄的程度,绿色的官常服穿在他身上,显得过于宽大。他的眼皮和嘴角都耷拉着,鬓发间闪现点点的灰白,后背也隐约有些佝偻。

王维将他请入正堂坐下,寒暄一番,关心道:"李郎何以憔悴如斯?"

李峘去了秘书省,现在是秘书郎。他原先在兵部,却去了秘书省这种不怎么紧要的部门,也不知为什么。

他垂头不语,最终道:"劳王兄动问。我那年失了心爱之人,至今常常无心饮馔。"

王维望了我一眼,说:"我虽未必深知你的苦处,但我也曾丧妻。李郎之心,我或能知晓一二。"

李峘听得此语,方才抬起头,看着他说道:"王兄懂得我的心意,再好不过。唉!我昔日也曾与她顽笑,言及身后之事,却不曾想到,如今那些景象……当真在我眼前了。"话语平淡,却是无比沉痛。

王维又安慰了他一番,道:"再过几年,多少会好受一些。"

李峘摇头:"也不知道要再过多少年。王兄叫我来,可是有话与我说?王兄精于佛理,我虽然粗鄙,却也喜欢听慈恩寺的阿师们谈讲……今日能与王兄这样的才子对坐相谈,我甚是开怀。"他口中虽说着"开怀",容色却仍旧枯寂至极。

王维端起茶盏,润了润唇:"实不相瞒,我请李郎来,是为了阿郁……李郎记得阿郁吗?"

"阿郁……"李崿想了想,恍然,"是了,当年我将阿郁写入变文,引来好大祸事,幸亏你与你娘子寻得金刚智法师,请法师出面说话。"

"正是。阿郁从前有一桩心愿,若是李郎肯为她了此愿心,她必定深深感激。"

李崿慨然点头:"不知她有何心愿。"

"她爱听晋宣帝司马懿的故事,深慕其才略,也愿天下更多人知晓司马懿的传说。李郎若能将宣帝生平写入变文,传唱于寺庙中,阿郁定然感激欣慰。"

李崿露出为难之色:"可是自从弟心爱之人逝去,弟已立下誓言,不再写变文。"

王维早已与我详查过李崿所历之事。是以,他听到李崿拒绝,也不意外,只笑道:"我听说过,那个女子与你甚是相得,还曾共同著作文章。她若有灵,大约也望你继续秉笔作文,让世间百姓仍有变文可听。来日你百年之后,与她团聚于地下时,也有新的故事讲与她哩。"

换作别人,这么直言他人的身后之事,只怕是要挨揍的。但王维就是有这种魅力,能将看似不合适的话讲得温和又恰切。李崿嗫嚅道:"晋宣帝的故事吗? 我……我不知道没有了她,我能否将文章写好。"

王维笑道:"不碍事,不碍事。我与李郎共同参详。"

李崿犹豫了片刻,应允道:"晋宣帝的事,我也听过一些,只是不甚清楚他的事情有哪些可写之处。"

"从高平陵之变写起如何?"

高平陵之变,乃是司马懿在被架空十余年之后,趁大将军曹爽与魏帝曹芳到魏明帝之墓高平陵谒陵的机会,重新夺回权力,并处死曹爽的政变。

"高平陵的事,我以前也读过。"李崿说,"宣帝当时虚位太傅,并无实权,却敢于趁皇帝与曹爽不在,关闭洛阳城门,屯兵洛水浮桥,以此劫取权柄,确是甚有胆色——此事至愚之人亦不敢为,宣帝却一意为之,而竟然成事,也算奇闻。若将此事写入变文,必然有趣。只是我对此事仅知大概,王兄可能为我分说一二?"

王维笑道:"宣帝有蒋济等几位曹魏老臣支持,其子司马师为中护军,在禁军之中有些根基,手中亦有三千死士,却远不足以与曹爽相抗。不过,宣帝及时领兵直趋洛阳武库,又命司马师与其弟司马孚屯兵司马门,再命高柔、王观各自前往曹爽、曹羲营中,统领其部众,则洛阳几处要地俱在其掌握。"[1]

"当时禁军的兵器多半存于武库之中,他先取了武库,则既能釜底抽薪,使曹爽的兵士无兵器可用,又使自家的人马有了武备。他之成事,固然可谓天定,却也是因他自家筹谋周密。"李峄思索着。

王维道:"正是。"他取了画笔,在一张熟纸上勾勒汉魏洛阳城几处军事要地,指与李峄:"洛阳武库在城东北,而曹爽府恰在武库之南。司马懿若要取得武库,须得经过曹爽的宅邸。曹爽之妻刘怖有所警觉,使人向他发射弩箭。然而他却未在曹爽宅邸过久停留,而是勒兵直向武库,实在可谓机智。"

李峄道:"他自家领兵去取武库,可见武库在他心中最为紧要……他又遣二子屯兵司马门,可见除了武库之外,他最为看重的当是司马门了。他夺司马门,想来是为挟郭太后以命朝臣。"

王维喝了一口茗汤:"司马门便如玄武门一般,得失殊为重要。晋惠帝时,贾后诛杀杨骏,命人把持司马门,使宫内的杨太后无法传话与宫外的杨骏。八王之乱中,司马颖占据洛阳,亦曾如此。盖因一旦夺取司马门,即可使内外隔绝,音信不通,曹爽、曹羲的部众也无法……"说到此处,王维眼中闪过一丝复杂的光,倏然坐直,再也说不下去。

我看到王维的眸光,已知他的情绪。他不忍心害人。我又怎能忍心让他害人?

"李郎。"我在旁边站起。

李峄自进门之后,见我是个女子,便不肯直视我,仿若入定的老僧一般。这时他看向我,显是认出了我的容貌,不由惊道:"郁小娘子? 你怎的还活着?"

我三两句将自己诈死之事说了,又道:"今日王郎与你说的话,你全都忘掉吧。"李峣茫然道:"为什么?"

我苦笑道:"唉,这主意原本是我出的,是我想要为故去的左相报仇,毁掉你父亲的声名。你也不要怪王郎。《晋书·宣帝纪》最后,本朝的太宗皇帝早有议论,说宣帝是不忠于曹魏的奸臣。我想教你写一篇变文,大大夸赞司马懿一番。如此,圣人必定生出疑心,迁怒于你父亲。只是……"

"只是,连我亦要受到牵连?"

"是。我不能害你。你走吧。"

李峣半晌不语,眸光由迷茫到深思,又由深思到笃定。他抬起头来,一字一句道:"王兄,郁小娘子,你们……将你们所谋,仔细说与我吧。这变文究竟该如何写,才能使圣人反感我父?"

我与王维同时愣住。

李峣道:"二位有所不知,我那心爱之人,便是为我父所杀……"

我"啊"了一声。我虽听说康九娘已死,却哪里知道她竟是为李林甫所杀?难道……她竟是因为向我泄露了消息,而被李林甫害死?李峣续道:"我为人子,不能为一妾室而向我父寻仇,那是大大的忤逆之罪,是唐律十恶之一。可……可我只想夺走我父亲的权势,也……也教他尝一尝失去所爱人事的滋味。为此,我……我宁愿受到牵连。"

我愕然,愕然之后,又生出理解的心情:"你当真想好了吗?"李峣点头。

"若你父亲一朝倾颓,你与你兄弟姊妹亦未必能够自保……"

李峣惨淡笑了:"难道我什么也不做,我父亲便不会倾颓了吗?上次我大哥流泪对父亲说,他害的人太多,到了失势之时,纵是求为辇车者,亦不可得。可父亲他……他全然不肯悔改。"

"……"

李峣摇了摇头,转了话题:"我打算将高平陵之变写得精妙绝伦,多添新意,借此褒扬宣帝的才干,使圣人生出猜忌。"他絮絮说了半天,都是在说该当如何剪裁司马懿的生平,写入变文。在接下来的时间里,我固然没再言语,王维也不再如方才一般娓娓道来。但李峣自己说得兴起,脸上浮起兴奋的红色，竟有少许病态。

将他送走之后，我们相对而坐，相看无言。

半晌，王维才道："我原本不想教你沾染这些。我原想自家诱他入彀，却……却到底做不成事。"

我柔声道："你学佛半生，第一次做这等害人的营生，不能安心，也是自然。"

"李右相害得我的恩公曲江公[2]郁郁而终，还曾对你下毒，更杀死了李左相、赵太守、皇甫太守等许多人。因此，我也想要与你一同做这件事。但我不过一个文部郎中，若要行此大计，只能在暗中行事……势必株连无辜。"

"正是……不过李郎竟肯与我们同谋，可见李右相……太狠毒了。"

王维叹了口气，拥住我，低声道："我们当做的事，还是要做……还是要做。"他说了两遍，像是说给自己听，坚定自己的决心一般。

注释：

[1] 本章对高平陵之变的分析，参照仇鹿鸣《魏晋之际的政治权力与家族网络》第2章第1节《高平陵之变发微》，上海：上海古籍出版社，2015年。

[2] 张九龄原籍韶州曲江，故称曲江公。

第三十四章
长爱清华入诗句

春末夏初的慈恩寺天香飘翠，琐窗半开，细碎的花瓣与斑驳的花影俱皆落在地上，又被游人的步子碾踏。光阴便在这花影的轻微晃动间，流水一样过去了。

转眼佛诞将近，一连数日，寺中皆有讲经之会，前来听经的男女极多。今日讲经之后，寺内另在变场安排了讲变，讲的便是李崿的那篇《晋宣帝变文》。王维听了讲变出来，眼见得步出变场的仕女们果然对变文内容生出兴趣，议论纷纷，心中也不知是何滋味。

他径自向变场后走去。越是向后走，游人越是稀少。南池附近的碧树浓荫之中，掩映数间静室，其中一间半掩着门。他轻舒一口气，理了理身上的绿袍，举步踏入静室，却仍旧将门半开着。

"年余未见，摩诘你的风姿越发萧散了。"吕氏笑吟吟道。

吕氏年已五十有余，但因多年来养尊处优，丝毫不见老态，鬓发漆黑。她穿着一身浅蓝衣衫，衣上不饰文彩，看去就如平常妇人一般，唯有发间一支精巧的玉步摇显出几分奢华气息。

吕氏的侍女侍立在旁，正在茶炉边烧煮茗汤，满室都是剑南散牙的芳香气味。

王维领首："娘子精神更胜往昔，维亦甚是欣悦。"

须臾,侍女为二人各自奉上一盏茗汤:"王郎中不爱姜、盐之属,这一盏里,婢子便什么也不曾添。"王维静待茗汤凉了几分,擎杯在手,慢慢饮了一口。吕氏目不转睛,看着他的神色,似是在等着他品鉴。

"这水倒不似终南山的泉水。"王维说。

吕氏点了点头:"摩诘不独是知音者,更是知茶者。这水乃是取自终南山中一处鲜有人至的飞瀑,比寻常泉水更加轻浮。"

王维恍然道:"娘子心思独到。饮此茗汤,令人有林泉之想。"

"你既在蓝田置了别业,也不必空有林泉之想,而自可入山亲见林泉之景。"

王维笑道:"每旬只得一天休沐日,要往返蓝田,也有些匆忙,哪里及得上高将军家中宅院广阔,自有池榭亭台,假山园圃。娘子纵在京城甲第之中,亦可享泉石之美。"

——吕氏正是皇帝的得意内侍,骠骑大将军高力士的妻子。吕氏闻听此言,笑道:"你我说来也算旧交老友,怎的你也以这些俗事取笑我?我家中如何能有'返景入深林,复照青苔上'的景致?"

王维一笑不言。吕氏又道:"我初读到你这两句诗时,只觉甚是耳熟。后来再想,却是借了南朝刘孝绰的'反景入池林,余光映泉石'之句。"

"哈哈哈!"王维朗声大笑,"娘子是第二个当面向维言明此联出处之人。"

"第一个是谁?"吕氏问。

"是维心爱之人。"王维放下茶盏,"她仔细研读了维每一句诗,仔细得……简直令维怕惧。"

吕氏扑哧笑了:"你十几岁就到了长安——我正是那时识得你的——多年来诗作传唱闾巷之间,难道还怕这些吗?那她可曾言明你此诗与刘孝绰原句相比,精妙在何处?"

王维道:"这倒是不曾。不知娘子作何想法?"

吕氏望着窗外院中的花树,缓缓道:"你与刘孝绰写的俱是夕阳返照的那一瞬间,但刘孝绰原诗乃是应令之作,明丽可人。你却变'池林'为'深林',变'泉石'为'青苔',则你笔下之景,显得更为纵深。而那一抹夕照,亦因深林之深、青苔之青,而愈显珍贵温暖。刘诗之中,映着泉石的乃是'余光',有抛洒之感,而你笔下的夕照,则更有穿透之感。果然,你自诩画匠,并非无因。"

王维叹道:"娘子,在你们二人面前,维的小心思、小伎俩,当真是全然无从遁形。"

吕氏含笑道:"你难道忘了当年在玉真公主府上,我第一次与你说话,便是说你那'来日绮窗前,寒梅著花未',是借鉴南朝江总的'故乡篱下菊,今日几花开'?"

王维一怔,回思当年之事,目光渐渐变得悠远。

那年他不过十九岁,因一曲《郁轮袍》而得玉真公主欣赏,成了公主的座上宾。吕氏那时已是高力士的妻子,因高力士是皇帝最得意的内侍,吕氏也一跃成为长安城中一位令人不敢忽视的贵妇。

他与吕氏是在玉真公主的宴席上相识的。那日玉真公主兴致勃勃地称赞王维的新诗,吕氏起初还静静听着,后来却忍不住道:"此诗倒与江总还乡时所作之诗有几分相似。"

吕氏在嫁给高力士之前,只是小吏吕玄晤之女,传闻中高力士亦只是因为吕氏姿貌过人,才娶她为妇的。故而长安贵女们对吕氏多少有些轻视,不屑于与她深交。这时吕氏一言既出,席上众人的目光纷纷向她投来,目光中多半带着点惊诧。

公主挑眉,问道:"则江诗与王郎之诗相比如何?还望吕小娘子为我解释一二。"

吕氏从容道:"王郎之诗曰:'君自故乡来,应知故乡事。来日绮窗前,寒梅著花未?'以客子口吻道出,开头便说'应知故乡事',猜测对方必定知道故乡之事。此语大有安慰自家,以解思乡之情的意味。"

有那不甚服气的贵女道:"那最后两句又有何异同?"吕氏道:"江总问的是'篱下'的菊花,而王郎问的是'绮窗前'的寒梅,周遭景象由疏朗一变而为华美精细。此外,王郎问的是花开也未,而江总问的是'几花开',王郎的诗句更显细致,而花开之景,显得更为珍贵、细微,几有无声之感。"

玉真公主拊掌笑道:"这番议论,果真精妙。吕小娘子原来饱读诗书。"公主既已发话,众人自然附和。

宴后,吕氏与王维恰巧一前一后出门。吕氏对王维道:"我妄评王郎之诗,以自高身份,还望王郎不要见怪。"王维先是笑了,而后肃然道:"娘子是一知音者,维更有何言?"

此后二人熟悉起来,每隔一年半载,也会在慈恩寺见面谈诗论文。时人对能诗之士本多尊重,常愿引为宾客,加上吕氏身边俱是高力士的人,高力士并不起猜疑。

王维回想这二十余年来的经历,只觉恍如一梦,不由叹息。

"摩诘何必叹气?"吕氏问。

王维饮了一口茗汤:"娘子与李太白可有往来?"

吕氏想了想,说道:"他眼中只有自家与天地,你眼中……却有众生。你的悲悯之心,我一向是敬服的。他太狂傲,我所不喜。"

王维道:"但李太白有些句子,维却也断断写不出来——他那年的《清平调》,'云想衣裳花想容,春风拂槛露华浓',倒是甚为香艳,写出了贵妃的雍容美态。"

"那三首《清平调》,确是非同凡响。只可惜他被圣人赐金放还,不然定能写出更多诗篇,教后人也知道贵妃的美貌。"

"去年贵妃认安将军为养儿,真是有趣。那年维曾到幽州,听说一件趣事。"王维说。

"是甚事?"

王维笑道:"乃是故去的前幽州节度使张守珪,也曾以安将军为义子。他嫌安将军肥胖,故而安将军惊惧,总是不敢多食。"

吕氏与一旁的侍女俱是掩口而笑,显是想起了安禄山的体态。吕氏笑了半日,方道:"他们边陲之地的蕃将,认汉人武将为养父,倒似乎是常见之事。"

"以维在凉州与幽州所见,确实如此。再说,那蕃将阿布思,哦,如今是奉信王了——不是也认了李右相为养父吗?"

吕氏诧异道:"李右相竟认了他为义子?"

王维眉头一蹙,笑道:"李右相与奉信王约为父子,倒也有益于稳固大唐在突厥的根基。"他端起茶盏,抿了一口:"说到突厥,隋炀帝那首《云中受突厥主朝宴席》当真志得意满:'呼韩顿颡至,屠耆接踵来。索辫擎膻肉,韦韝献酒杯。'我大唐数代君主开边之功,远胜大隋,诗家正当好生歌咏才是。"

吕氏似仍沉浸在得知李林甫认了阿布思为义子的震惊中,半晌才道:"我听说有个青年诗人,姓岑名参,是初唐名臣岑文本的重孙,在西州写了不少诗篇。"

二人又对岑参的诗篇评点了半日,直到日影渐渐西斜,方才各自起身,彼此告别。

王维在慈恩寺北门外上了坐骑,任由马匹慢慢走过街道。街上的行人们见宵禁将至,大多加快了步伐,从他的身边匆匆走过。淡金的夕阳透过街两旁的槐树枝叶,又投在他的面目口鼻上,将他无甚表情的脸庞也染出几分温柔,唯有一双眼中情绪复杂,说不出是愧疚还是毅然。

第三十五章
知有从来天子尊

含凉殿在大明宫太液池旁,金阙云开,御炉香重。含凉殿依水而建,盛夏之时本就较其他宫殿凉爽,但皇帝实在怯热,故而又命巧手匠人在侧殿边起了凉殿,以扇车带动水流,使水流在屋顶汇聚后四面飞洒而下,带起阵阵凉风,当夏处之,凛若高秋。

他起这座凉殿时,拾遗陈知节上疏极力谏止。于是皇帝召陈知节入对。陈知节到了之后,坐在皇帝特意设的石质坐榻上,座位后水激扇车,风猎衣襟,阴霤沉吟,仰不见日,四隅积水成帘飞洒。皇帝又赐他冷饮。陈知节体生寒栗,腹中雷鸣,再三请起,皇帝方才允许,而皇帝却还在不停拭汗。陈知节刚走到门边,便腹泻不止,之后几日仍是如此。皇帝向他道:"卿以后论事还应审慎,勿要以己身比拟于朕。"

然而此刻年已六十后半的皇帝倚在凉殿中的坐榻上,背靠斑丝隐囊,闭目静听殿边飞流直下的水声,却感到三分明显的清冷。到底是年事渐长,昔年弓马娴熟、体魄健壮的临淄王,也有畏寒的一日。

但这样的叹惋,并没有真正进入他的内心。眼前这如花似锦的盛世朝光灼烁,和风婉转,是他一手缔就。到今年,他已履帝位整整四十载。四十年太平天子,这是连文皇帝都没有过的成就。他从乱象频生的帝阙之中长成,却以这帝阙作为起点,将天下江山握于掌中。他已不再年少,但他有足够的理由相信，自己依然能砍去一切碍眼的枝蔓，搏杀所有拦路的猛虎。以天下事悉委李林甫十年后的今天，他仍旧拥有对朝堂之事至高无上的裁决权，和作为君王的猜忌与敏感。

他没有睁眼，回想着方才与乐师的对话。他问李龟年，近来长安可有什么有趣的事体。乐师说道，右相李林甫的第五子写了一篇《晋宣帝变文》，大肆褒赞司马懿的经略之才、治国之能，尤其赞美他老谋深算，在高平陵之变中大获全胜。这篇变文在各寺院中广为传唱，和尚们为了将高平陵的事讲清楚，还在绢上画出汉魏洛阳城几处要地的图，一边讲变文，一边展开地图给听讲的士庶们解说。李龟年还说，城中简直没有不曾听过《晋宣帝变文》的人。

他皱了皱眉。司马懿发动高平陵之变，倾覆曹魏，文皇帝在《晋书》中亲自批评他为臣不贞，前忠后乱，令人齿冷。李林甫的儿子身为权臣之子，夸赞司马懿，居心何在？

李林甫读书不多，他倒不至疑心这是李林甫授意。但李林甫之子写出这样大逆不道的变文，恐怕还是因为其父气焰太高，而得意忘形了吧。

这时高力士走了进来："安将军入见。"

皇帝点了点头。

很快，安禄山匆匆走入，向皇帝行了跪拜之礼。皇帝示意他坐下，笑道："卿此次入朝，想必又有许多人延请卿去宴饮、打球吧。"安禄山连忙离座，恭顺道："他们延请臣，乃是因为臣事天子忠心不二，并非因为臣自家有什么可交之处。臣身为边将，绝无私交朝臣之念。"

皇帝笑嗔道："卿也太谨慎了。朕不过说了一句话，卿何至于此？"

安禄山一笑，坐回座位："臣只知臣位分越高，越当谨慎。"

宫人献上凉水湃过的瓜果，侍女又用银刀切开香瓜，呈给皇帝与安禄山。皇帝叹道："若是他人也有卿这般谨慎，朕便当安心许多。"

安禄山犹豫了一下，问道："圣人说的可是王鉷之事？"

皇帝心中想的实是李林甫，却没有否定安禄山的话。王鉷之弟王銲谋反作乱，恶迹甚著。皇帝相信王鉷深受恩遇，应未参与此事，本不欲责怪王鉷,王鉷却不肯上表请求降罪于王銲。皇帝大怒,赐死王鉷,又命杖死王銲于朝堂之上。

安禄山叹道:"臣是胡人,也晓得要忠心事主的道理。华夷虽有别,赤心则无殊。"

皇帝尝了一片香瓜,笑道:"可惜不是世间的蕃人都晓得这番道理。此瓜甘甜,卿来尝一片。"他示意侍女将瓜递给安禄山:"譬如阿布思率部来降,如今却又叛走,走之前还大掠仓库,实在可恶。"

安禄山面色一肃,再次离席,顿首道:"臣与阿布思同为边将,却未能及时察觉阿布思之心,是臣有过!"

"朕为天子,尚且有失察之时,卿又有何罪过?"皇帝说。

安禄山低头:"陛下有所不知。臣养同罗、奚、契丹降者八千余人,唤作曳落河——曳落河便是胡语'壮士'的意思。臣手下的同罗曳落河中,有些人与阿布思手下的同罗将士熟识,本应早察。"

这些胡人之间的关系网络,皇帝了解不多。闻听此言,皇帝来了兴致,笑问道:"哦?卿手下的同罗人,都听说了些什么?"

安禄山思索道:"他们听说阿布思自负才略,不肯为臣副手。还听说阿布思为人不好女色,只爱练兵……还听说……"话音突转低微。

皇帝抬眸,露出询问之意。安禄山望了一眼皇帝与旁边的高力士,苦笑道:"圣人英明。禄山只怕说了,会教圣人斥骂禄山离间君臣。"

皇帝稍稍动了动身体,将后背在隐囊上靠得更舒服一点,笑道:"卿的忠心,朕是知道的。卿只管说吧。"

安禄山又一顿首:"臣听手下的曳落河说,李右相曾与阿布思约为父子。"

皇帝去取香瓜的手微微一滞,面上仍微笑着:"这是什么时候的事?"

"听说是阿布思初降时的事。"安禄山有些不安似的。

皇帝拿了银刀在手,亲自切开香瓜:"听说你们蕃将常有认养父、养子的事。"

"是。臣乃边将,为避嫌故,不敢结交李右相这样的文臣,只敢以武将为父——譬如从前的张将军。"

皇帝想起在河西与幽州屡立战功,最后却被贬死在括州刺史任上的张守珪,心中升起一丝转瞬即逝的悲切:张守珪只比他大一岁,却已去世十余载了。张说、姚崇、宋璟、裴光庭、张九龄……他想起那些先后离去的臣子,微生怜惜,闭了闭眼。

张九龄死后,再也没有风度那样好的人了。

——李林甫也老了。

只这时,一旁的高力士接了话:"臣亦曾听说李右相收了阿布思作养子之事。"

皇帝眉心陡然一跳,静默片刻,问道:"安卿,卿云林甫与阿布思约为父子,可有人证?"

"阿布思部落降者中,有在臣麾下的。"安禄山说。

皇帝颔首,却转开了话题:"力士,取羯鼓来。"

不过片时,高力士带着宫人进来,轻车熟路地将羯鼓安放在殿内的小牙床上。皇帝起身,到了羯鼓旁,取杖在手,一时没有动作,却向安禄山道:"安卿,你可知羯鼓杖要用什么木料?"安禄山笑道:"臣自小贫鄙,所见的羯鼓杖皆是寻常木材所制,哪里见过圣人所用之杖!"

皇帝道:"羯鼓以两杖击打,其声焦杀鸣烈,尤宜促曲急破,作战杖连碎之声,又宜高楼晚景,明月清风,可以破空透远。故此,做羯鼓杖,应用黄檀、狗骨、花楸等木,必须禁绝湿气,才最为响亮。"

"原来还有这许多道理!臣粗莽,但陛下若要击鼓,臣可起舞助兴。"安禄山自告奋勇,仰脸望着皇帝,胡僧献宝似的。

"卿肥壮如是……果真能起舞吗?"皇帝半是怀疑,半是打趣。

安禄山笑道:"陛下且看吧。"随即站起身,活动关节。

皇帝掩在赤黄衣袖中的手腕猛然发力,将鼓杖挥出,击打在鼓面上,杖底变转清浊,呼召律吕,正是一曲他自制的《乞婆娑》。乐声美妙婉转,回荡在凉殿之中,与殿宇四面的淙淙水声隐隐相和,气清意谐。

——但他未曾意识到,今日他的双手执杖时,握得极紧,指节泛白,仿佛手底供他驱遣的不是鼓杖,而是整个大唐的江山子民。

安禄山随之起舞,跳的却是胡旋。他急转如蓬,回风乱舞,当真是疾如骊珠,能逐飞星,飘似虹晕,以掣流电,简直教人理不清终和始,分不出背与面。他约有二百余斤,偌大身躯只压在足尖之上,却仍能急速旋转。他一双臂膀时展时合,却不似西域胡女们跳舞时的娇媚纤柔,而自有边塞武将的粗放之态。

一曲终了,皇帝接过绢帕,擦拭额头的细汗,品评道:"安卿的胡旋舞,也可算得上乘了。"

安禄山收了舞姿,赧然笑道:"臣十余年前曾在洛阳见一舞姬跳胡旋,那才真是绝艳惊人。臣自愧不如。臣听说,宋开府虽耿介不群,亦深好声乐,尤善羯鼓?"

宋开府,说的乃是宋璟。皇帝点头道:"宋璟曾对朕说:'头如青山峰,手如白雨点,此即羯鼓之能事也。'头要像山峰,沉稳不动,而'雨点'二字,则是说击鼓应当既碎且急。"

安禄山向往道:"可惜臣不曾亲见宋开府的风姿。听说他为人忠直,待圣人再无半点私心。"

皇帝微一抿唇,似是下定了什么决心,随手将鼓杖抛到案上,只闻得两声清脆的响声:"禄山,力士,卿等将阿布思部落降者,付杨国忠鞫问。"

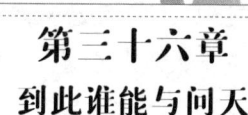

第三十六章
到此谁能与问天

时当十月,百官随皇帝前往骊山。

"千官扈从骊山北,万国来朝渭水东……"李林甫披着貂裘,立在山腰的乱草之中,俯视骊山西边棋局般的长安城,轻轻吟诵。

他仰了仰头,只觉今年的北风比往年更烈,纵然锦裘在身,也冷得很了,于是扶筇下山。他走得很慢,但走回城里,也没有费多少光景。每年冬季天子驾幸华清宫时,文武百官皆在骊山禁苑北侧的昭应城中居住。昭应城不似长安以城北为贵,而是南侧离华清宫更近,李林甫就住在城南的一处四进宅院中。

他走进院里,所至之处,仆婢纷纷见礼。他挥手教他们退下,走入堂中,从几案上取了玉笛,横在唇边。他素来擅长音律,随心吹奏便成妙曲绝调。只是今日,他吹了几句,才发觉自己所吹竟是那年裴家养女在慈恩寺所奏之曲。他记性绝佳,那回听后,已暗记了曲调。此刻他犹在病中,中气不足,但随意改了几个音节,吹了出来,竟比她的原曲更清雅妙丽。玉笛声传出室外,庭中树上薄薄雪屑随之而落。

一曲已毕,他回想那年与她交谈的场景,竟有几分后悔——她能道破他的心思,他该当杀了她。转念想时,又有些感谢她的意思。她说代他者乃是杨姓之人,此言原是不虚。可惜他当年因杨钊——杨钊现已改名杨国忠了——乃是国戚，未曾留意，反而加以汲引，现下杨国忠却已贵盛天下，公然与他为仇。南诏数次寇边，他上奏请圣人遣杨国忠赴任剑南，杨国忠行前却向圣人流泪陈情，说自己要加害他。圣人安慰杨国忠说待他回来，便任他为宰相。

李林甫想到此处，暗自咬牙。这时贴身的仆从李应走了进来，低声道："阿郎，方才边中使家的人递了讯息来，说……说张中使教圣人赐死了。圣人赐死他之前，曾教陈左相鞫问他。"

边中使便是边令诚，陈左相乃是陈希烈，而张中使……李林甫颦眉："张道斌？"

李应点了点头。李林甫手指捏紧玉笛，背后沁出了一层薄汗。张道斌与他相识多年，从前是武惠妃手下的得力宦官。他交结张道斌，就是为了传递讯息，以讨好武惠妃，共商拥立寿王之计。后来武惠妃死去，张道斌转去侍奉圣人，仍是与他交好。

圣人突然将张道斌赐死，莫非……

不会……不会与他暗交武惠妃之事有关。

武惠妃已死多年，他虽一直希望皇帝废太子而改立寿王，但多是暗使计策，应无人知，除了……除了裴家的那个养女。但那女郎已没了裴家养女的身份，所有的倚仗，不过是文部郎中王维。且不说王郎中一向恭谨，就算他想与自己为敌，以他那点才具，又能如何？

而至于陈希烈……

陈希烈初时柔和易制，万事皆由他做主，如今却与杨国忠联手，都来为难他。陈希烈鞫问张道斌，所得辞状必定于他不利。

他抿紧了嘴唇，只觉双唇已被骊山十月的寒风吹得干裂，便从怀中掏出一盒口脂，揭开盒盖，取了一点，涂在唇上。这口脂是圣人赐给百官的，用丁香、藿香与蜂蜡制成，芳香润泽，当此冬日，甚具妙处。

口脂尚未涂完，有人径自走进屋来，跪倒在他面前。

——是他的第五子李岿。

"你有何事？"他张口问道。喉间痛涩，他端起茶汤，喝了一口。这茶是用骊山泉水煮成,入口时却似乎有些寡淡无味。

"儿子祈请大人,允准儿子出家为僧。"李岫声音不高,字字清亮。

他既惊且怒,却隐隐知道,自己对此际的情景,也并非全无预感。他端详着李岫的容颜,头一次发现这个儿子已经瘦得似不胜衣。他虽因张道斌的事而心情烦乱,仍是尽量温言道:"为什么?"

李岫说了一番言语,无非是他为慈恩寺写变文多年,深结佛缘,唯愿从此奉佛之类。李林甫听着他平板而疏远的语声,凝视他不断开合的口唇,发现自己竟似从未了解过这个儿子。他打断李岫滔滔不绝的话语:"你究竟是为了什么?"

李岫抬起充满血丝的眼眸,直直望向他,沉默了许久,久到他手中的茶汤变得冰凉。

他重复问道:"你究竟是为了什么?为了你那个侍妾吗?"

李岫苦笑道:"大人,我们家……总要有一个人可以远祸。"

李林甫霍然摔了茶盏,一脚踹了过去。他重病多日,体虚无力,但愤懑之际气力极大,这一脚踹在李岫胸口,将他清瘦的身躯踹得向后仰倒。

李岫面色不改,拂了拂胸前的尘土,又向他叩头:"大人年已七十,往后……儿子不能在大人身边尽孝,望大人好生珍重。"便出去了。

李林甫有二十五个儿子,对于这一个,从来算不得多么宠爱。但那个绿袍的身形消失在门口时,他毕竟生出一种浅浅的恐慌。他欲叫最心爱的侍妾来陪自己坐上一刻,却终是没有出声,只是取过放在案上的口脂,以指尖蘸了一点,想要继续涂下去,忽然感到胸口一阵隐痛。

口脂盒子掉在地上,而他昏倒在案边。

待他醒来时,已是三天后了。巫师说,要好转,须得让他见圣人一面。然而他不能走动。皇帝有意前来探视,却被左右谏止,于是登上降圣阁,招扬手中的红巾,以示对他的恩遇。他已不能下拜,便令人代他跪拜谢恩。皇帝知道他的病情已重,遣了中使将杨国忠召回。

这日,杨国忠来探病了。他走入卧室后,却不接近病榻,而是在炭盆前将身上的寒气烤去,方才走到榻前,躬身道:"国忠来探视相公了。"

李林甫在榻上微微欠身,命人奉茶:"累得你往来奔波,我深觉不安。"

杨国忠道:"相公何出此言?圣人为相公的病,极是忧心,特遣中贵人回长安宫中取了不少珍奇药物,教我带来。"

他淡淡一笑,说道:"我的病,只怕药石罔效。"转头凝望窗外的鹅毛大雪。

杨国忠端起温热茶汤,却不饮下,只放在手心暖着:"相公此言,却要教圣人伤心了。"

事已至此——也许是他已病得失去了往日的机心——他也不耐烦再与杨国忠打什么机锋。在屋角白玉更漏的水滴声中,他的声音平和而枯涩:"我死后,你必为宰相。以后的事,都要劳累你了,只盼你不要厌烦。"

杨国忠肃然起身,从袖中取出巾帕,做出拭汗之态:"国忠不敢当!"

李林甫只觉那玉漏声声,甚是聒噪。他脑中有什么在嗡嗡作响,眩晕之感也是一阵接着一阵,只是不欲在杨国忠面前露出疲弱之态,微笑道:"当得,当得。"

对方又逊谢一番,坐回锦茵上:"国忠虽不敢当,但相公既有此托,国忠必当殚精竭虑,以报君王……说来,南诏既不平静,北边阿布思又入寇永清栅,令人好生担心。"

李林甫不解他为何突然提起阿布思,只静静听着。

"相公既曾与阿布思约为父子,他的性情,相公想必比旁人所知更多……"

"约为父子?"李林甫眼前一黑,咬着牙竭力定神,"谁说的?"

对方讶异道:"圣人命我鞫问安将军手下的同罗降将,已经证实此事。哥舒将军也从旁作证……难道相公竟不知吗?"

杨国忠、安禄山、哥舒翰……李林甫断然想不到他们几人共同罗织自己,说自己与一叛将结为父子——这竟是要诬构他谋反了。他急火攻心之下克制不住,喉间咳出一股腥甜,忙拿绢帕掩了口,再看那帕子时,竟有一缕鲜烈的红染在上面。

他将帕子掷下,闭了眼,冷漠道:"你还知道什么?"

"只知道这一桩事体还不够吗?"对方笑问。

"够了。"李林甫惨然笑了,"竟是我小觑了你。"

杨国忠站起,走到他的榻边。他表情恭顺,走近时的姿态却挟着一种使李林甫无从闪避的坚定:"相公不是小觑了我,而是小觑了朝臣们的怨愤。传闻地狱中有三途烈火,也不知有多少人,因相公而烈火焚身。李邕李北海……相公忘了吗?他是你下令杖死的。还有刑部尚书裴敦复,咸宁太守赵奉璋,李左相家的郎君李霅,皆是受杖而死……我记得李左相仅有李霅一子,且李霅的孩儿也已夭亡,这样贵重的宗室子弟,竟然就此绝嗣。"他朗朗地笑了起来:"我实则……很敬佩相公。相公做事……委实干净。"

大雪铺天盖地,此刻才交未时,却已昏暗一如傍晚。杨国忠白皙的面容在烛光中闪动,竟使李林甫想起了他从前那个梦,那个有一名白皙美髯男子不断逼近他,而他惊恐畏惧,无法躲闪的梦。醒来之后,他将形貌与梦中人相类的裴宽排挤出京,却没有想到,如今立在他榻边,令他着实无以回避的,竟是这个他初时全未放在眼里的杨家小儿。

李林甫又阖上眼,平淡道:"我秉钧十九载,是天子用我,朝臣们有何怨愤?谁敢怨愤?"

"是,是我说错了。臣子就是臣子,岂能有怨愤。有怨愤的,"杨国忠浅笑,"——是天子。"

李林甫的手在锦衾下面握紧了。

"天子赐死了张道斌,个中缘由,相公难道不知?"

果然……果然是因为他当年与武惠妃谋立寿王的事吗?李林甫心中涌起一种难以形容的感觉,而这种感觉,对他来说甚是新鲜。他只觉得,眼前、心头的一切,都黑沉沉的,有一只手抓住了他的脏腑,狠狠绞扭,直到他无法承受,直到整个世界扭曲变形。

他不愿在这杨家小儿面前失态,咬了咬舌尖,说道:"天子待我,恩遇仍深,登降圣阁望我。"

"相公身后,圣人若依旧这般待相公及儿孙,才当真显出圣人的恩遇。"那张白净俊秀的脸上,笑意由唇角逐渐漾开,越来越深。

许久,李林甫开口道:"要我如何,你才肯放过我的儿孙?"

"相公高看我了。凡事要看天子的意思,我能做得了什么。"杨国忠说完,施礼告辞。临出门时,他忽又回头,语气轻快而略带惊诧:"是了,我记得,李邕死时,正好七十岁……咦?相公今年也七十岁了,好巧。"

李林甫闭上了眼,眼角有浑浊的泪水渗出。又过了很久,他挣扎着坐起,举步下地,颤巍巍地走到窗前,用尽力气将窗扇推开。

昭应城虽靠近温泉,地气较暖,然而如今毕竟是十一月了。凛冽寒风陡然吹入室内,带走了室内的药味与老人久病所致的陈腐气息,也吹得他身上单薄的衩衣不住翻卷。李林甫的唇色与脸色在风中变得惨白,他望着窗外,想起的却不是为相十九年来,与朝臣们不停争斗的点点滴滴,而是他为国子司业时的往事。那时他每日与诸生为伴,目中所见,皆是那些骨清年少的容颜,自己也似活泼了许多。

那些少年的读书声,可真好听啊……就像长安城里黄莺的鸣叫,就像终南山泉水的流淌。

这是李林甫在冷风中倒下之前,最后闪过的念头。

——也是他在人世间的最后一个念头。

十一月廿四日,宰相李林甫薨。

第三十七章
明镜台前别作春

路旁桃李,花苞犹嫩,波上芙蕖,细叶未开。长安城正是初春二月,朝堂之上的变动,震撼处却更胜春雷。

李林甫死后未及百日,皇帝便下了制令,削去李林甫的官爵。子孙有官者除名,流岭南及黔中,仅给随身衣及粮食,其余资产,一并抄没。李林甫的近亲及党羽,被株连而遭贬斥者五十余人,无人敢为鸣冤。皇帝命令剖开李林甫的棺椁,将遗体口中所含珠子取出,褫夺他金紫冠服,更以小棺,如庶人礼葬之。皇帝又赐陈希烈爵许国公,杨国忠爵魏国公,以赏其成李林甫之狱。

"他掌权十九年,一旦倾颓,竟如此惨败。果然,权臣身后总凄凉……"王维轻声叹道。

绮疏新晓,篆香渐微。一晌春雨方歇,庭中嫩柳被洗刷得格外鲜绿可爱。我走到窗边,望着树上的枝芽。这鹅黄嫩绿,莺花缭绕,可有多少好,只是有些人,却再也看不见了。

不止李林甫看不见了。那些因他而死的人,也看不见了。

王维走到我身后,揽住我腰,一时没有说话,但这缱绻的举动,却无端让我生出一种突如其来的惶然。李林甫既死,恨意没了着落,一朝尽去,剩下的只有无尽的空茫。我将手按在王维的手上,眼泪猝不及防地掉了下来。

他为我擦拭眼泪:"我们去青龙寺吧。"

青龙寺在乐游原上,我们跨过大半个长安城,方才到达。原上春草青青,杏花初绽,云山悠悠,一眼就能望尽帝都春色,端的是锦绣似的繁华胜景。

然而当此美景,我心中想的,却是杜牧的"欲把一麾江海去,乐游原上望昭陵"之句。

我不爱天,也不爱地。我爱的是江海。譬如"大江流日夜"的壮阔,譬如"大海无穷环九州"的奇绝。西京虽有"八水绕长安"的湿润,却终究不在大江大海之滨,没有江风海风可以入我襟怀。

"想什么呢?"王维含笑问道。

"我在想……长安为何不在海边。"

这座城市虽能涵容一切欲望,一切悲欢,却终究没有海的精神。士人们欲求汲引时,选择遁入高远的终南山,是为"终南捷径"。待他们进士登科,又会在高耸的大雁塔上题名。春来时,满城仕女或争相出城,在乐游原的高岗之上踏青,或在自家庭院中将秋千荡得高高,笑语如珠——这是一个人人争向高处去的城市,没有人想要平视远方,看海平线上的日出日落。纵是有人想到乘槎远游,所求的也是上接星汉,闻听天帝秘语。

中原汉人皇朝的那一套话语体系,自来是以"海内"作为他们的统治区域和关注焦点,而"海外"只存在于渺远的传说与文人的想象之中,并非他们真正关心的所在,顶多能令他们联想到长生灵药、缥缈仙山和夺命海盗罢了。也难怪,贵人们以西京作为出发点,四顾海内,以为西京便是天下的中心,因为在此时,天下的资源都倾向关中。他们自然不会遥想大海——在人类漂流无依的大海上,哪里还能有这种自己居于世界中心的感受呢?

王维早已习惯了我说话没头没脑的风格,只笑道:"我被贬济州时,见当地妇人大多肌肤黝黑,想是海边日光酷烈之故。若是长安临海,你也要晒成那般模样了。你可愿意?"

我深思半日,他一语便破了局:我不爱打扮,但十分在意自己的肤色,不肯晒黑。但,言语上,我绝不能输给他:"好啊,你竟然还有心思看济州的妇人——瑶姊可曾知晓?"

如今我结识他的年光,早比崔瑶久了。长久相处下来,我也不再因崔瑶的缘故,而横生自卑。

"阿瑶原不似你这般善妒。"他说。

我撇嘴道:"那你是要我不妒忌了?"

"不不,我求你——求你为我而妒,可好?"

我笑起来,挽住他的手臂,与他同向青龙寺中去。

青龙寺始建于隋朝开皇年间,也有一百余年的历史了。它虽不及慈恩寺游人之盛,道场也不及慈恩寺大,但地处乐游原上,可以登高望远,是西京士庶最爱游赏的去处之一。

因青龙寺与日本佛教的历史渊源甚深,20世纪时日本政府向青龙寺赠送数百株樱花。每到樱花绽放之际,西安市民们纷纷到青龙寺观樱。现在寺中当然没有日本樱花,却遍植杏花。粉融融的花瓣间掩映朱楼黛瓦,间或杂着一两株紫梅,黄莺幼鸟栖于枝头,稚嫩歌声尚有一二分涩滞。若非尚自微冷的早春空气中蕴着淡淡的檀香气息,这般冶丽景象简直要让人疑心此地不是佛寺,而是什么贵人家的花园了。

看了半晌花,我心头诸般情绪也为之一解。我们走向大佛殿,遥遥听见大殿中法螺声响,又有僧人共同诵经的声音。

王维道:"多半是在做什么法事了。"

殿里有几个素衣男女,跪在佛陀金身前。女子们肩背微微抽动,似乎是在哭泣,其中一个女子的鬓发已全白了。她们身着素服,然衣衫材质上佳,绣着繁复的暗纹,想来皆是贵人家的女眷。

我向路过的一名僧人施了一礼,问他这是谁家的法事。僧人还礼道:"是故汝阴萧太守家。"似是不欲多说,只答了这一句就匆匆离去。

我与王维对视一眼。

萧太守……应该是李林甫生前的亲信之一萧炅。

萧炅读书甚少,为户部侍郎时,曾将"伏腊"读成"伏猎"。张九龄的好友严挺之说:"世间岂有'伏猎侍郎'?"便将他外放。但萧炅在李林甫手下时,其实做了不少实事。譬如长安朱雀天街原是黄土铺就，下雨时每每泥泞难行，诚所谓"长安秋雨十日泥"。萧炅为京兆尹时，命人从浐河运来细沙，在天街上铺成沙堤，做了一项便民利民的工程。后来他被杨国忠、吉温等人共同排挤出京，被贬汝阴太守，出京时百姓们还曾去送。这两年他一向没有什么消息，却怎么……突然去世了？

王维带着我走了开去，直到一处安静的回廊中，才低声道："我不曾与你说过——李右相之狱既成，连萧太守也受到牵累。圣人将他召回京师，命人鞫问他在李右相手下时的事。他……不曾活着回家。"

我脑中一片空白，喃喃道："是……是谁所为？是杨相公吗？"李林甫死后，杨国忠已被提拔为右相。

王维苦笑道："这又何必他亲自施为？李右相一倒，再也无人庇护他旧日的亲信。朝中众人皆欲自保，争相攀诬、践踏他的旧人，也不难想见。萧太守既无大过，也无恶迹，只因曾是李右相心腹，就……唉！"

他说话向来中正平和，现在却用上了"攀诬"这种词语，心中义愤自亦可知。我默然片刻，哑着嗓子道："十三郎，我们……我们可是做错了？"

王维叹道："我为佛家信徒，原不能行害人之举。初时我也多次想过此事是否当做……但李右相杀人实多，我们不必自责。况且，你我二人之力，安能与他相比？李右相之狱终究是由杨相公、安将军、陈左相促成的，我们不过……依故李左相所云，推了一把而已。"

他虽推卸了我们二人的责任，但说话之际眉头深锁，显然只是为了安慰我。我咬紧了嘴唇，顿了顿，才道："没有李右相，这天下，当真就能更好吗？"

李林甫在时，尚有人能牵制安禄山。他一死，新任宰相杨国忠之才德威望，均不足以弹压安禄山。安禄山轻蔑杨国忠，后者则整日向皇帝进言说安禄山要反。后来安禄山发动叛乱，多少与此有关。

王维不知这些，只道："李右相关心实务，修正了两千余律条，确也有他的过人之处……我总以为，没了他，这朝堂会是一个新的朝堂。可他一死，我方发觉……这个朝堂，已经老了。"

我怔住了。王维并不了解未来的事情，但他此语却惊人地切中肯綮。

皇帝已老，有老年人的谋算和猜忌，用人之际，也不复昔日的知人善任。虽然年轻的贵妃可以唤起他的爱恋和活力，但他手下的朝堂，却已成为一个人人自危，只求自保的朝堂，再不复开元初年时的活泼气象。

——盛唐盛唐，盛极便是衰。在安史之乱后，大唐又存续了一百五十年，可那一百五十年间，西北的疆土尽皆沦落于吐蕃、回鹘之手，丝绸之路也堵塞不通。这之后的大唐所有的姿态，是一种谨慎而缺乏活力的姿态，中老年人的姿态。

暮色悄然降临。黄鸟停了歌声，大约是回到了巢中。僧院中粉嫩柔美的杏花，也似蒙上了一层晦暗的薄雾，直到夜晚的清露凝结在花瓣上，压得花瓣微微颤抖。

阿布思被诬构了与李林甫约为父子、密谋叛逆的罪名，再次叛离大唐，率部奔走北疆。但北庭都护程千里一路追击在后，回纥军队在前，两者共同夹击，使他疲于奔命，人困马乏，终于在五月为回纥所败。阿布思本人侥幸脱逃，他的部落却多为安禄山所得。至此，安禄山共有十八万人的兵力，悍勇精强，天下莫及。

说来，我从前一腔热忱，只抱着微渺的希冀，想要做点什么，让大唐不再经历那场浩劫。现在身在这个朝代，虽然闲居在家，但总也能得到一些及时的信息。我穿越之前，只爱读诗词曲赋，对政治军事可谓一窍不通。但李适之颇有长才，见事极准，当年我在他身边时，耳濡目染，也曾习得些皮毛。无数次的计算、对比、假设、推演之后，我的心情越来越低落。

"你说你不愿看见这场叛乱的发生，却又自感无力阻止。"

女子轻柔的话音里，永远带着一种似嘲讽亦似悲怜的声气。

我点点头："你说过，你只想让历史自然地成为历史。你还说，不管闲事，才能活得久。但……"我艰难措辞，"让这个时代的光辉延续下去，难道不也是一件让人兴奋的事情吗？这个时世的命运，于我们来说，并非'闲事'吧？"

——我和焦炼师之间所使用的语音，不知何时已从普通话变成了地道的中古音。

窗外有鸟鸣传来,夹杂着隐隐的钟磬之音。她仰起头,似在以面庞承接窗外洒入的金黄阳光。半响,她一笑,斜睨我:"我有个想法。你试行一番,若悟不到其中道理,再来找我商量。"

我瞪大了眼睛,唇角瞬间上扬。她活了两个世纪,机心计策只怕比当世顶级的政治家、军事家都不遑多让,若是她肯出主意……

"去买十色口脂,五色胭脂,五套花钿,三种妆粉,搭配出至少十种不同妆容来,浓、淡、俗、雅都要。"

"……什么?"

"然后选其中五种最得意的妆容,让你男人过目、评价。哦,你男人还是同一个吧?"

"……是。"

我走在西市妆肆最多的一条街上,耳中听的尽是吆喝招徕;眼中所见则是衣衫妆容风格各异的女客们,妩媚浓艳、素朴柔淡,无所不有;鼻端嗅到的,是各种脂粉混杂的香气,老实说,有点儿呛。

"金花胭脂!上妆最是便捷!远较寻常盒装的膏脂均匀轻便!放在囊中,出门在外也可轻易涂补,再也不必忧心妆容褪色!依照晋朝古方精心制成的呢!用的是五月种七月采的晚花,深色鲜明,久久不褪!小娘子不入内瞧一瞧吗?"

"我家的胭脂可是清河崔氏传出来的方子!清河崔氏呀!添了最好的紫矿,精工细作,染了十余回方成!还加了波斯白石蜜,涂用日久,人也像波斯胡姬一样,肤色雪白透亮!买过的娘子都说,自从她们用了我家胭脂,郎君就再也不去酒肆里寻胡姬啦!"

"我家先人自大隋起就售卖这铜黛啦!宫里的阿监都用这个画翠眉哩!比螺子黛也不差什么!还有更好的青雀头黛!买了任意一种眉黛,就送黄粉!原料可是终南山的松树花粉,画在额头上,不用熏香也有淡淡幽香哪!买足三百文钱,还送花钿贴纸和澡豆!"

"进来瞧一瞧唇脂吧!男用女用都有!无色口脂买来与你家郎君润唇!绛红、丹朱、檀色,还有涂黑唇用的乌膏,无所不包!娘子买我家的唇脂,我们就教你点厣!"

女性很少有路过彩妆柜台而目不旁视的,我也不例外。我逛了诸多妆肆之后,仍觉十分费解。

我是真的不懂。焦炼师是想让我通过买化妆品,了解大唐的市场经济现状?不是有个"口红效应",说美国经济越不景气时,女性越爱购买口红吗?难道是这个意思?

又或者,她是想让我观察外来化妆品对大唐女性妆饰的影响,深入考察粟特、突厥等民族在大唐的生存现状及其与大唐的纠葛,掌握他们的心态,从而设法松动安禄山手下外族士兵的军心?

……这说出来连我自己都不信。

再不然,她是想让我蹲点观察贵族女性和平民女性购买力的差异,以了解唐国阶级矛盾,釜底抽薪,改变社会制度,避免安史之乱的发生?

……可我一个普通穿越女,也干不了革命啊。

我疑惑着,随意踏入一家妆肆。肆主是个五十几岁的妇人,笑容可掬,立时迎了上来,我抬眸细瞧,一时笑生双靥:"妙泥姊姊!你怎的又开了妆肆?那间布肆呢?舍因呢?"

这女店主吊梢眉,高鼻梁,绿眼睛,是我多年前在西市为人写家书时,相熟的粟特女子妙泥。舍因是她的女儿,当年我写家书时,她才只七八岁,生得粉妆玉琢,在西市已经成了出名的小美女。现在她也该嫁人生子了吧?

妙泥乍见了我,也是既惊且喜,按着我坐下:"阿妍!许久没有你的音信,我还只当你不在京畿了。怎的也不来瞧我?布肆如今是我丈夫与他侄儿照看。我上了年纪,便爱看小娘子们妆扮,故而另开了这家妆肆——舍因今日出门去了,可知不巧。"

她仍是当年那般快人快语,我一时不知该回哪一句,笑道:"我可全未看出你上了年纪。你的眉眼比昔日柔和了许多,想必过得甚是舒心,故而更加美丽了。"

妙泥笑道:"当时我一个外族女子,孤身带着女儿在长安谋生计,也只得强硬一些。是了,这些年过去,你怎的还如当年一般青春娇艳?可是受了娜娜女神的庇佑？"

　　娜娜女神的形象源于两河流域，象征着丰饶、胜利、情爱、生育等美好概念，后来进入西亚、中亚，又经袄教教义传入中华。我扑哧一笑："娜娜女神掌管生育……可我一个孩儿也无。"

　　妙泥拉住我的手道："嗐！生孩儿又有什么好的？产后肌肤暗淡、腰肢粗阔，更要操一世的心，不知不觉，就老成了鸠盘荼。"她摇摇头，笑叹："不过，你那表兄真是世间难得的容貌。我竟再没见过比他俊的男子……你们两个若是生了孩儿，该有多美貌。"

　　我抿嘴笑道："我没有和我表兄成婚！"

　　妙泥诧异地望了我一眼，脱口道："我还道你们……那你嫁了什么人？可及得上你表兄好看吗？待你好吗？"

　　"他与我表兄一般好看……"识得王维之后的光景一幕幕转过心头，我总结道，"待我亦甚用心。"

　　与妙泥叙了半日的旧，她听我说要买脂粉，一拍腿道："阿妍要什么？妆粉？花钿？胭脂？若是要买胭脂，你不妨去对面李家。我家的妆粉和花子都好，口脂也有几样，色泽鲜亮，膏脂细腻，点在唇上，任你进食饮水，也不褪色，最是受小娘子们喜爱……"一再端详我的脸色，"你肌肤白嫩，不必施妆也是美人，但我家这水银粉雪白轻盈，你不妨一试。"她取了粉扑，在粉盒里蘸了一层粉，要替我上妆。

　　我在21世纪时就是个"成分党"，对于化妆品的配方和安全性极为在意，满口"烟酰胺""维A酸"。听到"水银"，我连忙一侧脸："妙泥姊姊，水银粉、铅粉我惯不爱用。若是有上好的米粉，与我一观吧。"

　　妙泥又拿了几种口脂来，一一介绍："这种是用牛髓的油，烫了酒，浸了丁香和藿香，浸了又煎，和着上品朱砂，又用青油裹……"[1]我忙道："添了朱砂的我不要！"朱砂含汞，纵然涂在嘴唇上的用量很小，但时日久了也不免危险。妙泥翻个白眼，另取来几管唇脂："这个是桃花瓣碾碎，熬炼而成，不曾添加丹砂。调制时，是用终南山的泉水和的哩——我瞧着和寻常井水也无甚分别。"

我拿着唇脂把玩,很觉亲切:唇脂以中空的竹节盛放,形制类似后世的口红。只是,心思又飞到了天外:焦炼师让我来摆弄彩妆,到底是要做什么?她总不成是要我打扮漂亮,去色诱安禄山吧?这个主意我自己有过,当时反被安禄山的妾室段氏打了一顿,半路又杀出个李适之,以至于安禄山有好长时间为了避嫌,不敢理我。

或者她是想以女子多变的妆容发式,比拟当今时局的复杂微妙?又或者她是想以铅粉的毒性,提醒我此时科技的落后,要我努力搞科研,制成火药之类的来帮助唐军打叛军?我皱紧了眉。

红日西斜,闭市的辰光将至。我告别妙泥,走出西市,上了牛车,沿着永安渠一路向南。背后,西市在钲声中关闭。城市的这一角,瞬间就静了下来。半刻钟前的繁闹熙攘,几乎像是我臆想出来的幻象。我掀起车帘,回眸看去,不远处的大明宫高耸巍峨,如高踞霄汉之中,俯瞰西京。宫城一面浸在玫瑰色的夕照中,华美炫目,另一面则沉在阴影中,静默而疏离。

我回到家里时,王维正坐在堂中,等待我共进夕食。我忙叫人取了热好的饭食,嗔道:"你何必候我?"

他笑道:"我还不饿哩。你买了什么?"

"你又转开话头……你如今肠胃弱,怎能挨饿?"我取过长柄勺来,为他盛了一碗豆沙加糖粥。

"又吃这个……"他苦笑。

"这粥易克化,且又比粟米粥滋补。"我冲他歪了歪头。

他的父族和母族都有不错的基因,兼且他多年来饮食有度,起居规律,因此身体轻健,精神清爽,望之不过四旬左右。但自打他母亲崔老夫人去世,他哀毁过度,身体状况急转直下,现在丧期虽满,也拒绝食荤。傍晚的日光渐次转暗,他双颊的凹陷和阴影便更加明显了。

而他鬓边的白发,似乎又多了一些。

我暗自叹了口气,隔空点了点食案上的一只白瓷碗:"这个也要吃。"

那碗里盛的是牛乳提炼的酥。他无奈,舀了一勺,慢慢咽下:"吃酥又是为了什么?"

为了补充植物蛋白里不足的必需氨基酸啊。我信口胡说:"我听人说,人也像酥酪一样,各各不同。质美而多入者,为酥。这正与你的人品暗合。"

"我从未听过这样的道理。那么……酪又是什么样的?"

"俗而有格,为酪——我只好做酪。或者,我是乳腐……最为凡庸,却也稳固。"

"胡白。你分明是醍醐。"他唇角微扬。

我仰脸:"怎的?"

"《涅槃经》云:'从牛出乳,从乳出酪,从酪出生酥,从生酥出熟酥,从熟酥出醍醐。醍醐最上,若有服者,众病皆除,所有诸药悉入其中。'"他笑道,"你瞧,醍醐耗时最多,事又最烦,可不正如你一般吗?"

我瞪视着他,恶狠狠道:"我明日就去告诉裴十,你偷偷说他的诗文平庸可憎。"

王维笑道:"我早就取笑过他的诗了,还将他苦吟之态比作巫山的猿猴,'猿吟一何苦,愁朝复悲夕'。你这话又算得了什么。"

我哼了一声:"那我告诉他,你背后说他的'登第'又老又丑,只配丢到终南山上教野兽吃掉。"

"登第"其实是裴迪捡的一只猫。裴迪一直未能考中进士,就给它取了个名字叫登第,讨个口彩。这猫半边脸黑半边脸白,在猫里也可算得极丑的了,但裴迪对它爱逾性命,最听不得别人指出这点。

王维举手道:"罢了,罢了,方才是我之非。我说你似醍醐,是因为与你共语,常有启发,如醍醐灌顶。你可满意了?"

我啐道:"醍醐灌顶……不必了。醍醐浇在头上,头发糊作一团,狼狈不堪。我不作醍醐。"

说话间吃完了饭。我拉着他走入卧房,在妆台前坐下。在外走了一天,头发略略松散,他顺手取了梳子,替我拢了拢鬓。

我瞧着铜镜中他掠过我鬓发的手,忽然道:"那柄梳子呢?"

他走到榻边,从箧中拿出一把乌木梳子递给我。

这柄梳子是崔瑶的遗物,她当年为我梳妆时也曾用过。她去世后,随身物件大多被放入了墓中,这梳子我却留了下来。近二十年倏忽而过,梳子的木纹暗淡了许多,而那种感觉——那个温柔端丽的女子,持着它梳弄我的头发时,梳齿带来的微微酥麻的感觉——却越发清晰鲜明。

仙人抚我顶,结发受长生。那个女子,确乎是一位仙人。

我打散头发,依着记忆里的感觉,用这把梳子梳起头来。王维默不作声,全程只在我需要的时候及时递上发绳。

我绾好了发,凝视镜中人,竟有几分恍惚。

"毕竟不如那年好看……我总是学不来,这双鬟望仙髻到底如何梳,才能雅致天然。"我颓然说。

王维张了张口,又复静默。过了许久,他低声道:"她向我说过,你的脸,最衬双鬟望仙髻……还教了如梦怎么梳。"

我回头,深深望着他。

"这些年来,我已经不大记得清她的容颜了。她在的时候……我还年轻。那是很久很久以前的事了。"他说。

"你忘记她,实则是为了忘记年少时的自己。"我说出来就后悔了。

那个"相逢意气为君饮,系马高楼垂柳边"的他;那个曾对时局抱着热情,矢志报国的他。

我并非不爱现在这个沉静憔悴的他。但——但偶尔夜观星河流转,我也会忍不住怀想,某一颗已渐渐远去,越发微渺的星子,曾经有过多么明灿的光芒。

王维别过头去。我看见他鬓角的白发在烛影里闪烁。

我隐隐感到喉头发哽。我捂住了嘴,咽下泪意,才柔声道:"我买了好些脂粉。焦炼师叫我施了妆给你看。"

他回头,脸色已恢复平常,笑道:"今日晚了,灯下只怕看不真切,拿捏不准颜色。明日我休沐在家,可以陪你。"

第二日我醒的时候,他已坐在妆台前,逐一检视那些妆粉唇脂。他低着头,侧脸显得格外认真,仿佛手中拿的不是脂粉,而是什么精深的坟典。我早说过,他这人极独特的一点是,不论做什么事,总能做得好像这就是此时此地最该发生的事情,毫无违和感——比如当年在黄花川的青溪畔吃蒸饼。

事实上,以他流露出的气质,就算干了焚琴煮鹤的事,只怕也能让观众点头附和:"是啊是啊,木料就该烧来取暖,禽兽就该给人果腹,难道还有别的用途吗?"

可是……

可是他起得真早啊。

走向衰老的人,睡眠比年轻时更少……是吗?

我净了面,揩了齿,用过朝食,坐了下来,伸手取过一盒妆粉。他一按我的手,递过另一盒粉:"涂这个。"

"为什么非要用这盒不可?"我疑惑。

他抬起手指,在我的脸庞上徐徐滑过。他惯弹琵琶,按弦的指尖有层薄薄的茧子,擦在肌肤上,粗糙的触感如细小电流,令我心头轻颤。共处多年后,他这般举动,仍能带给我酸酸甜甜的欢喜。

就像初夏的杨梅。

他的目光在我面上逡巡,终于道:"如今春末夏初,血虚风燥,易感瘾疹。"

"瘾疹"是"药王"孙思邈对过敏类症状的统一称呼。换季的时候,我脸上确实常常有些泛红。他缓声道:"你迎着天光瞧这盒妆粉,是否透着青绿之色?"

我凝眸细观:"呃……也只有你们画匠目力敏锐,才看得出来。"

他笑道:"你肌肤微红,若要敷粉掩之,当用这一盒。轻红叠加浅绿,其色则趋于洁白。"

我在21世纪时仗着皮肤底子好,不怎么涂粉底,因此对底妆色调的选择所知甚少。此时乍一听闻,不由大是好奇。他令我手执菱花镜,自己则以丝绵蘸取少许妆粉,轻轻在我左颊上拍了一层:"你瞧。"

我看向镜中,只见左脸上那块泛红的地方变得清透匀白,确已看不出过敏痕迹。他手法巧妙,只选了几个地方点涂,其余只是浅浅一层,不曾掩盖肌肤本身的光泽。

我啧啧称奇："那为什么不能敷这盒？"我随手在先前那一盒中蘸了些粉，涂在右脸上对比，果然，右脸肤色似乎多了点惨白。但这区别甚是微妙，寻常人未必看得出。

他笑道："这盒粉微微泛紫，宜于遮盖黄色。若是肌肤较黄的女子用在脸上，最是合适不过。依我看来，这盒粉……买的人只怕最多。但你肌肤白皙，却是不必用了。"

我瞠目，这盒粉还真是妙泥她家店里的爆款。唐朝女性们没有防晒霜用，肤色偏黄的人确实是大多数。

可这种色彩理论，分明是后世的光学研究达到一定水平后才有人提出的，王维一个唐朝人又如何知晓？他知我困惑，一指案上的几张纸："女子肌肤泛红、泛黄者较多，因此我在纸上薄涂了朱砂和雌黄两种颜料，再分别叠上这几种妆粉，试了几回。"

"哦！"我失笑。他身为著名画家，对色彩光影都极为敏感，又常常使用颜料，比较不同的颜色配比。所以，他具备这种实验精神……我倒也不意外。

当下王维又拣了三四种唇脂。此时的女性们涂嘴唇偏爱大红色，他的选择却迥然不同，挑的尽是一些低调的梅子色、豆沙色之类，更衬得肤色皎白，且又显得人温文婉丽。他又拿起一枚小鸭形状的花钿，在我眉间比了比，自语道："唇脂颜色既不艳丽，花钿倒不妨取个奇巧的。"

彩妆界的惯例正是"脸上的妆容只能有一个重点"：若是眼妆浓重，唇妆就必须浅淡，而唇色鲜艳时，眉眼就要轻描淡写。这人竟然还无师自通了这个理论！他若是穿越到21世纪，除了做画家之外，恐怕也能去哪个大牌化妆品公司的研发部门做个彩妆调色专家，再不济也是个顶尖的化妆师。想着想着，我随口冒出一句："你不许为别人做这些。"他正小心地用胶将小鸭花钿贴在我额上，闻言愣了片时，唇角上扬的弧度越发明显："那你也只能做我的醍醐。"

这一日我只管沉浸在彩妆带来的快乐中，不觉时光之速，直到因为频繁上妆卸妆，脸上唇上都有点刺痛，方才罢手。我选出了几套最喜欢的妆容，算是完成了焦炼师交代的作业,但依旧没有猜出她的深意。

第二天我便去见焦炼师。

这个季节很美好,但我真的不太愿意出门。街边高大笔直的槐树排成两列,碧意深深,衬出西京开阔疏朗的气象,然而,除了朱雀天街铺了沙堤以外,京城其他街道大都是黄土道路。土灰时时被暖风吹起,蒙住了树色,街景如同被一块脏兮兮的幂篱罩住,让人没来由觉得干渴和焦躁。我放下牛车的帘子,掏出小银镜来检视妆容有没有染上灰尘。

旁边的如焰托腮笑道:"娘子为什么每回去见焦道士,都妆扮成这般模样呢?"

镜中的妆容是典型的21世纪风格。除了额间小鸭花钿之外,贴合发色的浅黑双眉形状自然,珊瑚色的咬唇妆提亮气色,都是唐朝女子所不习惯的画法。

也只有在见焦炼师时,我才会画这样的妆容。这是一个只有我与她才能分享的秘密,这秘密根植于一个在此刻看来,已经无比遥远的时代。

我张了张口,无法回答如焰,只苦涩一笑。

我走到观内西南角上焦炼师的院落时,她正坐在樱桃树下,一身玄白二色的道袍,双目似闭非闭,怀抱紫檀琵琶,弹着什么曲子。

她性格素来不紧不慢,催促不得。故此我虽然心中急切,也只得立在一旁。听了一会儿,我竟听入了神。这曲子既不像眼下深受龟兹、于阗等西域王国影响的俗乐,也不太像21世纪我所熟悉的歌曲风格,曲风凌厉急促,却又激昂而富有张力,自有杀伐之气。

一曲既终,她收了琵琶,睁开双眼,笑道:"坐。"

我将如焰遣开,坐在她面前。她浅浅望我,笑道:"你知道我弹的是什么曲子吗?"

"不知道。"

"我嘛,虽然谈不上精神罗马人,但是很喜欢罗马史。"她说。

"西方文明的荣耀归根结底源于古罗马、古希腊,你那么喜欢欧洲历史文学,钟情罗马也不稀奇。"

"可惜我生不逢时。不过,在21世纪时,只要有古罗马相关的影视剧、游戏,我都会找来看一看,玩一玩。"她笑道,"有个游戏系列叫《全面战争》,这首曲子就是其中'阿提拉'的背景音乐。"

"那个被称作上帝之鞭的阿提拉?"我从小学波斯语,因此兴趣并不局限于中国史,对欧亚大陆的历史也稍有涉猎,更何况罗马和波斯纠缠互打了那么多年,罗马史根本就是波斯历史的一部分。

焦炼师点头:"不错。阿提拉本是匈人交换到罗马的人质,他回到匈人部落后成为领袖,屡次打败东罗马帝国,围困君士坦丁堡。后来他又侵入了意大利本土……最后他因为饮酒过度而意外离世。"

"好像有的历史学家说,他麾下有大量的日耳曼蛮族,所以他的入侵导致了日耳曼人的迁徙,最终造成西罗马帝国衰亡……"我竭力搜寻记忆,却越说越是心惊。

侵入帝国本土的外族领袖?带着大量蛮族士兵?意外离世?这听着怎么这么耳熟?

……不就是安禄山吗?

我眉头拧紧,不解她究竟何意。她却像没看到我的表情,拨弄着琴弦,慢条斯理道:"三流学者的观点罢了。阿提拉又不是什么锐不可当、战无不胜的战神……他能打到意大利本土,说到底是因为西罗马本身已经乱成一团。罗马军团当时的编制已经远远少于从前,一个军团仅有千余人,能发挥出什么力量?沙隆之战时,阿提拉败于罗马联军,起主要作用的还是借来的西哥特骑兵。至于蛮族迁徙……首先西罗马当时也有许多日耳曼士兵为他们效力,甚至晚期罗马军团的战吼,'Barritus',都是从日耳曼士兵那里学来的……"

"你是想告诉我,安史之乱不可避免?"我终于忍不住,出声打断。

她依旧懒得看我:"是。"

我心跳骤然加快,血涌上头,一时竟有些眩晕,愤然道:"你……"却又想起当年在凉州酒楼上,安重璋的那一席话。

当时,安重璋分析道:"其一,若是杀了安禄山,圣人自会任命他人镇守幽州、平卢。此人难道便必定不反？其二，杀了安禄山之后，圣人若是改易策略，将原由安禄山所掌之兵分付他人，以分边帅之权，边将手中兵权变少，便再不能如从前一般，随意征讨四夷，边境还要时常为四夷所扰。是以若你我处在至尊的境地之中，也未必能做出更好的安排。"

现在她也告诉我，这一场战乱无法避免？

这就是她观察了二百年世界得出来的结论？

"那你……那你让我研究彩妆，是什么意思？"

她仿佛才看到我脸上的妆容："很好看。王十三郎他可喜欢吗？"

我魂不守舍，应了一声。

"他不是你最爱的人吗？你竟然还没悟出来？"她纤细的手指拂开一片淡粉的桃花瓣。那花瓣落在了琵琶面板上，经她一拂，缓缓飘入尘埃，"他看了喜欢，就够了……好吃好喝，好好打扮，他看了喜欢，你自己也喜欢，这就够了。过日子，可不就是这样吗？"

我猛然站起，切齿道："你……你叫我折腾化妆品，就是为了告诉我这个？就是为了叫我……好好生活？"

她仍是若无其事："一只麻雀的生死都是命运注定的。"

"别跟我引用什么《哈姆雷特》！"我高声道。

她皱皱眉："我也读过点军事史。老实说，你就算是杀了安禄山，就没有别的边将造反吗？再说，安禄山能攻破潼关，直入长安，还不是因为李隆基先杀了封常清、高仙芝两员大将，又不管时机，逼哥舒翰出战？安禄山被官方骂了这么些年，可真是……"她难得地用了一回后世的网络流行语："巨冤。安禄山和史思明死后还被河北人民称为'二圣'，你说叛乱这事儿能怪安禄山不义吗？难道他要洗干净脖子，等着杨国忠挑唆皇帝杀他？"

我哑然。

对于帝国来说，安禄山并不是真正的问题。他最多算是个问题提出者。这些道理，我不是没有反复想过，却惯于竭力掩藏它们，说服自己，只要"安禄山"——这个标志性的名字——不再存在，只要解决了他这个问题提出者，这个灿烂多姿的盛世就能延续下去。

永远地延续下去。

可是,世间岂有能够永远存续的帝国?

不论是罗马还是大汉,阿拉伯帝国还是奥斯曼帝国,最终都成了历史的尘埃。魏文帝曹丕早就说过:"自古及今,未有不亡之国,亦无不掘之墓也。"

我失魂落魄地转身,走出院子。

相当一段时间内,我视这方小院为可以抚平乡愁的所在。而如今……我大概明白她为什么用中古音和我交谈,而不是用普通话了。

入乡随俗。在罗马当如罗马人。不要做超出这个时代的事。

背后又传来了琵琶声。我已没有心思去听。

注释:

[1]唇脂方子出自《齐民要术》卷五《种红蓝花及栀子第五十二》,见(北魏)贾思勰撰、石声汉校释《齐民要术今释》第588—604页,北京:中华书局,2009年。

第三十八章
命压人头不奈何

"云里帝城双凤阙"——在后世的书里、电视上,唐都长安的形象,常常是壮丽高远、不可企及的,是一座梦中才有的宏伟都城。然而,来了若许年之后,现在的我眼中,长安也不过是一个我生活着的地方罢了。侵蚀着我、招抚着我的,是它的灰尘、它的疲倦、它的气味——唐人惯吃羊肉,身上难免有些隐隐的膻味,更别说还有路旁女子的脂粉、拉车的牛马的气味……就如一个到了中年的美丽女子,纵是衣装富丽,妆容明艳,有时也难免露出一种无从掩饰的疲倦。

唯有这大雁塔,我每次看时,都好像才认识它一样,挪不开目光。在21世纪时,大雁塔、小雁塔这两座砖塔,是这座都城仅有的留在地面上的唐朝遗物。除此之外,这座城市的荣光,在唐之后的千年中,渐渐尽埋于地下。

脑海中关于21世纪的记忆已日渐稀薄,而这矗立千年的古塔,是唯一能够连接我与那个时代的地标了。我……还想回家吗?或者……

这里就是我的家?

耳边传来缥缈的佛号,鼻端嗅到淡淡的香烟。我仰了仰头,踏着地上的点点落花,悠悠穿过几重院落。

唐时的慈恩寺远比后世占地广大,总有几百间僧舍。王维从少年时代起就替慈恩寺画了许多壁画,和两任住持都有些私交,寺里便特地为他留了一间静室,我们常在此地会友、小坐。

而今日约我见面的人是安禄山。

这些年他跟我也算是有些交情了。他说,想在走之前见我一面。

我迈入那间静室所在的院子,见他还未到,便在院中略站了一站。正巧,面前有几片粉白的花瓣从枝头缓缓飘落——慈恩寺里花木丰茂,此时仲春将过,难得还有几树杏花开着。我伸手接住,蓦地想起那年玉真观里灿若云霞的杏花。夜里我在公主的宴会上偷偷离席,却在半天香雪中见到了那个倚树独立的清拔身影。

也只那么一眼,就好像皎月照在巍巍华山顶,轻风吹过终南嫩柳丝。分明只是一瞬间的事,却恒常使人心底泛着温柔和欢喜。

身后响起脚步声。我张口道:"可知阿兄事多——"却在转身的刹那愣住。

来人身着僧袍,脸上焦虑之色昭然,是李林甫那个痴迷写变文的儿子李崿。

——当然,他现在已经出家了。我笑了笑道:"道澄阿师,你……"

他打断我的话:"檀越,方才有人在你们这间静室的茶瓯里投了毒!"

我拧紧眉头,疑惑道:"什么?下毒?谁?"

李崿急道:"是……是崔檀越与她的侍婢。"

我听到"崔"字,隐有所觉:"是常为你们慈恩寺画壁的那一位……十五娘子吗?"

李崿连连点头:"正是,正是!你怎的知道?"

我人生中没几个可以称得上仇家的人,既说姓崔,那便只能是她了。可是我跟她也没有深仇大恨到要下毒的程度,又或者她下的是巴豆之类的,想让我出个丑?又听李崿道:"我方才在附近僧院里扫落花,瞧见她的侍婢闪身进了此处。我知道这间静室素日是为王郎预留的,还以为王郎在此会客,就想来问他一句近来安否……"

我忍不住打断他:"你……扫地?"就算李林甫已经倒台,他儿子也不至于被发去扫地啊。

李崋一噎，显然没想到我关注的是这个，呆呆道："是我瞧杏花落在地上，洁白可怜，想着……不如扫了收起，免得……人们往来践踏。"说着似有几分不好意思，笑道："我年少时，曾经听闻王十三郎以十九之龄作《桃源行》，惊艳时人，有'平明闾巷扫花开，薄暮渔樵乘水入'之句。扫花开路，也可说是十分教人神往了。"

我笑了起来。王某人确是个颇有洁癖的家伙，通常一天要僮仆扫几次地。我道："他现下却是'花落家童未扫，莺啼山客犹眠'了，邋遢得很。"

李崋道："若是行得，改日我也想去他那辋川别业造访一番。"

我笑着点头，道："那侍婢下了什么毒？阿师你怎知是毒物？"

李崋一脸"你终于想起这个话题了"的表情："我听见她吩咐侍婢说：'放入盛胡椒的盖碗里，再摇得匀了。乌头色深，断不可与茶饼、盐混在一处……'我心里惊慌，便不曾听下去……"

我瞪大双眼："乌头？"

李崋点了点头。

……这是即使在毒药提纯技术还不成熟的唐朝，也能置人死地的乌头碱啊！我情不自禁向前一步，双目盯住李崋："阿师你瞧得真了？"

"是。"他也颇有无奈迷惘之色，"崔檀越向来行止温婉，言语和雅，待我们都是极有礼的，怎么会……你们……莫不是……"他似乎是想说"有误会"之类的话，又咽了回去。

我迟疑道："她此刻还在寺里吗？若是碗中果有毒物，阿师可愿为我作证？"

他露出一二分犹疑，却点头道："可以。"

此时院外不远处传来一阵稳健的脚步声。从这声音大可判断出来人的体重——是安禄山到了。

"阿妹久候了！不过，分别在即，我也给你带了些新奇物事……咦？"爽朗的声音在院门口响起，安禄山走了进来，朝我微一点头，又看向李崋，"这位阿师是……"

我心绪纷乱，强自按捺，笑道："阿师法名唤作道澄。道澄阿师，这便是功名素著的安将军。"

李崪合掌道:"安将军声威震于绝漠,贫道深深敬慕。"[1]

安禄山露齿笑道:"阿师休要笑某。"

李崪摇头,认真道:"贫道须非过誉。"

安禄山明亮双眸闪动,上下打量李崪,忽地笑道:"阿师可是天宝十一载冬出家的吗?"

李崪吃惊道:"不错。将军如何晓得?"

安禄山面色渐转沉重,叹了口气:"某一向敬重李右相。李相公去后,秉权的人当真是……不说也罢。某是极怀念李相公的,不止因为某蒙他拔擢,更是为了他的人品才识,壮志高情……唉!"

我也不清楚安禄山是通过法号还是相貌猜出了李崪从前的身份。他这些年比我刚认识他的时候又胖了许多,因身居高位、久经征战,气势也更加凛冽,却难得地没有半分凶恶之气。这样的一张脸做出什么表情,都显得甚是可信。李崪嘴唇颤动,神色变幻,最终道:"多谢安将军。"

李崪离开后,我与安禄山入室坐下,只留如梦在旁。

寒暄片刻,我笑道:"阿兄什么时候回范阳?我听王郎说,圣人礼遇你至深,前日还亲赐你御衣。"

安禄山叹道:"我倒是想早日回去,只是……"他目光转向窗外,咬了咬牙:"杨国忠常想留我在朝中,解我兵权。唉狗粪杨氏子!我不想杀他,他却要害我!"

杨国忠常向皇帝进言说安禄山要反,现在他们的不睦已经是摆到台面上了。正月里,杨国忠对皇帝说:"安禄山有反意,圣人若是召见他,他必不肯来。"皇帝便派人召见安禄山。安禄山机警,一闻天子之命,立刻从幽州到了长安,这才解了皇帝的疑心。

我思索着,慢慢道:"如今圣人不再疑心阿兄了,阿兄不必太在意他。"

安禄山萧索道:"杨国忠日日在圣人面前进谗,我远在范阳,如何自辩?时日一长,更不知是何情状。况且我听说,太子也说我必反。"

我心中一突:处在安禄山的境地,若是皇帝驾崩,太子登基,他马上就会跟乾隆死后的和珅一个下场。如此,也难怪他要反了。

"这些事也太烦心……"我叹了口气。

"阿妍,我今日见你,是想求你一件事。"他肃然道。

我将后背挺得更直:"什么?"

他瞧了眼站在一边的如梦,换成了粟特话:"你刚认识我的时候,说你在西市,与人写家书为生,认得不少商贩,也识得许多胡人。"

"是。"

"我平日远在幽州,虽然我长子庆恩在京城,但他形同质子,不甚得便。若是我有什么事……能否靠你来传递一二? 你是女郎,又是汉人……旁人不会疑心你的。"

我身体绷紧了,向后缩了三分。半晌,我示意如梦出去,才道:"我不大懂。你真的……要造反吗?"

"我不想造反。"他苦笑着说。

不想,不等于不会。我明白了。

"你……为什么问我? 你说了,我是女人,且我一向没有什么大志……这样的事,你怎么会想到我?"

他直视我的眼睛,话语沉静而真挚:"是的。但是,我从未见过,像你这样待胡人与汉人全无分别的汉人。"

我回望他。

安禄山太能骗人了。他话里的苦涩,简直像是真的。

"李林甫劝说皇帝,让我从兄和我这样的胡人将领一直带兵,是因为胡人做不了宰相。阿妍,以我今日这等富贵,做不做宰相,我不在乎。但,不在乎,和'胡人不能做宰相'是两回事,你知道的。"

"是。"什么是歧视,我很清楚。

"所以有时候我想……"他忽然笑起来,笑得很轻快,"不让我做宰相,那我就做皇帝好了。"

我猛地直起了身子。

"你在幽州时,我是说,你在故李左相——当时还是御史台主的李左相——身边时……我便发觉了。那时你很憔悴,但偶尔出来陪台主走动时,你待胡人将领们很温和,而且,你的姿态……并非有意彰显关怀。有一次,庆绪受了伤,你见到了,就吩咐人给他包扎,彼时你还不晓得他是我的儿子。阿妍,我看得出来,你是真的将胡人当作与你一样的人。"安禄山说。

"……是。"

"那你想必也明白,这天下的主宰,未必就一定要一姓、一家、一族。"

过了许久,我说:"方才你说给我带了新奇物事。等我煮了茶,你给我瞧瞧吧。"

我从几案后站起,走到茶炉旁边,又唤如梦进来,将茶炉点起了火。如梦低声道:"娘子,何不令我煮茶?"

我笑了笑:"安将军入朝一回,也只待了月余,再见又不知是何时。我总要尽一尽心意。"

她了然点头:"那我来炙烤茶饼,免得娘子灼伤。"说着,从盒子里取出一块茶饼,放入小巧的鸿雁球路纹银茶笼,放在火上烘烤,时不时翻转茶饼,使两面受热均匀。

我转脸,只见安禄山从袖子里拿出了一个宝钿匣子。

不多时如梦炙好了茶饼。我检视茶饼,见表面烤成泡状,符合时人所追求的"虾蟆背"状的标准,便取了箸,夹着茶饼,放入一旁的白瓷茶碾里,先将茶饼打成小块,然后缓缓推碾起来,茶饼在碾轴的碾压下渐渐细碎。我抿着唇,耳中听着碾轴滚过碾槽的单调声音,眼中看着茶饼在自己手下碎成粉末,心跳越发剧烈,手心渗出汗水。

"哈哈哈!"安禄山忽地大笑,我一抖,险些惊跳而起。我强令自己镇定下来,转身嗔道:"为何发笑?倒教我吃了一吓。"

安禄山笑道:"我是在想,你这里茶笼、盐台、茶匙、茶杯俱是银器,怎的偏偏茶碾是白釉?"

我毫不掩饰地翻了个白眼:"饱汉不知饿汉饥。一套茶碾少说也要三四斤银,王十三郎那点俸钱如何够用?皇帝赐了你宅第,又赐了你那许多金器银器,说什么'胡眼大,勿令笑我'——难道满大唐的官员都有你的运道?"

安禄山摆摆手:"罢了罢了,我送你一套茶具如何?银茶碾、鎏金茶罗、银盆、银勺、银熏炉……"

我将碾碎的茶末倒进茶罗,轻轻摇动。碧绿的茶末透过屉孔,飘坠在匣底茶罗上。我定定神,笑道:"也不必。王郎他们太原王氏这样的世家,须不同于你我,自有一套规矩。物件不必尽要簇新,有时,数代传留的旧物,因其古旧,反较新置办的物件更合用……"

安禄山沉吟着,发出了一个不知是认同还是鄙薄的鼻音。

如梦抱着贮水的青釉水方回来,笑道:"这可是终南山的泉水。平日里寺中阿师们自家吃用尚且不足,今日竟然剩了一些。"说着帮我鼓起风炉。我亲手将泉水倾入茶釜中,静候茶汤初沸,取过旁边的盐台。

盐台是存放盐和其他调料的容器。其中一格里是白色块状物,微带深色杂质,自是唐代内陆常吃的井盐。目光转向另一格,我的手指不由自主地颤抖起来。

黑褐色的胡椒颗粒散落在小格子里,衬着银器,看不出不同颗粒之间颜色有什么区别。我稍稍移开身体,让日光照在盐台上,仍旧看不出。我咬紧了嘴唇,一时难以决断,直到如梦悄声提醒道:"娘子,水沸了。"我恍然一惊,果见釜中气泡细碎,有如鱼目。我忙取了半匙盐,悬于茶釜上方,轻拍手腕内侧,使盐均匀落入釜中。

安禄山笑道:"我自是行伍粗人,不耐烦看这些,却也觉你煮茶实是教人赏心悦目。只说你如此撒盐,便与他人不同。"如梦也在一旁点头。

我怔了怔,意识到这是中学的化学实验课上,实验者持药匙添加药品的标准手势。二十年来,我竟未曾忘却这些一茶一饭般的寻常旧事。

那——我那个从幼年起,就想让大唐免于灾厄的心愿呢?

我抬眸。窗外的春日暖阳透过窗格,照进室内,门外有柔风吹过柳枝的沙沙声,有两三只黄莺娇糯的啼声,还有燕儿大约是从曲江啄了泥回来,慢悠悠地筑巢。

世界又活泼又安静。

我另取一柄银匙,舀起一点水尝了尝,咸淡适中,便打开盐台,舀了一匙胡椒,投入了沸腾的水中。

炉下硬炭缓慢燃烧,发出轻微的爆裂声。釜中水持续受热,不多时,水面边缘气泡如涌泉连珠,这便是煮茶"三沸"中的第二沸了。我看准时机,从沸腾的水中舀出一瓢,倾入旁边的青釉熟盂中。如梦递过在茶罗中筛过的茶末,我手持茶匙,将茶末投入水中心漩涡处。

安禄山饶有兴趣:"为什么又要舀出一瓢水?"

风炉边热气蒸腾,令人没来由地焦躁。我擦了擦额上细汗,笑道:"以你如今之贵,也有许多人邀你品茶吧。怎的你连这也不懂?"

"我是个粗人,爱酒不爱茶。朝中官员又不敢当真与我一个边将深交,以免落得个谋叛之罪。请我吃茶的人,实则不多。"安禄山耸肩笑道,"而况我在东北,不是行军便是练兵,哪有那许多心思细究饮茶之道?"

"不是行军便是练兵吗……"我低声重复。想起史籍中那句"禄山精兵,天下莫及",我猝然转开了话题:"煮茶汤二沸时,所舀的这瓢水,要在水至三沸时再倒回釜中,便是所谓'止沸育华'。这瓢水则称作'隽永'。至美者为'隽永'——隽者,味也;永者,长也。"

他摇了摇头:"我可听不进这些。"

不多时,茶汤已达三沸,水泡如腾波鼓浪,若是再煮,茶汤便老了。我抬起熟盂,将先前取出的水倾入釜中,灭了火,取过一套越窑青釉茶托与茶碗,倒入茶汤,亲手捧到案上。

"这茶汤香气既清且远。果然,你亲手所煮的便与他人不同。"安禄山啧啧称奇,"只是,我在别处吃的茶,都加了葱、姜、枣、茱萸、薄荷等等,你这汤中却只有盐与胡椒,可是有什么深意吗?"如梦立时捧过放着茱萸、薄荷的盒子。我心念急转,只从盒中取了几枚枣子,示意她放回原处:"那是俗人的吃法。葱姜之属气味浓烈,岂不喧宾夺主,毁了茶汤天然清香?"

安禄山若有所悟,点点头,打开了案上的宝钿匣子,递到我面前。

我低眸看时,不由倒吸一口气。匣中盛的是一条水精项链,大约总有百来颗水精珠子,穿在米白色丝线上。我拿起项链,只见垂坠的一端另有数颗被统称为"瑟瑟"的绿松石与青金石,嵌在金扣上,水精明洁剔透,瑟瑟流光溢彩。"这珠串是我麾下将领所献,尚可入目,难得的是水精珠尺寸俱皆相仿。你且收着玩吧。"安禄山笑道。

我抬头看着他的笑容,悄悄在几案底下擦了擦手心的汗:"此物珍贵,非我所能消受。你送给段氏阿嫂倒也罢了。否则,若是教她知道你送我如此宝物,她怕又要生气。你可忘了当年她以为我与你……的事吗?"我强自扬起嘴角,露出笑意。

安禄山也忍不住笑了,显然想起了当年那件我被当成第三者的趣事。他摆摆手:"我自有别的送她。怎的只有一碗茶?你不吃吗?"目光落在几案上。

"我近来夜里多梦频醒,王郎说我不宜吃茶饮酒。你趁热吃吧,否则茶汤精华随气而竭,便无甚味道了。"

安禄山点头,拿起茶盏,凑到口边。我心跳瞬间加剧,胸中如冰火相煎,背后则有阵阵寒意升起,嘴唇翕动,却什么也没说出来,只觉舌间苦涩无比。他闻着茶汤的香味,双眸微闭,形容陶醉:"你我相识,倒也有十五年了。我记得那年你在幽州酒肆中与众多军士斗酒,我在旁观看,只觉这女郎容貌美丽,举动却豪气干云,当真少见。"

他突然开始细数革命家史,我听了,心头滋味复杂:"当日若非你出面转圜,我纵然千杯不醉,只怕也要喝得撑破胃肠。"

"后来李台主在我与我那段氏娘子面前带走了你,我心中慌乱得很,只怕他以为我对你有甚非分之想。"安禄山笑了,话中倒有几分感伤,"若是他尚且在世……"

那已是开元年间的事了,遥远得好像上个世纪。

开元和天宝两个时代是不一样的。前者进取而蓬勃,后者自满而靡丽。李适之爽朗自信的笑意、意气风发的身姿如在目前,他分明是在痛饮一斗酒后仍然能丝毫不乱,处理公务效率极高的潇洒人物,却落得被贬南方、自杀身死的惨痛下场。他批阅公文、落笔如风的场景在回忆中化作一片殷红血色,我尽力平稳声音:"他这样的人……我也不知他若活下来,是他的幸事,还是不幸。"

"他若是在世,杨国忠也未必能这般得志。"安禄山顺手将茶碗放回案上,"我听说正月里,李台主的侄儿们终于将他迁葬龙门。"

我默然不语。李适之唯一的儿子当年死于李林甫杖下,所以他的灵柩是草草落葬的,只有在李林甫死后,他的侄儿们才敢迁窆。若是以时人的标准来看,他身后绝嗣,殊为不幸。其实王维也只有一个女儿,但也唯有他这种深晓佛理、通透绝俗的人,才能浑不在意。

安禄山望着窗外的日影,理了理袍角,站了起来:"说了这许久的话,我也该走了。替我向王郎中问一声安否。他在文部为郎中可也有两年了,是不是?"话音似在"王郎中"三个字上咬得稍重。

我跟着起身,却猛然一惊,心脏怦怦直跳,生出极坏的预感。

"说得兴起,竟一口也未尝你亲手烹的茶汤。"他语调若带惋惜,"阿妹——"

我的手在袖中握紧,向后退了一步:"我……"

"你不肯在茶汤里加茱萸和薄荷,是因为这两种草都有解毒之效吧?"他看着我,眼神专注,褐色双眸中的意味像是探究,也像是怜悯。

是的,怜悯。

我张了张口,发不出声音。一时室内静寂如死,室外的黄莺、乳燕们也突然哑了。旁边的如梦亦吓得大气也不敢出。

"此事应当与王郎中无涉吧?我没听说过他有什么野心……那么,与谁有关?"

安禄山脸上仍带着一点平淡的笑意,见我不说话,自顾缓缓补充道:"是杨国忠?是哥舒翰?甚或是……太子?或者是奚族人?契丹人?你与我相识多年,待我友善,从未害我。今日之事,想来并非你本意,而是有人指使。"他话中的劝诱之意甚是明显,语气温和。可他到底是身经百战的大将,平日里言笑晏晏倒也罢了,此时认真起来,带给人的压力直如泰山压顶。

我脑中空白,嘴唇手指一例僵得发麻。

他又道:"你是太仆寺崔郎的从妹,说来也是官宦人家的小娘子,却肯混迹西市,与商贾为伍,更忽然习得诸蕃语。后来你成了裴相公的养女,又与李台主结下渊源,有胆气游历河西蓟北,到头来却甘心与一个寻常官员厮守……你的来历特异,我当真看不出,你背后的人究竟是谁。但我瞧你好酒疏财,并非会为金帛所动之人。你行今日之事,不是出于义气,便是受人胁迫。若是为了义气……我记得,故去的张丞相待王郎中有拔擢之恩?而张丞相当年曾说我'貌有反相,不杀必为后患',莫非……"

我打个冷战,急急道:"与张丞相和王郎都不相干!是……是杨国忠胁迫我!"

急切之下,我心头闪过的唯一念头就是"万万不能牵连无辜",那么仅剩的选项便是杨国忠了。说出了第一句,剩下的逻辑很快变得通顺:"他说,若是我不从,便要贬逐王郎去岭南。你也知道,我原可嫁入高门,去做左相的夫人。有尊荣而不取,无非是为了心爱之人。我怎能坐看他遭此厄运?"杨家兄妹盛宠无边,权势煊赫,连玉真公主身为皇帝向来宝爱的胞妹,也要退让三分。杨国忠身为宰相,要贬逐一个从五品的郎中,自非难事。

"你是何时与他相识的?"

"是几年前我跟从焦炼师和公主修道时,在玉真观里与他偶遇。"我无端想起《鹿鼎记》里,韦小宝说谎的要义:十句话里只掺一句假话,而且细节要不厌求详。我越说越快:"他本以为我是意图攀附他的女子……其实是我听了朝中传出的一些言语,察觉他有倾覆李林甫之心,而我正想为故李左相报仇,便顺水推舟。"

这番话倒也无懈可击。安禄山似是信了,问道:"他是何时指使你的?"我不解其意,谨慎答道:"也不过是几天之前的事。"

安禄山神色一肃,目露寒光。他伸出一只手,从案上的匣子中取出珠链。我身子战栗,却因过于惊恐而动弹不得。如梦颤巍巍地踏到我身前:"你、你不可……安将军,求你饶了娘子!"扑通跪倒。

"多谢阿妹告我此事。我此刻便回范阳。只是,我怕杨国忠知晓今日之事,责罚你办事不力。若是我在你身上留些伤,想来他便明白你已尽力,不至为难你与王郎中了。"安禄山手持珠链,向我走来。

如梦尖叫:"不可!"她张开双手护住了我,叫道:"娘子快走!"

"如梦她并不知此事,你要杀便杀我吧。"我咬破了嘴唇,推开如梦。

"我嗅出茶汤中乌头气味,再看你二人的神情,便知道她确实不知此事。"安禄山看了我一眼。

"嗅出?"

安禄山手腕一抬,动作快如闪电,我还未看清时,他已将珠链勒在了如梦脖颈上:"我前几年曾险些为奚人下毒所害,于是便令人寻来各色毒物,逐个研习了一番。"

如梦喉咙受力,发不出半点声音,只能拼命乱踢乱蹬,眼中流出泪水。我去拽安禄山,急切之下用力甚大,指甲甚至划破了他的锦袍。指尖触感冰冷,我低头看时,只见他臂上锦袍裂处,露出一片泛着金属光泽的银灰。

——他果然仔细,随身穿着环锁铠。

我和如梦两双手拼尽全力拉扯着他,他的力道偏偏稳如磐石,没半分移动。这种近距离的接触,能让人真切地理解寻常人和一个久经沙场的将军的差距。那不只是力量上的,更是气息上的:他站在这里,就连投进室内的温润阳光,也失去了温度。

也只是片刻,如梦脸色发紫,手足挣扎的力气渐渐变小。她"哐啷"一声踢到了几案。我放开手,抄起案上那碗落了毒的茶汤,放到唇边:"我愿饮下此茶,求你放了她!"

他扫了我一眼,手底珠链勒入了如梦颈间肉里。如梦舌头伸出,双眼慢慢泛白,面色扭曲,显是承受着极大的痛苦。我恳求道:"这些年来我毕竟从未害过你,求你……求你留情!"

他双手陡然一分,珠串丝线终于不堪巨力,断成两截,水精珠子纷纷滚落在地,发出声声脆响。珠链既去,如梦的身体也软软倒下,无法聚焦的双眼无神地望着房顶,面部肿胀。

我扑了上去,向她口中吹气,但她早已停止了心跳和呼吸。我只能不停按压她的胸口,她却没有半点反应。

许久,我颓然放手,坐在地上。如梦的眼睛仍旧睁着,双眸中依稀倒映着淡金的日光,隐约像是当年我初见她时的俏皮小丫头模样。我伸出手,阖上她的双眼。

安禄山踏上一步,走到我面前,冷肃的气息悄然弥漫开来。

我抬头,目光与他对视。

渔阳鼙鼓动地来,惊破霓裳羽衣曲。我未有机缘听过大曲《霓裳》,却先一步触碰到了鼙鼓的杀伐之气。他没有情绪的褐色双眸,将我带回当年在幽州初次见他时的记忆里。

那时他笑容热情,眼神敏锐;今日他圆滑谨慎,长袖善舞,讨取皇帝欢心。

两个形象在我眼前逐渐重合。

我没头没脑地问道:"从来没有变过,是不是?"

他竟然听懂了。他点了点头,齿间缓慢而清晰地吐出几个字:"我会定都洛阳。"

"不要杀太多人。"我前所未有地平静。

他似乎对我的反应感到意外,看着我没有说话,手中摸出了一把短剑:"我不反,难道你以为哥舒翰他们就不会反吗?"

我吸了一口春日的空气,低声道:"请你留王郎一命。"随即闭上眼睛。

空气静默了两三秒。

外面忽然有人敲门道:"檀越!檀越!"

是李崒的声音。

我睁开眼,惊疑不定。清冷的剑气骤然消失。安禄山干脆利落地还剑入鞘,拉开门,大步走了出去。

李崒狐疑地目送他远去,走进屋来:"檀越,我终是不放心,过来瞧……啊!"

我说不出话。

片刻之后,有两个内侍模样的人匆匆闯入,看见地上如梦的遗体,也是愣了一愣,随即问道:"安将军呢?"

"安将军离去未久。"李崒随口道,"中贵人来寻他吗?"

其中一个内侍认得他,客套了两句,又皱着眉道:"杨相公今日入宫……

大家遣我等来传安将军。这是怎生说?"指了指如梦。

"妾的婢子得罪于安将军。"我木然答道。

"哦。"内侍并未放在心上,转头向同伴道,"那我们往亲仁坊安将军宅邸再寻一遍吧。"便转身离去。

"莫非杨相进言,圣人便改了主意,要留下安将军?"李崋自言自语。

我木然站起,带着如梦的遗体回了家。

"我已经知道你做的事了。"

办完如梦的丧事,已是一旬之后。

对面的女子身着鹅黄绸衫,淡紫襦裙,外罩一件锦半臂,妆扮精致。她的身形比从前略丰腴了些,眉目间神气更为温善。她伸手抚了抚鬓角,轻声道:"多年未见,你的容貌竟然从未老去半分。看来当真是什么山精树怪呢。"

我没有废话:"我有人证。你想去万年县衙,我便随你心意。"

崔十五娘悠然道:"谁知你是不是与人勾结,来诬构我。万年县衙也未必如你所愿。"

"你确实未在药肆购买过乌头。但是,当日慈恩寺中有位阿师头部旧疾发作,剧痛几死,小沙弥向掌管药材的阿师讨了几味镇痛药物,其中就有乌头。小沙弥半路突然腹痛,急欲如厕。你的侍女正好路过,受他之请,曾为他拿着药物。"

"你待如何?"她冷冷道。

我沉默了一会儿。她又道:"你若要告官,我也只好攀扯上王十三郎了。"

我没心情深入理解一个凶手的心态,闻言仍是怔了一怔。

她似乎看出了我的想法:"他山水田园,逍遥快意。我前些日去蓝田山里,途经他的辋川别业。欹湖、木兰柴、辛夷坞······他凭什么能这样快活?!"

又是因爱生恨的老套剧情吗?我摇摇头:"你出身高贵,生得美,又不缺财帛。我若是你,宁可去找十七八个面首,也胜似堕入魔障。你要知道——"我声音渐低:"他也老了。"说出这句话的瞬间,我微微恍惚,竟俨然和眼前这个宿敌有了些共鸣。

他在崔希逸军幕中的时候，才只三十几岁。张九龄被贬时，他已过了意气风发的年纪。但他一路向西，看到塞外的大漠长河时，却仍是神采奕奕，眉间笔底，都有难以言说的激情。

这个女子，也曾见过他年轻时的模样。她只是难以忘怀那个他罢了。

崔十五娘精心保养的脸上，现出一丝疲倦："我曾想过，纵使他老迈迟缓、天人五衰，我也要陪伴他。"

她从来都是一副优雅虚伪的面貌，说这句话时，却像个毫无机心的少女。她侧过脸去，望着窗外的花枝，又道："你当唯有你一人的真心才是真心吗？"

"为了你的真心，你就投毒？"我反问。

她说："我没想毒杀他。我也不知我当日是怎么想的。我只是……我一辈子未曾出嫁，他却先有瑶姊，又……"

"我知道，我是多余的。"我一点不觉得意外。

"我与瑶姊虽然都是崔家女，却只是远亲，很少谋面。八岁那年，就在这慈恩寺旁边的杏园，我见着了他们夫妇两个。他是当年的进士。那一科进士统共十八人，唯有他最年少。我见他为她整理鬓发，杏花落在他的衣襟上。"

三十三年前的那个春日，在她的述说中重现，如一个飘荡的梦境。

"我学画、读诗、作文……他有了瑶姊，我能做的，无非是让他笑着夸一句'好画'。瑶姊身故，我为他难过，却也暗暗欢喜。但……他又有了你。"

我皱了皱眉。我曾为他走过山川河岳，我曾为他读尽唐前书。在昏黄的灯光下，我曾一句一句地读"红豆生南国，秋来发故枝"。论真心，谁的心不是真心？

但真心不该被拿来比较。我不想和她继续深入交流，淡淡道："我听说，崔常侍过世之前，放心不下，曾有意要你出家奉佛。他还向圣人上了奏表，圣人准了。"

崔十五娘的手指骤然收紧。

"你落发出家，我便在王十三郎面前瞒下此事。"

半晌,她苍白着脸,露出一个含义不明的笑容:"好。"

她在法寿尼寺落发的那日,王维派人送了一篇为她而作的《赞佛文》:

"左散骑常侍摄御史中丞崔公第十五娘子,于多劫来,植众德本;以般若力,生菩提家。含哺则外莘膻,胜衣而斥珠翠。教从半字,便会圣言;戏则翦花,而为佛事……敬对三世诸佛,十方贤圣,稽首合掌,奉诏落发。久清三业,素成菩萨之心;新下双鬟,如见如来之顶。"

"常侍待我恩深。她是常侍最怜爱的女儿,却始终未嫁,我也为常侍抱憾。如今她入了佛门,可谓有幸。"王维写完文章,说了这么几句。

"我作此文,只愿能告慰常侍魂灵于万一。"他叹道。

我笑了笑:"崔常侍厚德君子,只是去得太早。"

有时,去得早也许反而是一桩幸事。

就像我那个傻表哥。

天宝十三载的春日,乍一看,跟开元十七年的春日也没有不同之处。御沟中的水映出柳树的清影,珍稀的紫牡丹旁围满了豪贵少年,曲江边传来少女的歌声……长安的春日,好像总是一个样子。刘希夷的"年年岁岁花相似",大约就是此意。但人们还是渴盼春日,眷爱枝头每一朵盛放的桃花,池边每一株鲜润的芳草。在一个娱乐手段不算丰富的年代,鲜少有人不爱春天,尤其——

"我来日无多,我知道的。所以,你不要劝我了,可好?我不过想上去看一看。"崔颢微笑。

我只得让一名男仆跟在他身后照看,而我又跟在男仆后面,折腾了好一会儿,才终于登上了大雁塔。

崔颢立在北侧的窗边,凝望着下方的长安城。他穿着绯红官袍,衣袍颜色鲜亮,春风不时吹入窗内,撩动他的衣袂,越发显得他身姿清赢,似乎随时都会乘风而去。

"我年少时来到长安,住了一二年后,发觉此地的春日,来得比汴州更早。我忍不住,问王十三兄。你猜,他说了什么?"

我眨了眨眼,报以尴尬的笑:我不认识二十岁的王维。

于是崔颢悠悠道:"他说,因为长安离太阳更近。"

"确似王十三郎的口声。"我一笑。

崔颢也笑:"我们一同往来诸王府上,赋诗、饮酒、清谈,多有考较捷才的时候。我还以为,他不过又是卖弄口舌机变罢了。后来我才渐渐明悟,长安,委实离太阳太近了。不止春天来得早,而且简直……热得炙人。"

他的语调平和,那是一种在病重之人身上很常见的平和。但他的笑意,却还是如三十岁时一样,俊朗中带着些轻狂和不屑:"我生长于汴州,却从小就知道,我是博陵崔氏的苗裔。阿耶说,似我这般聪慧,又是崔氏子弟,就该做官。从前有九品官人之法,在家乡就能受保举,而大唐立国以后,想要做官,就要来两京寻一条出路,死后也要葬在长安或者洛阳——不是白鹿原,就是北邙山。

"因此才有那么多博陵崔氏的子弟来了长安,然后呢?崔玄暐和张柬之一起,逼迫武后退位,恢复大唐国号,最后却落得流放身死;崔湜嘛,据说生得俊美无匹,结果……"

崔湜受太平公主喜爱,和安乐公主、上官婉儿关系暧昧,还曾将两个女儿送给李隆基,和皇室不少秘事牵连甚深。虽然他已死了四十年了,但慈恩寺是皇家寺庙,在此议论,未免不够安全。因此崔颢没有继续评论崔湜,而是道:"至于他弟弟崔液……"

我打断他:"不许你说他的不是。"

崔颢一笑,拍我的手背:"我知道,裴公和崔液是挚友,崔液去世后,裴公还曾收集他的诗文,编为十卷。我怎会说他的不是?听说神龙时某年上元灯影之会盛极,长安城中不论官民贵贱,无不出游赏灯,车马喧阗,热闹之至。数百位文士一同赋诗,唯有他和苏味道、郭利贞三人格外秀出。'谁家见月能闲坐,何处闻灯不看来',看似平淡,却实在道尽盛世之欢。

"只是以他的高才,也受兄长崔湜连累而终于殒命,委实让我觉得,长安不是什么好的所在,而更像是……"他又笑了,"噬人的怪物。若有来生,我不愿再来长安了。甚至连人身也可不要,海上一鸥,云间一鹤,何者不可为!"

"你若为海鸥,我和王郎就去海边与你玩耍。不过,你大可放心,我们绝不会捉你回家。"我也笑。

我这是借用《列子》中的典故来取笑崔颢了。正说笑处,有人接口道:"崔司勋此话,真卿不敢认同。既然生逢盛世,我辈丈夫将身许国,轻生重气,以报君恩,正是应有之义。"

来者四十余岁,身材适中,眉眼清正,容仪端方,也穿了一身绯色袍服,正是颜真卿。

颜真卿和当世众多书家都有往来,偶尔也会拜访王维,我却很少有机会见到。不过,我也不是很敢见他。我自幼习的就是颜体,本该亲近这位"祖师爷",但他的气质简直刚正得让人害怕。我初与崔颢相见时,被崔颢认成失踪的表妹,急切之中写了一些字,意欲证明我字体不同,并非他表妹,却意外引起了好书成痴的颜真卿的注意:我写的是颜体,当时——开元十七年——还不存在的颜体。这个意外令我一直微微不安。

颜真卿素来敬慕裴公,是以虽批评了崔颢,却不失礼数,向我这个裴公的养女行了一礼。我关切道:"清臣要去平原郡了,路上千万小心。"

"多谢娘子关怀。幸好,宰相只是逐真卿出长安,而不是想要真卿的命。"颜真卿淡淡笑道。

杨国忠厌恶颜真卿,将他外放为平原郡太守,这不是秘密。崔颢虽被当面驳斥,却无不愉之意,只笑道:"清臣二十年丹心不改,令人敬佩。河北诸郡虽然远离京城,却一向富庶,又有骄兵悍将。在河北为一州刺史,烦难之处未必少于春明门内。世间行路常难,风波常恶,清臣有时若能稍作变通,行事或可更加便宜。"[2]

颜真卿拱手,却露出不以为然的神色。

我想起一事,犹豫片刻,低声对颜真卿道:"听说刺史们到任之后,往往都会修城墙、增防御、储仓廪。太守也将如此吗?"

天宝十四载的冬天,安禄山起兵,河北二十四郡本来就在他治下,几乎全部望风而降,唯有颜真卿的平原郡从一开始就不曾低头。平原郡守备严整,城防坚固,因而得以对抗叛军许久。此时朝中认为安禄山要反的人已经不少，依照史册的记载，颜真卿也在其中。他怔了一下，眸光微闪，显然明白了我的意思，却道："此非妇人事，娘子不必干预。"

见我被他噎了回去，崔颢圆场道："清臣这话有失公允。女子也是大唐的子民，一衣一食皆出唐土，忧心国事自属应当。"

颜真卿道："女子居于闺阁，一生大事，不外为妻为母，而男人却能读书应试，能行走四方，能受天子之恩，享朱紫之贵。既得了女子没有的好处，便要负起女子所不能负的重任。而女子嘛，为妻忠贞，为母贤良，才是第一紧要事。"

说到"忠贞"二字时，他看了我一眼。我这才猛省，颜真卿过于正直，可能看不惯我这种订过婚又退婚的女子。我记得他后来在抚州为刺史，有个秀才的妻子嫌丈夫穷困，想要离婚，还被颜真卿下令打了二十下。

我暗自无语，不过既然已经提醒了他，也就不再多说。

颜真卿又行了一礼，便欲下塔，却忽然一滞，转眸看向我这边："我记得昔日见过娘子写字，不知……"

我点了点头，又摇了摇头。

颜真卿张口，似乎想问什么，但到底没有追问，转身下塔去了。

崔颢望着他的背影，手扶窗棂，半晌才道："你对颜清臣点头又摇头，是何意思？"

我无以隐瞒崔颢，苦笑道："没有什么意思，故弄玄虚罢了。他既是端方君子，就不会再问。"

崔颢颔首："我曾经诧异你为何与如今的颜清臣书体相似，看来，我也不必问了。"

日光在他清瘦的面庞上投下阴影，他微陷的双颊在春光中显得黯淡枯黄。我心头一痛，没来由地脱口道："若有来世，你还是做人吧。做了海鸥，就不能打马球了，可是你打马球时的样子最好看。"

那个英挺的青年，那个挥杖自如，击球利落如电光相逐的青年……

崔颢闭目向天，似在用面颊承接满世界的骀荡春风："说到样子……到了我和王十三兄现下的年纪，总会想一些旧日的事，旧时的人。可是啊，要记起故人的模样,真的很难,只好闭上眼,一片微茫,像在云里行走。就算闭眼很久,十回里也只有二三回,能够记起故人们年少时的容颜。其他时候,依旧是一片微茫。"他睁开双眼,平静地看着我:"唯有你,阿妍,要记起你的样子,从来不必闭眼。"

因为我的容颜从未改变过。

我咬住嘴唇,喉咙酸涩,却又不想继续对将死的崔颢隐瞒。我扯住他的衣袖,艰难道:"'昔人已乘黄鹤去,此地空余黄鹤楼。'那年在黄鹤楼头,我曾对你说,此诗将为唐人七律第一。"

崔颢没有出声。

泪水将视线洗濯得分外清晰,我睁大眼睛望着他,一字一句道:"我知道,崔司勋的《黄鹤楼》,是唐人七律第一,气、格、音、调,千载独步。"

我想,他听懂了。

那是我最后一次见到活着的崔颢。

我生而有幸。

我曾见过开元十七年的崔颢。

注释:

[1]唐代及以前,僧人是被称为"道人"的,自称也是"贫道"。
[2]春明门是长安城正东方向的大门,后来也被用来代指京城。

第三十九章
燕台一望客心惊

这不是安重璋第一次来河北。

上回来河北时,他意外阻止了绮里作乱,因而结识了他如今的妻子张五娘。他长在河西,周围不乏骑射娴熟、鲜活可爱的女子,却没一个像五娘那样打动他。他也说不清为什么,却由此对河北多了一点温情。

尽管他知道,河北即将成为战乱开始的地方。

他转头,看向窗外。檀州在幽州东北方向,离燕山山脉也更近一些。天色已经悄然转暗,不远处的燕山沐浴在粉紫色的晚霞中,于雄壮之外,颇添了些神秘和静默,与白日里全不相同。他深深呼吸,重又坐回座位上,听着一旁的官妓们弹拨乐器。

不多时,楼下响起士卒呼喝开路的声音。安重璋连忙起身,就见有人上了楼梯,步子轻快,笑容明朗:"献诚失礼,教安五兄久候了!"

来人正是檀州刺史张献诚。官妓们纷纷行礼,安重璋也低头施礼,却被对方拦住。张献诚笑道:"献诚幼年蒙五兄相救,至今时时感激,又岂敢受兄之礼。"又向旁边陪酒的官妓们解释道:"安五兄是武德时的功臣安公兴贵的后人,世代居于河西,善养名马,五兄的父亲曾为鄯州都督,去世后便由我父亲接替此职。那时我还不满十岁,但因为一直随父住在河西,胆子极大,从小就爱骑马、射箭。有一日,我跟着父亲出门游猎,趁父亲不留神,偷偷跑远,却遇上了一队吐蕃人,为他们所获……"

众妓同声惊呼,又追问他如何脱险。张献诚便又笑着解释,安重璋如何安抚他父亲张守珪,又如何自请前往施救,如何驱遣骑兵,冲入吐蕃人的地方将他夺回。

一名官妓笑道:"这位将军果真机智英勇。太守当时还不到十岁,却能从吐蕃人的手中全身而退,也可称临危不乱、智勇双全了。"

"确是如此。"安重璋也笑道,"太守当时虽小,却心里明白,绝不能教吐蕃人知道自己是鄯州都督的儿子。若非太守机智,使得吐蕃人对他并未多加留心,我也不能轻易冲入吐蕃营地,将太守带回。"

张献诚斜眼望着官妓们,摇头笑道:"我说这些,是为了告诉你们,安五兄待我恩深。你们反倒又来奉承我了!也罢,那就再说一件五兄的事迹。你们可知道,安五兄因去年在河西作战有功,入朝时圣人亲自为他改了名?"

众妓忙问是何名字。安重璋道:"我原名重璋,陛下为我改名'抱玉'。"便有一个官妓凑到他身边,笑道:"将军好有福气。听说陛下赐了名的人,必定富贵至极。"

另一个官妓没能挤到张献诚身边,在安重璋这边偏又被那说话的官妓抢了先,脸上掠过一丝不忿之意,笑着抢话道:"正是,我们河北的史将军,也是圣人给改了名的呢!"

她说的是安禄山的同乡好友史思明。史思明本名窣干,"思明"二字是他朝见的时候,皇帝为他改的,又说他有富贵之命:皇帝一向爱说自己擅长相面,也曾说安重璋生得英伟不凡,可见前途无限。

安重璋不着痕迹地躲开官妓递到唇边的酒,抬手接过酒杯,喝了一口。自从那年偶然看到了阿妍那卷形状古怪的书,知道了"安史之乱"这回事,他就早早留心了史思明这个人。

他并非没有努力过,只是……

事情终究变成这样了。

张献诚举杯,频频招呼他喝酒,又说这间酒肆的葡萄酒滋味佳美,甚至胜于河东之类。

安重璋有几分心不在焉,笑问道:"河东产葡萄,酿酒却竟然不如河北檀州吗?"

"五兄竟不信我!"张献诚叫道,"五兄不知,十年前我在太原做过士曹参军。河东的酒,没有我不曾喝过的,桑落酒、竹叶酒、乾和酒……"

"十年前?"安重璋一怔,那该是天宝三载——张献诚的父亲张守珪被贬身死,正是开元末年的事情。

张献诚笑了笑:"不错。先父辞世后我服丧三年,在太原时,我才做官不久。"

安重璋无声地叹了口气,就见张献诚挥手命官妓们退下。

本州刺史在此,酒楼原就不会接待其他酒客,官妓们一走,室内陡然静了下来。灯烛明亮,光线洒落在张献诚的脸上。他的相貌在武将子弟中算得上平凡无奇、威仪不显,此时却隐隐露出些凛冽之意。

"若无安五兄,便无今日的献诚。"张献诚放下筷子,端起酒盏,一口饮尽残酒。

安重璋知道他语犹未尽,只含笑低头,望着盏中的酒液。一片殷红中,不断有极细小的气泡浮起,又悄然破裂。

"献诚不愿伤五兄。所以,五兄可否坦诚以待,让献诚知道,五兄此来河北,究竟是为了什么?"

安重璋眸光一闪,没有回答。

窗外不知谁家传来小儿夜啼声,张献诚侧耳,似乎在认真细听,口中则慢慢道:"安将军前番入朝时,为河北将士讨封赏。于是,河西节度使哥舒将军也请陛下为河西部将论功。五兄代哥舒将军入朝,既已讨到了加赏,为何不回河西,而是来了河北?"

安重璋放在身前的手微微一紧。在瞬息万变的战场上拼杀得来的经验告诉他,方才那一瞬间,张献诚动了杀机。

他收起笑意,看着张献诚的眼睛,轻声道:"安将军与哥舒将军不合,朝野皆知。哥舒将军就算想做什么,也不会遣我这个生长于河西的人来,那也未免太过惹眼了。况且,我家虽世居河西,却并不是谁的私人。"

张献诚看了他半日，才道："然则你此来河北，一路暗访城防、民情诸事，甚至深入蕃族部落，不是为了寻安将军的过错，伺机告发？"

过错，指的自然是谋逆的痕迹。

"不是。"安重璋像是听到了什么好笑的言语，露出一个类似于无奈的表情，"容我说一句实话，寻安将军的过失，用得着哥舒将军出手吗？杨右相日日都在陛下的面前，说安将军的不是。这又有谁不知？"

这话说得简直近于俏皮，张献诚也难以否认。安重璋又道："况且，安将军对陛下说，河北将士讨伐同罗、奚、契丹、九姓，勋效甚多，因而为将士破例请赏，竟然有五百余人做了将军，两千多人得了中郎将的名分。此事一出，难道还要别人来寻安将军的疏失？难道不是他自家将凭据送到了天下人的面前吗？如今谁不说他以此收买部众之心，是为了来日造反？"

"住口！"张献诚急急打断他。

安重璋不动声色，却感到自己说出"造反"二字后，对方身上紧绷的气息松动了不少。

张献诚停顿了一会儿，道："那安五兄为何来河北？"

"我只是想来看看。"安重璋坦然笑道，"我上回来河北时，幽州节度使还是李左相。彼时之河北，与今日之河北，风貌大不一样。"

李左相就是李适之。张献诚点头："我知道。先父在幽州节度使任上被贬，接任的就是李左相。"

安重璋见张献诚说到亡父时似生怅惘，便试探道："张都督一生纵横沙场，为国尽忠，堪为我辈表率。若是他知道自己当年一手提拔的安将军，竟然生出了反心，不知又将作何想法。"

张献诚拾起筷子，夹了一块酱菜，送入口中细细咀嚼咽下，突然道："国朝法度，给健儿发放春衣、冬衣，健儿家中也能得到口粮，而团结兵自身可得口粮和酱菜。五兄在河北访察许久，也见到了我们河北的军卒，那么，可曾瞧见他们的饮食？"[1]

他不待安重璋回答，又道："我虽年轻，毕竟身为一州刺史。该知道的，我也都知道——我敢说，从冬衣到酱菜，河北军卒所得，色色都比其他藩镇的边军要好!甚至……比我父亲在的时候也要好!"

"安将军的才干,无人不知。"安重璋道,他猜到张献诚要说的话了。家中世代为武将,他并非不知,一个能为士卒谋得更好的衣食与出路的将军,在部众的心中有多么重要。

"安五兄是不是想说,这些衣粮都是天子所给,不合由主将拿来施恩?"张献诚语中带了一点讥讽,讥讽又逐渐堆叠,成为沉痛和激愤,"那我便说说我们自身。五兄是忠良之后,可若我的父亲不曾被贬身死,我本来也该是!我的父亲除了护短,又有什么过错?为人主将,难道不该护着自家的部下?可就因为他的部下矫他之命出击奚人,陛下就要贬他,他才会死!"

张守珪被贬,实情远非如此简单。但为人子女,偏袒尊长自是常情,安重璋不打算争辩,只道:"你为檀州刺史,也是安将军举荐。安将军待你甚厚,想来是为了报答旧主之恩。"

他本意是想要点破安禄山借张献诚邀买人心的意图,不料张献诚误会了他,冷冷笑了,伸出手指蘸着盏中酒水,在案上粗略画出河北北部诸州的地图:"若说蕃族的部落兵是安将军的腹心,那么妫、平、营诸州的边军,还有我檀州的镇远、威武二军,本就与幽、蓟的边军一样,是安将军的股肱。"[2]

这话的意思可就深了,不啻亲口承认,若是安禄山造反,他这个檀州刺史,也不会反对为安禄山效力!

安重璋对河北的形势早有了解,今日之前,就已料到自己未必能够打动张献诚,但面对这番图穷匕见的言语,还是稍稍变色。

夏日晚风柔软,吹过食案上那幅由酒浆画就的地图,地图便一点点消失了。安重璋像是下定了决心似的,对张献诚一笑:"太守的话,我明白了。若终有那一日,我愿太守看在我们的旧谊上,记得一件事。"

张献诚眼中闪过一丝诧异,似是奇怪为何直到此刻,安重璋还能这般镇定。

安重璋温声道:"到了那时,若是形势于河北不利,太守随时可以回归朝廷。正当用人之际,朝廷必不追究。"

张献诚脸色数变,最终笑了一声,说不出是讥嘲还是惊愕:"安五兄果然忠心为国。好,献诚记下了。"

此话一出,室内的气息悄然舒缓许多。安重璋顺势起身,向张献诚道别:"既如此,我也该走了。"看了眼楼下的士卒们,又笑道:"我不愿违背宵禁,还望太守遣一名兵卒,送我出城。"

他让张献诚派人看着自己走,是要为对方洗脱嫌疑的意思,以免有心人说张献诚私自与河西来往。张献诚自不会拒绝,当即叫来从人,点了两名兵士送他。

安重璋走到楼梯边,忽听仍坐在食案边的张献诚道:"安五兄,你可知你是如何露了形迹的吗?"

他步子一顿,回头看张献诚,失笑:"确然不知。我也是昭武九姓之后,容貌有一二分胡人的样子,还以为那些蕃人部落必不起疑。"

张献诚目光灼灼,语声深沉:"安五兄低估了蕃人部落待安将军的忠心。"

安重璋上马疾驰,直到出了檀州城,仍是未敢松懈。他不能确定,张献诚一定不会追来杀他。

阿妍说过,张献诚在安史之乱中,曾经为安禄山守博陵郡,但后来还是归顺了朝廷。对于这种容易动摇的人物,哪怕、哪怕只是在他的心中埋下一粒种子……这一回冒的险,也就值得了。

安重璋一直向南驰去。他家世代养马,坐骑自是千里挑一的良驹,这次骑的乃是一匹耐力绝佳的突厥马,且又一夜未停,因此行路极速。到了第二日上午,已经过了蓟县。

他虽是武人,毕竟已五十岁了,骑了五个时辰的马,着实有些疲倦,便下马徐行。不多时,他见到前方有一座土台,问路人道:"那是什么?"

路人答道:"黄金台。"

安重璋心头一凛,打量了那土台几眼,自语道:"原来黄金台也不高。"当下系了马,信步上了土台。

燕昭王为延揽天下贤才,筑黄金台,千金买马骨,那是一千年前的故事了,此刻他脚下踏着的台子,的确不能算高。

黄金台上,不见黄金,唯见黄土。

他举目四望。这是个晴天,北方的燕山轮廓清晰,苍茫壮阔,横亘于绝塞之外,而西南方他看不见的地方,则是富丽如锦绣,繁华如画图的帝京。

若是有人逐鹿中原,却不爱惜这秀丽山河,不筑黄金台,不买骏马骨,只留一地血污,万民涂炭。

他又当如何?

不数日,他到了平原郡。

"刺史官署,岂容放肆!"

两名士卒齐声怒喝,一个举起长枪,一个拔刀在手,挡在安重璋的面前。安重璋暗自一叹,右手手指从腰间划过,连着刀鞘解下佩刀,一股巨大的力道沛然而出,猛地重重砸在士卒的刀上!

那士卒骤然受到意料之外的巨力,不由闷哼一声。安重璋趁他手臂酸麻,抬手在他腕上一敲,士卒持刀的手越发不稳,安重璋五指急转,直如鹘鹰捕兔,竟轻轻巧巧地将他的刀夺了过来。

另一个士卒举枪就刺,安重璋身形不断闪动,且避且看,只三四招后便寻得一隙,抢到对方身边。腾挪之际,长枪本就不如短兵灵活,那士卒收势不及,被他用刀抵住了后心。

士卒们见势不妙,张口欲呼。安重璋笑了笑,手心向下,做了个安抚的手势:"不必惊慌。"在二人既惊且怒的目光中,他收回刀刃,倒转刀柄,将那士卒的刀递回,又将自己的佩刀也一并扔了过去。

两名士卒看看他,又看看彼此,眼中尽是迷惑:"你……"

安重璋依军中礼节,行了个礼:"我也是行伍中人,二位健儿不必多虑。我早就递了名刺给颜太守,他拒不肯见,我只得出此下策。"

他一边说,一边向门内走去。所幸这里是官署的侧门,这番打斗又结束得极快,并没惊动什么人。他听见士卒们跟了上来,似欲拦阻,就伸手向后,轻轻一摆:"放心,我自与颜太守说,拦不住我,不是你们的错。"

他一身气度,显然不是低阶武官,对那两个守门士卒行礼,已是破了军中的常例,那两个士卒也看得出,便不再阻止。

各州的刺史官署，布局区别都不太大，安重璋穿过两重院落，很快接近了刺史惯常视事的正堂。他停在一棵槐树下，整理衣襟，却见正堂门口帘子被人掀起，有几个人陆续走了出来。

　　安重璋扫了一眼，眉头微皱。那几人多是胡人形貌，作武士打扮，姿态威武。这情景，在河北算不得稀奇，但——

　　其中竟然还有一名女子。

　　那女子身着白色圆领袍，下穿条纹波斯裤，腰间束带，如男子一般佩了一把刀。她正俯身穿靴，安重璋只能看到她的侧脸。女子鼻梁高高，肤色甚白，下巴秀挺，想来也是胡人，额间还扎了红色带子，竟与那些武士没半点分别。[3]

　　安重璋只觉那女子眼熟，目光在她身上停留了片刻。女子似有所感，转头看向他的方向。电光石火间，他心头警戒之意大起，脑中还未理清，身体已先一步作出了应对，脚下连退两步，躲在了槐树后面。

　　他也不知这是为什么，只是隐隐觉得，不能教那女子看见自己在此。好在他动作迅捷无伦，隐身树后，并未为那女子所发觉。女子望了一会儿，笑道："颜太守这里的槐花，开得真好。"

　　她笑声轻柔，安重璋听在耳中，却无端感到一种森冷的寒意。

　　直到他们彻底离开，安重璋才从树后走出，身上已洒满了洁白的槐花花瓣。他将花瓣拂落，在堂前脱了靴，径直走入。

　　即使不看服色，他也能一眼认出颜真卿——以前入朝时，他曾远远见过这位以刚直著称的颜氏子弟。他没有说多余的官样言语，只拱手为礼："某姓安，名重璋，从河西来，是贞观时故凉国公的玄孙。"

　　颜真卿抖了抖官袍的下摆，却没有还礼，冷冷看着他："安将军擅闯州衙，有何用意？"

　　安重璋苦笑："太守与常山郡的颜太守不愧是从兄弟，他不肯见某，太守你也不肯。"

　　天宝元年各州改郡，常山郡就是恒州，州中有井陉关，乃是一道极为重要的关隘。而常山郡的太守，正是颜真卿的从兄颜杲卿。

颜真卿听他提到从兄，眼神微凝，淡淡道："我可以给安将军半刻钟。"

安重璋看了一眼不远处的县尉和几个小吏，走到颜真卿身前，用只有他们两个人才能听到的声音低低道："太守疑心某是安禄山的人？"

颜真卿眉梢微不可察地一挑——若非安重璋箭法卓绝，目力锐利，只怕也不能察觉。然而，颜真卿的语调依然平静无波："我不明白安将军的话。"

安重璋叹了一声，一时间，周身泛起强烈的疲惫。他知道，自己姓安，且又有几分胡人的样貌。别人视自己为安禄山一党，有天然的道理，朔方节度使安思顺，不也是这样受人怀疑吗？安禄山一旦起事，在唐人心中，安这个姓，是否也要受到连累？

他强行压下这些思虑，继续低声道："某对太守并无恶意。某知道，太守修缮城墙，种植树木，说是为了增添胜游之景，实为御敌。"

颜真卿脸色终于变了，挥手将县尉和小吏们屏退，才道："安将军想说什么？"

安重璋道："太守谨慎，令某佩服。某来时，见太守下令在州城几个角落都挖了深井，说是便于取水，以防城中失火，实则……是为了守城吧？若有人头顶陶瓮，坐在井中，便能听得城外五百步之内的动静，连敌军暗掘地道，也能听见。"

颜真卿没有说话。

安重璋叹道："实不相瞒，太守乃是文士，却想到了这些守城之法，足见精心。州中的团结兵也训练得极好。只是以某所见，还有些缺憾。"

"请讲。"颜真卿说了两个字，又抿起了唇，眼中光芒内敛，喜怒难辨。

安重璋扯过一架胡床坐下，缓缓道："团结兵皆为士人，平日务农，不似健儿们长住军中。是以，训练团结兵更要用心，才能提振士气。某见太守将青壮男子编为一军，又将壮女与老弱编为一军，想法虽好，却于士气有碍。"

颜真卿脱口道："为何？我还以为，只要壮年男子与女子不在一处，就足够了。"

安重璋点头："壮男遇壮女，难免生奸，太守想得不错。但女子天性温柔，爱怜老弱，见到老弱之人，必生悲怜，思虑益增而勇气益减。守城时，太守可将壮年男子、壮年女子分别编为一军,再将老弱男女编成一军。三军彼此不可相见。"

颜真卿听得入神,喃喃道:"原来如此。"端起自己没动过的一盏茶汤,放到安重璋面前:"将军还有什么指教?"

安重璋也渴得紧了,端起茶汤喝了一口,不想那茶汤却是冷的,不由失笑。颜真卿性子直率,疏于谋身,因为待人不够周到,得罪了不少人,他也是听过的。他喝干了茶汤,说道:"军无财,士不来;军无赏,士不往。这个道理,太守想必知道。我看州中团结兵的口粮酱菜虽然不差,但也不像很宽裕的样子……太守还是趁安禄山不备,多筹备一些财帛吧,以备来日。"

颜真卿脸色发苦,嘴唇翕动,却没出声。

安重璋又道:"太守想必听说过,我家在河西世代养马。我对马匹的疾患,也有些心得。我见兵营中有的马匹不食水草,养马的人,却用芒硝和郁金调水,喂给马匹——"

"你潜入了团结兵的营地?"颜真卿皱起眉头。

安重璋无奈道:"太守还是不能信我吗?若我真是安禄山的部下,还和太守说这些做什么?"

颜真卿看了他半天,轻轻吐出一口气,却转了话头:"我问过营中的人,他们说芒硝和郁金可用于医治马匹,还说割开马的尾部放血,涂上人粪,也能治病。"

安重璋略感惊奇,想不到颜真卿连这个也曾过问:"不错,但只能用于因暑热而不食水草的马匹身上,而营中那些马匹全身战栗,颈部低垂,喘息急促,乃是内黄之象,医治之法自亦不同,所饮的水中须得有盐,才能好转。稍后我可为太守留下几张药方,此外……那涂人粪的方法,断断不可再用!涂了人粪,患处往往生疮溃烂,十分凶险,极易致死。"[4]

颜真卿仔细听着,又问了他许多守城的诀窍、医马的药方之类,许久才松了口:"我虽为一郡太守,却也要避人耳目,实在不易。此前失礼,望将军见谅。"

这便是相信他的意思了。

安重璋点头:"谨慎一些,并不为过。"

颜真卿唤仆婢换过茶汤,又沉思片刻,问道:"将军为何甘冒奇险,来寻我与族兄?族兄乃是安禄山亲自拔擢为太守的,难道……将军不怕?"

安重璋才欲说话,左臂忽然传来一阵剧痛。前几年他在河西战场上为吐蕃人的箭矢射中,落下了旧伤,近来连日奔波,少得休息,伤处便又发作了。他按住左臂,强忍痛楚:"当初张亮养了五百假子,太宗皇帝便说他有不臣之心。我在河北,见安禄山收了数千名假子,都是第一流的柘羯,待他一片忠心……不为谋逆,还能是为了什么呢?这一战,想来……是避无可避了。"[5]

剧痛仍在持续。他咬紧牙关,直到痛意稍减,才继续说道:"有人对我说,太守和太守的族兄,都是志诚君子,最是清白忠贞,不堕颜氏家风。"

颜真卿慨然道:"我们做的是大唐的官,不是安禄山的官,理当如此。但河北诸州刺史,大半都是安禄山的人。在旁人眼里,族兄受安禄山提拔,想必也是……敢问,说这话的是哪位高贤,竟然识得我二人的心意?"

安重璋笑道:"太守也许不信,不过……是一位女郎说的。那女郎从前是故赵城侯裴丞相的养女……"见颜真卿满脸茫然,只得又补充道:"那女郎曾与故李左相有婚约。"

男女情事流播最广,连颜真卿这等方正之人也难免听到。颜真卿了然之余,奇道:"怎么如今的女郎都这般……"又说不下去,似在寻找合适的词:"方才来的那些胡人,就是安禄山遣来巡视燕南诸州的,他一向不大放心燕南。那些胡人中有一女子,为人真是……果决坚忍。"

安重璋问道:"那女子叫什么?"

"她有个汉名,唤作绮里。"颜真卿思索道,"言语也很雅驯,似是精通诗书,难怪能以一介女子之身,做安禄山的谋臣……怎么?"

安重璋苦笑起来:"我明白太守为何说她果决坚忍了。"

果决坚忍,正是一个可褒可贬的评语:这样的人能做大事,却又通常狠戾无情。

"十几年前,我曾在幽州,射了她一箭。此女是六胡州反叛首领康待宾之女,其父为朝廷所诛,故而她多年来怨愤极重,深恨朝廷。原来……难怪……"

难怪她会到安禄山的身边,成为他的谋臣!

安重璋看了看窗外的日影,对颜真卿道:"我该走了。太守千万记得我的话,以韬晦为第一要务,也请告知太守的族兄:安禄山起事之后,大军南下,不会经过太守的平原郡,却会经过他的常山郡。大军势不可当,不妨先行诈降,然后联合其他郡县,徐徐图之。"

颜真卿正色道:"多谢将军。"

"还有,我听说此地除了团结兵之外,还有三千余名静塞军驻扎。一旦乱起,安禄山必定会将这些军士召回北面。太守须得用一用心,收服这些军士,到时才能阻止他们北上,使之不为叛军所用。"

安重璋絮絮说着,简直像要把自己平生所学的韬略,全部在这短短的半日之内教给颜真卿。河北终究在安禄山治下,他来河北,不可谓不危险。既冒了险,就当然要让这一趟河北之行,发挥最大的效用。

颜真卿不敢将这些话记录在纸上,只能认真听着,神色郑重。

安重璋起身告辞,见颜真卿也连忙站起,不由道:"太守万事小心,不必送我了。"

颜真卿颔首。安重璋出了门,穿上鞋子,走下台阶,忽听颜真卿在背后道:"真卿冒昧,还有一言。"

他回头,却见颜真卿眼中隐有泪光,在日光下晶莹闪烁:"将军姓安,安禄山也姓安。但真卿知道,将军的安家,是故凉国公的安家,也是安金藏的安家。"

安重璋身体一震,口唇微张,最终只是静静地绽开一个笑容。

——武后在位时,有人诬陷太子李旦谋反,武后命来俊臣彻查。太常寺乐工安金藏大喊:"太子绝无反意!我愿剖心,以明太子之心!"引刀割开自己的腹部,肠子流出,血如泉涌。武后感其忠义,命医者救活了他,也不再追查李旦的事。当今天子即位后,封他为代国公,还在泰山、华山都立了碑,铭记安金藏的忠心。

是啊,安金藏也是姓安的。这个姓氏,来自西域的安国,他们早早来到汉地,在这里译经行商,在这里嫁娶生子,在这里老病长眠,一代又一代,不曾断绝。

安重璋的手悄然握紧。他希望,当这场注定旷日持久的战乱过后,自己还能以这个姓氏为傲。

注释:

[1]粗略来说,健儿指常住的边军(唐代后期称官健),而团结兵则是春夏时务农、秋冬时操练的百姓。详见张国刚《唐代团结兵问题辨析》,《历史研究》1996年第4期。

[2]本章对安禄山叛军构成的分析,参考了李碧妍《危机与重构》第3章,北京:北京师范大学出版社,2015年。

[3]唐代军人常戴红色抹额,图像可见章怀太子墓《仪卫出行图》。女子也有佩戴抹额的,韦贵妃墓、安元寿墓的壁画里都有。

[4]本章所有守城、治马的方法,全部来自唐代李筌《太白阴经》,给马放血并涂人粪的方法也是。

[5]柘羯,一般解释为粟特语中某种类似勇士、武士的意思。

第四十章
渔阳鼙鼓动地来

浅白的水汽袅袅升起，长久弥漫在整个浴室之中。铜制的灯盏上凝结了一层薄薄的水珠，天窗只开了一线，光线微茫，远处依稀传来悠长的音乐声，隔着几层帘幕，并不分明。在这方由温泉水营造出的小小天地中，一切都变得模糊而朦胧了。

几乎每年冬天，皇帝都会到骊山华清宫住一段不短的时日，百官随驾前来，在山下的昭应县视事、居住。县里也有温泉，寻常臣子和家眷虽能入浴，但各个泉馆规制不同，从王公到庶人，贵贱有别，不得逾越。

这是我不爱跟王维来昭应的主要原因。还有一个理由，说起来有点可笑。穿越之后，我没吃过多少苦，长安的冬天，对我来说，冷得实在不大彻底，我就更缺乏动力泡温泉了：关中地区，本来就比我的家乡北京要热，而唐朝的气候，又比21世纪温暖。

我还记得，来之前的那个冬天，我还是个高考结束没两年的大学生，每天除了学习、跑步就是睡觉，生活高度自律。

高考……吗？多么遥远的词语。

我止住思绪，小心地从水中站起，擦干身体，穿上衣裳，走出了浴室。

"你出来了？如何不多洗一阵子？"王维掀起帘子进门，看了我一眼，又连忙将门帘掩好。

我穿上如焰递来的外衣,笑道:"自然是让给你洗了,不然,难道你要……"我扭头避开如焰的视线,用口型无声地说出剩下的话:"与我一起?"

"又来作弄人!"王维微怔,脸上随即掠过一抹微红,乍看之下,也像是受了温泉水的熏蒸,"你这女郎家!我记得,我才识得你的时候,你可没这么、这么……"

我笑眯眯地看着他努力措辞。说真的,他脸皮不能算薄,奈何我近朱者赤、青出于蓝而胜于蓝。他败下阵来,语无伦次道:"总之、总之你不洗了?"

我耸肩:"适合温泉浴的不外两类人,要么像太宗皇帝,战场上落下一身旧疾,又患有风湿,温泉浴可解诸般病痛,要么像……"我眼神扫向华清宫的方向。如今这位陛下,虽然没亲自打过什么仗,但是喜欢享乐啊。我身子康健,能吃能睡能跑能跳,没太大需求。

王维失笑:"罢了,那我也不洗了。已经休了三四日假了,想到还有三日,反而有些倦怠。今日冬至,你想出去走走吗?"[1]

我撇嘴,摇摇头。王维已经做到给事中的位置,进入了高官序列。昭应县这么小,随时都会撞上别的官员和家眷。遇到官阶比他低的,要被行礼,遇到比他高的,又要给对方行礼,怎么样都很烦,不如——

"那边院落里有一架秋千,我想荡秋千。"

进门之后,王维第二次露出无语的表情:"旁人都是春天荡秋千,你不冷?"

"温泉附近地气暖热,连瓜果都熟得早,哪里冷了?"

温泉在昭应县西,地势比县里高一些。我坐在秋千上,正好将骊山的冬日景象收入眼中:半败不败的叶子,半黄不黄的秋草,半斜不斜的夕阳。

我不喜欢这种温吞的感觉。

"你在想什么?"王维柔声问。

我没有回答,慢慢荡起了秋千。秋千动处,细细的风扑在脸上,又从袖底、领口钻进衣内,带来丝丝凉意,却不能抚平那种隐约的烦躁。

今天是冬至,一年之中,白昼最短、黑夜最长的一天。在没有电灯的年代,黑夜代表着未知,而未知让人不安。

我感到不安。

一只温热的手按在我的后背上,轻轻推了一下,秋千摆动的幅度骤然加大:"旁人荡秋千,都是自家用力。若要人推送,那么荡得再高,也没有意趣。"他手上推我,口中却取笑。

"你是门下省的给事中,着绯袍、佩银鱼的高官为我推秋千,这是天下难得的厚遇,还要什么别的意趣?"我强打精神,笑着顶了一句。

王维被噎住了,想了想道:"闺房之乐,外人无从得知。或许,别的高官家有悍妇,也只得为妇效劳,说不定……有甚于推秋千者。"

"可他们都不是王十三郎啊。"我转脸望他,"王十三郎为我效劳,才是天底下独有的厚遇。"

"我时常觉得我老了,幸亏还能推得动秋千。否则,岂不是连这点厚遇都不能给你了?"王维笑道。

我眨眨眼,抓住他推我的那只手,轻轻摩挲他的手背:"推不动秋千了,还可以给我别的呀。"

王维脸上又是一红。我哈哈大笑:"我要你给我唱歌、弹琵琶,给我讲故事。你想到哪里去了?"

他没好气地瞪了我一眼,继续推秋千,过了半晌才道:"我看别的小儿女荡秋千,无不以高为美,恨不能飞得与树梢一般高。你怎么事事皆与他人不同?"

"若我事事都与他人相同,难道还能入得了你的眼?"

这明明是道送分题,王维居然认真思考了一会儿,才点头道:"也是。"

我"呸"了一声:"'蹴鞠屡过飞鸟上,秋千竞出垂杨里。'你们以为秋千荡得越高越好,却不知,无论秋千荡得高,还是低,每一回往复之间,在空中的……"我咽下"周期"这个来自后世的术语,"在空中所历的光景,长短总是几乎相同,并无缓急之分。"

王维一怔:"你是说,秋千往复之间,人在空中所历光景,与高低并不相关。"

他似乎对我随口说的单摆运动原理有点兴趣,不过,这倒不奇怪。佛教思辨气息浓重,儒家也讲格物致知,他身为佛徒,又受了多年的儒家思想浸润,对世间的道理有好奇之心,再正常不过。但我毕竟没法写公式给他演示更准确的结果,只得胡乱点头。

王维若有所思:"是了,荡得愈高,下滑之势愈急,不见得就能在空中留得更久。"

他这话似含隐喻,我心中浮起不祥之感,强笑道:"你再推一推我吧。"

王维又沉默了片刻,才道:"你说秋千不论荡得高低,在空中每一回往复的光景,总是几乎相同。不过,以我所见,荡秋千的人越重,就能荡得越久,是这样吗?"

我不懂他为何如此执着于这个物理学话题——天知道,我只是因为想起了高考才顺口提到单摆——这让我有一种别扭的感觉。他是我见过最善于体察气氛的人,少有这种近于强硬地坚持某个话题的举动。我只得道:"是。秋千上的物件越重,便越能抵御风力,纸不及木,木不及石。"

"沉重的物事,能荡得更久。可是,一旦停下,要重新推动,也比轻巧的物事更难。"

"不要说了!"莫名的焦躁积累到了顶点,我大声打断他。

老子说,治大国若烹小鲜,但显然,治国和荡秋千也未必没有相似之处。一个如此庞大厚重的体系,一旦停摆,需要多久才能重新运行起来?

天色更暗了。这是黑夜接替白昼的时刻,西方的太阳已全部沉入地平线以下,暮云四合,遮蔽视野,天和地的界限不再分明。而骊山上的宫室,已经燃起了灯烛,还有些光点在缓慢而有序地移动,想必是巡夜的守卫所执的火炬。点点明光散在山间,灿若星河流动,有风从华清宫的方向吹来,风中好像还夹杂着清脆的欢笑声。

我擦了一把脸,跳下秋千,心神烦乱之际,脚下踉跄,衣袖挂在秋千板的角上,从袖中跌落一样物件。

王维先一步捡起了那物件,看了眼,随口道:"你这个香囊,我竟没见过。"

我连忙去抢,却没抢回来,悻悻嘟囔:"还说老了呢,身手灵活,气力也没衰减。"

王维忍俊不禁："我是个男人，男女气力悬殊，又有何奇怪？"将香囊丢还给我："这香囊如此敝旧，难道我的俸钱已经短少到了如此地步，家里连一个……"

"娘子！"有个人急匆匆地从温泉馆外跑了进来。

我微一皱眉。跑来的人是杨续，他当年是李适之的部曲，负责随身护卫，极擅技击，李适之被贬南方时将他留给了我。他曾经出入的大小官署、贵人府邸不知凡几，最是知礼，如何会突然闯入温泉馆来，大声呼喝？

"何事？"我不自觉地捏紧手指，却止不住声音的颤抖。

"娘子，我在幽州军中还有一些旧识……"杨续站住，像是在斟酌用词，最终却只是平板地说道，"安禄山反了。"

哦，安禄山反了啊。我点点头，竟然笑了。

你知道吗？一个你等待已久的坏消息终于来临时，你最先感到的，往往是一种微妙的放松。第二只靴子总算掉下来了，反正，最坏也不过这样了。

暮色彻底笼罩了大地，我看不清王维的脸。华清宫中的歌声不知何时悄然止歇，四野一片寂静。我觉得自己的心像是一栋没有墙壁的房子，四面八方的风肆意呼啸而过，房子里留不下半点热气。

半响，王维轻声道："我知众生苦，却不知……这一回，将有多苦。"

"回去吧。"我摆手。

杨续默不作声地跟在后面，直到进了我们在昭应县的住处，他才唤了句："娘子。"

"怎的？"

昏黄的灯光下，他眉间的纹路显得比平日更深刻。他垂头，自失地一笑："我的主人冤死，唯一的小郎君为李林甫所害，而小郎君的孩儿，又早早夭折。他是太宗皇帝的曾孙，他的父亲郇国公，本来应该继承帝位……多么贵重的家世！可他就这么绝嗣了。唐国对不起他，那个位子上的人，也对不起他。我有时想，天下大乱，也没什么不好，至少到了大乱的时候，天下万民才看得清，这唐国，是靠哪些人撑着。"

王维动了动嘴唇，艰难道："我晓得你的意思，但你……当心些……"

杨续抬眸，少见地反驳道："王郎，我的话不对吗？这天下不是他那样的能臣撑着，难道是杨国忠撑着吗？是你们这些学佛、作诗、论道的文士吗？"

他这话可谓全然不给王维面子，但王维也没发火，只是叹了口气，没再说话。

杨续顿了顿，似在努力平复心情："可安禄山当真反了，我才明白，我不想见天下大乱。我的主人，也必不想。这山河是他李家的山河，但未必不是天下万民的山河。我曾在军中效力，我知道，没有人想从军，只是，一旦从军，你究竟、究竟还是想将天下万民护在身后……"

"你若想回军中杀敌，就去吧。"我喉间酸痛，有些哽咽。

"谢娘子。"杨续领首，深深一礼，"此次平叛必非一日之功。先保娘子一家平安无虞，我再回军中。"

看我还想说话，他补充道："保娘子平安，是我主人之愿，上阵杀敌，是我之愿。我主人的愿望，自然比我的愿望要紧。"

"多谢你。"我抹了抹脸，踉跄着走进内室，一头倒在床上，把头埋进被子里。

我听见自己急而乱的心跳声，听久了，好像整个人都变得错乱。

安史之乱跨越八个年头，几乎与卢沟桥事变到日本投降的时间一样长。永定河上的卢沟桥事变起于我的家乡，如今的这场战乱也是。

永定永定，何曾永定！

这是天宝十四载的冬至夜，渔阳鼙鼓，动地而来。[2]

在这个冬至，我为我在21世纪的家乡而哀痛，也为我在8世纪的亲人和爱人而哀痛。

我负了谁，谁又负了我？我听见过谁的笑，谁又听见过谁的哭？谁在歌唱，谁在遗忘？哪一颗流星已经坠落，哪里的花朵依然芬芳？

今夜过去，这些都将不再重要。

我抱住王维的腰，用力亲上了他的嘴唇。

注释：

[1]有唐一代,元日和冬至的假期都是七天,节前三天,节后三天。见丁兆倩《唐代官员的休沐制度初探》第2章第2节,中央民族大学硕士论文,2013年。

[2]安禄山起兵,是在天宝十四载十一月九日。皇帝终于确信安禄山谋反,是在十一月十五日,公历12月22日,冬至当天。

第四十一章
笳声万里动燕山

父亲李白喜爱游历，亲友无不知晓。伯禽随他到过一些地方，但来幽州还是第一次——更何况，还是受人挟持而来。

幽州乱起，父亲远在金陵，担心伯禽所在的东鲁受到战火波及，托了一位姓武的友人来接他和天然。孰料那位友人刚寻到他家，便有两名胡人武士闯了进来，不由分说将他们带走。

他们将伯禽兄弟俩带到了北方。

河北大部分郡县早在安禄山起兵之初，就已纷纷归顺。因此，经过这些郡县时，伯禽看到的，反而是一片几乎算得上平和的景象，心中的惊疑越来越重。天然年纪还小，不懂得害怕，睁着眼睛四处乱看，又悄声说："大哥，这里比东鲁繁华哩。"

父亲写过"燕山雪花大如席，片片吹落轩辕台"，伯禽到达蓟县时是正月，虽然寒冷，却没有见到轩辕台上的飞雪。

他们被安顿在一处馆舍里。直到下午，才有一个纤细的身影打起帘子，走进门来。

"你们是初次来幽州。"女子语气笃定。

女子肌肤雪白，眼窝微陷，典型的胡女容貌。这种相貌并不耐老，她眼角有些浅淡的纹路，年纪显然已经不小了。但岁月未能钝化她的气韵：她的容貌,想必在盛年时极为艳丽,此刻也还是很有几分凌厉。

伯禽张了张口,想要质问这个女子,却只低声答道:"是。"

他胆子向来不大,虽然被带到幽州的途中没受伤害,但如今深入贼兵的后方,怎么可能不害怕?况且他一路操心幼弟,只怕天然说出什么话来,惹恼了那两个武士。

听到他的"是"字,女子扑哧笑了,打量了他几眼,摇头道:"不一样,不一样!"又伸手去拉天然:"我带你们走马。"

伯禽望着女子的笑容,心头忽然闪过一丝似曾相识的奇特感觉。

他……见过这个女子吗?

"走马?我要去,我要去!"天然眼睛一亮,叫了起来。

女子压根没给伯禽回绝的余地。她叫来两名武士,分别带着二人,骑马出了城。

原野上白雪皑皑,更显广阔。天边几缕流云,慢悠悠地从山后流过,蜿蜒雄壮的山峦在冬日冷冽的阳光中,分外有一种雄浑气派。

"那就是燕山。"女子扬鞭一指。

她说话时,正有一缕笳声,远远地响起。笳声粗犷,调子大开大合,倒也应了这天高地广的景象。

天然眨了眨眼:"燕山?"

"大燕的'燕'。"女子道。

伯禽刚才坐在武士的后面,被马儿颠得头晕,大腿内侧也有些疼痛。他皱了皱眉,道:"不及泰山高峻。"

"大燕"是安禄山自定的国号。

而泰山则是历代帝王——也包括当今大唐天子——封禅之地。

女子笑道:"仅以高峻而论,泰山未必及得上燕山。只是,泰山四周齐鲁大地皆是平原,泰山在一片原野之中拔地而起,世人便以东岳为尊贵高拔,也是应有之义。"

伯禽沉默了一会儿。他总觉得,女子话中还有其他的意味。

女子说得兴起,继续道:"贤尊曾写诗道:'蜀中多仙山,峨眉邈难匹。'又道:'月出峨眉照沧海,与人万里长相随。'峨眉山的高峻,也胜于泰山多矣,只是僻处蜀中,外人无缘一见罢了。若孔子生于蜀中……"

"那么孔子便不是登泰山,而是'登峨眉而小天下'了?"伯禽接话。

女子顿了顿,语调微凉:"那么孔子便不能成为孔子了。"

"你如何记得我阿耶这许多诗?我都记不得这些。"天然走到一匹矮小母马旁边,好奇地摸着小母马的头。

女子没有回答,只是走过去,将他扶上了马。天然人小腿短,双脚放下时却正好稳稳地踩在马镫中,这副马镫显然是专为身量未足的儿童打造的。

她思虑周全,行事细致,虽然言谈古怪,却似乎对他们没有恶意,本该是友非敌。但此处毕竟是安禄山所据的幽州,这女子行事却能如此随意,想来是叛军中的人物。

伯禽思绪混乱,却见女子向他伸出手来。他摇头谢绝,自己扶着马背,抬起左脚去踩马镫。但他忘了上马时要抓住缰绳,马儿不受控制,自顾向前走了两步,伯禽难以平衡,踏入了马镫的左脚随之前荡,而身体则向后栽倒。他一声惊呼尚未发出,就觉腰部已经被人大力扶住,那人又将他右腿一拉一送,手法极快,再一扶他后背,他就已端正坐在了马鞍上。

行动之间,她衣上的香气飘入伯禽鼻端。香气清冷,非兰非麝,伯禽心里一阵惘然,无端又生出了那种幽微的熟悉感,却辨识不出。他忽然发觉自己嗅那香气的举动过于专注,脸颊顿时泛起绯色,口齿艰难道:"谢……谢娘子。"

女子命两名武士各自牵着伯禽和天然的马,又稍稍整理裙裾,一翻身,上了自己的坐骑:"你叫什么?"

"我姓李,名伯禽。"

女子挑眉:"鲁地的新泰县,乃春秋时鲁国的平阳城,因此你长姊得名平阳。为何你却唤作伯禽?伯禽是周公长子,贤尊虽然不拘一格,怕也未必喜欢扮作周公。"

伯禽正竭力在马上保持平稳,闻言脱口道:"正是如此。他人都道我父亲自比周公,名我以伯禽……"

"'成王有过,则挞伯禽。'成王是君主,纵然犯了错,周公也不能打他,却又要教他道理,就只好鞭打伯禽。贤尊是个护短的人,才不会为了旁人,打自家的孩儿。"女子抿嘴一笑。

听她话中似带贬损,伯禽一肃容色:"伯禽不敢闻父之过。"

女子怔了怔,笑道:"罢了,那你说,他为什么为你取名'伯禽'?"

伯禽犹豫片刻,赧然道:"父亲说,他……他是随口取的。我出生时,他见案上恰有一卷《春秋》,想到伯禽曾为鲁侯四十六年,必定活了很多年。若是我也能活那么久,就很好了。因此,他便为我取'伯禽'为名。"

女子哈哈大笑,唇边呵出一团团浅淡的白气,眉梢眼角的弧度都柔和了:"这确是贤尊的风调。你呢?你叫什么?"她转眸,去看天然。

天然素来话多,到此时已经憋了许久。他小脸冻得红了,一只小手抓着缰绳与马鬃,口中迫不及待道:"我叫天然,小名颇黎。"

"颇黎?"女子语气玩味,"玻璃?"

天然用力点点头,大声道:"阿耶说,颇黎出自波斯,乃西国之宝。"又补充道:"我家大哥的小名,叫——"

伯禽阻他不及,却听女子笑着接口:"我知道,他叫明月奴。"

"娘子你何从得知?"伯禽和天然齐齐一怔。

"'金天之西,白日所没。康老胡雏,生彼月窟。'"女子吟道,"都是与西域关系甚深的名字。"

伯禽记得,这也是父亲的诗。这几句,说的是一个胡人生于西方,"月窟"即月出之处。他解释道:"我家是凉武昭王李暠之后,但隋末多难,祖上谪居条支,流离散落,改易姓名……"

女子喃喃道:"我早说过,他有绝世高才,光焰万丈,何必攀附古人。"

"……直到父亲出生,先祖父心有所感,手指李树,复故姓,离碎叶,还于故国。"

女子语带讥讽:"你说他的'故国'乃是中土,却也未必。李子出于西方,而他为你们起的名字,未尝没有怀念西域的意思。"

"娘子识得我父亲与亡姊?"伯禽微觉尴尬,转而问道。

女子微一皱眉:"亡姊?"

伯禽黯然:"阿姊出嫁未久,即因病辞世。"

女子静默片刻,轻声道:"平阳幼时丰腴洁白,眼睛如葡萄一般,可怜可爱。我那时常常陪她玩耍。"

伯禽想起长姊的音容,心头痛楚愈深。母亲去世早,父亲又喜爱四处游历,有时固然会带上他和长姊幼弟,但更多的时候,会将他们留在家中。幼弟并非他同母之弟,而是父亲在东鲁与另一女子所生。那女子生下幼弟后数月,便与父亲决裂。因此,几个孩子所能凭依者,除了家中数亩薄田所出的粟米,便只有彼此了。

一个"五岳寻仙不辞远,一生好入名山游"的父亲,注定会是一个不肯受家室拖累的父亲。伯禽不敢有怨,心中却并非无怨。

他非口齿伶俐之人,此刻心事纷乱,低下头去,竟不能发一言。天然早就对他们的对话失去了兴趣,独自玩得兴致勃勃,口中不停呼喝着那匹小马。

"当年幽州节帅张守珪扎营于此,因圣人出战失利,险些斩了圣人。"女子指点着前方,解说道。

伯禽很快明白,这个"圣人"指的是安禄山——他在路上听说,安禄山已经自立为大燕皇帝了。

近二十年前,安禄山轻敌冒进,大败于奚人之手。张守珪因爱才而不忍杀他,将他解送洛阳,请皇帝示下。宰相张九龄和裴耀卿坚持处斩,而皇帝最终并未采纳,只是削去他的军职,令他在军中白衣效力。自从去年年底安禄山起兵,这件旧事便时常被提起。连市上的寻常百姓,也都要跟着感叹一句:可惜张相死得太早了。

伯禽想反驳说安禄山不能做圣人,余光瞥见天然的笑脸,便忍住了,只道:"娘子是我父亲的友人?"

这时有人远远喊道:"阿失替!"

后方蹄声嘚嘚,由远而近,继而倏然止住。伯禽还不懂得控制缰绳令马转身,只得扭过头去看。来者头戴皮帽,甲胄外披着貂裘,骑在一匹白马上。

白马通体毛色如雪,连伯禽这种初学骑马的人都看得出,那马必是名种。

来人是个貌不出众的胡人,形容癯瘦,颔下胡须稀疏,后背微弯,乍看全无气势,简直不像个武人,而像个病夫。但他的目光落在伯禽身上,伯禽便不自觉地感到铺天盖地的寒意席卷而来,身子一滞,竟从马上掉了下来,所幸他穿得厚,倒也没受伤。

女子跳下坐骑,将伯禽扶起,又把天然抱下马,用胡语跟那胡人说起话来。

两人交谈了几句,胡人神色渐转恚怒,语气越来越激烈,女子却一直不动声色。终于那胡人望了伯禽和天然一眼,换成汉语道:"你们是唐主的细作?"

天然骇得哭了起来,伯禽连忙将他拉到身后。女子皱眉道:"史将军,你欺侮孩童作甚?"

史将军冷冷道:"颜真卿、颜杲卿背叛大燕,一心归唐,陛下叫你们去巡视平原、常山,你就没看出他们的反心? 如今常山军情火急,你竟然还有闲情带着两个汉人孩童在幽州学骑马?"

女子道:"汉人狡诈,将军并非不知。况且颜杲卿是陛下一手提拔,连陛下都没料到他的异心,我没看出,又有何稀奇?"

史将军被女子噎住,勃然大怒:"那贾循呢? 陛下以他为范阳留后,他却受了颜杲卿的招抚,要将这范阳城送给唐主! 你在范阳,为何毫无动作? 只怕你也生了异心! 我看这两个孩童来历可疑,只怕就是唐主的细作!"他抽出腰间佩刀,向伯禽砍来!

刀锋破空而来,宛如挟着天地间所有的冰雪,却比雪更冷,比雪更亮,像是能瞬间冻住刀下猎物的热血。伯禽吓得心胆俱裂,却见女子抬起手腕,竟是举刀硬格了这一刀!

她的力气显然远远不及史将军,且史将军坐在马上,这一刀居高临下,更是刚猛,女子格挡之后,手中的刀掉了下去,整个人跪倒在地,虎口处几滴血珠落在雪上,如梅花初绽。她咳了两声,喘息道:"论理,我不该在将军面前拔刀。只是、只是我曾救过这个孩童一命。"她指了指伯禽,语声中多了些谦卑:"将军知道吗?像我们这样的人,杀人多,救人少。若是偶然救了一个人,心里就总是记着,怕他再死了……"

伯禽脑中灵光忽现,脱口惊呼:"是……是你!"

他四五岁时得了急病,周身时冷时热,冷时不停颤抖,热时又恨不得将全身衣裳脱尽,整日里昏昏沉沉,而父亲不在东鲁,长姊平阳自己也不到十岁,还是个小女郎,只能抱着他哭。当时……当时就是这个女子来了家里!她告诉长姊,这是天行病[1],很凶险,能传给旁人。她得过这病,不会再染上,可以代替长姊看顾他。

她抱着小小的他,给他唱歌,用温水为他擦拭身体。他在睡梦里,也能嗅到她身上幽细的香气,他以为这就是母亲的味道。有一回他在半睡半醒之间,听见被关在窗外的长姊哭着说:"你待明月奴恩深,平阳无以酬报。"

女子将他抱在怀里,轻轻摇晃,笑着答道:"你们的父亲是天上的仙人,哪里能受尘世俗务所累呢?看顾他的骨血,是我的荣光。"

伯禽想起旧事,心中剧震,竟没听见那个史将军又说了些什么,回过神时,只听女子道:"将军既回了范阳,不如从范阳多带一些步骑,再去攻打常山。只要常山粮尽,就能破了常山和平原二郡的连横之势,其余的郡县,又有什么倚仗?"

史将军面色稍缓,颔首道:"你说得不错。"又看了看伯禽,冷声道:"陛下取了洛阳,本想趁势直取潼关,谁知河北生变,才只得留在洛阳。待我们破了常山,定要杀了颜杲卿那个无耻小人!若不是他的缘故,我们或许早已破了潼关,在长安过新年,也未可知。"

女子扬起下巴,淡然一笑:"颜杲卿起兵不久,守备未足,将军夺回常山只在旦夕之间。依我看,杀了他还不够,最好割了他的舌头,再将头颅送给他族弟颜真卿!再说……我们既是昭武九姓的后人,非要过汉人的新年,又何必呢?"[2]

他们说到要杀颜杲卿时,伯禽就捂住了天然的耳朵。他看着那个史将军渐渐远去,闭着嘴,一句话也说不出。

女子站起身,拍了拍衣袍上的雪,对伯禽道:"那是我们的史窣干将军。"

"窣干?"

"窣干,在波斯语里就是'发光、燃火'的意思。"女子解释着,嘴角扯出一个冷笑,雪光映照下的容颜格外艳丽,"唐主因此为他赐名'思明',不过我还是喜欢叫他胡语名字。"

伯禽张了张嘴,最后只道:"娘子是唤作阿失替吗?"

女子脱下裘衣,披在天然身上,带着他们往回走:"是。你父亲只知道我的汉名叫作绮里。你还是叫我阿失替好了——我是个胡女,不是吗?"

日影西斜,红灿灿地照在无边的雪地上,胡笳声不知何时又响了起来,既长且哀,余音不绝。

伯禽听父亲说过,诗人们给了这种胡人乐器一个美好的别号:"金笳"。但此时他忽然觉得,这个"金"字,未必是金银的金,而该是……五行之中,主杀戮的金。

在天为燥,在地为金;在声为哭,在志为忧。还有哪种乐器,比胡笳更哀切、更凄厉呢?

大唐崇尚土德,而安禄山——伯禽想起在路上听见的传言——正是宣扬自己承天之命,以金代土。

他不是胡人吗? 为何也要用汉人的这些谶纬之学呢?

注释:

[1] 天行病,是中古时代对很多传染病的统称,民间也叫"天行温疫"。温疫并非瘟疫的异写,而是具有温热病性质的传染病,包括但不限于鼠疫、斑疹伤寒、传染性肝炎、流行性出血热等,见于庚哲《〈新菩萨经〉、〈劝善经〉背后的疾病恐慌——试论唐五代主要疾病种类》,《南开学报(哲学社会科学版)》2006年第5期。
[2] 这一章对常山郡军情和河北形势的讨论,主要参照李碧妍《危机与重构》第3章。

第四十二章
九重城阙烟尘生

我不是个优秀的穿越者。我终究未能阻止这场改变了整个中古中国的战乱。

但我又是个幸运的穿越者。我熟读这段历史,对战乱中几个关键的转折点记得清楚,这让我至少能够带着自己所爱之人遁走,远离祸事。

六月九日,潼关陷落。哥舒翰为部将火拔归仁等人所执,被迫投降安禄山。

六月十二日,京城乱象愈烈,百官如常上朝者十中无一。皇帝登勤政楼,声称将亲征安禄山。

六月十三日,皇帝带领一众亲眷及宦官、宫人,在清晨的微雨中,从禁苑西侧的延秋门出逃。

——而今天,正是六月九日。

这一日,潼关的平安火,将不会燃起。

才刚过午,太阳就隐入了黑沉沉的云层,天色暗得像是黄昏。空气潮湿,浓浓的水意无处不在,无形中使人们的动作涩滞起来,连呼吸都显得有些困难。偶尔掠过的一阵风,并不足以廓清这种潮湿,反而令人更加焦灼疲倦。

"一时半刻之间不会落雨。"王维看着天空轻声说。

山居经验丰富的人，多半懂得判断天气。我用冰凉的手指按了按眉心，稍稍纾解头部的隐痛，再次环顾整个院落。

家中贵重而难以携带的物件，都已被藏入房后的窖中。随身带的包裹，早几日就已收拾妥当：除了干肉等食物和钱银，还有研磨成粉的几服家常药剂，下雨时穿的油衣等等，所有的东西都经我一再筛选，风雅而不实用的物件尽数被剔除。一切的牺牲和准备，皆是为了顺利跟上皇帝出逃。唯一不会在这次出行中降低生活水准的，是我们即将乘坐的马匹。它们一直吃着上好的菽豆，养得十分肥壮。

我反复在脑海中演练六月十三日的计划，几乎到了神经质的地步。

我已和安重璋通过书信，他会派遣一些军士，赶来长安，护送我们。但是，首先，王维得去上朝。万一历史悄然发生了改变——或者是史籍记载有误——李隆基并未在这一日逃出长安，那么王维自行出逃便是大罪了。

然后，我和几个仆婢带上马匹包袱，跟在他后面不远处，去往皇城附近。只要能够确认皇帝已经离开，我们就立刻向西，去追皇帝一行。若是渭水便桥已断，道路不通，那就改换路线，循着皇帝必然经过的几个地方去追：十三日，皇帝先后经过咸阳望贤宫和金城县，十四日就到了马嵬驿。

而若是到了马嵬驿还没有追上……

那就转而向北，去灵武！

离开马嵬驿时，太子李亨被皇帝李隆基留下，宣慰后方的父老。经广平王李俶、建宁王李倓和宦官李辅国劝谏，李亨决定就此前往朔方，收西北边兵，召郭子仪等大将，讨伐河北叛军。下个月的十二日，李亨将在灵武即位，改元至德。

追不上老皇帝，还不如及时追随新帝，反而能为王维增添些许筹码。不过，他到了这个年纪，早已失去了追求仕进的动力，余生所求不过一"安"字而已。

我要他平安。

我的目光扫过院中的每一个角落，落在堂前的花丛上。王维像是知道我心中所想，开口道："这些花……开得真好。"

这些芍药有红有白，红者炽烈明艳，胜似初夏榴花，白者洁净高逸，皎如南山皓月，美得有几分虚幻，俨然独立于此刻阴沉而压抑的天地之外。

当年我初次踏入王维家门时，堂前就有一丛芍药，正是崔瑶亲手所植。后来王维官职渐高，换了一处更宽敞的宅院，那些芍药也被移了过来，算来已经二十余载春露秋霜。偶尔有一株死去，我们就立刻唤人补上新的，如今一眼看去，这丛花简直好像与当年无甚分别。

但我知道，一切都不一样了。

那个美好的女主人，那个温柔如晓露春风的女子，永远留在了开元盛世的梦里。

王维伸手抚摸一株红芍药的茎叶，缓缓道："我大约是老了，有时会梦见从前的人。昨夜，我在梦中见到了阿瑶。"

"她好吗？说了些什么？"

"她穿着一身白衣，还是年少的样貌。她微微笑着，拍了拍我的手，便转身离去，不曾说话。"王维自失地一笑，迅即换了一种轻松的语调道，"想来，叛军纵然攻破长安，也未必会劫掠我这陋舍。或许，我们回来时，这些芍药开得较现时更好哩。"

我默然，俯身用小铲子取了沤好的草木肥，一点点施在芍药的根部。草木肥的气味，混着饱含水意的潮湿空气，一同冲入鼻腔，竟让我感到一阵说不清的烦恶。半晌，我才将那种烦恶压下，低声道："她曾说，若有来世，她想叫你去杏园，为她采二月里的第一枝杏花。"

王维的眼神蓦地一凝，像是翻涌过许多情绪。最终他只是平静笑道："我已不是少年郎，行动迟滞。攀树摘花之事，确然只能来世再做了。"

我喉头一哽，没来由地有点想骂他两句。我拄着小铲子直起身体，忽然感到胸中烦恶益重，脏腑如同被一只手捏住，眼前不断发黑。

"有孕两月？"

我难以置信地看着医者。

"是。娘子脉象不稳，应系比来操劳之故……"医者又说了些什么，我一概没有听清，愣了片刻，跟跄走到了妆案前。

天光沉暗,但妆台上的铜镜磨得雪亮,那种纤毫毕现的清晰感,甚至有些过于凌厉尖锐,逼我正视镜中的容颜。镜中的女郎肌肤柔润,双鬟色若鸦雏,恍惚仍在最好的年华,她与我对视,隔着镜面,亦隔着时光——这一段浩渺悠长的岁月,竟像是从未有过裂痕,从未有过衰老、惊惶和疲惫。

我不知为何自己来到唐朝后容颜体魄一直未老,诧异过、迷惑过,也痛苦过。但此时,心底却不期然生出丝丝感激。

我将铜镜倒扣在案上,镜子背面的双瓣草叶纹,簇拥着中间的两句铭文。这是一面汉朝的铜镜,是当年我和王维、崔颢、王昌龄等一行人入蜀时,偶然见到的。唐人铸镜,在装饰上偏好图案,少用铭文,且铭文大多俗气,反不如汉镜简洁朴拙。这面镜子背面的铭文是:"愿长相思,久毋见忘。"王维在蜀地见了此镜,随手买下,一直用到了今日。

愿长相思,久毋见忘。久毋见忘! 这世间的相思原本就是脆弱的,要岭南的红豆来提醒,要春江的明月来烘托。而承载相思的生命本身,也是极脆弱的:春闺梦里良人,无定河边枯骨,身份的转换,在帝国的宏大叙事中,不过是一个悄无声息的瞬间。所以古来的男男女女,才要缔结婚姻,求得一份仪式感,才要生育后代,将子孙视为两姓之好的见证与自身生命的延续。

这个孩子,会是王维的生命的延续吗?

"阿妍,你……我……我很欢喜。可我……"他端起案上的茶汤,连喝了两口,"只是,我已这样老了,我怕……"

我打断了他:"你自幼行住坐卧皆有法度,饮食不多不少、不早不迟,又鲜有大喜大怒的时刻,至今还能骑马,能游山,可见这座宅舍,本来就比常人更耐用些。难道你不能再活十几年,看这个孩儿长大?"[1]

"早时我只当此生子女缘浅,且我奉佛多年,并不以此为憾,还说什么'岂厌尚平婚嫁早',以为早些将女儿嫁出去,便能早些放宽心,竟似将子女当成了负累。"他温润眉目间现出笑意,"但今日我才发觉,原来我很欢喜,很欢喜。"

"你究竟不算太坏。"我耸了耸肩,"有的人更坏,说道:'孤山处士,妻梅子鹤,是世间第一种便宜人。我辈只为有了妻子,便惹许多闲事,撇之不得,傍之可厌,如衣败絮行荆棘中,步步牵挂。'"

这是明朝袁宏道在《孤山》里说的。王维哈哈大笑:"依我看,这个人厌憎妻儿是真的,牵挂却也是真的。孤山……钱塘湖的孤山?"

"正是。"

"待战事平定,我们不妨去一回东南,游赏吴越山川,吃茗糜与鲭鲊,还要带着孩儿,穿上草鞋,到富春的江边捞虾。"[2]

我扑哧一笑,刚要答应,就听他又迟疑道:"罢了罢了,我还是再做几年官。我如今也是五品官了,可荫一子……若是个小儿郎,我终究要为他谋算一二。"

旁人眼中,得五品,着绯衣,荫一子,乃是荣光无限的事,清高如颜真卿也无法免俗——不是连岳飞都慨叹"白首为功名"吗?[3]但王维对朝事心灰意冷非止一日,此刻却说要为了孩儿多做几年官。我斜了他一眼:"由门荫入仕,多半只能先补斋郎,既不清,又不贵。孩儿有你这样的父亲教诲,难道来日考不中进士?我不信我的孩儿蠢钝如斯。"

王维笑道:"你固然颖慧,可这世间儿女未必尽肖父母。我自然希望孩儿才德出众,不过世事难料,有备则无患。况且,倘若孩儿偏偏好武轻文,我难道不为他考虑吗?职事五品官的子孙,也可由门荫入选三卫中的翊卫。"

他一旦做了父亲,竟也没了素日那种面对俗世的淡淡疏离和厌倦,像天下所有的父母一样操心。我心底泛起一片柔软,却故意道:"说了半日门荫、科举、三卫,都是男儿才能做的事。你不想要个小娘子吗?"

王维一愕,急急摇头:"不是!只是我养过小娘子,却不曾养过小儿郎……"想了一想,忽然又失笑道:"养过,养过。先父去时,缙、纮、紞几个,都还是小儿。我和缙辅助母亲,将他们养大,又为他们娶妻,他们也没有长成什么才士贤臣。然则我委实不懂如何养小儿郎,那不如要个小娘子。阿琤就长得很好。"

阿琤是他和崔瑶唯一的孩儿。

窗外阴云已收,雨意尽褪,天色晴明。我望着堂前芍药,调笑道:"阿琤长得好,未必是你的功劳,我看,大约还是瑶姊养得好。她又会养花,又会养人。"

王维将手按在我的手背上，柔声道："阿妍，你也会养的。我们一同养。"

他的手温热，我轻抚小腹，心头弥漫数月的凄惶和惊惧终于一扫而空。

三天过得很慢，也很快。

这一日我们出门时，有绵而密的雨丝，濡湿了朱雀天街上铺的细沙。踩在沙上的每一步，都带来一种令人不快的涩滞感。

夏日的天亮得早，到了文武官员们上朝的时刻，东方已是一片银亮的白色。如果无视街上的行人们满脸的忧虑，忽略上朝官员们明显少于平日的人数，也不去留意沿街武候们似紧实松、各怀心事的巡视姿态，这俨然又是一个明快喧闹的长安的清晨。

但，这是六月十三日的清晨。

在史籍记载中，做了四十余年太平天子的李隆基，正是在这一日仓皇出逃，前往蜀地。

"我去去便来，你留意些，勿受了行人冲撞。切切！"王维深深地看了我一眼，转身上马，一路向北。

宫中没有消息传来。为了确认皇帝的确已经离开，王维不得不做出如常上朝的样子，前往皇城。不过按理来说，皇帝是从皇城西方、禁苑边的延秋门逃走的，所以王维这一趟倒也不算绕路，不至于浪费时间。

我牵着马匹，立在光福坊外的街角。马儿似乎也感到了弥漫在整个城市里的不安气味，有些烦躁，在原地踏起了碎步。

如焰看看我，又看看天，嘴唇翕动两下，压低了声音道："这天……当真要变了吗？婢子实在不敢信，好似在梦里一般。不，梦里……梦里也不敢信。"

"从前我也不敢信。"我抚平她的衣领，叹了口气。

为了方便行动，如焰穿着翻领胡服和波斯裤，我亦作了男装打扮，头发束起，腰系蹀躞带，带钩上挂了火石、小刀、针筒等野外生存必备物品，脚上穿了黑色革靴，靴边藏了一把更锋利的匕首。我轻轻拍了拍马儿，说道："再去买几个热的蒸饼带上吧。"

我们已经提前安置了家中的仆婢们,带在身边的只有如焰和家中唯一擅长技击的杨续——这次我本拟给他一些财帛,让他自行离去,他却坚持随我们一起。

他听了我的话,点点头,就要去买饼,如焰阻止了他:"你留在娘子身边,更稳妥些。"

如焰自跑去买饼,我无声地站了一会儿,试着用轻松的语气打破沉默:"待我们再回长安时,你想做什么?"

杨续跟在李适之身边时还很年轻,现下却已四旬有余,时常紧抿的唇边也有了细纹,使脸色显得非常严肃。李适之冤死后,他一直少言寡语,此刻亦是如此——他动了动嘴唇,却没有回答。

不多时,如焰匆匆回转,不巧街对面正拐出一个人来,也是僮仆打扮,挎着个包袱,只管低头向前走,步子又大又急,二人撞个正着,同时痛叫出声。这一撞甚是结实,如焰手中的饼落了一地,那人的包袱也掉在地上。那包裹中不知装了何物,碰撞的声音甚是清脆。

如焰心疼蒸饼,气道:"你好不晓事,这是朱雀天街!你不看路,哪一日冲撞了贵人,看你还有命没有!"

那人低着头,并不分辩,连忙弯腰捡起包袱。但他手抖得厉害,大概没将包裹系紧,重新背在身上时,包袱的开口处闪过一缕晶光,是里面的物件露了出来,映着天色,光彩流转。

登时便有两个好事的闲汉嚷道:"这个人古怪极了,莫不是哪一户的逃奴,窃了主家的器物?"

那人眼神一缩,仍旧不出声,只拉紧了包袱,继续向前走。路边有个少年趁他不备,突然伸出脚拦在他面前,那人收步不及,被少年绊了一跤,扑倒在地。另一个闲汉立刻凑上去,两三下就扯开了包袱,嬉笑道:"看你这……"

他的话音戛然而止,一双眼睛瞪得溜圆。先说话的那个闲汉探头一看,也倒抽了一口凉气:"这、这……"

我离得不算特别近,却也看得清楚。那包裹中滚落出来的物件,竟是样样精雅无比:除了一些金香球、金梳篦之类的小件金器,还有两三枚深蓝色的杯盏,通体纯净明澈,色泽深艳,正是稀见的波斯琉璃制品,此外还有一面玉枕,一望可知价值连城。

我蹙起了眉。猛然加重的心跳,使我下意识地按住胸口。

有不好的事情就要发生了。

闲汉们的身边迅速聚集了不少路人——自从潼关陷落,城中的氛围就变得异常紧张。各种信息的碎片在传播中不断发酵,催化人们内心的恐惧和猜疑,恐惧又将外在的焦躁气氛不断浓缩、加热,整个城市如同一个随时都能被点燃的巨大的火药桶。

被绊倒的那个人用力爬了起来,擦着脸上的灰土。他望了一眼巡街的武候们,颤声喊道:"这些宝物都是我家主人的!我家主人是虢国夫人!"

"虢国夫人?""就是贵妃八姊?""痴汉!那是秦国夫人,虢国夫人是三姊!"众人小声议论,脸上却各添了些惧色。

此处的吵嚷声吸引了两名武候。他们走近时,显然正好听见那人自报家门。二人对视一眼,问道:"你是虢国夫人的家仆?"那个家仆胆气顿时壮了不少,扬声道:"正是。叛贼安禄山作乱,我家夫人忧心极了,遣我将这些物件送到玉真观去,献在玄元皇帝的面前,为大唐祈福。"

李唐奉老子为始祖,"玄元皇帝"便是高宗李治给老子加的尊号,而玉真观又是玉真公主修行的皇家道观,家仆的话听起来似乎并无问题。武候们上下打量了他几眼,神色间自然而然地流露出了圆融的意味——一种底层执法者面对权贵家奴时常见的态度——示意他可以走了。

"且慢!"

人群里闪出一个二十出头的年轻人,他生得身量修长,容貌俊秀,只是眉梢微微上挑,很是带着几分散漫不羁的神情,举手投足之间却又有一种利落的武人气息,正是之前绊倒家仆的那个年轻男子。他一抬手,拦住了家仆的去路。

武候们同时皱起了眉,其中一人道:"韦三郎,你又要做什么?"

那叫韦三郎的年轻人冲武候眨了眨眼,转头对家仆笑道:"玉真观在辅兴坊,皇城西北侧。而你家夫人平日常住的宅院,难道不是在宣阳里吗?若要去玉真观,理应自宣阳里一直西行,到了皇城之西,再径直向北。而此处正对光福坊西门,已在宣阳坊的西南方了。你为何舍近而求远,多走了许多路?"

韦三郎一席话说完,两名武候的神色俱是一凛。诸杨乃是当今最重要的皇亲,杨家姊妹的宅院和杨国忠家彼此相对、都在宣阳坊这件事,熟悉京城情况的人都知道,武候们当然也知道。一名武候踏前一步,喝问道:"你当真是要去玉真观吗?"

家仆还待抗辩,韦三郎忽然又一伸脖子,插话道:"这面玉枕乃是稀世之珍,必是虢国夫人亲用过的寝具。夫人何等贵重人物,用过的玉枕自然也是洁净高华,不容污渎。这般私密的物事,夫人为何不叫贴身侍儿去送,却要经一个粗鄙男仆之手,送到玄元皇帝面前?"

时下风气,无论佛家还是道家,信徒供养时,往往不用崭新的器具,却用自己日常使用的器物,认为这样更显诚心。韦三郎这话堪称直击要害,围观的众人们纷纷道:"正是正是!""叫男人拿主家娘子用过的枕头?好没道理!休说虢国夫人了,连一个最寻常的仓曹参军家里,都不至于如此行事。""是了,他那些言语,不过瞒一瞒外头的田舍汉罢了,在长安城里没人信!"

韦三郎笑嘻嘻听着,却在有人提到"仓曹参军"的时候瞪起了眼,一撇嘴,叫道:"仓曹参军干你什么事,我也是仓曹参军!你才是田舍汉!"

武候们擒住家仆,就要将他带走。那家仆已强撑了半天,此刻终于崩溃,绝望大叫:"我家夫人已经随圣人和贵妃逃走了,我偷偷看见了,才趁机将这些宝——"

这一句话,便似坠入火药桶的一颗火星,轰然点燃了整个朱雀天街。

人群沉寂了一刻,随即大乱起来:

"至尊逃了!他说至尊带着贵妃逃了!"

"长安城要破了!安禄山来了!我们、我们如何是好!"

"圣人连长安都不要了!大唐开国一百多年,到了今日,却连长安都不要了!宫阙、陵寝,他都不要了!让给贼人了!!"

愤怒和恐慌瞬间向四面八方扩散,像潮水,像致命的瘟疫。两名武候还试图维持秩序,却被怒火中烧的人群推倒在地:"长安城要破了!你们几时想过我们的死活!""宫中的贵人们只顾自家走了,我们却要死!"

如焰连忙护着我后退了几步,我抚住小腹,收回目光的一瞬间,见到方才还在嬉笑的韦三郎呆呆站在那里,面向着北边的帝阙,眼中一片茫然,再无片刻前的浮浪不羁。

我心有所感,亦抬眸看向北面。天已放晴,而朱雀大街的路面极宽,视野开阔,此处虽离皇城很有一段距离,却也能勉强看得清楚:

皇城南面居中的朱雀门,不知何时已经豁然大开。朱雀门是皇城最重要的大门之一,出入皆有法度,但此时从门中仓皇跑出来的人们服色各异、身份混杂,既有内侍、宫女,也有宫廷卫士和官员们。他们跌跌撞撞,互相推挤,这幅场景落入街上群众的眼中,意味不言而喻。

场面陷入了更大的混乱。有人哭喊,有人尖叫,有人急着冲回家去找家里人,有人紧紧护住怀里的孩儿,有人抢过了武候们腰上的佩刀,大声呼喊:"长安城破了,我们都要死!王公大臣们都已经走了,我们不如先去他们家里取些金宝财货,各自逃命去吧!"

众人抢光了那些本属于虢国夫人的玉枕和金器,闻言更是意动,有人推倒了一个牵着驴的老丈,抢了驴骑上,纠集众人往东北方向去——东北侧的平康、宣阳、亲仁等几坊,多有高官贵族的宅第。

杨续低声道:"娘子,此地已乱,我们尽快避开。"我咬了咬唇:"既然宫人们已经跑了出来,他只怕很快也会回来,万一他寻不到我们——"

正犹豫着,有两个明显不怀好意的汉子凑到面前,伸手来抢我们手中的马缰,嘴里说道:"我们没有钱吃饭了,娘子将马送与我们换钱吃饭吧。"

我被拉得一个趔趄,杨续见状脸色微变,右手抓住那汉子的手腕,一拉一拧。一声脆响过处,那汉子捂住手臂,不住痛呼。另一个汉子见机得快,连连后退,大声喊道:"贵人家的恶奴伤人了!"

当此群情激愤之时,这种话无疑极能挑动人们的情绪,无数目光落在我们身上。如焰大急,叫道:"夺人马匹财货,还说我们伤人,不要脸!"

汉子反唇相讥:"谁不要脸?你们的衣裳又好,马儿又肥,又装扮成这样,想必也是要出逃的贵人吧?"那被拉脱了手腕的汉子也忍着痛,对众人叫道:"平日里他们倚仗主家,欺侮我们穷人,也就罢了,如今长安城都要破了,我们还怕什么!"

"打死这恶奴!"

"抢了他们的马,杀来吃肉!"

"不许走!安禄山要来了,不许你们走!我们要死,你们也要一同死!!"

声浪一波高过一波,我感到一阵阵眩晕,脚下被人群逼得不住后退。杨续挡在前面,雨点般的拳脚尽数落在他身上。他大约是担心还击会使群众更愤怒,所以并没有反抗,只是尽力阻拦人群,并冲如焰喊道:"护持娘子!"

然而如焰和我还没走两步,就有人一把抢过她身上的包袱,将她推倒。如焰头发散乱,努力爬起,却不知又被谁拽住,再度重重摔倒在地上。

我惊叫着去拉如焰,她拼命摇头:"娘子快走!"

"娘子当心!"杨续的声音在几尺之外响起,我却已无暇他顾。旁边一个抱着孩子的妇人被人群裹挟着,身不由己,眼看就要撞在我身上——她竭力将孩子举得高高,脸上是一副马上就要哭出来的神情。我一手扶着腹部,另一只手则正伸出去拉如焰,本来就无以维持身体平衡,而余光觑见妇人的神色,步子迟滞了一下,没能及时避开,右肋当即被撞个正着,猛地向左摔倒。

失了理智的群众就像是末世片里的丧尸。他们仿佛完全忘记了我们是他们的同类,径直踩过我们的身躯,有的人被绊倒,后来的人就踩在前面的人身上,重重叠叠。哭声、喊声、尖叫声一同钻入耳中,一层又一层的人压在我们上面,挡住了天光,世界堕入一片昏暗。我不知自己的身体被踩踏了多少下,只能竭力护住小腹。

所幸踩踏并没持续很久。我听见杨续的声音像是从很遥远的地方传来:"这把刀……杀过奚人和契丹人,谁敢……"另一个声音则指挥着人们彼此搀扶起身,但他说了什么,我却没听清楚。

我是被王维扶起来的。杨续的刀已经收回了鞘里,他跪在我的面前:"我初时就该拿出军中的手段……娘子受伤,我万死难赎。"

王维连声问道:"你痛吗?可伤了骨头?还有孩儿……"

"原来王给事的娘子有孕在身。娘子还好吗?"那个叫韦三郎的年轻人在旁问道。我这才认出,刚才那个指挥众人疏散的人就是他,他竟认得王维。

"尚可。"来自骨肉肌肤的外伤疼痛,尽数被小腹的疼痛掩盖,我咬紧嘴唇,示意杨续起身,"如焰呢?"

如焰面色委顿,抬手擦着嘴角,另一只手臂不自然地垂落,大概是骨折了:"婢子腿脚无恙,还能走动。"

我咬咬牙,从包袱里摸出两包用延胡索制成的止痛药粉,递给如焰一包:"你将药吃了,暂且挨一阵子,我们先出城。"又对杨续道:"你和如焰同乘一骑。"

杨续依言将如焰扶上马背。我将剩下的药粉送到嘴边,迟疑了一下,又将药包塞进怀里,强忍腹痛,一跃上马。

王维忧心忡忡,却拗不过我。韦三郎似已猜到我们的计划,轻声道:"王给事,我方才问了人,城西已经大乱,王公百姓到处逃窜,有人趁机劫掠、放火,你们带着女眷,不宜轻易涉险,反而不如向南,先从明德门或安化门出城,再转向西面,以你们这位部曲的武技,必能护持周全。"

韦三郎称杨续为部曲,自是因为发现了杨续从前的军人身份。王维颔首,向韦三郎一拱手,语气郑重:"多谢义博小友救我家眷,容我来日再表谢忱。小友珍重!"

韦三郎躬身:"给事为我父执,何必客气。"

长安城南居民较少,不似北面人烟稠密,我们向南走的确容易得多,但这只是针对外部的危险而言:剧痛不断从腹内传来,痛感时而尖锐,如荆棘千万,时而钝滞,如巨斧重锤,和四周的惊叫、哀哭声一起,击打着、撕咬着我的神经。

痛。好痛。

我苦练骑术多年,算得上鞍马娴熟,但到了现在,双脚已经踩不住马镫,执鞭的手抖个不停,身下渐有热流涌出,洇湿了鞍鞯,马儿嗅到血气,益发紧张,跑得更快,平时可以忽视的颠簸,此刻却让我痛苦得喘不过气。为了分神,我开始胡思乱想:义博,这两个字好耳熟,是谁的字号?富坚义博吗——最能拖稿的富坚老贼?

昏昏沉沉中,我们走到了开明坊与保宁坊之间。然而……不远处的明德门,也燃起了一片火光。

我仰头看天。天色明净,万里无云,酷热的阳光如有实质,烧灼面庞。

那热度究竟来自阳光,还是长安城四处燃起的火焰?

我闭了闭眼,重又睁开,指着杨续,对王维道:"你带上他……先走。去追圣人的车驾,往咸阳望贤宫,还有马嵬……"

"阿妍你住口!"王维打断我,又气又急,"你歇一歇!不要说话!"他翻身下马,走到我面前,夺过我的马缰,将手递给我。

我去抓他的手,腹中却蓦然涌来一阵撕裂般的痛。那种痛和之前全不一样,好像有东西在下沉、在塌陷,五脏六腑都痛得简直不再像是我自己的了。伸出去的手失了准头,摇晃的身体险些从马背上栽落。

"娘子!"如焰尖叫。

血浸透了马鞍,鞍鞯边缘有一滴一滴的红色液体落下,将王维浅绯官衣的下摆染成更深的颜色。他将我抱住,摸了摸我的脉搏——他也粗通些医理——慌乱地对杨续喊道:"寻一辆车来!"又从我的怀里摸出那包止痛的药粉,送到我唇边。

失去大量血液的过程,当然让我害怕。我怕得全身都在颤抖。但也许这种恐惧太过强盛,反而促使我生出了一种自我保护式的,微茫的侥幸心态。不会有事的!我平时那么注意锻炼身体!我用仅剩的力气摇头。

就在此刻,我莫名其妙地想起来了,义博……那是韦应物的字号。

韦应物的父亲韦銮是著名的画家,他和王维认识也在情理之中。听说他少年时放荡跳脱,经过战乱的涤荡,才成了那个"邑有流亡愧俸钱"的韦应物。

而这个转变,好像,好像,就发生在刚才啊。

我们都是大时代里身不由己的尘沙,一粒沙和另一粒沙擦肩而过,谁都没时间为对方的身世而悲叹。

"你怎的不吃药?"王维打断我的思绪,急切道。

"有孕时……服药……不利于孩儿。"我轻声说。

"你若不好了,还要什么孩儿!"他嘶哑着喉咙,语气说不清是愤怒、焦虑还是悲哀,"你平安足矣!旁人怕什么无后绝嗣,我不怕!"

杨续很快带了一辆车回来。他们将我扶上车,王维道:"我们向东面的慈恩寺去,寺中有几位上人,皆通晓医术。"

如焰担心:"寺中的阿师们若是嫌憎妇人……"

王维沉声道:"如今没有乱民的所在,只有寺庙道观了。佛法慈悲,岂有不肯活人之理!"顿了一顿,又道,"倘若上人们真个不肯,我纵是跪下,也要求得他们应允。"

我昏了过去。

注释:

[1]宅舍,即躯体。

[2]茗糜,即用茶煮的粥。鲭鲊,腌制的青鱼。王维《赠吴官》:"长安客舍热如煮,无个茗糜难御暑。空摇白团其谛苦,欲向缥囊还归旅。江乡鲭鲊不寄来,秦人汤饼那堪许。不如侬家任挑达,草屩捞虾富春渚。"

[3]钱易《南部新书》辛卷:"颜曰:'官阶尽得五品,身着绯衣,带银鱼,儿子补斋郎,余之满望也。'"见(宋)钱易撰、黄寿成点校《南部新书》第122页,北京:中华书局,2002年。

第四十三章
天街踏尽公卿骨

慈恩寺南池里的白莲开得正好,微风过处,便有极淡极远的幽香,浮动在空气里。

王维的嗅觉一向敏感,他能分辨产自吴兴不同山头的紫笋茶,能通过山中草木的湿气判断晴雨,但在长时间被那样浓重的血腥气包围之后,他好像完全失去了对气味的感知。

"檀越吃了朝食不曾?"

王维从沉思中惊醒。他转过身,面前的僧人身躯肥胖,脸庞白而圆润,笑容恳切。他更熟悉僧人从前的身份和名字——李林甫的第五子李崟——但还是选择用出家人的习惯来称呼对方:"尚未。阿师吃过了?"

李崟愣了一下,苦笑道:"也不曾。叛军已经进了城,寺中也不安宁……但人不可不饮食。我陪檀越吃吧。"

他神色温厚,关怀之意甚深,王维心头一酸,脱口道:"我怕……"

她流了好多好多血。她已经昏迷了三日。

"我看王郎不必担忧。"李崟摆摆手,换回俗家称谓,引着王维往居士院的方向走去,"天下的人哪个不想留住青春容颜,可又有几人能做到?而郁小娘子,咳,以我如今的岁齿,以'小娘子'呼之,也无不可……郁小娘子这许多年来,仍是年少时的模样,分毫未老,实为造化所钟、神明所爱,福德深厚,必不……"

王维蓦地站住。多日未曾好睡,他的思绪本来有些迟钝,却突然间变得十分敏锐:"造化所钟、神明所爱?"

朱颜不老,青鬓长青——这样的人,他不止认识阿妍一个。

那位见过谢朓的、出没于名山之间的、尊贵如玉真公主也要将之奉为上宾的焦炼师,也是这样的人。

焦炼师行为奇特,但所有的行为都巧妙地遵从一条准则:不管闲事。

他记得,那年阿妍去见了焦炼师之后,买了许多胭脂和花钿,在家里装扮了很久,他还为她贴了花钿,涂了妆粉。然后……然后她又去见了焦炼师,这一次回家后却大发脾气,把自己关在房里,还将胭脂和妆粉都砸了。他站在门外,听见她自语道:"你既然早就决定了不管闲事,何必又要故弄玄虚,拿化妆品讲什么道理!"

"化妆品"不是此时的人会用的词语,但王维对她的来历、焦炼师的来历,早就有过隐约的揣测。不会老去的容颜,究竟是造化所钟、神明所爱,还是造化所惮、神明所忌?退一步说,即使这不老容颜确是神祇厚赐,那么,她们这类人,是否也要遵循一些道理、一些规矩,比如……不能随意插手世间的大事?

他们失去的孩儿,来得突兀,去得也突兀,就好像……只是为了阻止他们出逃。

而他还有更深、更可怕的猜测。她到底是一个仙人,还是一场幻梦?她在他的生命中留下了无数痕迹,但她从未改变的容貌,就像一个另有深意的暗示:有她的时光,也许都只是一场幻梦。在幻梦里,他尽可以大笑,也可以流泪,但大梦醒后,这一切痕迹都将如云销雨霁、风歇潮落,而他,而他……或许仍旧站在开元十七年盛夏的晚风之中。

只是再也无法见到她。

永宁坊的酒楼上,凉州大云经寺的塔顶,辋川庄的柴扉前,都再不会有她了。

这种猜想使他战栗。他不敢继续想了。

而就在此时,慈恩寺的南大门被打开,一群身披明光铠、系着红色抹额的黑衣兵士拥了进来。

隋朝军卒尚黄,而大唐崇尚土德,诸军官健,尽皆服黑。但这些兵士并非唐军;或者说,他们曾经至少在名义上是唐军,如今却只效忠于安禄山。

居士院在寺院的东南面,正向南走的王维和李峄,猝不及防地遇上了这一队叛军兵士。

寺中所有的僧人、居士,很快被赶到一起,集中在大殿前方,大雁塔下的空地上。朝阳的金光流泻下来,打在兵卒们的铠甲上,反射出刺目的晶芒。他们手按刀柄,姿态睥睨,僧人们、小沙弥们有的忍不住哆嗦着后退,有的则站在原地,一动不敢动。

领头的校尉昂着头,四处看了看,忽地嗤笑道:"我还道皇家寺院有什么奇异,原来这里的人也一样怕死。"

一名年长僧人越众而出,念佛道:"檀越说的是。人身难得,有如盲龟值木,怕死也是人情之常,还望檀越留情。"

王维常来慈恩寺,却不大认得他,可见这位僧人在寺中地位不高,不料他却敢挺身而出,面对叛军。

"我们听不懂你那些言语,什么龟、什么木的。"另一个校尉笑道,"唯独听清了'怕死'两个字。你既怕死,吃了这个,我们就不杀你。"手一扬,将一件物事扔在僧人面前。

那是一只用油纸包裹的炙羊腿。年长僧人脸色变了几变,道:"我们出家修道之人,不能……"

语犹未毕,一道雪亮的刀光掠过空中,如一条白蛇,迅速绕过僧人的脖颈。僧人身体摇晃,摔倒在地,颈侧血如泉涌。他动了动口唇,似欲说话,却只能发出"嗬嗬"的声音,想是气管也被切开了的缘故。僧人又挣扎了几下,便即死去。

在场众人噤若寒蝉,那名校尉反而笑了一声,在僧人的衣服上擦干了刀头的血滴,收刀入鞘,又捡起羊腿:"既不肯吃,想必不是真正怕死。"他见领头的校尉皱眉,便又笑道:"慈恩寺是皇家寺院,自然和李家的运势大大相关。既然李家的皇帝已经逃出长安了,我们毁了慈恩寺,教李家不能重新成事,大燕的国运更加稳固,这不是很好吗？况且,孙将军也说了,入城后可以杀人,可以抢金银宝货。"

"孙将军"三字显然打动了为首的校尉,他微微点头。

兵卒们登时兴奋起来,有人见到在场的居士中有女子,就去拉扯猥亵,还有些兵卒大笑着用刀逼迫小沙弥们,要他们从流厕院担来污物,倒在佛殿里,寺中各处种的牡丹、芍药等名花,也被践踏无数。

王维僵硬地立在中门附近,心中唯一庆幸的是,兵士们至少还没有动阿妍。她还在昏睡之中,抄检居士院的士卒大概是嫌她晦气,放过了她。

这时,有几名兵士缓步走到大雁塔的入口,望着墙上碧纱罩着的墨迹,冷笑道:"我们不识字,不知道写的是些什么。"唰的一声将碧纱撕下,又随手取过一盆污水,泼在了墙上。

那些墨迹已很有了些年头,但因为一直有碧纱笼罩,犹自鲜明如新,被污水一泼,很快洇成一团,只剩下最右侧的"开元九年进士科"几个字,还勉强可以辨识。

这是开元九年的进士们及第后的题名。在此之后,新科进士雁塔题名渐成风气。进士科极难考,每一科千余名举子,能够登第的多则三四十人,少则不过一二十人,所以一旦考中,便是时人所谓"登了龙门",有"白衣公卿"之号。因此人们又说"三十老明经,五十少进士",认为就算五十岁考中进士,也不算晚。当初年纪尚轻的王维,亦曾因自己年少登第而矜傲。

然而此时,那个年少英俊的他怀着喜悦和骄傲,在春日暖风中快意写下的那一行字,"王维,字摩诘,太原人,年廿二",已成一片模糊。

王维微觉怔忡。他觉得,似乎还有其他的什么,和那行字一起,模糊了,不见了。

"住手!"一个发颤的声音叫道。

王维转头,就见那名杀了僧人的校尉停在塔身南侧的砖龛边,看他的姿势,竟然是要向龛中撒尿。他脸上还带着点愕然的意味,似是没有料到有人竟敢阻拦他。

出声的人是李峄。李峄叫道:"不得损毁碑石!"

校尉冷冷地看着他。

李峄像是憋了很久,话说得又急又快:"你们要取金宝财货,取了便是,为何又要做出这样无理的事?高宗皇帝立这两块碑,都是为了显扬玄奘法师的功德。玄奘法师的遗骨舍利也在塔内,你们、你们就不怕惊扰了他?"

校尉打量着碑石,反唇相讥:"玄奘法师的事,我从前也听人说过!皇帝不许他去取经,他只得偷偷去了。他去西边的路上吃了许多苦,在大漠中生了病,又没有水喝,险些死了。待他终于回来时,皇帝又礼敬他,说他是高僧。可笑,可笑!"

李峄道:"玄奘法师涉恒河,登雪岭,十七载历尽艰苦,求得真法,惠利众生。太宗皇帝、高宗皇帝表彰他的功德,有什么错处?若说你们随安禄山反叛,是因为不满当今圣人,那么太宗、高宗都已崩殂多年,你们难道对古人也有怨言?"

校尉嗫了嗫,说不出话来。一名兵士见状,连忙斥责道:"你只管回护皇帝,难道你也姓李?"他这话自是随口讥讽,为长官挽回颜面,不想李峄坦然道:"不错,我俗家姓李。"

校尉冷声道:"孙将军说过,为了祭奠安家郎君,迟早要将李氏宗亲们拉到街上一起杀掉,叫李家的皇帝也尝尝失去亲人的滋味。你就算姓李,也最好不是李唐宗室,否则……早晚要死。"

安家郎君指的是安禄山的长子安庆宗,他在京城为质,本来做着太仆寺卿,娶了荣义郡主。河北乱事一起,皇帝立即诛杀了安庆宗,并将荣义郡主赐死。安禄山得知后甚是悲痛,发誓要为长子报仇。

李峄冷笑起来。王维和他谈不上熟悉,也从未在他的脸上见过这种表情。李峄总是在笑:羞涩的笑,讨好的笑,赧然的笑,安慰的笑。而冷笑,好像根本不适合他圆圆白白的脸。

"孙将军?就是靠母亲和安禄山私通,得到提拔的孙孝哲吗?就是那个最擅长针线,日日给安禄山缝衣裳的孙孝哲?凭他也敢说杀尽李家宗室?"

"我就是李家宗室的人!高祖皇帝的从弟,抵御突厥、中箭而亡的长平王,你知道吗?我是长平王的玄孙,李右相的儿子!先父为大唐宰相十九年,他在世的时候,你们的大燕皇帝安禄山半点异心也不敢有,半步也不敢妄动,先父说他一句,他就怕得周身出汗!"

校尉愣了一会儿,显然在想"李右相"是谁,直到有兵士小声提醒,才猛然省悟,怒道:"李林甫死后,皇帝将他的官夺了,儿子女婿都流放了,你……多半是因为出家才躲过了吧?你是出家人,还管这些做什么?"

李崒肃然道:"你们对大唐天子有怨,我却没有!论俗家身份,我是李唐宗室,宗庙倾危,我无由独活;论出家人身份,我在慈恩寺读经受戒,在慈恩寺为众生讲变,就合当守卫玄奘法师的遗骨,令慈恩寺不受毁佛之劫,不蒙刀兵之厄!"

那位领头的校尉走了过来,听得李崒此语,好笑道:"我们随大燕圣人起事,也未必因为对大唐皇帝有怨,不过是为了求富贵罢了。"

"哧"的一声,校尉的刀,刺入了李崒的胸膛。

王维感到胸口一阵发冷,好像那冰冷刀锋刺中的是自己的心脏。他踉跄着上前,扶住了李崒的身体。

李崒望着他,慢慢地又露出了那种赧然的笑。他的眼神逐渐涣散,王维听见他低声说道:"王郎……"王维将左耳贴近他唇边,却听他说的是:"我忽然想吃……西市的……羊肉汤饼。"

待李崒彻底停止了呼吸,王维将他的遗体平放在地上,施了一礼,转而起身,掸了掸绯衫上的尘灰:这三天他担忧阿妍,竟一直忘了换下那天入皇城时穿的官衣。他挺直后背,淡淡道:"我是中散大夫给事中王维。"

日已近午,太阳越发烈了。他不闪不避,任由酷热的阳光照在脸上,继续说道:"我穿绯袍,官职清贵,诗名冠绝当世,画技不逊吴生。你们安将军,听过我的名字。你们得我一人,送去洛阳朝廷,胜于杀百千人。留下慈恩寺僧俗的性命,我随你们走。"

第四十四章
凝碧池头奏管弦

西京长安的大明宫中有太液池，东都洛阳的禁苑中，则有凝碧池。

禁苑是隋炀帝大业初年所建，在上阳宫的西侧，北倚邙山，南面则将龙门山都包括在内，占地极广，周长竟达二百里。穿洛阳城而过的洛水、谷水皆流经禁苑，在此交汇，工匠因势利导，筑成积翠池。积翠池东西长五里，南北长三里，池中有山，分别名为蓬莱、瀛洲、方丈，山上宫殿台阁，诸景皆备。大唐立国以来，东都禁苑数经修葺，积翠池亦改名凝碧池。

大唐天子李隆基畏热，夏日里常于太液池上取乐，而大燕圣人安禄山，因为体胖的缘故，也很怯热——雷海青猜想，大约正是因为这个缘故，他选择在凝碧池边大宴群臣：毕竟，虽然已经入了八月，洛阳城还是没有半点秋意。

不过，当安禄山举起酒樽之后，雷海青才知道，他在此开宴另有原因："我近来听宫人说，贞观年间，太宗皇帝曾在西苑设宴，泛舟凝碧池上。太宗皇帝虽是高门公子，却英勇善战，每每身先士卒，敢于涉险。我出身寒微，固然不能与他相比，但我在军中多年，一向敬佩他的雄才。因此，我将今日的宴席设在此处，以表对太宗皇帝的敬慕。"他手持白玉酒樽，扬起面庞，向着澄净无云的碧空，似乎在追思那位百年前的大唐英主。

叛军臣僚们静默了一瞬间，随即有人率先奉承道："圣人心胸宽广，对伪朝的君主也能推重如斯，足见圣人一秉公心，唯以德行、才干论人。"

雷海青是梨园中最优异的乐师之一，经历朝廷和皇宫无数大小宴会，他当然识得说话的那人。那人叫陈希烈，开元年间因擅长黄老之学，得到皇帝宠信，天宝初年李适之罢相后，李林甫将他引为左相。

安禄山令孙孝哲入长安后，搜求文武百官、乐工舞姬，从长安送到洛阳。这些大唐官员中，陈希烈是最早归降大燕的人之一，已经做了宰相。

安禄山笑道："我曾在大唐为官，吃大唐的禄米，众卿无不知晓，我又何必虚言矫饰？太宗皇帝自是一代明君，今时在西蜀的那位亦是不世英主，待我恩深义厚。只是这几年来，他深受杨国忠谗言蒙蔽，竟要杀我。吉七兄只因与我结为兄弟，便也遭杨国忠诬构，下狱冤死……我起事，也不过是为了自保罢了，并非不感念他的恩德。"

他说的吉七兄是吉温。吉温是当朝有名的酷吏，和陈希烈一样，为李林甫所举荐，后来与安禄山私下结交，遭到杨国忠的嫉恨，最终死于狱中。安禄山话音方落，一个六七岁的男童起身，叩首道："圣人恩遇先父，情义如山。先父有灵，必定不胜感激。"男童脸上一团稚气，口齿倒很清晰，说完后，悄悄看了旁边的人一眼。

他旁边的人，乃是在幽州时就跟随安禄山的谋士严庄。严庄向男童点了点头，又向安禄山道："陛下寻得吉家的小郎君，又给了小郎君官职财帛，足慰亡魂。唐主近年来昏聩不堪，亲小人、远贤臣，如今更甘于抛舍长安的宗庙宫殿，可知唐祚已尽，神器在燕，社稷易主，本为天意。陛下入主洛阳，实为救百姓于苛政的善举。我们河北向来富庶，每岁所纳财赋，是整个天下的一半。从今以后，大燕国土的每一寸地方，必定都如河北一般繁盛。"[1]

雷海青素日出入皇宫内庭，私底下听过许多朝事，也知道河北赋税半于天下。那时他还对另一位乐官黄幡绰感叹："燕地苦寒，又是边疆，却这般富裕。"黄幡绰是凉州人，闻言哧声一笑："你们雷家出于蜀中，也不算是什么京畿要津，难道不富庶不繁华？我故乡也是边塞，但是'凉州七里十万家'，你可听说过？自古以来，边地各族混居，互通有无，有时反而比中原有些州县更富。"

君臣们又说了些话，另一位臣子张垍道："凝碧池景致绝佳，不止太宗皇帝曾经泛舟池上，隋朝的炀帝，也曾集四方散乐于此，在池上阅视。"

张垍和陈希烈同时降于安禄山，也做了宰相。他是名相张说的儿子，得天独厚，深受皇恩，尚了宁亲公主，被皇帝呼为"爱婿"，官至太常卿。太常寺掌管宗庙祭祀、仪礼音乐，张垍自然熟悉这些故事。他笑道："炀帝在此奏乐，正是因为水面开阔，乐声可以及远，倍增韵致。正巧，孙将军已经从长安送来了许多乐工，并舞马、舞象等，请陛下赏鉴。"

安禄山一笑颔首。

一匹匹穿着彩绸舞衣，毛色鲜亮的马被牵入场中，还有数头犀牛、两头大象，俱是神气洋洋。群臣大多没有见过这番景象，皆感惊异，小声议论。抱着琵琶、箜篌等乐器的梨园弟子们走到池边，或坐或立，各自按弦吹管，乐声响处，舞马和犀牛纷纷起舞，摆头踢腿，步伐十分整齐，姿态美丽，两头大象则随声屈起前腿，拜倒在地。

这些舞马、舞象、犀牛都是长安宫苑中驯养的，太常雅乐则尽数经过精通音律的大唐皇帝李隆基本人修订。上阳宫的花木还没有衰败的意思，洛阳宫城的无数门户，亦如过去一般，静静地对着面貌未改的旧日河山。

梨园弟子们初时尚能如常奏乐，但过了两三首曲子后，一名弹箜篌的乐工似有些走神，出指慢了半拍，余下的乐工们也逐渐难掩悲戚的神色，更有数人暗暗落泪，曲声微见不谐。以他们的才华，一音之谬都听得出，如今奏成这副样子，实是罕见。雷海青也无心去听，只管咬着牙，手中的拨子不住颤抖，有好几下都划在了捍拨上。

叛军将领们少有听过这些乐曲的，但安禄山入朝时，因深蒙恩宠，常与皇帝、贵妃同赏教坊、梨园的乐舞，而且昭武九姓胡人本来就擅长音律，因此乐曲出错未久，他就转头看了过来。

安禄山领兵日久，积威甚重，现又自立为帝，威仪越发不同往昔。被他一看，不仅梨园乐工们惊惧觳觫，诸将领也难免惶恐。新朝初肇，还没有不能随意携带兵刃入宫的法度，而在场众人以武将为主，自是随身带着兵器，当下将领们纷纷拔刀，呵斥道："用心奏乐！再有差错，且杀了你们！"

乐工们强忍眼泪,低头不语。雷海青擦干泪水,忽地站起身来,将手中的螺钿紫檀琵琶高高举起,用力一摔。

琵琶砸在地上,发出"砰"的一声闷响。但那琵琶是紫檀所制,一摔之下竟是毫无损伤。他重又抢起琵琶,向凝碧池边的石栏上狠狠砸了数下,紫檀面板终于显出几道裂痕,面板上光彩流溢的螺钿捍拨四分五裂。雷海青丢下琵琶,抄起之前掷下的拨子,双手一分,那把华美精致的红牙拨镂拨子立时也要折为两段![2]

他这一连串举动实在太快,况且宫中的音声人向来以乐器为安身立命的根本,没人能够料到一个乐工决意摔毁这么贵重的琵琶,武将们一时俱皆愕然,未有动作。电光石火间,一只银杯破空而来,挟着锐而长的风声,掠过数张食案,击中了雷海青的右腕。雷海青的手一抖,那枚红牙拨镂拨子无声坠地,到底没有折断。

雷海青看向那个掷来银杯的人,却见是个胡人女子,眉目明艳,肌肤白皙。弹琵琶的人通常腕力极强,他万没想到,一名女子掷出一个银杯,竟然就让他手腕失了气力:"你为何阻我?"

那胡女收回手,迎着包括安禄山在内的众人投来的目光,起身施了一礼。

"不能教你毁了今日的宴席。"那胡女淡然道。

雷海青冷冷笑了,却见安禄山望了过来。

这不是他初次见到安禄山,却是初次与安禄山对视。他发现,安禄山有一双冰冷的眼睛,只是这份冰冷,过去一直掩在谄媚的笑容和满脸的肥肉之下。

安禄山问:"你要做什么?"

雷海青昂头,朗声道:"洛阳城为你所窃据,大唐宫室为你所得,但你终究不能事事如愿。我的琵琶,必不为你奏乐!"

"雷海青!你住口!"一旁的张垍斥道。

雷海青斜睨了他一眼,冷笑道:"太常卿何等尊贵,却还记得一个乐师的姓名,海青感念之至!张卿既然知道海青姓雷,那么早该明白,雷家没有为逆贼奏乐的子弟!"

他虽说着"感念",语气却没半点感激的意味,又以张垍的旧日官职相称,张垍脸上一红,怒道:"雷家? 西蜀一斫琴匠人耳,何以自高如是!"

雷海青大笑道:"不错,蜀中雷家以制琴名世,海青自幼所习的却是琵琶,未免有辱门庭。琴最于蜀,然而行蜀道难于上青天,雷家僻处成都,若非圣天子赏识,岂能为人所知! 海青不才,也知国士待我、国士报之的道理。太常卿父子两代皆受天子爱重,令尊燕国公三为宰相,自不必提,而张卿尚公主、在宫中置宅第,恩宠无比。然则张卿将如何报答天子之恩?"

张垍咽了咽唾沫,说不出话,陈希烈也低下了头。与宴的文武官员中有不少人原为唐廷高官,听雷海青直斥张垍,不免露出尴尬和惭愧的神色。

安禄山目光扫过众人,最终又转向雷海青,缓缓道:"你莫非也要斥责我辜负大唐天子的恩遇?"

雷海青摇头,轻蔑笑道:"你知道天子待你恩重,却执意起事。那么我斥责你,又有何用?"

他这话虽无半个字指责安禄山,却比秽语詈骂更加令人难以忍受。那胡女轻咳了一声:"你是乐师。为谁奏乐,又有什么分别?"

雷海青不屑看她,只是仰头向天,慢慢说道:"十余年前,有一位翰林待诏奉旨入宫,写了三首《清平调》,我们梨园弟子亦曾弹唱。其中有一篇,'名花倾国两相欢,常得君王带笑看'……"

"解释春风无限恨,沉香亭北倚阑干。你说的是李供奉。"

雷海青没想到,那胡女接上了后两句,且她说到"李供奉"三字时,语气颇见温和。他终于瞥她一眼,笑了笑:"我是乐工,没读过多少书。在我看来,这篇诗的要义,全在'常得君王带笑看'一句。为何是'常得君王带笑看',而不是'常得公卿带笑看',不是'常得将军带笑看'? 因为唯有如此盛世,如此尊贵,如此四十年太平天子,才能造就如此胜境! 名花也罢,乐舞也罢,只有入了那位君王的眼,得他一笑,才算是不枉来过这世间! 至于你,逆贼安禄山——不配!"

说完这番话,他转身面向西方,放声而哭:那个方向有长安,也有上皇李隆基今日所在的成都。

场中一时变得极静。唯有两只白色的鸥鸟从凝碧池宽阔的水面上滑过，指爪点开数层水波，又很快展开翅膀，飞向禁苑外的苍蓝天空。

乱世之中，一个人往往不如一只鸟。

"放肆！"那胡女示意武士堵住雷海青的嘴，又高声对安禄山道，"陛下，此人言行悖逆，扰乱宫宴，自是想要让人明白他待唐主的忠心。那么陛下全了他的心意，又有何妨？不过，只是将他斩首，未免不够匹配他的忠心，不如……腰斩。"她的声音里，带着一丝又恶毒又甜蜜的欲望。

安禄山神色微动，严庄见状，忙吩咐武士们将雷海青缚于殿前，又笑道："依臣之见，腰斩不如肢解，肢解未若凌迟。"

"肢解吧。"安禄山道。

无穷的剧痛攫住雷海青的四肢百骸，血腥气热而浓，浓得就像有人将他的头颅硬生生按进了一方血海里。但他任由他们施为，并不去反抗。最后的一点清明中，他抬眸望向殿前蜿蜒而过的洛水，想起上一回跟随皇帝来东都的情景。

那时洛水与谷水泛溢为患，皇帝命当时的河南尹李适之治理，李适之修建三陂以阻水势，此后再无水患。皇帝大悦，升李适之为御史大夫，还在禁苑中立了碑，记述此事。李适之则借此机会，提及谋反获罪的祖父，也就是太宗皇帝的太子李承乾。他恳求皇帝将祖父改葬，陪葬昭陵，皇帝欣然允准。孙儿记挂祖父，天子褒奖功臣，多么花团锦簇的佳话，时人无不乐于谈论。

君君，臣臣，父父，子子。雷海青是乐工，却也懂得圣贤说过的道理。

但今日的世界，君在哪里，臣又在哪里？被贵妃收作养子的豺狼燃起了烈火，君父仓皇离去，抛弃宗庙，抛弃江山。

死了，也就死了吧。

注释:

[1]盛唐时的河北非常富庶,赋税占了大唐一半:"河北贡篚征税,半乎九州。"见李华《安阳县令厅壁记》,《全唐文》卷三一六。

[2]唐代琵琶多以拨子而非指甲弹奏。捍拨是贴在琵琶面板中央的一种装饰,以免在演奏中面板被拨子划伤。日本正仓院藏有一面极为珍贵华丽的唐代螺钿紫檀五弦琵琶,其捍拨部分即为螺钿。此外,红牙拨镂拨子亦是正仓院的藏品。

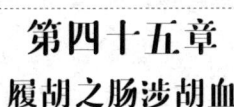

第四十五章
履胡之肠涉胡血

不得不说,看到唐室的宗庙变成新朝皇宫的马厩,带给绮里的快乐,并没有预想的那么丰厚甘美。

洛阳的太庙最初是武后建立的,用来供奉武氏的先人。中宗皇帝复位后,顺势将它修成了李唐皇室的宗庙。自古以来,士一庙,大夫三庙,诸侯五庙,唯天子可设七庙。以女子之身君临天下、为自己的姓氏建立七庙的,只有武曌一人。这是一座由女人建立的宗庙,曾经供奉这个女人的七世祖先。

他们看不起女人,就来了一个女人,以周代唐;他们看不起胡人,就来了一个胡人,以燕代唐。这两件事,多少有一种互相映照的意味。

所以,看着充满马粪气息和蚊蝇鼓噪的院落,绮里有一种难以形容的失落情绪,好像属于武曌的那一部分印记,也随之毁掉了。况且,毁掉太庙,到底不过是一种虚妄的自我安慰,她真正的仇人,已经逃到了西蜀,而且还没有死。用马粪和蚊蝇侮辱无知无识的死人,比不上拔出刀剑,直面与自己有杀父深仇的活人。

绮里走了两步,见面前的地上横着一座太宗皇帝的神主,一脚踢开。她兴致不高,怏怏地出了太庙的大门,看了眼门口那个貌不惊人的官员:"这是你的主意?"

那官员叫独孤问俗,在安禄山身边算不得紧要人物,论体面只怕还不及她,闻言笑了笑:"是。下官想了很久,认为将太庙充作马厩,最能折辱唐室宗族,令唐军气沮心衰。"

绮里不冷不热地笑道:"想了很久? 我看,是想了很久如何保全太庙吧? 充作马厩,究竟还是比烧了要好,也比充作厕溷要好。"

独孤问俗鬓角沁出汗珠,连声辩解,绮里不耐烦听,只挥了挥手,带着伯禽走了。

伯禽沉默了很久,才问她:"我们要去何处?"

"去赴宴。"绮里微微一笑。

凝碧池头,管弦声起。旧日只为唐主奏乐的箜篌和箫管,正在为大燕皇帝的宴席,流泻出一样优美的曲调。各怀鬼胎的臣仆,此时都只剩一张祥和温驯的面容,两片吐出谀词的嘴唇。

严庄说到河北财赋半于天下时,绮里听见身旁的伯禽吸了口气。她伸出手,拍了拍他的肩膀。这场宴会,绮里本不想来,但她仍是将伯禽扮成她的家仆,带来一同赴宴——新朝建立未久,宫宴防范还不严密——是为了让他见一见大燕皇帝,让伯禽明白安禄山并非寻常唐人所以为的愚顽凶恶之辈,而边民们也非不沐教化的夷狄,富庶优渥不逊中原。

所以,在那个乐工扰乱这场宴席时,绮里很不高兴,立刻阻止了他。

那个乐工大发了一篇宏论,直斥安禄山,安禄山脸色僵硬,没有出声。其余的将领、文官们难以揣测他的想法,也不敢说话。绮里见众人心气浮躁,便出言问那乐工:"你是乐师。为谁奏乐,又有什么分别?"

那乐工吟了李白的诗:"名花倾国两相欢,常得君王带笑看⋯⋯"

"解释春风无限恨,沉香亭北倚阑干。"绮里自然而然地接上了后两句。

然后那个乐工说,只有做了四十年太平天子的李隆基,才配得上如此名花,如此美人,名花如牡丹、国色如杨妃,唯有得他一笑,才能不枉此生。

她前所未有地愤怒。

李隆基是太平天子,他的四十年太平,从何而来? 从边民的泪中来,从军卒的血中来!

边庭流血成海水,武皇开边意未已! 君不闻,汉家山东二百州,千村万落生荆杞！……君不见，青海头，古来白骨无人收！

若不是因为李白，她不会留意这个叫杜甫的文士，不会留意杜甫这首《兵车行》。一旦留意了，她才明白，为何这个文士不为唐廷所重，做不了唐廷的官，因为他说的都是实话！盛世的乐舞和歌声之外，有新鬼烦冤旧鬼哭，有幼子号啕，老妇呜咽！

李隆基高坐大明宫时，可以轻易地决定腰斩她的父亲，狼狈逃窜马嵬驿时，同样可以轻易地同意杀死贵妃——就算前者他素不相识，后者却曾给他带来许多快乐。

自私的天子，虚伪的盛世，愚蠢的忠臣。

绮里叫人堵住那乐工的嘴，对安禄山进言："只是将他斩首，未免不够匹配他的忠心，不如……腰斩。"

她一言既出，便听见身边的伯禽喉间发出一声压抑的惊叫。

安禄山神色微动。严庄见状，忙吩咐武士们将雷海青缚于殿前，又笑道："依臣之见，腰斩不如肢解，肢解未若凌迟。"

"肢解吧。"安禄山道。

绮里感到伯禽碰了碰她的衣袖，轻声说了一些求恳的话语，但绮里没有回头。她专注地看着，看刀锋被扬起、挥落，看一具肉体被粗暴分割。她也在听，听最初的惨叫和稍后的寂然，听刀斧入肉，听鲜血溅落。这些是父亲被腰斩后，她在梦中经常见到的情景，经常听见的声音。她喜欢看这些场景重现于敌人身上，这能让她不再恐惧。她轻轻哼起了歌。

除了行刑者与受刑者，凝碧池边的众人无不沉默，连舞马和舞象都不敢动作。绮里轻哼的声音，很快吸引了安禄山的目光。"你唱的是什么？"安禄山喝了口酒，饶有兴致地问。

绮里像是突然惊醒似的，抬眸笑答："这首歌，陛下多半听过。"她清了清嗓子，用突厥话唱起歌来，调子清越激昂。

安禄山听了两句，微笑颔首，武将们多有懂得突厥话的，见他露出赞许之意，便也跟着唱了起来。数十人的歌声汇聚在一处，掠过水面，传得很远。乐工们各自低头缄默，而有的汉人官员不懂突厥话，神色尴尬。

安禄山笑道："这是草原上突厥人传唱的一首短歌,意思是:'让我们将敌人团团围困,让我们跳下马冲锋陷阵。让我们像雄狮吼声震天,让敌人的力量削弱殆尽。'"

他素不讳言自己本是胡人,起于微贱,但起事之后,自然也十分在意汉人官民们如何看待自己,借用"四星聚尾""金土相代"之谶造势,力图让天下人相信,大燕乃是天命所在。他命孙孝哲从长安搜罗乐工舞伎送到这里,也正是为了以礼乐彰显大燕之正统。

乐工雷海青的那番言语,却不止直斥他不配听大唐皇帝听的乐曲,更是明言他所建立的大燕,只是个不值一提的僭伪王朝,不配与那位皇帝缔造的真正盛世相提并论。饶是他心性坚忍,杀人如麻,被说中心事,也不免难堪,嘴唇微微发抖,直到将那乐工肢解,才终于松了口气,于是命人赏赐绮里美酒和金珠宝玉。

而绮里——这一天她喝了很多酒。她比她从前的主人李白更加善饮,但今天心情极好,竟然喝醉了。去年十二月叛军进入洛阳,到今日正好八个月。这八个月,是父亲惨死之后,绮里难得快意的一段时光——也许还不是最快意的:她最怀恋的,还是扮成婢女,留在那个人身边的日子。但她还是很高兴,以至于当这种快意被突然打断,戛然而止时,她也并未感到愤怒。

伯禽拿着那把她给他防身的短刀,躲在门后,在黑暗中将刀刺进了她的肋下,随即慌乱地松了手。短刀的大部分锋刃,都留在了绮里的身体里。冰凉的刀锋和随之而来的剧痛,让她从醉意中清醒,她咳了几声,强忍着痛道:"你将灯点上吧。"

他还真的点上了灯。

她没有拔刀。这一刀刺得太深,若是不拔,兴许还能多活一刻。她平静地感受着剧痛,这种痛,反而好像让她活了过来。过去的三十年她四处奔走,只求颠覆这个她恨极了的唐室,恨意让复仇以外的一切事物都变得虚无。若是没有识得李白和他的歌诗,她的一生,大概也就这样虚无地过去了。

"天然呢?"她问。

伯禽的声音在颤抖:"我将他送走了,你,你要杀我,就杀我一个。"

绮里笑了:"为什么?"

烛火昏暗,映得伯禽年轻而微丰的脸庞多了几分棱角,只是他一说话,就又成了她所熟知的那个孩子。他鼓着两腮,像是积攒了很久的力气:"流血涂野草,豺狼尽冠缨,原来是这般景象。伯禽不能坐视。"

绮里又笑:"是了。'俯视洛阳川,茫茫走胡兵。流血涂野草,豺狼尽冠缨。'胡兵、豺狼……你也觉得……他也觉得……我们……是……逆胡?"

伯禽用力摇头:"我家在西域住了几代,谱牒无存,到底是不是凉武昭王的裔孙,是不是姓李,甚至……甚至到底是不是汉人,我……我也不知道。你总是以为,胡汉之辨关系重大。就算、就算关系重大,我们家这样的身世,又有什么好在意的?"

"'敌可摧,旄头灭,履胡之肠涉胡血。'"绮里又咳了两下,轻声道,"他都要踩着胡人的肠子、踏过胡人的血了,你说他不在意胡汉之辨?"

周身的力气随着血液逐渐流失,她的语声越发低沉:"我原以为……他终究能够破除这个心结。胡又如何?汉又如何?他自有他的来处,也自有他的去处。就算有胡人的血脉,难道他就不是伟丈夫了吗?何必……何必一定要……履胡之肠、涉胡之血,才显出他心向汉家?"

伯禽胸口剧烈起伏,半天才道:"我只知道,你不该唆使安禄山,用那般酷刑戕害忠臣。"

"明月奴。"绮里叫他的小名,"大唐皇帝的臣子,腰斩了我的父亲。忠于这种皇帝的人,为何不能受他所爱用的刑罚?"

伯禽嘴唇翕动,却没有说话,转而将目光投向窗外清冷的新月。

绮里很轻地摇了摇头,递过一个钱袋。

"你走吧。"她说,"遇上军中的人,就说我遣你去买酒。"

第四十六章
岁岁年年人不同

前方不远处,正是那座暌违多年的洛阳城,依旧高峻,依旧巍峨。秋风不时吹过,卷起黄土,土灰轻而软,弥漫在天地间,这一切光景,就都模糊了。那座城池,似乎也就变得灰灰的,钝钝的。

我没来由地腻烦,拿起水囊喝了两口水。微凉的水滑入胃里,冷意瞬间从脏腑扩散到全身,指尖不自觉地颤抖。

真可笑。虽然身处千年前的异世界,但过去的那么多年,我一直活在自己营造出的肥皂泡里,保持着西式的生活习惯,每天锻炼,喝新鲜的羊奶,摄入足够的蛋白质和膳食纤维。但是现在,在失去了一个孩子和大量的血液之后,我连冷水都很难喝了。真可笑!

而我失去的不止这些,还有……还有如焰。六月十三日的骚乱中,我们遭遇踩踏,当时她的内脏已经受了伤,却没有声张。很多天以后,在慈恩寺里,我终于醒了,而她却开始吐血。再后来……

我惨笑,我何其傲慢!作为穿越者的傲慢,让自以为做了完全准备的我,将大部分注意力放在了叛军身上,而竟然没能料到,在一座城市即将陷落、纲纪废弛、法度无存的时刻,慌乱和恐惧本身就有足够大的杀伤力。

"娘子,我们要进城了。"杨续道。

我放下帷帽边缘的轻纱,罩住脸庞,随即下了马。安禄山占据洛阳已有八个月,但中原很多地区并未被他真正掌握。所以,寻常人出行时必备的"过所",如今暂时没有哪个官署还能颁发。另一方面,进入洛阳城的人,自然也就会受到更严格的盘查。

幸好——我也不知自己为何要说"幸好"——守卫城门的士卒中,有两名胡人。杨续递过一份文书,道:"我家娘子到洛阳投亲。"

不消说,这份文书是伪造的。军士看了几眼,似乎有点疑心:"你家娘子出行,连一名使女也没带?"

"原有两名小婢,不巧染了时疫,在路上先后死了。"我拨了拨面纱,口音带着三分恰到好处的生硬,像是粟特女人说汉话的腔调。

战乱时期传染病往往比平时肆虐,他们倒没针对这点追问。一名胡人军士凑上前,用粟特话道:"你是来寻什么人的?"

我也切换到他的语言:"我来寻我丈夫。他从长安到洛阳来,一直没有音讯,我很担心。"

胡人军士了然道:"他是来贩售货物的吗?这一年时局很乱,送一封家书,不比送一斛珍珠更容易。等到中原安定下来,就不会这样了。胡天庇佑,阳光驱除一切污秽,所有的家庭都能团聚,你也一定会寻到你的丈夫!"

我平静微笑,行了一礼。他点点头,示意我进城,那几个汉人兵士也没再阻拦。

洛阳城和当年我初次见到它的时候相比,没有太大的区别,无非就是天津桥上驶过的宝马香车换了一批。一个城市,特别是一个像洛阳这么大的城市,总有足够的自愈能力,即使被另一个政权接管,也能在短暂的混乱后,迅速重新开始运转。

我走得很慢。

我仍记得第一次来洛阳时的情景。我很兴奋,便宜表兄崔颢却满脸都是看乡下人进城的嫌弃。他喜欢关于北魏洛阳的一切,经常说,隋与唐的洛阳城不过是个赝品,而那座拥有永宁寺塔的洛阳城,才是天下最壮丽的城池。

"洛阳女儿对门居,才可颜容十五余。良人玉勒乘骢马,侍女金盘脍鲤鱼……"水边有人在唱歌，曲调低回，嗓音苍老沙哑。

崔颢说，那座一千尺高的永宁寺塔，毁于雷击引起的大火。那场烈火之后，再无永宁寺塔，也再无那个值得他追慕的洛阳。

"画阁朱楼尽相望，红桃绿柳垂檐向。罗帏送上七香车，宝扇迎归九华帐。"嘶哑的歌声，与洛水烟波缠绕在一处，沐浴在初秋的日光里，似乎也生出了浅浅的光泽。

其实，早在永宁寺塔逝去的二百年前，这个城市就经历过更彻底的毁灭。那是西晋永嘉年间，一个粟特商队的首领给远在撒马尔罕的主人写信："发生了大饥荒，最后一位皇帝也逃跑了！宫殿被烧了，城市被毁了！洛阳不再有了！邺城不再有了！匈奴人占领了长安，啊，他们昨天还是皇帝的仆人呢！"[1]

"狂夫富贵在青春，意气骄奢剧季伦。自怜碧玉亲教舞，不惜珊瑚持与人。春窗曙灭九微火，九微片片飞花琐。戏罢曾无理曲时，妆成只是薰香坐。"

1907年，探险家斯坦因在玉门关发现了这封书信。"洛阳不再有了！邺城不再有了！"隔着十六个世纪的光阴，信中惊慌失措的语气，不足以唤起多么深沉的共鸣。那份鲜活的情感，唯有在"历史"正在发生时，才有刻骨铭心的力量，比如——现在。

洛阳，是不是不再有了？

"城中相识尽繁华，日夜经过赵李家……"唱到此处，歌者的声音渐渐低落，最终归于默然。

我站在了她的面前，轻声问："这首诗，不是还有最后两句吗？"

歌者是一名老妪，她面前的地上丢着十来枚铜钱，都是路过的人留下的。老妪穿着麻布衣裙，面容憔悴，双眉间沟壑深刻。听我发问，她抬手理了理鬓发，姿态竟很有些优美："我年少时，很不喜最后两句。"

我微笑："'谁怜越女颜如玉，贫贱江头自浣纱。'这两句转得太急，的确差了些。"但我听说，当年洛阳城里的歌女们，都更喜欢这两句。毕竟，世间贫贱、命苦的女子，才是多数。

老妪眉毛一扬,却道:"我当年想的是,我自富贵,我自美貌,我自有'玉勒乘骢马'的良人,作诗的人,为什么要将我和那些浣纱的贫贱女子相比?"

我怔住:"你是说……你就是……"

"不错。"老妪轻声道,"作诗的是个少年,他在岐王府的宴席上见到了我,大约因为见我行事轻狂,而忍不住写了这首诗。"

"岐王府?你是……谁家妇?"我问道。

老妪将地上的铜钱收了起来,放进怀中,没有回答这个问题:"姊妹亲眷都以为我定要生气,但……这样好的诗句,用来写我,我又有什么可气的。何况,"她脸上逐渐泛起笑意:"作诗的人只有十六岁。后来,我听说他的名气越来越大了。不过,那年他还只有十六岁,真是……骨清年少。"

有白鹭从远处飞来,落在水边,低头用嘴梳理自己的羽毛。午后的阳光还很热,它伸出嘴,喝了些水,旋又飞走了,没留下半点声息,唯有一道道波纹,不疾不徐地漾开又消失。

片刻的静默后,老妪又唱起歌来,这回唱的是:"洛阳城东桃李花,飞来飞去落谁家?洛阳女儿惜颜色,坐见落花长叹息……古人无复洛城东,今人还对落花风。年年岁岁花相似,岁岁年年人不同。"

每一首都像是洛阳城的挽歌。我放下一小袋钱,转身离去。

我很快找到了菩提寺。

看守的兵士不多,我又寻了一名突厥兵士说话,编了一个婢女来探望旧主的故事。大概是因为关押在此的都是一些文官,没有作乱的可能,军士们难免松懈,我没费力气就进去了。

菩提寺不算很大,却也有数十间僧房,王维就被关在其中一间里。

"你如何寻到此处来的?你……你好吗?"他问。

我反问:"你还好吗?"

他低下头,许久才道:"不好。"

他一向从容隽雅,很少这样坦诚地展露疲态。我张了张嘴,到底无法回答,只得寻来一只碗,倒了水递过去:"你少说些话。"

他的声音粗哑,有近似金属的质感,像炉火熄灭之后,打开炉门时碰撞发出的那种声响。不清澈,不干脆,混合着金属的冷硬和尘烬的浑浊,涩而滞。

"服药佯喑"。史书上短短四字,我记得,我知道。

他接了水,却没有喝:"裴十今日来看我了。"

裴迪排行第十,亲近之人唤他裴十。

"他说,宫里有一件惨事。凝碧池上……有一位乐师,我也认得的,他……"

"你少说些话。"我抬手止住他的诉说,再次规劝。

他顺从地沉寂了一会儿,忽而又道:"我不好。因此我才想,只要你和阿弟他们都好……只要……"

他说得含糊,但语气却很平稳,像是已经考虑很久的模样。我抓住他的手臂:"你想做什么?!"

他的手臂瘦了很多,触碰时有一种脆弱得不真实的感觉,好像……薄薄的衣袖对于那手臂来说,都太重、太重了。

就像……活着这件事本身,也太重了。

他身体晃了两下,苦笑道:"不大好说。毕竟,我也很想再见你们一面。"

我反而突然放松下来,扯过一个蒲团坐下:"这些事,我想过的。"

他微微皱眉。

"我想过的。"我又说了一遍,"焦炼师,焦道士……我可以与她一样的。"

不老、不死——只要自己别作死。

王维颔首:"我料到了。"

我很认真地看着他:"初时我也曾动心过。你能想到的,世间的光华荣耀,并不止于皇唐一朝。在大唐陨落之后,也会有绝艳的美人,绝代的才子,勇武的将军,英伟的帝王……甚至,还会有……没有帝王,而是由寻常百姓做主的国家。"

"但是,我还是高看了自己。我心脏没那么好。"我笑了,也不管他能不能听懂,"我看不了那么多的兴衰成败、悲欢啼笑。我也不想看。故事里,因为活太久而心理变态的仙人太多了,我不想成为其中之一。"

我拿过碗,喝了点水。他按住我的手:"水凉,你的身子受不住。"

我摆手,表示自己还死不了:"我年幼时,就背诵过你的诗了。今日裴十和你讲了凝碧池的惨事,你随口吟了一首绝句,是也不是?"

王维安静地点头。

我一字一句,念得很慢:"万户伤心生野烟,百官何日再朝天?"

"秋槐叶落空宫里,凝碧池头奏管弦。"他神色并不意外,低声续道。

"你看,我记得你的诗。"我继续笑,"后来我果真见到了你,还有很多人,你们都是很好的人。这些人里,我尤其喜欢你。若是你太累了,不想活了,我想,我陪你一起死,也不算坏。"

我探手入怀,取出那个陈旧的紫罗香囊,将里面的物事倒在掌心里。那是三颗不大的豆子,颜色殷红,光润明亮,在我的手掌上滚动着。

他变了脸色,难得地露出三分活气。他当然会认得这几颗豆子,这是他去岭南时带回来的。

"红豆生南国,秋来发故枝。劝君休采撷,此物最相思。"我轻声吟诵,"我幼年读诗时,断断未能想到,有一日竟能得到作诗之人亲手馈赠的红豆。这真是我今生的幸事。"

"痴儿!你、你……我还有何颜面,见你阿兄明昭于地下……"

我从怀中取出一把小刀,比画着道:"红豆虽有剧毒,但表皮坚硬,吃下后未必会在腹中化开,也就未必能毒死人。因此,还是要先削……"

"你如何懂得这些!还……还以此胁迫我!"王维的表情急切又悲哀。

"我从前翻阅了不少典籍,知道了红豆有毒的事。我那时候,很想走近你。"我一笑,"你方才不是问我如何寻到了菩提寺吗?不妨告诉你——我初次来洛阳时,就曾经偷偷来过菩提寺。我那时想,一定要助你避过今日之厄。也不过是……也不过是,太喜欢你了。王十三郎,我太喜欢你了。"

房间里很静,我听到王维急促的呼吸声。他的眸光深沉,比起初见时那个三十岁的他,多了很多内容。

我推开窗户,温暖的阳光洒进僧房。点点尘埃在光束中飞舞,也被染成了金色。

的确,这又是一个金色的秋日。

我指着那轮明灿的秋阳,回眸道:"白日在天光在地,无论生死,愿君……永不相弃。"

三日之后,我又来到了菩提寺。

"小娘子,我不能再允许你进去了。"突厥兵士无奈道。

我用突厥话拼命求恳:"我委实担心我家郎君的身子,你就让我给他送些食水,可好?若你不放心,随我一起进去?"

兵士看了一眼天色,犹豫地起身,在我的感谢声中带头走向关押官员们的院落:"不是我不想放你进去。只是我们刚刚听说,今日陛下的谋主严……"

一个身影从院门后闪出,重重敲在突厥兵士的后颈上。兵士甚至不及发出惊呼,就倒了下去。

"没了?"我低声问。

杨续点头,丝毫没有停顿,奔向关着王维的那间僧房,半扶半抱,将他带了出来——王维服药佯装暗病,但那药毒性不轻,他时常有些昏昏沉沉。

理论上,劫狱这种事最好在夜里做,但杨续说:"城中有夜禁,就算带走王郎,也只得藏身城中,待到天亮才能出城。娘子又不许我杀了那些守门的士卒,只能打晕。若是他们夜里醒来,叫嚷捉拿我们,却又如何?反而不如白日里趁着人多,混出城去。"

杨续心中一直只认李适之为主人,因此不像别的仆婢一样称呼王维郎主,只肯称"王郎",但该出力时也绝不保留。我相信他的武力和经验,果然没费多大力气就劫狱成功。

我跟在杨续后面,又急急打开了几间屋子,告诉其他官员逃走。有人大喜过望,立刻跟上,有人惊诧不敢相信,我也懒得管,直奔菩提寺的大门,就见前方的杨续倏然止住了脚步。

"你们是什么人?"寺门口走进来一行人,当先一人身着紫衫,看形制分明是伪朝的高官。他身后还有两名青衫文官与数名兵士,几人看着我们,皆是一脸惊愕戒备。

我忽然想起方才突厥兵士没说完的话。安禄山的谋主?他幕僚虽多,但起兵至今,可称谋主的,不过只有高尚、严庄两人而已,兵士说了一个"严"字,那么此人该是——

"拿下他!"我厉声道。杨绫显然与我做出了相同的判断,我还未说完,他已将王维放下,身形掠出,疾如闪电,只一息之内,就抢到严庄身前,抬手扼住了严庄的咽喉。

两名青衫文官惊得腿软,几名兵士则纷纷手按刀柄。杨绫左手扼住严庄不动,另一只手拔出短剑,架在严庄的颈上,冷冷道:"退后。"

"你、你住手!"一名青衫文官颤声斥责。

杨绫冷笑,放开左手。严庄剧烈咳嗽,但剑刃就在他颈动脉附近,他大概也不敢咳得太用力,直憋得脸色通红,连声道:"退……退后……"

"都进门来,将兵器放下。"杨绫吩咐。

严庄连忙又道:"依、依他所言。"他是安禄山心腹,地位颇高,叛军兵士只得照办。我叫来几个之前被关押的官员,将那两个伪朝文官和兵士绑了。

我松了口气,问杨绫:"怎生处置?"绑了伪朝的高官,固然是好,但人质既是保障也是拖累,若要安然出城,到底还是千难万难。更何况,以安禄山的脾气,还真未必在意人质。

杨绫看向我,无声地做了个口型。

那是个"杀"字。

他是说,不留人质,杀了寺中所有属于叛军的人,立刻离开。

"不要杀我!"严庄叫道,"我是严庄,大燕的太仆寺卿,奉陛下之命,来劝说诸位入朝为官!诸位都是前朝的名臣,只要你们愿意做大燕的官,品秩只会比从前更高!金章紫绶、列戟封爵……"

杨绫将剑刃向前逼了一分,严庄立刻闭上了嘴。

"还是不要伤他的性命了。"一名我不认得的大唐官员轻声道,"如今我们还在洛阳城里,在安禄山的治下,行事不宜……不宜太过。"

他的话道理不错,语意却很微妙,无非是见安禄山势大,立场不甚坚定,想结个善缘罢了。

我在唐朝厮混多年,但究竟是21世纪长大的人,没有旧时代的忠君思想,此刻听了这话,却还是难免皱起眉头,才要说话,就听院门一声巨响,被人踹开。

另一名紫袍官员带着许多护卫,站在门口,另有一名兵士,指着我和杨续,叫道:"就是他们挟持了严卿!"

严庄大喜,叫道:"救我!"

那位紫袍官员五十来岁,相貌端正,风仪雅致。他向兵士们做了个手势,兵士们有的张弓,有的拔刀,齐齐对准了我们,没有半点顾忌严庄的意思。

严庄的喜色瞬间变为惊惧。他的脸生得枯瘦,惊慌起来像只老鼠:"张垍,你要做什么?"

严庄我不认得,这位紫袍文官我却见过。他是张说的儿子张垍,全家受尽皇恩,却是长安陷落后最早投降安禄山的人之一,还做了伪朝的宰相。

张垍笑了笑,温声道:"我听说严卿来游说诸位前朝臣子,心想这些人中颇有我的旧识,我理当辅助严卿,一同劝说诸位。不想到了此处,竟然见到有逆贼作乱。既然逆贼不想归顺大燕,自然应当全数射杀,一个不留。"

他语气温和,眼中却闪着奇异而狂热的光芒。

"张垍!"严庄目眦欲裂,"我知你们这些人一向嫉妒我是河北旧人,与陛下亲厚。你初为唐室重臣,跟随我大燕陛下日短,心中不安,实属常理,但何至于要借别人的手杀我?!"

张垍笑容不变,喝道:"放——"

"箭"字尚未出口,杨续手一扬,原本架在严庄颈上的短剑急射而出,飞向张垍面门。张垍惊得呆住,幸得旁边兵士机灵,挥刀便去格挡,但杨续手上力道极大,短剑虽被刀挡了一挡,方向微斜,势头仍是极猛,深深刺入张垍肩头,紫袍很快被血浸透。

张垍痛极,脸色惨白,张口欲呼。杨续用力将严庄向前一推,严庄后背缩了缩,倒吸了一口凉气。他乍得自由,惊魂未定,竟顾不得叫人擒拿我们,只管大骂张垍:"你自知功劳不如我们,就想扶持段皇后的……"

他大概还有三分理智,将剩下的话咽了回去,但话中未尽之意,如一记重锤,蓦然敲醒了我!

眼见今日已经无法脱身,我脑中灵光涌现,踏前半步,在严庄耳边低声说道:"安庆恩不如安庆绪,安禄山也不如安庆绪。"

这话没头没尾,但严庄身体一震,眼神复杂,反复打量了我几眼。我心知他听懂了,退到王维身边,大声道:"我要见你们陛下。"

"娘子!"杨绩急道。

严庄已经不受挟持,张垍没法继续借刀杀人,听我说话,斥道:"陛下岂是你一个女子想见就能见的?"

我轻蔑笑道:"你没去过河北,不知我和你们陛下的交情!当年故李左相为幽州节度使,你们陛下是他的属官,与我兄妹相称,知道的人多得很,你且去问!"

严庄脸色微变。张垍道:"怎么?"

"我那时还未做陛下的谋臣,但也曾约略听过此事。"严庄又看了看我,向一名兵士道,"带走。"

杨绩挺身挡在我的面前。张垍目光扫过我的脸,又转向地上神色委顿、几近昏迷的王维,顿了一顿,忽然冷笑:"既然你和陛下这般亲近,那么王给事也该即时归顺大燕才是。"

"你们不是来劝说的吗?"我强掩惊悸,沉声道,"难道还要勉强?"

张垍眼珠转动,露出一个令人胆寒的笑容:"王给事一代文宗,才华不输先父,又精通书画音律,太常寺的乐工们,亦时常就教于王给事。王郎高才,不入大燕,岂非大燕宰相之过?我可是大燕宰相,应当举荐贤才!"

他的眼神,使我想起一些极端的宗教徒。半路皈依的教徒,往往比自幼入教的信徒更加虔诚狂热,敢于千里传教,也不惮于迫害异端。到了今日这步田地,我自以为早就不怕刀斧,但对上他的眼睛,却也吓得向后退了几寸,脱口道:"你归顺了大燕,也不能逼别人归顺啊。"

不料这句话竟像刺激了他,他死死盯着王维,眼睛发红,口中喃喃:"我归顺了大燕,凭什么你们不归顺? 不肯归降,就该肢解……肢解!"

"你得了癫病吗!"我终于忍不住了。

"全都肢解！杀了乐工,再杀文士,不归顺的人都该杀!"张垍反复自语,说到一半,又低下身子,捂住太阳穴,表情痛苦,似乎想起了某些让他骇惧的场景。

"将这女郎带走!"严庄伸手摸着脖子上被短剑碰过的地方,艰难地咽了口唾沫,对兵士们一摆手,"记住,不得伤她。"

我按住杨绪的手臂,示意他不必动作,又蹲下身,扶住王维的身体,亲了亲他的前额,又将他的头发稍稍整理了一下。做完这些,我起身,指着王维对严庄道:"待我见过你们陛下,他的去处自有定论。在此之前,你不得勉强他做事。"

这不过是件小事,严庄当然也是无可无不可,加上我之前悄声说的那句话想必分量够重,当下他装模作样点头:"王给事才华卓绝,陛下心地宽厚,又爱惜人才,我焉能强行逼迫?"

我笑道:"严卿不愧是你们陛下的谋主,实在深知他的性情,严卿的后背可还痛吗?"

最后那个问题与前面的话毫无关联,严庄果然被这突如其来的转折带偏了思绪,随口道:"还痛……你如何晓得?"

我没回答,冲杨绪挥挥手,跟着叛军兵士走了。

注释:

[1] 取自斯坦因发现的五封粟特语书信中的第二封。"匈奴人"指的是十六国时期的刘曜。匈奴在公元48年分裂为北匈奴和南匈奴,刘曜是南匈奴人。书信内容(英译)详见:https://depts.washington.edu/silkroad/texts/sogdlet.html。

第四十七章
为龙为虎亦成空

"圣人,臣将郁女带来了。"严庄禀告。

这处宫殿的格局很是奇特,庭前有一道渠水流过,不知是从何处引入的。水流九曲,经过整座殿宇,又蜿蜒流出。

太胖了。

——这是我隔了两年,见到安禄山时的第一感受。

他比从前胖了一倍,穿着宽大的赤黄色锦衣,腆着至少有三四层的肚子,箕踞在水边,手中摆弄着一片硕大的荷叶。

听到严庄禀报,他转过头来。那双褐色的眼眸,被脸上的肥肉挤得只剩一线,过了好一会儿,视线才慢慢聚焦,落在我身上。认出我的一瞬间,他眼神骤然变冷,眸中迅速汇聚起一种可以称为暴怒的情绪,丢下那片荷叶,从腰间取下一条镶嵌七宝的马鞭,喝道:"过来!"

我以为这话是对我说的,严庄显然也这么以为,却不料安禄山越发愤怒,扶着地面,想要站起,身体晃了两晃,旁边一名宦者连忙扶住了他。他步履蹒跚,喘息着走到我们面前,扬起手中的马鞭。我下意识向后一躲,不想鞭子却是重重打在了严庄的身上:

"你既带她来,为何不教她礼仪!她见了我,竟敢不跪,是不是受了你指使!"

"……"极度的骇异之余,我竟然有点想笑。

严庄伏在地上,连声惨叫。安禄山怒道:"叫什么!"挥动鞭子,不住抽打严庄,每一下都落在他的后背上。此时虽已入秋,天气仍热,严庄的衣衫单薄,顷刻就被鞭风抽破。我惊得心脏停了半拍:他背上紫红色的鞭痕密密麻麻,纵横交错,看去极为可怖,此刻旧伤未愈,新伤又增,几乎再无一块好肉。

方才在菩提寺,严庄被杨续从背后推了一下,立时现出痛楚之色。因此我猜到,他这些日子,只怕没少被安禄山打。史书上说,安禄山后期病情严重,脾气暴躁,喜怒无常,杀了身边好些仆婢,严庄和宦官李猪儿虽然是他最宠信的两个人,却也时常遭到鞭笞。

安禄山倒也没打太久,很快停了手,喘着粗气道:"我亲近你,信重你,才要打你。你不要记恨,我只信你。"

严庄道:"臣明白,臣不敢。"嗓音十分虚弱。

安禄山让人赏了严庄一些金帛,就命他下去了。宦者立在一边,低头不敢说话,殿前唯有极轻极浅的水流声,和风吹过梧桐叶的细细声响。

我平静地和安禄山对视了数息,指着那个宦官,用粟特语问道:"你可以叫他下去吗?我想单独与你谈谈。"

安禄山听到我说粟特语,冷厉的神色稍稍缓和,反问道:"你想说什么?"

"我还没有恭贺你。"我语气轻快,"那年你说你想定都洛阳,竟然做到了。"

安禄山脸上闪过一丝傲然,语带讥讽:"我记得,就是你想杀我的那回。"

我精心斟酌用词,缓缓道:"我那时想杀你,因为我有通神之能,知道你终将起兵,与大唐皇帝作对。但如今我相信,你或许真正有人主的气运。"

这些话我仍是用粟特语说的。一方面,安禄山父亲是粟特人,母亲则是突厥巫女,他生来就是所谓的"杂胡",又在汉人的皇朝为官,难免有身份认同方面的困扰,这也是边疆各族混居之处普通人常有的心态。我以他的母语和他讲话,是为了松动他的心防。另一方面,粟特语用词总归比过于强调尊卑纲常的中古汉语温和一点,我可不想当面说安禄山"僭越""叛逆"。

"哈!"安禄山发出一个短促的冷笑,扬起马鞭,"通神?我就是神!"

鞭身刮起尖锐风声，来势又重又急，我压根无法躲闪，只来得及抬手护住脸，硬生生受了这一鞭。锁骨处的衣衫被鞭风刮破，短暂的凉意过后，烧灼般的剧痛从脖颈蔓延向下，成为一道均匀的血痕。

我忍着疼痛，费力道："我说的通神，不是你用来骗汉人的那些鬼话，四星聚尾？金土相代？你用汉人的谶纬之学来骗汉人，的确机智，但我可没信过。我听过真正的神谕。"

安禄山周身的气息突然变得非常可怕。他移开目光，对宦者道："将她拖下去。"

我竭力挣脱侍卫的手，喊道："你不信我通神？史思明攻打九门，伤了左肋；李庭望在雍丘受了张巡三千兵士夜袭，死伤大半；恒州、定州、沧州的团结兵从来就不怎么听你的话，你不敢用！"

我说的几乎都是近一月发生在各地的事。后世史册上公开书写的事实，在信息不通的唐朝，却是唯有他这个最高统帅才能全部知道的军情。安禄山大踏步走了过来，抽出一名侍卫的剑，直指我的胸口。

他久经沙场，杀人无数，挟百战之威，剑指我一个寻常人，我实在不能不怕，却只咬牙道："你视力大不如前，却还能将剑尖对准我的心脏，了不起！我说你有人主的气运，你为何不信？"

安禄山脸色一变再变，终于将剑尖后撤了两寸："你们退下。"

侍卫和宦者迅速退下。安禄山重新坐回水边，拾起那片荷叶，不住把玩。

我看不懂他这怪异举动，只能自顾自地说道："下月，史思明就能夺回赵郡和常山。到了十月，河北便能彻底安定，只除了平卢军……不过平卢军重创之后，绝无可能勤王，你不必在意。而唐廷虽值用人之际，还是杀了不少人，譬如李承光，因为在潼关战败，也丢了首级——你不妨暂且留着我的性命，待到十月，你就知道我的话能否应验。"

"你说这么多话，是为了救你那情郎王给事？"安禄山对我透露的军机似乎全无反应，却抛出一个堪称一针见血的问题。

"是。"我坦然。

安禄山嗤笑:"女人真是多情。"

我轻轻用手背按压鞭伤,却没能纾解疼痛:"男人就比女人无情吗?你本来该立晋王为储,为何迟迟不肯?难道不是因为你心爱段氏,才想改立她的儿子?"

安禄山长子安庆宗已被李隆基诛杀,如今他的儿子中,最年长的就是晋王安庆绪。但安禄山宠爱段氏,想立段氏所出的安庆恩,因此还在犹豫。

"我还记得你当年在市上为段氏买发簪的情景。"我柔声道,"这么多年了……你待她的心意,竟然没有变过。"

安禄山脸色渐转柔和,像是想起了年轻时的光景,半晌才道:"你想要王给事活命?"

我点头:"求你不要杀他。"

安禄山讥笑道:"我杀他何用?他的才华,与罗团儿的舞一般,最能装点盛世。"

这话乍听之下很是辱人,但在统治者们的眼里,诗书礼乐往往都只是符号和工具,武将出身的统治者尤其如此。不过,我不熟悉这个名字:"罗团儿?"

"当年我在洛阳,看过她的柘枝舞。"他简短地说了句。

他在洛阳?开元二十四年后,皇帝不曾驾幸东都,安禄山没有机会去洛阳,那么,他去的时候,只能是……

安禄山在军中犯了大错,作为囚犯,被张守珪派人押送洛阳,由皇帝决断生死的那一次。

"她的舞很好?"

安禄山挑眉,似乎没想到我会追问:"她跳柘枝,舞态极美。我看了她的舞,才动了念:若一朝我为天子,当定都洛阳。"

他说到最后一句时,抬眸看我,眼神微妙。

我没看错,他的眼里,有一种很像挑衅的东西。

当然了,那不是对我的挑衅。一个手无寸铁的寻常女人,哪里值得一个造反成功的顶级军阀流露出那种情绪?

他分明不是在看我。隔着山水和时间,他看的是远在蜀地的前主人李隆基,是当年那个生死不由自主的他自己。

"这处殿宇,叫作流杯殿,听说从前隋炀帝与宫人们在此饮酒,将酒杯放在荷叶上,随意漂流,杯盏停在谁的面前,那人便要饮下杯中的酒。"他将手里的那片荷叶扔到面前的渠水中,"我入主皇城后,原想叫罗团儿来陪我饮一杯,只当谢她。不过,我遣人去问过,他们说她死了。"

深碧色的宽大叶片漂在水面上,随水流出院落,终不可见。

我笑了:"原来是因为罗团儿的柘枝舞?你知道吗,很多人以为,你起兵,是为了贵妃。"

跟聪明人说话,从来不必太清楚。安禄山露出萧索的笑意:"不是为了贵妃。我生于乡野,所见所闻,与贵妃全然不同,所以她爱听我说话。而我,奉承皇帝和贵妃,以求活命。我的私心,只是怜惜贵妃薄命罢了。贵妃……"他停顿了数息,总结道:"不过是一个美貌的女人。"

这句话意味深长。我张了张嘴,但他没再允许我提问,直接叫了侍卫:"将她看管起来,每日只给一个蒸饼。"

他的逻辑很清晰:如果我活不到十月,等不到预言应验,那我必然不是通神之人。

我被关在皇城外面,上阳宫北侧的化城院里。起初几天,我还能登上院里的小楼,看一看四周。

这是我第一次进入大唐王朝的皇宫,以被囚禁者的身份——如果此时的上阳宫,真的还能叫作宫殿的话。

被火焚烧过的栏柱颜色焦黑,木纹开裂,无数琉璃瓦的残片散在草丛里,映着日头,闪耀着细碎的黄绿光芒,有一种奇异的美感,刻着莲花纹样的精巧瓦当掉在干涸的水池中,池边的石雕螭首上,则长满了深翠的青苔,螭龙面目一片模糊。

化城院的南边,就是仙居殿,半个世纪前,女帝武曌在此溘然长逝;再向南,有她曾与第二任丈夫李治共同听政的观风殿。

仙居殿上,硕鼠横行。观风殿内,栋梁焦土。那些建造宫殿的贵重木料,原本长于遥远的南方山林,无数民夫为了砍伐、运送它们,付出血汗乃至生命。它们千里迢迢来到洛阳,被修整,被打磨,被涂上丹漆,被奇香熏染,在帝国的欢歌里,在波光荡漾的洛水边,无声彰显皇居之壮、天子之尊,又在天宝十四载的十二月,被损毁,被焚烧,匆促地倒下,又被野蛮生长的杂草淹没。

安禄山起兵不久,就打到了东都。封常清与叛军在城东对战,且打且退,一直退到了最西面的上阳宫,砍下宫中树木,故布疑阵,最终不敌叛军,撤出洛阳。大概正是在这场交战后,上阳宫变成了如今的样子。

不过,就连这副样子,我也没能看很久。

失去孩子之后,失血造成的晕眩感和枯竭感直如附骨之疽,数月来从未稍离,再加上连日饥饿,大部分时间我只能蜷在阳光下昏睡。

有时,半睡半醒间,我会闻到院内的桂花香气。我想起姥姥做的蜜渍桂花,深深浅浅的黄,在玻璃罐子里缓慢浮沉,是黏稠的,是甜蜜的。我想起家乡人爱吃的木须肉,木须就是木樨,因为小块的鸡蛋金黄软嫩,正像是散落的桂花。

我在8世纪的光影和香气里,想起21世纪的食物。

"我被困在唐朝了,姥姥。"我捋下一把桂花,塞进嘴里,对着冰冷的月亮说。桂花的香味越来越浓,又逐渐变淡,时间就到了十月。

"你还知道些什么?"

再次见到安禄山的时候,他更胖了,精神却好像变好了一些。

他身上锦袍花纹繁复,金线耀眼,殿内陈设更是光艳华美,我多看一眼都觉头晕难受,只得努力将目光定在他的脸上:"我的话可应验了?"

安禄山哼了声:"你莫非以为,你能自高身价,胁迫于我?"

这就是承认了。

我勉强扬起嘴角:"不敢。我所求的,唯有王十三郎平安。"话锋随即一转,"不过我此刻还不能为你效力。今年腊月,你当有一劫。若是安然渡过此劫,便可再享二十年人主尊荣,你的视力也能逐渐康复如前。那时,我必竭诚效忠。"

他追问了两句,没有得到回答,恚怒中又抽了我两鞭子,我只道:"段氏有福。"说完这句,便闭上眼睛,任他再打,也不肯说话。

我又被关回了化城院里。

宫人每日送来的饮食丰盛了些,但这些迟来的食物,根本无以填补此前饥饿造成的亏空。我这具身体不会老,相应地,也几乎没有自我修复的能力,是一件彻头彻尾的消耗品。

我终于明白焦炼师为何坚决不管闲事了。不插手别人的事情,就能降低受到伤害的概率,这具皮囊,就能消耗得慢一点。

这个冬天,太长了,也太冷了。

辋川的阳光,是不是会比这里暖和?

又过了不知多少个昼夜。这一夜,我被冻醒了,挨到早晨,才发现外面下起了雪。

数寸深的雪,在唐朝的河洛地区已经算得很大了。点点银白盈满枝头,枯叶在风中飘摇轻颤,介于坠与不坠之间。

化城院中的池水虽然没有结冰,却也冷得刺骨。朝日火红,在水面上投下一轮同样红亮的影子。我掬水在手,匆匆地抹了一把脸,水面被我拨得晃动起来,那影子也就跟着水波荡漾开去,碎成缕缕火光。

洛阳千重宫阙,正沐浴在白雪红日之中。

"燕燕飞上天,天上女儿铺白毡,毡上一贯钱……"我唱了几声,又感无聊,默默退回室内。

化城院占地甚广,建筑阔朗,室内又保存有许多纸笔、韵书等物,大概是从前举办殿试的地方。

宫人不会给一个被软禁的人提供炭火和够厚的被褥,我把大部分纸张收集起来,捏成密实的纸团,塞进被子里,也能稍稍抵御夜里的冷风。[1]

日光透过窗格,洒在熟砖地面上,我抱膝而坐,看着那日影一点点移动,一点点变淡,一点点与逐渐昏暗的世界融为一体。

又一个白天过去了。

院门忽然被打开,两个侍卫提着灯走了进来:"跟我们走。"

我试探着问道:"是皇帝要见我?"没有得到回答。

上阳宫荒败许久,积雪无人清扫。我还穿着夏天的衣裳鞋子,踩在雪地上,寒意从脚底涌入,席卷四肢百骸。

上阳宫与皇城之间隔着一道谷水,水上有桥。过了桥,通向皇城的门便在眼前。门内夜雾深浓,在宫墙和廊柱间幽幽浮动。宫灯的烛焰在风中闪烁,明明灭灭的灯光里,门顶高悬的匾额上,赫然是三个冷硬的篆字。

"丽景门。"我低声念了一遍,不由笑了。

侍卫之一狐疑地回头看我。我忍着周身的冰冷刺痛,从齿缝里挤出几个字:"没……没听过丽景门的别号吗?"

身后另一个侍卫好奇道:"丽景门的别号?"

"武后曾在丽景门内置推事院,命来俊臣鞫问犯人。来俊臣爱用酷刑,入此门者,十不存一,有人将此门称为'例竟门'。"我带着点恶意,给他们普及。

入此门者,例皆竟也。竟,就是终止、完结的意思。

侍卫们都倒吸了一口气,皱起眉头,满脸厌恶,显然觉得我这话很不吉利,因为他们要和我一起进这道门。

不过,我也没法再说话了。冷意如针,密密刺入每一寸肌肤。每走一步,都像在万千荆棘中跋涉。

痛,好痛。

我走入丽景门,一如走入无边鬼域。

最后我终于被带进了某处宫殿。室内扑面而来的热气,让我竟觉得有些烫。在侍卫的示意下,我穿过低低垂下的数层帷幕。越向里走,暖意越浓,冷热交激之下,眼前一阵阵发黑。

一名锦袍男子立在殿宇深处,背对着我。

我还没从被冻僵的状态中缓过来,却也看清了那个身影——或者说,我至少看清了那个身影的体态。那不是安禄山。

"晋王?"我问道。

男子倏然转身。

他看起来三十几岁,生就一副典型粟特人的容貌,大眼睛,高鼻梁,体形也是擅长骑射的样子,肩宽背厚,下盘沉稳。

"你见过我?"他愤恨的脸上现出一丝慌乱。

都说安庆绪没城府,果真如此。我咳了声:"给我一口热汤,我要冻死了。"

男子按住腰间的剑柄,像是很想杀了我,但又有所忌惮的样子。

我皱眉:"你们祆教的圣书里说过,医者为一家之主治病,应该得到一头寻常的公牛;为一城之主治病,应该得到一头贵重的公牛;为一国之主治病,则应得一驾四匹马拉的车。我为大燕皇帝预言国运,难道连一口热汤都不能喝?"[2]

安庆绪按捺住了没发火,扬声叫人送来热茶。

我三两口喝光一盏茶汤,才道:"晋王殿下瞒着陛下召见我,是为了何事?"

"你向我父亲进言,劝他立段氏的儿子为储嗣。"安庆绪脸色僵冷。

"不该吗?"我反问。

他拔出剑,指着我的脖子:"这真是神谕?"

"是,则如何? 不是,则如何?"

"你即时改口,告诉父亲,庆恩并非天命所钟之人。如今兄弟之中以我为长,只要父亲肯立我为储,我登上大位,必定重重酬报你。"说到最后,他语调森寒,却又隐隐流露出渴望的情绪。

作为从小在战场上杀敌的人物,他拔剑时俨然有一种深重的杀伐之气。但这种冷厉的气质,配上他话里明显的心虚意味,实在有些可笑。史书上说晋王安庆绪性情昏聩,言语无序,看来还真不是诋毁他。

我叹气:"可是,我已为安庆恩说了话,他登上大位,一样会重重酬报我。我为何要为了殿下改口?"

他勃然作色,持剑的手向前一送,冰凉的剑尖顶住我的肌肤。

我无所谓地笑了笑:"殿下多半已经听说了,我两次预卜军情,未有差池,陛下也信了我。与其杀我,殿下还不如想想怎么扭转局势,毕竟,只剩不到一个月的光景了。"

"不到一个月?你说什么?"

"殿下若不及时动手,神谕就要成真了。"我笑了笑。

"动手"二字让安庆绪瞳孔骤然收缩,他惊疑不定:"你……你是说,动手杀了……"他嘴唇抖了抖,像是有某个沉重的词语在他舌尖一滑而过,最终,他说的是:"杀了庆恩?"

"神明并不特别钟爱殿下,但也给殿下留了一线生机。"我索性把话挑明,"动手杀你父亲。你没想过吗?严庄没想过吗?"

他神色剧变,一时没有说话。我也不催他,只是又要了一碗茶汤喝着。我很久没喝到热水了,下次喝也不知是几时。

过了许久,他放下剑:"那你说,该如何行事?"

"殿下定然谋算过。就依殿下自家所推演的路子行事,可保无虞。"

我对安禄山说,若要避免他的灾厄,选段氏的儿子安庆恩做继承者,比安庆绪更好。安禄山早就倾向安庆恩,被这种女巫言论一推,难免更加偏心,安庆绪受的刺激越来越大,终将做出弑父的决定。这是我事先预想过的局面,但以今日所见,进展比我想象的还要顺利。只是,我不敢给细节上的建议,以免当真扰乱了历史进程。

"你不是能够通神吗?"他犹豫着,"你可知……哪一日动手,胜算最大?"

"元日。"我给出一个清晰的答案。史书上,安禄山死于明年元日的夜里。[3]

剩下的时间,不足十昼夜。

大唐至德二载的正月初一,也是大燕圣武二年的正月初一。

这一天的晚上,安禄山传召,要我入见。

我踏着黯淡的月色,走向他的寝殿。

万籁俱寂,雪末无声地落在宫城的地面上。

寝殿门前,严庄和安庆绪各自持刀而立,此外再无其他的卫兵。我向他们微微一笑,径直走入殿内。

殿里灯烛高燃,亮得几乎让我睁不开眼。安禄山躺在帐中,喘息声甚是粗重,肥大的肚腹不住起伏。

宦官轻声道:"陛下,她来了。"

安禄山在榻上动了动身躯,似乎想要转身,却终究只是保持着平躺的姿势。他抬手去揉眼睛,嗓音疲惫而愤懑:"你曾说,过了腊月,我便能康复,视物如常。"

我向前走了几步,低头望向他的脸。室内光线明亮,但他的双眼视线,却完全无法会聚,眼中像是蒙上了一片阴翳。

他听见我的脚步声,猛地探出左手,攥住了我的手臂,另一只手则摸索着从枕边抽出一把刀,抵在我胸口:"你要做什么?"

我抬眸,和那个宦官交换了一个眼色,尽量将声音放温柔:

"今天不是元日。你长久不在中原,不谙中原定朔之法,想来,洛阳太史监的官员也不精于此法,不知日月之行,有迟有疾,因此才生出这种晦犹东见、朔已西朓的错谬……明日才是正月的朔日,才是元日。"

"当真?"

眼角闪过一缕惨白的光芒,是那个宦官不知从何处取出了一把长刀。他抱着刀,一步一步地向榻边走来,毫无声响。

"当真。"我甚至拍了拍他的手背,"过了今夜子时,你就好了。"

他紧皱的眉头舒展了些,手上凸起的青筋稍稍平复,将刀收回,放在床头——

宦官合身扑上,一刀戳进了他的腹部!

安禄山的脸骤然扭曲,伸手便去枕边摸刀。不待他摸到,我俯身过去,飞快将那把刀推落。

事发突然,他还没来得及放开我的手臂。剧痛之下,他手上加力,我只觉小臂的骨头都要被捏碎了,不由发出一声呻吟。

宦官一刀接着一刀,每一刀都只在要害处用力,血腥气味在帐中弥漫开来,浓稠得就如他流出体外的内脏碎片。紫檀床榻由于那具庞大身躯的痛苦挣扎而晃动着,帐角垂下的鎏金香囊不住旋转,滚热的血腥气夹杂着苏合香的味道,说不出的难闻。

他的手渐渐松开,我捂着手臂,坐倒在地。

"是家贼。"他呓语似的,小声说了句,随即,抬高了声音,重复道,"是家贼啊!"

他话音一落,便即没了气息。

"是你将我变成阉奴的。"宦官抛下长刀,冷眼看着榻上已经死去的人,"我不是你的家人,更算不得家贼。"

殿角的赤金漏壶中,一颗水滴悄然坠落,壶里银箭缓缓上升,刻度指向丑时。

今夜子时已过,安禄山的确不再受病痛折磨了。

他死在了最信任的谋臣、最宠信的宦官,和理应最亲近的儿子的手里。

"今日是元日,他的惕惧之心,果然比昨日轻了些。我们得以轻易撤走殿前的卫士,倒是多亏了你。"严庄走了进来,向我表达赞许。

"不错,今日是元日。"我有点神经质地应和,仿佛在向死去的安禄山解释真相。

我对他说,他年底将有灾劫,只要活过腊月,就能再享廿载荣华,正是为了让他在腊月过后放松警惕。

安庆绪失魂落魄地望了望榻上的遗体,又立刻将头扭开,一句话也不说。

严庄出主意道:"暂且不要将陛下的死讯告知众人,就说陛下立晋王为太子。晋王殿下即刻登基,尊他为太上皇。"

他叫了人,在床下掘了深坑,用毛毯包裹遗体,将之埋入坑内。

一切都在沉默中进行着。这其实符合祆教的葬俗:祆教习俗,要将死者的遗骸暴露在山林中,让野狗和猛兽吃尽尸体上的肉,再将遗骨收殓,或者也可弃置于原地。而像现在这样的冬日里,不方便将尸体送走,就可以在家中挖土为坑,将死者权厝坑中,直到鸟儿飞回,春草渐生,吃腐肉的鸟兽出现,再将死者遗骸送到郊外。[4]

只是,此刻他们埋葬安禄山的方式,有几分是为了遵从祆教葬俗,让他安息?

我突然很累很累，站起身，向严庄和安庆绪道："我可以走了吧？"

"多谢你了。"安庆绪颔首，态度多了些客气，唤来侍卫："送这位娘子回——"

他顿住了，我接上他的话："我去菩提寺。"

"菩提寺？"安庆绪一怔。

严庄恍然道："王给事还在菩提寺。"

"是。我要讨一份恩赏。"我疲倦而坚定地对安庆绪说："王郎染恙，难以在朝中供职。请你允他闲居养病。"

注释：

[1] 唐人有用纸填充冬衣和被子的，例如徐夤《纸被》："披对劲风温胜酒，拥听寒风暖于绵。"

[2] 这段讲的是行医的报酬，出自袄教经典 *Avesta* 的 "Vendidad Fargard" 第7部分，第41段，引用的部分由作者从英文转译。

[3] 依《安禄山事迹》，安禄山死于大唐至德二载（大燕圣武二年）正月初五。依《新唐书》，是正月朔日，即正月初一。

[4] 参见袄教经典 *Avesta* 的 "Vendidad Fargard" 第5部分，第10—13段，以及第8部分，第4—10段。引用的部分由作者从英文转译。

第四十八章
琥珀酒兮雕胡饭

经过战乱的洗劫，东都的许多庄园已经无人照拂，花朵凋零殆尽。然而洛阳城的牡丹，毕竟有数十年来艳冠天下的根基在，春来时依旧成片成片地迎风绽放。颜色绚烂的花盏微微低着头，埋在一丛丛绿叶里，有一种疏离又骄傲的美感，没法形容是雍容还是凄艳。

王维并没有和我一起出门来看牡丹。他服了哑药后，为那药毒性所累，神志昏沉。但肉身的苦痛，还在其次，他精神上所遭遇的困厄，才是我最忧心的。

我有"通神"的本领，所以成了叛军重点留意的对象。暂居菩提寺的这几个月里，我和王维的一举一动，几乎皆在他们的监视之下。这次我出门，身边也有两个兵士跟随——但也亏了我能"通神"，他们对我的态度，还算尊重。

我在市上买了两株牡丹。买花时我询问："没有深色的吗？"深色牡丹素为世人所重，中唐白居易尝有"一丛深色花，十户中人赋"的句子，便是此意，只是我连走数家，却不见色深者，不免奇怪。那卖花老人望了我身后的叛军兵士一眼，低声苦笑道："今日的世界，人尚且活不安稳，谁又有气力栽培那些贵重的品类！便是栽培了，也未必有人来买。只有这几本浅红的罢了。"

我没要那两个兵士帮忙，亲自抱着牡丹，走回菩提寺，叫王维出来，和我一起选了块地方,将牡丹植入土中。

"绿艳闲且静,红衣浅复深。花心愁欲断,春色岂知心?"王维看着牡丹,轻声念了首旧作,"'春色岂知心',我少年时不懂,如今却懂了。"

"至少,圣人知道你的心意。你为凝碧池所作的那四句,想来已传至圣人行在。"

"我未能死节。"王维走回室内,语气平淡,"战事平定后,朝廷多半还要将我们这些不忠的臣子下狱定罪。就算圣人宽宥,我侥幸不死,强自苟活于世,也不过……徒为后世所笑。"

我皱眉:"后世?以你之才,残膏遗馥,亦能熏润后进。后世的诗家画家,得你片意只言,便足可绝俗韵,洗胸襟,岂能笑你?"

他摇了摇头:"以后我大约不能作画写诗了。"

有那么一刻,我在想,如果我那日不曾阻止他,任他自尽死去,他是否会好受一些。

"阿妍,我想起当年的句子。"他近来格外容易想起旧作,"'莫以今时宠,能忘旧日恩。看花满眼泪,不共楚王言。'这是息夫人的'妥协'。你说,我是不是很爱'妥协'?"

这个词让我骤然一揪心。这还是我从前的戏谑言语。当时他正卜筑辋川,工匠开价太高,而他并不在意,我便用这个来自后世的词语嘲笑他。

"从少年时,我就在'妥协'。向两京豪右、向朝廷百僚,向李林甫、向杨国忠。其实,没人逼迫我,是我自己,要向这个时世妥协……"

"你不是五柳先生。他没有兄弟在朝中做官,也非高门世家的子弟,不必担心自己开罪权贵,会连累亲眷。将整个时世的罪责揽在自己身上,实在不智,不是我识得的那位王十三郎应该说的话。"

"我早就不是你识得的那位王十三郎了。又或者……你从未真正识得我。后世的人,更加不会识得我的真面目。"

"那年你在辋川,见我感伤宋之问身世,对我说:'千载之后的人,也未必能够解得你此刻的伤怀。'是为了叫我不要轻动无益之悲。现今,你又何必在意后人怎么看你?"

"我虽自陈'宿世谬词客',可也有些笔墨留在世间,纵无盗名之心,到底有欺世之实。"王维望着窗外的春光。

明末清初的顾炎武,的确指责王维"以文辞欺人"。顾炎武站得高,但我们普通人,却能理解普通人的隐衷和怯懦。我笑了一声,半开玩笑,半是诚恳:"世人愿为你所欺。我也愿为你所欺。"

"我是男人,却要你救我。阿妍,我怕的不是'将来',而是此刻。我没有脸面欺骗后世,更没有脸面见你。世间之事,一死何难!但我的罪过,又岂是一死可赎?"王维说到最后一句,呼吸加重,以袖掩口,剧烈咳嗽起来,似在强忍咽喉的痛楚。

我笑不出来了,只能喃喃道:"我也愿为你所欺。"

"幸亏,她去得早,见不到我这般模样。"王维忽然闭了闭眼,似咏似叹,"阿瑶……"那两个字从他齿间轻轻逸出,轻得像一片羽毛,一个关于开元时代的梦。

崔瑶?

是的,那样的美丽、聪慧和温柔,那样优雅的步伐和微笑,是属于开元的,是属于全盛时代的唐朝的,是属于……记忆的。瑶姊……你想象得到吗?现在的世界,惊慌、颠倒、千疮百孔。这个世界不再有"规矩"。

而我……我和王维的生命,就走入了这样一个世界。尽管我们都不喜欢"规矩"这种东西,可在此时,我却无比地怀念它,哪怕是"尊卑贵贱"的"封建"体制也好,哪怕是官场上那些黏腻的纠缠构陷也好,哪怕是人和人之间虚伪含蓄的礼貌微笑也好,因为——那究竟是"规矩"呀,那究竟是能够叫人安心,能够叫人知道这世界还在继续平稳运行的呀。

我陷入一种难以形容的痛苦之中,就像被水浸没胸口。

我转脸,望着他的眼睛。

那双眼睛啊。在我初见之时,它们黑白分明,明澈如水,看似平静无波,却蕴藏着世间的一切智慧,一切风流,一切悲悯,一切温情。

当智慧败于武力时,当风流已成故事时,当悲悯和温情瑟缩颤抖时,成为对未来的恐惧和迷茫……

我蓦地一仰头。他意气风发的妙年,有同样美丽的你陪在身边,但这个惶惑而卑怯的他,就交给我好了。我要用我的双手将之扶起。

他躲开我去拉他的手:"我只觉太脏了。委实太脏了。"

"那便洗一洗。沐浴,更换衣裳。"我收手,凝目看向窗外,"寺里有洛河送来的水。洛水很清。"

关窗,烧热水,取来浴桶,为他准备衣物。做完这一切,我退出房间,却在掩上门前听到他微弱的请求:"为我擦一擦背,使得吗?我自家洗,只怕不能洗净。"

使得。

我拿起皂角,拂过他的后背。触到他的刹那,他轻颤了颤,我这才发现,我的手比洛河的水更凉。

他的肌肤被绢帕揉搓,形成细细的纹路,那纹路中,像是藏着他一生所有的不甘和无奈。生于斯世,有谁不是被这么搓着、揉着、压着、改变着的?这苍黄发皱的肌肤,不也曾经有过少年男子的紧致与饱满?

这时他低叹了句:"阿妍,你用力些。我不怕疼的。"

我腕底加劲,他的背上立刻现出一条条深红的印痕。他扶住桶沿。

他疼了。我知道的。

我的眼泪落入木桶的热水中,无声无息。

"洗好了吗?"

"好了。"他艰难站起,踏出浴桶,依旧背对着我。

我猛然抱住了他。我的衣衫、我的脸、我的唇被他后背的水珠浸湿,与他的身体再无一丝缝隙。这一辈子,我与他有过许多亲近的接触,但似乎唯有这一次的接触,耗费了我全部的勇毅和坚强。

他擦干身体,穿上衣裳。我取来梳子,将他灰白的头发一缕缕梳顺,用木簪簪好。

"王十三啊,你一死何难,可你要我这一世相思向何处寄托?"

王维怔了怔,然后拿起我的手,将它贴在自己的脸上。热水熏蒸后他的肌肤温热,然而更热的是他不绝流下的泪水。就着泪水,他在我手心里写了些字,我看不清,他也没说。

半晌,他忽开口,带着异于方才的冷静,甚或还有几分坚强:"阿妍,韦家贤弟去了。

"叛贼攻破洛阳时,擒住了他。安禄山授他黄门侍郎,他违抗不得,便假作顺从,暗中离散安禄山的心腹,欲待趁机灭贼雪耻……"

我这才明白,他说的是郇国公韦陟的弟弟韦斌。韦陟、韦斌等一家四兄弟,同为高官,四人家门俱皆甲兵列戟,荣宠之盛,在天宝年间罕有其匹。

"去年六月,我来到菩提寺后,他叫人请我过去,说是要与旧识一聚。他备了酒食,可是周遭尽是叛军兵士,刀枪剑戟林立,谁又吃得入口?他假称离席更衣,示意我同出,在廊下对我说:'我恨不能亲见唐军收复失地,戮专车之骨,枭枕鼓之头,将安贼焚骸四衢,燃脐三日。今日见了王十三兄,有你知我之心,我便可死了。'我大惊之下,意图宽慰他,可他病势已十分危笃。后来,我听外间的兵卒说'有个叫韦斌的病死了',便知……知是他死了。"

他终于说不下去,低声饮泣。

韦斌我也曾远远见过几面,也听说过他的事迹,其人慷慨爽朗,是个人物。可我听到他的死讯,心里木木的,竟不觉得惨。

"我方才在你手上写的是……'宿昔朱颜成暮齿,须臾白发变垂髫。一生几许伤心事,不向空门何处销?'——待乱平贼灭,我就出家修道。"

我点了点头:"好。"

"你我之间……"他只说了四个字,旋即沉默不语。

而我,其实也没那么想听。

河北处于帝国的边疆,军队中有来自各族的精兵猛将,唯有安禄山这种极具领袖魅力和谋略手腕,自身也有异族背景的领导者,才能将他们团结起来。安禄山一死,河北军的将领们不会再像服从他一样服从任何人,无论是他的心腹史思明,还是他头脑不清的儿子安庆绪。

数月来,安庆绪忙于弑父之后的后续工作,又要尽快登基,又要给将领们加官晋爵,邀买人心,又要应对唐军。

但这些与我们并无关联。

被监视居住的日子，一旦习惯了，也就像流水一样悠悠而过。实际上，很多年以来，王维少有这样赋闲的时光，除了为母亲服丧的那几年之外。

这当然不是最理想的赋闲状态。被拘于一座寺庙大小的地界上，行动又每每受限，和真正归隐山林的清闲适意无法相比。

这是一段没有销假时限的长假。

我不知道长假结束后，面对我们的将是怎样的未来。但能保得王维不必入职伪朝，已经是意外之喜。这段日子，没有仆婢帮忙，我的生活回到了21世纪的状态——或许该说20世纪？毕竟那种清苦，在新千年之后就不大有城市里的年轻人能够体会了：自己用锅灶生火、烧水，帮助寺里的僧人做饭。

杨续承担了不少打水之类的体力活，但做饭这种事，大约总归要自己亲力亲为，才能感到一点脚踏实地的安心。在乱世之中，这种安心尤为重要。若一切事都由他人代办，难免会生出一种和现实世界的隔阂，一种茫茫的无力感——我不无讽刺地想，贵族男女们所叹惋的"闲愁"，未必不是来自这隔阂。

洛阳一带稻米产量甚丰，但时乱年荒之际，寺里也只有粟米饭、麦饭可吃。王维病弱，食不下咽，吃不得粗米。我拿一枚簪子换来几两菰米，焖了总有两个时辰，煮得又软又糯，就是最简单的雕胡饭。

"可惜，是去年的陈米。我原想寻一些早熟的菰米，但如今实在太早了，就算强寻来，米也未必够肥。"我将饭碗推到他面前，"琥珀酒兮雕胡饭，君不御兮日将晚。虽然没有琥珀酒，你也要吃了这碗饭。"

粗瓷碗中的雕胡饭香气扑鼻，米粒莹润洁白，泛着亮汪汪的光泽。

隔着米饭的热气，他的表情有些模糊，像是触动，又像是悲伤。

窗外有乳燕扑棱棱乱飞，掠过窗口，一道浅淡的阴影在他的脸上迅疾地划过。小燕子飞走了，他脸上的阴影却似乎没有消失。他专注地看那碗饭，好像突然发现了什么前朝名家的画作，正在谨慎研判。

我笑了一声："你必然没有见过比我天资更高的人。我第一次煮雕胡饭，就煮得这般香软，水与米的损益，拿捏得极好。"

这是至德二年的六月,他在陷落的长安城中为叛军所获,带来洛阳,已经一年了。

相应地,距离史书上记载的唐军打回两京的时间,也只有三四个月了。

他还是没说话,我继续笑:"我从来不知,我煮饭也能煮得如此佳妙。我真是受你连累了,每日读些歌诗,念些蕃语,却竟然空放着这样的好本领不用。待战乱过了,你不是要出家吗?到时我便去你们寺门口卖雕胡饭,卖了几年,未始不足以给你们寺里的佛像捐一些金粉。到时,我身为你们要紧的施主,如果指名要你来给我讲经,你们寺里的都维那为了保住我捐的金粉,定然要推你出来。"

王维终于扑哧笑了出来:"那我就去求上座。就算都维那想要卖了我,我只要将上座奉承稳妥,便不必折节来给这位女施主讲经。"

儒家有三纲之说,佛寺也有印度传来的"三纲":上座、寺主、都维那。都维那掌管日常事务,管领诸僧,寺主则是营造寺庙的僧人,而上座地位最尊,通常由年高德劭者担任。

我叹了口气,摇头:"上座年老,看不惯你王十三郎日月入怀一般的朗朗风姿,心生嫉恨,并不肯为你说话,最终还是吩咐你来给我讲经。"

"我都这般大的年纪了,日月入怀?朗朗风姿?阿妍,你为了诱骗我吃饭,究竟还能说多少谎话?"王维无可奈何,拿起筷子来吃。

我笑了笑,看着他吃饭,小腹处的痛楚,一时也没那么深重了。

那种痛楚充满恶意,像煅烧灵魂的烈火,没日没夜地提醒我:我在这个时空失去过一个孩子。

"你吃了什么?"王维咽下一口饭,忽然问。

"我?"我挑了挑唇角,对上他的眸子,到底没撒谎,只是,话到舌尖上绕了个弯,"我吃了双弓米。"

"双弓米……"王维一皱眉,随即反应过来,"粥?你怎的又吃粥?"

我点头,回避了他后一个问题,笑道:"有些文士家贫,碍于脸面,不愿教别人知道他常常吃粥,就说吃了双——"

"娘子。"杨续在门口低声道,"宫里来人,召你入见。"

我拍拍王维的手,起了身:"我去去就回。我回来时,若是你没吃完这碗雕胡饭,我就……哼。"

我没想到的是,安庆绪这次召见我的时候,气色差得简直像是换了个人。殿内酒气浓郁,他倚在案边,手里抓着酒杯,口中自言自语:"为什么?为什么?"

见到我进来,他带着醉意的目光在我脸上转了转:"你洗净了脸,换了衣裳,竟然这般好看。好像……还有些眼熟……"

那目光让我心惊,我强笑道:"你怎么了?"

安庆绪穿着一件白色蜀锦长袍,锦上绣有暗纹,在阳光下流转如水波,不可谓不精致,但这颜色显得脸色殊为憔悴,且对于"皇帝"的袍服来说,似乎有几分说不出的别扭:世人皆知,大唐尚土德,皇帝穿赤黄袍服。不过,大燕号称自己以金代土德,金对应白色,他穿白色常服倒也不奇,何况他们祆教也以白色为尊。

安庆绪又喝了一杯酒,才说出心事。原来他极其倚重严庄,封严庄做了御史大夫、冯翊郡王,言听计从,但他德才皆亏,难以服众,严庄不让他出去见人,更不让他插手朝事,他这个所谓的皇帝,每日能做的,无非饮酒行乐而已。

他醉得不轻,言语颠倒错乱:"尹子奇在睢阳,教南霁云射中了眼睛,险些为他们所获!而陕郡……陕郡……杨务钦那老贼竟然叛我,降了唐主!田阿浩在安邑……田阿浩走了……"

我甚感无奈,敷衍了很久,他还是翻来覆去说同样的话:"当皇帝好没意思,不如回幽州去!"

我趁势道:"是啊,为何不回幽州呢,幽州虽冷,究竟……"

安庆绪把酒杯摔到地上:"我怎么能回!怎么能回!已经到了这个地步,退回幽州,也是死无葬身之地!到时唐主难道不会调动各路边军来打河北吗!奚人和契丹人与我们有深仇,难道不会趁势入侵!"

他嘴唇发抖,语速越来越快:"我也不想做弑父的事!可他若是立了庆恩,将来也容不下我的!大哥死了,我便是最大的,难道庆恩和段氏容得下我?! 我只好杀了父亲,抢了位子,可如今看来,照旧要死!"

我向后退了两步,却被他一把揪住衣领:"大燕只有一千天的国祚,你说,你说我能怎么做!"

他眼神狰狞,满口酒气。唐朝的酒度数极低,真不知他这是喝了多少杯。我咽了口唾沫,小心道:"'燕燕飞上天,天上女儿铺白毡,毡上一贯钱。'你说的,是这篇歌谣?"

安禄山攻入洛阳的那天,洛阳下了很深的大雪,便有一首歌谣开始流传。有人说,一贯钱有一千文,"毡上一贯钱"的意思,便是大燕只有千日之祚。这首歌谣形式很像后来日本的俳句,甚至也包括了俳句通常必备的"季语",说来很有些奇异。

安庆绪点点头。

我竭力安抚他:"两个'燕'字,指的是大燕两代主人,你父亲和你。白毡是雪,'一贯钱'说的不是一千日,而是一千年。'毡上一贯钱',是说自下雪之日算起,你们的国祚有一千年。"

"一千年? 一千年?"安庆绪反复念了两遍,脸色变幻,大约是想相信又不敢相信。他眉头紧锁,眼中血丝宛然,焦躁的情绪到了顶点:"你还知道什么? 都说与我,统统说与我!"

我绞尽脑汁,又说了一些无关紧要、透露给他也不会影响唐军的军机消息,但安庆绪近于失控,没法正常思考,只是在殿里不停来回踱步。忽然,他停下脚步,死死盯着我道:"你为我向天邀福! 你是真正能通神的人,定然能为我求得福德! 你代我向上天祷告,夺了李光弼、郭子仪的气运! 唐主没了李光弼,没了朔方的精兵,我就……不,你求上天,夺了唐主的气运!"

"我夺不来。"冒着他要杀人的气势,我装得沉痛又真诚,"我为你和冯翊郡王算得杀你父亲的日子,已经耗费了我这一年的运命。若违背天道,强求福德,只怕反而陷入危局,不堪设想。"

"真的?"安庆绪的脸上怀疑和激愤交织,而激愤终于占了上风,他一把将我推得撞在柱子上,"要你何用!"

他终究是一员猛将,力气极大,一推之下,我的脏腑都要被撞碎了。我艰难地咽下喉间翻滚的血腥气，翻起衣袖，给他看我右臂上紫黑的瘀痕："杀你父亲的那日，他剧痛之中，握住我的手臂，我臂上的伤痕至今未愈。"

安庆绪一顿，似在回想那日的场景和各人的姿势："至今未愈？"

我颔首："我这一年的气运，已用完了。"

安庆绪怔了很久，情绪由愤怒而渐转颓然，摆了摆手，我便无声地离开了。

在那日之后，我们又平静地过了两个月——所谓平静，也许只是我和王维两人的。外面的世界已经又是一番景象了，夏日的蝉鸣声和瓜果香，转眼就换成了萧瑟的风声和枯黄的秋草。前几个月里求而不得的菰米，如今都已成熟，做成粥饭肥美而甘润。

郭子仪劝皇帝从回纥借兵，回纥的怀仁可汗派儿子叶护带四千精兵来助唐军，在长安城西的香积寺北激战半日，杀敌无数，夺回京城。这些我记忆中的历史事件，在此时还是近千里外的事，没那么快传到东都的寻常百姓耳中，但东都局势不稳，却是随便哪个人都能看得出的。看守菩提寺的士卒们时而露出细微的焦灼神色，偶或窃窃私语，俨然已生退意，看管越发松懈。此前，与我们一同关押在菩提寺的储光羲就悄悄逃走了。

我们或许也可以预备逃了。难道真要等到唐军打回洛阳来吗？

我斟酌着，翻找自己身上，但已没有任何值钱的簪环首饰了。但这天气……我望了望阶前满地零落的秋叶，无奈问杨续："你能否设法寻两件秋衣？"

过了一夏，杨续的脸色也憔悴了很多。他神出鬼没的，身上有时还隐约带着伤，但我们需要他时，他又会出现——我猜他是去做了些敌后锄奸的事。不过，他身负技击之能，且此前我们又曾试图带走王维，因此看守的士卒们对他额外留意，我也不好多做多说，只是装作不知罢了。

杨续点头，我喜道："若有袍子最好，若是没有，寻两件贳布、纻布的汗衫也可。若是还没有……"我叹气，"蜀衫也可，勉强穿在里面也就罢……"

"不是娘子自家要穿？"杨续罕见地打断我。

我一愕，不懂他的意思，指了指王维所居僧房的方向："是给他。"

杨续脸色一沉:"娘子!"

"宫里又来了中贵人,传你入宫。"这时有名士卒走了过来,冷冷道。

那士卒正是之前我们为了救王维而打昏过的突厥兵士,他受过我的欺骗,因此态度很差,传了话就催促我赶紧走。

这种军情火急的时刻,安庆绪叫我见他?我一个假女巫能做什么?

我和杨续对视一眼,无端感到些不安,道:"容我更衣。"

匆匆走进室内,我对杨续道:"若是我三日后还没回来,你就带上他走吧。"

王维强打精神,从榻上坐起,皱眉道:"怎么了?"

"娘子处境危困,你还问她怎么了!"杨续将话音压得很低,语中的愤怒却压也压不住,"金钗换米,亲手调羹,她想尽法子,不过为了让你多吃一口饭,你呢?你们这些高门子弟素日里赋诗作文,把酒清谈,到了危难之际,却要一个女人站在你们身前吗?我在军中,也听过他们唱你的诗句,'试拂铁衣如雪色,聊持宝剑动星文,愿得燕弓射大将,耻令越甲鸣吾君',好生豪迈!可今日你的耻呢,你的愿呢?五姓七望的公子,才高八斗的诗家,大唐朝廷的高官——你就是这样待女人的?你坐视一个女人为你剖肝沥血使尽心机,自家却只想着出家奉佛?这样流血千里的光景,佛在哪里,神在哪里?你信佛,佛信你吗?你又值得佛来信吗?"

"你——你不要说了。"他这番话一气呵成,我惊得过了一瞬才缓过神来。杨续虽然最初只是部曲出身,但在李适之身边也读了书,经了许多事,只是他平日缄默,我没想到他斥责人的时候,词锋竟能一利如斯。

王维表情凝固,嘴唇微微颤了颤。

"她受旧伤之苦,你看不出来吗?"杨续余怒未消,抱臂看天,"我潜入敌军,听到一些消息。朝廷向回纥借了兵,离收复两京,只怕也不远了。最后这点时日了,你还是不能……"

他显然忍了又忍,还是说出了口:"你还是不能像个男人一样吗?"

"不要说了!"我话声转厉。

杨续低眉,嗓音有些疲惫:"我僭越了,娘子。"

"无妨,说吧。"王维下了榻,披上一件外衣,圆领衫还是去年的旧衣,穿在他身上松松垮垮,"不为僭越,都是实话罢了。"

"我在军中多年,军中的人比你们文士还在意尊卑和本分。我说僭越,是因为我冒犯了娘子。而我对你说的那些,自然不算僭越。"杨续语调没有变化,微微抬起眉睫,看了王维一眼,"娘子是我如今的主人,你却不是,毕竟,你不曾娶她。以律法而论,你和她并不相干。"

"不要说了。"我第三次说,语气近于哀恳。

"是。"杨续垂头。

"求你答允我。"我也扯过一件外衣,胡乱披上身,嘴里道,"他想娶,是我不想嫁罢了。"

在我反应过来之前,这话就已脱口而出。我说得急而切,像是在给杨续一个交代,又或是给自己一个交代。

我走出门,门外下起了轻浅的雪。今年洛阳冷得早,这是今冬的第一场雪。

第四十九章
有国有家皆是梦

在我到达宫城时,台阶上已经蒙上了一层淡淡的雪末,映着砖石的深青底色,看去似有还无。某处传来急促的鸦啼声,不轻不重的北风击打着窗扇,杂乱而令人焦躁。我回头,高峻严整的宫墙在广大的天空下显得低矮平淡,但廓落的宫城在苍茫天穹的俯抱之中,却似乎格外宏阔幽深,像猛兽大张的口,亟欲择人而噬。昏黄的暮云,朦胧的雪色,暗淡的朱栏,混同为一片静寂昏昧。

不远处,武后下令修建的明堂就矗立在这一段昏昧的迷雾中,原本高耸入云的身姿模糊而萎弱,简直像是一副恐龙骨架,大归大,却已失去了生前所有的震慑力量。清冷的北风里,似乎还夹杂着木料焚烧后的烟气——明堂建成后数遭火灾,最近的一次就是安禄山攻入洛阳的时候。

安庆绪又在喝酒了。他倚在榻上,身体靠着凭几,殿里的酒味浓得让我怀疑他至少两个月都在喝酒,才能酿成这么大的酒气。

"唐主与回纥约定,一旦夺回长安,土地、士庶归还唐廷,而其他如金帛、贱籍男女,则可任回纥人自取。唐主真是不要脸……"安庆绪冷笑,但嘲讽很快变为惊慌和不甘,"但就是这样不要脸面的契约,到底也还是有用。唐军和回纥兵打到长安了。"

他又斟了一杯酒,一饮而尽。

"你不是得到了程千里吗?"我试着安慰他。叛军大将蔡希德俘获了唐军的重要人物之一程千里,将之送到洛阳,这也不是秘密。

安庆绪"嗯"了声,眼里的期待并不多:"我们还得了哥舒翰——早就得了的——但也无用。我父亲曾叫哥舒翰写信,劝降别的守军,那些唐军将领也不听他的话。程千里虽也是一员大将,但难道及得上哥舒翰吗?"

我不知如何回答。

他抱怨了半日,又想起了"向天邀福"的话头,追问我能不能给他祈福。休说我只是个假女巫,就算我当真知道作法祈福的方术,又何来帮他的立场?

那日为了保住自己和王维而信口说的谎话,到今天却成了作茧自缚的起因。

我推拒数次,安庆绪愤而摔了手中的鹦鹉杯,杯子掷到我身侧,酒液溅上裙摆,我微不可察地瑟缩了一下。宫灯柔和的光线里,他抬眸望我,眼神如刀:"我记得去年那日,宦官李猪儿悄悄与我说,严庄将一女子带到父亲面前,女子自称有通神之能,父亲便放过了她的性命。我就去问严庄,严庄说,那日你为他们所获,是因为你想解救一名叫王维的文官。这名文官有何特异,值得你费心如是?"

我心里一沉,张了张嘴,直觉无论怎么回答他这话,都不够安全。

安庆绪见我不答,厉声吩咐宫人们:"告诉严大夫,叫他将王维收押,好生拷讯,问出王维怀揣哪些唐廷机密!"

"慢!"我大惊,"没有机密!他没有!"

"没有?"安庆绪狞笑,"他若无特异之处,你当年怎会舍弃当朝宰相,宁可不要名分,也要跟着他?"

"你……"我想不到他已将我的经历摸清了,只能强调,"他委实没有机密,我……"

"那日你一进门,我看见你的容貌,就想起来了。我十几岁时,在河北见过你,你还给我包扎过伤口……你立在节帅的身边,样貌与如今竟无半点分别,可见,你当真有些不凡,或许真能通神。"安庆绪话锋一转,"节帅身为唐室宗亲、天潢贵胄,才四十几岁,已然位极人臣,他要娶你,是你天大的福缘,你却竟然不肯嫁,是因为预见了他来日无辜身死的命数?"

这思路严丝合缝,我根本无从反驳,只能听着他继续推论:"反观王维,到五十岁才堪堪穿上绯袍,但细究起来,却算得上半生安泰,无灾无难,确是上佳的夫婿人选。"

我连忙点头:"是,是,我正是因此,才……"

"但是,反过来也可以说,王维半生无风无浪,正赖你一力卫护,而节帅以三品相公的尊贵,求娶你一寻常女子,只怕也正是看中了你通神的异能。"

"……"

我彻底词穷了,我没有焦炼师的天分,做不成江湖骗子。这些年来一直被身边的人们疼着宠着,我很少需要动脑子,遑论骗人。在这场大乱来临前,我说过的最离谱的谎言,无非就是"王十三,我不喜欢你"而已。

更何况,这世间的事,向来是一力降十会。怎样的如簧巧舌、甘言媚色,都抵不过一双铁拳。我以为我够聪明,利用了安禄山,又安抚住了安庆绪,可其实只不过是短暂地走了好运。此刻,我的运气已经用光了,而铁拳却近在眼前。

安庆绪步步紧逼,目中精光闪动,神情兴奋得令人心惊:"我若是幸了你,将你收为己有,你是不是就会像待他一般,尽力卫护我?我是不是就能经由你的身子得到天神的恩遇?"

我努力镇定,分辩道:"你既知我能通神,何不待我以礼?难道你不怕神明降下惩戒?"

"神明早就降罪了!我困在局中,进无可进,退无可退,日日都受着惩戒!我还怕什么惩戒!你成了我的人,自然就要为我祈福!就算没用……"安庆绪将我逼到角落,"故事里都说仙人不老,一个容颜不老的美女,究竟是何等滋味,我也想尝尝。"

"为你祈福,我还不如祈求天谴!"我厌恶道。

安庆绪大怒,眼里冒火:"你想看王维死?"

我登时哑了,只能怒视着他。

"没了你的庇护,我倒要看看,他一副血肉之躯,挨得过几刀。"安庆绪的话语里,满是一种类似于发泄的情绪,那种情绪通常源自恐慌。他是既把我当成了救命的稻草,又当成了撒气的对象。

"你父亲求得舞马、舞象,又刻意搜求文士、乐工,正是为了装点盛世,使人相信,大燕与大唐一般看重礼乐诗书。他尚且知道王郎这样的知名文士有用,你又何必为难王郎?你若杀了他,余下的文臣必然想,归降大燕也保不住性命,还不如尽忠唐室,反而与你离心。如今正是危急之时,你若使唐军更得人心,岂非得不偿失?"

我搜索枯肠,拼命和安庆绪分说个中得失,却不料更加激怒了他。安庆绪单手拄墙,姿态强硬,有心虚也有傲慢:"我父亲深谋远虑,可我还是杀了他。区区一个文士,我还杀不得吗?"

我退无可退,背后是冰冷的粉壁,前方是他衣上、脸上、身上的酒气。那酒气极具侵略性,我干呕了两声,微微恍惚。我以前是个善饮的人,能喝倒我的,怕只有"饮如长鲸吸百川"的李适之一人而已。从何时起,我竟变得连酒味也不能闻了呢?

好像……就是在知道自己有了孩子之后。

一个未能亲眼见到这个世界的孩子。

我不知为何自己会在此时想起那个孩子。我一直以为我没那么在乎它,或者说,我对我自己反复强调,我没那么在乎它。孩子?你说他们是爱情的结晶,他们就是,但你若说他们是介入父母之间的第三者,又有何不可?不在乎的,我不在乎的。

我闭上眼睛。心里的惊恐和愤怒,不合时宜地被一大片荒芜取代。荒芜这种东西……你以为它是静止的,是无声的,是一种悄然蔓延的绝望。不,我告诉你,它是动态的,它像蝗虫,无往而不利的蝗虫,黑压压遮天蔽日,瞬间笼罩你的心田,吞噬所有鲜活的部分,你的生命从此就永远没有亮光。

我不是斯巴达的勇士。就算漫天都是敌军射来的箭镞,形成了无尽的阴影,他们也能在阴影下继续战斗,而我?我不能。

殿外寒鸦凄切,啼声长而哑,没有月光的夜色浓得像化不开的墨。这是今年冬天的第一个雪夜,春天不知何时才能到来。殿内摆着数个熏笼,又有宫灯燃着,但凝聚了大半个夜晚的寒气早就渗进了骨头里,没那么轻易被驱走。

"安二郎。"我用他的排行称呼他,将语调放轻柔,"世界虽大,我却只有王郎一个人。我做了许多痴事,无非是出于敬重和痴心。后来两个人彼此都有了痴心,彼此恋慕,那是意料之外的福报,从没有旁的谋划。"

墙角玉漏声声,冬夜正长。金猊貌的口中吐出缕缕香烟,沉闷单调的水滴声里,连烟气都平添三分滞涩,时间变得黏稠而缓慢。

我稍稍欠身,又说:"我是你的阶下囚,他也是。我们想活下去,要仰赖你的恩惠,你若有吩咐,我尽力帮你,只求你成全我的志向。一个人的心给了另一个人,肉身和心意就再也分不开。武则天时有个文士叫骆宾王,他写过一句诗,叫作'一生一代一双人'。天下的有情人,莫不期盼这般际遇。"

安庆绪的神情本来平静了些,听到最后一句,反而又讽笑起来:"莫不期盼?"

"自然。我想,安二郎你的母亲,也是一样的。"我试图打动他。康氏是安禄山的原配妻子,但安禄山宠爱嬖妾段氏,心偏到了天边,康氏过得很艰难。

安庆绪扬起嘴角,笑容陡然狠戾:"我母亲在世时,不曾得我父亲一心相待,而她无辜身死,也是受了我父亲的连累,因为我父亲起事,唐主便将她和我大哥一起杀了。她未能好生活着,也未能安然死去。没人成全我母亲,也没人成全我。我的位子,难道是父亲有意成全我,交给我的吗?那我为何要成全旁人?边塞的武人们用刀枪说话,仇敌可杀,亲族可杀,儿子杀父亲,兄弟诛杀手足,谁成全过谁?"

他长久处于父亲的威严之下,好不容易决心弑了父,却仍旧没有实权,大概是内心郁结难以纾解,对着我一个外人,一个武将们通常看不起的女人,竟说了这许多掏心肝的话。只是他越说,我心里越冷:边塞的武士集团,的确自有一套逻辑,投降和叛变并非不可饶恕,失去利益、地位动摇才是紧要的危难。这些人在刀剑的寒芒和外敌的环伺中长大,没有虎狼的心性就活不下来,人生里从来没有"成全"这个莫名其妙的选项。

话说到这里,我没有办法再劝他了。

他伸手抚摸我的脸,我闪身躲开:"我要沐浴。"

这个热水澡我洗了很久,窗外的夜却越发沉重,看来黎明快要来了。乌鸦的啼叫不知何时消失了,唯有风声不紧不慢地划过。

我擦干头发,换上宫人送来的新衣,走回安庆绪的寝殿。殿里的酒气比方才还浓,精致的鹦鹉杯掉在地上,宫人却不敢去整理,酒液洇湿了红锦地衣,几块污痕宛如新鲜的血迹。

安庆绪倚在榻上,仍是半醉半醒的样子,大约是出于武人的直觉,听到我的脚步声,抬起头来,毫不掩饰眼里的惊艳。

我知道自己长得漂亮,时常受到他人的凝视,但这种带着邪恶意味的欣赏,极其让人厌憎,何况我心里早已有了一个人,而那个人的轮廓又足够清晰深刻。

"你叫她们下去吧。"我指了指殿内的侍女们。

"一个见识广博、能够通神的女郎,也这样怕羞吗?女人终究是女人。"他笑了,不以为意地挥退宫人们。

我立在殿中,随手将散落的长发挽在一侧,也笑了:"我不是怕羞,是怕……她们听见我如何骂你。"

如果宫人们听见我骂他的话语,多半会被他杀了灭口的。

"哦?"

"我能通神的事,我已经与你说过了。我不曾与你说过的,是以后你父亲、史思明,还有你和史朝义,将受幽州百姓祭拜,合称'安史四圣'。"我慢条斯理地说。

他迟疑数息,才理解我的话,先惊而后喜:"史朝义?史家的大郎……他为何也在此列?"

"因为你杀了你父亲安禄山,史思明杀了你,史朝义杀了他父亲史思明,最后又自杀,为这场战乱形成了一个完美的闭环。我没有将这些宣之于口,只道:"一千年后,高丽使者入朝,还在蓟县看见了祭祀你们的庙堂。"

清朝时,不止一位朝鲜官员出使北京时在翠屏山下见到供奉安禄山的庙,大发感慨,认为"可骇可笑"。[1]

安庆绪脸色变了数变,我也没去理他:"我本是幽州人,我家就在蓟县。"

我是北京人,北京那块地方在唐代属于幽州。幽州的治所蓟县,就在21世纪北京城的西面,而史思明的坟墓,就在北京的丰台区。

"你父亲安禄山虽然起兵叛唐,为后人所不齿,注定要教史官写入逆臣传,终归算得上智勇双全,是个难得的人物。他通晓诸蕃语,熟知蕃人的习俗和心思,又机智狡黠,因而能收八千曳落河为假子,能令各族将领归心,为他卖命。而你?你半点也及不上你的父亲。他一死,你无以弹压军中、朝中诸位武将文臣,只能寄望于神鬼,甚至要向一个女人泄愤。如今看来,我简直羞为幽州人。幽州人到底蠢到何等境地,立祠的时候竟然将你一并供奉起来?你哪里配与你父亲一同享用后世的香烟?"

我说得慢而清楚,每一个字都带上了我生平从未有过的浓烈嘲讽。

——论嘲讽,我们北京姑娘还真的没怕过谁。虽然对面这位也是地理意义上的北京人,可8世纪的北京人怎么可能吵得过我呢?我不无幽默地想。

安庆绪下了床榻,拔出长剑,架在我颈上:"你道我不能杀你?"

他的手在抖。

我的生命即将终结于这位"同乡"的手里。在这种时刻,我难免想起自己的来处。去处尚不可知,来处却在杳远的异时空,回头望去,茫茫然,昏昏然,上穷碧落,下尽幽壤,都寻不到我的家乡。

也许,死了才能回去。

"你杀。"我捏住剑锋,将剑锋向颈动脉一带,用力之大,连安庆绪都吃了一惊。他手腕一颤,很有些狼狈地收住剑刃:"你道我不能杀王给事?"

他的眼神阴郁,窗外的天光却逐渐明亮。

挣扎中剑刃割开了我的手心,血流细细,流过手掌,带来轻微的痛和麻痒,染红了衣袖。

可惜了,洗了澡,换了衣裳,却还是没死成。大约,已经穷途末路的安庆绪,还是顾忌我"通神"的能力,唯恐杀死一个"女巫"会带来灾难性的后果。

我笑得很随意:"你只管杀。他做过了五品高官,年纪也不小了,正所谓五品不为贱、五十不为夭,你杀了他,他便是史书上以身殉国的大唐忠臣,生前身后再无憾事,再完满不过。"

安庆绪一掌抽在我脸上,力道极大,我当即跌坐在地,紧接着又被他一脚踹在胸口,咽喉间铁锈气味不断翻涌。我随手抓住旁边的紫檀几案,忍了又忍,还是不由自主地张嘴,吐出两口鲜血。

安庆绪把我丢进了丽景门内推事院的制狱。来俊臣在此大兴冤狱的时代,已过去了近一个甲子。废置已久的制狱里,除了寸许厚的灰尘和四处游走的虫鼠,并没有一般人想象中的幢幢鬼影,或者浓郁的血腥气。所有的血腥气,都来自我自己吐出的血,而这具身体全没有好转的迹象。

窗扇上密密地钉满了木板,想来,是制狱废弃之后,宫中嫌它晦气,便将它封上。那些沉暗的、浸满血泪的过往,也就一并被封了起来。

宫中用的木材质地上佳,纹理致密,绝不透光,最外面的大门再一落锁,室内便陷入绵长的黑暗。虽然木板之间的缝隙还会透进几分细微的阳光,却到底见不到"丽景"了。

室内似乎很宽敞,但我没力气走动,也不想走动:稍一挪动,弥漫的尘灰难免引动喉间的痒意,然后顺理成章地大咳,就会有一缕细碎的热流从肺部涌上咽喉。

人离死越近,就越容易生出一些奇怪而无聊的想法。我在这里死去、腐朽,后来人若是见到我的遗骸,会不会以为我是受了来俊臣酷刑的枉死之人?虽然来俊臣是个坏人,但没做过的事也不好冤屈他,我是否该留一封遗书,道明"杀我者,安庆绪也"?

说干就干。我摸到窗扇边,手指蘸了唇边的热血,触到了窗上的木板。就在指尖血液即将凝固的短短时间里,我混沌的思绪转了几转。

这是有唐以来最为动荡的时刻,也是整个中古中国史的分界点。大地震荡,黎民离乱。原野中响起哀歌,佛塔上燃起火焰。男人在战场上流血牺牲,女人在家门后竭力支撑。

这一切令人悲痛,这一切也终将过去。

过去之后呢?

继续君君,臣臣,父父,子子?百姓供养贵人,贵人呼奴使婢,奴婢不得与良民通婚,女人不能当官从军?

在这个世界,我衣食丰足,得到了爱情,被亲友们小心爱护,没有不痛快,没有不满意。但在这一场穿越之旅快要走到终点的时候,我实在不能简单以"大唐盛世"一语概括我所见到的世界。而这场动乱,也不过是逼我正视了这个被后人寄予无限幻想的朝代而已。我固然希望这场动乱尽早结束,但结束后……若是有一个更好的世界就好了。

木板间隙透进来的光线,终于暗得几乎没有了。

我想起了一首诗,一首出自一位杰出女性之手的诗,一首写于另一个动荡时代的诗:

"眼看沧海竟成尘……"

这是如今的我。

"……寂锁荒陬百感频。"

这也是如今的我。

"……流俗待看除旧弊,深闺有愿作新民。江湖以外留余兴,脂粉丛中惜此身……"

这是我的愿望,也该是所有人的愿望。

每个女人,每个男人——每个人——都该坦然行走在洒满阳光的大地上,脸上有笑容,胸中无郁气,不向任何人下跪,不对任何人称臣,在风里唱歌,在花间起舞。

窗外风声簌簌,我念诗的声音则越来越低。密闭的室内不算太冷,但在这一场茫茫的黑色里,我像要被冻僵了。我蘸着血,摸索着在木板上写下了这首诗的最后两句:

"……谁起民权倡独立,普天尺蠖待同伸!"

吐出来的血不少,但用来写字总归是不太够的,也不知写出来的效果究竟怎样,反正肯定不会是我素日里写的标准颜体。那个"伸"字的最后一笔,合该是顶天立地、气势雄浑的一竖,我特意待自己又吐了一口热血之后,才蘸足了血,去写那个"伸"字。但最后一笔刚刚起了个头,胸腹间的一阵剧痛猛然攫住了我的神智,我再难维持平衡,身体重重地向旁边栽倒,随即睡了过去。

这一觉仿佛很久,又仿佛只过了一刻钟。

梦里,我好像看见了很多人,看见了很多山和很多河。有人涉水而来,有人扶筇远去。再次醒来时,我的心口泛起一丝难以形容的怅惘,不知是因为梦境,还是因为现实。

怎么还没死呢?

室内依旧暗得伸手不见五指,想到没有写完的那最后一笔,我更加怅惘了,身体微微地颤抖起来,耳中响起遥远的轰鸣。

等死绝不是一种舒适的感受。为什么安庆绪不敢用刀剑杀我,只肯熬死我、饿死我呢?他可真是太懦弱了。

门外传来几声杂乱的闷响,"砰"的一声过后,房门被打开了。一缕火光稳稳地进了门,闪电流星般冲破室内的寂暗。我花了点力气,才看清那是一盏灯,持在一个人的手里。

来的是个女人。我认识这个女人。

她还是从前的样子。过去的二百年间,她应该一直都是这个样子。

"你能起身吗?"她冷静地问。

我扶住窗扇,咬着牙,用力站起。

她的目光被吸引到了我所扶的窗扇上,看清了木板上的两行字迹后,那目光中露出一两分诧异,稍稍多了些人情味:"你的遗言,竟然是吕碧城的诗。我还以为你会写'我爱王维'呢。"

我又吐了两口血,一时咳得厉害,无力回答。

焦炼师挑眉,向我的嘴里塞了两颗药。药丸清清凉凉,胸口的热和痛都平息了些许,四肢也恢复了几分力量。她给我披了件裘衣,道:"这回能走路了吧。"转身向门口走了两步,忽又回过身,从怀中取出一把短刀,在我歪歪斜斜的字迹上画了长长的一竖,补全了那个"伸"字。

我跟着她走出门。外面依然是黑夜,只是不知是我进制狱后的第几个黑夜。推事院旁边就是上阳宫,她像是在往那个方向走。上阳宫废弃多年,只有些失了恩宠的宫人,再往北就是东周王城,罕有人至,是个隐藏形迹的好地方,不过——

远处有好些卫兵手执火把,围在明堂附近的一堵墙前面,那面墙上赫然裂开了一个巨大的缺口,散落一地碎砖。我听不清他们议论的内容,但仅仅从他们紧绷的姿态,也看得出他们处于紧张之中。

焦炼师早已熄了灯,那些卫兵全然没有注意到角落里静静行走的我们。我遥遥望着那堵墙上的缺口,有些意外。在夜色里看不出那缺口的新旧,但我就是有一种直觉,方才在制狱里感到的震颤和轰鸣,大约不是出于我自身的幻觉:"别告诉我你做了炸药。"

黑火药的成分配比,可是很难掌握的。

焦炼师步子轻盈,语声清泠泠的,总像是不动声色地讥嘲着谁:"不是黑火药,是硝酸铵,文科生不可救药。"

"我是理科生。"我很想告诉她,高中分科虽然重要,但也决定不了一个人的智识,况且,我的高中生涯过去很多年了。可我肺里太痛了,说不出更多话。

"硝酸铵遇热爆炸,炸了那堵墙,吸引卫兵们的注意力,同时还能分解制备笑气,装在皮囊里就能对付落单的人了,一鸡两吃。"她带着我走过另一道门,地上躺倒了一个兵士,仿佛在验证她的话。

一个人影从门后闪身出来,看到我的瞬间,松了口气:"娘子安否?"

我听出是杨续的声音,心里也不由得宽慰,冲他笑了笑,旋即皱眉:"王郎……"

"你男人好得很,别想他了。"焦炼师不耐烦地打断我。

我们又走了一会儿,躲进了东周王城的废墟,才在暗影里坐下来。

杨续三言两语告诉我,王维见我没回家,四处打探了一番,总之最后不知怎的,求到了焦炼师配合他来救我。不过,焦炼师不让我多问王维的事:"且不说他好得很,就算他不好,你此刻也不好,又能做什么?"

我默然坐了一阵,只得将好奇心放回方才的话题上:"那么,温度……"我强压咳嗽的冲动。

活了二百年的人精,当然能立刻意会我的问题:"没错,加热温度太低时硝酸铵会分解而非爆炸,不过,控制这个温度的难度就跟做菜差不多。你是不是还想问,硝酸铵是怎么制备的?在合适条件下,尿素可以反应析出硝酸铵。"

杨续在一边听得似懂非懂,而我没再问下去。

尿素怎么来的?显然是从人畜的尿来的。不过,没必要探究这个。一个活了两三个世纪的人,会在意粪便尿液脏不脏吗?

但我的确没想到,她在唐朝制备笑气的最初动因,竟然还是和她最爱的英国文学有关。

"你是说,柯勒律治尝试过笑气?"

问出这句话时,我们正坐在二十余里外的龙门山里。隔着伊水,对面就是奉先寺的石刻卢舍那大佛,眉目温慈,双耳圆润,垂坠的衣褶如荡漾的水波,质朴而柔厚,在初冬的暖阳下看去,活脱便是报身佛的法界圆满之相。大佛垂眸注视下的山中岁月,似乎停止了流动,唯有山下的伊水兀自徐徐向前。

"嗯。"焦炼师语调爱理不理,话却明显多了些,"和罗伯特·骚塞一起吸的。他们湖畔派的诗人没一个省油的灯,柯勒律治连鸦片都吸,区区笑气又算得了什么。"

我咳了两声,又吐了一口血,才笑道:"所以后人老拿他们湖畔派和王某人比,说他们都是云淡风轻的风格,我觉得很滑稽。王某人可不会沾毒品。"

"那么老实端正的人,可太没意思了,亏你这么久没变心。"焦炼师啧啧,"折腾了半天,眼看要把命搭上了,不过估计你也不后悔,毕竟,那么端正的人,倒也是实心待你,两次跑来求我出手。"

这话理应刺耳,但我其实不在意,她说的是事实嘛。时日无多是真,不后悔也是真。我缓缓起身,走到不远处的杨续面前:"领我去瞧瞧……他的坟茔。"

洛阳一带经过兵火的践踏后,野地里多有简薄的新坟,低矮的土堆前往往连块碑石都没有,而这还算是好的了。有的无名尸体曝于荒野,引来食腐的乌鸦,黑色的鸦羽,白色的骨节,尚未烂尽的斑驳筋肉和衣服碎片,强势地扑入眼中,成为一幅刺目的图画。有一两个着衲衣的僧人,赶走乌鸦,小心地收起遗骨,挖土掩埋,口中吟唱经文,唱经声与水流声相和,惊起了林间的倦鸟。

越向前走,水流声越远,而天上一块云朵也无,空荡荡的,只有无处不在的阳光。"行到水穷处,坐看云起时",缺了一半的要素,剩下的景色就未免寡淡尴尬。我吸了口气,稍微加快了步子。

李适之的坟墓,就在这龙门乡。他的坟茔不曾被搅扰过,神道碑仍自好好地立在封土堆前。我暗自将碑首的那堆篆字读了一遍,"唐故光禄大夫行宜春郡太守渭源县开国公李府君神道碑",也真是绕口。

"我记不得许多名字。"我喃喃道。

"娘子?"杨续从微怔的情绪中醒过来,抬眸看我。

我摇头笑了笑,这是杨续不会懂的典故。

在幽州见到他时,他说自己是"银青光禄大夫御史大夫兼幽州节度使李适之",当即让我笑出声,因为《三国演义》中,刘备拜访诸葛亮时也列了一长串头衔,又是宜城亭侯又是豫州牧,诸葛亮的童儿就说:"我记不得许多名字。"

他被贬宜春太守后枉死于任上,唯一的儿子李霅前往迎灵,却被李林甫寻了个理由杖死,侄子们只能将他权葬于宜春。直到天宝十二载李林甫身死家破,他们才敢迎回灵柩,安葬在此处。

杨续带了一壶酒,浇在墓前。初冬的土壤不十分干硬,酒浆慢慢渗入地里,隐约有浇薄的酒气萦绕鼻端,再认真嗅时,却又不见了。

"我原想,待到这些事都了了,就来此地为主人守墓。"他轻声说。

我又笑了,拍他的肩:"你走吧。去战场上杀敌也好,在叛军背后伺机行事也好。待你平安归来,再为他守墓。"

杨续郑重地对我行礼。躬身时,便显出那副瘦而硬的脊骨来,看去比平日更清削,也更坚韧。

他将酒壶留在墓边,对着封土堆叩头下拜。站起身后,他顿了一顿,忽然换了更为谦卑的语气和称谓:"某……觍颜求女郎一事。"

我颔首,只听他道:"女郎身貌不老,想来有宿世的仙骨,能在人间长久活下去。某听和尚们说,人死之后,尚有来生。若主人当真转生,如今也有十岁了……不知他身子康健否。若他转生的人家还在大唐境内,而女郎过几年又遇上了这一世的主人,万望女郎……待他好些。"他说得很急,除了两处细微的停顿,竟是一气呵成。我张了张嘴,又很快闭上。

"某对女郎并非无怨。但主人和女郎在一处时每每开怀,某也曾亲见……故此恳求女郎,即使这一世女郎与主人依旧无缘,以后的很多、很多世里,总有一世,你要待他好些。"

我吞咽两下,压抑喉间的血腥味,向他回了一礼:"若到时你主人还喜欢我,我定然遵命。"

杨续头也不回地走了。我最后看了一眼那静默的封土堆,懊丧地道歉:"对不起,我欺瞒你的部曲。"

又一口血从喉头喷涌而出,砸在墓前犹有酒香的土地上,蒸腾起丝丝微浅的热气。

"我觉得……我大概等不到任何人的来生了。"

注释:

[1]葛兆光《想象异域——读李朝朝鲜汉文燕行文献札记》第6章第1—2节,北京:中华书局,2014年。

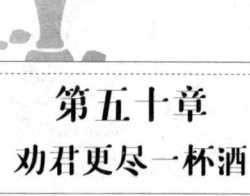

第五十章
劝君更尽一杯酒

北风卷着雪片,一圈又一圈地在空中打转。午后的天色阴沉,潇潇的灰糅着苍苍的蓝,是一种疏冷的色调,再加上飞舞的白色雪片,便越发含混而沉重。"岁暮阴阳催短景,天涯霜雪霁寒宵",怕就是这样的况味了。腊月了,可不是岁暮吗?

宣阳坊南面几座宅邸彼此相连,原本是杨家三位国夫人和杨国忠的宅子。杨家的姊妹们香消玉殒,楼阁成空,杨国忠家门前的戟架和长戟也不见了,但专为宰相宅第铺设、一直通向皇城的沙堤却还在,浐河细沙混着雪块和黄土,踩上去还是很结实。长安城里都是黄土路,因此宰相门前的沙堤足以昭示至高的尊荣。战乱来临、贵贱颠倒的时节,乱民和叛军抢走夫人们内室里的玉如意和夜光枕,放火焚烧异香馥馥的紫檀床榻和几案,而沙堤只剩下了最本质的踩踏价值,没有人会因为它曾是尊荣的象征而把它装起来带走。

沙堤一仍其旧,宅里的人却换了一批。两个士卒守在门外,是为看管宅里的犯官们。宅门不好接近,稍远处站一站却是使得的,我站在树下,扯了扯身上的鹿裘,又抱紧了手炉,向西边望。新任中书令崔圆的宅子,就在紧挨着宣阳坊的崇义坊。

雪稍微小了些,两坊间的路上拐出了几个身影。其中三个身影较为文弱,在高大的坊墙下显得甚是清羸,而另一个人则穿着甲衣。我抹了一把脸上的雪水,迎了过去。

三个人的气色都还好,是件幸事。近八十高龄的画圣吴道子在战争中下落成谜,"小李将军"李昭道是李林甫的堂弟,算来没比吴道子小几岁,再也拿不动画笔,王维举荐、师承曹霸习学画马的韩干也不知去了何处。开元年间兰菊竞秀的大唐画坛,如今枝叶凋零。剩下的名手画师中,这三个人占得了半壁江山。

张通和郑虔脸色疲惫,径自回了杨国忠的旧宅,余下王维和那个押送他们的甲衣兵士。兵士不待我出声求恳,就向我拱了拱手,温声道:"某从前是安……"刚说出"安"字,他立时纠正自己:"是李将军帐下的校尉,几番辗转,随王侍郎守过太原城。某不敢为难侍郎的兄长,不过娘子最多只能叙半刻钟的话。"他说完就走开几尺,留出地方给我们说话。

安重璋在乱中功勋卓著,因安禄山的缘故被皇室赐姓为李,以后不再与叛贼同姓。王侍郎则是王维的弟弟王缙,作为太原少尹,辅佐李光弼守城有功,加官刑部侍郎。

"你怎么来了?"王维皱着眉,很不同意的样子。

我把手炉塞给他。

"你自家留着,天冷,不要再来。"他拒绝,举步要回杨宅。

我的眼光落在他的衣袖上。他们都是曾经陷贼的犯官,现今被褫夺了自由,只能穿寻常的士人襕袍,活像白了头发还没考中进士的年老书生。

"你的手臂怎么了?"我指着他的左臂。

他匆促的脚步微妙地一滞:"染了颜料和鳔胶。"

粗糙的衣袖上染了几块茜红,似乎是珍贵的外来染料"猩猩血",在暗淡的雪天里也浓得亮眼。

我忍着咳嗽,平直地重复:"我说,你的手臂怎么了。"

他叹了口气,没有法子回避:"下梯子时脚步不稳,略碰了一下,不是紧要事体。"

我应了一声,没再说话,他反而摆出个笑容:"杨续那日责我的言语很有道理。尺蠖之屈,以求信也;龙蛇之蛰,以存身也。设若为崔相公画壁就能免于死罪,不可不谓叨天之幸。我不觉屈抑,你也别为我难过,我们一同活。"

当世的名手,六法俱全、万类不失的杰出画家们,沦落到尽心竭力给新贵的私宅画壁画,怎么样都不能说是幸事。但这样的波劫里,人人的命都是草头的珠露,风里的烛光。从贵人手里借来一层罩子将蜡烛罩上,虽然掩敛了光辉,到底能够求得更长久的存续。

还能怎么办呢?

我被安庆绪带走,没能回去,王维只好递消息给伪朝官员里的旧识,请他们帮忙活动和打听我的下落。源于私事、没有枝蔓的简单接触,放在十月唐军克复东京之后,就变成了和伪朝的同流合污。人人自危的时刻,没有谁愿意为其他人的清白作证。他不曾上过伪朝的班,但也被和其他犯官一起关了起来,等候发落。

这些事,窝在龙门山里的我本来不知道,因为焦炼师不让我走。可是身体眼看是调理不好了,我继续躲清静也没有意义,还不如回来看一看。

"今日是腊月廿五了。"我说。

王维清了清嗓子,琐碎地叮嘱:"你身子弱,今年就不要守岁了,也不要喝屠苏酒。至于窗户上贴宜春帖子,门上画虎头,不妨照旧。不过,我既不在家,恐怕你自己画虎头,画得像猫不像虎。罢了罢了,你还是去缙的家里过除夜,和他们同迎新年吧。"

他竟还嫌弃起我来了。我没好气地说:"画虎头是为了挡拒凶厉,我不会画虎,画一头猪,也一样收效。凶厉之物吃了猪,承了我的情,便不进房里害我了。"

难得的见面时光,竟然花在了斗嘴上。可见人到了深壑般的绝境里,总能学会些逗别人笑的法门。那个兵士咳了声,我们都明白时间到了。他走了几步,又转过身,低低地道:"我活着,求你也活着。"

他眉眼憔悴,话里情致哀戚。我哽了哽,咽下一口到了喉边的血。这河山谁不爱看呢,就算经了战火,山里的花,江边的树,云间的月,总归没有半点折损。这河山谁不爱看呢……并不是不想和他一起看呀。

这时忽然有几骑从远处驰来,直奔杨家旧宅。马上的人面白无须,服色鲜亮,手里捧着赤黄锦缎装饰的盒子。

是来宣读诏令的中使。

王维连忙回去,和其他犯官一同听受圣旨。

我在外等了没多久,院里面就乱了起来。宰相宅院何等幽深,但一阵一阵的号哭声,外面也听得真切。

中使离开后,那位跟过安重璋的兵士走出来,和门口的同僚换岗。我过去问他,因这诏令并非秘密,他很爽快地向我转述:"圣人决断,分六等定了罪,有的赐自尽,譬如陈希烈,就是从前的陈左相。有的受杖一百,在京兆府门前受,只怕……"当着天下人受杖,是士大夫们最难忍受的耻辱之一,兵士咽下的话想必是"还不如自尽":"还有斩首的,共有十八个人受斩刑,就在三天后。"

三天后?

我又看了眼天色。雪住了,然而天空犹未转明,铅灰色的云层浸着浓浓的幽阴之气,独有西面的云里透出一小角惨白的日光。

三天后是腊月廿八,这是不准这些官员活着过年呢。

那个军士又热心地告诉我:"王侍郎的兄长免了罪,真是天幸!旁的犯官大都没有这般福运,必定是王侍郎有大功,又为兄长求了情。某听说还要等刑部发了文书,他们才能回家,娘子回去等着吧!"

或许由于我早就读过王维的生平经历,也或许是旁人的不幸稀释了我们的"天幸",我没那么高兴,只是掏出一包刚买的粉荔枝,递给军士:"多谢!洛阳人新年时常做粉荔枝来吃,秦地一向少见,不知郎君能吃否。若是不能,给家里的娘子儿女也好。"

军士笑得见牙不见眼,伸手接过:"某还未娶妻,不过某就是洛阳人,多年没吃过粉荔枝了。多谢娘子!愿娘子新年安泰,福寿无边,愿天下太平,没有同袍阵亡,愿某……早日娶妻。"他又笑了笑,像是发现自己说了太多话而有点不好意思。

互相说了新年的贺词和心愿,天地间好像隐约漾起了一丝稀薄的希望。

我慢慢地走回家。

腊月廿八,达奚珣等十八人被斩于皇城西南角的独柳树下,陈希烈、张均等七人赐自尽于大理寺,还有包括张垍在内的许多人被流放。

我当然记恨张垍阻挡我救王维,后来发生的那些事,说来都是因为他那日发疯,不让我们逃跑。但流放岭表,对这个时代的人相当于判死刑,我也有些不忍,再说,他本身也不想发疯的吧!

免罪的除了王维,还有独孤问俗等几人。"听说独孤问俗设法保全了洛阳的太庙。"王维的笑容很复杂,"没想到,我有个好弟弟,福德竟然能比得上保全太庙的功劳。"

"你那首诗也可居功。"

王维露出思索的表情:"缙设法将我那首凝碧池绝句传到了圣人的行在,圣人嘉许,且缙上表说,愿意削去官职为我赎罪,故此圣人特此赦宥我的罪过。但……但缙说,他和安将军——李将军——守太原城时,李将军曾经对他念过此诗,言下之意,似是……教他将此诗传至圣人耳中,为我脱罪。但那时太原为叛军所围,李将军从何得知这首绝句?"

因为安重璋看过我带来的《王右丞集笺注》,知晓这首绝句的来历啊。

总之,王维得以回家过年。贴在窗上的"宜春"二字是他写的,正门上的虎头也是他画的。不过,他在内室的门上又画了一头猪。

"费尽力气给崔相公画的壁画,却好像还没有这头猪好看。"他喃喃道。

淡漠的日光从"宜春"的彩帖上透进来,再一眨眼,那日光就变成了春末的暖热阳光。

人说生病时时间过得慢,我看不是的。我总是很困,清醒的时候少,睡着的时候多。春意阑珊,黄莺呖呖地啼叫,窗外一天到晚都响着它们的叫声,但也不妨碍我睡觉。

这一日我醒了,坐在堂前看院子里的芍药。崔瑶亲手栽下的芍药,没有被战乱毁掉,只是此刻远未到花期,一片油绿里,点缀着一些还细小得看不见的花蕾。芍药花期晚,有"殿春"之称,平白让人减少三分对于春日结束的畏惧和惆怅。

王维进了院门，小心地摸我的脸和手："不冷吗？"

我披了披衣襟，不习惯穿得这么厚，但人往往要向肉体的病痛屈服。我一扯嘴角："不冷。今日朝会如何？"

王维摸完我的脸，又去摸芍药的花蕾，闻言答道："写了诗。"

这话可谓毫无内容。王维是干吗的？官僚们在皇城里写诗，这不是一件极其自然的事吗？

"贾舍人在大明宫写了诗，我和岑补阙、杜拾遗都和了诗。"

贾至和王维如今都是中书舍人。中书舍人是皇帝的高级秘书，这个职位颇为清要。我点点头，贾至、王维、岑参、杜甫，四位都是著名的诗家，四人同咏大明宫早朝，是一段佳话："你念一念你的诗吧。"

王维很无奈，飞快地念："绛帻鸡人送晓筹，尚衣方进翠云裘。九天阊阖开宫殿，万国衣冠……拜冕旒。日色才临仙掌动，香烟欲傍衮龙浮。朝罢须裁五色诏，佩声归向凤池头。"

"万国衣冠拜冕旒，呵。今日的心绪，仿佛回到了为崔相公画壁的那些时日。"王维向来克制，这种话已算得很不含蓄了，他转过脸去，像是要隔着三堵墙，看见后堂内室门上的那头猪，并且再下一次"不如画猪"的结论。

我抓住他的手，随手擦去他指上残留的墨迹："你是不是想说，才收复两京不到半年，朝堂上哪里来的万国衣冠？"[1]

"我不敢想，千秋之后，世人将如何看我，如何看这两句诗。"他走到堂前的水井边，低头看水面上的那张脸。

世人会怎么看？世人会以为这两句诗表达了大唐盛世万国来朝、四海归心的通天气派。

"好了。"我打断他的自伤，"世人只会觉得你很懒，改了旧句，扮成新句。"

"万国衣冠拜冕旒"这句诗，其实来自他早年的应制诗句"万国仰宗周，衣冠拜冕旒"。

"世人也许还会觉得我老了。"王维微微抬眼，眼里映着井中的深幽水光，"有心无力，只能用旧句充数。"

"你别怕。世人……千秋之后的世人,他们不在意你。"

"也好。"

"我是说……他们不在意你的生涯。"

第二日我去了西市。

女客们在妆肆里试用胭脂和眉黛,犹豫着不知买哪一种,又或是要不要买,凶肆里客人们比对挑选冥器和纸钱,发现寒食将至而纸钱却变贵了,于是不停抱怨,衣肆门前挂着随风轻摆的各色衣料,鞋店的店主笑容可掬地问"郎君脚第几"[2]。梨花雪后,夏木初繁,春末的阳光里,西市的一切仿佛都与战前没有两样。

但再仔细打量,又好像不是那么回事。妆肆里,加了波斯白石蜜的珍贵胭脂不复存在,女客们流连半晌,也只舍得买便宜的金花胭脂,还是纸片浸的那种。衣肆门前的衣料,以最低廉的小水布、维州布为主,布料粗得难以下针缝纫,以前偶尔还有平民穿绌制衣衫或者赀布衣裳,现在也没有了。至于凶肆,生意是最好的,好到让你觉得荒诞。有人无力购买白纸钱,只能买劣质纸钱,被人讥笑"这钱在阴司用不得",也有来自不同家庭的两位主母共同参详着,为即将缔结冥婚的儿子和女儿选择冥器。

我最近精神好,很有余裕地一家家看过去,但是把所有的妆肆都看尽了,也没找到我想找的人,只得进了一家店询问:"开妆肆的那位妙泥姊姊,不在这里开了吗?"

妆肆肆主思索了片刻,"哦"了一声,指着后面那条街:"妙泥在那边,左起第三家就是。"

我一怔,那条街上全是凶肆,妙泥怎么去了那里?

左起第三家的门面实在太狭小,夹在两家店的中间,一不当心就会错过。门前摆着几幅做样品的纸,有白的也有黄的,还有几捆茅草,时人一般用它扎成人形、将尸骨无存的亲人招魂安葬。

我疑惑地走了进来。因门面太小,店里光线很暗,我的眼睛过了会儿才适应。一个头发花白的老妇坐在窗边,正在扎束茅草,茅草已粗略有几分像人的身形了。她闻声抬头,笑着道:"我们有金钱、银钱,娘子……阿妍?"

猝然拔高的语调，带出了嗓子里一缕破音。我咽了口唾沫，向后缩了缩，手指不自觉地抓住窗棂，随即又意识到这种惊诧太失礼，惶惶地笑了："妙泥姊姊。"

妙泥喘了口气，扶着腰慢慢地起身，挪来一只胡床给我。

我坐在旁边，她接着扎茅草："这家人最小的郎君去了朔方，遗骸留在战场上，因此要扎束茅草，做他的形象，招魂落葬。他们要得急，我立时就扎好，再来与你说话。"

她脸上的沟壑很深，松弛的肌肤能叠成褶皱，干裂的嘴唇像绽开的伤口。中亚女人年轻时妩媚鲜丽，衰老却比汉女更快，只是妙泥的变化实在过于突兀，乍一看她稀疏的鬓发，会觉得她简直老得没有了性别似的。她的脸上，如今唯有一双绿眸，仍能让人联想到"胡女"二字所涵盖的那些美妙内涵和风流意蕴，但两只绿色的眼眸放在这么衰败的面容上，反而有一种无以形容的残忍，一种来自时光，又不只来自时光的残忍。

她扎好了茅草，又要拿水和果子给我。我不想劳动她，她的腰背弯得让我害怕。但是，坐下来彼此相对，叙说各自的见闻，更让人害怕。

这种时候还能有多丰富的茶果呢？拖也拖不久的。她取了水，就到了说话的环节。我咬了咬嘴唇，靠痛感给自己加了点勇气，先问道："舍因安好吗？"

我给人写家书的年月里，那个小女孩就已是市肆众人都知道的小美女了。鲜妍可爱的小女孩，是人间的瑰宝。她若安好，我就能多些心力支撑接下来的对话，她若不好……大概也就没有更坏的事了吧！

"安好。"妙泥说，"丈夫死了，她回来和我同住。我丈夫也死了。"

我也许该收回之前的结论。这难道不就是开元十七年的景象吗？她带着女儿，独自在西市奋力谋生。二十余年过后，两代男人都成了故事里的过往，挣扎求存的女人们继续茫茫地活下去。生女犹得嫁比邻，生男埋没随百草——诗人的控诉并不准确，女儿嫁的邻居到底还是男人，一样会在战火中埋没于荒烟蔓草。

"你丈夫呢？"她问。

"没死。"

"那就好！"妙泥深深点头，迎着光的半张脸上露出个真心实意的笑容，另半张脸隐在暗处，看不清表情。她像是在咀嚼这个消息，咀嚼完了吞咽落肚，再总结似的重复一回："那就好。"

"我……"我犹疑着，挑拣要说的话，却又想吐血了。我拿出手帕捂住嘴，地动山摇地咳了一阵。终于从昏沉中抬起头时，我听见几个人在外面喊妙泥的名字。

妙泥抱歉地看我一眼，扶着墙站起，颤巍巍地走了出去。我跟在后面，只见来的是几个汉子，嘈嘈地叫道："你这胡女，去我家里凿纸钱，却窃取我娘子的钗子和镯子！""将钱还来，不然我家就报官了！""随我们去见官！"

我怔住了，妙泥难道做了"凿钱人"？

凿钱人就是制作纸钱的人。时人传说，若是在室外做纸钱，纸钱很可能被地府先行收走，失去效用，死去的亲眷便得不到了。反之，请凿钱人上门，在自己家的密室里制作，就没有这种隐忧。凿钱是世人眼中的贱业，而一个女人上门为人凿钱，多半更加遭人轻鄙。

妙泥道："妾身出入密室时，郎君的家人就在一旁，可以作证，妾身实不曾偷窃。"

"你们胡人男女都爱说谎欺人，你说不曾偷，就当真不曾偷？"对方一口咬定她狡辩，"胡人没有一个好人，你们的心肝都是歪的！"

只要有热闹，即使是凶肆门口，也不会少了看的人。四周很快挤了好几层人，后排的人们看不清楚，鸭子般伸长了脖子。看归看，没人出头。

我咳了声，踏前一步："刑部也好，大理寺也好，甚至长安、万年县衙也好，断狱要有人证、物证。你的家人与你乃是一体，做不得人证。既然人证、物证一应未备，怎好凭空到店门前来闹？"

汉子愣了一下，声音更高了："你是汉女，你为何替胡人说话？逆贼安禄山在陛下面前说谎，装作忠臣，这胡女在良民面前假作善人，偷窃财物，高鼻子深眼眶的胡人，上下都是奸恶！"

"我在大唐四十年了……"妙泥颤颤地说。这个数字没能给她壮胆，她的声气里几乎有恳求的味道:"我在大唐的日子,比在故乡的日子还久,我是唐人啊。"

"你们住手!"一个女子推搡着从人群中挤进来,"不准欺侮我阿娘!"

舍因还是很美。她目光炯炯,护在妙泥身前,小时候那种乖巧柔软的情致,换成了小母狼一般的愤怒和警惕:"你们凭什么说我阿娘偷窃!"

汉子不买她的账:"你阿娘走了,我娘子的钗子和镯子便不见了,不是你阿娘,还能是谁!"另一个汉子端详舍因的容貌,眼睛一转,多了些猥琐的笑意:"胡人虽然可恶,但胡姬生得美,我看也可以免罪,只要……"

"报官!此刻就去报官!"我指着他,"你们说她有罪,那我和你们一同去长安县衙报官!"

报官当然是没有报的。我怏怏地回家,又坐在堂前看芍药。

芍药还没开,但微小的花蕾变成了盈盈的花苞,盛在浅绿的苞片里,胖嘟嘟的有些娇憨,全无花中之相的威仪。"维士与女,伊其相谑,赠之以勺药。"我念诗,念着念着,胸腹又沉沉地疼痛。

长安城北有宫阙和小雁塔,但南面除了大雁塔,视野里没有太高的建筑,稍一仰头,院墙上方就是终南山的翠色,似浓似淡的烟霭,嵯峨与柔缓相交替的山势,阴晴各异的峰峦,是一幅顶奢侈的连绵长卷。我望了一会儿,渐渐有些抬不起眼皮。

这两天的充沛精神,一瞬间就化为乌有,我觉得累。这种累的感觉,像诱惑,也像归宿。我叫侍女拿了件外衣,在堂前铺了裀褥,面前摆上酒。

王维回来了,很不赞成。我不理他的情绪,指着对面:"坐。"

他应了,去换在家里穿的袯衣。我想起一事,又站起来,走到庭前的柳树下。红日缓缓西沉,嫩绿的柳枝被夕阳涂上一层淡金,青绿为质、金碧为文,枝叶晃处,错落的光影闪动跳跃,比李思训设色的金碧山水还灵动。

我折下一条带着青叶的柳枝。

"你做什么?"王维的声音发紧。

我晃了晃柳枝:"做酒筹。有人醉折花枝当酒筹,我舍不得折花,还不能折柳吗?"

王维眉心一蹙,话音近于哀求:"你别折了,好吗?"

这有点莫名其妙了。

他握住我的手腕,连拉带扶地将我带到裀上坐下,吩咐侍女去找酒筹。

晚风舒徐,挟着炊烟的气味和花木的清馨,轻盈而煦暖,四野草木蔓发,南面春山可望。我十分怀疑造物主拿了个碗,碗里装了山的线条,装了树的绿色,装了温柔的空气和明艳的霞光,然后往长安城的上头一扣。而碗底下,暂时就只有我和王维两个人。

"你别折柳枝了,好吗?"他又说了遍。

"好。"我在两只莲花杯里都斟满了温热的酒液,递了一杯给他。

他把杯子握在手中,怔怔冒出一句:"折柳是送别时才做的事。"

"那好吧。"我顺从地应和。

他喝了一口,眼泪掉在酒里。

我很坚定地说:"不折啦,不折啦。如果我能活到芍药盛开的时候,你就送我一朵芍药。如果我活不到,你要记得,我是北京人,家住海淀区清嘉公寓6栋2单元1204室。"

"我记住了。你是北京人,我也是。"

他的郡望在太原,大唐的北京。明明是表达缘分的话,讲得跟妇唱夫随似的,太暧昧了。

"要是我能回去,要是你能来看我,我让我姥姥给你做豌豆黄和蜜渍桂花。"

"姥姥?"

"就是外祖母。她做的豌豆黄最好吃,而且她偏爱相貌端正的孩子。你这样端正,到时就算从下水道里、垃圾桶里爬出来,她也不会嫌你。喝呀!"我又举起杯子。

"我拜见你外祖母,她不会嫌我老吗?"他拧着眉,认真考量。

这的确是个问题,但是:"到时再想嘛!何况,我也未必能回去,你也未必能来看我。三千大千世界,几回生,几回死,生死悠悠无定止,谁知道这个大唐是哪个世界,我的家又在哪个世界呢!"

他敛眉,无声喝酒。

"要是再也见不到了……"我清清嗓子,"你就把我烧了。埋在地下,虫子爬老鼠咬,我就会生气,进你梦里吓你。"

"你来啊。"他完全不怕。

这就对了嘛!我喝干一杯酒:"你要饱吃饭,早睡觉,总之,高卧且加餐,晓得吗?"

他也喝完了一杯:"是。"

"王十三郎。"

"你说。"

"我喜欢你。"

"我也喜欢你。"

注释:

[1] 综合岑参、杜甫的官职和行年可知,四位诗人同咏大明宫早朝,正是在乾元元年(758)春末,此时唐军收复两京未久,见陈铁民《王维年谱》,所撰《王维新论》,北京:北京师范学院出版社,1990年。另见葛晓音《论杜甫七律"变格"的原理和意义——从明诗论的七言律取向之争说起》,《北京大学学报(哲学社会科学版)》2011年第6期。

[2] 唐朝已有按鞋号制作、贩卖鞋履的情况。《北梦琐言》卷十:"鞋主曰:'秀士脚第几?'"(五代)孙光宪撰、贾二强点校《北梦琐言》第211页,北京:中华书局,2002年。

第五十一章
当时只记入山深

文杏馆对面就是飞云山,辋川的最高处。初夏的翠色层次分明,有清透的浅绿,毛茸茸的黄绿,还有渐转浓重、生机悠长的深绿——秦岭草木丰茂多样,众壑光线皆殊,才能养成这样一个丰富的绿世界,人处其中,像是衣裳也被染绿了似的。

飞云山常年沐浴在云雾之中,山上大片深邃的幽绿色透过一层纱样的轻雾,显得清淡而迢远,少了些起于人间的浓烈,多了些归于仙界的缥缈。云生梁栋,风出窗牖,这原是王维营造文杏馆时所希冀的气氛,但此时他负手立在屋宇前面,望着山间白茫茫的云雾,觉得有些遗憾。

她是那么明媚的人,总是在笑,她适合温暖透亮的日光,适合涤荡一切的长风。在她下葬的日子,这种渺远和微茫并不相宜。

他拂了拂衣袖,举步向西,不一刻,便到了他选好的地方。一座不高的石塔安然矗立,形制古朴,纹样清简,里面是他母亲的骨骸。石塔不远处,僧人们低眉端坐,匠人们手持工具,围在一口薄棺旁。

母亲精诚奉佛三十余年,阿瑶也自幼学佛,阿妍则不信释迦之法。但在死前,她们却不约而同地选择了荼毗[1]葬法,拒绝自己的形骸在泥土中腐烂。

在他生命里留下深刻痕迹的女子,最后似乎都要化为灰烬。

有工匠轻声提醒:"舍人,时刻到了。"

他恍然,吸了口气,深深点头。工匠们应了句,动手去抬那口薄棺,而僧人们则齐声念起经来。阿妍并非佛徒,也不肯做"七七斋",但他还是连夜请了京中的知名僧人们,为她诵几卷经书追福。

那口薄棺被抬起的瞬间,几个工匠的面色同时变了变,有两个低低惊呼了一声。

"怎么了?"王维心跳猛然加快。

工匠们彼此对视了一眼,主事的匠人上前拱手:"请问,舍人家的娘子临终时……十分病弱?"

王维颔首:"是。"

工匠神色为难:"虽然娘子病弱,而且女子躯体比男子更轻,但……某等做匠人许多年,各色棺椁木料的分量,某等一向熟悉。这口棺的分量,不像……"工匠艰难地斟酌词句,"不像盛有遗体的样子。"

僧人们不觉停止了诵经,默然站起,工匠们则非常尴尬。无论是盗寇为窃取陪葬的宝货而损毁遗骸,还是有人恶意盗走遗骸以侮辱死者家人,女眷的遗体不知所终,怎样都不是一件易于启齿的事。

王维眉头一拧。阿妍昨日去后在荐福寺停灵一夜,他亲自守灵,今日棺木运来辋谷,他也全程在旁陪着,难道……他脑中浮起一个狂悖的想法,又疑心自己只是因为一夜未眠而昏乱了。他惶然地抬起眸子,天色比方才更亮了,乳白的浓雾变得疏淡,云层后面透出浅浅的金光。

他走到棺木前,伸手推开了棺盖。

一缕日光破开云雾,直直地落在棺中,随即一道光柱变为无数道,又成为浑然一体的一整个晴天,雾霭散去,红日高悬。满山的草木仿佛蓦然间感到阳光的召唤,神采飞扬,勃然奋励。远处传来老农喜悦的交谈声,山里的野鼠恣肆地跑起来。

——棺中没有阿妍。

除了给她枕在颈下的那面瓷枕,棺中唯有一只紫罗香囊。

王维拾起那只香囊,握在手中。隔着陈旧的丝罗,坚硬圆润的三粒豆子硌痛他的掌心。

"红豆生南国,秋来……发故枝!"

这原不是一首喜悦的诗。秋来故枝又发,秋来故人何在?此物相思,因此他劝人休采,但即使不采,它自在枝头零落殆尽,那时又当如何?

他沉沉地笑了。

与他相熟的不空和尚走过来,合掌道:"天地日月,须弥山海,合会有离,生者必死。我本想劝檀越不必过于哀痛忧悲,但娘子平生颜容不改,逝后遗骸不见,想来娘子实为天人所现。"

"天人。"王维重复道。

"是。当年我师父说过,娘子的来处,不在这里。"不空的师父,是金刚智法师。

王维恍然:当年在慈恩寺,他曾请金刚智法师为阿妍解围,法师对阿妍说话的样子,的确……有些特异。

不空又道:"如今娘子缘尽归天,檀越合当欢喜才是。"

他以狮子国僧人身份而深得大唐皇室礼敬,终成一代名僧,自是颖悟卓绝,深知俗世人情。此言一出,在场僧俗皆觉在理,连工匠们也跟着一起称叹佛名。

王维抿了抿唇,忽然对不空说:"和尚请听。"

不空静心敛气,倾耳而听。山中有风拂草木的沙沙声,有水流的淙淙声,有农人挥锄、土块迸碎的声音,乱中蕴静,静而复动,王维想让他听的……是什么?

"极乐世界净佛土中,常有种种奇妙可爱杂色众鸟,所谓:鹅雁、鸳鹭、鸿鹤、孔雀、鹦鹉、羯罗频迦、命命鸟等。如是众鸟,昼夜六时恒共集会,出和雅声,随其类音宣扬妙法。"王维随口念诵,诵的是《阿弥陀经》中的一段话。

几只小黄鸟的歌声,细细碎碎地在枝头响着,为他的诵读配上乐曲。早春时它们歌喉犹涩,经过一春的学舌,则嗓音婉丽,长短交织,斑驳如树枝间洒落的点点日光。

不空抬眉,王维念的是玄奘法师的译本。玄奘取经辛苦,九死一生,归来后译经近二十载,也甚为艰辛。但时下的文士们,多半还是偏爱后秦时鸠摩罗什的译本。

"时人偏好罗什,我意亦然。不过,梵语所谓'耆婆耆婆迦',一身二头之鸟,罗什译为'共命鸟',而玄奘法师译成'命命鸟'[2]。此处,我更喜玄奘法师的手笔。"

不空熟知梵语,眸光微转,便即了然:"命命鸟一身二头,一雄一雌,雄鸟的命与雌鸟的命合在一处,才能成为命命鸟。两个'命'字,缺一不可。"

"而她的命……与我的命,不在一处。"王维淡淡地总结道。

是年冬,王维上表,请舍辋川庄为寺院。

云泉间的庄园,成为僧人起居的精舍,幽篁里的琴音,转为日复一日的晚钟。

而王维独自住在长安,斋僧有时,谈玄有时,独坐有时,诵经有时。史思明降唐了,又叛唐了;安庆绪被杀了,史思明自立为帝了……这些事,离长安很远,离王维就更远。李辅国弄权,天家父子互相猜忌,上皇惨淡迁居西内,高力士流放巫州……京中的事,似乎也不与他相干。他的官阶越高,心绪就越淡漠。

上元元年,他转任尚书右丞。冬天,他见到道路上的冻馁百姓,请求将在中书舍人、给事中两任上分得的职田交还朝廷,被皇帝拒绝了,他又请将其中一份职田交与施粥之所,以田中粮米煮粥施给百姓,"于国家不减数粒,在穷窭或得再生"。

他平淡而充实地度过所剩不多的岁月。

第二年的春天,王维上《责躬荐弟表》,请皇帝削去他的官职,换远在蜀州的弟弟王缙回京。

"年老力衰,心昏眼暗。久窃天官,每惭尸素。"他这样评价自己的才能。

"没于逆贼,不能杀生,负国偷生,以至今日。"他这样指责自己的品格。

"臣又逼近悬车,朝暮入地,阒然孤独,迥无子孙。弟之与臣,更相为命。两人又俱白首,一别恐隔黄泉。傥得同居,相视而没,泯灭之际,魂魄有依。伏乞尽削臣官,放归田里,赐臣散职,令归朝廷。"他这样述说自己的心境。

白首与黄泉,这两个词的对仗不算新奇,本不该有令人心悸的力量。但——他的目光掠过面前的银镜,镜中人满头霜雪,映着日光,竟有些刺目:黄泉,是不远了。

他抬眸望向窗外,这是暮春最好的时节。天光极明,花气极浓,鸟声极清,又一个锦绣似的夏天正在眼前。

上元二年的夏天。王维人生中的最后一个夏天。

他将死的时候,王缙还在凤翔。"泯灭之际,魂魄有依"的愿望,究竟没有达成。他叫仆人拿来纸笔,写信与弟妹们作别。

他执笔的手枯瘦苍黄,落笔的姿态也不复青年时的挥洒风流,但他的眼里和心里满是欣喜。这未必圆满、却也丰盛的一生终于过完了,他以几乎算得上渴望的心情,迎接即将到来的寂灭。

含着些凉意的秋风吹上窗扇,他听着那簌簌的声响,意识渐渐模糊。

早早辞世的父亲,清瘦而温柔的母亲……在院中乱跑的弟弟们,梳着双鬟的幼妹……十五岁离家从蒲津渡过蒲关时验看过所的那个士卒,十六岁时在宁王宅里见到的乐工和舞女……二十二岁中进士时的座师,二十三岁被贬济州时跟在身边的阿瑶和初生的阿琤……

二十六岁隐居嵩山时识得的焦炼师,三十岁时永宁坊酒肆里重见的阿妍……三十四岁时伸出汲引之手的张九龄相公,四十二岁朝廷改元天宝那年独揽大权的李林甫……四十五岁在南阳遇到的惠能禅师弟子神会,五十一岁时为之写墓志铭的韩朝宗……张说、裴耀卿、安禄山、杨国忠……大照禅师、金刚智法师、不空和尚、沙门惠干……崔颢、裴迪、王昌龄、储光羲……

七月,尚书右丞王维卒,葬于辋川。

第二年,上皇李隆基和皇帝李亨在十几天内相继离世,三十六岁的太子李豫奉遗诏即位。内忧与外患,早已将新君锤炼成一位成熟的君主。新君明慧英武,大乱以来,先为广平王,后为太子,又为新帝,面对家国重任未尝退却。

但新君并非全然不怀念过往。他生于开元十四年的腊月,长于开、天之际的承平盛世。他的少年岁月,浸透了歌声和酒香。他对兵部侍郎兼御史大夫王缙说:"卿的长兄王维,在天宝年间诗名绝代,朕曾在诸王饮宴时听过伶人唱他的诗章。卿有多少他的诗文,都进与朕吧。"

翌日,王缙将十卷文集进献给新君。

新君亲自批答:"卿之伯氏,天下文宗。位历先朝,名高希代。泉飞藻思,云散襟情,诗家者流,时论归美。诵于人口,久郁文房;歌以国风,宜登乐府。视朝之后,乙夜将观,石室所藏,殁而不朽。"

王维的确做到了殁而不朽。大唐皇帝亲口认定的天下文宗,后人眼里天机清妙、诗中有画的绝世才子,摒绝尘累、半官半隐的诚笃佛徒,都是他,也都不是他。

朝代更迭,有越来越多的正史与野史被书写着,它们被怀揣各种目的的人挑拣、甄别、分类、使用。有蠹虫慢慢爬上泛黄的书页,啮咬着他的名字,那名字后面跟的是,"太原祁县人,唐代著名诗人,有'诗佛'之称"。

辋川的水清了又浊,辋川的山黄了又绿。而悠长时光中的那些悲辛,那些啼笑,终于无人能够知晓。

自然,也没有人知道,他临终之前想过些什么,听见过些什么。

"若能重活此生,你想回到何时?"

他听见一个声音问道。那声音清泠泠的,既遥远,又像是近在耳边。

王维没回答。

那声音很执着,又问了一遍。

王维觉得这个问题荒诞无趣,不像是入灭之际该听到的:"一切有为法,如梦幻泡影,如露亦如电,应作如是观。"

然而在心里说完这几句话,他忽而认真思索起来:如果当真能重来一回……

"二十岁。"

那个声音确认道:"将要中进士的年岁?"

"不是。"王维答道,"她在我二十岁那年失了双亲。我想去看一看她。"

那个声音静寂了一霎。

"如君所愿。"

注释:

[1] 荼毗,即火葬。王维母亲崔氏信佛,选择塔葬。崔氏的塔坟在20世纪70年代三线单位建设时被推倒,出土文物部分藏于蓝田县文管所。

[2] 命命鸟的梵文是Jivajivaka。日本美秀美术馆收藏有一座唐代的命命鸟雕像,参见:http://www.miho.or.jp/booth/html/artcon/00005869e.htm。

第五十二章
春来遍是桃花水

桌上的茶水,兀自冒着袅袅的热气。

父母去后,我和外祖父母一起住到高中毕业,上了大学后,我便搬回了离学校较近的这套房子,只是每周会回外婆家吃饭。

墙上的油画是母亲在世时买的,茶几上的小芥子是父亲生前出差时带回来的,书柜上那道浅浅的痕迹,是我小时候不懂事用钥匙划的,客厅窗台上的多肉植物,是好朋友薛真真跑去星火西路的花市给我选的,厨房门后挂着的围裙,是从外婆家里顺来的……

这是我自己的家。窗外鸟声啁啾,阳光绚烂。

我缓缓走到镜子前。

颈上被鞭打留下的伤痕消失了,镜中的人脸色白里透红,精神十足,除了穿着一身唐朝风格的衫裙,绾着唐朝的发髻,完全是个年轻女学生的模样。

黄粱一梦,梦醒时茶犹未凉,是这样吗?

我咬着嘴唇,仓皇地打量四周,忽然余光瞥见防盗门的把手上掖着一张纸。

和我同名同姓的小妍姑娘：

你好！

你可能已经明白我们的境况了。没错，我是崔明昭的倒霉表妹，你是21世纪的小妍姑娘。只不过，这场交换，于你是二十几年，于我却只有一年，可真是不公平啊！咦？好像也不能说不公平，因为我觉得21世纪比唐朝好一百倍。你回去二十几年，可太惨了！唐朝对现代女人来说，会不会就像一个落后的异世界？总之，我有点儿担心我回去就不能适应旧社会了。不过生活嘛，总要继续的，也说不定我离开后，又被交换去别的时代了呢？即使只能享受一年现代文明，这也是金子都买不来的宝贵回忆呀！

谢谢你书柜里的书。如果没有这么多书，我不可能很快明白唐朝之后发生了什么。一开始，我看简体横排的书、说普通话、看电视剧都有点费力，不过没多久就习惯啦，由俭入奢易嘛！这一年我住在你的家里，但是在走之前，我尽量把一切还原成了来时的样子，请你别介意。很对不起你的是，虽然有人帮助，我还是适应不了上学，所以只好办了一年的休学。你的外祖母和好朋友很担心，我只好装成你，打电话告诉她们，我出国去爷爷那边的亲戚家里休养了。你回来了，就快去见见她们吧。听说你成绩很优异，祝你尽快赶上学业。

这一年我认识了很多人，学到了很多东西。我昨天刚学会怎么说祝酒词，那么，最后，我隔空和你碰个杯吧，茶水在桌上：

敬大唐！

敬21世纪！

敬工业革命与现代文明！

——和你同名同姓，不巧还同脸的另一位小妍

我反复读了几遍纸上端正可爱、简直像小学生作业的简体字，和那力透纸背的祝酒词，忍不住笑了。

"敬大唐！敬21世纪！"我一字一句地念完，喝干茶水。然后，拆开头上

的螺髻,将一头长发扎成马尾辫,脱下长可曳地的罗裙,换上适合晚春的牛仔裙,穿上T恤和小白鞋。

"姥姥。"我拿过另一位小妍贴心地充满了电的手机,给外婆打电话。

"破孩子!想起你还有个姥姥啦?晚上给我回来吃饭!"

在外婆家饱吃了一顿,又饱睡了一夜。直到第二天下午,我才醒过来,摸出手机,发了条消息:"薛真真,我回来啦。"

"滚滚滚!!!"她没有立刻回电话过来,而是用一连串的文字和感叹号淹没了屏幕,"能耐了啊,你?你成心气我们是吧?咱俩多少年交情,你一声不吱就溜了,就休学了?你是失恋了还是失智了,你说一声啊?你有本事玩失踪,你有本事别回来啊!滚滚滚!!!"

二十几年没用智能手机,我打字的速度都变慢了,完全跟不上她的速度:"别生气了,你在哪儿?晚上我请你吃饭。"

"上课呢!你给我滚过来,我在一教203,五点下课。饭你当然要请,但我告诉你,这事儿没完。"

薛真真上的是水木大学,就在我们学校隔壁。我慢悠悠晃过去,站在一教二楼的走廊里等她。

楼下的桃花开得正好,一根枝丫伸到了窗边,挑着几枚娇柔的花朵,在春风里轻轻颤动。有间教室的门没关严,一阵风吹过,门悄然开了一道缝。

"内藤湖南原名虎次郎,湖南其实是他的号。他汉学造诣很深,首先提出唐宋变革论,影响很大,虽然过了一百年了,但现在的日本和西方汉学界仍然……"

风吹落茜粉色的花瓣,也送来一个清润的声音。

那声音有点耳熟。

我移到门边,向内窥视。讲台上的那人身姿清挺,白衬衫配深蓝色的牛仔裤,晃眼一看,是帆船和大海的颜色,纯净而广大,而那广大之中,又有一份沉稳端方、不飘不转的根基。

他似有所感,抬头向教室门的方向看来——

"混蛋!"

薛真真狠狠地拍我的后背。

"你还知道回来啊？你走之前是不是欠我三顿涮肉？"

"……三顿？"老实说，我不可能记得那么多年前的约定，但我心里觉得……不太对劲。

薛真真呵了一声："哦，那是我记错了，十顿。"

"……成，十顿。"

"你们教室旁边那间，202，讲唐宋变革的那位老师是谁呀？"我给自己拿了碟芝麻酱，给她拿了腐乳汁。虽然离开这个环境二十余年，但好像只要在白雾缭绕的铜锅前一坐下，当年的记忆便都重新涌入了每一寸的血脉发肤中。

料碟，金针菇，鲜切的羊后腿肉，白菜，豆腐，粉丝……一个个盘子围着不停翻滚的清汤锅底，排出一方丰盛而炽烈的小小战阵，举筷便是调兵，蘸料即是遣将。糖蒜脆，辣椒油香，烧饼外焦里软，无一件不可口，无一处不顺心。

"那位……"薛真真捞出一片羊肉，放进嘴里又嫌烫，哈了好几口气，才眯着眼睛边吃边说，"那位是人文学院历史系新来的老师，一进来就是副教授。你也知道，咱们这儿最不缺名校海归的老师，但这位老师学历又过硬，年纪又不大，人长得又不难看，当时挺轰动的。"

虽然知道本地土话夸人一向保守，"不难看"就是"好看"，我还是撇了撇嘴："叫什么呀？"

"王幼澄。哎，我下豆腐了啊！"

在真真全心全意剿灭豆腐和粉丝的时候，我掏出手机，打开了水木大学人文学院的网页。网页上有每位教师的介绍，我点开"王幼澄"的名字，迅速看完了所有信息，直到最后一行。

"答疑时间：每周五下午一至三点。"

真巧，正是明天下午。

这位王老师果然很受欢迎，尤其受女生欢迎。水木和我们学校不同，男女比例悬殊，人文学院女生比别的院系多些，但来找他讨论课业的，七成以上是女孩,还真是——我挑拣着形容词——厉害呢。

等到每一个学生都问完问题离开,已经是三点四十五分了。我敲了敲门,里面的人微微扬声:"请进。"

办公室内陈设简单,书架上满满的书,桌上一台银白色的电脑,一个水杯,窗边两棵水培绿萝长势喜人。

目光交错间,坐在桌子后面的王教授瞳孔一缩,猛地站起,带得身后的办公椅滑出半米。

他静了两秒钟,走到饮水机边,往纸杯里倒了些水,神态十分自然,好像他起身就是为了去倒水:"喝点水吗?"

我接过水杯,水是温的:"王老师您人真好,给每个学生都倒水呀?"

"也不全是。看你不像本校的,所以对你客气点。"王教授矜持地说道。

我低头,扫了一眼桌边的垃圾桶,桶里并没有其他的一次性纸杯,于是笑了笑:"我确实不是水木的,我是隔壁的。"

"那么你来找我,是想问什么问题呢?人文学科这方面,隔壁比水木强多了。"王教授坐下,从抽屉里取出一个口袋,拿在手里摆弄。

那是一只很旧的紫罗香囊,旧得都快要磨破了,以前大约也是很贵的物件,现在……简直寒酸。

"我想问您两个问题。"我轻声说。

王教授表示可以。

"第一,"我指着墙上悬的一幅字,"您这几个篆字,如果我没认错,写的是'不如画猪'。这是什么意思呀?"

王教授翻着香囊里的东西,口中答道:"中国不是有在门上画门神、贴门神的传统习俗吗?我曾经听人说,画门神还不如画一头猪,妖怪们吃了猪,就不好意思进来吃人了。这个想法很有意思,所以我就写下来了。"

"哦。"我点点头,"学到了。"

王教授放下紫罗香囊,专注地瞅着我:"还有一个问题呢?"

"还有一个问题……"我站在他对面,双手拄在办公桌上,隔着一张桌子,俯视他的脸,"我想问您,您怎么不去吃我姥姥做的豌豆黄呀?"

他张嘴又闭上,看我一眼又看天一眼,最终狼狈道:"那时候你还小,我去了怎么解释?她会当我是变态吧!"

"那您就不来呀?"

"我去了的,我去了的……邻居说,你父母去世后,你就搬去和外公外婆一起住了。然后我又找到你外婆家附近,你穿一双红色小皮鞋,梳两个小辫子,傻乎乎的。"

"您才傻呢!"我不干了。

"我看你过得好,外公外婆对你也很好,就放心出国去了。有时候回来看你,发现你不愁吃穿,成绩又优秀,虽然还是一脸傻相,总算也考上好高中、好大学了。"他语重心长,老怀宽慰状。

我没空理他话里隐约的占便宜行为,突然明白了什么:"那……那个阿妍在信里说有人帮她,是你在……"

王教授靠着椅背,长腿交叠跷起,随意道:"是,她来的这一年,我帮了她不少,她毕竟是明昭的表妹。不过你不用吃醋,我分得清谁是谁。"

"能别把我说得这么小心眼儿吗!论理还是她先认识你的呢。"我目光落在那幅"不如画猪"的落款上:"秦筝?"

中学、大学时代,我不止一次获得过"秦筝奖学金"。虽然父家、母家的长辈都很疼我,我从没缺过什么,但拿到一笔额外的钱,用来买零食买书籍,买点女孩儿的小玩意,到底有一种不一样的喜悦。那时我还以为,这个奖学金是哪位音乐家或者哪位女企业家设立的。

"这奖学金是你用卖字儿的钱办的吗?名字怎么这么女性化呀?"

"呸!"王教授伸手敲我的头顶,"汝不闻秦筝声最苦,五色缠弦十三柱,唐朝的筝是十三弦,十三!你忘了?"

十三是秦筝的弦数,也是他在族中的排行。我讪讪地想笑,却又笑不出来:"秦筝声最苦……"

"现在不苦啦。"他改敲为摸,摸了许久,收回手去,不知从哪里变出来一枝花,花瓣匀净,层层叠叠,如一只洁白细腻的粉团。

"假的?"这枝白芍药和真花几乎没区别,只是枝叶过分结实了些,才被我窥得些许端倪。

"假的。"王教授说,"你那年不是让我送你芍药吗？芍药不是四时常开的花,这十年来,我随时预备一枝假的,以免郁小姐突然来讨债。"

霞光柔缓地在天穹中散开,燕子渐次飞回巢里,学生们开始向食堂进发。我看了眼外面的暮色,提议道:"王教授,明天是星期六,咱们去平谷看桃花吧。"

王维关掉电脑,站了起来。

我在原地欢快地转了数圈,逐渐停下的一刻,伸长手臂,将手中的花枝递到他面前,做出浪荡少年给姑娘献花的姿态。

他含笑接过花枝:"非常乐意。"

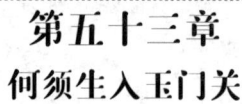

第五十三章
何须生入玉门关

两年了。

离开女郎后,杨续一直没有真正远离主人的坟墓。

王师收复了洛阳,东都士民一片欢悦。那欢悦中,当然有不安——他也不安。魏州、相州……史思明的叛军离东都,并没有那么远。

他不相信叛贼,也不相信平民。葬在洛阳的贵人太多了,在如今这样的时世里,贵人的坟冢,惯常受到搅扰。纵使没人盗走墓中的器物,只将墓前的碑石取走……他稍稍一想,就感到痛楚和烦躁。

而偏偏,自安禄山起事以来,这四年,东都死了太多人。叛军夺取了洛阳;安禄山定都洛阳;安庆绪弑父自立,王师夺回洛阳……今年的九月,史思明又一次夺取了洛阳。在如此旷日持久的撕扯中,这一带的新鬼,大概比活人还要多了。

人死了,就要有碑石和墓志。大部分平民无力置办,但总有士族和本地的豪族要做这些。石料不够用时,凶肆的肆主们就会去山里取。旧的碑石、志石磨灭了字迹,就是新的石料了。

主人李适之的坟墓,去龙门山的石窟未远。他和焦炼师合力将女郎救出,带到龙门山里时,女郎虽已很虚弱了,仍是在洞窟之间徜徉了许久。她指着灵岩寺宾阳洞的一面摩崖石刻告诉他:"这里刻的,原是北朝初造石窟时的碑文。后来太宗皇帝的第四子魏王李泰要为母亲长孙皇后祈福,为了省钱,就将碑文磨去,令岑文本撰文,褚遂良书丹,写了这通碑文。"

他微微发怔,望着那通石刻:"褚遂良的字很好吗?"

他跟在主人身边,也读了书,识了字,但书法……还是太难了。

"是啊。"女郎说,"因此他们随意磨去了原本的文字,让褚遂良来书写……你瞧,碑石恒常不变,而碑石上的文字,变了又变。常有人说贞石不朽,所以要将紧要的事都刻在石上,但……不朽的只是石头而已。"

是啊,石头是不变的,而附着于它们的名字,变了又变。

神道碑和墓志石上都有主人的名字,他不能接受主人的名字也一样为人所磨灭、丢弃。所以,他一直没有真正远离洛阳。

九月,史思明乘胜而来,锐不可当,司空李光弼只能暂且放弃洛阳,退守东北方的河阳。顾名思义,河阳在黄河之北。河阳有三城,北城是最早修建的,黄河南岸的是南城,河中间的沙洲上,又建了一座中潭城。南城与中潭,中潭与北城,各自以一座浮桥相连。三城连接河东、河南、河内,于兵家而言十分紧要。

杨续决定去河阳。他听说,李抱玉将军也在那里。

鸿胪寺卿、持节郑州诸军事兼郑州刺史、郑陈颍亳四州节度李抱玉——他如今叫李抱玉了。

上一次杨续见到他的时候,他还是安重璋。

他先改了名,后换了姓。名是上皇李隆基亲自取的,为了嘉奖他的才干。姓则是他自己要改的。他说他耻与逆贼安禄山同姓,于是,当今的皇帝赐他姓李。

赐姓李……又如何呢?他的主人,是真正贵重的李家儿郎,最后……又如何呢?

杨续在河北见过李抱玉。当时主人还是幽州节帅,十分称许这个"安郎"。他想随主人赞许的这位李将军一同守河阳。

守住了河阳,距离夺回洛阳大约也就不久了吧?

他到达河阳的第三日,李光弼将李抱玉叫走了。李抱玉回来时面色如常,但他的娘子张五娘望了他一眼,就立刻站了起来:"怎么了?"

她身形比男子瘦削一些,装束则几乎和男人们一模一样,明光铠外披着御寒的袍子,嘴唇因天冷而冻得有些发紫。她的脸已经瘦得不大像是一个女子的模样了,但眼中的光仍是炯炯的。

李抱玉笑了笑,鬓边的白发被烛光染成淡黄:"叛军来了,司空自守中潬城,又问我能否为他守南城……守两日。"

杨续和张五娘同时静了静。

窗外,不远处隐隐传来一阵阵的人声和马嘶。

那是叛军的人马。史思明的大军原本屯于洛阳白马寺南面,这个月他们攻打河阳的势头很猛,此刻……他们就在河阳南城外。

"守两日……那是很急了。"张五娘声音嘶哑。

"是。"

杨续张了张嘴:"若是两日之后,司空的救兵不来……"

"他说,若是援军不来,我便可以弃城。"李抱玉干脆地说。

噫……他不会死守,是吗?不会像张巡守睢阳那样,是吗?

杨续和李抱玉一同上了望楼。

一个夜晚,一个白天。又一个夜晚,又一个白天。

他们几乎没有下过城楼。

飘舞的朱旗,飞扬的血色。砍得卷了刃的环首刀,快要擂破了的鼓面。哀吟。嘶吼。胡语,汉语。

刺出,收回。刺出,收回。刺出,收回,擦一擦,刺出,收回。

喷溅的热血划过凛冽的霜空,激扬起了白气。攀到城楼上的叛军士卒中了刀,向后跌落,一只手徒劳地向空中抓着什么。

攻城是一件耗时费力的事,叛军也会累。所以,在夜里,他们可以稍微休憩一会儿——也只是一会儿。

杨续坐倒在城楼上,喝了口水。水很凉,一股冰寒的冷意从口唇直入胸腑,反而让他略略清醒了。他似乎随时都要睡过去,而李抱玉还在四处走动着,监临士卒们修缮城备。

一弯白白的月亮照上城头，黄河在他们的背后。冬日里的河水是安静的，他们听不见水声，耳中只有乌鸦的啼叫声，砖石与铁锤的敲打声。乌鸦寻觅未被掩埋的尸体，活着的人敲敲打打，修补被叛军攻破的城墙缺口。敲打声里，时而响起一两句低低的话语。

叛军又一次攻城之前，李抱玉也坐下来，短暂休息了片刻。

"修得如何了？"杨续问。

"恐怕难以为继。"

杨续没有说话。

"那年，我遣了人去长安护送阿郁的，却没有遇上你们……对不住了，害得你们主仆受伤了。我也……对不住故李左相。"李抱玉突然说。

月光越来越暗了。星河耿耿，曙色将至。乌鸦停止了叫唤。

杨续在黑暗中摇了摇头，依然没有出声。李抱玉并不介意，站起身来，继续去看他们修补城防了。

与黎明一同来临的，是叛军的又一轮攻势。

这一日，李抱玉只坚持到了下午。他派人出了城，和敌军将领周挚、安太清说了什么。不多时，城外的兵马像退潮时的河水一样敛去了。

"你和他们说了什么？"杨续问。

李抱玉取下兜鍪，擦拭鬓角的汗水和颊边的血渍："我说，我们的粮已经吃尽了。待我说服城中诸将，明日就开城归降。"

杨续又不说话了。

李抱玉没有管他，自顾说道："今夜我将遣铁骑二百出城，绕到叛军后方的林子里。明日叛军攻城时，这二百骑兵就与城中的兵马共击叛军，表里夹攻。杨壮士，你要去吗？"

杨续怔住了。他望着对方口边呵出的浅白雾气，一时没有听懂他在说什么，却很快答道："去。"

"我也去。"张五娘的声音在他们身后响起。

她脸上尽是倦意，眼里布满血丝，一只手用刀拄着地面。李抱玉看了看她，点点头："好。"

张五娘走下城楼。五十余岁的将军目送着妻子的背影,沉默了数息。

"为什么?"杨续忽然问道。

实则,他也不知自己问的是什么。然而李抱玉似乎听懂了。

"好多事情,我们早已知道了。我们也想过要避开的……"他简短地笑了一声,像是要用这笑声消解话里的什么情绪。

"你们?"

他和谁?司空李光弼?

李抱玉没有解释。他重新戴上兜鍪,转过身去:"既然避无可避,也只能去做了。我娘子常说,《孟子》里她最喜爱的一句,就是'如舜而已矣'。"然后,他就又去督促兵士们修缮城防了。

这个夜晚,月亮大半隐在了云层里。

弩行潜掩,钳马衔枚。他们悄然出了城,到了叛军后方。

张五娘就在他旁边。她的身姿被甲衣压得有一点弯了,却又有一种隐隐的、像要顶回去的坚韧。

"'如舜而已矣'……是什么意思?"在寂静的等待中,杨续问张五娘。

女子专注地直视着前方,话音平稳:"孟子说,我们都是寻常人,永远也比不上舜这样的人。但又如何呢?我们也只是要尽力像舜一样罢了。"

"唔……"杨续发出一个意味不明的应答声。半晌,他才又道:"多谢娘子。"

又一轮朝日,又一轮厮杀。

刺出,收回。刺出,收回。他们杀了很多很多人。叛军撤走了。

叛军放弃了南城,转而合数支兵马之力,急攻李光弼亲自坐镇的中潬城。

南城之围解了,而张五娘没能活着回到城中。

李抱玉的表情很平淡。

他凝望着那具仍然穿着甲胄的遗体,纹路深刻的唇角漾起一个浅淡的、如释重负的笑容。他挥了挥手,让跪倒在面前的士卒们起来,自己弯下腰,抱起了那具遗体。他的动作很轻柔,让杨续想到他的新名字:抱玉。上皇给他改这个名字,是为了称赞他怀抱不俗的才德。然而此时他的动作,却真像是抱着一块易碎的美玉哩。

杨续眯了眯眼,直视着惨淡的日光。他没来由地想起了龙门山奉先寺卢舍那大佛的眼神。那种眼神,就像这日光——看似温慈亲切,实则高高在上,毫无暖意。

而主人……就长眠于那种眼神之下吗?

又或者……主人已经转生,如今已经是个少年郎了?这一世,他还喜爱喝酒吗?再过几年,他就要长到自己初初跟随他的年纪了。生逢乱世,他有没有书可读,有没有笔墨纸张……不,他平安吗?他在哪里?他在战火纷飞的中原,还是在五岭之南、绝漠之北?在天竺?在拂菻?

杨续从未如此想回到主人的身边,但他暂时还不能回去。

他站了起来,擦干了刀刃上的血。

后 记

这是我的第一部长篇小说。这个故事开始于本科时代,那个暑假,我在大田市的韩国机械研究院实习——其实就是打下手——每天配碳纳米管溶液,离心,静置。几位研究员有的亲切,有的严厉,唯一的共同特点是都研究碳纳米管许多年了,有一种东亚式的勤勉与执着。他们食堂的午饭很好,不过至今我还有印象的,只有饭后的水正果饮料那种微呛的浓烈味道。研究室的窗户关得很严,空调开得很足,外面很热,屋里很冷。室内和室外完全是两个世界,我们在室内听不见外面的鸟叫,只能看见楼下被阳光晒得很刺眼的地面,和树木浓密的阴影。在研究室里,笔记本电脑连不上网,所以没有任务又不想看论文的时候,我就对着电脑发呆。

然后有一天,一时兴起,我就在那台三星笔记本上敲出了这个故事的前八百字,随手贴在百度的王维贴吧里——那个帖子因为是匿名的,现在已经不可见了。从小背唐诗很多年,但对于唐朝的历史细节、生活细节,那时我几乎一无所知,八百字里大概会有二十五个错误。但那段王维和阿妍的酒楼初会,盛夏的晚风,盏中黄酒琥珀般的、蜂蜜般的质感,我一字不漏地保留在了最新的版本里。

写了开头,我就忘掉了这个故事,直到几个月后,帖子又被顶了起来。我突然有了一种责任感,就在接下来的半年间,一点点把它写完了。那段在纳米光学研究室的经历,除了为本科毕业求职的简历增添了一笔之外,给我留下的,便只有这个故事了。

2018年初,又是一时兴起,又是毫无计划地,在纽约的公寓里,我写下了目前这个版本的第一章。这之后的两年又发生了很多事,但到了现在,故事总算是结束了。

十年来,我辗转了不止一个国家,跨越了不同的领域。从大田到首尔,从曼哈顿到成都,从机械专业到历史专业,似乎阿妍和王维、崔颢从来没有离开过我的脑海。说实话,有时我甚至会有点厌倦。"十年了,我跟一个王维的破故事纠缠了这么久!"我这样对亲友感叹。但厌倦之外,眷恋和喜悦总归是更多的吧!

我很喜欢丘吉尔发表于1942年的那段演讲:"这不是结束,甚至不是结束的开始。这也许,是开始的结束。"这部作品有很多不足之处,但它是我小说写作之旅的起点。它的结束不是结束,而是"开始的结束"——在这样的一次结束之后,我想,即使我也会像欧阳修一样"悔其少作",但毕竟没有辜负当年在研究室里敲出前八百字时的初心。

关于王维和阿妍在现代的后续生活,我已经写了一个漫画式的喜剧故事《大唐名人穿越实录》,大家可以在豆瓣阅读的网站或 App 上读到(https://read.douban.com/column/32980045)。那篇作品里除了他们俩,还有李白、崔颢、颜真卿、杜牧、温庭筠和鱼玄机,以李白和颜真卿的戏份最多。

本书的参考文献,详见网络连载版本的最后一章(https://read.douban.com/reader/column/8239935/chapter/136822333)。文中的原创诗歌,除六言诗《时节易》为朋友@大司空代作之外,皆为作者本人旧作。由于作者个人能力与现存中古波斯语材料数量所限,书中的波斯语发音及词语,大多使用 9 世纪开始定型的现代波斯语(所谓 New Persian),而非中古波斯语(Middle Persian),祈请读者们谅解。现代波斯语从中古波斯语继承了很多发音和语汇,大家可以装作感受到了中古波斯语的韵味。另外,本书每章标题皆取自唐诗,唯第七章破例使用苏轼诗句——苏轼对王维的理解值得作者破例。

归根结底,这不是一本学术著作,在后记里特地写一段致谢辞,似乎有矫情的嫌疑。但是,对于在这段艰难的旅途中陪伴和帮助我的人们,我需要表示感谢。

感谢从贴吧时代一直跟到今天的老读者们,和在豆瓣阅读认识的新读者们。感谢豆瓣阅读的编辑秋展,她的支持和鼓励(当然还有吐槽)对这个故事的完成有着极高的意义。同样感谢浙江文艺出版社的编辑张可,在我漫长的拖稿时间里,她表现出了巨大的包容和耐心。

感谢我的男友@凉风。本书中所有涉及中古汉语发音等音韵学知识的地方,皆由他提供技术支持,在此谨致谢忱。感谢我在哥伦比亚大学读书时的师兄黄彦杰博士,和康奈尔大学历史系博士班的 Eric Lee,他们在智识和生活方面都给了我诸多关怀与帮助。感谢@大司空、@橘子酱、唐斐婷。感谢 Bianca 和 Petra,还有 Rowny 医生。感谢读者王月泉为文中《时节易》一诗谱曲演唱(在网易云音乐搜索"时节易"即可听到)。2011年和2012年,我两次到蓝田县,拜访曾在县文物所工作多年的樊维岳先生。樊先生亲切地向我讲述了辋川的很多考古发现,并告知我王维墓地所在。在此,我一并致谢。以及,感谢耶鲁大学电气工程系的刘凤娇博士,亲爱的,如果没有你,我恐怕不可能完成这本书。

感谢已经逝去十余年的祖父。没有他的启蒙,我或许永远不会与那些动人的歌诗和那个鲜活的朝代邂逅。

最后,感谢那个一千三百年前的温柔而淡漠的灵魂。

爱君笔底有烟霞。

图书在版编目(CIP)数据

山青卷白云:女翻译与王维/青溪客著.—杭州：浙江文艺出版社,2022.6(2023.11重印)
ISBN 978-7-5339-6816-8

Ⅰ.①山… Ⅱ.①青… Ⅲ.①长篇小说-中国-当代 Ⅳ.①I247.5

中国版本图书馆CIP数据核字(2022)第052018号

图书策划	柳明晔
责任编辑	张　可
营销编辑	宋佳音
特约编辑	黄秋展　王雪婷
封面插画	龙轩静
装帧设计	仙逸 WONDERLAND Book design
版式设计	吕翡翠
责任印制	张丽敏

山青卷白云:女翻译与王维

青溪客　著

出版发行	浙江文艺出版社
地　　址	杭州市体育场路347号
邮　　编	310006
电　　话	0571-85176953(总编办) 0571-85152727(市场部)
制　　版	浙江新华图文制作有限公司
印　　刷	浙江新华数码印务有限公司
开　　本	880毫米×1230毫米　1/32
字　　数	567千字
印　　张	18.5
插　　页	2
版　　次	2022年6月第1版
印　　次	2023年11月第3次印刷
书　　号	ISBN 978-7-5339-6816-8
定　　价	98.00元

版权所有　侵权必究
(如有印装质量问题,影响阅读,请与市场部联系调换)